LE DOMAINE DE ROCHEVEYRE

DU MÊME AUTEUR

Deux Journées à Bassora, Milan.
Le Deuil de l'image, Philippe Olivier.
Le Vent mauvais, Lucien Souny.
La Folie des justes, Lucien Souny.
Les Caramels à un franc, Lucien Souny.
La Rosée blanche, Albin Michel.
Les Encriers de porcelaine, Albin Michel.

Jean-Paul Malaval

LE DOMAINE DE ROCHEVEYRE

Roman

Production Jeannine Balland
Romans Terres de France

PRESSES DE LA CITÉ

ISBN 2.258.04802.8

A la mémoire de mon ami,
Alain Sacristie.

1

L'habitude voulait que le vieux Baptiste rassemblât ses trois fils, chaque matin après l'Angélus, dans la salle à manger. La réunion ne durait guère plus de trois ou quatre minutes, le temps nécessaire à la distribution des ordres. Mais ce jour de juillet 1914, la cérémonie s'attarda plus que de coutume.

Le père, en bout de table, lissait sa moustache en pointe, ainsi qu'il le faisait chaque fois qu'il désirait se donner le temps de la réflexion. L'homme était avare de paroles, confinant son langage au seul usage des mots pratiques. Le visage aux traits burinés, durs et secs, ne trahissait aucune émotion. Les sourcils épais cachaient l'orbite sombre du regard, accentuant une gravité ombrageuse qu'il promenait naturellement sur le monde environnant. Baptiste Mercœur était pétri, corps et âme, dans cette glaise d'homme pour qui les douze hectares meublant son domaine étaient le seul horizon qui importait sur la terre. Et s'il lui arrivait parfois de jeter un œil par-delà ses collines, c'était seulement pour s'inquiéter de l'état du ciel par où s'annoncent les catastrophes.

André, un garçon vigoureux, la moustache dessinée comme celle du patriarche, mais noire et broussailleuse, était assis de l'autre côté de la table, à sa place habituelle, face au commandeur, pour ne pas perdre une miette des instructions que le vieux distillait d'une voix égale. A droite, Alexandre était accoudé sur le dossier d'une chaise tournée devant derrière. Et enfin à gauche, Germain, en retrait de la table, les jambes sagement croisées. Du savon à barbe accroché au pavillon de l'oreille révélait une toilette interrompue. Lorsque, dans la fraîcheur de l'aube, le vieux franchissait la porte de la salle à manger, sans même une esquisse de geste, un soupçon de regard, toutes les activités cessaient d'un coup.

— J'ai vu des taches d'oïdium sur nos vignes des Combes, risqua André. Ça mériterait un troisième soufrage.

Le vieux opina de la tête et, d'un revers de main, sans même prendre le temps de se retourner, repoussa l'un des battants de la fenêtre pour se préserver du courant d'air.

— Oui, mon gars. J'ai vu ça aussi. Bien vrai ? insista-t-il en tournant le regard vers Germain.

Son benjamin lui parut absorbé dans une longue contemplation. Il n'y avait rien qui l'agaçait plus que ses airs rêveurs par un bon matin de besogne.

— Je dois finir les greffes.

— Ça te prendra la semaine ?

— J'ai dû aller rechercher de la glaise aux Terras.

— Et t'as rencontré une ronce sur ton chemin...

Germain haussa les épaules et se renfrogna dans son coin.

— Je préfère que ça soit de la belle ouvrage. Il y a que la glaise des Terras qui fait de la bonne pâte à greffe. A trop se presser, on perd une année, ajouta-t-il en direction de son frère aîné.

André releva l'allusion :

— Tu parles des cerisiers de La Faye ? Est-ce ma faute si ces putains de piafs m'ont cassé les greffons ?

— Bon, s'interposa le père, ne parlons plus de ça.

Un souffle d'air rabattit la fenêtre.

— Hier soir, j'ai causé à notre voisin Chareuil. Le pauvre diable a fait ses comptes. Quarante quintaux de foin partis en fumée avec sa grange. Ça fait plus de dix mille francs de dégâts. Et sans secours.

— Pourquoi ? demanda Alexandre, surpris. L'assurance agricole ne joue pas contre les orages ?

Le vieux ne put réprimer un sourire de ravissement.

— Pas couvert ! L'imbécile ! Ça croit tout savoir. Les malheurs n'arrivent pas qu'aux autres. On fait l'économie de la prime et puis, un jour, un coup de foudre. Et voilà le travail. C'est pas faute de l'avoir prévenu. Mais Chareuil a hérité de l'insouciance de son pauvre père, le vieux Gadot.

— Et alors, reprit André, que peut-on y faire ?

— Rien, le coupa le vieux. Fichtre rien. Chareuil n'a plus qu'à repartir à zéro.

— Avec quoi ? Sans une grange, le meilleur paysan du monde est fichu, dit André. Et sans foin pour l'hiver, comment va-t-il nourrir ses bêtes ?

Baptiste Mercœur regardait son fils aîné avec fierté. « Ça comprend tout de suite, pensa-t-il, sans qu'il soit nécessaire d'épiloguer. »

— Et si on décidait de prendre quatre de ses vaches en pension dans notre ferme ? proposa Alexandre. Nous aurions bien assez de fourrage. Et à Marzac, ça serait le diable si on trouvait pas quelques fermiers pour suivre notre exemple. Comme ça, il pourrait voir venir.

— Pauvre niais ! s'insurgea le père. Nous avons besoin de tout notre foin. Sais-tu donc de quoi l'hiver sera fait ? Si ça se trouve, nous aurons la froidure jusqu'en avril, comme il y a deux ans...

— Si la foudre s'abat sur notre ferme, renchérit

Germain, nous serons bien contents de rencontrer de l'entraide.

La réflexion du plus jeune des fils Mercœur entraîna un long silence. Alexandre avait bien envie de protester lui aussi contre cet égoïsme, mais il se ravisa à la dernière seconde. A deux pas, dans la cuisine, Camille et sa mère s'affairaient à la préparation du café qu'elles ne tarderaient plus à servir, seulement lorsque le père en donnerait le signal. Pour l'instant, l'entrée dans la pièce leur était interdite. Une affaire d'hommes. Et les femmes n'avaient guère envie de déroger à la règle, puisque Baptiste en avait décidé ainsi, depuis le jour où il s'était retrouvé à la tête du domaine. Les affaires de famille ne franchissaient pas la porte de la salle à manger. La mère ne savait rien et ne saurait jamais rien de ce qui se tramait dans la tête de ses hommes. Tout au plus percevait-elle, au détour d'une réflexion, quelques bribes des habiles manœuvres qui se nouaient autour de Rocheveyre. Pourquoi s'en inquiéter ? On ne manquait de rien à table. Et, avec le temps, Léontine avait fini par se satisfaire de ce rôle effacé dans lequel elle entraînait aussi sa fille. Une bonne manière, pensait-elle, de la préparer à l'avenir, de lui apprendre comment elle devrait être, plus tard, quand on lui présenterait un mari.

— Avec des idées tordues comme celle-ci, s'écria Baptiste, nous ne disposerions pas désormais de douze hectares de terre et Rocheveyre n'attiserait pas la convoitise à cent lieues à la ronde. Notre domaine, je l'ai bâti avec du travail et de la jugeote. De la jugeote surtout ! insista-t-il en frappant du poing sur la table. Au départ, nous étions tous pareils, les Géraud, les Vaujour, les Dumoulin, avec les mêmes chances en poche et les mêmes handicaps. Tous pareils sur la ligne de départ. Et, aujourd'hui, on peut voir la différence. Où l'un a réussi à bâtir une affaire enviable, l'autre végète. La jugeote, mes enfants ! La jugeote !

Germain jouait avec sa montre, posée sur la table, à enrouler la chaînette d'argent sur le pourtour de l'oignon. « Pourquoi faut-il entendre toujours le même discours sur la supériorité des Mercœur, l'imparable domination de Rocheveyre ? pensait-il. A croire que notre famille n'a été conçue que pour affirmer cette autorité et enseigner aux autres, petits propriétaires sans envergure tirant le diable par la queue, qu'il n'y a dans l'avenir pas d'autre alternative que de subir notre loi, notre morale, notre arrogance. »

— J'ai été l'un des premiers à défendre l'élevage bovin à grande échelle, tout en poursuivant la polyculture, clama le père en lissant sa moustache. Avoir plusieurs cordes à son arc, tel est le bon sens qui nous a toujours servi. Il ne se passe pas un mois de l'année sans que l'argent rentre. Les prunes s'annoncent en abondance. Prions le ciel que la grêle ne vienne pas contrarier nos plans. La reine-claude se vendra dans les vingt à trente francs les cent kilos. J'ai déjà fait mes calculs. Avec la plantation du Mialet et les pleins-vents du Peyras, ça va rendre dans les dix mille francs. De quoi acheter de la terre, encore de la terre, sans perdre de temps.

Assis à cheval sur sa chaise, Alexandre s'impatientait. De temps à autre, il observait la lumière chaude du dehors. Le bruissement du vent dans le feuillage des tilleuls était un appel à déserter la conversation. Du reste, il lui tardait d'aller pincer les gourmands dans la plantation de tomates. Il aimait l'odeur forte de la sève que les tiges, tranchées à coups d'ongle, lui laisseraient sur les doigts. Les grands desseins du père n'attisaient plus, chez lui, que des bâillements d'ennui. « Quelle importance, se persuadait-il, puisque André est appelé à diriger

Rocheveyre ! » Depuis qu'Alexandre avait raté son certificat d'études, il s'était résigné à ce que son frère aîné se charge d'administrer le domaine le jour où le patriarche viendrait à lâcher les rênes.

— Notre père a une idée derrière la tête, lança André en se levant.

Le fougueux jeune homme ne supportait pas de rester longtemps assis. Le besoin de se dégourdir les jambes était plus fort que lui, plus fort qu'un conciliabule avec le père. Baptiste pivota sur sa chaise pour l'accompagner du regard.

— Oh oui, fit-il d'un air énigmatique. Notre voisin a besoin de ça, ajouta-t-il en faisant glisser le pouce sur la pointe des doigts.

— Il veut vendre ?

— Fichtre oui.

— De la terre ?

— Bougre d'animal ! Chareuil n'a rien d'autre à offrir que sa terre.

— Tout ?

— Non, sourit le père. Juste de quoi se payer une grange toute neuve.

— Tu voudrais qu'on lui achète une parcelle ?

Le vieux se leva à son tour, en envoyant promener le battant de la fenêtre contre la crémone. A pas comptés, il fit le tour de la tablée, les mains glissées dans son ceinturon. Soudain, il s'arrêta de déambuler. Maintenant qu'il avait mûrement réfléchi, pesé le pour et le contre, il pouvait se confier à ses fils, sur le ton secret qu'il adoptait chaque fois qu'il s'agissait de Rocheveyre.

— Celle au bord de la Gave, lâcha-t-il d'un ton gourmand.

— Toute la plaine au bord de la rivière ?

— Les trois hectares d'un seul tenant.

Germain éclata de rire en secouant la tête de droite à gauche.

— Notre père est incroyable. Jamais Chareuil n'acceptera de se défaire de ça. C'est ce qu'il possède de meilleur.

— Depuis que je dirige Rocheveyre, répliqua le vieux, la tête fièrement dressée, je rêve de posséder Les Vergnes. La meilleure terre de Marzac. De quoi faire pousser du maïs, du blé, du tabac, avec un rendement comme nous n'en aurons jamais eu auparavant, mes petits. Avoir cette terre-là mérite tous les sacrifices. On paiera ce qu'il faudra. Et ça sera à nous, je le jure, fit-il en se frappant la poitrine. Tout à nous. J'irai jusqu'à six mille francs l'hectare. Une chance comme ça ne se représentera pas de sitôt.

— Je te suis, père ! dit André, les yeux mouillés de larmes par l'émotion qui l'étreignait à voir ainsi le patriarche en proie à un tel enthousiasme.

C'était là tout ce qu'il aimait en lui : le feu qui le dévorait pour la terre, cette flamme qu'il avait su lui transmettre et dont il se jurait souvent de faire bon usage en fils admiratif.

— On peut toujours rêver, ajouta Germain.

Le père l'observa avec dédain. Cette réflexion ne le surprenait pas. Il s'était fait une opinion désastreuse sur son benjamin. Un doux rêveur, un affable petit bonhomme sans ambition. Tout le portrait de Léontine, en somme. Le vieux alla ensuite toucher l'épaule d'Alexandre pour connaître son avis.

— Je trouve, dit celui-ci sans même relever la tête, que ce n'est pas bien de profiter de la misère d'un homme.

Germain ne s'attardait pas aux Terras pour y collecter la pâte à greffer, comme Baptiste le croyait, mais à la ferme Verderie. L'occasion était trop belle d'y retrouver la belle Nina. Le jeune homme allait se poster à l'angle de la grange et, d'un coup de sifflet strident, annonçait sa visite. Ensuite, il se cachait dans un recoin du mur pour attendre sa fiancée, le cœur battant. Elle ne tardait pas à approcher, d'un pas léger. Et sans un mot, ni un geste, le couple disparaissait dans la nature.

Nina était un amour d'enfance, une passion qui avait mis des années à germer. Puis, un jour, le désir avait fini par l'emporter sur sa timidité, bien après que ses camarades du village lui eurent certifié que la jeune fille n'attendait plus qu'un signe de lui. Sans la complicité du voisinage, le jeune homme n'eût sans doute jamais osé se déclarer. Tel était Germain, un garçon effacé, le caractère peu assuré devant les obstacles de l'existence.

Cet après-midi-là, ils coururent à perdre haleine jusqu'aux Pierrettes. Ils affectionnaient l'endroit, éloigné de toute habitation. De là, on dominait la vallée du Peyras, les bois de Bellegarde au bord desquels se dessinait le déclin du jour, Marzac sur sa colline ventrue d'où fuyaient les larges coulées jaunes des champs rasés de près. Pourtant, le spectacle de la nature ne les intéressait guère, maintenant qu'ils étaient accoutumés à l'harmonie des couleurs. Toute leur belle enfance s'était déroulée dans ce périmètre de terre corrézienne et, sans doute, leur existence même s'y accomplirait jusqu'au soir de la vie. Ils galopèrent vers la crête, traversèrent une haie de sureaux par un étroit passage tracé par l'incessant va-et-vient des lapins de garenne, et là, bien à l'abri des regards qui eussent pu les repérer du côté du Peyras ou des Combes, petits points noirs sur le fauve tapis des pacages, ils s'arrêtèrent enfin, le souffle coupé.

— Nous sommes seuls, fit Nina en agitant ses longs bras frêles vers le ciel.

— Seuls au monde, ajouta Germain.

Ils se mirent à écouter le silence autour d'eux, un silence d'été rythmé par la stridulation des grillons, à l'heure torride de la sieste quand la nature tout entière somnole, frappée d'hébétude. Quelques pas plus loin, ils s'engagèrent dans un champ de blé. Germain en rabattit les tiges pour ménager une couche confortable. A côté, Nina cueillait des coquelicots. Ils tapissaient la parcelle en grappes, rougeoyant les bordures où la graine s'était agglomérée.

— Ça sert à rien, fit-il en clignant des yeux.

Elle lui tendit son bouquet.

— Pourquoi ?

— Ça se flétrit aussitôt.

— Et alors ! C'est juste pour le plaisir.

Elle vint s'asseoir près de lui.

— Il vaut mieux les laisser vivre dans l'écrin de la nature. Regarde ! C'est bien plus beau, là, en multitude, dans la moisson. Ça donne un rouge ardent de garance.

— Le bouton n'est pas encore éclos.

D'un coup d'ongle, elle déchira la fine peau qui enveloppait la fleur.

— Les pétales sont tout froissés.

Elle essaya de les libérer du bout des doigts.

— C'est doux au toucher.

— Rien de comparable, cependant, avec ça !

Germain promena le dos de la main sur son visage, écartant la mèche de cheveux blonds qui lui chatouillait le bout du nez. Puis elle vint se lover contre sa poitrine. Le jeune homme chercha sa bouche qui jouait à s'effacer chaque fois qu'il croyait enfin l'atteindre. Alors Nina s'allongea sur le tapis de blé, les membres raidis. Il en profita pour venir l'embrasser longuement sur les lèvres qu'elle tenait serrées contre les siennes. Une main courut sur sa poitrine et tenta de s'insinuer sous le pan de sa robe. Cette hardiesse interrompit le jeu.

— Je ne veux pas ! fit-elle d'une petite voix.

Ils se redressèrent ensemble.

— Pourquoi ?

— Nous en avons déjà parlé. Ce n'est pas la peine de revenir là-dessus.

— Je t'aime, dit-il d'un ton plaintif.

Nina reprit son bouquet de coquelicots et se mit à en effeuiller les pétales, un à un.

— Voilà ce que tu me fais faire, dit-elle d'un ton bougon. Ça me rend méchante.

— Ne change pas de conversation.

L'effeuillage achevé, elle se débarrassa des tiges racornies, puis épousseta les flocons rouges qui parsemaient sa robe. Germain la regardait faire avec un air sombre. Il ne savait pas à qui il en voulait le plus, à Nina de refuser chacune de ses avances, ou à lui-même de ne pas parvenir à accorder ses actes avec ses sentiments.

— Je t'aime, ça ne te suffit pas ?

— Puisque tu prétends m'aimer, reprit-elle, alors prouve-le-moi ! Mais pas de cette manière. Je ne suis pas une fille qu'on entraîne derrière le bal.

L'allusion le fit sourire. C'était bien le genre de son frère André, cette manière-là, de « soulever » les filles, comme il disait. Le père lui flanquait une bourrade dans les côtes chaque fois qu'il racontait ses exploits. Cela le flattait d'avoir un coq à la maison dont on pouvait être fier.

— En as-tu parlé à ton père ? demanda Nina d'un air grave.

C'était la question qu'il redoutait d'elle. Elle revenait immanquablement à chacune de leurs rencontres.

— Non. Pas encore, marmonna-t-il.

— Qu'attends-tu pour le faire ?

— Je n'ai pas le courage, reconnut-il en baissant la tête.

Germain coupa une tige de blé qu'il se mit à mâchonner nerveusement.

— Tu as si peur de lui ?

Il recracha quelques brindilles qui s'étaient coincées entre ses dents.

— Il n'y a que mon frère aîné qui compte dans cette famille…

— Qu'est-ce que ça vient faire ?

— Je vois d'ici la réponse.

— Tu crois qu'il refuserait ?

— Je le crains fort.

Alors, la jeune fille se leva pour marquer son impatience. Il lui fit signe de se rasseoir, mais elle détourna la tête. La lumière violente traversait la fine toile de la robe en dessinant son corps nu en ombre chinoise. Il la regarda s'éloigner, la gorge serrée.

Un cri brisa l'air, un juron furieux qui roula sur eux. Arraché à sa rêvasserie, Germain leva le regard vers la crête du champ. Il distingua un bonhomme qui courait dans leur direction en longeant la lisière.

— C'est Letheil ! s'écria Nina. Sauvons-nous.

Quand le bonhomme comprit qu'il n'arriverait pas à rattraper les garnements, il ramassa de rage une motte de terre et la lança sur eux. Elle se perdit au-dessus de leurs têtes.

— Qui sont ces chenapans qui piétinent mon blé ? Vous allez voir, si je vous attrape, vauriens !

Germain saisit la main de Nina et l'entraîna dans un boqueteau. Letheil s'arrêta à mi-parcours, renonçant à jeter une nouvelle motte, maintenant que les intrus quittaient son champ.

— Mais c'est la petite des Verderie, marmonna-t-il

assez fort cependant pour que les fuyards pussent entendre. La bougresse !

Il avança encore de quelques enjambées pour juger des dégâts. Ses vociférations se répercutèrent en écho jusqu'au creux du vallon.

— Je vais en parler à ton père, espèce de dévergondée !

Puis Letheil se décida à remonter sur la crête de sa terre, à pas mesurés pour économiser son souffle. Toute colère avait déjà disparu. Au contraire, cette débandade lui donnait envie de rire. Ça lui rappelait quelques épisodes de sa jeunesse. « En ce temps-là, les filles étaient aussi volages, pensait-il, quoique moins délurées qu'aujourd'hui. La petite des Verderie n'en est pas à son coup d'essai avec son regard effronté, marmonna-t-il. Pas froid aux yeux, la drôlesse ! »

Nina et Germain étaient restés à l'abri du bosquet, attendant que la tempête cesse.

— Crois-tu qu'il va raconter ça à mon père ?

— Ah, ricana Germain, toi aussi tu le crains...

— Je suis une fille, ajouta-t-elle agacée. Les filles ont toujours tort, c'est bien connu.

— Il ne lui en parlera pas, la rassura-t-il. Letheil n'a pas une once de méchanceté en tête.

— En tout cas, on aurait pu éviter de lui piétiner son blé.

Germain haussa les épaules. C'était la dernière de ses préoccupations, quelques gerbes de blé gaspillées. Pour la posséder, il eût foulé, sans le moindre remords, le champ tout entier.

— Ça me rappelle une vieille histoire, dit-elle en arrangeant sa chevelure de sauvageonne, éliminant çà et là des brindilles de blé qui étaient restées accrochées. Tu ne te souviens pas du parterre de trèfle, derrière la grange des

Chareuil ? Nous faisions des roulades. Et le vieux Gadot nous en a sortis, la fourche en avant.

— Malgré nos petites jambes, nous avons couru encore plus vite qu'aujourd'hui. Celui-là, il ne plaisantait pas. Que de coups de canne j'ai pris dans les jambes !

Leurs rires butèrent sur le silence du sous-bois. Le simple rappel de ce souvenir d'enfance les rendait tristes.

— Nous avons grandi trop vite, marmonna Germain.

— Pourquoi dis-tu ça ?

— J'ai peur de l'avenir, de ce que le temps va faire de nous. Je me dis parfois qu'au train où vont les choses on finira par ne même plus se reconnaître.

Du bout de son espadrille, Nina déplaçait de vieilles bogues de châtaignes. Elle ne se sentait pas la force de lui répondre, car elle savait ce qu'il voulait dire, que les années avaient fini par faire d'eux des grandes personnes. Surtout elle, elle qui pour rien au monde ne voudrait s'en revenir vers les années ingrates. C'était décidé. Elle ne céderait pas tant qu'il n'aurait pas apporté la seule réponse qu'elle attendait de lui. Le temps était maintenant révolu des petits jeux innocents dans les tas de foin ou dans les cabanes en genêt du bois de Bellegarde.

Baptiste, flanqué de son aîné, tournait et retournait autour de la grange dévastée, enjambant les débris calcinés qui jonchaient la cour. A l'écart, Raymond Chareuil avait commencé à entasser les ardoises qui n'avaient pas éclaté sous l'effet de la chaleur. Baptiste en prit une au hasard, la choqua contre son genou. Elle se cassa en deux.

— Ça vaut rien ! jugea-t-il.

— Ça vaut rien, ça vaut rien, se monta Chareuil. Je sauve ce que je peux. Que ferais-tu à ma place ?

Mercœur ne répondit pas. Après tout, ça ne le regardait

pas. Il n'avait pas de conseils à lui donner. « Un homme désespéré se raccroche à n'importe quoi », pensa-t-il devant sa mine défaite.

Chareuil ne s'était pas changé depuis l'incendie. Le pantalon et la chemise portaient encore les traces charbonnées de la catastrophe. Sourcils et cheveux avaient roussi au contact du feu lorsqu'il s'était précipité au milieu des flammes pour sauver ses deux chevaux de trait. Il avait aussi été brûlé au bras par la chute d'une solive embrasée, une mauvaise plaie dissimulée par un mouchoir grossièrement noué. Ces dégâts sur le visage et la peau lui prêtaient un air effaré. Les deux paysans comprirent que leur voisin était encore sous le choc de l'événement et qu'il lui faudrait de longues semaines avant qu'il ne retrouve sa sérénité. Ce n'était pas pour déplaire à Baptiste.

— Il vous reste les quatre murs, estima André. Encore que les moellons de la sablière ont salement trinqué.

Chareuil les regardait, bras ballants.

— Ça tiendrait qu'à moi, je foutrais tout par terre. Tout, jura-t-il d'une voix étranglée par la colère. Que je ne voie plus cette misère.

Baptiste l'entraîna vers la cour.

— Il ne sert plus à rien de se lamenter. Ce qu'il te faut, maintenant, c'est de l'argent pour tout recommencer.

— Tu en as de bonnes, toi !

— Tu sais ce que je t'ai dit, hier ?

Le bonhomme branlait la tête, le regard vague. Baptiste n'était pas assuré qu'il comprît bien. Et il se mit à lui parler près de l'oreille, en l'entourant d'un bras noueux.

— Tu n'as pas d'autre choix.

— De son vivant, Gadot m'a fait promettre de ne jamais me séparer du moindre arpent de terre. C'est dur ! Tout ça, c'est lui qui l'a acquis. Et tu sais ce que ça représentait pour nos vieux.

— Ton pauvre père n'est plus là pour te dire ce que tu as à faire. Et là-haut où il se trouve, dit-il en se signant, je suis sûr qu'il approuverait ta décision.

Baptiste se tourna vers son fils et lui fit un clin d'œil. Ce n'était pas un hasard s'il avait choisi de se faire accompagner de son aîné, de son aîné et de nul autre de ses fils. Lui seul était jugé digne de participer aux tractations. Certes, une présence bien passive pour la confiance que Baptiste plaçait en lui. Le père ne se risquait pas pour autant à lui laisser prendre une part à la conversation. Un mot de trop, une réflexion malheureuse, un dérapage verbal, et tout était ruiné. André avait juste le droit d'observer pour en prendre de la graine.

Le bonhomme se laissa conduire vers sa maison d'un pas de somnambule. Et quand ils furent devant la porte d'entrée, il leur proposa de monter dans la cuisine.

— On peut t'apporter quinze mille francs, proposa Baptiste.

A l'énoncé de la somme, Chareuil sursauta de surprise.

— De quoi remettre tout en ordre, poursuivit Mercœur. Et s'il le faut, nous t'aiderons à sortir les bois de charpente. Dans la forêt de Bellegarde, tu disposes de beaux chênes qui feront l'affaire.

Chareuil approuvait de la tête.

— Tu ferais ça pour moi ?

— Et nous t'aiderons à la lever, cette charpente. Crois-moi, les bras ne manqueront pas dans le village.

— Oh bon Dieu oui, renchérit le fils. On mobilisera une sacrée équipe.

— Et avant les pluies de l'automne, tout sera remis en ordre, lui assura Baptiste. Tu le comprends bien ? L'hiver ne peut pas passer sur une pareille ruine.

— Si la pierre se mouille, c'est fichu, ajouta André.

— Mon fils a raison. Un hiver là-dessus et toute la maçonnerie sera à reprendre.

Chareuil appréhendait la suite de la proposition. Il avait compris que c'était ni par bonté d'âme ni par compassion qu'on lui offrait cette coquette somme.

— Quinze mille francs, dit-il. Quinze mille francs, ça représente trois hectares au moins.

— Oui, fit Baptiste. Trois hectares au moins.

— Au moins, reprit Chareuil.

Puis il se recula en ricanant.

— Mes amis, fit-il, vous êtes d'une bonté extrême.

La réaction surprit les deux hommes. Surtout Baptiste. « L'animal a de la repartie, se dit-il. Ce n'est pas encore aujourd'hui que nous lui ferons gober la pilule. » Il fit signe à son fils de s'effacer. Le jeune homme recula de quelques pas, jusqu'au puits contre lequel il alla s'adosser.

— Je comprends ce que tu ressens, dit Mercœur d'une voix compatissante. Ça fait mal de vendre.

— Non, rétorqua Chareuil, tu ne peux pas savoir. As-tu déjà vendu de la terre ?

Baptiste hésita à répondre. Il aurait voulu lui mentir mais il ne le pouvait pas. Tout le monde savait au village que les Mercœur n'avaient fait qu'amasser la terre, arpent après arpent, patiemment, profitant de la moindre opportunité. En moins de vingt ans, le domaine de Rocheveyre avait doublé de superficie.

— Non, avoua-t-il. Quelques échanges, seulement.

— Ah ! c'est bien ce que je disais.

Puis il se détourna pour que Mercœur ne vît pas la détresse dans son regard.

— Quinze mille francs de terre partis en fumée, marmonna-t-il.

Il leva les yeux vers la cuisine. On entendait aux bruits de la vaisselle remuée sa femme qui s'affairait. Elle n'avait pas dit un seul mot depuis le sinistre. Pas même un geste. Un sourire. Rien. Comme si elle lui en voulait de n'avoir su écarter la foudre.

— Tu veux donc mes Clôt ? Mes Clôt pour quinze mille francs.

Un rictus s'imprima sur le visage de Baptiste. Il s'attendait à cette offre. « Ce bon vieux Chareuil ne perd pas le nord, se dit-il. Il veut me refiler ses pacages. Qu'aurais-je à faire de cette terre-là ? Du pré, j'en possède plus que de raison. »

— Pour quinze mille francs, ça serait chèrement payé. Les Clôt, mon vieux Raymond, ça vaut tout juste six à huit mille francs, bon poids.

— Alors, quoi ?

Baptiste hésita à se déclarer. Il jouait une forte partie. Ce n'était pas, à proprement parler, l'issue de la négociation qui l'inquiétait, car de ce côté-là on pouvait être rassuré, mais l'idée même qu'il convoitât la meilleure part de sa propriété. Cela le mettait mal à l'aise de profiter ainsi du malheur d'un voisin. Ce simple état d'âme le glaçait sur place.

— Mes Clôt, défendit Chareuil, ce n'est pas que du pacage. Il y a tous les pruniers de la crête, dix belles rangées. Et les pommiers de plein-vent. Et les barrages que je viens de refaire.

— Tu n'es pas réaliste, répliqua Baptiste.

— Pas réaliste, reprit Chareuil en levant les yeux au ciel. Toi, tu l'es à ma place, foutredieu. Tu l'es pour dix, réaliste. Ce que je vois, mon ami, c'est que tu profites de ma misère pour me saigner à vif. Allez, dis-le donc que tu veux ma maison aussi, tout ça, fit-il d'un large geste. Tu ne voudrais pas que je devienne ton domestique en plus ?

Baptiste baissait la tête. Il s'attendait à cette crise de colère. Il le connaissait mieux que personne, Raymond

Chareuil, un homme pétri d'orgueil, têtu et obstiné. « A l'image du vieux Gadot, pensa-t-il, quand le bonhomme préférait ramener ses veaux de la foire plutôt que de perdre cinq centimes au kilo. »

— Je ne veux rien brusquer, dit Baptiste, prudent.

— Dis-moi voir le fond de ta pensée, au lieu de faire le mielleux !

— Ta parcelle des Vergnes, balbutia Mercœur.

Cela fit à Chareuil l'effet d'un coup de massue.

— Mon salaud, tu manques pas d'air !

Les deux hommes se séparèrent sans un mot de plus. Chareuil suivit les Mercœur des yeux jusqu'au bout du chemin. Au fond, il n'en voulait pas à Baptiste, mais à lui-même, à son inconséquence qui le privait du remboursement des assurances agricoles. A l'avenir, cette faute, il n'en parlerait jamais, même si le reproche de n'avoir su, en temps utile, se garantir du danger devait rester ancré au fond de lui, comme un honteux remords aux effets tout aussi dévastateurs que s'il se fût agi d'un crime.

Une fois éloigné de la ferme, Baptiste poussa un profond soupir de soulagement.

— Ça ne marche pas comme on voudrait ? s'inquiéta André qui avait suivi, en retrait, la fin de la conversation.

Cependant, la mine du père le rassura aussitôt.

— Bah ! nous avons accompli le plus difficile, répondit Mercœur. Maintenant, il va réfléchir à notre proposition. La nuit lui portera conseil. Et je parierais fort que, les jours prochains, il viendra nous supplier. Peut-être pour moins de quinze mille francs, fit-il en rajustant son chapeau de paille.

En paysan roué à toutes les astuces du marchandage, Mercœur ne se trompait guère. Trois jours suffirent pour conclure le marché. Les Vergnes changèrent de mains pour quatorze mille francs. Après la signature de la promesse de vente, Baptiste souhaita visiter sa nouvelle acquisition.

— Faudrait reconnaître les bornes, proposa-t-il.

Fallacieux prétexte, car Mercœur savait parfaitement où étaient les limites des Vergnes, au centimètre près. A la morte-saison, c'était même un de ses passe-temps favoris de surveiller les bornes, au cas où un mauvais voisin les déplacerait. Pour l'heure, Baptiste, nouveau propriétaire, ne pouvait plus résister à l'exercice de son bon plaisir.

— Tu ne veux pas venir ? insista-t-il.

Chareuil refusa d'un mouvement de tête énergique.

— Tu feras arpenter si tu veux, fit-il les bras croisés sur la poitrine. Ce n'est plus mon affaire.

Baptiste ne cacha pas son agacement devant cette résistance qui lui gâtait son bonheur.

— Ça me ferait trop mal, avoua enfin Chareuil, tête basse.

Par l'esprit et par le cœur, Germain était éloigné de ces manigances. Autant dire que la nouvelle acquisition du père ne lui faisait guère plaisir. Piètre exploit, en vérité, pensait-il, que de plumer un pauvre type pris à la gorge. Mais en affaires, le talent ne consiste-t-il pas à saisir le moment opportun ? Pour qualifier sa manœuvre, le vieux disposait d'une formule idéale : « Quand la poire est mûre, il faut la cueillir avant qu'elle ne blettisse. » Comme on pouvait s'y attendre, André fut le seul à savourer, avec lui, sa dernière conquête tandis qu'Alexandre ne voyait dans l'opération que des désavantages. « Encore trois hectares supplémentaires à travailler, bougonnait-il, dix mille pieds de tabac et deux ou trois cents quintaux de blé en plus. Déjà que nous n'y arrivons pas ! »

Germain était tout entier accaparé par la belle Nina. Le

dernier rendez-vous s'était soldé, une fois encore, par un échec. Cela se devinait à son air hâve, à sa manière de tourner en rond. Il n'avait pas plus tôt entrepris une besogne qu'il l'abandonnait dans l'heure, sans raison. Rien ne semblait l'intéresser, sinon rêvasser la tête dans les mains. Alexandre fut le seul à remarquer que son frère n'était pas dans son assiette. Il vouait au benjamin un amour protecteur. C'était sa façon de compenser l'indifférence du père, dont il avait eu à souffrir lui aussi. Ainsi était-il mieux à même de comprendre ce qui le déchirait, qu'on le considérât comme un Mercœur timoré, irrésolu, enclin à la rêverie par où un homme se gâte de l'intérieur, comme disait souvent le père qui possédait sur la psychologie humaine des idées fort tranchées et obtuses.

— Qu'est-ce qui ne va pas ? demanda Alexandre à son frère en l'abordant par surprise.

Germain était assis sur l'herbe sèche, près d'un jeune cerisier sauvage qu'il venait de décapiter à l'égoïne. Une botte de scions écourtés à deux bourgeons était fichée dans l'encolure d'un coffin. Il en tira un qu'il essuya sur son pantalon. Puis il effila la pointe avec son greffoir, avec la même attention qu'il eût prêtée à aiguiser un crayon.

— Allez ! lança Alexandre. Ne fais pas semblant de travailler quand j'arrive. Je le vois bien, que tu n'as pas l'esprit à la besogne.

Germain ajusta la pousse sur le porte-greffe et, écartant la fente avec la lame du couteau, l'aida à pénétrer dans le sauvageon. Officiant tout en délicatesse, il promenait sa langue sur les lèvres. Il se retourna enfin.

— C'est un travail où on n'a pas besoin d'être dérangé.

Alexandre avait glissé les mains dans la ceinture de flanelle enroulée à sa taille. La chemise bâillait largement sur sa poitrine.

— Tu es pensif, mon gars.

Comme il n'obtenait aucune réponse, il ajouta :

— C'est rapport au terrain des Vergnes ?

— Je m'en fiche, répondit Germain.

— Je ne crois pas, soupira Alexandre. Ça te fait de la peine, à toi aussi, que notre père ait monté cette combine. Le malheur peut tomber sur n'importe lequel d'entre nous. Comme à la loterie. Un hasard. Cette fois, il a choisi Chareuil. Ce n'est pas une attitude de chrétien de profiter de la situation. Ce serait comme de s'acoquiner avec le diable.

Germain se leva pour extirper une ficelle de chanvre de sa poche. Il en coupa un brin et alla l'entortiller sur la couronne du porte-greffe, en rangs serrés et ténus. Avec force, il tira les deux bouts et fit un double nœud. Maintenant, il ne restait plus qu'à colmater la greffe avec la glaise épaisse qu'il avait déposée dans un mouchoir.

— Attends ! fit Alexandre.

Il cracha dans le creux de sa main et appliqua la salive sur l'emboîture.

— Ça sert à quoi ? demanda Germain.

— A cicatriser.

— D'où tiens-tu cette recette ?

— De notre grand-père Léonet, dit Alexandre. Je l'ai vu faire cent fois. On ne sait jamais. C'est de la superstition.

Et ils éclatèrent de rire ensemble.

— C'est comme de pisser sur une plaie, ajouta Germain. Il faisait ça aussi. Tu te souviens ? Et ça nous faisait rire.

— Grand-père est parti trop tôt, soupira Alexandre. Peut-être que notre père ne serait pas devenu si dur s'il avait vécu plus longtemps.

— C'est vrai que nous étions toujours à traîner dans ses jambes, même quand il allait braconner. Une faveur qu'il nous accordait là ! Pour ce genre de besogne, Léonet avait plutôt envie d'être seul.

— Nous étions souvent avec lui, précisa Alexandre, parce qu'il nous soutenait, même quand on faisait les pires bêtises. Je me souviens du jour où j'ai épointé toute une rangée de pruniers qu'il venait de planter. Je n'osais plus rentrer à la maison. Alors, Léonet est venu me chercher dans l'étable où je m'étais caché, dans la crèche du fond où l'on met les rouleaux de sel.

— Oui, je me rappelle ça aussi, fit Germain. Et il a fallu refaire toute la plantation.

Le silence retomba dans la chaleur peuplée du pesant bourdonnement des insectes.

— J'aurais encore besoin de lui, aujourd'hui, pour démêler mes affaires, soupira Germain.

— Quelles affaires ?

— A cause de Nina, dit-il d'une voix hésitante.

— La fille Verderie ?

— J'en suis amoureux.

— C'est bien ce que je pensais. A l'école, déjà, tu étais toujours placé à côté d'elle.

— Oui, mais, en ce temps-là, je ne savais pas encore. Maintenant, j'en suis sûr.

— C'est arrivé quand ?

— A la Saint-Jean.

— Au bal de la Saint-Jean ?

Germain ne répondit pas. Alexandre se mit à hocher la tête. Il affectait la surprise. Pourtant, c'était un secret de Polichinelle. Il eût fallu être aveugle pour ne pas voir l'intérêt que Germain portait à cette petite. Jusqu'alors, Alexandre avait cru que son frère ne se risquerait jamais à lui avouer son amour et que les choses s'en seraient allées ainsi que meurent les rêves.

— Il faut en parler à notre père, jubila Alexandre. Enfin

un mariage dans notre famille. Un bon présage. C'est ainsi que j'entends que notre domaine s'agrandisse, avec des brus et des enfants, et non pas avec des hectares et des hectares de terre dont nous ne saurons plus quoi faire.

Germain ne partageait guère ce bel optimisme. Pourtant, tel était Alexandre, pétri d'idées simples sur le bonheur terrestre. Rien ne l'embarrassait plus que les complications de l'existence. Il lui suffisait de se replonger dans la nature pour voir se dissoudre en lui la moindre tracasserie. Dépourvu de la méchanceté qu'occasionnent l'envie et l'insatisfaction, il était né pour la paix intérieure. Et sans doute eût-il été aussi heureux de n'être qu'un petit paysan sur un maigre lopin de terre, puisque les rêves de grandeur et de puissance, qui taraudaient le frère aîné, ne sauraient jamais l'atteindre.

— Il n'acceptera pas que je l'épouse, déclara Germain, à cause de nos anciennes querelles devant le juge de paix d'Ayen.

— Du passé, tout ça ! Du passé !

— Qu'une Verderie puisse s'installer dans notre maison, se mêler des affaires du domaine, on ne le verra jamais, ajouta Germain.

— En ce temps-là, nous avons perdu le procès, dit Alexandre. Et alors ?

— Justement ! C'est cela qui est terrible. Si nous l'avions gagné, notre père pourrait aujourd'hui faire le généreux.

Alexandre amorça quelques pas dans le chemin, déracina, au passage, quelques pieds de millepertuis qui avaient gagné le talus et les jeta dans le roncier.

— Ça n'a rien à voir avec Nina. Nina et toi, reprit-il, vous êtes faits pour vous entendre.

Puis il revint vers son frère, qui avait conservé son air de chien battu.

— Et le vieux Verderie, qu'en pense-t-il de tout ça ?

— A en juger par sa mine, dit Germain, j'ai la nette impression qu'il ne m'aime pas beaucoup. A ses yeux, je ne suis rien de moins qu'un Mercœur. Voilà tout.

— Il ne sait rien de vos...

— Avant de lui en parler, Nina attend la décision de père, le coupa Germain.

— Oui, opina Alexandre, c'est mieux ainsi.

— A mon avis, avança Germain, Verderie est aussi têtu que Baptiste.

— Mais non, le rassura Alexandre. Ça se passera bien. Nous ne sommes plus à l'époque du vieux Léonet.

— Il n'empêche que je manque de courage pour lui en parler.

— Eh bien, je le ferai, moi, proposa Alexandre.

Germain avait empâté le greffon de glaise qu'il lissait du plat de son couteau.

— Fais attention de bien colmater, conseilla Alexandre. Si ça manque d'étanchéité, la greffe ne prendra jamais.

Après la fébrile attente des premières heures, à guetter les réactions du père, le jeune homme en vint à penser que son frère n'était, tout compte fait, guère plus audacieux que lui. C'était une hésitation qu'il comprenait parfaitement, face à la trempe d'acier d'un Baptiste Mercœur, la volonté aiguisée comme une lame de couteau. Aussi ne jugea-t-il pas nécessaire de lui en reparler. Une fois encore, n'était-ce pas réarmer la mécanique infernale : crainte, espoir, doute, relancer la ronde des sentiments contradictoires qui en faisaient un éternel hésitant ?

Maintenant que les petits travaux du jardin étaient achevés et qu'il suffisait de laisser le soleil d'été faire le reste, Baptiste ordonna à ses fils de le suivre à la vigne. La pluie de juillet avait relancé le chiendent et la traînasse. Pour le père, il n'y avait rien de plus exécrable que ses ceps cernés par la mauvaise herbe. Il mena ses fils entre les rangées, leur distribuant ses ordres avec force explications, comme s'ils s'attelaient à la tâche pour la première fois de leur vie. Germain restait en arrière, mâchonnant un brin d'herbe.

— Et puis, nous allons briser cette croûte. Faut que notre vigne respire si l'on veut qu'elle donne, lança le patriarche en se retournant vers eux comme pour vérifier qu'ils suivaient bien ses explications. Un bon sarclage retardera les effets de la sécheresse.

— Nous aurons bien un ou deux orages, hasarda Alexandre.

— Justement, reprit Baptiste, la pluie pénétrera mieux dans une terre travaillée. Si nous laissons en l'état, elle ne fera que ruisseler.

Au cours de ces journées, ce fut à qui, mètre après mètre, progresserait le plus vite. Le vieux Baptiste s'y entendait à ce jeu-là, pour épuiser l'ardeur de ses fils. Entre Alexandre et André, il ne parvenait pas à déceler qui était le plus vigoureux. Pourtant, son aîné tenait toujours la tête de la course. Baptiste avait fini par comprendre, à force d'observation, qu'il devait cette prouesse à son extrême dextérité employée jusque dans l'économie du geste. Par contre, Germain fut vite laissé à la traîne, largué comme à l'ordinaire. La compétition entre ses deux frères le laissait indifférent. Même les railleries ne soulevaient en lui aucune sorte d'amour-propre. Du flanc de sa tranche, il ratissait les touffes d'herbes coupées, ce qui lui faisait perdre, chaque fois, un peu de temps ; mais c'était plus fort que lui, il ne supportait pas de travailler un espace, au-devant de ses pieds, qui ne fût pas dégarni. Par crainte de blesser les ceps de vigne, et sans doute aussi par manque d'adresse, Germain finissait le désherbage en plumant à main nue les herbes vivaces, surtout lorsqu'il s'agissait du liseron dont les lianes étaient entortillées sur les sarments. Cette application l'autorisait ensuite à contrer les sarcasmes d'André. « Je ne travaille pas, moi, comme un sagouin ! »

Vers les quatre heures de l'après-midi, les femmes apportèrent, dans un panier en osier, de la caillade et un litre de vin frais. On alla s'asseoir à l'ombre du noyer. Baptiste coupa avec soin des tartines de pain qu'il tendit à ses fils. Camille déplia le torchon qui contenait le fromage blanc. Chacun tartina la caillade avec son couteau. Léontine servit le vin, au père d'abord qui but d'un trait. Puis, en vidant la dernière goutte sur l'herbe, il tendit le verre à André. Quand elle eut fini de servir, la jeune fille replaça la bouteille dans le panier. D'une chiquenaude, le vieux la rappela. Et, cette fois, on fit circuler le verre de main en main. Chacun en but une gorgée. Ce cérémonial fut exécuté dans un grand silence. On entendait juste les bouches avides déchiqueter les tartines. Léontine était restée à côté de sa fille, accroupie près du panier. Elle attendait que les hommes eussent terminé pour remballer les affaires. D'un revers de la main, Camille chassait de petites mouches qui cherchaient à se poser sur le fromage. Elle se leva pour couper une tige de noyer et en fit un éventail, tout autant pour se donner un peu d'air frais que pour éloigner les insectes. Elle renifla l'odeur forte des feuilles. Cela lui rappelait la procession de la Lunade, à la Saint-Jean, avec tous les gens de Marzac endimanchés, les bras chargés de branches de noyer. C'était la dernière fois qu'elle avait eu l'autorisation de danser. Maintenant, il lui faudrait attendre la fête votive du 15 Août pour retrouver une épaule de garçon contre laquelle s'abandonner.

A la seconde où Baptiste referma son couteau, d'un bruit sec, Léontine comprit qu'elle pouvait remporter son panier. Alexandre se leva le premier et suivit des yeux les deux femmes. Elles disparurent à l'entrée du chemin qui descendait vers le domaine. Perclus de rhumatismes, Baptiste s'était mis à genoux avant de se relever. Il tendit la main à André qui le hala vers lui.

— On a bien une seconde, dit Germain qui grattait, de la pointe de sa chaussure, la terre collée à la tranche.

— C'est pas assez avancé, jugea André.

— Ton frère a toujours le temps, fit le père d'un ton moqueur.

Alexandre se retourna vivement.

— Il ne peut rien dire sans qu'on le reprenne.

Baptiste haussa les épaules. « Ces deux-là ne manquent jamais l'occasion de se soutenir », pensa-t-il.

— Tu es dur avec lui, continua Alexandre.

Le père baissait la tête. C'était une vérité qu'il n'aimait pas entendre. Ses fils avaient tous dépassé les vingt ans, mais il les considérait toujours comme des enfants. Et la moindre de leurs remarques lui faisait l'effet d'une rébellion. Cette fois, au ton ferme d'Alexandre, le vieux Mercœur jugea qu'il valait mieux battre en retraite.

— Quoi ? dit-il en feignant l'étonnement. J'ai toujours eu le souci d'être juste avec vous, aussi impartial qu'un père doit l'être en toutes circonstances.

— Tu ne supportes pas qu'on te tienne tête. Chacune de nos discussions tourne court, insista Alexandre. Au point que Germain n'ose même plus te parler...

Le père gardait la tête inclinée sur l'outil.

— C'est vrai ça ? questionna-t-il.

Le garçon ne se retourna pas.

— Tu as donc quelque chose à me dire ? Je t'écoute.

Germain se redressa dans un mouvement de colère et s'enfuit vers la vigne.

— Oh ? hurla Baptiste, contrarié.

Il se tourna alors vers Alexandre.

— Tu vas peut-être m'expliquer ce qui ne tourne pas rond chez ton frère ?

— Germain voudrait épouser la petite Verderie, dit Alexandre. Il a besoin de ton autorisation.

Sous le coup de la surprise, Baptiste vint prendre appui contre le tronc du noyer.

— Ah ! je l'avais deviné que ça fricotait dans ce coin-là.

— Ça nous ferait un beau couple, non ? insista Alexandre.

Le père caressait sa barbe, l'œil noir. A quelques pas, André promenait un sourire crispé sur chacun des visages, comme pour tenter de décrypter la suite des événements.

— C'est bien vrai que tu veux épouser la petite Verderie ? cria Baptiste dans la direction de Germain.

Le jeune homme se rapprocha, le pas hésitant, et, quand il fut à portée de geste, il opina de la tête. La peur lui nouait la gorge ; aucun son ne pouvait sortir de ses lèvres. Pourtant, c'était le moment ou jamais d'exposer ses intentions, sous le regard protecteur d'Alexandre. Jamais il ne connaîtrait situation plus favorable qu'à cet instant où le père n'avait pas encore eu le temps de mettre ses arguments en ordre. Mais l'hésitation de Germain, sa timide réticence, fut d'un effet déplorable et incita Baptiste à traiter l'affaire d'un ton bourru, comme si ce souhait ne relevait que de la pure fantaisie.

— Eh bien, mon gars, tu peux faire une croix dessus ! s'écria-t-il.

— Tu vois, fit Germain en regardant son frère. Je te l'avais dit.

— Qu'est-ce que tu reproches à Nina ? demanda Alexandre.

— Nina, répondit Baptiste, je m'en fiche. Mais Verderie, nom de Dieu, Verderie, vous auriez oublié ce que ce sale type nous a fait ?

— Père a raison, ajouta André. On ne peut pas tirer un trait sur cette affaire.

— Toi, s'opposa Alexandre, tu n'as rien à dire. C'est à notre père de répondre. Que je sache, tu n'es pas encore le maître ?

Le sang d'André ne fit qu'un tour. Et relevant les manches, il s'approcha, poings en avant.

— Tu vas retirer ce que tu as dit !

— Allons ! s'interposa Baptiste. Je ne veux pas de ça chez nous. Nous sommes une famille unie et elle le restera.

André se recula, dépité.

— Je te demande de réfléchir, insista Alexandre en saisissant le bras de son père.

— Tu es de quel côté ? releva Baptiste. De celui des Mercœur ou des Verderie ?

— Je suis du côté de Nina et Germain, répliqua Alexandre.

Baptiste Mercœur remit son chapeau de paille sur la tête.

— On a du travail qui attend, fit-il. Le reste, on en reparlera plus tard, calmement, quand les esprits seront moins échauffés. N'est-ce pas, Germain ?

Baptiste le chercha des yeux, mais il avait déjà disparu par le chemin qui descendait au domaine.

2

A la Révolution, les habitants de Marzac avaient planté, seulement à trente pas de l'église, un platane à la gloire de l'Être suprême. Durant les journées de liesse en 1794, on avait beaucoup dansé autour du frêle baliveau, en souhaitant à l'arbre de la Liberté de prospérer sur le terreau fertile de l'espérance. Si les heures sombres de la Terreur balayèrent les espoirs de l'an I de la République, l'arbre, lui, poursuivit sa croissance, jusqu'à dépasser d'une courte tête le clocher de l'église. Pour croître et fortifier, le platane étendit ses racines jusque sous la nef. De nombreux fidèles et dévots réclamèrent, à cor et à cri, chaque fois qu'une dalle était soulevée, qu'on lui fît un sort. Mais en dépit des réclamations, il ne se trouva pas, à Marzac, un édile assez audacieux pour envisager son abattage. On craignait qu'il ne verse du mauvais côté et qu'il n'emporte dans sa chute le fronton de l'édifice sacré. Le prétexte était idéal pour tous ceux qui voyaient d'un mauvais œil qu'on pût porter atteinte à l'âme sacrée de la Révolution. On se résigna donc à l'orgueilleuse prééminence de l'Etre suprême sur la latrie. Mieux même, avec le temps, on reconnut au géant quelque mérite. Certains dimanches d'été, on allait célébrer la messe à l'ombre de ses ramures, jusqu'au jour où l'habitant de Marzac ne vit plus en lui qu'un innocent témoin des temps agités.

Ce dimanche, en prévision d'une belle journée de canicule, Cézarine avait installé, tôt le matin, les tables devant son café, qui n'était séparé de l'église que par le fameux platane. Quelle que fût l'heure du jour, sa terrasse jouissait de son ombrage. Aussi, les gens du village avaient pris l'habitude de venir y goûter un peu de quiétude dominicale. Lorsque les cloches se mirent à sonner à la volée pour annoncer le début de l'office, Cézarine sortit sur le pas de sa porte. Les mains plaquées sur les hanches, la jeune femme se mit à scruter les allées et venues des fidèles. A Marzac, une coutume voulait que les hommes boudent la messe. Hormis quelques dévots, que l'on pouvait compter sur les doigts d'une main, la tradition était solidement respectée. Certes, il ne fallait pas y voir la manifestation d'un esprit anticlérical qui se fût emparé de la paisible contrée. La plupart des gens eussent été bien incapables de justifier cette apostasie. Ainsi, les maris accompagnaient leurs femmes jusqu'au porche, puis s'en allaient aussitôt au café, selon un ballet bien réglé.

Germain et Alexandre Mercœur avaient eux aussi escorté leur mère et leur sœur jusqu'à la porte de l'église. Mais l'odeur d'encens qui s'exhalait de l'antre sacré leur fit aussitôt tourner les talons. Ils lui préféraient la saveur âcre du tabac gris que les paysans fumaient devant un verre de rouge.

— Crois-tu que je la verrai ? questionna Germain.

Son frère le regarda, un sourire complice aux lèvres.

— Va donc à l'office, tu en auras le cœur net !

— La belle affaire. Je ne pourrais guère plus l'approcher. Sa mère la surveille comme le lait sur le feu.

— Alors, conclut Alexandre, prends ton mal en patience et viens boire un coup.

Dans le café, le grand Labussière, à la voix tonitruante, haranguait ses voisins, un petit groupe de vieux qui avaient conservé le chapeau sur la tête, malgré la chaleur ambiante. Il y avait là les gros paysans de Marzac : les Lamazane des Fourchies, les Malpas des Jaladis, les Géraud du Mialet, les Letheil des Pierrettes. Il ne manquait plus que Verderie et le vieux Mercœur pour que fête fût complète. Mais ces deux-là ne prisaient guère la compagnie de Cézarine. Le jour du Seigneur, ils préféraient arpenter leur propriété pour s'assurer que tout était en ordre.

— Cette fois, faudra vous y mettre, les gars, pour rentrer la moisson, braillait Labussière. Ça vous changera, de travailler, vous qui ne savez que commander.

Et, d'un geste, il fit mine de retrousser ses manches.

— Y aura plus assez de bras pour la besogne.

Les vieux toisaient d'un air rogue le journalier qui les prenait ainsi à témoin.

— Tu ne vas pas finir par les laisser en paix ? s'interposa Cézarine.

Elle avait la voix grave des femmes qui ont acquis l'habitude de mener leur barque seules. Veuve trois ans seulement après son mariage, Cézarine Lebas avait dû batailler pour conserver son commerce, batailler contre les gens de bien qui voyaient en elle une proie facile à plumer, contre les mâles en quête d'aventure qui la courtisaient sans vergogne.

— Laisse donc, dit Malpas, tu vois bien qu'il est soûl comme un cochon.

Le mot fit rire toute l'assemblée. En effet, Labussière avait pris l'habitude de s'enivrer tous les dimanches, quitte à s'imposer la semaine un régime sec. Et si l'on supportait ses humeurs, ce n'était qu'eu égard au besogneux qu'il était, infatigable à la tâche, cheminant d'une ferme à l'autre pour y louer ses services.

— Pourquoi ? s'étonna Lamazane. Tu ne veux plus travailler pour nous ?

Labussière avança au milieu des tables, le verre en avant, si agité que le vin versait sur le parquet.

— C'est la guerre, mes amis ! La guerre ! Vous n'avez pas compris. On va s'étriper avec le Boche.

Les vieux hochèrent la tête. Cela faisait des semaines qu'on en parlait, sur les foirails, dans les journaux. Mais peu de gens à Marzac y croyaient vraiment, sans doute à cause du bel été plein de promesses. Il suffisait de jeter un œil sur la nature paisible, d'observer les arbres gorgés de fruits, pour se convaincre de l'absurdité de la rumeur.

— Tout ça, c'est une affaire de politiciens et de diplomates. Ça s'arrangera autour d'une table, comme d'habitude, pronostiqua Letheil avec son optimisme naturel de bon paysan jovial. Une guerre, pouffa-t-il, qu'y gagnerions-nous, les uns et les autres ?

— D'autant, ajouta Malpas, que nous disposons de la meilleure armée du monde. Guillaume n'est pas fou à ce point.

Labussière recula en trébuchant jusqu'au comptoir où il vint s'adosser.

— Pauvres idiots ! jura-t-il. Nos troupes sont déjà en état d'alerte sur la frontière allemande. Ça sent la poudre.

— Comment sais-tu tout ça ? demanda Cézarine.

— Je lis la bonne presse, moi.

Labussière fouilla la poche de sa veste et en sortit un journal tout fripé.

— Pas celle des curés, foutredieu. Ça ne sert qu'à endormir le peuple. Regardez ! lança-t-il en dépliant *Le Corrézien*. Ils ont commencé leur sale guerre en assassinant Jaurès !

L'un des types installés au comptoir, le fils Dumoulin, qui travaillait à la Compagnie du PO, approcha du trouble-fête et vint lui tapoter l'épaule.

— T'as raison, Labu. Dans les milieux autorisés, on parle d'une dépêche secrète qui annoncerait dans les heures prochaines l'ordre de mobilisation. A mon avis, c'est imminent. Aujourd'hui ou demain. A moins que ce ne soit déjà fait.

— Tout ça, lança Lamazane, ce sont des rumeurs colportées par les communards.

Pierre Dumoulin passait pour un socialiste, même s'il n'avait jamais adhéré de sa vie au parti de Jaurès. Cette réputation lui était venue après son entrée à la Compagnie des chemins de fer. Pour les notables de Marzac, un ouvrier cheminot ne pouvait être que socialiste.

Les deux frères Mercœur s'étaient assis près de la porte. Germain ne voulait surtout pas rater la sortie de la messe. C'était l'ultime instant où il pourrait apercevoir Nina.

— Labussière a raison, dit Alexandre en tripotant son verre d'anis du bout des doigts. Je ne serais pas étonné que la mauvaise nouvelle nous arrive d'une heure à l'autre.

— Quoi donc ?

— La guerre avec l'Allemagne.

Germain lui jeta un regard ahuri.

— La guerre ? Pour quoi faire ?

— Si les Allemands nous attaquent, nous serons bien obligés de nous défendre.

A la vérité, Germain ne pensait qu'à Nina. Sa passion l'absorbait tout entier, corps et âme. Cela faisait des jours et des jours qu'il essayait de la voir. Et rien au monde ne lui importait plus que cet instant où il la retrouverait pour lui annoncer son intention de se fiancer avec elle, malgré la suprême interdiction du père. Alexandre s'était même proposé d'aller chez les Verderie pour négocier l'affaire, mais son jeune frère avait refusé énergiquement : « Non, c'est moi seul, et personne d'autre, qui peux le faire, s'était-il défendu. Je veux vérifier, de mes propres yeux, si elle m'aime encore. »

Alexandre vint lui toucher la main affectueusement. « Un sacré têtu, mon frère ! » se dit-il.

— Tu es assuré de ton coup ? Assuré qu'elle veut bien vivre avec toi, précisa Alexandre, et pas seulement te rencontrer au petit bonheur ? Le mariage, c'est une sacrée affaire. Ça engage pour la vie.

— Ce n'est pas une toquade, si c'est ce que tu veux dire, répliqua Germain. Elle désire se fiancer au plus vite. A quoi bon reparler de ça. Ma décision est prise. Et c'est pas notre père qui me fera changer d'avis. Quitte à ce que je parte de Rocheveyre pour chercher un travail comme celui de Labussière. Si c'est ça le prix de ma liberté, alors…

— Allons ! coupa Alexandre. Ce ne sera pas nécessaire. Notre père a besoin de toi au domaine. Parfois, il est dur avec nous, mais il ne faut pas lui en tenir rigueur.

— Dur et intransigeant, surtout avec moi !

— Tu te mets de mauvaises idées en tête. Dans le fond, il nous aime tous à sa façon. Il a assigné un rôle à chacun. André est et restera l'aîné sur qui l'avenir de Rocheveyre reposera toujours. Moi, je suis le second, l'éternel second. Un brave domestique corvéable à souhait. Et toi, le dernier de la lignée. Celui qu'on surprotège. A croire que tu ne seras jamais capable de voler de tes propres ailes. Mais, ajouta-t-il après un silence, es-tu sûr que le père Verderie ne viendra pas te mettre des bâtons dans les roues ?

— Ah ! sursauta Germain, le visage soudain éclairé par un beau sourire. Si tu connaissais Nina ! Son père ne lui refuse rien. Il faut voir avec quelle malice elle obtient tout de lui.

Il parut réfléchir :

— Ce serait plutôt sa mère qui me préoccuperait. Mais, à ce que je sais, elle n'a pas voix au chapitre.

— Tu sais tout ça, toi ? s'amusait Alexandre. A croire que tu as vécu dans cette famille suffisamment pour en percer le moindre secret.

— Grâce à Nina.

— Il ne reste donc plus qu'à faire avaler la décision à notre père, soupira Alexandre.

— De gré ou de force, jura Germain en frappant la table.

D'un hochement de tête, Alexandre réaffirma qu'il était tout entier acquis à sa cause et qu'il bataillerait avec lui s'il le fallait, jusqu'à obtenir raison. Il savait que le père avait peu d'arguments à opposer, si ce n'est remettre sur le tapis, pour la sempiternelle fois, l'ancienne querelle de bornage avec Verderie, une algarade qui datait de 1886, du temps où le grand-père Léonet se relevait la nuit pour déplacer les bornes à la lueur d'un falot. A vrai dire, les mœurs n'avaient guère évolué, puisque le juge de paix d'Ayen assurait encore, dit-on, sa subsistance rien qu'avec les affaires de Marzac. Peut-être ces chicanes de parcelles n'étaient-elles qu'une pratique atavique émergeant du plus lointain de l'histoire de l'homme ? « Après tout, pensait Alexandre, les grands, les instruits eux-mêmes se querellent aussi pour des histoires de frontières. N'est-ce pas le cas avec leur Alsace et leur Lorraine ? »

Labussière se promenait au milieu des tables, trinquant de-ci de-là. Le journalier aimait vérifier s'il jouissait encore de l'estime générale, malgré ses discours provocateurs et ses jurons intempestifs. Il n'avait guère à nourrir d'inquiétudes. On le traitait en enfant terrible de Marzac. Ce rôle lui plaisait bien, du reste. Il en usait et abusait à satiété, surtout avec trois ou quatre verres dans le nez.

L'irruption soudaine du maire, François Neuvialle, stoppa net les conversations. A voir sa mine défaite, inhabituelle chez cet homme placide, respirant la bonhomie à pleine peau, chacun flaira un événement grave.

— L'ordre de mobilisation générale est décrété, lança-t-il d'une voix cassée par l'émotion.

Et il ne put ajouter un mot de plus. Puis il resta planté, de longues secondes, devant une assistance pétrifiée. Labussière laissa échapper son verre qui éclata à ses pieds en mille morceaux.

— Sept ans de malheur ! fit Cézarine en entendant le bruit du verre brisé.

Et elle porta la main à ses lèvres en réalisant l'énormité de sa réflexion.

Les visages demeurèrent figés, le regard habité par la peur que l'annonce venait de produire. Labussière rejoignit Dumoulin qui était accoudé au comptoir.

— Ça y est, fit-il en touchant l'épaule de son voisin.

— Je le savais depuis hier soir, ajouta Dumoulin d'une petite voix pour ne pas troubler le silence.

Le maire hésitait à partir. Il ne savait pas quelle attitude adopter, comme s'il se sentait responsable de la situation. Sans doute s'attendait-il à quelques questions qui ne venaient pas, plutôt qu'à ce mutisme. Alors il hasarda un mouvement vers Cézarine, qui ramassait les morceaux de verre brisé.

— Je ne viendrai pas manger à midi. J'ai trop à faire.

En retournant vers la sortie, Neuvialle effleura de la main le col de Letheil. L'homme se retourna en ôtant son chapeau.

— Alors, François, c'est donc la guerre ?

Le maire hocha la tête.

— Les gendarmes d'Ayen viennent de placarder l'affiche de mobilisation.

Et il ajouta pour rassurer l'assistance :

— La mobilisation n'est pas la guerre.

La réflexion de Neuvialle détendit l'atmosphère.

— Il a raison, dit Lamazane. La mobilisation, c'est fait pour intimider l'ennemi.

Mais personne ne sembla partager son optimisme.

— Faut que j'aille voir ça, lança Labussière en se dirigeant vers la sortie.

Le café se vida en quelques minutes. On se dirigea vers l'affiche apposée sur la porte de la mairie. Dumoulin fit la lecture pour ceux qui n'arrivaient pas à approcher :

— « Tout Français soumis aux obligations militaires doit, sous peine d'être puni avec toute la rigueur des lois, obéir aux prescriptions du fascicule de mobilisation… »

Et sa voix se perdit dans le tumulte et la bousculade. C'est alors qu'à la demande du maire le garde champêtre alla dans l'église sonner le tocsin, sans ménagement pour l'office qui s'y déroulait. Le curé comprit aussitôt. Abandonnant son calice et les hosties qu'il s'apprêtait à distribuer aux fidèles, il grimpa dans sa chaire d'un pas alerte. Cette fois il ne s'agissait plus de commenter la parole des apôtres comme il venait de le faire.

— Mes pauvres amis, fit-il en élevant les bras au-dessus de sa tête comme s'il voulait offrir au ciel cette part de souffrance terrestre qui s'annonçait, les hommes, une fois encore, n'ont pas été assez raisonnables pour nous éviter un terrible conflit. Le pire qui soit, reprit-il, un fils de Dieu qui tue un autre fils de Dieu. Il n'est pire douleur à méditer. Et nous n'aurons, les uns et les autres, nulle autre ressource que la prière pour conserver le courage. Nos enfants de Marzac, j'en suis sûr, accompliront leur devoir pour défendre la mère patrie. Prions, prions, répéta-t-il, aujourd'hui et tous les jours à venir pour que Dieu épargne nos fils, pour que la paix revienne dans nos cœurs, pour que nos dirigeants, nos chefs militaires trouvent la force de nous protéger contre les barbares qui assaillent notre frontière du Rhin. Prions ! Prions !

Le tocsin écrasait sa voix sépulcrale. Et après que le curé se fut tu, dans la nef il n'y eut plus que le tintement sourd qui ébranlait l'édifice, tandis que le garde champêtre, pendu à sa corde, dansait dans l'air comme un pantin.

L'annonce du terrible événement fit l'effet du coup de tonnerre dans un ciel d'azur. Chacun s'en retourna au plus vite vers sa demeure en interrogeant l'avenir. Qui allait partir, rester ? Les prescriptions énoncées sur le fameux ordre de mobilisation demeuraient encore vagues dans les esprits. Aussi allait-on, dans les heures prochaines, s'en remettre aux conseils du maire et des gendarmes qui battaient déjà la campagne.

Germain courut au-devant de Nina. La jeune fille le reçut avec une telle froideur que son amour-propre en fut blessé. La mère de Nina, Marcelle Verderie, s'était éloignée de quelques pas pour ne pas avoir à saluer le jeune intrus. Elle voyait d'un mauvais œil le fils Mercœur tourner autour de sa fille.

— Ça y est ! s'exclama Germain. C'est décidé.

Comme Nina ne lui répondait pas, il vint se placer en travers de son chemin. Elle s'arrêta de trottiner, enfin.

— Tu ne m'écoutes pas ?

Ils se regardèrent dans les yeux. Puis elle baissa la tête pour contenir une envie de pleurer.

— C'est trop tard ! fit-elle d'une voix brisée.

— Qu'est-ce que tu racontes ?

— Tu vas partir, comme les autres.

A cette seconde, elle eut alors envie de le prendre dans ses bras et de le serrer contre elle de toutes ses forces. Mais on était en plein cœur de Marzac. Germain l'attira vers lui. Elle n'opposa qu'une molle résistance.

— Nous allons nous marier, clama-t-il. Tu entends ?

Elle ne put contenir une crise de larmes. C'était plus qu'elle ne pouvait supporter de le voir ainsi, baignant dans l'insouciance. Puis, quand elle eut essuyé les larmes qui coulaient sur ses joues avec un mouchoir de dentelle qu'elle portait dans sa manche, elle se remit à marcher à côté de lui.

— Je ne veux pas d'un mari à la guerre. C'est trop triste.

— Bah, dit Germain. Mariés ou pas, ce sera triste quand même.

— Ça ne sera pas la même chose.

La distance avec la mère s'était creusée. Elle commençait à quitter la grande rue du village alors qu'ils étaient à peine arrivés à hauteur du four à pain. Marcelle se retourna et fit un grand signe de la main.

— Il faut que je me presse, dit Nina en accélérant le pas.

Comme Germain insistait toujours pour la retenir, elle lui donna rendez-vous le lendemain aux Pierrettes. Alors le jeune homme la laissa partir, à regret. Son regard l'accompagna jusqu'au bout de la rue. Ainsi qu'il put le vérifier, elle ne se retourna pas une seule fois, et il en ressentit un pincement au cœur. « La guerre, la guerre, marmonna-t-il, on n'avait pas besoin de ça. » Et il se souvint des histoires sur la débâcle de 1870 que les vieux racontaient au petit garçon qu'il était alors. Des images lui revinrent en mémoire, des visions effrayantes : les morts à perte de vue sur le champ de bataille, taches garance essaimées comme des coquelicots, parmi un chaos de prolonges d'artillerie et de bouches à feu abandonnées, de chevaux éventrés, avec le râle des blessés rôdant sous le crépuscule.

Au café, Labussière n'en finissait plus de payer des tournées aux trois ou quatre clients qui traînaient encore, au point que Cézarine en vint à lui conseiller de rentrer chez lui.

— Je fais ce que je veux de mon argent, se rebiffa-t-il. D'ailleurs, là où j'irai, j'en aurai plus besoin.

Alexandre s'était installé au bar pour y attendre son frère.

— Alors ? lança-t-il à son retour.

A sa mine défaite, Alexandre comprit que la rencontre avec Nina ne s'était pas déroulée comme il l'aurait souhaité.

— Maintenant, elle ne veut plus se marier, maugréa-t-il.

Labussière se mit à distribuer les verres, trouvant que la patronne n'avait pas le cœur à l'ouvrage.

— Allez, les gars, profitons-en ! C'est pas le moment de mollir. Quand on sera à la riflette, ce s'ra plus l'heure de siroter l'apéro.

La réflexion du journalier ne déclencha aucun rire. On se remit à boire dans un grand silence. Puis, une fois les verres éclusés, on se serra les mains, sans un mot. Alexandre et Germain sortirent aussi sur la place écrasée de soleil.

— Elle ne t'a pas donné d'explication ?

— A cause de la guerre.

Alexandre hocha la tête.

— Je comprends, fit-il.

— Moi, non ! s'insurgea Germain.

— Elle a peur qu'il t'arrive quelque chose.

— Il ne m'arrivera rien.

— Comment peux-tu dire ça ?

— L'amour me protégera.

Alexandre posa un bras sur les épaules de son frère.

— Nina ne veut pas devenir la plus jeune veuve de Marzac. Et après tout, ajouta-t-il, si la chance t'accompagne jusqu'au bout, alors tu l'épouseras après la guerre. Voilà. C'est simple. Le temps s'arrête pour nous, le temps heureux où l'on pouvait décider du lendemain. C'est comme ça, mon pauvre Germain. Chaque jour nouveau qui va se lever sera une menace permanente. Nos projets, nos rêves, nos espoirs sont entre parenthèses. Voilà ce que Nina a essayé de te faire comprendre.

Baptiste avait appris la nouvelle par Léontine à son retour de la messe. Aussitôt, il avait filé dans la cuisine pour se servir un remontant. Une seule question le taraudait : désormais, qu'allait devenir Rocheveyre ? Il ne pensait à rien d'autre, ni aux souffrances ni aux drames qui s'annonçaient. Seulement le domaine. Léontine l'observait, les larmes aux yeux. Elle, elle ne songeait qu'à ses fils. Et ça lui tordait l'estomac de penser qu'on allait les lui prendre. Baptiste marmonnait dans sa barbe. Une colère impuissante. La guerre avec l'Allemagne, il avait lu quelques articles là-dessus dans *La Croix de la Corrèze*, sans y prêter attention, sans imaginer même une seule seconde qu'elle lui arracherait un jour la force vive de son domaine.

— Et s'il leur arrivait malheur ? s'alarma Camille, assise en travers de la porte d'entrée.

La mère poussa un cri d'effroi. Baptiste frappa du poing sur la table, si vigoureusement que son verre roula entre les assiettes.

— Je ne veux pas qu'on parle de ça ici ! Il ne leur arrivera rien.

— Ça suffira pas de le dire, se rebella Léontine.

Baptiste la foudroya du regard. Et cet assaut d'autorité suffit à obtenir le silence, le silence dont il avait besoin pour méditer son plan. De longues minutes s'écoulèrent ainsi, entre les reniflements de Camille et le bourdonnement des mouches. Et lorsqu'il releva la tête pour regarder sa femme, il vit que ses lèvres remuaient doucement sur une prière qu'elle récitait en sourdine. Baptiste se détourna de ce spectacle qui l'agaçait en faisant violemment grincer les pieds de sa chaise sur le parquet. « Ça ne sait rien faire d'autre qu'implorer le ciel, se dit-il, alors que nous devons trouver une solution pour préserver le domaine. Tout reste à faire : les moissons, la cueillette des prunes, le binage de la vigne, du tabac, du maïs... » Telle était sa prière personnelle. Mais quel Dieu serait assez puissant pour lui épargner le départ d'André ? « Alexandre et Germain, passe encore. Nous ferons bien sans eux. Mais sans André, songeait-il, autant mettre la clé sous la porte et ficher le camp ! »

A leur retour de Marzac, Alexandre et Germain les trouvèrent ainsi dans l'affliction. La mère vint prendre ses fils dans ses bras avec le chagrin sec des gens de peine, comme si elle les embrassait pour la dernière fois.

— André n'est pas encore revenu d'Objat ? s'étonna Alexandre.

Il avait été acheter des faux toutes neuves pour la future moisson, car les anciennes avaient rendu l'âme lors des fenaisons. A force d'être battu et rebattu, le métal se trouvait gondolé comme de la guimauve.

— Il ne va plus tarder, dit Léontine qui surveillait sur la cuisinière son lapin en sauce.

Lorsque la carriole fit son entrée dans la cour de la ferme, Baptiste accourut aussitôt, comme s'il avait attendu ce signal pour émerger de la léthargie dans laquelle la mauvaise nouvelle l'avait plongé.

— Je le sais, répliqua André en détachant les harnais de son cheval. A Objat, on ne parle plus que de ça. Sur la place de l'Eglise et avenue du Moulin-Neuf, il y a même des drapeaux tricolores accrochés aux balcons. Et devant la mairie, les premiers conscrits se sont rassemblés avec leur feuille de route. Je peux te dire qu'il y a foule. Et ça chante, et ça gueule ! A croire que c'est une partie de plaisir.

Son cheval dételé, André l'amena à l'écurie. En passant devant le lavoir, il le laissa s'abreuver en sifflotant comme il avait l'habitude de le faire avec ses vaches.

— Tu es réserviste, dit Baptiste qui l'avait suivi.

André opina de la tête avec un sourire en coin.

— T'en fais pas, mon vieux père, le rassura-t-il, je ne suis pas encore parti.

Le maître du domaine arborait un air sombre. Il n'était pas né de la dernière pluie. D'abord les conscrits, ensuite les réservistes. C'était ainsi que les choses allaient se combiner. Inutile de se faire des illusions.

— Dans quinze jours, tu seras parti, asséna Baptiste. A moins que je m'en mêle…

— T'en mêler ! Qu'est-ce que tu veux dire par là ?

— J'ai mon idée, ajouta Baptiste, l'air énigmatique. Une sacrée bonne idée, insista-t-il en se frappant le front de l'index.

Le déjeuner dominical se déroula sans une parole. Baptiste essaya de mâchonner quelques filets de viande, puis les recracha aussitôt. Et quand Léontine distribua les parts de sa tarte aux mirabelles, qu'elle réussissait à merveille, le père se leva d'un geste décidé. Tout le monde quitta la table derrière lui. On le suivit sous les tilleuls de la cour. Seules les femmes restèrent dans la cuisine pour desservir.

— Regarde, fit Léontine à sa fille. Si c'est pas malheureux. Ça n'a rien mangé.

Elle voulait dire que Baptiste n'avait rien pris ; tout juste un verre de vin. Et elle se remit à marmonner entre ses dents cette prière qui ne la quittait plus et dont elle égrenait les versets avec une fébrile angoisse. Se pourrait-il que l'imploration eût le pouvoir de lui rendre un peu de sérénité, la paix de l'âme dont elle avait besoin pour goûter le peu de temps qui lui restait à vivre avec ses fils, réunis autour d'elle ?

Par la fenêtre de la cuisine, elle regardait ses hommes assis sous l'ombre fraîche des tilleuls. A son habitude, le père occupait le fauteuil d'osier. Combien de dimanches s'étaient écoulés ainsi, sans histoire, des dimanches qu'on ne retrouverait plus avant longtemps ? Et, les mains plongées dans l'eau de la vaisselle, Léontine réalisa que quelque chose venait, soudain, de se briser. « Nous avons été si heureux, pensa-t-elle, et nous ne le savions pas. Nous ne savions rien. Bêtement, nous avons cru que ce bonheur durerait l'éternité, que rien, ni personne, ne pourrait nous le prendre. Voilà ! Le malheur est tombé comme la foudre. » Son front douloureux vint s'appuyer contre la vitre.

A voir sa mère dans la peine, Camille courut se réfugier dans sa chambre pour y pleurer à son aise. Elle venait, elle aussi, de comprendre qu'Alexandre partirait dans les prochaines heures. Peut-être pour toujours... Et Germain ensuite. « Notre pauvre frère, songea-t-elle, il n'aura jamais le courage de se défendre devant les Prussiens ! »

Les garçons fixaient le pavage de la cour en attendant une parole du père.

— Les choses vont se dérouler ainsi, dit Baptiste en

triturant son large chapeau de paille. Dès demain, Alexandre rejoint la caserne de Brive. Durant son absence, il faudra mettre les bouchées doubles, si l'on ne veut pas prendre du retard. Ce matin, j'ai visité la moisson. Le blé est mûr. Mûr, pour tout arranger. Avec la canicule, ça ne pourra attendre plus de huit jours. Passé ce délai, il nous restera la paille. Comme j'vous le dis. La paille. Ça n'a jamais engraissé son homme. Seuls les pigeons seront à la fête. Nous commencerons à moissonner lundi. D'abord la terre des Jaladis. C'est là que le blé est le plus avancé. Et nous finirons par la plaine. Là, c'est en retard. Et si l'on suit mon plan à la lettre, fit-il en regardant André et Germain, tout ira bien, en priant le ciel qu'un vilain orage ne se mette pas de la partie. Les femmes moissonneront autour des pruniers, à la serpe. Comme ça, tout sera propre et net pour la cueillette des reines-claudes.

Quand il s'agissait de parler besogne, Baptiste prenait un ton dur et direct. Il n'y avait plus la moindre place pour le sentiment et la commisération.

— Tu fais peu de cas de la réalité, releva Alexandre. André, il va devoir partir. Et Germain aussi. Qu'est-ce que tu t'imagines ? Comme tous les enfants de Marzac. Dans le village, il ne restera plus que les vieux et les femmes. On s'en fiche, en haut lieu, de nos moissons et du reste. A mon avis, il faudra apprendre à s'entraider, poursuivit-il, si l'on veut arriver à quelque chose...

— Non ! coupa Baptiste. On ne peut compter que sur nous-mêmes. Il en a toujours été ainsi, et ça continuera pareillement, guerre ou pas guerre. Ça continuera, asséna-t-il, je vous le garantis.

Alexandre se détourna du père dans un geste d'impuissance. « Le domaine vivra sans moi, se dit-il, et si ça se trouve, il ne s'en portera pas plus mal. » Il en ressentit un pincement au cœur. Mais il n'était point homme à laisser transparaître la moindre once d'émotion.

— Votre frère est réserviste, rappela Baptiste. Et les réservistes, on ne les a pas encore appelés. Quant à Germain, il doit suivre le conseil de révision en novembre. Ça nous laisse le temps d'ici l'hiver.

— Qui te dit que je ne vais pas être appelé ? soutint André. Toi-même, tout à l'heure, tu disais...

Baptiste se dressa dans son fauteuil, et d'un geste énergique balaya cette hypothèse.

— Le départ d'André serait une catastrophe pour notre maison. Seul, je n'arriverai à rien. Avec tout ce qu'il me resterait sur les bras...

Germain se mit à sourire. Depuis longtemps, il savait le peu de considération que son père lui accordait. Combien de fois Baptiste avait-il pronostiqué que son dernier ne se mettrait jamais au travail de la terre et qu'il ne serait, tout compte fait, rien de plus qu'une bouche à nourrir. La perspective d'un proche mariage avec Nina Verderie n'avait fait que raviver l'animosité.

— Du reste, reprit Baptiste d'une petite voix de conspirateur, je compte faire le nécessaire pour que ça n'arrive pas.

Alexandre et Germain se regardèrent, ébahis. « L'affaire lui serait-elle montée à la tête ? » pensèrent-ils en voyant la malice pétiller dans ses yeux. Il se ménagea quelques secondes de silence. C'était une manie chez lui de jouer du suspense avant d'abattre ses cartes, un tic par où se révélait un orgueil démesuré. Dans le pays, ne disait-on pas que Jean-Baptiste Mercœur était plus fort que tout le monde, qu'il savait tout, qu'il avait réponse à tout ? Chaque fois, on attendait pour voir s'il n'y avait pas, derrière le propos, un trait de forfanterie. Rarement il se trompait. Rarement on le prenait en défaut. Ainsi avait-il fini par se tailler une réputation de paysan habile à mener sa barque en loup solitaire.

— Mardi, j'irai en parler au sénateur Brousse, avoua-t-il. Ça serait bien le diable qu'on ne trouve pas le moyen d'ajourner le départ de notre André.

— Et pour quel motif ? s'interposa Germain. Sur notre bonne mine, sans doute.

— Tu ne sais rien de la vie, rétorqua Baptiste. Tout est négociable. Crois-tu que les fils de riches, de gros commerçants, d'industriels vont partir au front ? Mon pauvre petit, ce ne seront pas les passe-droits qui manqueront. D'ailleurs, il faudra bien nous garder quelques bras, si l'on veut continuer à nourrir le pays. Et je compte bien que votre frère sera de ceux-là...

— Alors, pourquoi ne fais-tu pas la même chose pour Alexandre ? Il mérite bien, lui aussi, de rester au domaine.

Baptiste hésita à répondre.

— Je ne pourrais pas le faire pour vous trois. C'est trop exiger. La présence d'André m'est nécessaire à Rocheveyre, voilà tout.

— Je ne t'ai rien demandé, releva Alexandre avec amertume. C'est entendu comme ça. J'irai faire mon devoir, comme les autres. Ainsi, personne ne pourra rien me reprocher. Il ne sera pas dit qu'un Mercœur s'est défilé quand il a fallu défendre la patrie en danger.

André baissa la tête en devinant où son frère voulait en venir. Et comme il s'apprêtait à lui répondre, Baptiste lui toucha le bras pour l'en empêcher.

— Mes pauvres enfants, il n'y a que l'avenir du domaine qui compte, assura Baptiste. Il faut que la vie continue ici, comme par le passé. Votre frère besognera pour trois. Voilà tout. Je le connais, mon André, plein d'allant et de courage. Je sais que je peux compter sur lui.

Alexandre hocha la tête pour indiquer qu'il avait bien

saisi la leçon et que ce n'était plus la peine, désormais, d'épiloguer.

— Je suis sûr que le sénateur Brousse comprendra notre problème, conclut-il.

— Parfaitement, renchérit Baptiste. C'est un ami de notre famille.

— Le sénateur Brousse est un ami de toutes les familles de Marzac, ironisa Germain.

Baptiste haussa les épaules.

— Tu ne comprends rien. Parfois, des liens se tissent entre les hommes, des liens privilégiés, expliqua-t-il.

— S'il doit faire des faveurs à tous les enfants de Marzac... poursuivit Germain.

— Nous ne sommes pas n'importe qui à Marzac, répliqua sèchement Baptiste. Il est malheureux que tu n'aies pas réalisé ça plus tôt.

Puis sa colère retomba. « L'heure n'est pas aux reproches », se dit-il en replaçant sur sa tête le chapeau de paille.

— Ma décision est douloureuse, concéda-t-il. Mais elle n'est dictée que par un seul souhait : bien faire pour notre terre. Un jour, cette guerre finira. Et nous nous retrouverons tous ici même, sous les tilleuls. Et vous reconnaîtrez enfin que j'ai agi pour le mieux, dans l'intérêt de Rocheveyre.

Germain se sentait floué pour son frère. « Quelle injustice nous lui faisons », pensa-t-il. Il eût aimé posséder le courage de le défendre, comme Alexandre l'avait défendu pour son mariage. Mais devant l'air buté du père, il sentait ses arguments fondre comme neige au soleil.

Alexandre suivait la scène avec détachement, tout occupé à goûter chacune des minutes qui le séparaient de son départ. Ses yeux n'étaient pas assez grands pour observer chaque centimètre du domaine familier où s'était écoulée son enfance ; il voulait en graver les moindres détails dans sa mémoire et les emporter avec lui, emmener toute sa terre à la semelle de ses souliers et les rêves qu'elle avait engendrés.

3

Le silence sortit Alexandre de sa torpeur, le lourd silence de la campagne qu'il avait fini par oublier, peuplé du chant des coqs et de l'aboiement des chiens. Il tira la couverture sur ses épaules et se rencogna dans la chaleur de sa couche.

Des cris, encore, retentissaient dans ses oreilles. Pourtant, ces derniers jours, l'effet s'en était atténué au point qu'il avait cru en avoir terminé avec toute cette tragédie. D'un furieux coup de talon, il envoya promener la couverture et bondit hors du lit. « Il n'y a que comme ça que ça s'arrête ! se dit-il. Se lever aussitôt et, surtout, ne pas somnoler. Il n'y a rien de pire que le demi-sommeil avec toutes les images qui s'en reviennent avec ces noms de lieux maudits à jamais : Charny, Craonne, Fleury, Douaumont, Vaux... »

Quelle heure pouvait-il être ? Proche du jour, se persuada-t-il en scrutant une pâle lueur qui s'infiltrait par les claires-voies des volets. C'était la seule indication qu'il possédait. De la main, il chercha sa montre de gousset sur la tablette de nuit. Puis il fouilla alentour. Elle avait dû tomber sur le plancher. Cela arrivait souvent durant son sommeil agité ; il faisait table rase autour de lui. Déjà, un crucifix en porcelaine s'était brisé en mille morceaux. Et ce n'était pas la peine d'installer la moindre lampe à pétrole ou le moindre chandelier, ils eussent subi le même sort. Enfin il la dénicha derrière un pied du lit. « Six heures dix ! nota-t-il. Père doit déjà être aux étables. » Il s'habilla en hâte en évitant de faire grincer les lames du parquet. Peine perdue. Une plainte monta vers lui, identifiable entre toutes.

— C'est toi, Alexandre ?

Le jeune homme jugea que ce n'était plus la peine de prendre des précautions maintenant que son petit frère était réveillé. Il chaussa ses croquenots, tira soigneusement sur les lacets. Il aimait avoir la cheville bien tenue, comme là-bas avant de monter en ligne. Puis il enfila ses guêtres de cuir – vieille habitude qu'il ne perdrait pas avant longtemps et qui faisait sourire son entourage.

Quand il fut descendu à mi-escalier, la plainte reprit :

— Alexandre ! c'est toi ?

— Oui, fit-il. Qui veux-tu que ce soit ?

— Je pensais…

Et le reste de la phrase se perdit dans une toux catarrheuse. Au bas des marches, sur le pommeau de cuivre de la rambarde, il attrapa sa veste de velours et l'enfila tant il faisait froid dans ce grand couloir. La porte de la chambre de son frère était restée entrouverte. Le garçon ne supportait pas qu'elle fût close, quelles que soient l'heure et la température. C'était une de ses lubies depuis qu'il se trouvait reclus dans sa chambre. « J'aime entendre respirer la maison », disait-il.

Alexandre distinguait à peine l'ombre blanche pelotonnée dans son coin. Une odeur de bougie consumée indiquait que Germain avait veillé tard, à lire ou à réfléchir, ses deux occupations favorites, tant le sommeil semblait, peu à peu, l'abandonner.

— Comment se porte mon petit frère, ce matin ? fit Alexandre d'un ton enjoué.

— Tu as mis ces horribles guêtres, se moqua Germain. Décidément, tu ne peux plus t'en passer. Ça ne t'a pas suffi de les porter tout ce temps dans le merdier ?

— Comment as-tu deviné ça ? On n'y voit goutte.

— C'est la première chose que j'ai entendue : le craquement du cuir.

— Bien assouplies à la graisse de phoque, cirées, je te jure que ça n'a rien à voir avec…

— Peu importe. Je disais ça pour te taquiner, dit Germain en tendant les bras dans sa direction.

— Tu vas dormir encore un peu.

— Non, protesta-t-il. J'ai eu ma ration.

— Il y a longtemps que tu es réveillé ?

— J'ai entendu notre père vers cinq heures. Il est allé aux étables en ronchonnant.

— Qu'est-ce qu'il disait ?

— Comme d'habitude ! Qu'il était toujours seul pour tout faire.

— Il a parlé d'André ?

— Il en parle tout le temps.

— Est-ce que ça finira un jour ?

Alexandre n'était plus qu'à un pas de son frère. Il ramassa la couverture qui avait glissé sur le plancher.

— C'est pas la peine, dit Germain en la repoussant.

Et comme Alexandre s'apprêtait à quitter la chambre, son frère le rappela.

— J'ai envie de casser la croûte avec toi.

— Pas tout de suite, je vais d'abord aux étables.

— Ça ne fait rien, j'attendrai dans la cuisine.

Alexandre soupira profondément. Il ne pouvait rien lui refuser. Se penchant sur le lit, il prit son frère dans ses bras. Depuis qu'il avait perdu l'usage de ses jambes, avec la fonte musculaire, Germain ne pesait guère plus qu'un sac de grains. Alexandre l'assit délicatement dans le fauteuil qui lui était réservé dans la cuisine, au bout de la longue table, face à la fenêtre.

— Il faut que je te parle de Nina, dit Germain.

Alexandre releva le col de sa veste et la boutonna soigneusement. C'était le genre de conversation qu'il appréhendait. Il se mit juste à hocher la tête et quitta la cuisine.

— Tu écouteras ce que j'ai à te dire ?

— Je le sais, ce que tu as à me dire, fit Alexandre en fermant la porte du couloir.

Le début du mois de mars offrait déjà de belles journées ensoleillées avec des températures au-dessus des normales saisonnières. Seuls les matins restaient frisquets. Il fallait attendre les dix heures pour que l'on se crût à une veille de printemps. Malgré ce temps exceptionnel et bien que la réserve de fourrage tirât à sa fin, Baptiste hésitait toujours à sortir ses vaches. En cas de besoin, il lui restait encore du vieux foin moisi qu'il utilisait pour les litières.

Alexandre trouva son père en train de charger des brouettées de fumier. A son arrivée, il leva tout juste la tête. Baptiste ne comprenait pas pourquoi la guerre avait rendu son fils paresseux.

— Douze vaches, c'est lourd à entretenir, fit-il en crachant dans ses mains.

De rage, il envoya une grosse fourchée qui bascula pardessus la brouette. Alexandre eut juste le réflexe d'éviter qu'elle ne vînt s'abattre sur ses chaussures.

— Et trois veaux à faire téter. Il reste toute cette merde à enlever. Surtout que je fabrique mes litières à l'économie. Il y a belle lurette que la paille y a passé. Alors, je me replie sur la fougère. Mais, mon gars, ça se fait rare aussi. Jamais nos bois n'ont été aussi propres, même à

Bellegarde où c'est pas une sinécure de faucher sur les pentes.

De la solitude, le père Mercœur avait acquis le besoin de se parler à lui-même, d'énoncer à haute voix tout ce qui le tracassait. Ça lui donnait un peu de courage que de circonscrire par le langage l'immensité de sa tâche.

Depuis son retour à Rocheveyre, en février 1919, Alexandre savait que le domaine était dans un état lamentable, que la friche avait fini par gagner les bonnes terres où, autrefois, on cultivait des betteraves et des topinambours, que les chemins eux-mêmes étaient rendus impraticables pour un charroi tant les ronciers avaient prospéré sur les talus. Durant les années de guerre, Baptiste s'était juste cantonné à entretenir les terres dans la plaine des Vergnes pour y produire la ration de blé et de maïs nécessaire aux animaux de la ferme. Il avait fini par renoncer au tabac, comme tous les agriculteurs de Marzac du reste, guère mieux lotis avec tous ces enfants sur le front. La guerre finie, ça n'allait pas beaucoup mieux. Vingt-quatre d'entre eux n'étaient pas revenus, tous de solides gaillards fauchés dans la fleur de l'âge, comme son André.

La litière faite, Alexandre détacha les veaux qu'il conduisit sous les mères. L'un d'eux, le dernier-né, chancelant sur ses pattes, avait les pires difficultés à trouver les pis. Alexandre l'aida de la main. Ce n'est qu'à force de patience qu'il parvint à lui faire prendre son soûl de lait.

— Celui-là, pronostiqua Baptiste, on ne le sauvera pas.

Alexandre haussa les épaules.

— Avec un peu de persévérance.

— C'est la nature. Un veau qui ne tète pas sa mère dès le début est fichu.

— Parfois, il faut aider la nature.

— Tu es plus malin que tout le monde.

Léontine servit un fond de chicorée qui attendait sur la cuisinière. Baptiste repoussa le bol avec un haut-le-cœur. Le retard pris sur les labours le turlupinait. « Rien n'est plus précieux que ces belles journées sur la terre retournée, avec la gelée du matin qui tue la vermine. Ça devrait déjà être hersé et semé », se dit-il en fixant la table de noyer contre laquelle venaient buter ses poings impuissants à remuer la lourdeur des choses.

— Ce n'est pas encore cette année que nous ferons le tabac, maugréa-t-il.

— Cesse de te faire un sang d'encre, dit Léontine en reprenant son bol.

— Chez nous, on a toujours fait du tabac, répliqua-t-il. C'est la tradition. Et je n'aime pas que la tradition meure. Car, si nous n'y prenons garde, nous crèverons aussi, dans la misère.

— Qui donc à Marzac fait du tabac ? demanda Léontine.

— Je me fiche du voisin.

La mort de son fils en 1916 avait cessé d'en faire une femme silencieuse et soumise au bon vouloir d'un Baptiste, autoritaire et vindicatif. Dans le chagrin, elle avait puisé la force de se rebeller contre cette société d'hommes qui laissait peu de place à la tendresse. Que lui importait que Rocheveyre ne fût plus le domaine resplendissant d'autrefois, ce rêve orgueilleux et dévastateur auquel on avait tout sacrifié, ça ne lui rendrait pas pour autant son André, ni les jambes de l'infortuné Germain.

— J'ai perdu deux veaux cet hiver, se lamentait Baptiste. Le troisième va suivre le même chemin. C'est une sale affaire que de travailler pour l'équarrisseur.

Cette lamentation parut tellement dérisoire à Léontine au regard de tout ce qu'elle avait perdu, elle, de sa chair, de son âme.

— Tu ne sais pas parler d'autre chose, mon pauvre Baptiste. Tu radotes. Regarde autour de toi. Tout ce malheur.

Et elle alla toucher d'un doigt accusateur les deux médailles suspendues dans le petit cadre de bois noir que leur avait adressées le ministère de la Guerre.

— La médaille militaire et la croix de guerre, c'est tout ce qui nous reste de notre fils. Et celui-là, fit-elle en montrant Germain qui baissait la tête, nous ne le verrons plus jamais marcher.

— Je t'en prie, maman, l'interrompit Germain. Ça ne sert à rien de te faire du mal. Nous devons regarder vers l'avenir. Désormais, Alexandre est le seul fils valide de la maison. C'est sur lui que tout repose, alors que notre père le traite comme un étranger. Que lui reproche-t-on ? D'avoir traversé tous ces événements indemne… Il a eu plus de chance, voilà tout.

Léontine porta les mains à son visage où se lisait l'effroi.

— Comment peux-tu dire une chose pareille, mon pauvre petit. Ton père et moi avons prié pour que vous reveniez tous vivants.

— Nous sommes les seuls à savoir ce qu'a été cette guerre, poursuivit Germain. Qui ne fut pas au cœur de la grande boucherie ne peut en parler. Nous-mêmes, nous n'y arrivons pas encore. Il nous faudra du temps pour analyser ce que nous avons vécu dans cet enfer, si nous y parvenons un jour. Peut-être à ce moment-là redeviendrons-nous des êtres normaux.

— C'est vrai, admit Baptiste, que j'ai toujours logé tous mes espoirs en André, parce qu'il était le plus capable de vous trois à reprendre Rocheveyre. Nous nous comprenions sans parler. Lorsque Neuvialle est venu m'annoncer sa mort, j'ai cru que le temps s'arrêtait à jamais, qu'il n'y aurait plus un lendemain qui vaille la peine de vivre. Tel a été mon chagrin, renifla Baptiste. Chaque jour qui passe m'enseigne qu'il manque un ressort dans cette machine qui nous pousse, saison après saison, à semer le grain et à récolter le fruit de notre labeur.

Pendant que son père parlait, Alexandre s'était levé pour ouvrir la porte donnant sur le couloir. Il étouffait dans cette atmosphère, lui qui ne supportait plus que l'on remue le passé. Ce dont il avait le plus besoin, c'était de recommencer à vivre sans ces questions inutiles, tranchées par le destin. Germain le suivit des yeux et pensa qu'il allait, ainsi qu'il le faisait souvent, sans raison apparente, quitter la cuisine et disparaître, encore, pour un jour ou deux, peut-être plus. Depuis qu'il était revenu de Metz, Alexandre aimait à faire un tour à Marzac ou Objat, rencontrer de vieux amis, coucher au petit bonheur, dans une grange ou une écurie. Ces désirs soudains d'errance semblaient le délivrer de la peur qu'il avait contractée dans les tranchées.

— Tu ne t'en vas pas, surtout, le supplia Germain. Pour une fois que nous arrivons à parler dans cette famille.

Alexandre réapparut dans l'encadrement de la porte.

— Si l'on ne m'estime pas digne de Rocheveyre, alors je n'ai plus qu'à foutre le camp, menaça-t-il. Je ne suis pas attaché au domaine à ce point-là. Je trouverai à me placer.

— Que deviendrait-on sans toi ? s'agita Germain. Alors, père, tu ne peux pas rester sans rien dire, fit-il en le prenant vivement à partie. Alexandre a des idées pour Rocheveyre, tu dois l'écouter.

Et il adressa un clin d'œil de connivence à son frère, comme il le faisait autrefois au temps de leur adolescence, quand ils partageaient de petits secrets dans le dos des grands.

— Première nouvelle ! s'exclama Baptiste. Tu as des idées, toi ?

— J'ai beaucoup réfléchi à ce que nous devrions faire pour remettre le domaine en état. Les friches couvrent la moitié de nos pacages. Nous devons profiter des beaux jours pour mettre le feu à tout ça.

— Mettre le feu ! s'étonna Baptiste. De mon temps, on faisait ça proprement avec un croissant et une serpe.

— Il faut une solution radicale.

— Pour être radical, ça le sera ! reprit le père. Et quand le feu aura pris dans cette grande herbe, tu iras l'arrêter où ? Chez le voisin, Verderie ou Letheil...

— Si ça brûle un peu au-delà de nos limites, il n'y aura pas de quoi en faire une affaire. De toute façon, sans vent, on ne risque rien. Quand les prés du Peyras, des Jaladis et des Combes seront nettoyés, nous referons les barrages.

— Pour une douzaine de vaches, on n'a pas besoin de tout ça.

— C'est que... hésita Alexandre. Je compte acheter de nouvelles têtes.

Le père se leva d'un bond.

— Et avec quel argent ?

— Nous en avons chez le notaire. Au lieu qu'il rapporte des intérêts, nous l'investirons.

— Pardon ! s'excita Baptiste. Cet argent est placé pour notre sécurité. Qu'arriverait-il si nous en avions subitement besoin ? Tu ne te souviens pas de Chareuil lorsque sa grange a brûlé... Je ne veux pas risquer une telle mésaventure. Cet argent-là est bien où il est.

— Je sais à quoi m'en tenir, rétorqua Alexandre.

Baptiste enfila sa veste d'un geste rageur. Il n'avait pas une minute de plus à perdre dans ces conversations qui, selon lui, ne menaient à rien, alors que l'ouvrage ne manquait pas. Aux Vergnes, il lui restait encore cinquante ares à retourner. En cet endroit, près de la rivière, la terre grise se brisait comme du sable. C'était un vrai bonheur. Il y obtenait, mine de rien, le meilleur rendement de maïs de la commune. Et si le temps pouvait se mettre de la partie, un peu de pluie au printemps, et un été pas trop sec, il récolterait des épis charnus comme le poignet. Pour une terre aussi légère, Baptiste utilisait une petite charrue tirée par son cheval ; un labour de vingt centimètres lui suffisait amplement. Quelquefois, le soc heurtait un de ces gros galets ronds qu'il ramenait précieusement sur la bordure. Il avait déjà formé un gros tas au coin de sa parcelle. Plus tard, ça lui servirait à refaire le dallage de son écurie.

Ainsi qu'il en avait formulé l'intention à son père, Alexandre employa sa journée à bouter le feu aux fourrés. Il commença par le pré du Peyras. C'était une vaste parcelle qui bordait les bois de Bellegarde, bien exposée et traversée de rigoles d'eau, en toute saison. Ces petites artères gorgées par les surgeons de source rejoignaient un ruisseau épousant le creux du vallon. Alexandre prisait le lieu, peut-être parce qu'il occupait le point le plus avancé du domaine. Maints souvenirs d'enfance s'y trouvaient rattachés. Il y régnait un silence léger porté par une brise qui pulsait la fraîcheur de la forêt voisine. Bien avant guerre, en ce temps béni des dieux où leur jeunesse coulait des heures insouciantes, ils avaient capturé, André et lui, par les nuits de pleine lune, à la lumière d'un falot, de beaux bouquets d'écrevisses à la carapace fauve. Pour l'heure, on ne pouvait plus accéder aux berges du ruisseau. Les rejetons d'ormes et de frênes en barraient l'accès.

Alexandre gratta son briquet dans l'herbe sèche, là où elle était la plus épaisse. Puis il alla de fourré en fourré mettre le feu, en n'épargnant pas au passage les ronciers qui formaient au milieu de la prairie des îlots inextricables. Quand la flamme ne parvenait à se fixer, il y adjoignait des morceaux de chiffons qu'il imbibait de pétrole au goulot d'une gourde accrochée à son ceinturon.

Une fumée âcre et lourde emplit, peu à peu, le vallon. A grands pas, Alexandre gagna la crête pour mesurer l'étendue de son œuvre. Là où la friche avait prospéré durant les années d'abandon, de hautes flammes s'élevaient dans le ciel, ne laissant derrière elles que cendres noires. Seules se dressaient encore, dans cette désolation, les tiges récalcitrantes des buissons. « Je finirai le travail à la serpe et au croissant, se dit-il. Ensuite, une bonne pluie là-dessus et ça reverdira en quelques jours. Il n'y a pas meilleur engrais que cette suie. »

Quand le feu courut vers les bois, Alexandre se décida à intervenir en catastrophe. Du plat de sa fourche, il tenta d'en éparpiller les brindilles enflammées. L'incendie se trouva ravivé dans la châtaigneraie où l'épais tapis de feuilles offrait un combustible de choix. A peine parvenait-il à étouffer les flammes d'un côté qu'elles reprenaient de l'autre. A bout de forces, le jeune homme renonça en se disant que l'incendie finirait bien par s'arrêter lorsqu'il atteindrait le chemin. Ce dernier, qui coupait la châtaigneraie sur toute la longueur, faisait un coupe-feu idéal avec ses murets de pierres sèches et son herbe rabotée par le charroi. Aussi, lorsque les dernières flammèches s'en vinrent mourir sur la laie, son anxiété se dissipa.

Camille avait poussé le fauteuil roulant au bout du jardin, à l'abri du séchoir à tabac, là même où, d'ordinaire, par les belles journées, Germain exigeait qu'on l'installât.

Elle aimait rester à côté de lui pour lui tenir compagnie. Elle s'asseyait sur le muret, en retrait afin de ne pas le déranger. Le plus souvent, ils ne se disaient pas trois paroles. Germain ne supportait plus les mots inutiles, ceux que réclament la pitié ou la compassion. Le moindre écart de langage relançait sa susceptibilité d'homme meurtri au plus profond de sa chair. Après son retour, les gens de Marzac étaient venus lui rendre visite, à tour de rôle. C'était une manière de lui témoigner leur attachement et leur peine. L'incessant défilé avait été, un jour, interrompu par un sacré coup de gueule dont on se souviendrait encore longtemps dans le pays : « Je ne suis pas une bête de cirque que l'on exhibe !... »

Germain avait conservé sur ses épaules une couverture pliée en deux, un plaid de couleur réséda qu'il avait rapporté de l'hôpital militaire d'Albert où on l'avait soigné après le bombardement. C'était un objet dont il ne se séparait jamais pour des raisons superstitieuses. Assez fréquemment, il lui arrivait de plaisanter sur la mort ; cette inclination morbide datait de l'époque de sa blessure car, en dépit des avis autorisés, le jeune homme se croyait volontiers en sursis. Il disait : « Ma chère couverture me servira de linceul, comme je l'ai vu faire, si souvent, avec mes bons compagnons tués au front. On cousait le tout à grands coups d'aiguille et, hop, dans la caisse ! »

Germain suivait la lente progression du nuage de fumée qui bourgeonnait sur les crêtes. A la longue, il se diluait pour ne plus former qu'un voile qui brouillait le relief. Le jeune homme jubilait intérieurement.

— Je sens que c'est reparti, fit-il.

— Quoi donc ?

— La vie au domaine.

Il inclina légèrement la tête vers sa sœur pour lui faire signe d'approcher.

— Au début, j'ai cru qu'Alexandre ne s'y remettrait pas. Je nourris quand même quelque crainte, poursuivit-il.

— Du côté de notre père ? avança Camille, qui avait saisi ce qu'il voulait dire.

— Je sens qu'il va lui créer des embarras.

— Ce n'est pourtant pas dans l'intérêt de Rocheveyre.

— Alexandre a manifesté à plusieurs reprises sa volonté de changer les habitudes. Je le connais bien, mon frère. Il n'acceptera pas d'être seulement un domestique. Aussi, père devra le laisser entreprendre, sinon tout ira de travers.

— Nous avons toujours vu grand dans cette famille.

— Et présentement, Alexandre voit encore plus grand que notre père.

— Pourtant il a toujours été à la pointe de tout.

— Autrefois, oui, admit Germain. Désormais, l'âge et le désespoir ont eu raison de ses ambitions.

En regardant sa montre, Germain jugea que sa petite sœur avait assez traîné dans son dos. D'une petite voix, pour ne pas la froisser, il lui conseilla d'aller porter le quatre-heures à Alexandre. En vérité, c'était l'heure où Nina Verderie venait lui rendre visite. Camille monta aussitôt dans la cuisine pour y préparer un panier, puis d'un pas alerte elle prit le chemin qui menait au Peyras par les vignes. Quand sa fine silhouette eut disparu et qu'il se sentit enfin seul, Germain tira de sa poche, au prix de mille contorsions, un petit miroir cerclé d'une feuillure de cuivre et un peigne en corne. Il ramena soigneusement sa mèche en arrière, puis vérifia qu'il était encore présentable. Cette coquetterie, il la réservait à Nina, bien qu'il en trouvât l'usage absurde. Mais elle était un des derniers rites auxquels il sacrifiait encore, par fidélité au souvenir d'un amour brisé.

La jeune femme annonça sa venue par un frôlement de

tissu contre les longues tiges vertes des rosiers du Japon qui encombraient le sentier du jardin. Il flaira aussitôt sa présence, à la manière si caractéristique qu'elle avait de se mouvoir, d'un pas léger et aérien, presque félin. Surgissant derrière lui, elle vint plaquer ses mains fraîches sur son visage. Ses doigts dégageaient encore une odeur de carottes sauvages qu'elle avait été couper pour ses lapins. Il la laissa ainsi, quelques secondes, obturer la lumière, en se disant qu'à choisir il aurait préféré être aveugle. Au moins eût-il pu se mélanger à son corps.

— Je ne t'attendais pas, fit-il.

Elle ôta ses mains, et la lumière rendue l'éblouit.

— Menteur ! répliqua-t-elle. Je sais que tu m'attendais. Je viens toujours à cette heure.

Germain se mit à hocher la tête en la fixant dans les yeux. Nina portait le cheveu court, taillé à la garçonne, avec la nuque bien dégagée. Elle se rapprocha pour l'embrasser sur les lèvres, comme elle avait l'habitude de le faire. A cet instant, le jeune homme se sentait redevenir le petit garçon fragile que sa mère emportait dans ses bras. Et souvent, la nuit, il lui arrivait de rêver à Nina accomplissant ce geste de tendresse qui s'éternisait. Elle était au milieu d'un champ de genêts. Son long corps blond semblait flotter au milieu des gerbes d'or. Elle l'invitait à venir vers elle d'une main tendue. « Ne fais pas d'histoire ! jurait-elle. Tu sais marcher maintenant ! » Et il se réveillait à la seconde même où ses jambes allaient enfin lui obéir.

— Pourquoi as-tu fait couper tes cheveux ?

— Chaque fois tu me poses cette question, s'amusa-t-elle.

— Je n'en ai pas le souvenir. Ou alors tu ne m'as pas répondu.

— Bon, concéda-t-elle en laissant glisser ses doigts

dans sa chevelure, je vais te donner une raison. Tu sais bien que je ne peux rien te refuser.

— Cela t'est d'autant plus facile que je ne te demande jamais rien.

Germain adorait caresser le duvet blond de sa nuque. C'était le genre de geste intime qu'elle lui autorisait, bien qu'il lui en coûtât de le sentir si près d'elle, comme un oiseau blessé.

— C'est vrai, admit-elle, tu ne demandes rien.

— Je n'en ai pas le droit, fit-il en laissant retomber sa main le long du fauteuil.

Nina vint s'asseoir en tailleur à ses pieds, creusant le tissu de sa robe entre ses jambes. Il aimait la contempler dans cette pose. Elle redevenait aussi fragile et vulnérable que lui.

— Tu n'as pas répondu à ma question.

— Ah oui ! ma coupe de cheveux...

Elle détourna les yeux, gênée qu'il la fixât sans désemparer avec ce désir meurtri.

— Je trouve, commença-t-elle en cherchant ses mots, que ça correspond mieux à mon tempérament. Je me sens plus libre avec cette tête-là. Pourtant, on me le reproche assez.

— Quoi donc ?

— Mon air de garçon manqué. Ça fait dévergondée.

— Tu as toujours aimé provoquer le monde, dit Germain en souriant. Tu es belle, libre comme l'air. On ne te connaît pas de liaisons tapageuses. Ça intrigue à Marzac.

— Comment sais-tu ça ?

— J'ai tout le temps d'écouter les histoires que Camille colporte...

— Germain ? Tu n'as rien à me dire ? Rien d'autre ? l'interrompit-elle.

— Quoi donc ?

— Ce que tu me disais dans tes lettres. Je les ai toutes conservées. Même celles que tu m'écrivais de l'hôpital d'Albert.

Germain fixait les hauteurs du ciel. Sur la crête, une colonne de fumée montait, épaisse et lourde. « Tout réduire en cendres, se dit-il, afin que ça recommence ! La terre n'aspire qu'à ce mouvement perpétuel avec l'illusion que l'homme puisse la dompter, la domestiquer, la réduire à la dimension de ses rêves. »

— Tu ne me dis plus rien de tout cela, déplora-t-elle en venant poser son front contre ses genoux amaigris.

— Ça m'était plus facile de les écrire. C'était, se reprit-il, comme si j'écrivais à moi-même. Dans mes rêvasseries, tu étais devenue un double de moi-même qui portait encore l'âge que nous avions avant la déclaration de guerre. Et puis le double s'est éloigné de moi, peu à peu, au point qu'il m'est devenu étranger.

— Tu veux dire, réfléchit Nina, que tu ne pourrais plus m'écrire ces choses d'autrefois ?

— Je le pourrais encore, admit Germain.

— Alors, pourquoi tu ne le fais pas, puisque tu ne peux pas me parler ?

— Je ne supporterais pas que tu lises mes lettres en me regardant.

Nina hocha la tête gravement, puis se releva dans un seul mouvement. Germain la vit s'éloigner avec un serrement de cœur. Il savait bien qu'il venait de la blesser. Il crispa les poings contre sa poitrine et se jura à nouveau de trouver, la prochaine fois, le courage d'en finir.

Contrairement à ce qu'on eût pu attendre, Baptiste demeura de marbre devant le spectacle de ses terres brûlées. Pourtant, c'était la première fois de sa vie qu'Alexandre lui désobéissait. Dans son for intérieur, il n'était pas mécontent de cette fronde. Elle valait mieux que la paresseuse indifférence qui avait hanté les premiers mois de son retour à la vie civile. Et, en y réfléchissant bien, Baptiste songea qu'avec trente ans de moins il eût agi de la sorte. A la différence qu'à l'âge de son fils le domaine de Rocheveyre n'était encore qu'une petite propriété, comme il y en avait tant et tant à Marzac, avec, pour seule commodité, une étable attenante à la maison et une misérable cloison en torchis pour séparer les hommes des bêtes. Une séparation, se souvint-il, qui laissait passer la chaleur animale et avec elle, forcément, l'odeur du purin et du lait aigre. Le fumet même de la misère ! Mais c'était là un souvenir qu'il n'avait jamais révélé à ses fils, comme s'il s'était agi d'un épisode honteux de son existence. Et avant de prendre femme, le jeune Jean-Baptiste Mercœur s'était juré de supprimer les miasmes de cette promiscuité, plus par orgueil que par amour-propre. Il n'eût jamais admis de faire entrer Léontine à Rocheveyre sans ces travaux de modernisation.

« Désormais, la table est mise. Le couvert est rutilant. La porcelaine côtoie l'argenterie. Que faut-il de plus ? songea Baptiste en jouant du bâton dans la cendre qui noircissait ses bottes. Si peu de reconnaissance, je ne peux que me le reprocher. J'ai élevé mes garçons dans la grandeur du domaine, sans même leur avoir inculqué le prix des choses en ce bas monde. »

Alexandre n'avait pas fait dans le détail. Les champs des Combes, du Peyras, du Mialet et des Jaladis, cinq ou six hectares d'un seul tenant, avaient été passés à la flamme, hormis quelques îlots d'herbe rase. Cela faisait de grosses taches vertes dans l'étendue cendrée. Le feu avait couru jusqu'au bois de Bellegarde, réduisant sur son passage friches et ronciers, varennes et brandes à quelques tiges calcinées éparses qu'on achèverait à la serpe. Seuls les pieds noueux des genêts avaient résisté à la violence de l'incendie. Baptiste n'en était pas revenu qu'une telle végétation eût pu se propager seulement après trois petites années d'abandon. En 1914 même, se souvint-il, il avait fait les foins dans ces prés. Les champs d'alors avaient été rasés de si près qu'on eût pu y déceler la moindre taupinière à cent mètres à la ronde. Puis les étés suivants, par manque de bras, il avait dû se résigner à n'y plus faire passer une faucheuse.

Baptiste alla visiter, non sans appréhension, la châtaigneraie. Les cépées avaient brûlé du pied. Mais ce n'était rien d'autre que du petit bois de chauffage qui se trouvait ainsi perdu. Qu'importe ! Ça ne manquait pas. Il en avait encore plein le hangar. Des réserves qui dataient de 1912, lorsqu'il avait fait abattre ses beaux chênes du Bos pour en tirer les charpentes de l'écurie. Après un rapide examen, Baptiste fut rassuré. Même si le feu avait parcouru le sous-bois sur quelques ares, les flammes n'étaient guère montées à plus d'un mètre, grillant à peine les pointes des branches basses de sa châtaigneraie.

Alors, il se dirigea vers les fonds du Peyras pour y trouver Alexandre. Celui-ci arpentait ses pacages à grandes enjambées. Il comptait et décomptait les mètres de barbelés qu'il lui faudrait acheter pour sa clôture. Soudain, le jeune homme se sentit observé du boqueteau. En repérant la silhouette du père, il arrêta son manège. Baptiste lui fit alors signe de continuer en levant son bâton vers le ciel. Quand le jeune homme parvint au ruisseau du Pradel, il nota sur un calepin la dernière longueur qui manquait à son calcul et il additionna la colonne de chiffres qu'il avait soigneusement inscrite : « Ça fait dans les deux mille huit cents mètres, marmonna-t-il. Autant dire trois mille. » De la pointe du crayon, il gratta son cuir chevelu mouillé de sueur. « Mille cinq cents piquets bon poids, estima-t-il, si l'on veut que ça tienne le coup pour un bon bout de temps ! » Et fouillant la pochette de sa chemise, il en extirpa les tarifs que lui avait griffonnés le vendeur du magasin agricole d'Objat. Alexandre alla s'asseoir sur une vieille souche couronnée de langues-de-bœuf rosâtres. Bien au frais sous les noisetiers qui bordaient le ruisseau, il se mit à faire ses comptes : « Mille cinq cents piquets à trente-cinq francs le cent, ça fait dans les cinq cent vingt-cinq francs. Et maintenant le barbelé... » Le vendeur lui avait conseillé de la ronce artificielle numéro seize à quatre picots. Il lui en fallait neuf mille mètres. A vingt-cinq francs la bobine de deux cents mètres, ça montait autour de onze cents francs. « Avec quelques kilos de clous cavaliers et de pointes de trente, ça me coûtera dans les dix-huit cents francs », maugréa-t-il.

Pendant qu'il effectuait ses comptes, Baptiste s'était rapproché de lui à pas de loup. Puis il alla s'asseoir à son tour à l'ombre des frênes. Les deux hommes se regardèrent un moment en silence. Alexandre baissa les yeux le premier en attendant les reproches. La main du père vint lui toucher l'épaule.

— Tu t'en roules une ? fit-il en lui tendant sa blague à tabac.

Le jeune homme refusa d'un mouvement de tête.

— Ça fait une semaine que je réfléchis à notre situation, dit Baptiste. On ne peut pas rester ainsi comme chien et chat. C'est indigne de nous. Nous, les Mercœur, insista-t-il, nous sommes trop intelligents pour continuer cette querelle des anciens et des modernes. Alors, j'en suis arrivé à la conclusion que...

Il hésita en crachotant des brins de tabac qui s'étaient collés sur le bord de ses lèvres.

— Bref ! J'ai été injuste envers toi. Injuste comme on peut l'être avec mon fichu caractère d'âne.

Lorsque Alexandre sentit, au souffle oppressé de son père, que cette confession lui coûtait beaucoup, il voulut l'interrompre.

— Je sais ce que j'ai à faire, se rebella Baptiste. Et rien ne pourra m'empêcher de m'y conformer, maintenant que ma décision est prise.

— Quelle décision ?

— Je vais faire les arrangements. La semaine prochaine, je vois le notaire. Ainsi, tu géreras ta part du domaine comme tu l'entends. Je n'aurai rien à dire. Rien. Il n'y a que les hommes libres qui entreprennent. Et tu as besoin de liberté. Je l'ai enfin compris. Même si je doute que l'on puisse reconvertir notre terre à l'élevage.

Alexandre perçut une pointe d'amertume dans la voix de son père, que la perspective du renoncement avait générée. Cette âcreté lui était venue avec la guerre. Il avait vu Rocheveyre en déclin, jeté à l'abandon, et en avait conclu qu'il ne pourrait le sauver seul. Les événements lui avaient fait toucher du doigt, pour la première fois, sa vulnérabilité. Il avait senti qu'il ne serait plus, à l'avenir, ce surhomme autoritaire devant qui tout devait rompre.

— Nous sommes trois, rappela Alexandre.

— Je le sais que vous êtes trois.

— Je ne voudrais pas que mon frère et ma sœur soient lésés sous prétexte que je reprends la terre.

— Où vas-tu chercher de pareilles idées ?

— Il n'est pas si vieux le temps où tu voyais les choses différemment. André devait être le chef et nous ses domestiques.

Le père ne répondit pas. Il ne pouvait entendre prononcer le nom d'André, tombé à Verdun en mai 1916, cote 304, sans éprouver de l'émotion.

— Tu en as parlé à Germain et Camille ? questionna Alexandre.

— Non, avoua Baptiste, mais je vais le faire.

— Parce qu'ils ont leur mot à dire.

— Je ferai les parts équitablement. Et maître Monteil n'aura plus qu'à remplir l'acte de succession.

Baptiste jeta son mégot dans le ruisseau.

— Tout ça, fit-il en pointant son bâton vers la crête des collines, sera à toi.

— Les Jaladis ?

— Les Jaladis, confirma le père, mais aussi le Peyras, les Combes. Cinq bons hectares de pacage. Tout ce qu'il te faut pour mener un élevage, faire ton foin, et, surtout, ne rien devoir à personne. C'est ainsi, mon petit, qu'un paysan fait sa pelote, en ne devant rien à personne.

— Et que restera-t-il pour les autres ?

— Germain conservera la jouissance de la maison familiale, les terres du Bos et les Terras.

— Tu ne lui fais pas un grand cadeau, cet endroit ne vaut rien.

— Vu son état, ton frère se fiche bien de la terre. Sa pension d'invalide de guerre le met à l'abri du besoin.

— Ce n'est pas une raison, insista Alexandre.

— Quant à ta sœur, poursuivit Baptiste qu'aucune récrimination ne pouvait plus interrompre, je lui laisserai une coquette somme. Cent mille francs, jugea-t-il en hochant la tête. Ça ne sera pas se moquer d'elle.

— Et toi ?

— Moi et ta mère, fit Baptiste, nous nous réserverons la retirance pour y finir notre vie, si Dieu consent à nous laisser encore quelques années.

— Oh ! papa ! s'exclama le jeune homme. Tu n'as que cinquante et un ans. Je ne t'ai jamais connu ces idées noires.

Baptiste feignit d'ignorer la remarque comme s'il allait de soi que le temps était enfin venu de passer la main. Certes, il n'avait pas pris une telle résolution de gaieté de cœur. Sa peine était néanmoins tempérée par l'ultime partie du plan qu'il avait soigneusement mitonné ces derniers jours.

— Par contre, je me réserve jusqu'à mon dernier souffle la bonne terre au bord de la Gave. Celle-là, jura-t-il en aspirant l'air à pleins poumons, je ne m'en séparerai jamais. Toute la parcelle que nous avons achetée au pauvre Chareuil, indiqua-t-il, tu te souviens ? J'ai rêvé de la posséder toute ma vie. J'y fais le meilleur blé de tout le voisinage avec un rendement, mon petit, à faire pâlir de jalousie les Verderie, les Malpas, les Lamazane. Dix quintaux l'hectare !

Sans même prendre le temps de consulter le reste de la famille, Baptiste se rendit chez son notaire. Sur le moment, Jules Monteil crut à un coup de tête.

— Eh ! Père Mercœur, qu'est-ce qui vous arrive ? fit-il. Vous n'avez pas encore l'âge où on dételle !

L'homme arborait volontiers ce ton familier, surtout avec les paysans qui constituaient l'essentiel de sa clientèle.

— Ma décision est prise, insista Baptiste.

Il s'ensuivit un long silence pendant lequel l'homme de loi tenta de discerner ce que cachait une telle résolution.

— Je vois qu'on a tous ses esprits, marmonna-t-il.

— Qu'allez-vous chercher ? Je suis sain de corps et d'âme, fit le maître de Rocheveyre.

Le notaire tira de son sous-main de cuir une feuille de papier.

— Nous faisons donc trois parts ?

Baptiste dicta ses volontés avec un calme qui laissa son interlocuteur sans voix. Après coup, il ne lui resta plus qu'à inscrire la longue liste des noms et des numéros de parcelles. Cette laborieuse récapitulation ne lui demandait aucun effort de mémoire. Tout était soigneusement rangé, répertorié dans sa tête. Le notaire crut néanmoins utile de préciser que chacun de ces terrains ferait l'objet d'une vérification au service du cadastre au cas où sa mémoire viendrait à lui faire défaut.

— Vous pouvez vérifier, répondit Baptiste. Je connais ma propriété comme ma poche.

— Vous m'étonnerez toujours, rétorqua Jules Monteil en hochant la tête.

— Ce serait bien un comble qu'un paysan ne sache pas ce qu'il exploite !

— Vous possédez une bien belle propriété, une des plus vastes du canton.

Baptiste se sentit flatté. Il n'y avait pas réflexion qui pouvait lui faire plus plaisir. Sa vie durant, il avait travaillé à agrandir son domaine, possession après possession, à la manière dont les premiers souverains avaient constitué le royaume de France, en interminables tractations, savants calculs et habiles stratagèmes.

On en vint à examiner le portefeuille des valeurs. Cette fois, Mercœur tira de sa poche un carnet de toile pain brûlé où il consignait, au jour le jour, la moindre de ses activités. Dans les dernières pages, juste avant celles, imprimées, de l'éphéméride, il avait noté ses différents placements financiers au Crédit foncier ou au Crédit agricole. Il avait acquis au début de l'année 1918 des bons du Crédit français pour soutenir l'effort de guerre. Même si cela constituait un beau portefeuille d'actions, ce n'était que la partie visible de l'iceberg. A la vérité, le notaire d'Objat gérait la plus grosse part des économies de Baptiste qui lui avait laissé toute liberté d'effectuer à sa place les meilleurs placements chez ses clients à des taux qui frisaient souvent l'usure.

— Vous désirez tout récupérer ? s'inquiéta Jules Monteil.

— Juste cent mille francs. Ce sera la part de ma fille.

— Cent mille francs, soupira le notaire qui parut rassuré. Nous vendrons donc une partie de votre portefeuille d'actions. Cela suffira amplement.

— Ainsi serai-je quitte, marmonna Baptiste.

— Le moment est favorable, ajouta Jules Monteil. Il se trouve que la Bourse est bien orientée.

— Alors, profitons de l'occasion, fit Baptiste en rajustant l'élastique de son calepin.

Alexandre connaissait suffisamment son père pour deviner que les préparatifs de la succession se feraient dans le plus grand secret. « Une fois l'acte rédigé, Camille et Germain seront mis devant le fait accompli. On nous convoquera à l'étude, et le tour sera joué, songeait-il. Et moi, dans l'affaire, j'aurai le mauvais rôle, quand on découvrira que j'étais déjà dans la confidence. »

A la fin de l'après-midi, on se retrouva dans la chambre de Germain. Camille alluma la lampe à pétrole posée sur le guéridon. C'était en cet endroit que la pénombre du soir se creusait en premier. Alexandre fit signe à sa sœur d'approcher, excédé déjà de la voir s'agiter autour de lui pour remettre les objets en ordre. En raison de son infirmité, Germain avait acquis la manie de laisser choir ses affaires là où il se trouvait : livres, journaux, paperasses, vêtements…

— Je me dois de vous entretenir d'une affaire nous concernant, fit Alexandre en venant se placer le dos à la fenêtre, comme s'il voulait cacher le spectacle du dehors à son frère pour l'obliger à l'écouter.

Germain garda la tête inclinée vers ses genoux. Cela ne sembla guère l'étonner que le père eût pris la résolution de régler ses affaires. Au contraire, il trouva que c'était une disposition naturelle pour relancer les activités du domaine.

— Tu n'hérites que des plus mauvaises terres, le prévint Alexandre.

Un sourire modela le visage de Germain.

— Je m'en fiche, fit-il. Et je m'en contrefiche. D'ailleurs, je n'ai jamais été intéressé par le travail de la terre...

— Tu dis ça aujourd'hui, l'interrompit Alexandre, mais si tu avais tes...

Et il hésita à terminer sa phrase.

— Tes deux jambes ! C'est ce que tu voulais dire ? Ça ne changerait rien. Quand je suis parti au front, en 1915, ma décision était déjà prise. C'est pourquoi, à l'époque, j'ai demandé Nina en mariage. Je me disais : au retour de la guerre, tu l'épouseras, quel que soit l'avis du père. Et tu iras travailler à la ville. Ma vie était toute tracée. Puis les choses ont tourné autrement. Mais, dans ma tête, rien n'a changé. Je ne veux aucune terre. Je ne veux rien de père, ni de toi. Rien ! martela Germain en frappant du poing l'accoudoir de son fauteuil.

— Je ne suis pas d'accord, dit Alexandre. Tu as droit à un dédommagement.

— Ma pension d'invalide de guerre suffit à mes besoins. Ma seule exigence, ajouta Germain d'une voix tremblotante, c'est de pouvoir rester au domaine jusqu'à la fin de mes jours et de bénéficier de vos bons soins.

Puis il détourna le visage à l'instant où les larmes lui montaient aux yeux.

— Peut-être est-ce trop demander ?

Camille et Alexandre se regardèrent, étonnés par sa réflexion.

— Qu'est-ce que tu racontes, mon pauvre Germain, nous serons toujours auprès de toi, le rassura Camille. Nous t'aimons et nous voulons te garder avec nous.

— Tu n'as pas le droit de dire ça ! renchérit Alexandre.

D'une main ferme, Germain agrippa la poignée de la crémone et, à la seule force du bras, amena le fauteuil contre la fenêtre. Son front vint se poser sur la vitre glacée. Depuis sa blessure, Germain avait des excès de caractère qui eussent pu passer pour des caprices d'enfant si le destin n'en avait fait un infirme à vie.

— De belles résolutions que voilà ! Mais le temps finira par avoir raison de tout ça. Car ce que je crains le plus au monde, avoua-t-il, c'est de me retrouver seul, abandonné de vous tous, dans un établissement où l'on parque les débris de mon espèce.

Alexandre essaya de reculer le fauteuil, mais son frère se cramponnait à la poignée de la fenêtre de toutes ses forces.

— Bientôt Camille partira à la ville, ajouta Germain. Et toi, tu auras assez à faire sur le domaine. Mon petit monde se délitera autour de moi. Mais, souffla-t-il, peut-être aurai-je alors la force de finir ce que la guerre a commencé...

Depuis que Germain se trouvait dans cet état de désespérance, bien des fois Alexandre avait eu à essuyer ce genre de réflexion. Désormais, il n'y prêtait guère plus attention.

— Notre père ne se dépouillera pas de tous ses biens pour autant, enchaîna Alexandre. Il se réserve les trois hectares des Vergnes qu'il a achetés à Chareuil avant la guerre.

— Cela ne m'étonne pas, dit Germain. Cette parcelle

avait été acquise pour André. Elle conserve un caractère sacré par-delà nous.

— Qu'importe ! fit Alexandre. Ça occupera notre père qui veut rivaliser avec les plus gros producteurs de céréales.

— Ce qui me chagrine, l'arrêta Germain, c'est la part de Camille.

— Quoi donc ? répondit celle-ci en sursautant. Cent mille francs, c'est confortable.

— C'est trop peu, reprit Germain. Tu dois exiger cent cinquante mille francs.

Elle essaya d'imaginer ce que l'on pouvait acquérir avec une telle somme : une maison de campagne ou, mieux encore, un appartement à Brive.

— Je n'oserai jamais, rougit-elle.

Comme Germain ne pouvait se déplacer jusqu'à l'étude de maître Monteil, il fut décidé que le notaire viendrait à Rocheveyre pour faire signer l'acte de succession. Baptiste ne rechigna pas lorsqu'on lui proposa d'augmenter la part de Camille. Il s'attendait à cette surenchère. Et Jules Monteil se félicita de la bonne entente qui régnait dans cette famille, lui qui, d'ordinaire, devait arbitrer les querelles entre les enfants. Comme convenu, Germain renonça à sa part. Sur l'acte, on inscrivit juste ses volontés selon lesquelles on lui assurerait jusqu'à sa mort le gîte et les bons soins. Cette réserve n'avait guère de valeur notariale, du moins relevait-elle de l'engagement moral, ce que tout le monde reconnut.

Après le départ du notaire, Baptiste se sentit soulagé. Il venait d'accomplir une action dont il ne se serait pas cru capable quelques semaines seulement auparavant. Ce revirement était incompréhensible pour Léontine. Même si elle n'avait pas eu son mot à dire dans les préparatifs de l'affaire, elle se sentait aussi apaisée que son mari. Elle avait prié son aise pour que la moindre voix discordante ne vienne troubler la sérénité de la maison familiale.

Dès qu'Alexandre se trouva propulsé à la tête de sa nouvelle propriété, il se mit à dresser des plans. Ceux-ci consistaient à orienter la production du domaine vers l'élevage. Le moment lui semblait propice pour acquérir un troupeau. Une tête de bétail valait, avant la guerre, dans les trois mille francs ; désormais elle ne coûtait guère plus de mille. Cette dépréciation des cours était une aubaine pour un jeune agriculteur comme lui, désireux de s'installer. Pour commencer, il imagina d'en acheter une douzaine, uniquement de belles limousines au pelage fauve. Pour réaliser son ambition, il lui fallait disposer d'au moins quarante mille francs, de quoi se procurer le bétail, bâtir une étable, aménager ses clôtures. Mais où trouver une telle somme ? Alexandre savait que son père ne lui viendrait pas en aide. Baptiste avait toujours prêché pour des productions diversifiées, alliant tout à la fois l'élevage et la polyculture. Ces nouvelles idées qui accaparaient son fils l'embarrassaient. « On ne doit jamais mettre tous ses œufs dans le même panier », avait-il coutume de dire. Et, précisément, c'était ce que faisait Alexandre en ne choisissant que de produire de la viande.

— Si les cours du veau de lait chutent, dit Baptiste, que te restera-t-il pour compenser la perte ? Rien. Tu seras alors à la merci des marchands de vaches.

— Le marché ne flanchera pas, s'entêtait Alexandre. On a un gros besoin de viande en ce moment. Et je compte produire de la qualité. La qualité se vend toujours. Le veau blanc de la Corrèze est renommé dans toute la France. Je compte faire des sujets de cent trente kilos au maximum.

— Nous avons toujours fait du veau sous la mère, le reprit Baptiste. Rien que de l'extra. Des bêtes commercialisables à douze semaines. Et j'ai souvent ramené mes bêtes du foirail parce que je ne trouvais pas preneur au prix que j'en voulais. Je me disais alors que ça pouvait attendre la remontée des cours. Mais pour s'offrir ce luxe-là, mon petit, il ne faut pas être coincé par les créanciers, il faut avoir les moyens d'attendre avec l'animal qui reste à l'étable à bouffer sa ration de lait plus qu'il est nécessaire. J'ai connu une période faste, se surprit-il à rêver. C'était en 1909. Les acheteurs venaient jusque dans nos fermes tellement il y avait de demande. Ça se bousculait aux portes des étables. Les veaux étaient retenus des semaines à l'avance. Et c'était nous qui faisions le prix.

Quand il avait fini de distiller ses avertissements, Baptiste se retirait, la conscience apaisée. « Advienne que pourra, songeait-il. Si ça tourne mal, on ne pourra pas m'en faire grief... » Pourtant, ces leçons laissaient Alexandre sur sa faim. Ce dont il avait le plus besoin, ce n'était pas de grands discours, mais d'argent. Depuis que son père avait annoncé qu'il ne miserait pas un sou sur son aventure, il se faisait un point d'honneur de ne plus évoquer cette question devant lui. « Il ne sera pas dit, se jurait-il, que je l'ai supplié. Pourtant, il doit bien se douter que sans argent frais, je ne pourrai rien entreprendre. »

Alexandre alla demander conseil à Germain.

— Je peux te prêter dix mille, offrit celui-ci en fouillant le secrétaire où se cachait son livret de Caisse d'épargne parmi ses papiers militaires conservés pieusement. Ce sont toutes mes économies : ma rente d'invalide de guerre. Si tu les veux, je te les donne. Moi, je ne peux rien en faire.

Alexandre, qui s'attendait à cette réaction, l'arrêta aussitôt en repoussant le tiroir.

— Ça ne serait pas correct de te dépouiller de cette somme. Et nous serions encore loin du compte. Néanmoins, je suis touché par ta générosité, fit-il en venant lui tapoter la joue.

— C'est de bon cœur, insista Germain. Je suis tellement heureux de voir repartir le domaine. Un temps, j'ai craint que tu renonces. Puis, peu à peu, les forces de la vie ont repris pied en toi.

Alexandre vint s'asseoir en face de lui pour ne rien perdre de la limpidité de ce regard qui avait encore le pouvoir d'ensorceler Nina. Il s'en dégageait une sereine bonté, mêlée de détresse, au point que dans ces moments-là l'usage des mots devenait inutile.

— Je n'ai jamais voulu partir, avoua-t-il. Les racines qui me tiennent accroché à Rocheveyre sont trop profondes. Je me suis simplement demandé ce que père désirait de moi. Que je devienne son domestique ? Ou que je disparaisse ? J'aurais pu accepter d'être le domestique, fit-il, pour l'amour de notre terre. Mais je crois qu'il ne l'a pas voulu non plus. Il a vite compris que nous serions comme chien et chat et que cette situation serait préjudiciable à l'avenir du domaine. Voilà ce qui l'a décidé à agir.

— Peut-être s'est-il enfin résigné à la mort d'André. Son deuil a cheminé dans la colère. Puis, toute force épuisée, courroux et ressentiment mêlés, il a enfin accepté la réalité. Je ne sais pas si, à la longue, il t'aimera autant qu'il a aimé André, mais je suis sûr qu'il ne viendra pas te mettre des bâtons dans les roues. Pour le reste, on peut espérer que le temps finira par réparer les blessures.

Germain tripotait le pan de sa chemise en coton à gros carreaux bleus et blancs, selon l'habitude qu'il avait prise durant la conversation. Ses doigts chiffonnaient nerveusement le tissu, puis relâchaient leur prise quand le silence s'en revenait.

— Ce n'est pas pour autant qu'il me prêtera de l'argent, dit en souriant Alexandre.

— Père a fait déjà beaucoup. Plus que je ne l'imaginais il y a seulement un mois. Pourquoi ne te sers-tu pas de son troupeau ? C'est déjà un bon départ : douze limousines !

— Ce ne sont pas les miennes.

— Père ne verra pas d'inconvénient à ce que tu exploites son cheptel.

— Je veux travailler avec mon troupeau. Et pour le loger, il me faut une étable toute neuve. Sinon, j'aurai encore l'impression d'être sous sa dépendance.

— Je comprends, admit Germain. Alors, il ne reste qu'une seule solution : emprunter !

Il n'était pas de mot plus honni à Rocheveyre que celui-ci. Emprunter, n'était-ce pas, tout bonnement, se mettre à la merci d'un créancier, travailler avec de l'argent qui ne vous appartient pas ? Jadis, Baptiste avait usé de ce moyen par l'entremise du notaire d'Objat. Avec l'argent prêté, il avait acquis les prés des Jaladis. Et le jeune cultivateur d'alors n'avait retrouvé la sérénité que le dernier sou rendu. En attendant d'être délivré de cette dette, Baptiste avait dû subir les fréquentes visites de son prêteur. « Père Mercœur, vous me rembourserez quand vous pourrez », répétait le notaire comme une litanie blessante. Et chaque fois que le regard de Jules Monteil se portait vers les Jaladis, il semblait à Baptiste qu'il guignait là ses propres terres en se demandant bien ce qu'il en ferait au cas où l'on ne parviendrait pas à le rembourser. Cent fois, Baptiste avait raconté cette histoire à ses fils. « Il n'y a rien de plus humiliant que l'emprunt », concluait-il pour convaincre sa progéniture de n'en jamais user.

— J'y ai songé, mais…

— Je parie que tu crains la réaction de notre père ?

Alexandre hocha la tête, embarrassé.

— Il ne le saura pas, ajouta Germain. Et puis, qu'à cela ne tienne. Le crédit doit servir à faire fructifier la terre. Notre père a toujours été contre, parce qu'il est un cultivateur de l'ancienne époque. A l'avenir, nos grandes affaires se bâtiront avec l'argent des banques.

Alexandre était chaque fois étonné par la véracité des jugements de son frère. Il était loin l'adolescent frileux d'avant-guerre, hésitant et timide. Cet endurcissement du caractère lui était venu de sa claustration. A force d'observation, Germain avait acquis des certitudes sur le monde environnant. Et il aimait par-dessus tout les faire partager à la moindre occasion, sachant qu'il n'en tirerait jamais profit pour lui-même.

André Malard, le directeur du Crédit agricole d'Objat, était un petit homme replet, rouge de figure, portant haut la voix rocailleuse des gens du Midi avec un débit aisé et l'art consommé de parler pour ne rien dire. A croire que cette manière-là n'était faite que pour mettre le client en confiance.

— Mercœur ? Mercœur ? réfléchit-il. Votre nom me dit quelque chose. Oui, oui, ça ne m'est pas inconnu...

— Nous possédons, à Marzac, le domaine de Rocheveyre, dit Alexandre, les bras sagement croisés sur sa poitrine.

— Ah ! ça y est, fit l'homme en se reculant de son bureau où seule trônait une lampe sabot d'un vert olive. Vous êtes le fils de Jean-Baptiste, au moins ? Vous auriez pu me le dire tout de suite. Votre père est un de nos sociétaires. Je m'étonne même qu'il ne vous ait pas accompagné, fit-il, soupçonneux, en rajustant ses lunettes pour mieux dévisager son visiteur.

Alexandre se sentit perdre pied. « Si je dois me faire chaperonner par mon père, se dit-il, l'affaire est fichue. »

— Vous me paraissez bien jeune, jugea le directeur. Encore que ce ne soit pas un défaut. Nous avons grand besoin de jeunes agriculteurs à l'esprit entreprenant. Il n'empêche que rarement, je dis bien rarement, jeunesse se marie avec expérience. La jeunesse, reprit-il, nous savons ce qu'est la jeunesse : de l'enthousiasme, de la fougue à revendre. Cela fait défaut de nos jours. L'on ne songe plus qu'à jouir de la vie pour oublier les années terribles. Il y a plus d'indolence que d'ardeur... Vous ne trouvez pas ?

Malard avait cette manie singulière de penser à haute voix, faisant partager à ses interlocuteurs les circonvolutions de son esprit tortueux.

— Aussi, hélas, l'imprévoyance. C'est un mot terrible pour un banquier, l'imprévoyance, poursuivit-il tandis qu'Alexandre avait abaissé le regard sur la lampe qui trônait devant lui, comme une miniature de bateau à voile. Notre art consiste à discerner l'esprit réfléchi. A première vue, ajouta-t-il après un court silence, vous me paraissez tenir de votre père. Voilà un homme précieux pour notre agriculture. Un gestionnaire pondéré ! Et je ne doute pas qu'il vous ait transmis un peu de son caractère...

L'homme s'interrompit de nouveau pour se livrer à une grave réflexion. Puis, voyant qu'on ne l'aidait guère à se fonder une opinion, il tira négligemment d'un tiroir un bloc-notes à ressort et un crayon de papier. Il y avait de la lassitude dans le geste du directeur, comme s'il venait de se résoudre enfin à remplir un dossier, un de plus qui irait rejoindre la pile, sans grand espoir de le voir aboutir un jour.

— Combien désirez-vous emprunter ?

Le jeune homme hésita à livrer le chiffre qui, soudain, lui parut immodéré.

— Quarante mille francs, lâcha-t-il d'une petite voix hésitante.

— Diable ! releva Malard. Que voulez-vous faire avec cette somme ?

Alexandre sortit un calepin de toile qui lui servait de pense-bête. Le directeur l'écoutait tout en prenant quelques notes.

— Cela me paraît intéressant, fit-il en relevant la tête. Très intéressant même. Un instant, j'ai craint que vous ne vouliez acheter de la terre. Je me disais aussi que le domaine de Rocheveyre est bien assez vaste. Nous avons là, si je ne m'abuse, une jolie propriété à exploiter. Ces derniers temps, votre père a laissé gagner la jachère.

— Je suis en train de remettre tout ça en état de marche, répliqua Alexandre fièrement. Vous pourriez venir le constater vous-même…

— Qu'allez-vous imaginer, jeune homme, répondit Malard, je vous crois sur parole. Mais ce prêt, ajouta-t-il, nous allons l'établir au nom de votre père.

— Pourquoi ça ?

— Parce que c'est lui, le propriétaire. Et je doute, mon jeune ami, dit le directeur en se redressant, qu'il veuille en contracter un avec tout son argent placé chez nous. Il lui suffira de vendre une partie de ses placements. Ce sera bien plus avantageux que d'ouvrir un crédit.

— Les affaires de mon père ne sont pas les miennes, se défendit Alexandre en agrippant d'une main ferme le bord du bureau.

— Pour vous concéder un tel prêt, il nous faut des garanties. A moins que votre père ne se porte garant ou ne nantisse ses actions.

— Mais, rectifia Alexandre, mon père vient de régler sa succession. Je me trouve donc propriétaire de six hectares.

— Ah ! mais ça change tout ! s'esclaffa Malard. Que ne le disiez-vous plus tôt…

Alexandre opta pour un remboursement sur vingt ans. Comme il pouvait se prévaloir d'être ancien combattant, on lui concéda un emprunt à deux pour cent d'intérêt. C'était un des rares avantages que la République reconnaissante offrait à ces jeunes agriculteurs qui avaient risqué leur vie sur le front. Et, sans perdre plus de temps, Alexandre se mit en quête de son nouveau troupeau. Il visita toutes les étables du voisinage et finit par trouver ce qu'il cherchait, une douzaine de belles limousines de reproduction. Il les choisit, ainsi que son père le lui avait enseigné autrefois, avec un dessus ensellé et le garrot plus élevé que le sacrum, une arrière-main bien développée, caractère nécessaire pour offrir un bon « moule à veau ».

Les pacages enfin clôturés, Alexandre mit son troupeau à l'herbe, non sans fierté. Il accompagna ses bêtes une heure durant, comme s'il se fût agi des premiers pas de son propre fils, avec ce même attendrissement. « Me voilà maintenant lancé, se dit-il, et nous verrons bien ce qu'il adviendra. Dès qu'elles seront bien rassasiées d'herbe, je les mettrai au taureau. »

A l'automne, le jeune propriétaire embaucha Labussière pour construire son étable. Le journalier était un homme à toutes mains pour peu que l'on sache récompenser ses efforts, ce qui était rarement le cas à Marzac où on l'employait à la journée avec des traitements de misère. Alexandre, qui n'était pas chiche, lui offrit le double de ce qu'il gagnait chez Lamazane à la condition de ne pas trop compter les heures. Alexandre acheta deux maisons de vigne en ruine au Mialet afin d'y puiser la pierre à volonté. Il suffirait juste de la retailler et de la piqueter pour lui redonner un coup de jeune. En trois semaines d'un harassant labeur, les deux hommes vinrent à bout de la maçonnerie.

Entre-temps, dans la prévision des travaux, Alexandre avait fait tirer le bois de la charpente dans la forêt de Bellegarde. Comme cette parcelle appartenait encore au père, qui s'en était réservé la jouissance, on ne sait trop pour quelle raison, il lui fallut obtenir son autorisation. Baptiste vit avec regret une dizaine de ses plus beaux chênes livrés au passe-partout. La pression de Germain avait suffi à lui faire entendre raison. Il renonça donc à en faire estimer le prix.

— Ça serait bien le comble que tu demandes de l'argent à ton propre fils ! jugea Léontine. Tu ne l'aurais pas fait pour André...

— Je ne vois pas où est le problème, rétorqua le père. Nous avons déjà tout donné.

Labussière tailla et ajusta les fermes avec des travées et des étançons chevillés à la mode ancienne. L'homme ne voulait pas entendre parler des vis en acier que l'on utilisait désormais par souci de commodité.

— Je besogne comme on me l'a appris, répétait-il. Au diable le progrès. Mes bonnes vieilles chevilles en bois ne rouilleront pas, elles, au moins !

Pour dresser les pannes on s'adjugea l'aide des gens de Marzac. Et quand la charpente fut en place avec son toupet de verdure accroché au faîtage ainsi que l'exigeait la tradition, Labussière et Alexandre décidèrent enfin de se donner un peu de bon temps.

Les jeunes célibataires allèrent visiter l'un après l'autre les estaminets d'Objat, ripaillant à leur aise, sans oublier au passage les filles qui monnayaient leurs charmes au bar du Poète. Cela ne leur était pas arrivé depuis la démobilisation de « changer le poisson d'eau », comme disait Labussière.

Finalement, un automne pluvieux stoppa leur entreprise au moment d'installer la couverture.

— Ça va fondre comme du sucre ! jura Baptiste en grimpant sur la sablière.

Au bas de l'échelle, Alexandre ne put contenir sa colère.

— Tu ne sais plus rien faire d'autre que critiquer.

— Je dis, insista Baptiste, que la pluie sur cette pierre en brasier est une catastrophe. Ça s'infiltre dans les jointoiements et ça pourrit de l'intérieur. Ce n'est pas à moi que tu vas apprendre ça ! Ton Labussière est un âne bâté. Il aurait pu te dire qu'on ne construit pas avant la saison des pluies. Déjà qu'il t'a taillé une charpente dans du bois vert. Ça va travailler que le diable.

— Je n'ai que faire de tes conseils ! s'écria Alexandre.

— Tu vas trop vite en besogne. Dans la vie, il faut prendre son temps, ou l'on s'expose à tout faire de travers.

— Descends de là ! ordonna Alexandre. Et va donc t'occuper de ton maïs. Je crois que le rendement ne sera pas à la hauteur des prévisions.

Les mois de juillet et d'août, trop secs, avaient causé d'irréparables dégâts sur les plantations des Vergnes. Les tonnes d'eau charroyées de la Gave jusqu'aux canaux d'irrigation n'avaient pas réussi à limiter les dommages. Pour mener à bien ce travail, il eût fallu que Baptiste acceptât l'aide des voisins de Marzac, mais il en avait repoussé l'idée, comme d'habitude, avec la plus féroce énergie. La mésaventure eut au moins le mérite de lui faire découvrir amèrement la limite de ses forces. Il refusa même que son fils lui donnât la main. Une simple affaire d'orgueil.

La réflexion d'Alexandre, toute cruelle qu'elle était, avait laissé Baptiste sans voix. Quand son père se trouva éloigné de lui, Alexandre s'en voulut d'avoir ainsi cédé à la colère. Le soir venu, il alla raconter son histoire à Germain.

— Laisse donc ! fit celui-ci. Ça lui servira de leçon. Te souvient-il du temps de notre jeunesse ? La tendresse n'était pas son fort.

— Décidément, tu es devenu aussi dur que lui, nota Alexandre.

— Non, réfuta Germain. Ma blessure m'a rendu humble. Ce n'est pas la même chose.

4

La foire d'Objat, le premier mardi du mois, était un de ces rares événements dans le pays qui drainaient tout ce que les communes environnantes comptaient d'agriculteurs. La place de la Mairie avait le plus grand mal à contenir les charretons, les calèches et les tombereaux. L'enchevêtrement des attelages à chevaux et des marchandises sommairement déballées donnait une forte impression de pagaille. A deux pas, sous l'ombre tutélaire de l'église, les paysannes avaient étalé à même le sol les produits de la basse-cour : poules entravées, lapins tapis au creux de leurs cageots, profonds paniers d'osier garnis d'œufs. La grande rue, conduisant à la halle couverte, était rendue étroite par l'alignement des étals coiffés d'une longue vague de toile blanche. On y vendait des kilomètres de tissu, des draps en lin, des ustensiles de cuisine en fer-blanc, des galoches et des sabots, des harnais de chevaux et des grappes de cordes, de ficelles et de raphia. Sous la halle, où se tenait le marché aux primeurs, on se disputait à grands cris et avec force gestes des petits pois en sacs de jute, des caisses de salades, des montagnes de choux-fleurs posés à même le pavage.

Les deux hommes n'arrivaient pas à se frayer un passage dans cette fourmilière. Ils bataillaient du coude pour échapper à l'attraction de la foule qui semblait les entraîner avec elle.

— Je ne sais pas pourquoi, cria Labussière, mais j'ai le gosier en feu.

— Moi, répliqua Alexandre, ça serait plutôt l'estomac qui crie famine.

Tout en déambulant, il gardait la main soigneusement plaquée sur le portefeuille qui renflait la poche de sa veste par crainte de se le faire voler dans la bousculade. Les maquignons venaient juste de lui régler son dû, la vente de deux veaux de lait. Il y avait là de quoi intéresser un de ces apaches qui écumaient toutes les foires de la région dans l'espoir de dégoter quelques pigeons. Et ça ne manquait pas, ces idiots qui exhibaient fièrement leur argent sur le comptoir d'un café. Quant à Labussière, c'était le dernier de ses soucis. Le bonhomme était toujours sans le sou, à traîner un air de miséreux qui eût plutôt attiré la compassion que l'envie.

— On va au Coudert ? lança-t-il. A la condition que tu régales, l'ami !

Alexandre hocha la tête. Il savait faire le généreux avec son journalier pour le garder à son service. Du reste, cette situation déplaisait à certains propriétaires de Marzac qui eussent voulu le faire travailler pour un paquet de gris et une assiettée de soupe, comme cela se faisait encore avant la guerre. A force de payer rubis sur l'ongle, Alexandre avait fait de son commis un ouvrier difficile, intransigeant à l'endroit de son salaire. Et pour le rallier définitivement à sa cause, il ne lui avait pas été difficile de montrer que des Lamazane ou des Malpas n'étaient que des misérables exploiteurs, âpres au gain, passant le plus clair de leur temps à se plaindre sur la misère des ans pour justifier leur pingrerie.

Le Coudert était le grand hôtel-restaurant d'Objat,

dont l'activité se trouvait décuplée les jours de foire et marché. La vaste salle ne désemplissait pas entre huit heures du matin et trois heures de l'après-midi. Une armada de serveuses promenaient sous les narines du client des têtes de veau vinaigrette, des pieds de cochon au vin rouge, des quartiers de salé à la mique. En cet endroit, comme du reste dans les trois ou quatre autres restaurants de la cité, les agriculteurs, une fois leurs affaires conclues, s'invitaient à un copieux casse-croûte, histoire de se retrouver ensemble pour médire en chœur des marchands de vaches ou des expéditeurs en fruits avec lesquels le cultivateur, en règle générale, entretenait, au fil du temps, des rapports passionnels. Ces négociants-là faisaient la pluie et le beau temps sur le champ de foire, aussi se trouvaient-ils au centre de chacune des conversations.

Labussière, qui était un habitué du lieu, repéra, près de la fenêtre, un coin de table vide. Il s'y installa en pays conquis, repoussant les assiettes sales des précédents convives, avec un sourire de contentement.

— J'ai craint qu'on ne trouve pas où se mettre, avoua-t-il.

— On aurait été au Duranty.

— C'est pas la même chose, renâcla Labussière. La tête de veau n'a pas le moelleux d'ici !

— Surtout quand on la sert à moitié froide dans son jus figé, rajouta Alexandre.

Le journalier balaya les miettes de pain entre ses coudes et ouvrit son couteau d'un geste décidé. Depuis une seconde, il lorgnait la plâtrée odorante de pieds de veau que la serveuse venait de poser sur la table voisine.

— Il en reste encore ? demanda-t-il en saisissant le nœud du tablier.

La servante se dégagea lestement. C'était la dixième fois, au moins, qu'on lui faisait le coup. Et ça devenait lassant, cette taquinerie grivoise qui voulait vous faire comprendre qu'on ne désirait rien d'autre que de pousser plus loin le jeu.

— Deux pieds de veau ? fit-elle en leur lançant un regard noir.

— Avant vous nous apporterez du jambon avec des cornichons et une bonne bouteille de vin de Vertougit, commanda Alexandre.

— Et quelques rillons d'oie, s'excitait Labussière, histoire de se mettre en appétit.

Alexandre acquiesça de la tête.

— Ce matin, tu as gagné des sous, insista le journalier. Et puis, on a bien assez trimé ensemble, pas vrai ? Bon Dieu, j'ai encore souvenir des travaux de l'étable. Fallait bien des fous comme nous pour entreprendre un chantier pareil.

Alexandre faisait la sourde oreille. Il savait où son ami voulait en venir avec ses incessantes allusions. Le bougre aimait les compliments, mais encore plus la bonne chair, pourvu qu'on le régalât. Il possédait une voracité d'ogre et ne se levait de table que les plats vidés et curés. Durant son enfance, le petit Labussière avait crevé de faim, obligé qu'il était de mendier sa pitance de village en village en échange de menues besognes.

— J'ai bien vendu mon premier veau, dit Alexandre pour changer de conversation. Quatre cent quarante francs. Avec le second, je me suis fait rouler. J'aurais pu en tirer cinquante ou soixante de mieux...

Puis sa voix s'arrêta... Depuis quelques secondes, il suivait des yeux une jeune femme qui venait d'entrer dans la salle du restaurant. Il n'était pas le seul à la regarder aller et venir entre les travées des tables. La nouvelle arrivante portait une veste rouge vif, ajustée au corps, avec une langue de cuir fauve sur le revers du col. Sa longue chevelure brune formait une queue de cheval tenue par un nœud papillon en satin noir. Mais ce qui étonnait le plus la compagnie, ce n'était pas seulement le raffinement de sa tenue qui tranchait avec la mise générale des paysans, la plupart en blouse noire de vacher, ou des quelques femmes qui accompagnaient leurs époux, elles aussi mal fagotées dans des cotonnades sombres, mais bien qu'elle portât le pantalon, et quel pantalon, une culotte de cavalière qui faisait insolemment saillir ses formes. Elle était à l'aise dans cet habit inaccoutumé, déambulant comme elle l'eût fait sur un parterre d'hippodrome, indifférente autant qu'on pouvait l'être à l'attention soutenue dont elle était l'objet, tout occupée à dénicher un endroit où s'attabler.

Alexandre, toujours prompt à rendre service, se leva pour lui faire signe. Il y avait une place de libre à sa table. Leurs regards se croisèrent, furtivement, sans qu'elle modifiât son attitude. Sur le moment, il lui sembla que la visiteuse faisait mine de ne pas le voir. Il se rassit, vexé, en s'imaginant que toute l'assistance avait vu son geste pour attirer la jolie créature à sa table. Un geste égaré et stupide, pensa-t-il.

La visiteuse tourniqua sur elle-même, indécise, comme si elle s'apprêtait enfin, en désespoir de cause, à renoncer à son projet. Labussière, qui avait observé non sans amusement le geste de son ami, se retourna vers la belle étrangère.

— C'est madame Daillac, fit-il d'un ton neutre.

— Quoi ? s'étonna Alexandre. Tu la connais, toi, cette femme ?

Le journalier piqua le nez dans l'assiette de charcuterie qu'on venait de lui servir.

— Tu m'étonneras toujours.

— Pourquoi je ne devrais pas la connaître ? se rebella

Labussière. Tu ne m'estimes pas digne de regarder une jolie femme, nom de Dieu...

Alexandre lui toucha l'épaule.

— Elle arrive ! Tais-toi donc !

Labussière se retourna en feignant la surprise.

— Mais c'est madame Emilienne, fit-il en se dressant.

La jeune femme enjamba lestement le banc et vint s'asseoir près d'eux. Le journalier lui tendit une main moite qu'il avait cherché à essuyer, furtivement, à son pantalon. Elle s'en saisit avec hésitation.

— Henri Labussière, fit-elle, quel bon vent vous amène dans ce capharnaüm ? J'allais ficher le camp lorsque je vous ai aperçu. Vous êtes bien le seul que je connaisse ici.

Elle promena autour d'elle un regard amusé.

— Je doute que la cuisine y soit de mon goût. Ça m'a l'air bougrement gras.

Alexandre baissait la tête. Il n'osait poser ses yeux sur la belle femme brune à deux mètres de lui, occupée à éloigner avec dégoût de son périmètre les reliefs d'un repas.

— Je vais faire comme vous, me commander une tranche de jambon. Ça suffira à mon bonheur.

Labussière dévorait à belles dents, tandis qu'Alexandre était paralysé par cette présence intimidante.

— Tu pourrais au moins attendre que notre voisine soit servie, fit-il.

Le journalier dressa la tête, surpris, puis lâcha son bout de pain dans l'assiette.

— Excusez, madame Emilienne, mais j'ai une de ces faims !

Les poings réunis sous le menton, la jeune femme laissa fuser un petit sourire, puis détourna les yeux vers la fenêtre. De là, on jouissait d'une large vue sur la cour garnie de calèches attelées.

— Cela fait des lunes que vous n'êtes pas venu me voir,

dit-elle en agitant son poignet pour le libérer d'un gros bracelet d'argent. Pourtant le travail ne manque pas à La Brulie.

Labussière fixait Alexandre avec un drôle d'air de connivence.

— Cet animal me vole tout mon temps, se défendit-il. Je suis devenu un homme à toutes mains : maçon, charpentier, garçon d'écurie, vacher... Et j'en passe.

Le maître de Rocheveyre fronça les sourcils, embarrassé.

— Vous avez de la patience, dit-elle en scrutant Alexandre.

Elle avait déjà eu l'occasion d'employer Labussière sur de courtes périodes et de juger son caractère frondeur et rebelle. A moins que cette attitude, dont elle avait gardé un souvenir mitigé, ne dût son origine au fait que le journalier ne supportait guère le commandement d'une femme.

— C'est un heureux compagnon, reconnut Alexandre, pourvu qu'on sache le caresser dans le sens du poil.

Emilienne se mit à rire, un minuscule rire étouffé derrière ses doigts.

— Vous êtes aussi cultivateur ? demanda-t-elle.

— Oui, dit Alexandre.

— J'ai du mal à le croire.

— Pourquoi donc ?

— Je vous imaginais plutôt employé des chemins de fer.

Alexandre éclata de rire à son tour.

— Lui, fonctionnaire ? s'interposa Labussière. Vous n'y êtes pas. C'est un individualiste forcené. Ça ne supporterait pas de se laisser commander. Même par une jolie femme comme vous. C'est pourquoi nous nous entendons si bien, l'un et l'autre. Nous sommes de la même espèce, d'indécrottables paysans fiers de leur liberté.

Emilienne hochait la tête.

— Comme je vous comprends.

Elle parut hésiter.

— J'appartiens aussi à votre espèce.

— Madame Daillac élève des chevaux à Veyres, prévint Labussière.

— J'avais remarqué à votre tenue, souligna Alexandre.

— Des chevaux de main et de selle, expliqua-t-elle, mais aussi de trait et de bât. Des percherons, des ardennais. Mon plus gros client, c'est l'armée. Après toutes ces années de boucherie, ils ont bien besoin de s'équiper.

— L'armée, ajouta Alexandre, c'est au moins un client sûr et qui ne discute pas le prix.

— Ils me doivent bien ça !

Puis elle se mit à couper sa tranche de jambon. Alexandre, en la voyant faire, se résolut aussi à attaquer la sienne. Pourtant, il avait la gorge nouée et n'avait guère d'appétit. « Ce n'est pas tous les jours que l'on est assis à la table d'une jolie femme », pensa-t-il. Quant à Labussière, il avait fini depuis longtemps et guettait l'arrivée de ses pieds de veau.

— Pourquoi dites-vous que l'armée vous doit bien ça ? questionna Alexandre.

Sous la table, le journalier lui donna un coup de pied.

— Elle m'a volé mon mari, fit Emilienne, le visage incliné vers l'assiette.

— Je ne savais pas, balbutia Alexandre sous l'œil noir de Labussière.

— Mon mari a été tué devant Craonne en février 1917. Depuis, je conduis seule ma propriété.

— Je ne voulais pas vous rappeler ce mauvais souvenir, déplora le jeune homme.

— Le mal est fait, releva Labussière. Et maintenant, tu n'insistes plus...

La réaction du journalier parut à Alexandre du plus grand comique. « Qu'en a-t-il à faire, ce pauvre Labu, se dit-il, des tourments d'Emilienne Daillac ? Il voudrait me faire comprendre qu'il est au mieux avec cette élégante personne qu'il n'agirait pas autrement... »

Après le départ d'Emilienne, à cause du vacarme, se justifia-t-elle, qui lui brisait les oreilles, les deux hommes restèrent sans voix. Il flottait autour d'eux un délicat parfum d'eau de lavande.

— C'est une femme comme ça qu'il te faudrait, dit Labussière pour rompre le long silence qui s'était installé entre eux.

— Tais-toi donc, hypocrite ! releva Alexandre en lui décochant un regard assassin.

— Qu'est-ce que tu veux dire ?

— Tu la connais, Emilienne. Et même plutôt bien !

Labussière éclata de rire. C'était le plus riche compliment qu'on pouvait lui faire : croire un seul instant qu'il ait pu intéresser cette belle personne, lui, le misérable petit ouvrier sans un sou vaillant devant lui...

— A ce que je vois, ajouta-t-il, la belle Emilienne t'a tapé dans l'œil. Certes, il n'y a rien d'étonnant. J'en connais plus d'un qui voudrait la soustraire au veuvage. Mais ce ne sera pas un Labussière. Pauvre de moi ! Je n'intéresse que les filles de ferme ou quelques chaudes paysannes en mal d'affection, des laiderons en diable.

D'un geste d'exaspération, Alexandre lui ordonna de se taire. Ça l'agaçait son grand discours, ça troublait sa réflexion contemplative. Car il avait l'esprit imprégné de l'image laissée par la belle visiteuse. Et il savait désormais que ce beau visage ne le quitterait plus de la journée.

Il ne se passait pas une semaine sans que Nina Verderie ne vienne à Rocheveyre. A force, elle avait acquis des habitudes familières. Elle entrait dans la demeure sans frapper ni s'annoncer, comme si elle voulait chaque fois faire la surprise de sa visite. A cette heure avancée du soir où Germain était assis face à la fenêtre, elle approchait de lui à pas de chatte et poussait un grand « Ouh ! » de surprise en parvenant à sa hauteur. Il se retournait vivement en maugréant. Après coup, il conservait longtemps ce ton bougon et rogue dont il usait de plus en plus en sa présence, comme s'il s'était agi de Camille qu'il rabrouait pour un oui ou pour un non, ou sa pauvre mère qui était pourtant aux petits soins pour lui. Nina ne comprenait pas ce qui avait pu ainsi lui gâter le caractère. Et il lui arrivait souvent de se demander si elle n'en était pas la cause et s'il appréciait autant qu'elle voulait l'espérer la fréquence de ses visites.

Mois après mois, Germain reculait l'instant d'une conversation sérieuse. Nina ne lui facilitait pas la tâche. Chaque fois, elle apparaissait les bras chargés de cadeaux, de petits cadeaux insignifiants mais qui revêtaient, pour l'occasion, tellement d'importance. Il s'agissait de mille trésors de la nature auxquels il n'avait plus accès, tels que des bouquets de fleurs séchées, une poignée de marrons à la peau lustrée, une touffe de primevères arrachée au talus, des branches de lilas blanc et parme aux pétales de soie. Et, avec une mortelle insouciance, Nina lui désignait les lieux où elle avait cueilli toutes ces offrandes qui venaient annoncer la ronde des saisons, la fuite des jours. Ces noms douloureux ravivaient en sa mémoire les couleurs et les odeurs du domaine où il avait batifolé jusqu'à l'âge heureux de l'adolescence. Dans sa détresse, il lui paraissait que chaque pan d'image ainsi rafraîchi par la seule force de l'esprit était une parcelle volée au néant.

Ce soir-là, il fit vivement pivoter son fauteuil roulant et se trouva en face d'elle, interdite, sur le pas de la porte.

— Je voulais te faire la surprise. C'est raté. Regarde ce que j'ai ramassé pour toi, fit-elle en tendant un bouquet de coquelicots. Sais-tu d'où ils viennent ?

Germain baissa la tête. Un livre était ouvert sur ses genoux. Cela faisait plus d'une heure qu'il n'arrivait pas à fixer son attention sur sa lecture. Les phrases défilaient devant ses yeux sans qu'il puisse leur donner un sens. D'un geste maladroit, il fit tomber l'ouvrage sur le parquet. Nina se précipita pour le ramasser avec les trèfles à quatre feuilles séchés qu'il renfermait.

— Tu as perdu la page, dit-elle à genoux devant lui. Veux-tu que je t'aide à la retrouver ? J'adorerais savoir ce que tu lis.

Le gros livre était recouvert de papier journal. Elle voulut l'ouvrir pour en voir le titre.

— Laisse ça ! ordonna-t-il d'un ton vif.

— Tu ne veux pas que je sache ce que tu lis ? C'est enfantin !

Germain détourna la tête.

— Je sais d'où viennent les coquelicots. Des Pierrettes, dit-il.

Nina se redressa et vint poser les lèvres sur son front moite. Germain agrippa ses hanches et serra de toutes ses forces. Il aimait sentir sous la fine toile de la robe sa chair nue et ferme. Puis ses poings se refermèrent, rageusement.

— Je t'en voudrai toujours, murmura-t-il.

— De quoi ?

— De ne pas avoir voulu faire l'amour ce fameux jour où tu cueillais des coquelicots.

Nina s'éloigna de lui avec un air grave.

— Je le regrette. Je le regrette plus que tu ne peux l'imaginer.

— Maintenant, ça ne sert plus à rien. On ne vit pas avec des regrets.

— Ce jour-là, reprit Nina, je ne pouvais pas savoir…

— Et ce jour aussi, poursuivit Germain, où le tocsin a sonné dans notre village. Tu savais que j'allais partir et peut-être ne plus revenir…

Elle approcha une main hésitante vers l'ombre grise de son visage et, doucement, se mit à lui caresser la joue.

— Nous avons déploré ça tant de fois dans nos lettres, tant de fois, soupira-t-elle, que ça devient douloureux d'en parler.

Germain fit rouler le fauteuil près de la fenêtre, puis il lui fit signe de l'ouvrir en grand sur la campagne au soir mourant. Il avait besoin de sentir courir sur sa peau la pureté de l'air et du vent. Le rideau, gonflé par le souffle du dehors, les enveloppait comme un voile de mariée.

— Il faut que tu détruises toutes nos lettres, dit Germain en fixant la nuit qui se dessinait sur la campagne. Au feu, au feu, nos serments et nos balivernes.

— Jamais de la vie ! protesta-t-elle. Qu'est-ce qui te prend ? Qui t'a donné une idée pareille ?

— Que tu jettes ces coquelicots… et que tu ne me rapportes jamais plus de fleurs ! Ça me fait l'effet du mort que l'on va fleurir au cimetière. C'est comme si j'étais six pieds sous terre et toi, ma belle veuve éplorée, distillant sur ma tombe tes délicieux regrets. Pouah ! Quelle horreur.

— Tu es devenu fou, mon pauvre Germain.

Nina se mit à déambuler de long en large, en proie à une vive agitation. C'était la première fois qu'il employait ces mots-là avec elle. Et elle se surprit à douter sur ses années de fidélité. « Comment a-t-il pu jusqu'alors me cacher cette haine qui rôdait en lui ? Résister au désir de me jeter dehors ? »

— Je ne veux pas que tu me parles ainsi. Si tu le souhaites, je vais partir. Et je reviendrai quand tu auras repris tes esprits.

Il fit tourner le fauteuil brutalement pour se retrouver en face d'elle.

— Je n'ai jamais été aussi lucide qu'à cette seconde. Un homme comme moi a tout appris du silence. Et surtout ce que les mots veulent dire.

— Tu sais combien je t'aime, jura-t-elle en prenant appui sur les accoudoirs du fauteuil afin de mieux le dévisager.

— Je suis déjà mort.

— Si tu veux, nous pourrions nous marier, balbutia-t-elle. Nous serions quand même heureux.

— Quand même... grogna-t-il.

Et de la seule force de ses bras, il lança le fauteuil sur Nina qui partit à reculons. A cet instant, Germain n'avait plus qu'un désir : la faire refluer vers la sortie, étouffer ces mots d'amour qui le déchiraient. Et quand elle fut, face à lui, rencognée dans l'angle de la pièce, elle se mit à crier de toutes ses forces :

— Oui, nous marier ! Nous marier ! Qu'y a-t-il de si extraordinaire ?

Elle venait de lâcher le mot qu'elle triturait dans sa tête depuis de longs mois. Jusqu'à présent elle n'avait jamais trouvé le courage de le dire. Aussi, elle n'en revenait pas d'autant de hardiesse. Qu'est-ce donc qui lui avait donné cette force ? Le désespoir de Germain, peut-être ? Car, paradoxalement, cette désespérance la rendait encore plus proche de lui qu'elle ne l'avait jamais été, proche et vulnérable, elle d'ordinaire si forte et orgueilleuse, si avare aussi du langage amoureux.

Nina se lança pour l'étreindre et vint buter contre son corps brisé. Elle le secoua avec une vigueur insoupçonnée. Mais il demeurait tassé sur lui-même, à serrer les dents pour ne pas sangloter. Elle le couvrait de baisers, comme elle n'avait jamais osé le faire.

— Nous chercherons le bonheur ensemble, s'écria-t-elle dans l'étrange silence de la chambre que l'ombre de la nuit commençait à envahir. Nous chercherons cette petite lumière dans le désert. Et qui sait si nous ne la trouverons pas ?

— Non, jura Germain en lui prenant le visage à pleines mains. Le moment est venu de mettre un terme à notre histoire.

— Quoi ? s'insurgea-t-elle. Tu voudrais que je ne vienne plus à Rocheveyre pour te voir ?

— Plus jamais.

— Te rends-tu compte de ce que tu me demandes ?

— Je voudrais te délivrer de notre serment. Il suffira juste de détruire nos lettres.

— Non. Jamais. Ce qui a été gravé là est sacré.

Germain avait rédigé ces missives à l'hôpital d'Albert, quelques semaines après sa blessure, à un moment où il croyait encore qu'il pourrait remarcher. Ces grandes déclarations enflammées lui avaient donné la force d'espérer et de supporter la souffrance.

— Absurde ! lança-t-il. Complètement absurde. Nous déraisonnons, ma pauvre Nina. Il faut voir la réalité en face. Je ne suis d'aucune utilité, ni pour toi ni pour moi. Je ne représente plus rien. Et notre amour d'hier est désormais vide de sens.

— Qu'est-ce que je vais devenir si tu ne veux plus de moi ?

— Toi ? Ce que tu vas devenir ? Tu te poses ce genre de question...

— Tu avais juré que nous ne nous quitterions jamais, jusqu'à la mort.

— Mais je suis mort. Inutile de revenir là-dessus.

Il l'obligea à venir s'asseoir près de lui. Maintenant, ses membres ne tremblaient plus. Il venait de recouvrer une sérénité que la réaction de la jeune fille avait mise à mal.

— Tu vas te trouver un gentil garçon...

Elle protesta. Il lui ordonna de se taire, alors qu'elle était secouée par les hoquets d'un chagrin qu'elle ne parvenait plus à contenir.

— Belle comme tu es, tu n'auras aucun mal, précisa-t-il, la voix brisée. Tu l'épouseras et il te donnera les enfants que tu es en droit d'attendre de la vie.

— Je pourrai continuer à te voir ? supplia-t-elle.

— Non. Ce sera trop dur. Trop cruel. Tu n'as pas le droit de venir me tourmenter. S'il te reste un peu d'amour pour moi, fais ce que je te demande : fuis-moi. Fuis-moi vite, et oublie l'estropié que je suis devenu, pour garder en mémoire le garçon que j'étais autrefois, du temps où nous allions fouler les blés du vieux Letheil.

Nina s'était réfugiée dans l'angle de la pièce. On distinguait à peine sa silhouette recroquevillée sur elle-même, comme un tas de chiffons gris. Le visage enfoui dans ses bras, elle pleurnichait avec des halètements de chiot abandonné.

Camille avait traversé une enfance insouciante sous l'aile protectrice de ses frères. Avec les années, ils étaient devenus ses modèles. Elle leur vouait une sorte de culte dans la solitude du domaine où ils vivaient comme de petits sauvages. Au lendemain de la guerre, son affection se resserra autour de Germain. Elle se sentit alors investie du besoin de le protéger, lui que le destin avait tellement malmené. Souvent, le jeune homme essaya de lui faire comprendre qu'il n'avait pas besoin de tant de sollicitude et, au contraire, que celle-ci l'embarrassait plus qu'elle ne lui rendait service. Mais le caractère de Camille était ainsi façonné, à livrer sans partage ce trop-plein d'amour qui débordait de son âme. « Tu ne seras pas ma garde-malade toute ton existence », disait Germain en lui arrachant des mains la couverture dont elle voulait toujours le couvrir lorsqu'il s'attardait le soir, après le dîner, au fond du jardin, pour y observer les étoiles qui le faisaient rêver.

— J'ai toujours peur que tu prennes du mal. Un soir que je n'étais pas là, tu t'es endormi dans le froid de la nuit...

— Je ne suis pas si fragile. Bien au contraire. On serait surpris de ma résistance.

— Pourquoi passes-tu autant de temps à regarder le ciel ?

— Ça me console de penser que l'homme n'atteindra jamais les confins de l'univers. De même, je ne retournerai plus au fond de notre domaine, là même où, autrefois, nous allions construire des barrages sur la rivière. Finalement, nous sommes tous des estropiés de l'existence, à souffrir devant nos rêves impossibles.

Un jour, Alexandre trouva le courage d'aborder cette question avec elle. Cela faisait des mois que son frère l'en avait chargé.

— Ma chère petite Camille, tu ne peux pas continuer à vivre ainsi dans l'ombre de Germain...

— Moi, s'écria-t-elle, je suis sa seconde mère.

— Non ! s'éleva Alexandre. Tu ne seras jamais rien d'autre que sa petite sœur.

— Qu'est-ce que ça veut dire ?

— Germain et moi, nous avons souvent parlé de ça.

— De ça ?

— De la manière dont tu le couves, de cette attention exagérée que tu lui témoignes... Ce n'est pas naturel.

— Crois-tu que la vie n'a pas été assez dure avec lui ? On peut bien le gâter un peu.

— Germain et moi, reprit Alexandre d'une voix embarrassée, nous voudrions surtout que tu penses à toi, que tu sois heureuse en organisant ton propre avenir.

— Je suis heureuse, se défendit-elle. Que vas-tu imaginer encore ?

En découvrant sa mine décomposée, Alexandre ne se risqua pas plus avant. C'était comme si on voulait la détourner d'une vocation à laquelle elle eût souhaité se donner corps et âme. Elle se sentit profondément blessée d'être ainsi placée au centre d'une machination. « On voudrait se débarrasser de moi, se dit-elle, qu'on n'agirait pas autrement. »

— Tu n'es donc pas satisfait de mes services ? s'écria-t-elle en pénétrant dans la chambre de Germain.

Il fit l'étonné en levant à peine le nez du livre qu'il était en train de lire.

— Ne joue pas les hypocrites. Tu ne sais pas mentir. Alexandre veut Rocheveyre pour lui tout seul.

Germain haussa les épaules.

— Ne dis pas de bêtises. Si je n'avais pas insisté, Alexandre serait parti à cette heure et nous aurions le domaine sur les bras.

— En tout cas, il a fait des progrès depuis ce jour.

— Tu connais notre frère ? La précaution oratoire n'est pas son fort. Il se sera mal expliqué, voilà tout.

Camille se retira en claquant la porte. C'était une réaction inattendue et nouvelle. Elle n'était pas pour déplaire à

Germain. « Cet électrochoc va peut-être lui développer le caractère », pensa-t-il en cherchant la page de sa lecture.

Dès ce jour, la jeune fille s'enferma dans un mutisme armé. Ce repliement sur soi était sa seule défense face à ce qu'elle n'hésitait pas à nommer un complot. Et si l'affaire prit une telle proportion dans son esprit, c'était sans doute parce qu'on ne l'avait pas préparée à cette issue. On l'avait laissée grandir à l'ombre de ses frères, sans prendre garde qu'un jour elle se métamorphoserait en une jolie femme. Ainsi avait-elle été entretenue dans l'illusion que son existence s'acheminerait, sans histoire, sous les tilleuls de Rocheveyre.

L'abcès creva soudain au milieu d'un repas dominical, au rare moment où la famille tenait table longue.

— Puisque l'on veut que je quitte Rocheveyre, lança-t-elle d'un ton décidé, eh bien je m'y résignerai, la mort dans l'âme.

— Première nouvelle ! Qui désire que tu partes ? demanda Baptiste.

— Moi ! se désigna Alexandre pour couper court à l'interrogatoire. A vingt-cinq ans, Camille doit enfin apprendre à voler de ses propres ailes.

— Ce n'est pas à toi d'en décider, répliqua Baptiste. Elle est chez elle ici, autant que vous tous. Et nos arrangements ne changent rien à l'affaire. Nos arrangements, souligna-t-il, ne te donnent aucun droit.

D'un regard insistant, Alexandre chercha le soutien de son frère. Après tout, il n'était pas le seul à envisager cette issue. Mais il ne se heurta qu'à un visage fermé.

— Nous en avons parlé bien des fois, Germain et moi, déclara-t-il.

— Mon petit Germain n'a pas pu avoir une idée pareille, s'écria Léontine. Une pensée aussi tordue.

Puis elle se tourna vers Alexandre.

— Je ne te reconnais plus ! Depuis que tu réussis dans l'élevage, tu es devenu aussi dur que…

Elle hésita.

— … que ton père ! fit Baptiste. C'est ce que tu voulais dire. Achève donc tes phrases. N'aie crainte, je peux tout entendre. Si j'ai été intransigeant à une certaine époque, c'est que je ne pouvais pas faire autrement. L'ai-je trop été ? Je serais enclin à le croire. Mais il est une chose qu'on ne peut pas me reprocher, c'est de ne pas avoir élevé mes enfants dans la droiture et l'honneur. Je ne savais pas, fit-il d'un ton las en repoussant son assiette, que tu n'aimais pas ta sœur… Ta sœur… répéta-t-il.

— L'amour n'a rien à voir là-dedans, s'offusqua Alexandre. J'aime Camille, autant que vous tous. C'est peut-être ce qui me pousse à m'interroger sur son avenir, avant qu'il ne soit trop tard, qu'elle arrive à un âge où sa vie sera fichue.

— Qu'est-ce qu'il ne faut pas entendre ! répliqua Léontine. Où donc serait-elle plus heureuse que sur notre terre ? Toi-même, as-tu une seconde envisagé de partir de Rocheveyre ? Espèce d'égoïste !

— Parfaitement, s'écria Alexandre. Après mon retour de la guerre, j'ai voulu partir. C'est notre père qui m'a convaincu de rester. Si notre pauvre André était revenu, on ne se serait pas posé la question.

Germain se mit à taper sur la table avec le manche de son couteau jusqu'à ce que le silence retombe.

— Alexandre a raison. Rocheveyre n'est pas un avenir pour elle. Que voulons-nous qu'elle devienne ? Une domestique ? A son âge, il est enfin temps qu'elle choisisse. Voilà le conseil que nous lui donnons. Cela dit, elle fera ce qu'elle voudra. Ce serait quand même triste qu'elle reste parmi nous pour y enterrer tous ses rêves.

— Depuis quand le travail de la terre serait-il déshonorant ? interrogea Baptiste.

— Nous ne lui avons laissé aucun arpent, fit Alexandre.

— Toutes les jeunes filles de son âge n'ont pas cent cinquante mille francs devant elles.

— C'est un fait, reprit Germain. Et alors ! Cent cinquante mille francs, voilà de quoi vivre dix ans sans travailler. Et ensuite, quand elle aura mangé son héritage, que lui restera-t-il ? Ses yeux pour pleurer. Ce qu'il lui faut, c'est acquérir un bon métier à la ville.

— A moins que nous ne désirions en faire une domestique, poursuivit Alexandre. Si tel est le cas, nous devons lui verser un salaire pour le travail accompli sur notre terre. Je suis au regret de vous dire que je n'ai pas les moyens de l'employer. J'ai assez de Labussière.

— Rassure-toi, mon bon petit frère, jura Camille, je ne te demanderai jamais un tel sacrifice. Tu as assez à faire au milieu de tes vaches, sans que je vienne y jeter le trouble.

— Tu n'es qu'un égoïste, dit Léontine en se signant comme pour se faire pardonner par avance sa colère. Tu ne penses qu'à ça ! L'argent. Comment en gagner plus. Toujours plus. Ton père et moi, nous avons tout fait pour ne pas en manquer, mais il ne nous a jamais fait perdre l'amour de notre famille. Sinon, quel sens donner à tout cela ? Quel sens aurait donc l'existence sans cet amour qui nous donne le courage de vivre ?

Le lendemain, Camille quitta Rocheveyre sans un adieu. Elle emporta juste, dans une petite valise en osier, trois robes, quelques menus souvenirs dont le petit réveille-matin en ivoire qu'on lui avait offert pour sa première communion.

Au début de l'année 1923, Alexandre avait enrichi son élevage de cinquante têtes et loué quinze hectares au Chatenet pour accueillir son nouveau troupeau. Le pacage n'était pas de première valeur, trop humide dans les fonds avec des mouillères peuplées de joncs et de massettes ; il avait néanmoins l'avantage d'être situé d'un seul tenant sur le versant nord des collines des Jaladis. Le jeune homme trouva rapidement comment améliorer l'endroit, en pratiquant de longues rigoles de drainage et en aménageant une serve au creux du vallon, là où les eaux de ruissellement se rejoignent, afin d'y abreuver les animaux durant la saison sèche.

Avec l'agrandissement du domaine, Alexandre Mercœur éveilla la curiosité des villageois. Les esprits balançaient entre jalousie et étonnement. Comment avait-il fait, se demandait-on, pour accroître son affaire en si peu de temps ? Cette interrogation était d'autant plus prégnante dans le voisinage que la réussite avait fait du maître de Rocheveyre un loup solitaire. A Marzac, les mauvaises langues racontaient qu'il avait bâti son entreprise en dépouillant ses malheureux parents de toutes leurs terres et qu'il les obligeait, l'un et l'autre, à vivre chichement. La fuite de Camille avait renforcé cette impression. On disait que son frère l'avait contrainte à l'exil pour ne pas avoir à la nourrir. Et comme on ne voyait plus apparaître Germain, on supputait qu'Alexandre lui imposait cette réclusion afin de le spolier de sa rente d'invalide de guerre. Tous ces ragots, qui trouvaient au café de Cézarine le terreau idéal pour y fleurir, le faisaient rire aux éclats : « Ils m'en veulent parce que j'ai réussi là où ils ont échoué. Et tu le sais, toi, ce qui m'a valu cette bonne fortune ? L'esprit du domaine ! » jurait-il fièrement.

Une telle réflexion laissait Labussière sans voix. Il ne savait toujours pas, lui, ce qu'était l'« esprit du domaine ».

Se résumait-il, comme on pouvait le penser, en une foi qui eût pris naissance à Rocheveyre, une religion vouée aux seuls dieux de la terre et qui n'était intelligible que d'Alexandre ? A l'en croire, elle lui donnait la force de surmonter les obstacles et d'entreprendre d'invincibles tâches, sans frein ni retenue, là où le commun des mortels se fût désespéré. Il ne se passait pas une journée sans qu'Alexandre ne se mît en tête un nouveau projet. Labussière le suivait jusque dans ses plus folles entreprises, désespérant de souffler un jour. Ils n'avaient pas plus tôt fini d'assécher les fonds du Chatenet qu'il fallait courir vers la forêt de Bellegarde pour tirer de quoi faire une nouvelle charpente.

— Encore ! se rebellait le journalier.

— Tu le sais bien, mon ami, qu'il nous faut un nouveau hangar, si l'on veut mettre du foin au sec. De quoi vivront mes vaches cet hiver ?

Tout était sacrifié au dieu Elevage, les jours et les nuits, à croire que l'aiguille de la montre tournait trop vite sur son cadran. Ce diable d'homme, infatigable, au dire de Labussière, ne se désespérait que de la montée du soir, en mesurant l'ouvrage qu'il n'avait pas réussi à accomplir. Alexandre dormait à l'étable quand il savait qu'une de ses bêtes allait mettre bas. La perte de deux ou trois veaux l'avait vite convaincu qu'il n'est pas d'autre alternative que de surveiller et accompagner la scabreuse et aléatoire gestation de la nature.

Ce n'était pas sans raison qu'Alexandre possédait le plus beau troupeau à cent lieues à la ronde. Il avait soigné la reproduction en acquérant deux taureaux de fort noble constitution à un prix qui eût fait pâlir ses congénères. Il avait deviné que c'était là, et nulle part ailleurs, que résidait la clé de la réussite. Désormais on se pressait sur les foirails d'Objat, de Juillac et de Lubersac, pour acquérir les produits de son cheptel. Des bouchers de Brive venaient même jusqu'aux portes de l'étable pour lui retenir les meilleurs sujets.

La notoriété du domaine de Rocheveyre rejaillissait aussi sur le village de Marzac. Et lorsque Alexandre s'y rendait à calèche pour acheter du tabac et quelque épicerie, on venait le saluer, chapeau bas. Toutefois, ces égards ne semblaient guère l'impressionner. Une telle déférence le courrouçait plutôt, alors qu'on passait le reste du temps à médire dans son dos. Aussi son mépris un brin affecté le faisait-il passer pour un orgueilleux. Il y avait là de quoi intriguer. Qu'est-ce donc qui avait opéré ce changement de caractère en quelques années ? A Marzac, on conservait encore en mémoire l'image du petit Alexandre timide et serviable. Mais c'était avant la guerre, avant qu'il ne devînt le maître de Rocheveyre et que l'esprit du domaine se mît à le dévorer.

En vérité, c'était bien un mauvais procès. Alexandre n'était rien de tout ça. La timidité, qui le taraudait encore, malgré l'assurance que lui avait apportée sa réussite, le maintenait malgré lui sur ses hauteurs. Il ne désirait rien d'autre que l'amitié des villageois. Et c'était cela qui le blessait plus que tout, ce sentiment incertain du mal-aimé.

Dès les débuts de cette grande aventure, Germain s'était proposé pour tenir la gestion du domaine. Dans la famille, il était le seul à avoir poussé les études jusqu'au brevet supérieur. Sans la guerre, et sa terrible blessure, il se serait tourné vers une carrière d'instituteur. Tout l'en prédestinait, sa haine de la terre, son dégoût pour l'activité manuelle, sa soif de connaissance. « Faire ta comptabilité et remplir ton courrier, ça m'amusera un peu », avait-il dit. Chaque jour, Germain occupait une heure ou deux de son temps à aligner des chiffres dans les colonnes des recettes et des dépenses. Il ouvrait son courrier, remplissait les chèques, payait les créances, rédigeait les lettres ; autant de corvées en moins pour un Alexandre qui, sans ce renfort, se serait vite laissé submerger. La gestion du domaine revêtait des dehors secrets. Les deux frères n'en parlaient jamais qu'à voix basse, avec de petits airs de conspirateurs pour ne pas éveiller l'attention de Baptiste. A l'usage, Germain avait acquis l'habitude de transmettre à son frère des notes très détaillées en deux mouvements : l'un pour exposer le problème, l'autre pour y développer son avis. Cette méthode correspondait bien au tempérament de Germain, qui avait le goût de la précision et l'esprit analytique. Elle aidait surtout Alexandre à se faire une opinion en toute tranquillité, tout en sachant comment son frère agirait à sa place.

Ce soir-là, avant de s'attabler pour le dîner, Germain lui glissa une de ces fameuses notes dans la poche de son veston avec une moue dubitative.

— Qu'est-ce qu'il y a ?

— Je ne comprends pas ce qu'on te veut...

— Qui donc ?

Germain haussa les épaules pour lui faire comprendre que l'endroit était mal choisi pour en parler.

— Que signifient ces messes basses ? s'inquiéta Léontine.

— Oh ! rien, dit Germain.

— Pour savoir ce qui se trame dans la tête de ces deux-là, il faut se lever de bonne heure, marmonna Baptiste en se servant une louche de haricots blancs.

Comme il possédait une dentition des plus défectueuses, le père écrasait ses légumes avec le plat de la fourchette jusqu'à les réduire en bouillie. Puis il versait dessus une rasade de vinaigre et d'huile de noix. Chaque fois, les fils observaient son manège avec amusement, surtout quand il s'agissait de la viande. Il en mâchonnait les morceaux de longues minutes pour en exsuder les sucs, puis recrachait les boulettes dans le creux de sa main. Depuis longtemps Léontine avait renoncé à lui en faire grief, bien qu'elle trouvât cela assez dégoûtant.

Alexandre avait hâte de quitter la table pour lire enfin la note que Germain lui avait glissée avec un air énigmatique qui avait décuplé sa curiosité. Mais il ne s'y risquerait pas avant la fin du dîner. C'était un usage chez les Mercœur, une règle imposée par Baptiste, que l'esprit frondeur d'Alexandre n'avait pas encore réussi à subvertir : on n'abandonnait pas la salle à manger au milieu du repas, sous aucun prétexte. Il tenait cette éducation de son père qui la tenait du sien, et ainsi de suite. « C'est cela qui fait de nous des gens civilisés », expliquait le chef de famille quand on s'en amusait.

Lorsqu'il ne resta plus à Léontine qu'à servir les cafés, selon l'habitude, le dimanche, dans les tasses de porcelaine, Alexandre s'éclipsa dans le couloir en tirant avec précaution la porte derrière lui. « Le directeur du Crédit agricole, André Malard, souhaite te rencontrer au plus vite pour une affaire urgente. Pas d'explication en vue. Je doute qu'il s'agisse d'une anomalie sur le compte. A moins que tu aies commis une opération à risque sans m'en avertir… »

Alexandre remisa la note dans le fond de sa poche et revint dans la salle à manger. Le père s'était assoupi en bout de table, comme il le faisait généralement à la fin de ces gros repas dominicaux. Germain l'observait d'un œil distrait, tandis que Léontine s'était retirée dans sa cuisine au milieu des bruits de vaisselle malencontreux qu'elle tentait d'étouffer en gestes économes. Il s'agissait de veiller à ce que la courte sieste du père ne fût pas perturbée, au risque d'encourir les foudres d'une humeur massacrante.

— Je n'ai rien fait de mal ! chuchota Alexandre.

Germain hocha la tête, rassuré. Et il désigna la fiole de vieille prune.

— Juste un petit coup de plus, fit-il, histoire de trinquer ensemble.

André Malard ne fut pas long à lever le suspense qui entourait cette invitation. A peine Alexandre fut-il installé dans le bureau de la Caisse mutuelle d'Objat que le directeur vint lui tapoter l'épaule comme il l'eût fait pour un vieil ami.

— J'ai une proposition à vous faire, lança Malard.

— Pour l'instant, je n'ai pas besoin de votre argent, soutint Alexandre. Ce que je dois vous rembourser me suffit. Les échéances reviennent vite. Et une fois que tout est payé, il ne me reste plus grand-chose.

Le directeur revint à son bureau et, debout derrière le fauteuil à haut dossier de cuir capitonné, s'écria :

— Tous les mêmes ! A se plaindre. Mais, je les connais, moi, les agriculteurs qui font de bonnes affaires... Que croyez-vous, jeune homme, j'occupe un poste d'observation de choix. Sinon, il ne me resterait plus qu'à rendre le tablier. On ne me rétribue pas seulement pour aligner des chiffres et remplir des paperasses. Je dois tâter le pouls des affaires dans mon secteur. Et cher monsieur Mercœur, fit-il en pointant l'index sur son invité, je sais ce que représente le domaine de Rocheveyre. Une ferme florissante ! Certes, ça n'est pas arrivé par enchantement. Il a fallu mettre la main à la pâte. Vous en connaissez, vous, des affaires qui marchent toutes seules, juste en claquant des doigts ?

Et sur le ton de la confidence, baissant la voix, il ajouta :

— A la vérité, vous avez su investir au bon moment, juste après la guerre, alors qu'on manquait de tout. Voilà le résultat. L'audace est toujours récompensée. Je le dis souvent à vos collègues. Il ne suffit pas d'avoir des idées. Dans notre région, les paysans sont trop timorés. C'est un de leurs grands défauts. Ça thésaurise. En l'attente de quoi ? Me le direz-vous ? « Faut savoir garder une poire pour la soif ! » disent-ils. Quelle soif ? Jamais les affaires ne se sont aussi bien portées. C'est le moment ou jamais de gagner de l'argent ! Non ? Vous ne pensez pas ?

Tant qu'il ne voyait pas où Malard voulait en venir, Alexandre demeurait prudemment sur la réserve. « Il ne me fera pas faire un emprunt sous prétexte que ses taux sont bas, songeait-il. Germain et moi, nous avons là-dessus les idées claires : pas de dettes inutiles. » Et comme le directeur sentit, au terme de sa longue démonstration, que son visiteur ne cillait pas le moins du monde, il se résolut enfin à s'asseoir, en prenant le temps de s'installer confortablement. Avec ses rondeurs épanouies, l'homme était tel qu'il voulait apparaître, un jouisseur-né. Le contentement de soi rayonnait de sa personne avec une telle force qu'on tombait vite sous le charme.

— Quelle proposition avez-vous à me faire ? questionna Alexandre.

— Nous y venons, soupira Malard en caressant le sous-main de cuir de son bureau. L'un de nos administrateurs a décidé de démissionner. Trop âgé. Des ennuis de santé. Bref, nous devons présenter à la prochaine assemblée générale de la Caisse de la Corrèze un candidat pour le remplacer. Et nous avons songé à vous, cher monsieur Mercœur. Quand je dis « nous », ajouta Malard avec sa manie de triturer les mots, je veux dire le président Queuille.

— Queuille ? répéta Alexandre. Vous voulez dire Henri Queuille, le député ?

— Parfaitement. Le sous-secrétaire d'Etat à l'Agriculture dans le cabinet Millerand.

— Et vous croyez, ajouta Alexandre incrédule, que ce monsieur sait qui est Alexandre Mercœur ? Depuis quand un député, un ministre même, se soucie-t-il du sort d'un petit paysan comme moi ?

— Détrompez-vous ! Nous lui avons présenté une liste de candidats possibles. Et le président vous a choisi.

— Je ne sais quoi penser.

— Il faut que vous donniez votre réponse rapidement.

— Je dois réfléchir, balbutia Alexandre. Une telle responsabilité exige des connaissances, des compétences que je n'ai pas.

— Ce que vous avez réalisé, à la tête du domaine de Rocheveyre, est suffisamment convaincant pour nous tous, releva Malard. Et, au vu de notre rapport, le président Queuille a mis le doigt sur votre nom en déclarant : « Voici l'homme qu'il nous faut ! » Je ne vous cache rien.

— Je désire quand même prendre un jour ou deux de réflexion.

— N'attendez pas trop longtemps, conseilla le directeur avec un petit sourire matois. On se bouscule au portillon. Et il n'y a qu'une place.

Alexandre apporta sa réponse le lendemain, juste après avoir consulté son frère.

— Bien sûr qu'il faut accepter ! s'écria Germain. C'est une aubaine pour nous, une chance inespérée. Ça va nous mettre le pied à l'étrier.

Durant la cérémonie d'intronisation, Malard ne lâcha pas son poulain d'une semelle. Sans doute craignait-il que, devant un tel parterre de personnalités, son candidat ne s'enfuie. Même si cela ne s'était encore jamais vu... Alexandre avait écouté avec distraction chacun des discours, tous plus longs et ennuyeux les uns que les autres.

Le directeur venait lui souffler à l'oreille le nom des orateurs qui se succédaient à la tribune. Par politesse, il opinait de la tête. « Avec un peu de patience, nous en ferons un administrateur fort convenable, se disait Malard en l'observant à la dérobée. Je n'en connais pas un seul qui n'ait pas pris goût à la chose... »

Comme l'exigeait la tradition, le président parla le dernier. L'assistance réunie dans le théâtre municipal de Tulle se mit à l'applaudir dès qu'il se fut levé de son siège.

— Attendez donc ce que j'ai à vous dire, lança-t-il en agitant les trois ou quatre feuillets qu'il tenait à la main. Peut-être changerez-vous d'avis...

Une vague de rires roula jusqu'aux pieds du petit homme posté au bord de la scène, dans son costume gris.

— C'est Henri Queuille, marmonna le directeur. Je n'ai jamais compris pourquoi il écrivait ses discours. Vous allez voir, il ne jettera pas un œil dessus.

André Malard ne ratait jamais l'occasion de montrer à son voisin qu'il était rompu à ces cérémonies, et que rien ne pourrait plus le surprendre. Pour un peu, il eût même pu annoncer, avant l'orateur, la teneur de ses propos. Ce jour-là, sans brio ni fougue, d'un ton patelin qui lui était ordinaire – car il ne passait guère pour un tribun –, le président Queuille se borna à expliquer à son auditoire que la Corrèze avait pris du retard en matière d'électrification et que le Crédit agricole se destinait, pour peu que se dégageât une volonté dans ses rangs, à apporter une aide aux collectivités par des taux attractifs et une simplification des procédures administratives. « Je n'aurai accompli ma mission, s'écria-t-il, que le jour où notre Caisse mutuelle sera la première banque des communes ! » Puis, quand le petit homme se fut retiré, le directeur général, un certain Marius Geoffroy, indiqua que le moment était enfin venu de procéder au renouvellement du conseil d'administration.

Le nouvel intervenant parut embrouillé dans ses papiers qu'il tripotait fiévreusement. L'un de ses assistants s'approcha pour lui glisser quelques mots à l'oreille, peut-être pour lui confirmer une information dont il était peu sûr. Enfin rassuré, le directeur général vint se replacer devant le microphone perché sur un trépied. Il n'avait guère l'habitude d'utiliser ce matériel, aussi sembla-t-il une fois encore désemparé quand il lui fallut parler. Du bout des doigts, il tapota la membrane. Trois coups sourds retentirent dans les haut-parleurs.

— Chers sociétaires, nous devons rendre hommage à l'un de nos démissionnaires, monsieur Joseph Clément. Je voudrais ici même le remercier chaleureusement pour l'aide apportée durant des années au sein de notre assemblée.

Après les applaudissements, Marius Geoffroy annonça le nouveau candidat d'une voix hésitante. Malard donna un coup de coude à Alexandre.

— Levez-vous ! ordonna-t-il à voix basse. Que l'assemblée sache qui vous êtes...

Marius Geoffroy chercha dans ses paperasses le mot de présentation qu'on lui avait préparé.

— Alexandre Mercœur est un agriculteur, comme vous tous, lança-t-il d'une voix monocorde. Un de ces hommes pour qui la terre sera toujours une grande passion. A la tête de sa propriété de Marzac, il a su faire prospérer son affaire avec l'aide de notre Caisse d'Objat. Nous sommes heureux d'accueillir dans notre conseil un homme de cette trempe, jovial et compétent...

Alexandre consulta son voisin pour savoir s'il pouvait enfin se rasseoir. D'un petit mouvement de tête, Malard lui fit signe que non.

— Et au Crédit mutuel agricole telle est notre philosophie, poursuivait le directeur général, plus encore, notre originalité, élire des agriculteurs au conseil d'administration. Vous tous, ici, vous êtes notre richesse, notre savoir-faire. C'est pourquoi notre banque n'est pas une banque comme les autres... C'est un outil irremplaçable que nous mettons à la disposition de l'agriculture. Et le président Queuille ne me démentira pas, lui qui a déjà tant œuvré pour la cause de nos cultivateurs dans le gouvernement Millerand...

Quand le directeur général eut terminé, Alexandre se rassit, le feu aux joues. D'avoir été ainsi exposé aux regards l'avait jeté dans la plus grande confusion. Il ne se reconnaissait guère dans le portrait qu'on venait de faire. Mais il se rassura aussitôt en pensant que cet éloge devait ressembler, mot pour mot, à tous ceux que le directeur général avait prononcés pour ses prédécesseurs.

— J'aurais peut-être dû dire quelques mots de remerciements, confia-t-il à Malard.

Son voisin inclina la tête vers lui.

— On ne vous en demande pas tant !

L'élection eut lieu à main levée. On enregistra quelques abstentions. Un employé alla les dénombrer en remontant la travée du théâtre.

— Rassurez-vous, dit Malard à Alexandre, ce ne sont là que les voix de ceux qui briguaient le poste. La cooptation a quelques inconvénients, ironisa-t-il alors que le brouhaha gagnait la salle. Mais l'avantage est qu'on n'élit que ses amis. Ce n'est pas la peine de mettre le loup dans la bergerie, tous ces excités de l'Union paysanne...

Quelques privilégiés seulement avaient été retenus pour le banquet de l'hôtel Limouzin. Alexandre en était. Il ne savait trop à qui il devait ce grand honneur, à André Malard ou à Marius Geoffroy. Officiellement, il était l'invité du président qui, paraît-il, se faisait un point d'honneur de connaître chacun des membres de son conseil d'administration.

Situé à flanc de colline, face à la Corrèze qui déroulait à travers la ville son ruban tranquille, le Limouzin était un établissement de grand standing. A première vue, ça ne payait pas de mine. Sa façade était à l'image des immeubles de la ville, grise et terne. Mais l'intérieur, revêtu de rouge et d'or, était d'un goût délicieux. Les notables de Tulle en avaient fait leur domaine réservé, surtout les grands jours où la capitale corrézienne s'encanaillait en messes républicaines. Henri Queuille y avait arrosé, au milieu de ses amis radicaux, ses premières conquêtes électorales, son premier portefeuille de ministre. Les alcôves retentissaient de propos fiévreux et couvaient encore, dans le pli des rideaux, l'odeur exquise des combinaisons politiciennes qui firent les délices de la IIIe République.

Alexandre traversa le long couloir, d'un pas traînant, tout occupé à ne pas perdre une miette de tout ce qui s'offrait à son regard. Des petits groupes d'hommes allaient et venaient, le pas étouffé dans les tapis. On ne parlait pas, on chuchotait, tout en discrétion. Il se sentit aussitôt bien seul dans cet univers où l'on ne remarquait pas sa présence, comme s'il n'avait été que l'un de ces domestiques qui s'inclinaient respectueusement devant les visiteurs. « Qu'est-ce que je fais là ? se dit-il en allant se lover contre un buffet qui soutenait une pendule. Je ne suis pas à ma place. Ma vraie place, elle est au domaine, sur mes terres. Tout compte fait, je n'aurais jamais dû accepter l'offre de Malard. »

En arrivant, André Malard distingua sa mine triste et abattue.

— Que faites-vous là, tout seul, dans votre coin ?

— Je me le demande.

Le directeur éclata de rire.

— Le Limouzin, ça fait drôle la première fois qu'on y entre. C'est d'un vieillot ! Chaque fois, se confia-t-il en conduisant Alexandre vers l'escalier qui montait à l'étage, ça me rappelle l'appartement parisien de ma tante. Même parfum d'ambroisie. Mon cher, c'est l'odeur de la respectabilité, faute d'être celle des dieux de l'Olympe. Car ici, voyez-vous, il n'y a que des gens respectables, hautement respectables même. La politique, les affaires. Et au milieu, l'argent. Et là où l'on parle argent, on rencontre des banquiers. C'est le principe de la génération spontanée. Du reste, il n'y a qu'en science sociale que ce principe vaille...

Soudain, il se retourna vivement pour saluer un homme qui venait de lui toucher le bras avec le pommeau de sa canne.

— Ah ! vous ? Je ne crois pas vous avoir déjà salué.

— Non ! fit l'homme qui portait autour du col une longue écharpe de soie blanche. J'arrive à l'instant, tel que vous me voyez.

— Vous n'étiez pas à notre assemblée ?

— Dieu m'en garde. Je trouve ça d'un ennui vos...

Il hésita une seconde puis ne résista pas au plaisir de lui livrer son mot d'esprit au creux de l'oreille.

— ... vos bouseux.

André Malard le laissa s'éloigner vers l'étage en prenant appui contre la main courante.

— C'est le sénateur-maire de Tulle. Félix de Chaumet. Comme vous le voyez, les paysans, ce n'est pas son fort. Encore que, ajouta-t-il avec un sourire de malice, ce n'est pas un mot qu'il lâcherait n'importe où. Ici, tout est permis.

— Entre gens respectables, ajouta Alexandre.

Le directeur se mit à rire en lui tapotant l'épaule.

— Vous êtes plus subtil que je ne le pensais. Mais ne prenez pas ombrage de ce que vous venez d'entendre. L'avenir de ce département appartient à des gens de votre trempe et non pas à des Chaumet. Le seul avantage que nous lui trouvons est de se bien faire élire chaque fois et de nous épargner qu'un de ces communistes qui grouillent à la Manufacture ne nous prenne la ville. Tant qu'il aura cette utilité, nous lui pardonnerons son cynisme et sa bêtise.

A l'étage, ils traversèrent la salle à manger où était dressée la table, nappée de coton blanc brodé, puis se dirigèrent d'un pas léger vers le fumoir, passant entre une rangée de serviteurs qui n'attendaient plus que le signal du dîner. Henri Queuille occupait un fauteuil près d'une table basse. Il était entouré de Marius Geoffroy, du préfet Massin dans un habit très collet monté, de Chaumet, le cigare aux lèvres. A l'écart, assis autour d'une table ronde de salon, deux conseillers du président devisaient sur un rapport que l'un d'eux, de temps à autre, semblait corriger.

— Ah ! Monsieur André Malard, s'exclama le président en lui tendant la main. Il ne manquait plus que vous !

Et se tournant vers ses voisins, il ajouta :

— Savez-vous que j'ai eu un sacré nez le jour où j'ai poussé cet homme à embrasser la carrière de la banque ?

Queuille tenait toujours la main de Malard.

— Où êtes-vous présentement ?

— Je dirige la Caisse d'Objat.

— Objat ? se questionna le président. C'est le secteur de mon ami le sénateur Henry de Jouvenel. Avez-vous de ses nouvelles ?

— Il voyage actuellement dans les Balkans pour la conférence de la Petite-Entente qui doit se tenir, si mes informations sont exactes, en Roumanie, à Sinaia.

— Je ne doute pas du sérieux de vos informations.

— Monsieur le président, ajouta Malard, il suffit de lire *Le Matin*.

— Il se trouve que je ne lis pas ce journal, répliqua Queuille en prenant ses voisins à témoin.

Puis il toisa Alexandre d'un air intéressé.

— C'est notre nouvel administrateur. Je suis bien content de vous connaître. Si je ne me trompe, cher monsieur, vous êtes le seul agriculteur ici ?

Et sans attendre la moindre réaction de son interlocuteur, il se redressa pour lui tendre la main. Chaumet souriait, narquois, dans les volutes de fumée.

— Cher monsieur Geoffroy, lança le président, vous faites mentir votre discours de tout à l'heure. Il y a bien peu de paysans parmi nous.

Le directeur général parut chercher les mots de sa défense. Queuille ne lui en laissa pas le loisir.

— Je vous taquine. Je sais combien vous avez à cœur de servir nos « agricoles ».

Et, dans l'ambiance des petits rires grinçants, il se rencogna dans son fauteuil. Le président adorait que l'on fût debout autour de lui à l'écouter. C'était sa manière d'affirmer une supériorité qu'un bref passage dans un ministère de transition n'avait suffi à lui apporter.

— Mes conseillers sont en train de mettre la dernière main à une déclaration que je vais faire publier dans *Le Corrézien* et *La Croix de la Corrèze*, fit-il en désignant les deux hommes au bout du salon. J'y défends la thèse que nous devons au plus vite entreprendre l'électrification de notre chère Corrèze. Notre banque va s'employer à aider les maires, comme je le disais tout à l'heure, avec des taux à cinq et demi pour cent. Monsieur le Préfet vient de m'assurer que l'Etat apporterait aussi d'importantes subventions. J'ai également le soutien de monsieur

Charles de Lasteyrie, actuellement ministre des Finances, comme vous le savez. Lui aussi a à cœur de défendre les intérêts de notre Corrèze. Bref, tout concorde parfaitement pour que nos grands projets aboutissent. Et je puis vous garantir que j'y prendrai une part active en tant que président de notre banque mais aussi en tant que député.

— Je vois que notre ami Queuille, fit Chaumet, pense aux prochaines élections de 1924. L'électrification de nos campagnes, cela sera parfait sur une profession de foi.

— L'électricité et l'eau dans toutes les fermes de Corrèze, voilà l'urgence, asséna Queuille. Qu'en pensez-vous, monsieur Mercœur ?

Alexandre hocha la tête.

— Ce serait de toute nécessité, monsieur le Président.

— Vous entendez ? jura Queuille. Si nous ne voulons pas que ce bon Dieu de département reste à la traîne, il faut nous atteler à la tâche sans attendre. J'en parlais récemment avec mon ami Jouvenel. Il paraissait sceptique. Ça n'avait pas l'air de le préoccuper plus que ça.

— Pourquoi ? s'étonna Marius Geoffroy. Henry de Jouvenel est un esprit d'avant-garde.

— Oui, marmotta Queuille. Mais il ne connaît pas la Corrèze comme je la connais. Avec mon tilbury, j'en ai visité des fermes, du plateau de Millevaches à Ussel, à des heures impossibles, par tous les temps, afin d'y soigner des grippes mortelles ou d'y accoucher de pauvres jeunes femmes. Qui n'a pas connu ça ne peut comprendre ce qu'est ce pays. Je conçois aisément que notre cher Henry soit plus à l'aise à Genève devant la Société des Nations.

— C'est un discours de ministre que vous nous faites là, releva le préfet Massin.

— Je ne doute pas un seul instant être dans le prochain cabinet qui se formera au lendemain des élections de 1924.

— A l'agriculture ? demanda le préfet.

— Où voudriez-vous qu'on me nommât ?

— A la santé, suggéra Malard.

— Cela se pourrait tout autant. Mais je préfère m'occuper de mes « agricoles ».

Le mot fit sourire, sauf Chaumet qui n'appréciait guère l'attaque contre Jouvenel. Il s'écarta vers le couloir où il prit Malard à part.

— Avez-vous entendu ?

— Quoi donc ?

— Jouvenel ! Cette critique à peine voilée. C'est bien mal le récompenser.

— Je ne sais pas, fit Malard.

— Vous seriez bien le seul ici à ignorer que notre Queuille doit son premier maroquin à Jouvenel… « Ce petit ministre d'occasion », ce sont ses propres termes…

— Le mot est méchant, convint Malard.

— Vous avez un faible pour ce radical ?

— C'est mon président, répliqua-t-il en baissant la tête.

— L'électricité aux bouseux, joli programme ! Et où trouvera-t-on les crédits nécessaires ? Je vous fiche mon billet qu'on nous chantera encore la chanson : l'Allemagne paiera ! comme au bon vieux temps de Clemenceau, marmonna Chaumet en s'éloignant vers la salle à manger.

5

Emilienne et Alexandre se retrouvaient régulièrement à Objat. Après une promenade dans le parc, il l'invitait à l'hôtel Coudert pour se désaltérer et poursuivre, dans un recoin du restaurant, la conversation jusqu'à la tombée du jour. Soudain la jeune femme se souvenait qu'il lui fallait rentrer au plus vite et quittait les lieux avant même qu'il lui eût fixé un nouveau rendez-vous.

Au fil des rencontres, Alexandre avait fini par se faire une idée précise de sa personnalité, qui tranchait avec celle, terne et fade, des autres femmes qu'il avait connues jusqu'alors. Celle-ci, il ne savait comment la séduire. A maintes reprises, il tenta de lui faire comprendre le sentiment qu'il éprouvait pour elle. Mais chaque fois, elle s'arrangeait pour se défiler. Ses réactions le jetaient dans le désespoir. Et il se jurait alors de ne plus rien tenter pour la revoir, puisqu'elle refusait obstinément ses avances. « Je n'ai rien à gagner à ce jeu, se disait-il, sinon de l'aigreur d'âme. Tant pis, il sera écrit que je finirai en vieux célibataire. » Deux ou trois semaines d'éloignement suffisaient à raviver son désir, surtout lorsque sa belle silhouette d'amazone venait hanter son sommeil. Alors, le lendemain, il lui écrivait un mot, plus résolu que jamais à se déclarer enfin.

Le seul signe encourageant résidait dans le fait qu'Emilienne répondait immanquablement à ses rendez-vous. « C'est donc qu'elle tient un peu à moi, se rassurait-il. Sinon, à quoi bon ce badinage cruel et sans fin qui me fait osciller entre espoir et désespérance ? » Alexandre aurait bien voulu s'en ouvrir à Germain, dont le regard neutre lui eût été sans doute d'un précieux secours pour tenter de comprendre quelque chose à cette situation, mais il n'osait pas. C'était l'embêter avec une histoire qui eût risqué de réveiller d'inutiles souffrances autour de l'absence de Nina. Même s'il avait choisi de la tenir à l'écart pour recouvrer la paix de l'âme, rien ne prouvait que la cicatrice était refermée. Quant à faire des confidences à Labussière, c'était peine perdue. Il n'entendait rien à la délicatesse des sentiments, lui qui ne prisait que les proies faciles. « Mets-lui donc la main où je pense et tu sauras si elle en pince pour toi ! » n'eût-il pas manqué de dire, sans détour.

Un dimanche après-midi, au café, alors que la pluie tombait à verse et qu'ils avaient dû renoncer à leur promenade habituelle, Alexandre s'avança timidement à lui prendre la main. Elle la retira aussitôt. Et comme elle vit se dessiner dans ses yeux un grand désarroi, Emilienne lui concéda un sourire confus. Ce fut suffisant à lui rendre un brin de courage.

— Ne prenez-vous pas du plaisir à être avec moi ? questionna-t-il d'une voix cassée.

Encore une fois, il sentit son regard se défiler.

— Ou alors, ajouta Alexandre, je ne comprends pas ce que nous faisons là.

— J'ai deviné ce que vous désirez de moi, fit-elle. Et je suis indécise.

— Mais je suis attiré par vous, s'enhardit Alexandre qui avait déjà ressaisi cette main qui semblait se dérober. Et je l'ai été dès que je vous ai aperçue. C'était ici même. Vous souvenez-vous ? C'est pourquoi j'ai grand plaisir à vous conduire au Coudert. Chacune de nos rencontres me laisse désemparé, tellement décontenancé que je ne sais plus que penser de nous deux. Je me dis que tout ça ne mènera à rien, puisque vous ne me témoignez aucun signe encourageant. Mais tant pis ! jura-t-il en reniflant quelques petites larmes d'émotion qu'il ne pouvait contenir. Tant pis ! Si tel doit être notre destin, cette camaraderie platonique, tout compte fait, je l'accepte. Car je ne crois pas que j'arriverais à ne plus vous voir.

Emilienne l'avait écouté, le regard baissé sur sa tasse de thé.

— J'ai besoin de sentir l'odeur que vous transportez sur votre passage, ce délicieux parfum de lavande. J'ai besoin de vous regarder aller et venir autour de moi, de vous entendre parler de vos chevaux, d'imaginer ce que vous faites lorsque le crépuscule s'avance. Pourtant, je ne sais rien de vous. La maison où vous vivez ? Je ne peux qu'en rêver le décor. Je suppose que cela doit être arrangé avec goût. Et je me dis que je n'aurai sans doute jamais le droit de pénétrer dans cet univers. Peut-être ne m'en estimez-vous pas digne ? A moins que le souvenir de votre mari soit plus fort que tout... Il est des chagrins qui jamais ne s'estompent. Le vôtre est peut-être l'un de ceux-là ? Alors, j'ose espérer que le temps finira par m'affranchir de la solitude dans laquelle vous me...

Elle se redressa brutalement.

— Vous n'y êtes pas. Pas du tout.

— Il n'y a pas de chagrin qui vous dévore ? Quoi donc alors ?

Emilienne hésita. Elle se savait poussée dans ses derniers retranchements ; elle ne voulait pas que les mots dépassent sa pensée, qu'ils fassent naître des malentendus.

— J'aime ma liberté. Cruellement, j'en ai découvert les avantages après le départ de mon mari.

— Alors il n'y a aucun espoir, fit-il en éloignant sa main de celle d'Emilienne.

— Mais non, se défendit-elle, ce n'est pas ce que j'ai voulu dire. Je suis en proie à une sorte de peur qui m'empêche d'envisager une solution pour nous deux.

— Quelle peur ? Peur de moi ? Vous avez peur de moi ? dit-il en haussant le ton.

— Non. De ce que l'amour vous amène à faire ! susurra-t-elle d'une petite voix. Je ne voudrais pas que chaque heure, chaque seconde de mon existence soit suspendue au souffle de cette passion, aussi belle et forte soit-elle. Pourtant, je l'admets, je ne crois pas que vous soyez méchant homme, à user de votre avantage, à me dévorer le cœur et l'âme.

Alexandre l'écoutait, les yeux brillants.

— Ce n'est que ça ? Alors, vous m'aimez ! Dites-moi si vous m'aimez ! Bien sûr que vous m'aimez ! Sinon vous ne seriez plus là, depuis longtemps, à m'écouter. Que je suis bête. Indépendante comme vous l'êtes, vous auriez déjà pris la poudre d'escampette. C'est ça qui m'importe, de savoir que vous m'aimez. Pour le reste, vous déciderez quand vous voudrez. Voilà ! jubilait Alexandre.

Emilienne passa la main sur le visage du jeune homme pour vérifier que ce qu'elle effleurait là, c'étaient bien de vraies larmes d'émotion.

— Alexandre, murmura-t-elle dans un soupir, vous êtes attendrissant. Je ne devrais pas vous le dire.

— Laissez-moi aussi toucher votre visage. Vous le voulez bien ?

Elle hocha la tête.

— Ça me donne des frissons par tout le corps, murmura-t-elle près de son oreille.

Il voulut l'embrasser mais elle se retira avant qu'il n'eût pu atteindre ses lèvres.

— Vous voyez, nous n'arrivons pas à nous accorder. Décidément, je suis bien maladroit, déplora Alexandre.

— Pas ici, tout de même.

— Chez vous alors ?

Emilienne ne répondit pas. Mais il comprit à son geste de lassitude que cela valait un acquiescement.

— Je veux vous raccompagner.

— Et vous partirez ensuite ?

— Que craignez-vous, que je m'incruste ?...

Le crépuscule était déjà avancé quand ils arrivèrent à La Brulie. A peine descendu de sa calèche, Alexandre s'attarda à contempler les chevaux d'Emilienne près du manège. Il y avait une douzaine de percherons et quelques barbes qui approchèrent de la palissade. Il se mit à leur caresser le chanfrein, histoire de les amadouer un peu car ils lui parurent bien sauvages et craintifs. Seules les mères demeuraient à l'écart, près de leurs petits.

Emilienne avait allumé les deux lampes à pétrole. A travers la fenêtre, Alexandre distinguait leurs lueurs vacillantes. Il vint jusque devant la porte. Un fond de timidité qui subsistait encore en lui l'empêchait de pénétrer dans la maison de sa propre initiative. Après tout, il avait bien retenu la leçon. Ne rien faire qui puisse la froisser. Emilienne se décida enfin à lui faire signe d'entrer.

La vaste pièce était garnie de meubles anciens qu'elle avait achetés chez des brocanteurs selon ses caprices. Ainsi se trouvaient réunis des objets de styles fort différents. Cet éclectisme ne la troublait guère, même si elle avait eu à essuyer sur le sujet quelques remarques désobligeantes. Ce goût pour la collection lui était venu de son père, qui avait été amateur d'art, autrefois à Paris, et qui avait pris l'habitude de la conduire régulièrement au marché aux puces.

Alexandre s'approcha d'une table ronde de campagne sur laquelle trônait un gros bouquet de fleurs séchées. Et, en se retournant, il aperçut un lit de coin qu'un rideau laissait entrevoir. A droite, une selle de cheval était posée sur un tréteau.

— Vous montez souvent ? demanda-t-il en caressant du plat de la main les quartiers de cuir patiné.

— Tous les jours. Une femme sur un cheval, et de surcroît en pantalon, ça surprenait au début dans le village. Maintenant, on ne fait plus attention. Sauf quand je passe devant l'école. Tous les enfants viennent s'agglutiner autour de moi pour que je leur fasse faire un petit tour.

— Voici l'endroit où vous vivez, fit Alexandre qui alla s'asseoir près de la cheminée où une pièce de bois à demi calcinée était posée sur les chenets. Je ne l'imaginais pas ainsi.

— Après la mort de mon mari, j'ai fait abattre les cloisons pour n'obtenir qu'une seule pièce. J'ai voulu changer tout ce qui rappelait...

— Je comprends, la coupa-t-il en se relevant. Au fond, ça vous ressemble un peu. Je ne saurais l'expliquer mais...

— Il n'y a rien à comprendre.

Elle tira d'un buffet une carafe et deux verres en cristal.

— J'ai une liqueur de noix. Vous en prendrez bien avec moi ?

Il était si près d'elle qu'il entendait sa respiration accélérée par le trouble. Cette fois, elle se laissa prendre sans le moindre mouvement de recul. Ils demeurèrent un long moment enlacés, muets. Puis elle alla éteindre les deux lampes et se déshabilla. Alexandre suivit des yeux l'éclair blanc de son long corps nu qui traversa la pièce et disparut derrière les rideaux. Il se dévêtit à son tour et la rejoignit.

Le plaisir rapide qu'ils se donnèrent les fit ensuite sombrer dans le sommeil. Au milieu de la nuit, elle se réveilla la première, sauta du lit pour enfiler une longue chemise blanche garnie sur la poitrine de fines broderies rouges. Elle remplit les deux verres, en tendit un à son amant.

— Ne trinquons à rien, fit-elle. Surtout pas.

— Même pas à nous ?

— Nous devons réfléchir avant toute chose.

Il sortit à son tour du lit pour passer un pantalon et ramena les bretelles sur son torse nu.

— Nous nous reverrons ?

— De temps en temps, dit-elle.

Puis elle ralluma la lampe qui était posée sur la table ronde. Sa longue chevelure brune lui cachait la moitié du visage. Du bout des doigts, il écarta quelques mèches pour contempler encore un instant son œil noir et son fin visage lacté. Elle laissa courir ses mains sur sa poitrine en poussant un profond soupir.

— Toi aussi, tu chercheras à me dévorer. Je ne voudrais pas souffrir une seconde fois.

Il comprit qu'elle se parlait à elle-même. Et il ôta ses mains de son corps comme si ces simples mots avaient suffi à le lui interdire.

— Tu ne dois plus penser au passé, dit-il.

— J'en ai conservé si peu de chose. Sinon l'amertume. L'amertume si difficile à éteindre à jamais.

— Un amour perdu, murmura Alexandre.

— Un mari, un amant, bref un homme que j'ai tant aimé. Pourtant, j'ai tout détruit de lui : ses lettres, ses photos, ses objets. Tout. Je n'ai rien voulu conserver pour me protéger. Un étrange sentiment m'a envahie après sa disparition. Je lui en voulais de n'avoir pas su passer au travers. Je me disais : il a été trop bête pour survivre. Tu comprends ça, toi ?

Alexandre détourna les yeux. La guerre, c'était la dernière chose dont il voulait parler. Il lui semblait que ça l'éloignerait d'elle, cet épuisement de mémoire. Et puis, il n'avait pas envie de connaître l'histoire de cet homme, l'histoire d'une tragédie comme il y en eut tant et tant. Il éprouvait même une sorte de jalousie pour cet inconnu qui avait aimé Emilienne. « Sans ce malheur, je ne serais pas avec elle en ce moment. J'ai été assez adroit et intelligent pour survivre et voici ma récompense ! » Il tenta de chasser de son esprit cet horrible sentiment. Mais il ne le pouvait pas.

— Depuis ce temps, tu es le premier homme à entrer dans mon lit, dit-elle en roulant d'une main agile sa chevelure pour dégager son visage triste éclairé par la pâle lumière de la lampe. Ce ne sont pas les occasions qui ont manqué, tu peux le croire. Une jeune veuve, ça attise l'imagination. Je n'ai pourtant pas porté le deuil. Je me disais que je ne méritais pas ça, qu'il ne valait pas que je conserve cette souffrance de lui. A la déclaration de guerre, j'aurais voulu qu'il déserte. Nous aurions fui hors de France, n'importe où dans le monde, loin de cette folie. Je lui ai même dit : « Il ne faut pas que tu y ailles. Toi, tu ne passeras pas au travers. » Il a refusé pour je ne sais quelle stupide cause patriotique.

— Tout est joué, maintenant, dit Alexandre en lui prenant la main.

— Je suis finalement heureuse que tu sois venu. Je l'ai désiré souvent ces derniers mois, fit-elle en jouant avec ses doigts. Je me persuadais que ça n'arriverait pas. Tu m'as réveillée à moi-même.

Emilienne tourna la molette de la lampe pour cacher dans la nuit les larmes qui envahissaient ses paupières.

— Sauve-toi, maintenant. Sauve-toi vite.

Le jour de son départ précipité de Rocheveyre, Camille trouva refuge à Brive, chez une amie. En prenant le train de Saint-Aulaire, elle n'eut pas même une larme de regret, sa colère était trop forte pour qu'elle éprouvât quelque état d'âme. « J'ai vingt-cinq ans, et une nouvelle vie commence, se disait-elle en regardant défiler le paysage, le nez collé à la vitre du tacot. Que n'ai-je eu le courage de tourner la page plus tôt au lieu d'attendre je ne sais trop quoi ? Par égoïsme, mes frères m'ont volé quelques-unes de mes plus belles années… Et voilà aujourd'hui ma récompense ! » Alors que le train parvenait à l'entrée de la ville, Camille en arriva enfin à la conclusion que ce départ était inéluctable. Seul un cri, un mot de trop, l'avait précipité.

Des soldats assis sur leurs baluchons encombraient le hall d'entrée de la gare de Brive. Camille se faufila entre les groupes, essuyant au passage quelques sifflets. Et quand elle fut sur le parvis, dominant la ville, un gros sac pendu à son bras, elle soupira profondément. Elle se sentit l'âme en paix. L'angoisse, qui lui avait tenaillé l'estomac pendant le voyage, s'était dissipée. Tout était en ordre dans sa tête. Elle savait parfaitement ce qu'elle avait à faire. D'abord se rendre chez Anne Faurel, son ancienne amie d'enfance de Marzac, et ensuite trouver une chambre, un travail.

La jeune femme logeait dans un meublé de la rue Traversière, au dernier étage, sous les toits. On était un dimanche. Elle avait toutes les chances de la trouver. Et, en effet, Anne l'accueillit sans surprise.

— Alors ça y est ! fit-elle en l'embrassant. Tu as franchi le pas ?

— Comment as-tu deviné ? répondit Camille en laissant tomber son sac sur le parquet de la cuisine.

— C'est définitif ?

— Définitif.

— Sans regret ?

— Aucun.

Après le dîner qu'elles partagèrent frugalement, Anne et Camille descendirent sur l'avenue de Paris pour prendre un thé au café Brune, dont la terrasse s'étalait jusque devant le théâtre, dans la fraîcheur des platanes.

— Je ne veux pas t'ennuyer longtemps, dit Camille. Juste le temps de trouver une chambre. Et si ça tarde trop, je prendrai une chambre d'hôtel.

— A l'hôtel ? Tu te rends pas compte. Ça coûte une fortune.

— Mais j'ai de l'argent, rétorqua-t-elle.

— D'où tiens-tu ça ?

— Mon père a fait ses arrangements.

— C'est pas comme moi ! J'ai débarqué à Brive sans le sou. Ma patronne a dû me faire l'avance du loyer.

Camille l'écoutait d'une oreille distraite. Elle connaissait son histoire par cœur pour l'avoir souvent lue dans ses lettres. Anne conservait une certaine aigreur contre sa famille. Après qu'on l'eut chassée, les trois frères avaient accaparé la terre sans lui verser le moindre dédommagement.

— Pour mon père, poursuivit-elle, il n'y a que les garçons qui comptent. Les filles, ça ne sert à rien. Sinon à se marier. On m'avait trouvé un « bon parti », dit-elle en riant. Un de ces gros benêts de paysans, sale comme un goret. L'idée de passer ma vie entre les pattes d'un tel bonhomme m'a décidée à ficher le camp.

— Tu reçois de leurs nouvelles ?

— Les Faurel, j'ai tiré une croix dessus ! clama Anne. A leurs yeux, je suis devenue une putain. Allons ! Une fille seule à la ville, ça ne peut vivre que de ses charmes… On se fiche de savoir si je travaille ou non. En dehors de leur sale bon Dieu de ferme, que savent-ils de la vie, les Faurel et les autres ?

— On dira peut-être la même chose de moi, soupira Camille.

— Je ne crois pas. Alexandre n'est pas aussi arriéré que mes frères. Et quant à Germain, ton pauvre Germain, c'est un garçon bien trop délicat et intelligent pour imaginer de telles bêtises.

Un éclair de tristesse traversa le regard de Camille.

— C'est à cause de lui que je n'arrivais pas à prendre une décision. Je croyais qu'il avait besoin de ma présence à ses côtés. Et un matin, il m'a fait comprendre qu'il pouvait vivre sans moi. Ça a été un terrible choc. Je me disais : tout ce que j'ai fait pour lui, jusqu'à ce jour, ça l'a laissé indifférent…

— Tu n'as rien à te reprocher, dit Anne en lui versant le reste de thé. Chacun doit vivre sa vie comme il l'entend. C'est ce que j'ai appris en découvrant la liberté. Jusqu'alors, mon existence était rivée au bon plaisir de mes frères. Je les servais comme une domestique. Mais il y a le revers de la médaille. A l'atelier Nadaleix, le travail ne manque pas. Mais il faut pas compter les heures…

Camille contemplait l'interminable défilé des couples qui savouraient la quiétude du soir. Ils déambulaient bras dessus, bras dessous, ou, plus discrets, en se tenant par la main. Le monde alentour ne semblait plus exister pour ces amoureux, sinon le plaisir qu'ils prenaient à s'afficher ainsi au regard des autres. « Peut-être aurai-je la chance, moi aussi, de trouver un garçon convenable ? » se demandait-elle. Elle voulut interroger sa voisine, mais n'osa pas. En visitant son meublé, Camille avait deviné qu'elle était seule dans la vie. Et en y réfléchissant bien, cela relevait du mystère qu'elle n'eût pas, après toutes ces années passées à Brive, trouvé un compagnon.

— Comme tous ces gens ont l'air heureux, nota-t-elle. J'en éprouve presque de la jalousie.

Anne la regarda avec un sourire.

— C'est la promenade favorite des petits-bourgeois de Brive. On ne sait pas ce que cachent ces belles façades.

— Tu as l'air d'en connaître un rayon.

— Il m'arrive souvent d'aller faire des essayages chez ces gens. L'argent, voilà ce qui compte pour eux. Quant au sentiment, ma pauvre Camille, ça passe au second rang. Dans ce milieu aussi, je connais plus d'unions arrangées que de vrais mariages d'amour.

— Je croyais que l'argent offrait toutes les libertés.

— Oui, ajouta Anne, mais il n'a pas le pouvoir de faire naître les sentiments.

Elles pouffèrent de rire en s'observant l'une l'autre.

— Tu dois me trouver bien naïve ?

— Ça te passera. Je n'ai aucune crainte.

Le lendemain, juste avant de se rendre au travail, Anne proposa à Camille de la présenter à l'atelier Nadaleix.

— J'ai entendu dire que la patronne cherchait des ouvrières. Il nous faut, sans tarder, sauter sur l'occasion.

— Tu ferais ça pour moi ? demanda Camille, ravie.

— Bien sûr. Je ne veux pas te laisser à la rue.

L'atelier de confection était situé dans un grand immeuble de l'avenue Thiers. Il occupait deux étages pleins. Le rez-de-chaussée était réservé à la vente avec, de chaque côté de la porte d'entrée, une vitrine où étaient exposées les dernières créations de la boutique. Avec la venue de la belle saison, on avait sorti, sur des mannequins d'osier, des robes de mariée, en tulle ou en coton gaufré.

— Tu fabriques toutes ces belles choses ? s'esclaffa Camille, le nez collé à la vitrine.

— Bien sûr. Et plus chic encore. Nous avons les meilleurs tissus de la ville et des patrons dernier cri. Les revendeurs de la rue d'Aboukir nous passent souvent commande.

— Qui ça ?

— La rue d'Aboukir à Paris. Tu ne sais pas ça ! C'est célèbre. Le quartier juif. C'est eux qui ont la haute main sur la confection.

On fit attendre Camille devant le bureau directorial une bonne demi-heure. C'était un étroit couloir baignant dans une lumière jaune d'ampoule électrique. De temps à autre, un contremaître venait prendre les ordres en coup de vent, projetant devant lui une porte à battant libre. Et, chaque fois, le vacarme des machines à coudre envahissait le couloir. Puis une secrétaire la fit entrer dans une pièce, et on la laissa seule face à un bureau encombré de liasses de factures maintenues par des pinces à linge. Sur les étagères recouvrant les murs du cabinet de travail, une multitude de patrons étaient entassés parmi des coupons de tissu qui servaient de spécimens. Soudain, la porte s'ouvrit derrière elle. Camille eut à peine le temps de se retourner que Bertille Nadaleix était installée derrière son bureau. Elle avait une petite tête d'oiseau, la chevelure grise en bataille et un corps squelettique. La patronne se mit à dévisager sa visiteuse avec une attention soutenue. Camille baissa la tête, intimidée. Madame Nadaleix prétendait se faire une opinion sur ses nouvelles recrues en quelques secondes d'observation. Anne lui avait dit en montant les marches de l'étage : « Tu seras fixée sur ton sort en moins d'une minute. »

La patronne lui ordonna de s'asseoir, ce qu'elle fit, sur sa réserve, les fesses au bord du siège, les jambes serrées.

— Que savez-vous faire de vos dix doigts, ma petite ?

— Après mon certificat, dit Camille d'une voix hésitante, j'ai appris la couture chez une couturière d'Objat.

Elle parut mettre ses idées en ordre afin de citer ce qu'elle savait.

— Je maîtrise le surjet, les fronces, les coutures rabattues, le faux ourlet, la boutonnière, les coulissés, les bouillonnés..., énuméra-t-elle.

— Et la coupe ?

— Assez mal, avoua Camille.

— Je vous remercie de votre sincérité, dit Bertille Nadaleix en hochant la tête. Je vous prends à l'essai pour un mois. Votre traitement sera de quatre cent cinquante francs. Et vous commencez dès aujourd'hui.

Camille la regarda, désemparée.

— Je dois me trouver un logement.

— Ne perdons pas de temps à ça, fit la patronne d'un geste énergique. Nous vous le dénicherons. Et s'il vous convient, l'affaire sera conclue dans la semaine.

On lui dégota, deux jours plus tard, une chambre meublée, rue des Echevins, une vaste pièce aux tapisseries fatiguées. Heureusement, deux hautes fenêtres apportaient suffisamment de lumière pour égayer le cadre, au prime abord sinistre. Elle fit disparaître le crucifix et les images saintes qui ornaient les murs pour les remplacer par trois aquarelles que Germain avait réalisées à l'époque de ses études au lycée Cabanis de Brive. Elles représentaient le domaine de Rocheveyre derrière ses hauts murs clos, et deux paysages, les hauteurs de Marzac et la forêt de Bellegarde. Camille se sentit enfin chez elle.

Au bout d'un mois, madame Nadaleix la confirma dans son emploi en lui fixant le programme qui l'attendait pour l'année à venir : trois mois d'apprentissage avec une modiste, trois mois à la lingerie et six mois à la coupe. Pour l'encourager, la patronne consentit à rajouter à son salaire cinquante francs de plus. Comme Camille ne pouvait garder pour elle seule cette bonne nouvelle, elle écrivit une lettre à Germain. Avant de conclure, elle lui commanda de n'en rien dire à Alexandre : « Je veux qu'il ignore tout de moi jusqu'à nouvel ordre. »

Alexandre entoura sa liaison avec Emilienne du plus grand secret. Mais Germain, en fin psychologue qu'il était, flaira à quelques infimes détails que quelque chose d'important était en train de se passer dans sa vie. Et la première idée qui lui vint à l'esprit fut de penser que son frère était tombé amoureux. Mais de qui ? Mystère. Ce ne pouvait être Marie Lapeyre, une paysanne de Marzac, à qui Baptiste l'avait promis depuis son retour du front. Jour après jour, le père nourrissait cette idée saugrenue pour de sordides intérêts de terre. Mais la jeune fille ne plaisait pas à Alexandre. Marie Lapeyre était une petite bonne femme avec un visage rond de pomme colorée. Elle appartenait à cette catégorie de fille molle qui se laisse porter par le courant des jours, sans jamais offrir la moindre résistance aux événements. « Elle te rendra heureux », disait Baptiste. Alexandre n'en doutait pas une seconde. Bien sûr qu'elle le rendrait heureux, à le couvrir d'attentions et de sentiments, elle qui avait appris à obéir aux hommes, à son père d'abord, à ses deux frères ensuite, avec l'esprit domestique qui était le sien depuis sa naissance.

— C'est qui, alors ? insista Germain devant un frère au visage rosi de se voir ainsi mis à nu.

Comment avait-il fait pour deviner ? se demandait

Alexandre en campant une attitude qui se voulait l'indifférence même.

— Je sais que ce n'est pas Marie Lapeyre, s'amusa Germain.

— Je ne veux plus qu'on me parle de cette fille, jura Alexandre. Père, ça me suffit.

— Tu seras bien obligé de le révéler un jour. Un peu plus tôt, un peu plus tard...

Puis Alexandre détourna la conversation en invoquant les affaires du domaine. Tous les deux ou trois mois, les deux frères avaient pris l'habitude de faire le point en ouvrant les livres de comptes.

— Ça ne peut mieux aller ! déclara Germain dans un geste d'agacement. Le jour où tu as choisi de reconvertir Rocheveyre à l'élevage, tu as eu une idée de génie. Une idée qui soulève l'admiration à Marzac. Et qui fait peut-être aussi quelques envieux...

— Comment sais-tu ça ? Tu ne sors jamais.

— J'ai mes informateurs.

— Labussière ? Si tu l'écoutes !... C'est un bon ouvrier, mais il a une langue de concierge.

— Lui et d'autres, dit Germain d'un ton évasif.

— Rien ne les empêche d'en faire autant.

Germain roula son fauteuil jusqu'au bureau et ouvrit le livre de comptes, arrêté au mois de mars 1924.

— Nous avons cinquante mille francs devant nous, nota-t-il avec un sourire d'amusement.

— Père est au courant ?

— Comment ça, animal ? Tu m'as fait jurer de ne jamais lui parler de nos affaires.

— Ça serait pas mal de lui en glisser quelques mots, suggéra Alexandre. Il verrait au moins qu'on a su mener notre barque, lui qui croyait en 1919 que nous irions droit dans le mur.

— As-tu besoin de te prouver quelque chose ?

Alexandre lui flanqua une bourrade.

— Non, bien sûr ! Mais ça ferait plaisir quand même de voir sa tête.

Germain fit pivoter son fauteuil et ordonna à son frère de venir s'asseoir près de lui.

— Je n'ai pas le temps, dit Alexandre.

— Ce que j'ai à te dire est de la plus haute importance.

Alexandre se mit à rire.

— Tu veux que nous achetions encore de la terre ?

— Pour y faire de la luzerne et du trèfle, ça ne serait pas une mauvaise idée.

— Je n'ai que deux bras.

— Mais ce n'est pas ça, dit Germain en posant la main sur son épaule. Hier, j'ai eu la visite d'Auguste Lamazane. Il m'a annoncé que François Neuvialle ne se représentait pas à la mairie de Marzac.

— Et alors ! Ça me fait ni chaud ni froid. Ils trouveront bien un autre maire. Les candidats, c'est pas ce qui manque.

— Détrompe-toi.

Il le contemplait avec insistance dans l'espoir qu'Alexandre comprendrait de lui-même où il voulait en venir. Mais il semblait tout entier accaparé par la seule joie de disposer devant lui de cinquante mille francs. Il se disait qu'avec autant d'argent gagné, il pourrait enfin envisager l'avenir avec sérénité, se marier avec Emilienne maintenant qu'il était en état de lui offrir une situation digne d'elle.

— Tu es une personne importante dans la région, reprit Germain. Ton poste d'administrateur du Crédit agricole en impressionne plus d'un au village. Autant dire que c'est du tout cuit…

Alexandre redressa la tête.

— Non ? fit-il. Non ! Tu ne penses pas à ça ?

— Si. Auguste Lamazane, Louis Letheil, Jules Malpas, et même Antoine Géraud, énuméra-t-il, sont prêts à te suivre si tu prends la tête d'une liste. Tu disposes ainsi de l'appui des plus anciennes familles de Marzac, celles qui font la pluie et le beau temps. Il n'y manquera que Verderie, forcément. Tu devines pourquoi ?

Alexandre se mit à déambuler au milieu de la chambre en roulant une cigarette. C'était juste pour freiner l'excitation qui s'emparait de lui. Dans le fond, il éprouvait une certaine fierté que les gens de Marzac aient songé à lui pour une telle aventure.

— J'ai besoin de réfléchir, fit-il.

— Ne fais pas ton important, s'éleva Germain. Pas avec moi.

Alexandre mouilla la bordure de son Job, alluma sa cigarette, puis tira une longue bouffée.

— Maire, je ne saurai pas faire. Je n'ai pas été formé pour ça.

— C'est l'argument que tu as déjà servi à Malard pour te défiler. Et ça n'a pas empêché que tu es devenu administrateur.

— Ce n'est pas la même chose, releva Alexandre. Tout le travail est mâché. On doit juste dire oui ou non sur les comptes qu'on nous présente. Et il y en a plus d'un, je te le garantis, qui prend sa décision sans même jeter un œil sur les rapports.

— La mairie, c'est la même chose, insista Germain. Tu auras un secrétaire, en la personne du maître d'école, qui t'aidera. Et si ça ne suffit pas, tu pourras toujours compter sur moi.

Alexandre revint s'asseoir.

— Tu veux que je t'en roule une ?

— Non. Je ne fume que la nuit. Ça m'aide à passer le

temps. Les nuits sont longues quand on n'a pas envie de dormir.

— C'est toi qui as manigancé tout ça ?

Germain haussa les épaules.

— Lamazane et consorts, te dis-je.

— Et puis, je ne sais pas si c'est une bonne idée. Nous, les Mercœur, on n'est pas si aimés que ça !

— Qu'est-ce que tu racontes ?

— On a acheté les bonnes terres. On a fait de fructueuses affaires. Les gens vont dire : « Ça ne leur suffit pas ! Maintenant, ils veulent accaparer la mairie. »

— Non, l'interrompit Germain. Ils diront : « Alexandre Mercœur a su mener sa barque. Il le fera aussi bien à la tête de notre commune. »

Le jour même de cette conversation, Germain ne put obtenir une réponse définitive, une réponse qu'Auguste Lamazane attendait avec impatience. Les élections étaient fixées pour le début du mois d'avril. Il ne restait plus que quelques jours pour se déclarer et établir un programme avant de visiter la population. D'autant qu'une autre liste était annoncée, conduite par Pierre Dumoulin. Elle se proclamait d'Union socialiste, car son chef de file, employé aux chemins de fer, était un fervent admirateur de Jaurès, défenseur d'idéaux pacifistes qui acquéraient de plus en plus d'importance dans l'opinion après l'horreur des tranchées. Germain s'était bien gardé de lui parler de cette candidature concurrente. Alexandre avait toujours éprouvé de la sympathie pour le fils Dumoulin. Et pour cause, les deux hommes étaient de la même classe ; ils avaient partagé le triste privilège d'avoir vingt ans pour le baptême du feu. Lors de sa visite, Auguste Lamazane en avait touché un mot à Germain.

« Ne comptez pas sur Alexandre pour le brocarder, lui avait-il répondu.

— Aucune importance, avait conclu Lamazane. Nous nous en chargerons. »

En vérité, on pouvait aisément compter les électeurs de Marzac qui partageaient les idées révolutionnaires de Dumoulin. Le fond de l'air était plutôt composé d'un savant mélange de radicalisme et de droite libérale. Les villageois étaient du parti de la terre, des traditions et de l'épargne. Et la guerre n'avait rien changé aux mentalités, malgré le nombre impressionnant de noms gravés sur le monument aux morts. Le goût des luttes sociales n'avait pas encore atteint ces rivages. Marzac resterait encore longtemps un îlot de vieille France imperméable aux rêves d'égalité et de fraternité qui avaient imposé dans le pays la journée de huit heures. Pour un paysan, la journée de travail ne répondait à aucune loi, ni décret ; elle épousait fidèlement la course du soleil et, parfois, à la belle saison, s'allongeait bien au-delà du crépuscule. Du reste, aucun journalier ne se serait aventuré à exiger l'application de cette mesure sans encourir sarcasmes et réprobation.

Le lendemain, Germain entreprit de convaincre de nouveau son frère. Il était décidé à ne plus le lâcher tant qu'il n'aurait pas fourni une réponse. Il retrouva intacte la même hésitation qui avait présidé à leur première conversation et en fut consterné. Cette fois, il s'employa à faire jouer la corde sensible, la seule qui fût en mesure de l'ébranler un peu : Rocheveyre.

— Accepte au moins pour le domaine, lui lança-t-il. Un maire nous rendrait fichtrement service avec ses entrées partout, jusque dans le cabinet du préfet.

Certes, l'argument était douteux et ressemblait assez peu à un pur esprit tel celui de Germain. On l'eût imaginé plus proche, par l'idée et le cœur, d'un Pierre Dumoulin. Mais l'esprit du domaine, une fois encore, s'avérait plus fort que tout, plus fort que les scrupules et la raison. Surtout que, cette fois, Germain avait bien choisi, pour en parler, le lieu et le moment, devant le père, à la table familiale.

Excédé par tant d'atermoiements, Baptiste prit la mouche.

— D'abord, il n'y a pas à discuter. Tu y vas ! Notre honneur est en jeu. Que dirait-on au pays ? Qu'un Mercœur a déserté devant une si noble tâche que celle du bien public !

Seule Léontine était d'un avis contraire. Elle ne pouvait croire que son petit Alexandre fût digne d'une telle responsabilité.

— Ça serait plutôt la place de Germain, lança-t-elle. Avec l'instruction qu'il possède. Un brevet supérieur. C'est un gâchis de le voir là, reclus dans cette chambre, à se tourner les pouces.

— Maman ! rétorqua Germain. On ne peut pas transporter la mairie à Rocheveyre. Mais j'ai assuré Alexandre de mon aide.

— A ce compte-là…

Alexandre ne put contenir plus longtemps son amertume. Il en avait assez de passer pour l'idiot de la famille, tout juste bon à s'échiner sur les terres du domaine.

— Peut-être n'en suis-je pas digne… se défendit-il. Comme je n'étais pas digne de reprendre Rocheveyre après l'armistice. Il n'empêche que j'ai remonté notre affaire alors qu'elle était au plus mal. La friche débordait de toute part. Maintenant, je dispose de cinquante mille francs devant moi. Cinquante mille francs que je n'aurais pas gagnés si je ne m'étais résolu à emprunter au Crédit. Personne ne voulait m'aider à ce moment-là, parce que personne ne croyait en moi. J'ai montré ce que je savais faire, là, avec ces bras, fit-il en les tendant devant lui. Et avec cette tête, là, ajouta-t-il en se frappant le front.

— Oui, l'interrompit Germain, tu nous as montré à tous que tu étais capable de faire prospérer Rocheveyre. Et demain tu seras capable de gérer Marzac, avec la même autorité. Père et moi, nous le savons.

Cet accès de colère chassa Léontine dans sa cuisine. Et Alexandre ne pouvait imaginer combien cette fureur faisait plaisir à Baptiste. « Enfin, je retrouve là mon regretté André, se disait le père avec le souci, surtout, de n'en rien laisser paraître. Au passage, il a pris un peu de la bonne graine des Mercœur. » L'annonce des cinquante mille francs n'était pas tombée dans l'oreille d'un sourd. En quatre ans, c'était un exploit. Lui, il avait mis vingt ans à édifier le domaine, arpent après arpent, pierre après pierre.

— Si on le considère comme ça, jura Alexandre, alors oui, je la prendrai, la tête de cette liste. Par défi. Et on verra bien.

Deux jours plus tard, les membres de la liste, que l'on avait baptisée hâtivement « Pour la défense des intérêts communaux », se trouvèrent réunis dans la chambre de Germain. Auguste Lamazane expliqua qu'il n'avait pas d'autre ambition que de devenir le premier adjoint. A vrai dire, il n'avait pas encore réfléchi à la distribution des responsabilités.

— Faites-vous déjà élire, conseilla Germain.

— C'est comme si c'était fait, fit Malpas. Nous avons déjà tâté le terrain. Notre candidature ne rencontre qu'approbation.

Alexandre offrit un visage perplexe, par dessein. Il ne voulait pas se laisser emporter par l'euphorie. Bien qu'il n'eût pas une forte expérience en la matière, il savait qu'une consultation électorale contient toujours une part d'incertitude.

— Nous serons d'autant mieux élus que nous aurons un programme à offrir.

Un lourd silence tomba sur un aréopage de fronts baissés. Chacun avait sa petite idée en tête. Chacun avait quelques doléances personnelles à poser. Des chemins à ouvrir. Des entrées de ferme à aménager. Des aqueducs à construire. Rien, en vérité, qui fût d'intérêt public. Peu à peu, les langues se délièrent. Et devant un tel étalage de requêtes privées, Alexandre se gratta les cheveux en se demandant dans quel guêpier il venait de se fourrer. Cela amusait Germain. Il n'en attendait guère plus de ses concitoyens, lui qui disposait de tout le temps, désormais, pour les observer.

— Avec un tel programme, déplora Alexandre, nous allons tout droit à la défaite. Les gens de Marzac diront que nous ne sommes venus nous faire élire que pour satisfaire nos seules ambitions.

Alors les candidats s'offusquèrent devant tous ces principes auxquels François Neuvialle ne les avait pas habitués. Lui, il cédait à chacune des demandes, fussent-elles à caractère privé. Il avait du reste assis son pouvoir sur cette somme de petits avantages savamment distillés avec le seul souci de protéger son électorat.

— Nous allons nous attaquer à l'électrification de la commune, lança Alexandre.

— L'électrification ! reprirent-ils en chœur, sur un ton mêlé de surprise et de déception.

— On ne fera pas empierrer mon petit chemin des Jaladis ? C'est un infâme bourbier en temps de pluie. Et j'ai le plus grand mal pour y faire passer la batteuse. A quoi ça sert d'être au conseil municipal si on n'en tire aucun avantage ? Pas vrai, les gars ?

— Mais oui, minauda Alexandre sur un froncement de sourcils de Germain. On le fera empierrer, ton chemin.

Mais c'est pas la peine de l'inscrire sur notre profession de foi...

Les hommes parurent rassurés.

— Sacré Alexandre, jura Lamazane, tu es plus malin que nous tous réunis. Dire qu'on te prenait pour un doux rêveur solitaire au milieu de ton Rocheveyre.

— Dites aussi que vous m'avez choisi pour ça ! s'amusa-t-il. En vous disant que ce pauvre Alexandre, on le mènerait par le bout du nez.

Germain avait le plus grand mal à dissimuler une envie de rire. Il se cachait le visage derrière une feuille de papier qu'il agitait comme un éventail.

— L'électrification, c'est un projet d'intérêt général, reprit Alexandre. Je compte la réaliser avec votre appui. Dans ma position d'administrateur, j'obtiendrai aisément des crédits. Ce sera la grande affaire des années à venir, fit-il en se souvenant de ce qu'il avait entendu à Tulle dans la bouche du député Queuille. Marzac ne peut pas rester à la traîne. Faut vivre avec son temps. La lampe à pétrole et le falot ont vécu. Ça deviendra des objets de musée, mes amis, que vous le vouliez ou non.

— Tu as notre confiance, confirma Lamazane.

Les autres, qui avaient obtenu l'assurance qu'on s'occuperait de leurs petites affaires, hochèrent la tête de conserve ; sauf Letheil qui avait sur le sujet un point de vue original.

— A mon âge, on se fiche pas mal de ça. La fée électricité, comme ils disent dans le journal, moi j'en veux pas dans ma ferme. Quelle idiotie !

— On ne forcera personne à l'avoir, prévint Alexandre dans un geste d'agacement.

— Tu es jeune Alexandre, si jeune. Mais tu te rappelleras plus tard ce que je te dis : le progrès nous ruinera, mon petit !

— Tu as prétendu la même chose avec le chemin de fer, releva Géraud. Tu ne te souviens pas ? Tu disais que la fumée des locomotives empoisonnerait l'air. Et maintenant, ça t'empêche pas de le prendre pour aller à Brive. Même que ça t'a rapporté des sous, avec tous les chênes que t'as fournis à la Compagnie.

Les types éclatèrent de rire. Letheil, floué, se mit à faire tourner son béret sur la tête comme il le faisait chaque fois qu'on le contrariait dans ses jugements. A cet instant, Léontine apporta, sur un plateau, une ribambelle de petits verres à liqueur et une fiole de vieille prune.

— Alors, vous entraînez mon petit Alexandre dans cette galère ! lança-t-elle en veillant à ce que l'alcool ne débordât pas des verres. Nous n'avions pas besoin de ça.

C'était plus fort qu'elle. Elle ne pouvait plus contenir son irritation.

— Pourtant, votre fils fera bien l'affaire, la flatta Lamazane.

— La politique, ça sent mauvais. Trop mauvais. C'est une affaire à se brouiller avec les gens. Jusqu'à présent, renchérit-elle, nous avions été épargnés par cette bêtise. Mais c'était trop beau pour que ça dure. Quand je l'ai vu embringué dans le Crédit agricole, j'ai tout de suite compris que ça tournerait comme ça.

Les hommes se turent. Puis Léontine se retira dans un grand soupir.

— Vous allez maintenant me dire si nous avons une liste adverse ? questionna Alexandre. A moins que nous leur fassions peur au point de déclarer forfait.

— Pas d'abord ! lança Letheil. C'est pas dans l'esprit des rouges de se dégonfler.

Germain baissait la tête.

— Comment ? s'étonna Auguste Lamazane. Ton frère ne t'a pas mis au courant ? Franchement, Germain, fit-il en lui touchant l'épaule, tu exagères ! Tu vois dans quelle situation tu nous mets…

— Quoi donc ? interrogea Alexandre.

— Pierre Dumoulin, dit Auguste.

— Pierre fait une liste ! s'exclama Alexandre.

— Avec tous les socialistes de la commune. Il a même entraîné Verderie. Pourtant, fi de garce, Verderie n'est pas de cette engeance.

— C'est juste pour nous emmerder, affirma Géraud.

— Et Chareuil, depuis hier, compléta Malpas. Pourtant, ça ne l'intéressait pas quand on a été le solliciter. Mais dès qu'il a su qu'un Mercœur était de la partie, ça l'a décidé à se présenter contre nous. Il a pas bien l'air de vous aimer ?

— C'est à cause d'un terrain que notre père lui a acheté, expliqua Germain. Ça remonte à l'époque où sa ferme a brûlé.

Alexandre demeurait songeur, à se caresser le menton du bout des doigts.

— Pierre contre moi, maugréa-t-il. C'est un sale coup.

Il se tourna vers son frère.

— Tu t'es bien gardé de me le dire ! Ça aurait tout changé.

— Quoi ? s'étonna Malpas. Tu es donc si bien avec lui…

— Nous pourrions peut-être essayer de le prendre avec nous ? Ce n'est pas trop tard… suggéra Alexandre.

— Jamais de la vie ! s'emballa Géraud. Ça colorerait notre liste.

Lorsque Alexandre vint annoncer à Emilienne qu'il se présentait aux prochaines municipales, elle éclata de rire, tellement l'idée lui parut saugrenue. Sur le coup, le jeune homme en ressentit une petite vexation.

— Ça n'a pas l'air de te plaire.

— Tu as bien du temps à perdre, répliqua-t-elle. Crois-tu que les gens de Marzac t'en seront reconnaissants ? Une fois qu'ils auront sucé toute ton énergie, ils t'abandonneront comme une vieille chaussette. Cela me rappelle mon père. Il a fait de la politique, lui aussi, lorsque nous vivions à Paris. Avec son argent, il en intéressait du monde dans l'entourage de monsieur Clemenceau. Et quand il s'est retrouvé ruiné dans le scandale de Panamá, aucun de ses amis ne lui est venu en aide. Forcément, monsieur Philippe, comme ils disaient, ne pouvait plus leur servir.

Emilienne parut réfléchir en flattant l'encolure de la jument avec laquelle elle faisait de longues promenades autour de sa propriété de La Brulie.

— Ne désespérons pas, reprit-elle. Avec un peu de chance, tu seras peut-être battu. C'est tout le bien que je te souhaite.

Ce ton cassant le laissa perplexe. Quelque part, il était persuadé qu'Emilienne avait raison. Mais il se sentait surtout flatté qu'on l'eût choisi, lui, le plus effacé, le plus réservé des Mercœur, pour conduire l'avenir du village. Depuis la seconde où Germain avait insisté pour qu'il se portât candidat, la fierté le dévorait tout entier, au point qu'il ne parvenait plus à penser à autre chose qu'à cet instant où il entrerait à la mairie.

D'un vigoureux balancement du bassin, Emilienne se hissa sur son cheval qui se mit à piétiner autour de lui, impatient de faire quelques galops.

— Tu es fâchée ? cria-t-il alors qu'elle lançait sa monture sur la pente du pré.

Il se mit à courir derrière elle, jusqu'à perdre haleine.

— J'ai quelque chose à te dire ! hurla-t-il.

La cavalière était déjà loin. Parvenue à la lisière du bosquet, elle s'engouffra sous la frondaison des chênes. A bout de souffle, Alexandre se laissa tomber, les bras en croix, au milieu du champ, sur un banc de trèfles.

« La jolie garce ne me facilite pas la tâche », se dit-il en se renversant sur le ventre, la tête dépassant juste au-dessus de l'épais tapis à l'odeur suave de chlorophylle. Il entendait le galop du cheval qui se rapprochait et, soudain, vive comme l'éclair, la monture surgit du boqueteau, à l'endroit même où elle avait disparu. Emilienne se laissa glisser contre le flanc de l'animal.

— Tu n'as pas envie de monter ?

Le jeune homme lui fit une place sur le trèfle foulé.

— Je voudrais te parler, dit-il en avançant sa main vers la chevelure retenue par un nœud de soie noire.

De la pointe de la badine, Emilienne grattait les souillures de terre rouge collées au cuir de ses bottes.

— Je sais ce que tu veux me dire, fit-elle sans même le regarder. Tu voudrais m'épouser...

— Comment as-tu deviné ?

— La psychologie d'un garçon comme toi n'est pas bien difficile à percer.

Une moue de découragement s'afficha sur le visage d'Alexandre. Il lui en voulait d'avoir devancé sa demande, faisant ainsi tomber à plat l'effet de surprise. Désormais, il ne savait plus quoi lui dire, en retrouvant le visage fermé qu'il lui avait connu au début de leur liaison.

— Je ne le souhaite pas, fit-elle d'une voix embarrassée. Nous sommes bien ainsi, tous les deux. Que veux-tu de plus ? Le mariage finira par gâter notre amitié, je le crains.

— L'amitié ! s'exclama-t-il. L'amitié ? Mais c'est terrible, ce que tu dis là. Moi, je n'en veux pas de cette amitié. C'est d'amour qu'il s'agit.

— Nous ne sommes plus des adolescents, soupira Emilienne. J'ai vingt-huit ans et…

— Parle pour toi ! Moi, je n'ai jamais aimé personne avant toi. Je t'aime, Emilienne. Je t'aime au point de vouloir vivre en ta compagnie chaque heure qui passe. Bien sûr, tu décideras la manière dont nous vivrons, ajouta-t-il en se souvenant de ce qu'elle lui avait dit la première fois qu'ils firent l'amour.

— Je t'aime aussi, dit-elle. Mais…

— Mais pas assez pour que nous vivions ensemble, continua Alexandre.

Le silence se glissa entre eux, un mutisme pesant, chargé de sous-entendus, qui paralysait les petits gestes amoureux qui eussent pu les aider à renouer le dialogue. Emilienne se sentait prise au piège, au fond d'une nasse. Dans un premier temps, elle avait accepté qu'ils deviennent amants, ensuite il avait accéléré la fréquence de leurs rencontres, maintenant il la demandait en mariage. Tout allait trop vite, au point de bouleverser la petite existence confortable dans laquelle elle s'était installée, doucettement, depuis la mort de son mari. Mais comment avouer, sans blesser le garçon sensible qu'il était, qu'elle ne voulait surtout pas qu'un homme vînt se mêler de trop près de ses affaires et lui faire perdre la rente attribuée à toutes les épouses des héros tombés au champ d'honneur ? Elle avait besoin de cet argent pour vivre. C'était le prix de sa liberté. Bien sûr, Alexandre n'eût pas manqué de lui proposer son argent. Mais elle ne voulait rien devoir à personne, fût-ce à un amant dévoué. Emilienne se souvenait encore en quels termes son ancien mari rudoyait la fille sans dot qu'elle était alors. Certes, elle ne croyait pas Alexandre capable d'une telle mesquinerie ; mais qui pourrait prédire avec certitude ce que deviendraient leurs beaux sentiments à l'épreuve du temps ?

Avec douceur, Emilienne vint lui caresser le visage pour effacer l'amertume qui transparaissait dans ses yeux.

— Je ne doute pas que nous nous marierons un jour, fit-elle. Je n'ai pas d'autres amants, tu le sais bien.

— Je ne songeais pas à ça, se défendit-il.

— Ma porte t'est ouverte. N'est-ce pas une preuve d'amour ?

— Ou d'amitié, répliqua Alexandre que le mot avait blessé profondément.

— D'amour ! insista Emilienne en fichant un vigoureux coup de badine dans le trèfle.

Alexandre cilla des paupières comme s'il avait reçu le fouet en pleine figure.

— Tu as envie ? Ne t'en prive pas. Je peux tout supporter de toi.

Emilienne le renversa sur l'herbe.

— Je n'ai pas envie d'aller vivre chez toi, cria-t-elle, avec ton père, ta mère. Tu ne comprends pas ça ? Ta famille ne m'intéresse pas. Je ne veux pas l'épouser aussi.

Vivement, Alexandre se dressa sur les genoux.

— Qu'importe ! Je construirai une maison pour nous deux, au fond du domaine. Tu n'as plus qu'un mot à dire.

— A moins que tu viennes vivre chez moi ? hasarda-t-elle.

Il parut embarrassé. A carriole, il y avait une heure de trajet entre Marzac et Veyres.

— J'ai besoin de vivre près de mon troupeau.

— Et mes chevaux ? Y penses-tu à mes chevaux ? Dois-je les abandonner, toutes affaires cessantes ?

— Je possède assez de pacage pour les nourrir. Et une vaste écurie qui ne demande qu'à les recevoir.

Elle soupira profondément.

— Tu as réponse à tout.

— Alors, c'est oui ?

— Accorde-moi un peu de temps, fit-elle en venant poser son visage contre sa poitrine.

Le résultat des élections à Marzac fut sans surprise. Toute la liste d'Alexandre passa, sans qu'il y manquât un bouton de guêtre. Pierre Dumoulin, qui avait refusé de le rencontrer lors de la campagne, vint lui rendre visite peu après son installation à la mairie.

— Dans le fond, lui dit-il d'une voix blessée, je préfère que ce soit toi, plutôt qu'un autre. Tu n'es pas franchement méchant, ni fanatique. Tu seras sans doute un bon maire.

Alexandre hésita à lui répondre, tant les mots justes lui manquaient. Et à l'instant de se séparer il alla vers lui, ennuyé de le laisser partir ainsi.

— Nous aurions pu faire quelque chose ensemble. Mais je n'ai rien décidé, avoua Alexandre. C'est Lamazane qui a constitué la liste.

— C'est bien ce que je pensais, dit Dumoulin, tu es leur otage. Ils avaient besoin d'un type comme toi pour se faire élire. Sache au moins leur résister, maintenant que tu as les rênes en main.

Alexandre essuya les conseils avec une mine contrite.

— Tu sais, j'ai de grands projets. L'électrification…

Mais Dumoulin tournait déjà les talons. Il n'avait pas envie d'entendre son discours. Il pensait seulement qu'il ne ferait pas le poids dans les griffes des vieux propriétaires de Marzac, malgré les meilleures intentions du monde.

Alexandre le regarda s'éloigner, le regret aux tripes. Désormais, il savait que quelque chose était irrémédiablement brisé entre eux et que c'était là la principale victoire de Lamazane et de ses amis. Le cœur chagriné, il rejoignit Germain.

— Tu n'as pas l'air content de toi ?

— J'ai perdu un ami, dit Alexandre.

— Tu n'as rien perdu du tout, répliqua Germain. La vie n'a pas dit son dernier mot. Sauf pour moi, ajouta-t-il en souriant.

Front contre front, comme ils le faisaient autrefois pour se consoler de leurs petits drames d'enfants, les deux frères restèrent un long moment à se parler.

— Cette idée ne te quittera pas, dit Alexandre.

— Tant que je n'aurai pas trouvé la force et le courage.

— Ce serait une piètre revanche sur le destin.

— Je n'ai pas le choix.

— Tu es encore là-bas ? demanda Alexandre en reniflant.

— J'entends les cris de mes compagnons. Et l'odeur âcre de la poudre me poursuit.

— Moi, j'ai fini par oublier. Je ne me réveille plus en sursaut au milieu de la nuit.

— Tu es du côté de la vie. Sur ce versant-là, on oublie tout.

— Je voudrais t'y entraîner avec moi. Avoir cette force. Je l'ai trouvée en redonnant vie à Rocheveyre. Comprends-tu ? fit Alexandre en serrant les mains de son frère.

— Mais ce n'est pas possible, dit Germain. Je glisse sur la pente. Le sommet s'éloigne. J'ai essayé de lutter au début. Je me suis dit : « Tu mérites bien ton soleil. » Et puis j'ai fini par comprendre qu'il ne se levait pas pour moi.

Léontine les découvrit ainsi, l'un contre l'autre, les larmes aux joues. Alexandre se redressa vivement.

— Tu aurais pu frapper.

— Désormais, il s'agit de prendre quelques

précautions. Tu as affaire à l'honorable maire de Marzac, plaisanta Germain.

— Je ne savais pas que je vous dérangerais, dit-elle.

Germain effaça discrètement les traces de son chagrin avec le pan de la couverture qui lui couvrait les jambes.

— Ça ne fait rien, ma pauvre maman, ça ne fait rien. Nous parlions du bon temps.

Camille passait ses dimanches après-midi dans une guinguette au bord de la Vézère. Anne l'avait conduite dans cet endroit à la mode fréquenté par les jeunes gens de Brive. Le Perroquet bleu était une grande bâtisse blanche cernée par une bambouseraie qui donnait au cadre un parfum de lointaine colonie. Une terrasse en caillebotis dominait la rivière où les couples de danseurs venaient prendre l'air et siroter des limonades autour de tables en osier.

Anne lui avait fait connaître quelques amies, de petites ouvrières comme elle, qui passaient le temps à papoter sur la terrasse en attendant que des garçons viennent les inviter à danser le charleston dans l'étouffante moiteur du dancing. Selon un principe dicté par Anne, et auquel son amie n'osait déroger, les deux filles s'attachaient à répondre à la cour pressante des garçons par une belle et hautaine indifférence, préférant passer d'un cavalier à l'autre. Cette manie finit par intriguer Camille.

— Ils ne te plaisent pas ? Tu es bien difficile !

— Que crois-tu, ma petite, ils ne rêvent que de nous pousser dans leur lit. Et après, adieu ! Il ne nous reste plus que les yeux pour pleurer. A tant faire l'amour, mieux vaut que ça serve à quelque chose…

Camille s'interrogea longuement sur cette réflexion sibylline. Puis elle finit par en percer le secret. Depuis deux années au moins, Anne entretenait une relation avec un commerçant fortuné de la rue Toulzac. Un homme marié. Camille les surprit ensemble dans un salon de thé où elle était entrée par hasard. Elle fut horrifiée de découvrir qu'il avait trente ans de plus qu'elle. Le couple l'invita à partager un paris-brest qu'il s'était fait servir avec un chocolat chaud. Anne traitait son amant avec une telle immodestie que Camille en vint à se demander si c'était bien là la jeune fille réservée qu'elle fréquentait.

— Comment peux-tu coucher avec un type pareil ? demanda-t-elle après coup.

— Il est généreux.

A la suite de sa découverte, Camille eût bien voulu prendre ses distances, mais c'était la seule amie qu'elle possédait à Brive. Néanmoins, la discrète enquête qu'elle mena sur sa vie intime la rassura quelque peu. Cet homme était le seul amant qu'elle possédait. Son amie ne faisait donc pas grand commerce de ses charmes, comme Camille l'avait craint au premier abord. Au fil des conversations, elle comprit même qu'une telle liaison flattait Anne, comme si elle avait besoin de se prouver qu'une petite ouvrière sans instruction pouvait faire chavirer le cœur d'un de ces bourgeois de Brive dont elle haïssait d'ordinaire la morgue et la suffisance.

— Tu t'avilis dans ce rôle ! lui claironna Camille un jour qu'elle crut nécessaire de lui faire un brin de morale.

— Ce qui aurait été avilissant, c'est que j'épouse mon benêt de paysan, lui répliqua Anne. Il m'aurait collé deux ou trois mômes et traitée comme l'une de ses truies.

— Pourtant, insista Camille, comment peux-tu supporter qu'il te touche, ce vieux bonhomme, avec son sourire égrillard ?

— Tu fais bien des complications pour pas grand-chose. Un petit tour au bidet, et il n'en reste rien.

Camille prit de plus en plus l'habitude de sortir seule au Perroquet bleu. Maintenant qu'elle avait percé le secret de son amie, elle ne se satisfaisait plus de ses conseils. « Quand je pense qu'elle m'a interdit la fréquentation de deux ou trois garçons sous le prétexte qu'ils ne présentaient pas assez bien, alors qu'elle convolait avec son barbon », se reprochait-elle.

Une fin d'après-midi, au moment de quitter la guinguette, une main ferme agrippa le guidon de sa bicyclette. Aussitôt, elle reconnut le jeune homme distingué avec lequel elle avait déjà dansé lors de ses premières visites au dancing.

— Vous partez déjà ?

— Eh oui, déplora Camille. Je travaille à six heures demain matin.

— Où donc ?

— A l'atelier de confection Nadaleix.

— Chez Bertille ! s'écria-t-il. Cette chère Bertille…

— Vous la connaissez ?

— C'est une grande amie de ma famille.

— Je suis bien aise de le savoir, dit Camille en repoussant la main qui cramponnait toujours le guidon.

— Vous venez boire un apéritif avec moi ?

— Laissez-moi partir, ordonna-t-elle en montant sur les pédales de la bicyclette.

— Vous me refusez cela ! cria le jeune homme. C'est cruel, terriblement cruel.

Le garçon courut derrière elle et saisit d'une poigne ferme le porte-bagages.

— Que me voulez-vous au juste ?

— Juste parler un peu.

— Vous êtes obstiné, vous !

La réflexion arracha au jeune homme un beau sourire sous son panama orné d'un crêpe vert. Il portait un costume en toile bistre et un gilet de soie blanche brodée au plumetis. Camille le fixa quelques secondes dans l'espoir de lui faire baisser le regard. Devant autant de gravité, l'homme abandonna sa prise.

— Je ne veux pas vous importuner plus longtemps. Après tout, nous avons la vie devant nous pour nous revoir. Sachez seulement que vous me plaisez, lâcha-t-il d'une voix murmurée comme si cet aveu lui coûtait quelque peu.

Une semaine plus tard, le garçon du Perroquet réapparut sur le palier de sa porte, rue des Echevins. Cette fois, il était vêtu d'un costume sombre, à veste croisée, avec une cravate à pois bleus et un chapeau melon. Il paraissait plus vieux avec sa fine moustache noire qui lui barrait le visage d'un trait austère.

— Vous ? s'écria-t-elle.

— Je n'ai pas pu résister au désir de vous rendre visite. En tout bien tout honneur ! ajouta-t-il en élevant sa canne à pommeau argenté.

— Comment avez-vous trouvé mon adresse ? C'est incroyable, ça.

— Par Bertille, avoua-t-il.

— Vous rendez-vous compte dans quelle situation vous me mettez ? Que va penser ma patronne ?

Le visiteur parut décontenancé et, tête baissée, resta immobile devant la porte entrouverte. A cette seconde, Camille sentit qu'elle n'avait plus qu'à la refermer sèchement pour que la cause fût entendue. Mais elle ne le fit pas. Et cette hésitation suffit à lui redonner toutes les audaces.

— Je viens vous offrir le verre que je vous avais promis, fit-il en reculant d'un pas sur le palier. Si je vous ennuie, qu'à cela ne tienne, ce sera pour une autre fois.

Ils allèrent s'asseoir à la terrasse du café Brune, fort

fréquentée à cette heure. L'homme commanda deux portos. Camille avoua qu'elle n'avait pas l'habitude de boire de l'alcool et que ces breuvages lui montaient vite à la tête.

— Deux doigts ne vous feront pas de mal, lança-t-il débonnaire.

— Et je ne sais toujours pas à qui j'ai affaire.

— Avouez que vous ne m'avez guère laissé le temps de me présenter. Jacques Villette ! fit-il en inclinant légèrement la tête.

— Et moi...

— Je sais qui vous êtes, l'interrompit-il. Bertille n'a fait que des compliments sur vous.

— Ça me rassure, car je n'ai jamais entendu le moindre jugement de sa propre bouche.

— Bertille n'est pas une nature expansive.

— Elle aurait bien trop peur que j'en profite pour lui demander une augmentation, dit-elle en riant.

En termes mesurés, le jeune homme expliqua qu'il était l'un des descendants de la banque Villette, bien connue à Brive dans les milieux d'affaires. Camille accueillit ces révélations sans surprise. Elle se doutait bien que cet homme venait de la bonne société, à sa manière d'en imposer. Elle l'écouta d'une oreille distraite, sans rien montrer de son agacement. Tout au plus réprima-t-elle un bâillement d'ennui en se refusant à tremper les lèvres dans le verre de porto. Il s'aperçut de son air indifférent et arrêta son discours. Villette jugea alors que l'étalage de sa bonne fortune ne suffirait peut-être pas pour séduire la jeune fille.

— A quoi songez-vous ? demanda-t-il en venant lui toucher le dos de la main qu'elle avait posée sur le bord de la petite table ronde.

— Je me demande ce qu'un homme de votre condition

fait avec une fille comme moi. A moins que vous n'ayez une idée en tête... Vous vous dites : avec mon argent, je vais l'éblouir, la petite paysanne à peine délurée, et ce sera une proie aisée... Cher monsieur Villette, vous avez une fort belle mine, mais ça ne suffira pas à me faire tomber en pâmoison devant vous.

— Je ne souhaitais entendre que cela ! releva Jacques d'un ton enjoué. Je suis à votre goût. Je ne retiendrai que cela. Pour le reste, mes intentions réelles, nous verrons bien à l'avenir. Je peux vous rassurer. Mes sentiments sont purs.

Camille et Jacques prirent l'habitude de se retrouver au Perroquet. Ils passaient des heures à danser ensemble, à se promener bras dessus, bras dessous, le long des allées qui bordaient la rivière. Deux ou trois fois, il l'emmena canoter jusqu'à La Mouthe, en cet endroit tumultueux où convergent la Vézère et la Corrèze. Il essaya de lui faire une cour plus appuyée, mais chaque fois la jeune femme refusait ses avances avec fermeté.

— Cet argent, ce terrible argent nous oppose, déplorait-il. Et j'en suis malheureux. Que ne suis-je né de votre condition et, déjà, nous coulerions ensemble un bonheur parfait.

Camille se renfrognait dans un mutisme que rien ne pouvait entamer lorsqu'il évoquait sa condition sur un ton qui sonnait faux dans sa bouche. Peut-être s'en voulait-elle de ne pouvoir, sur ce terrain-là du moins, lui parler d'égal à égal. Elle se persuadait qu'en devenant sa maîtresse, comme Anne avec son vieux commerçant, elle cesserait de l'avoir à ses pieds, tellement vulnérable et émouvant dans le rôle de l'amoureux transi.

Un jour, elle ne put contenir sa colère.

— Que croyez-vous, ce n'est pas parce que je suis une ouvrière que je ne dispose pas d'argent ! Bien sûr, moins que vous, le bel héritier d'une banque d'affaires. J'ai cent cinquante mille francs sur mon compte, lâcha-t-elle.

Jacques Villette la fit répéter.

— Et d'où tenez-vous cette somme ?

— Vous êtes bien curieux.

— C'est vrai. Mais cela est si étonnant.

— Mon héritage.

Villette apprit ainsi l'existence du domaine de Rocheveyre. Sans sourciller, il l'écouta parler avec passion de ce que son grand-père et son père avaient bâti sur la terre de Corrèze et comment on l'en avait chassée. Le jeune homme épousa scrupuleusement la pente de son émotion. Ce récit lui autorisa même quelques rapprochements qu'elle n'eût pas acceptés en temps ordinaire. Et à la fin des confidences, elle se retrouva dans ses bras, l'âme chavirée et l'esprit libéré. « Enfin, pensait-elle, je peux lui parler d'égal à égal, puisque je ne suis plus la pauvre fille sans le sou qu'il imaginait. »

— Pourquoi allez-vous donc perdre votre temps chez Bertille ? Avec votre argent, vous pourriez vivre tranquillement, profiter du temps qui passe, jouir de la vie qui s'offre à vous.

Camille éclata de rire.

— C'est bien une idée de jeune homme riche.

— Vous ne saisissez pas ce que j'essaie de vous faire comprendre, insista Jacques en caressant son visage rosi par le désir.

— Cent cinquante mille francs, j'ai de quoi vivre dix années. Et après ?

— En plaçant votre argent, vous pouvez jouir d'un revenu régulier, s'enflamma Villette.

— Je n'entends rien à ces choses. J'ai été élevée dans le goût de l'épargne et du travail. Que ferais-je de mes journées à contempler le temps qui passe ? Rien ne prouve que je serais plus heureuse que je ne le suis présentement.

— Oh ! la belle âme que voici ! s'écria Jacques en se tapant sur les cuisses. Je connais des fortunes qui se sont bâties avec moins que ça.

D'un geste d'agacement, Camille chassa cette idée qu'on voulait lui mettre en tête.

— L'épargne, s'agita-t-il, c'est juste assez bon pour le petit peuple. Il faut abandonner ces idées ridicules. Ça ne rapporte rien, sinon le plaisir de voir dormir son argent. Vous méritez mieux dans la vie. Il n'y a que la spéculation qui vaille. La spéculation, répéta-t-il en martelant les syllabes. Vous placez votre argent à quinze ou seize pour cent, vous achetez des actions et vous doublez la mise. Croyez-moi, c'est un fils de banquier qui vous parle.

— Je ne sais pas, dit Camille. Tout ça me paraît bien compliqué.

— Je vous conseillerai, si vous le désirez. Encore que ce ne soit pas la meilleure idée. Mais pour cela, il faut que nous nous voyions souvent. Très souvent, même.

6

Alexandre avait axé sa campagne électorale sur l'électrification de Marzac. Cette grande affaire, qu'il se promettait d'entreprendre au plus vite, était-elle véritablement à l'origine de son élection ? Le tout nouveau maire ne mit pas longtemps à déchanter. L'électricité faisait encore partie des grandes peurs liées aux vicissitudes du progrès. Du reste, Auguste Lamazane s'était employé à limiter la portée de ses promesses en répétant de ferme en ferme à qui voulait l'entendre : « N'ayez crainte, nous serons là pour freiner ses ardeurs modernistes. Et s'il pousse trop loin le bouchon, je vous garantis que nous saurons lui faire garder les pieds sur terre. »

Lors de la séance consacrée à l'élection de l'adjoint, Alexandre proposa à son conseil la candidature du plus jeune des nouveaux élus, Norbert Jalinier. Ce dernier avait été mis dans la confidence quelques heures seulement avant la réunion. « Je vais t'imposer au débotté », avait dit Alexandre en jubilant par avance de son bon coup. Outre son âge – vingt-deux ans –, Norbert avait un avantage sur tous les autres conseillers : il possédait des vues similaires sur la méthode à employer pour apporter à Marzac un sursaut de modernité. « Tous les deux, lui confia-t-il, nous travaillerons à faire progresser les dossiers que nous chérissons, et nous laisserons aux autres conseillers le soin de s'occuper des affaires courantes. »

L'annonce de cette candidature provoqua un profond malaise. Et en auscultant un à un les visages des élus, Alexandre ne rencontra que du désarroi.

— Je vous propose d'élire notre camarade à main levée.

Comme on pouvait s'y attendre, Lamazane réclama aussitôt un scrutin à bulletins secrets.

— Nous avons élu le maire à main levée, pourquoi n'agirions-nous pas de même pour l'adjoint ? insista Alexandre.

— Il se peut qu'il y ait d'autres candidats, suggéra Malpas, la tête inclinée sur le tapis vert qui recouvrait la table.

Alexandre appréhendait le vote secret. Si le conseil l'avait réclamé, c'était pour s'opposer à Norbert Jalinier sous le couvert de la confidentialité qu'une telle procédure impliquait.

— Y a-t-il un autre prétendant ? demanda-t-il.

Nul n'osa se manifester. Et Alexandre reprit espoir. « Tout juste un peu de mauvaise humeur », pensa-t-il en caressant du regard son protégé qui n'en menait pas large.

Les bulletins dépouillés offrirent un résultat désastreux. Norbert obtint trois voix face à sept bulletins nuls. D'un geste rageur, le maire chiffonna les carrés de papier et les jeta dans la corbeille posée au pied de son fauteuil.

— La cause est entendue, dit Norbert dépité. Je retire ma candidature puisqu'elle n'a pas l'heur de plaire.

Alexandre demanda une suspension de séance, histoire de marquer le coup, de faire entendre sa réprobation. Norbert l'accompagna dans le bureau voisin en prenant soin de refermer la porte derrière lui.

— C'est un véritable coup monté, que dis-je, une rébellion ! s'enflamma le maire.

— En tout cas, ils ont de la suite dans les idées. As-tu vu les résultats ? Trois voix, fit-il les doigts en éventail. Les deux nôtres, évidemment. Et la troisième ? De qui est-elle ? On ne le saura pas. C'est le bénéfice du doute. Ainsi ne peut-on soupçonner personne d'avoir voté contre moi.

— Moi, je trouve ça d'une lamentable hypocrisie.

Norbert alla s'asseoir sur le coin du bureau et d'un geste releva la mèche de cheveux qui lui couvrait le front.

— Tu as voulu m'imposer d'autorité, ça n'a pas marché. Ce n'est pas la peine de remettre en cause notre pacte de solidarité pour si peu de chose. La population de Marzac ne comprendrait pas.

— Alors, si je te suis bien, je dois me démettre, soupira Alexandre. Pierre Dumoulin a bien raison quand il dit que j'ai les mains liées.

Les deux hommes retrouvèrent le conseil municipal en effervescence.

— Alors, lança Alexandre, quel est le candidat que vous avez choisi ? Je suppose que c'est la raison de cette belle agitation.

Auguste Lamazane demanda la parole. Tous les regards se tournèrent vers lui. Il était visible qu'on venait de lui confier la difficile mission d'expliquer les raisons d'une telle fronde.

— Nous avons tous de l'estime pour Norbert. La famille Jalinier jouit à Marzac du respect général. Du reste, si nous n'avions pas eu cette opinion de lui, nous ne l'aurions pas pris sur notre liste.

— Vous n'êtes pas les seuls à l'estimer, le coupa Alexandre. N'est-il pas celui qui a obtenu de nos concitoyens le plus grand nombre de suffrages ? C'est pourquoi je me crois autorisé à l'élever au poste d'adjoint.

Lamazane dodelina de la tête pour indiquer que cet argument était tiré par les cheveux.

— Sa jeunesse, son inexpérience sont autant de raisons qui nous font douter de ce choix.

— Et ne suis-je pas, moi aussi, plein d'inexpérience face à vous qui avez déjà siégé aux côtés de François Neuvialle ?

— Justement, releva Géraud. Ta décision hâtive relève de cette inexpérience. N'aurait-il pas été préférable de nous en parler plutôt que de nous placer devant le fait accompli ? Ce sont des méthodes que nous n'avons jamais connues au temps de Neuvialle. Chacune de ses décisions était pesée, commentée.

— Et il demandait notre avis ! compléta Letheil.

— Le choix de l'adjoint, reprit Géraud, est une décision aussi importante que celui du maire.

Alexandre recula brutalement son fauteuil et croisa les jambes, les bras, avec un petit sourire ironique.

— L'avis du maire, me semble-t-il, doit avoir également quelque importance. Ou alors, c'est le monde à l'envers à Marzac. Autant que vous le sachiez tout de suite, asséna Alexandre, je ne serai pas un maire potiche à avaliser tous vos caprices. Sinon, il faudra chercher quelqu'un d'autre.

Par cette menace, Alexandre appliquait à la lettre les recommandations de Germain. « D'emblée, tu marqueras ton territoire d'une main ferme, lui avait-il dit. Sinon, tu auras tout perdu en une seule séance. » En vérité, l'exercice était à haut risque. Malpas, Letheil et, bien sûr, Lamazane n'avaient pas la réputation de s'en laisser conter. Dans ce mouvement d'humeur qui s'empara du conseil, Alexandre crut un instant qu'il allait devoir remettre son poste de maire en jeu. Il songea à Rocheveyre, à son troupeau qui l'attendait, à Emilienne qui avait ironisé sur son élection. « Une défaite comme celle-ci m'honorera, se dit-il en cachant mal son aigreur. J'en serai vite consolé... »

La crise d'autorité d'Alexandre fut une surprise pour Lamazane. Sa pugnacité ne correspondait guère à l'idée qu'il s'était faite du petit Alexandre, celui dont le vieux Baptiste disait autrefois qu'on finirait bien, à la longue, par en faire un cultivateur fort convenable.

— Si je tiens à avoir Norbert Jalinier à mes côtés, ce n'est pas par caprice, repartit-il. C'est parce que j'ai besoin de sa jeunesse, de son enthousiasme, pour entreprendre la grande tâche qui m'attend. Celle de l'électrification, expliqua-t-il. Il faudra non seulement bâtir de solides dossiers, des dossiers convaincants au regard des autorités, mais aussi avoir le courage de battre en brèche les résistances que nous rencontrerons auprès de nos concitoyens lorsqu'il faudra que les installations électriques traversent leurs propriétés. Ce ne sera pas une partie de plaisir. Et je doute que l'un d'entre vous me suive sur ce terrain. Je sais ce que vous choisirez. L'égoïsme des propriétaires plutôt que le bien général. Et à ce compte-là, j'échouerai.

A son tour, Auguste Lamazane sollicita une suspension de séance. Lui aussi, il avait besoin de consulter ses amis. Pour laisser libre cours aux tractations, Alexandre et Norbert choisirent de quitter l'enceinte. Dans le vestibule qui tenait lieu de salle des archives, les deux hommes trouvèrent Pierre Pascalin, le jeune instituteur qui faisait également office de secrétaire de mairie. Depuis son élection, Alexandre n'avait guère eu l'occasion de s'entretenir avec lui. Ce qu'il connaissait du personnage se résumait à ce qu'en disait le voisinage, qu'il était un bon maître viscéralement attaché aux principes de l'école laïque. Ses idées rigoristes ne posaient guère de problème à Marzac où la religion tenait peu de place dans le cœur des habitants.

— J'ai découvert avec grand plaisir que ces messieurs s'étaient trompés de candidat, dit-il à Alexandre. Ils ont cru porter au pinacle un Neuvialle bis, ils ont mis le loup dans la bergerie. Ça, c'est étonnant. Ne lâchez pas prise, surtout. Restez vous-même. Vous gagnerez !

Alexandre l'observa avec contentement. « Celui-ci, au moins, sera de mon côté, se dit-il. J'en aurai bien besoin. Gageons que Lamazane ne digérera pas de sitôt l'affront que je lui ai fait subir. »

— C'est bien joli tout ça, mais il nous faut désormais trouver une porte de sortie. Un bon compromis, dit le maire en observant la figure pensive de Norbert.

En retrouvant la salle surchauffée, Alexandre et Norbert prirent l'air grave de ceux qui s'apprêtent à recevoir un jugement.

— Nous avons réfléchi, dit aussitôt Malpas en tripotant nerveusement sa blague à tabac. Nous acceptons de voter pour Norbert, à la condition que l'on charge notre ami Auguste Lamazane des affaires de voirie. Il faudrait lui attribuer une sorte de délégation particulière...

— D'accord, répliqua Alexandre. Avec une toute petite nuance... Cette responsabilité sera soumise à l'arbitrage financier commun à notre gestion.

Les conseillers se consultèrent une dernière fois, brièvement. Puis Lamazane hocha la tête en direction du maire. On procéda alors au second tour de vote dans un silence religieux. Puis on dénombra les voix : six pour Norbert, une pour Lamazane, et trois abstentions.

— Maintenant nous allons trinquer à la santé de notre commune, lança Alexandre, satisfait.

Letheil se leva, furieux, et quitta la mairie, la mort dans l'âme.

Dans le plus grand secret, Alexandre entreprit des travaux d'aménagement dans l'ancienne grange des Combes pour s'y installer avec Emilienne après leur mariage. Les plans étaient une copie conforme de la maison de La Brulie. Il voulait qu'elle ne se sentît pas dépaysée. Tout se résumait en une vaste pièce organisée autour de la cheminée : cuisine, chambre, salle à manger. On montait à l'étage, dans la soupente, par une échelle meunière. En cet endroit, qui ressemblait à la coque d'un bateau renversé, il fit percer dans la toiture une fenêtre, qui donnait sur les vastes espaces du domaine. Puis il ordonna de crépir les murs intérieurs d'un enduit de chaux et de sable fin. Il laissa le maximum de bois apparent : poutres, charpentes, sablières. L'entrepreneur de maçonnerie trouva l'idée tellement saugrenue qu'il tenta de l'en dissuader. « Ça fera sacrément rustique, votre décoration. » En ce temps-là, la mode était aux petites pièces distribuées de part et d'autre d'un couloir ou d'une entrée, au papier peint à fleurs. Tout ce qu'exécrait Emilienne. « La pierre et le bois apparents, insista Alexandre, voilà ce que nous voulons. Du matériau noble pour toute décoration. » En vérité, Alexandre ne faisait que reproduire les goûts d'Emilienne. « Rien ne sera trop beau pour lui plaire », se disait-il.

L'activité des ouvriers n'attira guère l'attention de Baptiste. Le père en était arrivé, à force de temps, à se désintéresser des lubies de son fils. Il préférait passer ses journées aux Vergnes à surveiller son blé et son maïs. Il s'était même remis à planter du tabac, une petite quantité, histoire de ne pas perdre la main, comme il disait, peut-être aussi par nostalgie des temps anciens où il suspendait aux fils de fer alignés sous la toiture de ses granges des milliers de pieds de latakié. Le vieux Baptiste savait qu'il n'en tirerait pas grand-chose, parce qu'il n'avait plus la force d'autrefois pour cette culture qui exigeait des soins attentifs et journaliers : sarcler, biner, arroser, effeuiller... Ses voisins – et même Chareuil qui ne le portait pas dans son cœur – n'osaient lui faire la moindre observation lorsqu'ils voyaient jaunir les feuilles.

En recevant les premières factures, Germain subodora que son frère avait entrepris un important ouvrage dont il n'avait pas voulu lui parler. Il se fit voiturer par sa mère jusqu'aux granges. Et là, il découvrit enfin ce qu'il était venu chercher. Léontine fut aussi étonnée que lui.

— Quoi ? Ton frère trouve que notre maison n'est pas assez grande ?

Germain lui fit jurer de n'en pas parler au père.

— Il faut respecter son choix, répliqua-t-il. Et puis, il y a peut-être au fond de tout ça une raison.

— Ton frère est devenu un original, dit Léontine. Voilà ce que je pense. Et cette mairie ne l'a pas arrangé. Il est surmené à toujours courir par monts et par vaux pour des gens qui passent leur temps à le critiquer. Je doute que la ferme Rocheveyre y trouve son compte...

— Pour ce qui est du domaine, nous n'avons pas le droit de dire ça, répliqua-t-il. Tout repose sur ses épaules. Sans lui, que serions-nous devenus ? Nous aurions été obligés de tout vendre ou de louer à des étrangers.

Léontine se signa en pensant à André. Elle n'osait plus en parler, même à Baptiste lorsqu'il revenait du cimetière. Une fois, elle l'avait surpris à rognonner sur sa tombe comme s'il était, bien vivant, à un mètre de lui.

— Ce qu'il faudrait dans notre maison, ce sont des enfants. Nous ne sommes plus qu'une ferme de vieux, à désespérer du lendemain. A croire que la poisse est sur notre dos.

— Cela va peut-être finir par arriver, répliqua

Germain. Du sang neuf sur nos terres pour que se perpétue le nom des Mercœur.

Léontine essuya une larme du revers de la main. Elle était coutumière de ce geste, elle qui pleurait pour un oui ou pour un non.

— Je ne vois pas Alexandre en prendre le chemin. Chaque fois que je lui parle de la petite Lapeyre, il hausse les épaules.

Germain aida le fauteuil roulant à avancer sur le sentier cahoteux du jardin qui se faufilait entre les rosiers et la rhubarbe.

— Tu ne sais parler que d'elle. Ce n'est pas la seule femme qui existe sur la terre. Cette alliance avec les Lapeyre, vous l'aviez décidée pour lui. Mais les choses ne se déroulent jamais comme on les imagine. Regarde, moi, je voulais être instituteur, et je suis devenu comptable, fit-il avec ce sens aigu de l'ironie qui lui était familier et qui désespérait sa mère.

— Ne dis pas ça ! s'exclama-t-elle. Tu me fais trop de peine. Maudite soit cette horrible guerre qui a brisé nos vies…

Le soir même, avant le dîner, Alexandre vint rendre visite à son frère dans sa chambre. Germain avait conservé à portée de main les mystérieuses factures.

— Tu te lances dans la construction à ce que je vois. Du sable, de la chaux, du ciment… Et j'en passe. Je croyais qu'on en avait fini avec nos dépendances.

— Oh ! ce n'est rien, fit Alexandre qui paraissait absorbé dans un dossier municipal grand ouvert dans ses mains.

Souvent il lui arrivait d'amener des documents à Rocheveyre pour quérir les conseils de son frère.

— Ah ! quand même ! J'ai fait un rapide calcul. Il y en a pour plus de vingt-cinq mille francs. Sans compter la main-d'œuvre du maçon d'Objat. Ce brave homme nous demande une avance. Une avance sur quoi, grand Dieu ?

Alexandre alla jusqu'à la porte d'entrée de la chambre, jeta un œil furtif dans le couloir et la ferma soigneusement.

— Toujours des secrets, soupira Germain. A ton âge. Finiras-tu un jour par grandir ? J'espère que tu ne te comportes pas comme ça avec tes administrés.

— Je pensais que je méritais un peu d'indépendance, bredouilla Alexandre. Cette grande maison familiale m'ennuie avec ses rituels. Bientôt, je vais avoir trente ans et je n'ai rien à moi. Rien qui me ressemble. Rien qui soit à mon goût et où je puisse vivre librement sans avoir à répondre aux questions. C'est pesant tout ça ! dit-il en se laissant choir sur une chaise.

— Alors, relança Germain, tu as décidé de te faire un petit paradis où tu pourras te retrancher loin de cette famille qui t'étouffe.

Il fit rouler le fauteuil jusqu'à son frère.

— Tu ne crains pas de te sentir seul dans ce havre de paix ? Tu devrais y réfléchir, ajouta-t-il en réprimant une envie de rire. Nous avons toujours eu l'habitude de vivre les uns près des autres, suspendus au moindre geste, au moindre souffle.

Alexandre se leva de sa chaise pour échapper au regard attentif de son frère, scrutant la gêne qui commençait à le gagner. Il se déplaça jusqu'à la fenêtre, tournant le dos à la lumière qui trahissait son embarras.

— Cesse donc de faire l'idiot ! lança Germain. Tu pourrais tout de même me dire quelle est l'heureuse élue de ton cœur qui va étrenner ce paradis !

Alexandre se retourna brutalement.

— Emilienne, dit-il. Et nous allons bientôt nous marier.

— Ah ! enfin ! jubila Germain. Une bonne nouvelle !

La meilleure nouvelle qui soit entrée dans cette maison depuis bien longtemps. Je commençais à désespérer, dit-il d'une voix prise par l'émotion. Viens donc m'embrasser pour que je te félicite.

Alexandre s'attacha à tracer un portrait des plus favorables d'Emilienne Daillac, dans lequel on relevait qu'elle apporterait des idées nouvelles à Rocheveyre, elle qui avait obtenu la même réussite dans son élevage. Germain n'en demandait pas tant. L'arrivée d'une tête nouvelle au domaine suffisait à son bonheur.

— Une cavalière, dis-tu ? Une amazone, oui, s'excitait-il. Je vois parfaitement ça d'ici. Ce genre de femme est aussi difficile à amadouer qu'un fier alezan. Ne crains-tu pas qu'elle te donne du fil à retordre ? Note bien que ça ne te fera pas de mal. Le vieux célibataire commençait à prendre de mauvaises habitudes.

Il lui entourait le cou de ses longs bras maigres, sans se résigner à le lâcher, comme s'il voulait se laisser emporter dans une folle ronde au milieu de la chambre.

— Je voudrais que tu gardes cette nouvelle pour toi.

— Qu'est-ce que tu crains ? Nous ne sommes plus au temps où je voulais épouser Nina. La vie a fini par faire de nous des hommes. Des esprits indépendants.

— Marie Lapeyre n'arrête pas de me tourner autour, confia Alexandre. Je déchire chacune de ses lettres au fur et à mesure que le facteur me les apporte.

— Ça, c'est un manque de courage, rétorqua Germain. Tu ferais mieux de lui répondre qu'il n'y a rien à espérer.

— Ça m'ennuie.

— Et crois-tu que ça ne m'a pas ennuyé le jour où j'ai demandé à Nina de ne plus jamais venir me voir, alors qu'elle voulait toujours m'épouser ?

— Tu m'avais caché cette histoire, dit Alexandre. Pourquoi n'as-tu pas accepté qu'elle vienne vivre avec toi ? Si c'était son désir profond... Tu n'aurais pas dû la décevoir.

— Je l'ai fait parce que je ne pouvais rien lui apporter. Sinon un amour désespéré et pitoyable.

Dans les jours qui suivirent, Germain cuisina Labussière. Et les renseignements qu'il obtint sur Emilienne Daillac le comblèrent d'aise. C'était l'épouse qu'il fallait à Alexandre. En proie à une vive agitation, il se mit à tirer des plans sur l'avenir du domaine, dont le premier acte serait de réussir le mariage par une cérémonie exemplaire à laquelle la population de Marzac serait conviée.

L'événement réveilla en lui d'anciennes douleurs. Ce n'était pas facile de vivre le bonheur des autres comme s'il s'agissait du sien propre. Germain entra dans une crise terrible, bien plus redoutable que celles qu'il avait traversées dans le passé. Il se cloîtra dans sa chambre pour soigner sa dépression. Personne n'avait l'autorisation de le voir. Léontine déposait juste un plateau d'aliments devant sa porte et venait le retirer lorsqu'il avait consenti à grignoter un peu.

Son exil intérieur dura une quinzaine de jours. Puis, un matin, il commanda à son frère quelques livres, dont les *Comédies* de Térence et *La Prisonnière* de Marcel Proust qui venait de paraître. Il revint ainsi, peu à peu, dans le monde des vivants, tout en se refusant à donner la moindre explication à Alexandre et à sa mère qui le harcelaient de questions. « Vous ne pouvez rien pour moi », se bornait-il à répondre.

Entre-temps, Alexandre avait fini par avouer son projet de mariage à sa mère. De prime abord, Léontine ne le prit pas au sérieux.

— Une veuve ! s'exclama-t-elle. Tu aurais pu choisir mieux.

Puis un éclair d'effroi traversa son visage.

— A-t-elle des enfants ?

Alexandre éclata de rire avant de la rassurer. Et Léontine jugea qu'une veuve de guerre, ce serait somme toute un parti plus glorieux, d'autant que celle-ci avait suffisamment porté le deuil. Néanmoins, elle prit des renseignements auprès du curé Antoine qui officiait aussi à la paroisse de Veyres. « Je ne l'ai jamais entendue en confession », lui dit-il. La mère en conclut aussitôt que la nouvelle promise n'avait pas de religion. Et forcément, c'était un mauvais point.

Elle s'en ouvrit à Baptiste. On était à la fin du repas. Germain s'était déjà retiré dans sa chambre. Et Alexandre était retenu à la foire d'Objat avec Labussière. L'occasion était donc rêvée.

— Tu entends ce que je te dis ? Ça te fait ni chaud ni froid ?

Depuis quelque temps, le père paraissait éloigné des conversations qui se développaient autour de lui. Du reste, cette attitude commençait à intriguer Léontine, qui n'avait pas encore osé en parler à ses fils. Le vieux remuait les lèvres en fixant son assiette comme s'il poursuivait un dialogue imaginaire avec on ne sait quel interlocuteur. Peut-être s'agissait-il d'un double de lui-même ou d'André, dont il prononçait quelquefois le nom dans un éclat de voix.

— Quoi donc ?

— Alexandre veut se marier.

— Ça ne fera que la deuxième fois, lâcha Baptiste.

— Comment, deux fois ? releva Léontine. Alexandre n'a jamais été marié. Qu'est-ce que tu racontes ?

D'un geste las, le vieux chassa ces questions qui l'embarrassaient.

— Il n'a pas su la garder. Tant pis pour lui. Pourtant, je

leur ai laissé toute la bonne terre. Que voulait-on de moi ? J'ai tout donné. Tout. Je n'ai plus rien.

Léontine s'approcha de lui, en proie à la plus vive inquiétude. C'était la première fois qu'il s'obstinait ainsi dans des événements imaginaires. D'ordinaire, elle le ramenait vite sur les rails. Et ensuite, il ne se souvenait plus de ce qu'il venait de dire, comme si un autre Baptiste avait parlé à sa place.

— Je ne te suis plus, fit-elle.

— André va revenir. Et tout rentrera dans l'ordre.

— Tu as vu André ? demanda Léontine avec des larmes dans les yeux.

— Oui, affirma-t-il. Je lui ai demandé de revenir parce que nous avons besoin de lui à Rocheveyre. Il m'a affirmé que là où il se trouvait, ce lui était difficile. Mais il demandera une permission. Ça serait bien le diable qu'on la lui refuse.

— Mon pauvre Baptiste, déplora-t-elle en serrant ses mains dans les siennes, tu perds la tête. Ça nous fait un malheur de plus. Comme si nous n'en avions pas eu assez.

Il se tourna vers elle et la fixa d'un regard vide.

— Je dois aller aux Vergnes. Mon tabac à arroser.

— Non, s'opposa-t-elle. Tu vas rester te reposer. Laisse donc cette bon Dieu de terre. Nous n'avons plus besoin de ça.

Baptiste sortit dans la lumière de l'été. « Un jour, pensa-t-elle, il ne saura plus revenir. Et Dieu sait où nous irons le chercher ! »

Alexandre se décida enfin à faire visiter la maison à Emilienne. Le cœur battant la chamade, il poussa la porte d'entrée devant elle d'un coup de pied énergique, puis la prit vigoureusement dans ses bras alors qu'elle ne s'y attendait pas. Il alla la déposer sur un fauteuil près de la cheminée. En découvrant combien ce foyer ressemblait à celui de La Brulie, elle poussa un cri de surprise.

Interdit, devant elle, comme un petit garçon, il la suivait des yeux, allant et venant dans la vaste pièce, dans l'attente anxieuse de ses réactions. Celles-ci confirmèrent ce qu'il avait imaginé. Emilienne en avait le souffle coupé.

— Comment as-tu pu faire ça ? Je n'aurais pas imaginé ça de toi ! s'écria-t-elle.

Germain avait désiré les accompagner. Pour rien au monde il n'aurait voulu manquer cet instant. Depuis ces dernières années, peu d'événements avaient marqué sa vie d'homme reclus.

Dans le feu de l'action, on l'avait oublié au-dehors, alors qu'il attendait impatiemment qu'une main charitable l'aidât à franchir le seuil. Il se signala d'un vigoureux coup de canne contre le battant du volet.

— Oh ! mon pauvre Germain ! s'écria Alexandre.

— Il faudra que tu aménages une entrée convenable pour que je puisse m'y voiturer tout seul, suggéra son frère. Car je compte bien venir vous embêter de temps à autre...

Emilienne l'installa devant la table ronde sur laquelle on avait posé un bouquet de roses rouges.

— J'ai tout prévu, s'enflamma Germain. Tout, dans le moindre détail.

Il déplia une feuille de papier.

— Chère Emilienne, autant que vous le sachiez tout de suite, je m'occupe de l'intendance à Rocheveyre. Et j'ai réfléchi à notre cérémonie. Ce sera grandiose, comme il sied à des fous de notre espèce. Un mariage dont on se souviendra dans le pays. Tout Marzac sera de la partie. C'est que notre Alexandre est une célébrité, ici. La tradition exige de ne pas la décevoir.

Emilienne fronça les sourcils. Ce n'était pas ainsi qu'elle voyait les choses. Elle en avait déjà discuté avec Alexandre et ils étaient tombés d'accord sur une réunion de famille sans éclat.

— Ne vous obligez pas, se défendit-elle. Nous désirons la simplicité même. Nous ne sommes plus des enfants.

— Ce sera le mariage que j'aurais rêvé pour moi, insista Germain d'une voix émue.

Alexandre et Emilienne se regardèrent, sans répondre. Ils ne se sentaient pas le courage de le contrarier.

Comme le soir était avancé, Léontine invita Emilienne à dîner. Pour marquer dignement cet événement, elle se mit en tête de sortir la porcelaine des grands jours, sous les protestations d'Alexandre qui trouvait qu'elle en faisait trop pour la circonstance. Néanmoins, le menu qu'elle comptait préparer était simple, comme cela arrive à la campagne lorsqu'on est pris au dépourvu par des invités-surprises : pâté de foie de canard truffé, tranches de jambon et pommes de terre rissolées dans la graisse d'oie.

La table mise, Léontine s'aperçut qu'il manquait Baptiste. D'ordinaire, il revenait de sa terre des Vergnes vers les huit heures du soir. Les neuf coups venaient de sonner à la pendule du salon et il n'était toujours pas rentré. Tandis qu'elle tournait en rond dans sa cuisine, bourrelée d'inquiétude, ses deux fils et Emilienne prenaient le frais sous les tilleuls. En verve, Germain racontait comment Alexandre s'était décidé au printemps 1919 à reprendre Rocheveyre en allumant aux quatre coins du domaine de périlleux incendies, sous le regard inquiet des voisins.

Léontine vint les voir, la mine catastrophée. Une demi-heure durant, elle avait hésité à les déranger. Puis l'angoisse, qui lui tordait l'estomac, avait fini par avoir raison de ses scrupules.

— Il est arrivé quelque chose à votre père, lança-t-elle au milieu de la conversation.

Alexandre consulta sa montre.

— Mon Dieu, oui. Il est bien tard.

Emilienne réalisa la gravité de la situation quand elle le vit partir précipitamment vers l'écurie.

— Prends mon tilbury ! cria-t-elle. Il est tout attelé.

Germain se voulut rassurant.

— Ce n'est pas la première fois qu'il s'attarde. A croire qu'il n'y a que cette terre des Vergnes qui l'intéresse. Il n'a qu'à s'y faire construire une cabane et aller y habiter, jura-t-il en pressant, d'un mouvement amical de la main, Emilienne de se rasseoir.

Le jeune homme ralluma sa cigarette en cherchant où il venait d'interrompre son récit. Mais l'anxiété s'était aussi emparée d'Emilienne et il comprit qu'elle n'aurait plus l'esprit à l'écouter.

Alexandre visita le chemin de rive de la Gave, poussa ses recherches jusqu'aux Terras, puis redescendit vers les champs de maïs du Verdier. Bredouille, il dirigea son attelage sur le chemin vicinal qui dominait le vallon. Là, il appela à s'égosiller, sans succès, dans la fraîcheur qui gagnait la plaine. Comme on ne distinguait plus les bas-côtés de la route, il alluma les deux falots du tilbury. Puis il décida de pousser vers la ferme Larfeuille. Surpris par la nuit, peut-être Baptiste s'y était-il réfugié ? Alexandre traversa le pont de la Gave et monta la petite côte. Le vieux Larfeuille prenait le frais sur le pas de sa porte.

— C'est Alexandre, dit le jeune homme en glissant le fouet dans son fourreau près du siège.

— Not'maire ?

— Oui. Je cherche mon père. Il n'est pas chez vous par hasard ? demanda Alexandre en caressant le chien qui lui sautait aux jambes.

— Oh qu'si ! Y travaillait au bord de la rivière. Même qu'il est venu m'demander de l'eau pour boire, sur l'coup des cinq heures. Puis il est reparti par là, fit le vieux Larfeuille en désignant la route des Grandes Vignes.

Alexandre se souvint que le grand-père Léonet avait acheté une vigne à Vergit pour l'offrir à son fils le jour de sa première communion. Autrefois, Baptiste racontait souvent cette histoire qui avait décidé de son avenir de paysan. C'est sur cet enclos que le jeune homme avait appris le métier de vigneron. Mais la parcelle avait été dévastée, comme tous les vignobles du pays, par le phylloxera. Baptiste avait alors vendu cette terre à un original, un médecin en retraite qui avait voulu se lancer dans l'arboriculture fruitière. Il y avait planté une cerisaie. Les arbustes avaient prospéré quelques années au milieu de la friche, sans autre visite que celle des enfants qui venaient y faire, à la belle saison, provision de bigarreaux et d'Impératrice Eugénie. Puis, faute de soins, la plantation s'était mise à dépérir, peu à peu gagnée par les ronciers. Désormais, il n'y avait guère plus que les chasseurs qui fréquentaient le Vergit pour y tirer le lapin de garenne.

Et, en effet, Alexandre dénicha son père dans la maison de vigne délabrée qu'il avait occupée dans sa jeunesse. Depuis des heures sans doute, il était tapi tout au fond de la resserre, contre des ridelles de charrette, sur de la vieille paille pourrie.

— Tu t'es perdu ?

Le vieux leva la tête lentement, sans le reconnaître.

— Je suis Alexandre. Ton fils Alexandre, répéta-t-il en le secouant.

Baptiste tourna le visage de côté pour échapper à l'éblouissement de la lampe.

— Léonet est pas avec toi ? demanda-t-il.

— Léonet ? Il est mort depuis longtemps.

Baptiste sembla ne pas comprendre.

— Ma vigne ! Quelle honte ! fit-il. Je l'ai laissée crever. Que va dire Léonet ?... Oh là là ! quelle honte !... Misérable que je suis.

— Cette vigne n'existe plus depuis au moins trente ans, tenta d'expliquer Alexandre sans succès.

Il lui prit le bras pour l'aider à se relever. Mais le père le repoussa.

— Tu ne peux pas rester ici. Je vais te ramener à la maison.

— Non, se débattit Baptiste. Je veux pas.

Il le regarda droit dans les yeux, le visage convulsé.

— Tu te rends compte de ce que va dire Léonet ?

Puis Baptiste se mit à pleurer, doucement.

— Je lui avais promis de m'occuper de la vigne... Si j'avais un peu d'amour-propre, j'irais me noyer dans la rivière. Comment j'ai pu m'laisser aller à c't'débâcle ? Un merlot supérieur... Plus rien ! Que de l'herbe et des ronces...

Une fois juché sur le siège du tilbury, le calme retrouvé, Baptiste s'endormit contre son épaule. Et tout en le reconduisant à Rocheveyre, au petit trot, Alexandre comprit que son père était en train de perdre la raison, de s'enfoncer dans les brumes du passé.

Tous les samedis soir, selon un rituel bien ordonné, Camille recevait Jacques Villette. Chaque fois, il arrivait les bras chargés de cadeaux, fleurs, parfums, bijoux, et même des sous-vêtements qu'il prenait plaisir à lui faire porter pour agrémenter leurs jeux amoureux. Les premiers mois de leur passion, Camille vécut sur un nuage. Le jeune homme était plein de prévenances et d'attentions. Outre les gâteries qu'il lui offrait, il l'emmenait dans les meilleurs restaurants du moment, La Truffe noire ou l'auberge de Coutinard. Il lui apprit à apprécier le bon vin, les champagnes, et à se familiariser avec la grande cuisine. La jeune femme se disait qu'avec une telle débauche de délicatesse son amant devait fonder quelque ambition sur leur avenir. Déjà, elle se voyait introduite dans l'une des familles les plus en vue de la ville.

« Il faudra bien que tu te décides un jour à me présenter à tes parents », lui répétait-elle.

Chaque fois, Jacques lui rétorquait que cela ne pouvait se faire. Et si elle insistait, il quittait brutalement la pièce dans des accès de colère.

« Ne m'oblige pas ainsi ! C'est insupportable. Je n'ai pas l'habitude d'obéir à des ukases, fût-ce les tiens. »

Et quelques minutes après, il revenait la prendre dans ses bras.

« Tu sais bien que je n'aime que toi. Du reste, si ce n'était pas le cas, crois-tu que je viendrais te retrouver tous les samedis ?

— Une fois par semaine, ce n'est pas beaucoup ! »

Jacques prenait alors cet air important qui lui allait si bien, remodelant avec précaution son nœud de cravate ou rajustant les plis de son gilet en organdi.

« J'ai tellement d'occupations. Crois-tu que je passe mon temps à me rouler les pouces ?

— Il te reste bien quelques soirées de libres ?

— Je vais de rendez-vous en rendez-vous. Et c'est souvent autour d'un de ces repas ennuyeux que se traitent les affaires. »

Le plus souvent, Camille préférait renoncer à ces conversations qui ne faisaient que compliquer les relations. Il y avait une telle tendresse dans les gestes de son amant qu'elle ne pouvait croire qu'il ne l'aimait pas et qu'il abusait d'elle pour satisfaire son bon plaisir – c'était du moins ce que prétendait Anne avec sa vision pessimiste de la gent masculine. Il arrivait aussi qu'il évoquât ses affaires, le plus souvent pour se glorifier d'avoir réalisé de bons coups sur des placements à risques.

« Tu es la seule personne dans mon entourage à qui je puisse me confier en toute discrétion », affirmait-il.

Il n'en fallait pas plus pour que sa foi en lui fût renforcée. « S'il ne m'aimait pas, il ne me mettrait pas dans la confidence, se disait-elle pour la sempiternelle fois. Et le rôle qu'il me fait jouer, quel est-il, sinon celui d'une épouse attentionnée ?... »

Au cours d'un voyage à Biarritz aux fêtes de la Pentecôte, Camille se décida à lui confier une grosse part de son héritage – cent mille francs – pour qu'il lui constituât un solide portefeuille d'actions. Dans un premier temps, Jacques Villette refusa, arguant la trop lourde responsabilité d'une telle aventure.

— N'est-ce pas ton métier de gérer les affaires des autres ? insista-t-elle.

— Oui, mais tu n'es pas un client ordinaire, fit-il.

— Occupe-toi donc de cet argent comme tu le ferais pour tes propres affaires.

Il sembla accepter à contrecœur. Sa réaction la flatta. « Maintenant qu'il est devenu mon agent de change, peut-être me considérera-t-il d'un autre œil que celui réservé à une maîtresse servile ? » pensa-t-elle.

Un soir, alors qu'elle regagnait sa chambre de la rue des Echevins, Camille tomba sur son frère. Il se tenait assis sur le palier, en train de lire un journal. Elle resta quelques secondes interdite, ne sachant trop quelle attitude adopter.

— Alors quoi, fit Alexandre, tu ne viens pas m'embrasser ?

— Je n'en ai guère envie. Je suppose que tu en devines la raison ?

Alexandre chiffonna son journal d'un geste rageur.

— Tu en es restée là ! cria-t-il. Crois-tu que ça n'a pas assez duré ?

— Je n'ai pas apprécié la manière dont j'ai été mise à la porte de Rocheveyre. Moi qui avais une telle confiance en toi, en toi et Germain, précisa-t-elle. J'en ai ressenti une blessure intérieure inimaginable. Il m'a semblé que toute ma vie s'écroulait, tout ce que j'avais mis de tendresse et d'amour.

Il la fixait avec ennui.

— Je regrette tout ce qui s'est passé, déplora-t-il. Je regrette la manière dont nous avons agi.

— C'est un peu tard, maintenant. Tu aurais pu m'écrire ! J'ai attendu un signe de toi, de Germain. Et puis rien. Rien. Un terrible silence. A croire que je n'existais plus pour vous.

— Tu as beaucoup changé, la coupa Alexandre pour détourner une conversation qui l'embarrassait de plus en plus et face à laquelle il ne possédait que de piètres arguments. Tu n'es plus la petite fille que nous avons connue...

Il voulut lui dire que son installation à Brive avait été des plus profitables, mais il n'osa pas.

— Peut-être me laisseras-tu entrer dans ton appartement ?

Un sourire se dessina sur le visage de Camille. Alexandre comprit alors que la tempête était passée. Il fit le tour de sa chambre à pas comptés alors qu'elle s'employait à remettre un peu d'ordre du côté de sa cuisine.

— Tu as conservé les aquarelles de notre frère, nota-t-il, le nez sous les tableaux.

— Comment va-t-il ? Est-ce qu'il a toujours ses terribles crises de cafard ? Je ne suis plus là pour le consoler, ajouta-t-elle avec regret.

— Aussi bien que possible.

Elle revint au milieu de la chambre.

— J'ai appris par Anne Faurel que tu étais maire de Marzac. Au premier abord, j'ai pensé que ce n'était pas vrai. Quelle drôle d'aventure ! Je ne t'en aurais pas cru capable. Toi aussi, tu as changé.

— Qu'en sais-tu ?

— Tu ne serais pas devenu maire si tu n'avais pas changé. Le garçon sauvage et timide d'autrefois a disparu. Tu as fini par dompter les défauts de notre père. C'est bien. Moi aussi, j'ai fait des efforts. Germain disait : « Souris à la vie et la vie te sourira ! » Tu te souviens ?

— Oui, dit Alexandre. Il ne faut pas avoir peur de vivre. J'ai appris ça à la guerre. Et mille choses encore.

— Dans le fond, admit-elle, je ne regrette plus mon départ de Rocheveyre. Au fil des mois, le mal du pays s'est estompé. J'ai découvert un univers passionnant que je ne soupçonnais pas. Autrefois, je végétais à l'ombre du domaine. Je croyais qu'il serait toujours là pour me protéger. Il faut dire que père nous avait élevés dans cet esprit, selon lequel il ne pourrait rien nous arriver tant que nous resterions bien unis, ensemble, serrés les uns contre les autres, comme des oisillons dans leur nid. C'était une manière de se rassurer. Je le sais, maintenant. Rien n'empêchera une catastrophe si elle doit arriver, avec ou sans le domaine. Et le domaine, lui aussi, finira par périr. Un jour, nos enfants, ou nos petits-enfants, diront adieu à cette terre. Ils découvriront qu'on peut vivre heureux sans elle, loin de Rocheveyre, et mieux peut-être que nous. Ils nous diront : « Comment avez-vous pu rester sur ces quelques hectares toute votre vie alors que le monde est si vaste ? » Je crois que nos descendants ne seront pas tendres avec nous, stupides rêveurs avec notre esprit du domaine. Notre père nous a abrutis avec sa religion de la terre.

— L'homme accomplit sa vie là où Dieu l'a posé, reprit Alexandre. Qu'irais-je faire à courir le monde ? Que m'enseignerait-il que je ne sache déjà sur moi-même ? J'ai plus appris sur l'existence en quelques années passées dans les tranchées que je n'apprendrai jamais aujourd'hui. Et notre guerre, nos souffrances, nos malheurs sont pareils à toutes les guerres, toutes les souffrances et tous les malheurs qui assaillent notre misérable planète. Je sais ce que je vaux. Je me suis mesuré à ma peur. La terre de nos ancêtres est le seul endroit où je ne me sens pas étranger. Ma pauvre Camille, toi aussi tu n'y échapperas pas. Où que tu ailles, même à l'autre bout de la terre, tu n'oublieras plus jamais les couleurs et les senteurs de Rocheveyre. Pourquoi as-tu senti le besoin d'accrocher dans ta chambre les aquarelles de Germain ?

Camille s'était assise sur le bord du lit, les mains sagement réunies sur ses cuisses, le regard lointain. C'était la première fois qu'elle avait cette conversation avec son frère. Jusqu'alors, tout avait concouru au triomphe du silence. Le père avait sans doute trop régi l'ordre des paroles, interdit les états d'âme. Camille comprit que le pouvoir paternel était enfin disloqué. Le silence ne serait jamais plus nécessaire à Rocheveyre pour l'accomplissement du destin. Finalement, le vieux monde s'était fracturé sans qu'on en sentît les signes avant-coureurs. Peut-être la guerre, dont parlait Alexandre, était-elle pour quelque chose dans ce séisme ? Elle avait accouché d'un nouvel ordre qui revendiquait le désir de ne plus vivre et regarder les étoiles à la mode ancienne. Le cynisme s'était emparé de l'époque nouvelle sur des airs de charleston.

Désormais, Camille fréquentait les dancings sans demander l'autorisation à personne, sinon à elle-même qui ne voyait dans la liberté que l'ombre du plaisir. Elle courtisait cette peur-là avec Jacques. C'était le prix de sa métamorphose que la présence de cet amant dont elle ne parvenait pas à saisir un millième de la personnalité. Mais cela la rassurait aussi qu'il vînt visiter sa couche avec ses mots étrangers, ses odeurs d'enfant gâté et sa morgue de riche.

Alexandre était penché à la fenêtre. Des enfants jouaient dans la rue et leurs cris montaient jusqu'à lui. Puis il se retourna vers elle, qui était restée immobile dans l'obscurité.

— Je voudrais que tu assistes à mon mariage.

Camille poussa un cri, la même sorte de cri que celui qu'elle exhalait autrefois en découvrant une grenouille dans son cartable ou en croisant une couleuvre sur son chemin.

— Toi ? Te marier ? C'est formidable, ajouta-t-elle en battant des mains. Avec qui ?

— Emilienne Daillac. Elle habite Veyres où elle possède un élevage de chevaux.

Elle trouva étrange que son amie Anne eût oublié de lui en parler, car cette dernière avait conservé à Marzac de précieux indicateurs qu'elle interrogeait régulièrement sur le marché de Brive. Camille pensa qu'Alexandre avait mené son affaire dans le plus grand secret. Ça lui ressemblait bien.

— Qu'en pense notre père ? demanda-t-elle perfidement.

— Il se fait une raison de tout. De ça comme du reste. Nos affaires se portent bien à Rocheveyre. Il n'y a rien à redire.

Camille s'amusa de sa défense. Malgré les années,

Alexandre avait conservé l'éternel besoin de se justifier. Devant elle, cela en devenait franchement comique.

— Mais c'est très bien, mon petit Alexandre. Je viendrai à ton mariage. Sous aucun prétexte, je ne voudrais rater ça. A ce que je vois, soupira-t-elle, la vie continue à Rocheveyre. Le bonheur efface le malheur, comme les nuages qui passent.

Alexandre travailla plusieurs mois au fameux dossier de l'électrification. Quand toutes les pièces furent rassemblées, dont une étude réalisée par un ingénieur du génie rural, il partit à la chasse aux subventions. André Malard lui obtint un rendez-vous auprès du député Queuille – qui venait d'être nommé, après le succès du cartel des gauches, ministre de l'Agriculture dans le nouveau cabinet d'Edouard Herriot. Au terme d'une brève audience, le parlementaire corrézien lui assura qu'il lui ferait obtenir de son ministère une aide de trente pour cent sur le montant des travaux. Celle-ci s'ajouterait donc à la subvention de vingt-trois pour cent promise par le sénateur de Jouvenel, cette dernière relevant du conseil général de la Corrèze. Alexandre fit ses calculs. L'engagement de sa commune s'élèverait à soixante-dix-sept mille francs. Le directeur du Crédit agricole d'Objat lui avait garanti qu'il lui consentirait un prêt de soixante mille francs. Il restait donc à trouver sur les fonds propres de la commune de Marzac les dix-sept mille manquants. Le budget pouvait aisément supporter cette ponction, sans entraîner une augmentation des taxes locales, puisque la trésorerie disposait de cinquante mille francs de fonds de roulement. Lorsque Alexandre vint présenter le projet devant son conseil, Auguste Lamazane entra aussitôt dans une opposition ouverte.

— Nous sommes pour l'électrification, à la condition, insista-t-il, qu'on ne touche pas aux réserves financières de la commune. C'est un bas de laine que François Neuvialle a constitué à force d'efforts et d'économie, en prévision de l'avenir. Nous devrons assurer le remboursement de l'emprunt pendant trente ans. Ça suffit. C'est le seul effort que tu obtiendras de nous, fit-il en frappant du poing sur la table.

L'argument avait l'avantage d'impressionner les conseillers qui suivaient les affaires de la commune d'assez loin. Préserver un « bas de laine » dans la trésorerie municipale, même si cela ne servait pas à grand-chose, avait l'avantage de montrer à tous ceux qui suivaient aveuglément Lamazane que cette sorte de gestion ressemblait à la leur.

— Je suis d'accord avec Auguste, ajouta Malpas. Cet emprunt est largement suffisant. Il nous faut aussi financer l'entretien des chemins vicinaux, celui du Jaladis, de Bonnetot, et enfin la route de Charzac qui est en si mauvais état. La rentrée des taxes vicinales ne suffit pas à payer ces travaux.

— Et il y a l'école à rénover, le cantonnier et le secrétaire de mairie à payer, s'enflamma Letheil. Je ne parle pas de mon chemin des Pierrettes qui est tellement raviné que j'y casse autant de roues de charrettes que je veux. Je n'en demande pas pour autant la réfection, jura-t-il, comme ça on ne pourra pas dire que je suis au conseil pour me servir. Et tout ça pour de l'électricité ! Franchement, ça ne mérite pas qu'on se mette sur la paille.

Alexandre décida quand même de mettre son projet aux voix. Seul Norbert vota de son côté.

— Bon, admit le maire, il me reste donc à trouver dix-sept mille francs.

Un concert de sourires accompagna sa réflexion.

Auguste Lamazane jubilait d'avoir réussi à dresser huit membres de l'assemblée contre lui. Autant dire la totalité. Et de surcroît, ça ne lui avait demandé aucun effort. Il avait juste eu à dire que l'installation de l'électricité ne servirait à rien à la campagne, que c'était une lubie des bureaucrates du gouvernement et qu'Alexandre Mercœur ne pouvait rien refuser à ses amis radicaux depuis qu'il s'était inscrit au parti d'Edouard Herriot. Cette rumeur, comme tant d'autres autour d'Emilienne, était une pure allégation. Sans doute était-elle venue de ses liens privilégiés avec Malard. On jalousait ses responsabilités au sein du conseil d'administration du Crédit agricole, autant que ses relations avec Henri Queuille ou Jouvenel – avec lequel, du reste, il n'avait eu que des contacts épistolaires. Mais il n'était pas commun pour l'époque qu'un petit maire prît sa plus belle plume pour demander un service, exprimer des doléances à un homme politique influent, le tout bien argumenté comme on pouvait s'y attendre. L'usage voulait plutôt qu'on se satisfît de l'avis du préfet qui était le maître à bord après Dieu. Sans ses relations, Alexandre n'eût guère obtenu pour la création du réseau rural de distribution d'énergie électrique que vingt-trois pour cent d'aide départementale.

Le radicalisme en basse Corrèze n'était pas du goût des gros paysans qui lorgnaient plutôt du côté du Bloc national, la bonne vieille droite libérale. « Nous avons le cœur du côté du portefeuille », disait souvent Letheil pour définir ses vues sur l'avenir de la société. Et il n'y avait rien qui désespérait plus les vieux propriétaires terriens de Marzac que de voir un Edouard Herriot aux affaires, dont le seul titre de gloire, estimait-on, s'était résumé à faire fonctionner la planche à billets au mépris du franc-or, sacro-sainte référence pour ces fermiers qui cachaient encore au fond de leurs armoires de grosses poignées de louis d'or.

Alexandre était bien loin de ces débats d'idées, lui qui disait « ne pas faire de politique », tout occupé à sa gestion communale. On en faisait un Herriot local parce qu'il avait été pleurer du côté du petit père Queuille une subvention. Sans doute lui eût-il été aisé de répondre à ses détracteurs que l'argent public n'était ni de droite ni de gauche, que les cabinets ministériels pouvaient bien se succéder, il resterait toujours à installer les lignes électriques sur la commune.

Germain accueillit ces nouvelles avec amusement.

— Il y a toujours eu une résistance au progrès. Ce n'est pas un phénomène nouveau. C'était déjà le cas pour l'installation du chemin de fer. On ne va pas ralentir l'évolution dans notre commune pour dix-sept mille francs.

— Si je m'écoutais, s'écria Alexandre, je les donnerais de ma poche.

A cette réflexion, Germain sursauta.

— Elle est peut-être là, notre solution : emprunter aux habitants.

Et ils se mirent à établir une liste des foyers qui s'étaient portés volontaires pour utiliser l'électricité. Ils dénombrèrent une bonne vingtaine de propriétaires susceptibles de mettre un peu d'argent dans cette aventure.

— Nous placerons leur argent à cinq pour cent. Ça sera d'un aussi bon rapport que la Caisse d'épargne.

Le maire battit la campagne et obtint les dix-sept mille francs qui lui manquaient. En présentant en seconde lecture son projet, Alexandre expliqua à Lamazane que l'installation du réseau électrique ne coûterait finalement à la commune que le remboursement de l'emprunt. Surpris par la confiance que certains habitants de Marzac lui avaient témoignée, Auguste désira consulter la liste des prêteurs.

— C'est une affaire confidentielle et privée, rétorqua le maire. Les prêteurs se sont engagés auprès de notre percepteur. Cela doit nous suffire.

Les conseillers se consultèrent du regard, désappointés.

— Il y a de bons citoyens à Marzac, des gens de qualité qui désirent faire avancer le progrès, dit Norbert Jalinier. Nous ne pouvons que les en remercier.

Lamazane demanda une suspension de séance. Alexandre refusa.

— Ne trouvez-vous pas que nous avons perdu assez de temps ? Il ne peut plus se faire une réunion sans que quelqu'un demande à lever la séance. C'est une obstruction inadmissible, jura le maire. Je rappellerai que vous aviez pris l'engagement de voter le projet dès lors qu'il ne coûterait à la commune que les annuités d'emprunts. Auriez-vous l'intention de renier votre parole ?

Letheil jura, la main sur le cœur, qu'il n'avait rien promis.

— Si nous n'avançons pas sur ce dossier, reprit Norbert, que penseront de nous les habitants des communes voisines ?

— Je rendrai publiques les responsabilités des uns et des autres, ajouta Alexandre d'un ton cassant. Et vous aurez à répondre de cela aussi devant l'opinion.

Auguste Lamazane annonça alors qu'il voterait le projet. Ce ralliement soudain brisa net la discussion. Norbert fit circuler son béret dans le creux duquel chaque conseiller déposa un bulletin. On trouva seulement un vote non.

Ainsi fut décidée, sans autre forme de débat, l'installation du réseau électrique de Marzac. Dans la foulée, la commune opta pour son rattachement au syndicat intercommunal du canton d'Ayen dont elle dépendait. Il fut également admis que le réseau serait alimenté par la compagnie La Force d'Objat. Seul Letheil refusa que la ligne passât sur sa propriété. L'ingénieur, après moult discussions, obtint seulement qu'elle longeât l'une de ses parcelles.

Le mariage du maire de Marzac, le dernier dimanche d'août 1927, fut un événement qui attira dans la maison commune toute la population. Norbert Jalinier fut chargé de recueillir le consentement des nouveaux époux. Et, après la lecture de l'acte d'état civil, il s'embarqua dans un long discours à la gloire de son ami en des termes si grandiloquents qu'ils jetèrent le pauvre Alexandre dans l'embarras. Parmi l'assistance, on ne prêta guère attention à ce morceau de bravoure. Plutôt impatiente de se distraire, la foule réclama un baiser amoureux des mariés. Alexandre s'exécuta avec une timide réticence. Emilienne trouva la situation tellement ridicule qu'elle abrégea la démonstration en gagnant au plus vite la sortie avec son Alexandre à bout de bras.

— Je ne suis plus de la première jeunesse pour me livrer à ces bêtises, lui glissa-t-elle à l'oreille.

— On n'a pas souvent l'occasion de s'amuser au village, dit-il avec un sourire bon enfant.

— Il n'est pas nécessaire que nous en fassions les frais, ajouta-t-elle en rajustant son large chapeau de paille décoré d'une voilette blanche.

La bénédiction nuptiale revêtit un caractère plus solennel. Comme les mariés n'étaient pas des gens d'église, le curé n'en rajouta guère. La cérémonie fut même d'un goût austère au dire de Germain. A la sortie, les conseillers municipaux s'étaient réunis pour faire au couple une haie d'honneur. On jeta quelques poignées de riz tandis que des musiciens, engagés pour la circonstance, rythmaient une marche pompeuse.

Voituré par le secrétaire de mairie, qui venait souvent à Rocheveyre, Germain avait suivi attentivement chacun des épisodes de la noce, les yeux riboulants de joie.

— Te rends-tu compte ? fit-il à Pierre Pascalin. Ma dernière visite à Marzac doit remonter à la déclaration de guerre.

Depuis le début de la journée, il pensait à Nina. Il avait espéré qu'elle viendrait à la cérémonie. En découvrant son absence, il ressentit un pincement au cœur. Mais il n'osa pas pour autant demander des nouvelles au frère Verderie.

La noce se dirigea en procession jusqu'au domaine. Les musiciens menaient la marche, suivis des mariés installés dans le tilbury d'Emilienne, décoré de rubans de tulle blanc qui flottaient au vent, de branches de noyer et de lianes de lierre entrelacées. Camille, dans une robe à fleurs que Bertille lui avait prêtée pour la circonstance, était assise à leurs côtés.

— Je n'imaginais pas que nous vivrions à Rocheveyre un jour comme celui-ci.

— Et toi qui ne voulais plus nous voir. Tu es ici chez toi. Comment faut-il te le dire...

— Je le sais, dit Camille en agrippant la main de son frère. Je regrette tout ce qui s'est passé.

— J'ai mes torts aussi, rajouta Alexandre.

— Rocheveyre saura toujours nous rapprocher quoi qu'il arrive.

La réflexion fit se retourner Emilienne, qui lui adressa un sourire. Au premier coup d'œil, les deux femmes sympathisèrent. « C'est toujours ça de gagné ! » pensa Alexandre, qui craignait que Camille ne considérât Emilienne comme une étrangère. Les mois passés à Brive, au contact des gens de la ville, des ouvrières de chez Nadaleix, avaient métamorphosé son caractère ; Alexandre ne retrouvait plus la petite fille gâtée et rétive qui était partie de Rocheveyre sur un coup de tête. « Tout change autour de nous, pensa-t-il. Et moi-même ? Qui eût cru un jour que je deviendrais à l'image d'un de ces notables que la terre se plaît à conserver, rivés à leur domaine comme les seigneurs du temps jadis à leur fief ? »

Avec son chapeau de feutre noir à large bord, sa lavallière un peu fripée sur une chemise de soie, il avait fière allure, Alexandre, à côté de la belle Emilienne dans une robe longue dorée comme les blés. Les accents de vielle, de violon et d'accordéon se perdaient dans la campagne au milieu des éclats de voix et de rires. Alexandre trônait sur cette armée qui l'accompagnait, une armée de gens paisibles dont il connaissait chacun des visages. Elle le suivrait jusqu'à Rocheveyre pour y bivouaquer le reste de la journée, et jusque tard dans la nuit. Il n'y aurait nulle bataille à livrer, sinon mettre en pièces les cochons de lait et les volailles qu'il avait fait sacrifier en son honneur. Il savait que cette consécration ne durerait pas au-delà de ce jour de gloire, mais il en savourait chaque seconde d'un sourire béat.

Dans la cour du domaine, à l'ombre des tilleuls, on avait dressé les tables, habillées de draps blancs et décorées de fleurs des champs. Devant la porte des écuries, les hôtes avaient mis en perce deux barriques de vin. Et sur une estrade formée par un tombereau auquel on avait ôté les ridelles, les musiciens jouaient des airs limousins, des valses et des polkas pour les couples qui avaient choisi de danser en attendant le service. Labussière découpait les pièces de viande près du jardin où on les avait mises à cuire depuis le matin. Et quand les serveuses apportèrent les plats, la foule s'agglutina autour des tables.

Un peu avant minuit, Emilienne s'éclipsa dans sa maison. Alexandre eût bien voulu la rejoindre mais il ne pouvait pas abandonner ses invités. On le plaisanta fort sur la désertion de l'épousée, avec des grivoiseries que les convives ne se seraient pas autorisées en sa présence, car on la trouvait fort hautaine.

— Tu n'as pas épousé une vraie paysanne, vint lui dire Auguste Lamazane que l'alcool rendait audacieux et insolent.

— Peut-être que je ne suis pas un vrai paysan non plus, rétorqua Alexandre.

Il s'alluma un gros cigare et aspira de lourdes bouffées.

— Crois-tu que c'est là l'épouse qu'il te fallait ? renchérit Lamazane.

— Je suis seul juge, fit Alexandre en lui soufflant sa fumée en plein visage.

Il avait compris où Auguste voulait en venir. Le secrétaire de mairie Pascalin lui avait rapporté, avec toutes les précautions d'usage, ce que certains Marzacois racontaient sur Emilienne. On disait que la belle amazone avait lestement occupé son veuvage. Et qu'en matière de dressage elle s'y entendait aussi bien avec les hommes. Letheil lui-même avait clamé que le pauvre Alexandre ne tarderait pas à porter les cornes et qu'il n'y aurait jamais un vent assez fort pour les lui faire tomber. Bref, ces racontars étaient d'un modèle assez courant dans un village comme Marzac. Il n'y avait pas de quoi s'en émouvoir. Du reste, Alexandre l'avait bien cherché en organisant une telle fête autour de cet événement, de quoi éveiller haine, jalousie et convoitise. Ces histoires, comme de juste, amusaient aussi Germain. Elles le confortaient dans l'opinion qu'il réservait habituellement aux gens du pays. On avait surtout veillé à tenir Emilienne loin de ces boniments. Mais elle possédait suffisamment de perspicacité pour déchiffrer le sens de ces mille chuchotements qui couraient sur ses pas.

On avait installé Baptiste en bout de table, comme il convient à un patriarche. Il demeura muet tout le long du banquet. Son regard indifférent allait de visage en visage. On ne remarqua pas les désordres qui agitaient son âme, trop occupé que l'on était à festoyer. Fort heureusement. Et quand le père se retira, sur la pointe des pieds, Léontine poussa un soupir de soulagement.

Dans les premières lueurs de l'aube, on se retrouva autour d'Emilienne. Ainsi que l'exigeait la tradition, on vint lui faire ingurgiter une soupe poivrée dans un pot de chambre qu'elle avala sans un mot de protestation. Labussière avait réservé quelques bouteilles de champagne qu'il leur apporta pour finir la fête. Alexandre fit le service. Pascalin et Germain, déjà fort éméchés, ne tarissaient pas d'éloges sur la réussite de cette journée. Labussière, lui, trouvait qu'il avait manqué deux cochons au moins.

Alexandre lui tendit une carafe de vieille prune.

— C'est le seul moyen de le faire taire, dit-il.

Labussière se servit une forte rasade, huma en promenant le nez sur le col du verre et but d'un trait.

— C'est de la vieille, mon gars !

— Celle du père Léonet. Elle date de 1885, répondit Alexandre.

Labussière le fit répéter.

— Du moins, c'est ce qui est écrit sur l'étiquette, ajouta Alexandre.

Le journalier se resservit copieusement.

— Je crois que je vais me finir avec ça ! maugréa-t-il en se retirant près de la cheminée.

7

Cette fois, la convocation d'André Malard n'était pas rédigée dans une forme habituelle. Il y manquait ce « cher ami » dont il usait abondamment avec les administrateurs.

Alexandre se présenta au guichet du Crédit à l'heure d'ouverture. Les employés arrivés les premiers l'installèrent dans la salle d'attente. L'un d'eux vint lui parler de la pluie et du beau temps. Mais Alexandre n'avait pas l'esprit à converser.

Lorsque le directeur fit son entrée, il s'avança vers lui, décidé. Mais Malard lui fit signe de se rasseoir et s'engouffra dans son bureau sans un mot.

— Quelle mouche l'a piqué ? dit Alexandre.

— Allez savoir, fit l'un des employés qui avaient pris place au guichet.

— Il est toujours de cette humeur ?

— Ça dépend avec qui, dit l'autre employé avec un sourire narquois.

Alexandre patienta une demi-heure à lire et relire son calepin qui lui servait de pense-bête. Il avait préparé une série d'arguments. Mais cela suffirait-il ? Du moins, c'était l'avis de Germain, avec son optimisme naturel quand il s'agissait des affaires de Rocheveyre. Depuis qu'il restait dans sa chambre, son frère avait le plus grand mal à appréhender la réalité en face. Il n'avait pas encore réalisé, lui, comment la crise avait compliqué les rapports humains. Chacun tirait la couverture à soi et remettait au goût du jour les vieux démons égoïstes qui prévalaient avant la guerre.

Malard se décida enfin à le recevoir, sans même lui serrer la main. Alexandre hésita, comme la première fois où ils s'étaient rencontrés. Le directeur vit l'embarras dans son regard et le pria de s'asseoir avec une moue d'agacement.

— Je vous ai fait attendre. Mais il m'a fallu étudier notre affaire.

Il tenait son calepin ouvert devant les yeux. Cela fit sourire le directeur.

— Ça va mal en ce moment, convint Alexandre.

Il trouvait préférable de faire le premier pas. Mais Malard n'était pas disposé à s'en laisser conter. Et il l'interrompit aussitôt.

— Notre affaire est préoccupante, fit-il en décapuchonnant son stylo à plume.

Il rapporta soigneusement quelques chiffres sur un coupon de papier.

— Vous ne payez plus les annuités de vos emprunts. Il y en a trois, si je ne m'abuse. L'un contracté en 1923, le second en 1924 et le dernier en 1926.

Alexandre hocha la tête. Le dernier crédit avait servi à acheter du matériel aratoire, dont une faucheuse mécanique et une faneuse.

— Les lettres de relance demeurent sans réponse. Nous avons de quoi nous inquiéter.

Alexandre se souvint que Germain avait évoqué les impatiences de la banque sur un ton débonnaire. « Ils ne feront pas de misère à notre grand administrateur », avait-il dit.

— C'est un moment difficile, bredouilla-t-il. Il y en a eu d'autres que nous avons surmontés.

— Pourtant, on vous a laissé le temps de vous ressaisir. Que croyez-vous, nous ne sommes pas des buveurs de sang.

— J'ai quelques mois de retard, admit Alexandre. Ce n'est pas la mer à boire. Le Crédit a les reins solides.

Malard releva la tête de son livre de comptes, puis ôta ses lunettes d'écaille.

— Vous voulez que je fasse le bilan ?

Alexandre feuilleta son calepin fébrilement. Il ne se souvenait plus où il avait noté ses chiffres.

— L'année 1930 est tout juste réglée. Il reste 1931 et 1932. Ça fait dans les trente mille francs. Plus les intérêts de retard, les agios...

— Quoi ! s'exclama Alexandre, vous n'allez pas me faire payer le retard ?

Malard se cambra dans son fauteuil et jeta son stylo devant lui.

— Ce n'est pas moi qui vais le régler. Que croyez-vous ? J'ai des comptes à rendre à ma hiérarchie. A Tulle, on s'est penché sur votre dossier, et on me somme d'y mettre bon ordre.

Alexandre rangea son malheureux calepin. Il comprit que cet objet ne pouvait guère lui servir. Le directeur se leva pour fermer la porte à clé. Il ne tenait pas à ce qu'un de ses collaborateurs vienne les déranger. « Ça annonce une âpre discussion », jugea Alexandre en rapprochant son siège du bureau.

— Vous n'allez pas traiter l'un de vos administrateurs comme un vulgaire sociétaire.

Malard éclata de rire. « Quel culot ! pensa-t-il. Ce n'est pas parce que c'est maire que ça va faire la loi. »

— Vous êtes incroyable, mon petit Mercœur, dit-il en

passant la main sur sa chevelure gominée. Les paysans, ça se croit tout permis, ajouta-t-il dans un geste d'excitation. Sachez que tout ne vous est pas dû. Et seriez-vous ministre, mon petit, que je n'agirais pas autrement. Les affaires restent les affaires.

— Je croyais que le Crédit avait été créé pour aider la paysannerie, releva Alexandre, les mains posées sur le bord du bureau.

— Quand la gestion déraille, nous sommes là pour vous rappeler vos devoirs. Sinon, nous suivrions la même pente. Et nous ne serions guère plus avancés, vous et moi.

— On vous intéresse tant qu'on rapporte de l'argent, se rebella Alexandre. Du temps où je faisais du bénéfice, j'avais droit à tous les égards. Maintenant, on me traite comme un chien. C'est une honte. La ferme Rocheveyre a montré ce dont elle était capable. Et l'avenir me donnera raison, je vous en fiche mon billet.

Devant la détermination d'Alexandre, le directeur opta pour un ton plus nuancé.

— Je sais ce que vous allez m'objecter : les cours de la viande se sont effondrés. C'est vrai pour tout le monde. Le salaire de l'ouvrier baisse. La ménagère achète moins. Et la marchandise s'accumule sur les foirails. Tout le monde sait cela. Et ce n'est pas demain que nous connaîtrons l'embellie. Depuis 1929 et le krach boursier de Wall Street, la confiance s'en est allée. Nous avons espéré que la France serait tenue à l'écart de la dépression sur la monnaie. Et c'est un fait que notre pays a résisté plus longtemps. Malgré tout, nos politiciens – fâchés à ce qu'il paraît avec l'économie – n'ont pas voulu voir la réalité en face. Et on a continué à vivre sur un grand pied comme s'il ne s'était rien passé. Maintenant, il nous faut payer les pots cassés. Vous êtes dans la politique ! Ce n'est pas à vous que je vais apprendre cela.

Alexandre poussa un soupir.

— Si je n'avais pas ces emprunts à rembourser, j'y arriverais.

— Avec des « si », ironisa Malard, on en ferait des choses dans ce pays.

— Pourtant, nous étions montrés en exemple, nous les emprunteurs, plaida Alexandre. Les autres, les gagne-petit, les frileux, on les ridiculisait. Vous ne vous souvenez pas, monsieur Malard ? Le crédit, le crédit, c'était la panacée universelle, le moyen de faire prospérer cette bon Dieu d'agriculture retardataire. Et aujourd'hui, voilà comment on nous récompense de nos efforts. On nous montre du doigt. Pour un peu, ce serait nous, les responsables de la crise. A quoi sert une banque, sinon à soutenir l'économie ? Ce n'est pas votre avis ?

— Aujourd'hui, on solde les erreurs du passé, répliqua Malard. On fait machine-arrière-toute. Sauve qui peut.

Dans l'excitation du propos, le gilet du directeur se déboutonnait, livrant sa poitrine à la fureur des mots. Il n'avait jamais aimé ce Mercœur pétri de certitudes avec son insatiable appétit de terre. Il trouvait matière à prendre quelque revanche, lui qui avait prôné dès 1929 le retour à la prudence, face à un directoire insouciant. « L'agriculture sera le dernier domaine de l'économie à être touché », lui répliquait-on. Et son refus d'un tel optimisme lui avait coûté en haut lieu une place au siège départemental, malgré le soutien de politiciens velléitaires. « Ça préfère prêcher le ravissement, se disait-il alors, même si ça doit nous mener dans le mur. N'affolons pas la populace, elle le saura bien assez tôt. »

— Les temps changent, mon pauvre Mercœur. Il faut se serrer la ceinture. Et je vous y invite, sinon...

— Sinon ?

— Sinon nous prendrons des mesures.

Alexandre se retourna vers la porte dont le verrou était poussé. Tout un symbole. Même s'il n'avait pas été poussé pour lui, cela voulait dire : « Nous ne sortirons pas de cette pièce tant que nous n'aurons pas trouvé une solution. »

— Alors, que préconisez-vous ? interrogea Alexandre, découragé.

— Trouver de l'argent pour vous mettre à jour dans vos annuités.

— Je ne dispose plus de liquidités.

Alexandre avait dépensé les cinquante mille francs pour aménager sa maison, juste avant le mariage avec Emilienne. Il avait espéré alors reconstituer ses réserves en quelques années. Mais celles-ci n'avaient pas été à la hauteur des précédentes. Et son beau rêve s'était envolé.

— Alors, vendez ! Vendez ! Sans délai, conseilla Malard en frappant du poing le bureau.

La tête dans ses mains, Alexandre était incapable de réfléchir. Il s'en voulait d'avoir dépensé sa réserve pour une folie, tout ça dans le seul but de plaire à Emilienne. Avec un peu de persuasion, il aurait sans doute obtenu qu'elle vienne vivre dans la grande maison familiale.

— J'ai besoin de toutes mes terres, jura Alexandre. Je dispose aujourd'hui de soixante-dix têtes de bétail. Où irais-je les faire paître ?

— Vous n'entendez rien à l'économie, releva Malard d'un ton cassant. J'ai besoin que vous me posiez, là, sur mon bureau, quarante mille francs. Et tout ce que vous trouvez à me dire, c'est que vous avez besoin de pacages. Alors, bon sang, vendez une partie de votre bétail.

— Ruiner tout ce travail ! jura Alexandre. J'ai passé des jours et des nuits à faire de Rocheveyre ce qu'il est aujourd'hui. Ce que vous me demandez, c'est de me saigner à blanc, monsieur Malard. Me saigner !

— Comprenez bien, reprit le directeur, que si je vous laissais continuer, vous creuseriez encore un peu plus votre dette. Et dans six mois ou un an, vous me devriez cent mille francs.

Alexandre hocha la tête.

— Je dispose de combien de temps ?

— Sans délai ! dit Malard en lui tendant une feuille de papier dactylographiée.

— Qu'est-ce que c'est encore ?

— Une hypothèque à hauteur de quarante mille francs. Je la lèverai quand vous m'apporterez la somme due.

— Une hypothèque ! jura Alexandre, blême.

Le directeur lui tendit son stylo. Alexandre signa le document sur le coin du bureau d'un trait las.

— Avec ça vous me tenez ! marmonna-t-il.

— Une simple garantie. Les immeubles seuls ont été estimés. Pour la terre, vous conservez toute latitude.

A sa mine, Germain comprit qu'il y avait péril en la demeure. Alexandre raconta avec quelle détermination le directeur du Crédit avait obtenu sa signature au bas d'une hypothèque.

— Nous n'en sommes pas rendus à ces extrémités ? interrogea Germain en poussant son fauteuil vers le bureau où étaient amassés les documents comptables de la ferme.

— Si, objecta son frère. Il n'y a que toi pour ne pas voir la réalité en face. Nous ne sommes plus après guerre où l'argent coulait à flots. Il s'agissait juste de conduire un beau veau à la foire pour ramener quatre ou cinq cents francs. Maintenant, le même sujet ne vaut plus que deux cents francs. Et encore, les maquignons ont l'impression de faire un cadeau.

Germain s'alluma une cigarette et se tourna vers son frère, embarrassé. Il n'y avait rien qui l'ennuyait plus que de parler argent.

— Nos rentrées ont baissé d'une manière significative, dit-il. Le problème est de savoir si le fléchissement est passager ou durable. Peux-tu me le dire ?

Alexandre allait et venait, comme un lion en cage. C'était sa manière d'exprimer son angoisse. La rencontre avec Malard lui avait fait l'effet d'une douche froide.

— On a toutes les raisons de penser, ajouta Germain, que la crise outre-Atlantique est en train de nous atteindre avec des années de retard. Si tel est le cas, mon pauvre Alexandre, il va falloir réduire ton train de vie.

Le frère sursauta. « Ton train de vie », c'était plus qu'il ne pouvait entendre.

— Alors, tu trouves que je dépense trop ?

— Je ne suis pas là pour te faire la morale. C'est à toi de juger.

Germain voulait apporter quelques preuves de ce qu'il avançait. Aussi agitait-il les paperasses entassées devant lui sans parvenir à trouver ce qu'il cherchait. Cela faisait des mois qu'il se promettait d'y mettre un peu d'ordre. A vrai dire, il gérait les affaires du domaine distraitement. Cela finissait par l'irriter, la routine des chiffres, surtout qu'Alexandre en prenait de plus en plus à son aise. Souvent il émettait des chèques sans lui en parler. Germain découvrait ensuite ces opérations sur les relevés de compte. Au début, il s'attacha à lui demander des explications. Comme Alexandre ne se souvenait plus, Germain prit l'habitude d'inscrire en face : « divers ».

Les petites sommes en question se rapportaient le plus souvent à des cadeaux qu'il faisait à Emilienne. Alexandre ne concevait plus d'aller à Objat ou à Brive sans ramener quelque chose : vêtements de luxe, parfum, bijoux.

L'habitude s'en trouva renforcée quand elle lui déclara attendre un enfant de lui. Il prépara une grande fête pour marquer l'événement, puis se mit à la couver d'attentions. Cette sollicitude finit aussi par l'agacer, elle qui avait acquis tellement d'indépendance durant les années de son veuvage. Un petit garçon robuste aux yeux bleus naquit à la fin de l'année 1931. Le père fut aux anges. « Voici l'avenir de Rocheveyre ! » s'écria-t-il en le soulevant par-dessus tête. Emilienne décida qu'on l'appellerait Arnaud. C'était le nom de son frère qui avait trouvé la mort dans l'accident de chemin de fer de Lagny. L'arrivée d'un héritier au domaine décupla l'appétit dépensier d'Alexandre. Rien n'était assez beau et cher pour cet enfant, surtout lorsqu'il décida de lui faire aménager une chambre dans les combles avec des tapisseries de Jouy. Puis, dernière folie, au mois d'avril 1932 Alexandre arriva à la ferme au volant d'une superbe Ford A noire.

Germain, qui avait renoncé à lui mettre sous les yeux les preuves de sa dissipation, lui conseilla de faire montre d'un peu plus de modestie.

— Quand Malard te voit rouler en automobile alors que tu lui dois deux années de remboursement d'emprunts, il a de quoi voir rouge. Non ? On ne peut plus se moquer du monde.

Alexandre se caressait le menton, nerveusement.

— J'ai fait toutes ces dépenses pour Emilienne. Elle en rêvait de cette voiture. Nous aimons tellement aller à Brive. Il faut la comprendre, elle s'ennuie sur nos terres, elle qui a connu la vie parisienne d'avant guerre. Il me semble que si je ne cédais pas à ses caprices, je la perdrais.

— Maintenant qu'elle t'a donné un fils ? Je n'en crois rien.

— Je voudrais lui faire oublier notre condition. Elle ne prise guère la vie rude de nos paysannes. Elle est tellement différente de nous. Enfin, de moi, se reprit-il en se souvenant que Germain avait projeté, avant guerre, de devenir maître d'école.

— Les illusions de l'argent ne lui feront jamais oublier ta condition. En t'épousant, Emilienne savait où elle mettait les pieds. Au contraire, je crois que ce qui pourrait le plus la décevoir, c'est de voir notre domaine en péril. Elle aussi, elle est imprégnée de l'esprit du domaine. C'est une étrange contagion. Il n'y a qu'à voir comment elle te défend chaque fois que tu es l'objet de ces virulentes critiques qui se développent autour de ta mairie. On dirait que c'est elle qui parle à travers toi.

— Il te faut garder le secret sur notre affaire, dit Alexandre. Je ne voudrais pas l'inquiéter.

— A la seule condition, posa Germain, que tu t'engages à redresser la barre.

Les deux frères se donnèrent rendez-vous pour le lendemain. C'était un dimanche de septembre. Ensemble, ils allèrent s'installer au fond du jardin, à l'ombre des noyers. De là, on dominait les vallons des Jaladis, les amples ondulations des prés jaunis après la coupe des foins, les crêtes mauves de la forêt de Bellegarde. Le ciel était si bleu, et le fond de l'air si transparent, qu'on voyait tout le bassin de Brive, aussi loin que le regard pouvait porter. Les deux garçons s'observèrent en pensant la même chose : ce serait terrible de perdre tout ça !

Germain avait réfléchi toute la nuit pour ne trouver le repos que dans la fraîcheur de l'aube. Depuis qu'il avait perdu le sommeil, une ou deux heures lui suffisaient. Et durant sa longue veille, il avait échafaudé tout un plan pour freiner la chute de la ferme Rocheveyre.

— Je tirerai bien dix mille francs de ma Ford, commença Alexandre.

— Ne dis pas de bêtises. Tu pourrais par contre vendre

trente têtes de bétail. Au cours actuel, ça nous ferait dans les vingt mille francs. Et peut-être plus avec les cinq ou six génisses limousines qui pourraient faire un lot tout à fait appréciable.

— Il m'en restera quarante, calcula Alexandre en se grattant la tête. Et vingt laitières. Nous ne toucherons pas à celles-ci. J'ai un arrangement particulier avec Labussière. Cet animal ne comprendrait pas. Mais avec ce troupeau, je ne pourrai plus gagner que dans les douze à treize mille francs l'an. A peine de quoi payer les annuités à venir.

— Nous verrons ça plus tard. Allons au plus pressé.

Un bruit de pas sur le sentier du jardin les fit se retourner. Léontine et Emilienne venaient leur porter le café sur un plateau.

— Regardez nos hommes, fit Emilienne, ils ont trouvé un endroit idéal pour mener à grand train leur conversation.

— Je ne reconnais plus mes fils depuis quelque temps, ajouta la mère. On dirait que ça nous cache quelque chose.

— La vie est pleine de secrets, dit Germain.

— Si l'on veut avoir la paix avec les hommes, il faut les laisser cultiver leur jardin secret, plaisanta Emilienne.

Elle coupa une feuille de noyer qu'elle porta à ses narines.

— Vous me ferez penser à en faire de la liqueur cet automne. C'est d'une finesse incomparable.

— Comment va notre petit Arnaud ? demanda Germain.

— Arnaud, il dort à poings fermés. Ce n'est pas comme son père. Il n'a pas fermé l'œil de la nuit.

Alexandre tendit une tasse à son frère, après lui avoir dissous son sucre d'une cuillère énergique.

— Bon, s'impatienta Alexandre, nous avons à parler affaires.

— Et bien entendu nous sommes toujours de trop, nous, pauvres femmes, s'écria Emilienne en prenant Léontine par le bras.

Ils attendirent qu'elles se fussent éloignées à l'autre bout du jardin.

— Ensuite, reprit Germain, nous allons faire l'économie de la location du Chatenet.

— Cinq mille francs, dit Alexandre. Nous sommes loin du compte.

— En effet, dit Germain. Il nous manque quinze mille francs. C'est la valeur de la terre des Vergnes. Nous pourrions la vendre maintenant que...

Alexandre se leva brusquement du muret sur lequel il était assis.

— Père ne consentira jamais à ce sacrifice. Ce n'est même pas la peine d'en parler.

— Père, père, père, s'agita Germain. Il n'est plus en état de travailler cette terre.

— Elle lui appartient. Il en fait ce qu'il en veut, voilà tout. Et nous n'avons rien à dire.

Germain passa une serviette sur son visage pour effacer les gouttes de sueur qui perlaient sur la peau. Cela lui dégoulinait dans le dos et collait sa chemise au cuir du dossier. Depuis qu'il était condamné au fauteuil roulant, de tels désagréments l'assaillaient, et nombre d'autres qui l'affligeaient au plus profond de sa chair.

— Allons, dit-il, ce nous sera facile de lui faire signer un acte de vente. Sait-il seulement que cette parcelle existe encore ?

— Je n'aime pas ça, fit Alexandre en baissant la tête. Ce sont des procédés qui me répugnent.

— Tu vois une autre solution ? Les Vergnes, nous n'en

avons pas besoin. Cette terre est en friche depuis que notre père a renoncé à la travailler.

Alexandre s'amusait à faire rouler la semelle de sa chaussure sur un caillou. Puis d'un coup de talon rageur, il l'enfonça dans la terre.

— C'est indigne de nous de lui extorquer une signature.

— Il se trouve que nous avons un client, ajouta Germain qui poursuivait son idée sans trop attacher d'importance aux scrupules de son frère.

— Qui ça ?

— Chareuil !

— Ce n'est pas possible ! s'exclama Alexandre. Il veut la reprendre ?

Germain affichait un sourire de malice avant d'asséner son ultime argument. Il savait que celui-ci serait de nature à infléchir Alexandre.

— Tu te souviens dans quelles conditions notre père l'a achetée en 1914. Nous réparerions une injustice en la lui cédant pour quinze mille francs.

— Chareuil dispose d'autant d'argent ?

— La parcelle des Vergnes lui tient à cœur. C'est sentimental. Et il est disposé à consentir beaucoup d'efforts pour nous la reprendre.

— Je comprends ça, dit Alexandre. Et qui se chargera de faire signer notre père ?

— Moi, fit Germain en soupirant. Ça t'étonne ? Qui d'autre pourrait le faire ?

Dès le soir, Léontine fut mise dans la confidence. Bien qu'ils n'eussent pas besoin de son consentement, les fils avaient trouvé préférable de l'en informer. Sur le coup de l'annonce, brutale, elle se rebella en disant que cette terre était le seul bien que Baptiste avait conservé au moment des arrangements et que c'était là une manière indécente de le pousser vers la tombe.

— S'il venait à comprendre ? demanda-t-elle, inquiète. Il ne me le pardonnerait pas. Et je tiens à conserver son respect jusqu'au bout.

C'était bien préjuger sur sa santé, car le patriarche de Rocheveyre n'avait plus sa raison depuis longtemps. Et si, parfois, il semblait poindre quelque lueur d'intelligence, elle s'estompait aussi vite. Quand on lui présenta le petit Arnaud dans son landau, il le confondit avec André. Et cette fois, Léontine renonça à lui expliquer que le pauvre André dormait au cimetière de Marzac, à l'ombre d'un cyprès qui grêlait sa tombe de baies rouges.

— Nous pourrions mourir dans la seconde, ça ne vous ferait ni chaud ni froid. Quelle ingratitude !

Germain rappela de quelle manière forte on avait décidé Léonet à céder sa terre à l'époque où Baptiste vibrait d'ambition pour Rocheveyre.

La séance des signatures fut pénible. Germain lui tint la main pour accompagner un paraphe hésitant. On s'était arrangés pour que le notaire n'assistât pas à la scène. Même s'il n'eût émis aucun doute sur la valeur du seing, tant le bonhomme était accommodant quand il s'agissait des affaires paysannes, on ne voulait pas qu'il fût témoin d'un arrangement peu honorable. Léontine suivit Alexandre à l'étude et confirma, le visage blême et les mains tremblantes, que son mari avait souvent émis le souhait de vendre cette terre qu'il ne pouvait plus faire fructifier.

Tous les jeudis après-midi, les bras chargés de journaux et de livres, Pierre Pascalin rendait visite à Germain. Après avoir salué Léontine, il entrait directement dans sa chambre. Il apportait aussi quelques dossiers de la mairie. Le plus généralement, ceux-ci faisaient l'objet d'un examen rapide ; les affaires municipales n'étaient plus désormais un prétexte pour que les deux hommes se rencontrent.

Germain faisait rouler son fauteuil près du bureau où il poussait les paperasses du tranchant de la main pour y ménager une petite place, tandis que son visiteur s'installait à côté de lui dans un rocking-chair. Durant les longs après-midi de rendez-vous que les deux hommes s'accordaient, il était rare qu'ils sortissent de la chambre, quel que fût le temps au-dehors. Ils aimaient l'atmosphère confinée de cette pièce avec ses volets clos et ses rideaux tirés. Il y régnait juste une luminosité suffisante pour lire ou écrire, grâce à une lampe de bureau que le maître du lieu maintenait allumée de jour comme de nuit.

Après plusieurs mois de conversations, Pierre Pascalin avait fini par révéler son appartenance au Parti communiste français. Il disait avoir adhéré au lendemain du fameux congrès de Tours, avoir serré la main de Clara Zetkin, la prêtresse allemande de la IIIe Internationale. Cela n'impressionnait guère Germain qui avait lu, comme tout le monde, dans les journaux, les péripéties de la scission entre socialistes réformistes et socialistes révolutionnaires. Il s'avouait assez peu attiré par les convictions de son ami. Ce dernier, du reste, avait rapidement tiré la situation au clair afin de dissiper tout malentendu ; il ne venait surtout pas le voir pour le rallier à ses thèses, mais seulement pour converser avec un homme de qualité.

Autrefois, Germain avait été séduit par les idées de Jaurès. Durant son séjour à l'hôpital d'Albert, et bien après au moment de sa convalescence au Val-de-Grâce, il avait lu attentivement tous ses discours sur la paix. Ceux-ci l'avaient convaincu que le conflit eût pu être évité si la grève générale avait été décrétée en France et en Allemagne. Mais les haines patriotiques l'avaient emporté, chacun des deux peuples croyant qu'il vaincrait l'autre pour on ne sait quel avantage. Pascalin avait beau dire, dans un admirable raccourci dont il avait le secret et qui tenait sans doute à cette étrange dialectique que le jeune homme maniait avec dextérité, que si Jaurès avait survécu à la guerre il aurait choisi le camp des communistes à Tours, Germain ne le croyait pas. Selon lui, le tribun était trop attaché aux traditions d'un socialisme français, né dans le terreau sanglant des guerres civiles en France, celles de 1848 et de la Commune de Paris, pour risquer de le fondre dans une IIIe Internationale, inspirée et guidée par les Russes Lénine et Trotski.

— Pourquoi alors n'avoir pas soutenu un Pierre Dumoulin aux municipales de Marzac ? s'étonnait le jeune instituteur. Toi, un admirateur de Jaurès, de Jules Guesde, de Vallès, comment as-tu pu pousser Alexandre à s'acoquiner avec ces paysans réactionnaires ?

— Parce que je voulais qu'Alexandre soit élu, répliqua-t-il. S'il avait suivi Dumoulin, il aurait perdu avec lui et nous ne serions guère plus avancés. Nous n'aurions pas aujourd'hui l'électricité à Marzac.

— Voilà un bel exemple de ce qui nous différencie. Toi, tu es un pur réformiste amoureux du compromis et moi, un révolutionnaire. Sur ce point, je n'aurais pas transigé, quitte à perdre les élections avec Dumoulin. Un Jaurès, asséna-t-il, aurait-il mis son drapeau dans la poche et le mouchoir par-dessus ? J'en doute. Son dernier combat nous éclaire à ce sujet. L'homme n'a jamais abdiqué ses convictions. Même si celles-ci l'ont conduit à la mort. Du moins, aura-t-il sauvé, dans les consciences, l'idée essentielle que la guerre était évitable. Six millions et demi de morts accusent.

Les deux hommes parlaient souvent de la guerre. Un temps, Pierre Pascalin insista même pour que son ami se lançât dans la rédaction de ses souvenirs. Germain avait accumulé une somme de notes suffisante pour se mettre à l'ouvrage. Mais en lisant *Le Feu* de Barbusse, il fut vite convaincu que son témoignage n'apporterait rien de nouveau.

— Je n'ai pas l'esprit combattant, lui avoua-t-il. Je n'ai vécu qu'une année au front. J'ai rapidement été blessé. En somme, il n'y a pas de quoi écrire. Les jeunes d'aujourd'hui se soucient peu de ce que nous avons vécu. Leurs pères ont fini par les vacciner avec les récits de guerre. Et si je devais prendre un parti, ce serait celui de tous mes camarades morts. Le silence et l'oubli. Parfois, j'en viens à penser que je suis réellement mort avec eux et que mon existence présente se résume à une sorte de survie biologique.

Pascalin n'appréciait guère son cynisme à rebours. Il flairait bien qu'il y avait quelque chose à piocher au fond de l'âme de cet homme blessé, meurtri, mais il ne se sentait pas le droit de l'analyser et de le juger, craignant de perdre son amitié, à laquelle il tenait tellement.

Durant l'automne 1932, Pascalin vint de plus en plus souvent avec des nouvelles alarmantes. Dans *L'Humanité*, il entourait d'un gros trait rouge les articles qui rendaient compte des défaillances et des renoncements de la diplomatie française. Il y avait eu la mise au tombeau du traité de Versailles. On ne pouvait plus ignorer qu'à l'avenir l'Allemagne redeviendrait, tôt ou tard, une grande puissance et qu'elle reprendrait ses rêves de conquête là où l'Europe et ses alliés l'avaient contrainte à les abandonner. Pascalin ne croyait plus à une paix durable, et chaque événement qui confirmait ses craintes le reconduisait à jouer les oiseaux de mauvais augure.

— En 1930, les nazis sont devenus le second parti d'Allemagne avec dix-neuf pour cent. En juin 1932, les élections ont confirmé cette poussée revancharde. Ils sont maintenant le premier parti avec trente-huit pour cent. Qu'est-ce qui peut arrêter cette folie ? Briand a joué les autruches. On feint de croire que la Société des Nations peut quelque chose alors que chacune de ses décisions est un aveu d'impuissance. L'Allemagne veut une union douanière avec l'Autriche alors qu'en 1922, elle s'était engagée à respecter l'indépendance de son fragile voisin. Briand lui-même s'est écrié : « L'Anschluss, c'est la guerre ! »

— La politique, c'est l'art de souffler le chaud et le froid. Ce projet économique a bien été contré devant la Cour internationale de La Haye.

— A une voix. Notre Entente est fragile, insista Pascalin en jetant son journal sur le tapis. Nos troupes ont évacué la Rhénanie et il n'y a plus un soldat français à Mayence, pourtant le parti nazi est au seuil du Reichstag. Voilà où nous en sommes.

— Enfin, ajouta Germain, on peut se consoler avec les élections de mai. Le cartel des gauches a remporté les législatives.

— Les radicaux, releva Pascalin. Seulement les radicaux et les socialistes réformistes. Ce n'est pas la vraie gauche, cela. Les gens ne tarderont pas à s'apercevoir, avec la valse des ministères, que le programme alléchant avec lequel ces partis se sont fait élire sera vite enterré. Et la colère gagnera la rue. Celle-ci profitera à l'extrême droite et à ses trublions comme le colonel de La Rocque ou Léon Daudet et Charles Maurras.

— Il y a plus à craindre d'un réarmement de l'Allemagne que de l'Action française, pronostiquait Germain.

L'instituteur de Marzac se retirait à la nuit tombée.

Comme d'habitude, il s'étonnait de la rapidité avec laquelle le temps s'était écoulé. Ensuite, Germain allait goûter la douceur du soir devant sa fenêtre ouverte. Il venait d'avoir trente-cinq ans et il lui semblait en avoir vécu cent.

Depuis qu'Emilienne avait passé son permis de conduire, elle se rendait souvent à Brive. Elle aimait parcourir les magasins, chiner chez les brocanteurs. Elle avait retrouvé le goût des sorties maintenant qu'elle avait loué sa ferme de La Brulie à un cultivateur de Veyres. Ce revenu compensait un peu la perte de sa rente de veuve de guerre puisque son mariage avec Alexandre en avait effacé la validité. Emilienne n'avait pas de problèmes d'argent, Alexandre subvenant à tous ses besoins, et le plus souvent avec une largesse qui brouillait sa vision de la réalité. Elle ne soupçonnait pas les difficultés que traversait le domaine. Lorsque les marchands vinrent chercher les belles limousines, elle voulut lui poser la question. « Je renouvelle mon cheptel, lança-t-il. Faut bien régénérer la race. » Le pieux mensonge ne laissa rien paraître de l'émotion qui lui nouait la gorge.

Emilienne goûtait avec un ravissement de convalescente ces jours entiers de liberté qu'elle s'octroyait, sans nulle autre préoccupation que de vaquer à ses rendez-vous notés sur un carnet noir à tranche dorée. Elle rendait souvent visite à Camille. Elle ne savait jamais si ça lui faisait plaisir. Leurs rencontres étaient brèves. Elles se donnaient juste le temps d'aller boire un thé au café Brune et se séparaient aussitôt. Un jour, elle fit la connaissance de Jacques Villette. Le premier contact fut des plus laborieux. Pendant toute la durée de l'entrevue, il afficha une mine tellement contrariée qu'Emilienne en ressentit du désarroi. Camille, en revanche, parut soulagée. L'heureuse coïncidence la libérait enfin de son secret, cette liaison qu'elle avait soigneusement cachée à sa famille. Après le départ de Jacques Villette, elle demanda à Emilienne ce qu'elle pensait de lui. Emilienne hésita à répondre.

— Insaisissable ! lâcha-t-elle. Insaisissable comme tous ces jeunes bourgeois oisifs.

Camille se rebella aussitôt contre ce jugement sommaire.

— Alors ne me demande rien ! répliqua Emilienne avec agacement.

— Ce n'est pas un oisif, mon Jacques. Tu verrais ça ! Il est toujours à courir par monts et par vaux pour ses opérations financières. C'est l'enfer, une vie pareille. On serait tenté de croire qu'il lui suffirait de dépenser son argent. Car il en a, je puis te le garantir, avec un papa banquier. Mais non ! Ça ne pense qu'à en gagner plus, toujours plus.

Malgré les années, la règle du jeu n'avait guère évolué entre eux deux. Les amants se voyaient toujours le samedi soir, et quelquefois le dimanche quand elle insistait pour le traîner au cinéma. Et malgré tous ses efforts, crises de nerfs à répétition et chantages affectifs, on ne l'avait toujours pas présentée à la belle-famille. Pour satisfaire sa curiosité et peut-être aussi pour se rassurer, elle avait mené une enquête. Celle-ci lui avait révélé qu'il vivait toujours chez ses parents, dans un immeuble cossu de l'avenue de Bordeaux protégé par un haut mur. Elle découvrit aussi qu'il était un habitué du cercle de jeu de l'avenue de Paris où il perdait quelques-unes de ses précieuses soirées. On était déjà loin de l'homme pressé qu'il prétendait être, à l'affût des affaires. Mais l'amour qu'elle lui vouait était au centre de tous ses aveuglements. Elle lui pardonnait puisqu'il venait d'un autre monde que le sien avec ses mœurs licencieuses et sa morale pétrie d'égoïsme, de cette lointaine planète qui la faisait rêver comme une midinette devant un roman à quatre sous. Elle n'avait d'autre alternative que de s'y adapter ou de s'en séparer. Tel était donc le prix à payer pour conserver Jacques Villette. Et chaque fois que le spleen s'emparait d'elle, qu'elle désespérait de devenir un jour sa femme, elle en arrivait à douter de cet amour pour lequel elle avait tout sacrifié ; mais une force la ramenait vers lui, inexorablement. Elle avait besoin de retrouver son odeur, sa voix, ses silences, ses lâchetés aussi, et surtout cette douceur d'une étreinte qui réparait tout le mal qu'il pouvait lui faire.

Emilienne flaira que la pauvre Camille était amoureuse de son gigolo à en crever et que ce dernier profitait de la situation. Sans doute collectionnait-il les aventures de la sorte, tant l'ascendant de sa bonne fortune, ou supposée telle, lui garantissait ses succès. « Tout ça est d'une telle banalité, se disait Emilienne, que c'est à en pleurer. »

De retour à Rocheveyre, elle en toucha un mot à Alexandre. Mais ce dernier avait d'autres chats à fouetter que de s'occuper des intrigues amoureuses de sa sœur.

— Il faut bien qu'elle passe son temps ! répliqua-t-il. Qu'elle se donne des émotions fortes.

— Tu ne veux pas comprendre, insista Emilienne. Camille est tombée sur un type qui l'amuse avec son argent, qui lui fait miroiter des rêves inaccessibles. Un jour, le réveil sera brutal. Et nul ne sait comment tout ça finira...

— Nous en sommes tous là, ajouta Alexandre qui ne pensait plus qu'à sa mainlevée d'hypothèque.

Lui aussi, il avait rêvé bâtir un empire avec son domaine, devenir le plus gros propriétaire terrien de la contrée, accomplir l'inaccessible rêve de Baptiste.

Désormais, il savait que le déclin de Rocheveyre ne s'arrêterait pas au bureau de Malard, qu'une hypothèque levée ne serait qu'un sursis en attendant que les nouvelles créances arrivent. Les seuls fermiers du pays qui échappaient à la crise étaient précisément ceux qui avaient toujours rechigné à emprunter. Ceux-ci pouvaient vivre de peu, en autarcie, en attendant que les beaux jours s'en reviennent.

Emilienne était loin des angoisses qui agitaient l'âme de son mari. Elle ne comprenait toujours pas pourquoi il se levait au milieu de la nuit pour faire les cent pas dans la cour. Et quand elle le priait de revenir se coucher, il la rabrouait.

— C'est ta mairie qui te tracasse ? Laisse-les donc faire, tes Lamazane et tes Letheil, ça finira bien par leur passer.

Alexandre haussait les épaules.

— Je réfléchis, c'est tout. Un homme a parfois besoin de réfléchir.

Les choses n'allaient pas mieux du côté de Camille. La veille de Noël, Emilienne la trouva en pleurs dans sa petite chambre de la rue des Echevins.

— Vous vous êtes disputés ? Ce n'est pas bien grave. Jolie comme tu es, tu n'auras pas de mal à en trouver un autre. Ce ne sont pas les bonshommes qui manquent.

— C'est pire que ça, avoua Camille. Il m'a trahie, le salaud !

A force de la questionner, Emilienne finit par lui faire avouer que son Jacques avait englouti les cent mille francs de son héritage dans des placements désastreux.

— Je lui faisais confiance, marmonna Camille. Rien que des investissements sûrs qui devaient me rapporter un beau paquet d'argent. Regarde donc ! Tout ça ne vaut plus rien, fit-elle en éparpillant autour d'elle les titres. De la monnaie de singe !

Emilienne ramassa quelques feuilles. Il y avait là des bons de la banque Oustric, de la Foncière des travaux publics, de Siria Viscosa, du Crédit municipal d'Orléans.

— Ce que j'ai pu être bête, mais bête à manger de la paille ! Je m'en veux. Je me hais. Je me déteste, criait Camille. Et j'enrage de n'avoir rien vu venir.

— Et comment justifie-t-il ces mauvais placements ?

— A l'entendre, tout est la faute du krach. Le krach, le krach, il n'a que ce mot-là à la bouche. Je ne comprends pas qu'un banquier qui se prétend aussi intelligent ait pu se faire plumer de la sorte...

— Je ne voudrais pas me mêler de ce qui ne me regarde pas, dit Emilienne, mais, en l'occurrence, c'est toi qu'il a plumée.

— Il a aussi perdu beaucoup d'argent.

— Jacques t'a dit ça ?

Elle se tamponnait les joues avec un mouchoir qu'elle avait roulé en boule.

— Il m'a dit qu'il était ruiné.

— Tu le crois ?

— Je ne sais plus que penser.

— La banque Villette est toujours debout, ma petite. Veux-tu que nous allions voir ça de plus près ?

Les deux femmes ne réussirent qu'à déplacer un obscur fondé de pouvoir. L'homme les reçut entre deux portes en les prévenant à l'avance qu'il avait peu de temps à leur consacrer.

— Monsieur Emile Villette ne s'occupe pas des affaires de cette sorte, fit-il en examinant les bons. Et ce que fait son fils ne relève pas de sa responsabilité. Monsieur Jacques est majeur, ajouta-t-il avec une moue de dédain.

Le fondé de pouvoir leur assura ensuite que les fameux cent mille francs n'avaient fait l'objet d'aucune émission de titres au sein de la banque Villette.

— Le boursicotage est un risque partagé entre le client et son agent de change, lança-t-il. On ne se plaint jamais quand on gagne...

Avant de quitter Camille, Emilienne lui fit jurer de ne plus jamais revoir Jacques Villette. Elle tint parole. Lorsqu'il se présenta, une semaine plus tard, les bras chargés de roses rouges, avec une belle assurance, il reçut une gifle cinglante, un soufflet majestueux lancé à pleine volée. Il se recula, horrifié. C'était la première fois de sa vie qu'une femme osait lever la main sur lui. D'un geste rageur, il envoya promener le bouquet contre la porte de l'appartement. Puis il redescendit les marches, une à une, d'un pas de somnambule. Jamais non plus on ne l'avait plaqué ; d'ordinaire c'était lui, le fier séducteur, qui partait le premier. « Tu vieillis, se dit-il avec insouciance. Il serait temps de te caser. »

Au début de l'année 1935, Alexandre Mercœur prit une résolution qui réorienta les activités de la ferme Rocheveyre. La chute constante des cours de la viande l'obligea à abandonner tout ce à quoi il avait cru depuis les années vingt et qui avait bâti la splendeur du domaine.

— Nous allons nous remettre à la polyculture, fit-il à Germain. Puisque l'on ne veut plus de mon cheptel, il ne reste que cette solution.

La décision laissa le frère songeur. Il ne se sentit pas le courage de lui répondre. C'eût été sans doute facile de lui rappeler qu'il allait remettre en pratique ce que le père avait toujours défendu, qu'il fallait conserver plusieurs cordes à son arc.

— Mon erreur, poursuivit Alexandre, c'est d'avoir pensé que l'élevage seul pouvait nous nourrir.

— On ne pouvait pas prévoir le marasme sur la viande, la surproduction, la chute de la consommation.

— Je ne cherche pas des excuses. Celles-ci ne nous tireront pas d'affaire. Il faut réagir, voilà tout. Comme notre grand-père Léonet l'a fait avant 1900 en arrachant les vignes. Cette crise, c'est notre phylloxera à nous.

Et patiemment, Alexandre se mit à redessiner ses parcelles selon l'état ou la qualité des sols. On allait planter les pommes de terre, le blé et le maïs aux Jaladis, le tabac au Bos, et les salades, les asperges, les tomates aux Combes, et ne conserver, pour la petite trentaine de bovins restants, que les pacages du Mialet. C'était un endroit pentu, avec des fondrières, dont on ne pouvait rien tirer pour la culture. Alexandre décida même d'arracher aux Combes la dernière vigne qui avait survécu au temps ancien. A la place on y ferait pousser les primeurs. Cet endroit, bien exposé plein sud, à l'abri du gel, à terre fine, donnerait des choux-fleurs, des petits pois, des haricots verts, des melons. Cette production qu'il irait vendre au marché d'Objat, deux ou trois fois par semaine, lui apporterait de l'argent frais dont il avait si grand besoin pour subvenir au plus pressé.

A la fin des gelées, Alexandre s'attaqua au labourage. Cela faisait des années que la terre de Rocheveyre n'avait pas été retournée par un soc de charrue. Aussi fallut-il œuvrer avec peine. On ne disposait que de deux attelages de chevaux, ce qui se révélait insuffisant dans la terre lourde du Peyras. Alexandre comprit qu'il lui fallait, en ces lieux, défoncer le sol au brabant, dans une profondeur avoisinant les trente centimètres. Sur les conseils de Labussière, il se résigna à louer une bonne paire de bœufs. L'ouvrage avançait lentement, bien qu'ils s'y consacrassent tous deux dix à douze heures par jour. Ils attaquèrent aussi une parcelle au flanc du Mialet, entaillant la terre jusqu'au rocher qui, en certains endroits, affleurait le sol à moins de vingt centimètres. Dans la trame, ils cassèrent deux ou trois pointes de socs et renoncèrent. Les hommes décidèrent alors qu'on planterait sur cette pente des cerisiers et des pruniers reines-claudes après qu'on aurait agrandi les trous à l'explosif agricole.

A chacune de ses visites à Objat, Alexandre se rendait au Crédit pour y discuter âprement la survie du domaine. Il s'agissait de faire patienter Malard en attendant que se reconstitue une trésorerie au plus bas. Le banquier ne voulait rien entendre, persuadé dans son for intérieur que son débiteur ne se sortirait pas du mauvais pas. Il avait même commencé à mobiliser autour de Rocheveyre quelques acheteurs en prévision du moment où les huissiers procéderaient à la liquidation des biens. La détermination d'Alexandre ne l'impressionnait guère. Au contraire, elle semblait décupler sa volonté d'en finir avec une affaire qui avait trop duré. Pourquoi un tel acharnement ? Alexandre n'arrivait pas à comprendre quelle mouche avait piqué cet homme qui, jadis, avant le début des années trente, citait Mercœur comme un paysan exemplaire dont les idées révolutionneraient les campagnes.

Alexandre démissionna de son poste d'administrateur en déclarant qu'il ne se sentait plus digne d'appartenir à l'honorable confrérie. Dans sa décision, il y avait du ressentiment. Le maître de Rocheveyre ne comprenait pas qu'on en vînt à le traiter de la sorte alors qu'il apportait, tous les jours, de nouvelles garanties de sa bonne foi. Cette reconversion qu'il venait d'engager, même si elle n'avait pas encore porté ses fruits, s'avérait prometteuse. On n'en tenait nul compte, à croire que sur le papier quelques esprits obtus avaient décidé de rayer Rocheveyre de la carte. Alexandre n'usait guère de diplomatie.

Chaque fois qu'il venait déposer dix ou vingt mille francs pour combler sa dette, il ne pouvait s'empêcher de lâcher à Malard d'un ton défiant : « Vous ne m'aurez pas aussi facilement. Plutôt crever que de vous voir triompher, cher monsieur Malard ! » Le banquier ricanait en dessous. Toutes les bonnes raisons étaient de son côté : la loi, la justice, l'ordre, les spéculateurs, les notaires, les huissiers. Il ne restait plus qu'à attendre la décision suprême de l'établissement bancaire.

Le départ d'Alexandre du conseil d'administration attira l'attention du sénateur Queuille. Ce dernier lui envoya une lettre dans laquelle il lui demandait de reconsidérer sa décision. « C'est dans l'adversité que l'on compte ses amis, répondit Alexandre, et force m'est de constater que je n'en ai plus un seul au sein de la confrérie. » On lui fit même comprendre que s'il voulait échapper à la curée qui se dessinait autour de lui, il ne lui restait plus qu'à se faire introniser dans le parti radical. Celui-ci régnait au sein de la banque, dispensait ou retirait ses faveurs, selon son bon vouloir. L'homme qui avait engagé cette démarche était Jean Darfeuille, un des amis du sénateur. Il dirigeait le parti radical en Corrèze. Rôle bien obscur que celui d'agent recruteur. Mais le ralliement d'un maire, en cette période trouble où l'officine politique accusait ses premiers reculs significatifs, était à leurs yeux du plus haut intérêt. « D'aucun parti, d'aucune chapelle, déclara Alexandre. Ce sont là des chaînes dorées dont on ne peut plus se défaire. Je suis et reste un homme libre. »

Le propriétaire de Rocheveyre avait compris que la solution à son problème résidait dans la reconstruction du domaine et non dans la duplicité de quelques engagements de circonstances. Emilienne le soutint fermement dans cette voie. S'il perdait les chances d'un arrangement amiable avec l'établissement bancaire, au moins renforçait-il l'estime d'une épouse. Celle-ci, du reste, lui montra à sa manière combien elle tenait à lui. Dans le plus grand secret, elle se sépara de sa propriété de La Brulie. Elle apporta les soixante-dix mille francs de la vente sur le bureau de Malard, médusé. Cette manne généreuse permit d'éloigner, pour une année encore, le spectre de la saisie. Quand il apprit la nouvelle, Alexandre entra dans une colère folle.

— Tu n'avais pas le droit de te séparer de ta propriété, lui lança-t-il. J'ai fait des erreurs. Je dois être le seul à en payer les conséquences.

— Je fais ce que je veux de mes biens, répliqua Emilienne. Nous nous sauverons ensemble.

D'un pas décidé, Alexandre se rendit chez son notaire et fit enregistrer, en faveur d'Emilienne, une reconnaissance de dettes à hauteur des soixante-dix mille francs. Maître Jules Monteil l'observa avec amusement.

— Croyez-vous que votre femme ait besoin d'un tel papier ? J'en doute. Ou alors, je ne comprends plus rien aux liens sacrés du mariage !

Pendant qu'Alexandre se débattait au milieu des pires difficultés, son frère traversait ces événements avec un flegme désarmant. Germain avait compris qu'aucune force ne lui ferait lâcher prise parce qu'il possédait une âme de propriétaire terrien pétrie dans la glaise rouge de Corrèze. Au début, Germain s'était interrogé sur l'acharnement de Malard. « Pourquoi en fait-il son souffre-douleur alors qu'il serait tellement plus simple de procéder, dans le calme et la sérénité, à des arrangements que le Crédit concède à tant d'autres qui n'ont pas les reins aussi solides, ni les qualités morales requises ? » Pour obtenir une réponse, Germain avait même envisagé de rencontrer Malard. Après la seconde mainlevée d'hypothèque, il renonça à cette entrevue, jugeant alors que la ferme Rocheveyre était sur la voie du redressement et que le banquier, tout déterminé qu'il était, ne pourrait rien tenter de sérieux contre Alexandre. L'entêtement d'un Malard venait quand il n'arrivait pas à rabattre l'orgueil de son client. C'était son seul rêve que de briser cet homme-là, qui lui tenait la dragée haute. Si Germain ne doutait guère de l'issue du duel, il ne parvenait pas à mesurer les dégâts qu'un tel accablement causait sur le moral d'Alexandre. La vente de la propriété d'Emilienne avait profondément blessé son amour-propre. Il se reprochait de n'avoir su réagir plus tôt et surtout de s'être laissé endormir, dans les premiers temps, par l'hypocrite mansuétude du banquier.

La lutte aux couteaux avec la banque mobilisait tellement d'énergie qu'il en négligeait les affaires municipales. Les élections de mai 1935 l'avaient confirmé à la tête de Marzac, malgré une sensible érosion de son crédit personnel. Son rival Lamazane avait réalisé plus de voix que lui, ce qui eut pour conséquence de fragiliser sa position. Aussi fut-il obligé de sacrifier, la mort dans l'âme, son premier adjoint, Norbert Jalinier, pour mettre Auguste à la place.

Désormais, tout le travail de Pierre Pascalin, le secrétaire de mairie, tendit à masquer les lacunes du maire, quitte parfois à outrepasser ses prérogatives. Ce fut le cas lorsqu'il fallut négocier une convention avec l'usine d'électricité La Force d'Objat. La petite entreprise, qui venait d'être absorbée par la Compagnie limousine, tenta d'imposer, à la faveur de ce redéploiement, une hausse faramineuse des tarifs. Pascalin s'engagea lui-même à plaider à Limoges ce dossier jusqu'à obtenir raison. Si la convention avait été adoptée en l'état, les réactions des abonnés n'eussent pas tardé à donner des arguments assassins à Lamazane, qui était toujours un farouche opposant à l'électricité, même des années après qu'elle fut entrée dans les foyers.

Alexandre enrageait de voir son frère plus préoccupé par la situation politique du moment que par l'avenir de Rocheveyre. Certes, il y avait de quoi s'inquiéter. L'orage rôdait à l'horizon, un orage venu de l'Est dont Pascalin avait prophétisé l'arrivée des années durant. Cela était au centre de toutes les discussions du jeudi. Il avait fini par rallier Germain à son pessimisme, surtout après la fameuse nuit du 6 février 1934 où les Croix-de-Feu tentèrent d'envahir la Chambre des députés. Ce n'avait pas été un acte isolé dans le lent mouvement de l'histoire. A Marzac même, il était facile d'en mesurer les contrecoups jusque dans les rangs du conseil municipal. Malpas, Letheil, Lamazane, pour ne citer que les principaux, se disaient assez proches des émeutiers, favorables à un pouvoir autoritaire capable d'épurer les institutions – déjà fortement ébranlées par les scandales financiers – et de juguler le chômage. Lorsque Pierre Laval fut porté au pouvoir, on reprit espoir à Marzac, en manifestant une haine des radicaux et des socialistes, à croire même que celle-ci tenait lieu de programme électoral.

Quand Alexandre était pris à partie dans son conseil – on se souvenait dans ces moments-là de ses amitiés avec Henri Queuille –, il se bornait à répéter, sans espoir d'être entendu, ni cru, qu'il ne faisait pas de politique, qu'il s'était toujours tenu éloigné de ces officines. « La politique ne m'a pas enrichi, moi, s'écriait-il. Au contraire ! Je suis prêt à échanger ma situation contre la vôtre ! »

Afin d'éviter les affrontements avec la tendance dure de son assemblée, Alexandre programma des séances de plus en plus espacées. Chacune des critiques acerbes dont il était l'objet, et à tout propos, réussissait à ébranler sa foi. Il doutait de jouer, à l'avenir, le moindre rôle utile à la tête de la commune. « Si je n'arrive à rien, et que chacune de mes propositions est battue en brèche, à quoi bon perdre mon temps, se disait-il. Ne serais-je pas mieux sur mes terres ? »

— Croyez-vous que je doive démissionner ? demanda-t-il un jour à Germain et à Pascalin.

— Jamais de la vie ! rétorqua son frère. Ça donnerait des ailes à Lamazane. Pour l'heure, il faut plier devant la bourrasque. Et attendre.

— J'en ai par-dessus la tête de ces discussions haineuses où chacun se jette au visage les responsabilités. Verrons-nous un jour la fin de tout ça ? interrogea Alexandre.

— Pas avant longtemps ! augura l'instituteur.

— Il faut attendre les résultats des législatives de 1936. Avec un peu de chance, le Front populaire l'emportera, pronostiqua Germain.

— Qu'on ne se berce pas d'illusions ! L'accalmie sera de courte durée, dit Pascalin. Léon Blum ne disposera pas des fonds nécessaires pour financer ses promesses. Et les capitalistes opposeront un front d'une tout autre nature, celui de l'argent. Et si l'on veut le briser, il faudra toute la mobilisation du peuple. Serons-nous assez forts et unis ?

André Malard aussi, qui n'ignorait rien des difficultés du maire, était étonné de le voir encore à la tête de Marzac. Il ne se gênait pas pour lui envoyer quelques piques chaque fois que l'occasion se présentait.

— Croyez-vous que l'avenir a besoin de gens comme vous ? Rétrogrades ! Vous avez fait les preuves de votre incapacité, là et ailleurs.

Alexandre ne répondait pas. Il se contentait de le fixer droit dans les yeux. Bien que coupé de l'honorable confrérie depuis sa démission du conseil d'administration, il savait que Malard avait rejoint le camp de Chaumet, dont on disait à Tulle qu'il était devenu un partisan des ligues factieuses ; Chaumet encore qui ne tarissait pas d'éloges sur le nouveau chancelier allemand. « Voilà l'homme qu'il nous faudrait, clamait-il souvent dans l'intimité du petit cercle de l'hôtel Limouzin, ce monsieur Hitler ! Mais la race française est-elle encore capable d'engendrer un tel génie ? » A vrai dire, André Malard n'espérait plus, en récompense de ses nouvelles allégeances politiques, qu'un poste au directoire du Crédit, une charge qu'il avait vainement attendue de ses anciens amis radicaux.

A la faveur d'une brève rémission dans le cours inexorable de sa maladie, Baptiste réalisa qu'on avait vendu sa dernière terre. Sa découverte lui causa un tel choc qu'il se mit à pleurer comme un enfant. Léontine n'avait pu se résoudre à taire ce secret plus longtemps. Sa conscience de chrétienne exigeait qu'elle s'en délivrât avant qu'il ne perdît totalement la raison. Et c'est en mesurant sa réaction désespérée qu'elle s'en voulut, ensuite, encore plus d'avoir parlé. Alexandre et Germain se mirent à l'accabler de reproches. Il fallut l'intervention toute diplomatique d'Emilienne pour que l'affaire ne s'envenimât pas entre la mère et ses fils. Elle expliqua que Rocheveyre avait été menacé par la banque et que son Alexandre avait dû trouver de l'argent en catastrophe pour parer au plus pressé.

— Mais pourquoi ne m'a-t-on rien dit ? interrogea Léontine. J'aurais pu comprendre. Et le pauvre Baptiste aussi.

— Vous les connaissez mieux que moi, vos fils, répondit Emilienne. Ils sont pétris d'orgueil à un point incomparable. Ils ne voulaient pas qu'on puisse imaginer une seule seconde qu'ils s'étaient trompés.

Pour renforcer son argument, Emilienne expliqua qu'elle avait dû vendre aussi ses propres biens.

— Mais alors, s'écria Léontine, notre Rocheveyre est perdu !

— Non. Je peux vous rassurer là-dessus. Alexandre a pris les décisions qui s'imposaient. Mais nous avons longtemps cru que nous ne nous en sortirions pas.

— Mes pauvres enfants ! Quel courage il vous a fallu… Mais, je le disais, moi, que mon Alexandre voyait trop grand. Il a toujours voulu égaler André. C'était un vrai paysan, ce garçon-là. Il avait ça dans le sang. Si vous l'aviez connu ! Ah ! ma chère petite, il n'avait qu'à respirer l'air du matin pour savoir le temps qu'il ferait !

Et elle repartit à égrener le chapelet qu'elle conservait toujours dans la poche de son tablier, en remuant à peine les lèvres sur d'interminables prières.

« Je suis foutu, foutu, foutu… » se bornait à répéter Baptiste au bout de la table de la cuisine où on avait coutume de l'installer. Il demeurait là, de longues heures, hébété. Parfois, un bruit, une parole lui faisait relever la tête. Et s'ensuivait un long monologue incompréhensible dans lequel se trouvaient mêlés les noms de son père, de son fils disparu, de ses terres anciennes. Il se ressouvenait du temps où Rocheveyre vivait de la vigne, où l'on y faisait travailler les jeunes gens de Marzac pour quelques sous. Revenaient pêle-mêle les figures lointaines d'hommes qui avaient autrefois animé le village, comme des lucioles, aussi vite et mystérieusement disparues de sa mémoire.

Le docteur Labrousse avait recommandé de ne pas contrarier le malade, quoi qu'il advînt. Ainsi voyait-on souvent Léontine converser avec lui sur des événements antérieurs à sa venue à la ferme, comme si elle les avait elle-même vécus. Elle s'insérait dans les histoires embrouillées du domaine avec des envies de pleurer qui l'obligeaient à quitter précipitamment la cuisine. Elle allait ensuite voir Emilienne, qui s'attachait à lui remonter le moral.

Chaque apaisement de la maladie lui laissait entrevoir une guérison à laquelle, bien entendu, plus personne ne croyait. Dans son ultime désespérance, Léontine en arrivait à attribuer ces petits miracles à la prière qu'elle adressait à la Sainte Vierge, heure après heure, et aux cierges qu'elle allait déposer devant le maître-autel de l'église de Marzac.

L'affection qui dévorait la conscience de Baptiste, on n'osait plus la nommer, comme s'il se fût agi d'une maladie honteuse. Le docteur Labrousse avait parlé, à plusieurs reprises, de ramollissement cérébral. Léontine n'en croyait rien. Elle ne pouvait imaginer qu'un homme aussi intelligent pût ainsi perdre la mémoire au point de ne plus reconnaître ses enfants. Elle essayait donc de comprendre ce qui avait pu déranger l'âme de son mari. Et elle ne trouvait d'autre réponse que celle du chagrin, la perte de son fils. Elle était persuadée que cet événement dramatique avait perturbé à jamais son esprit. Parfois, Germain contrecarrait ses assertions en proclamant vivement que Baptiste n'avait eu qu'une seule grande passion dans sa vie, la terre, la terre, et nulle autre chose.

— Il nous aurait sacrifiés pour Rocheveyre, s'il avait fallu ! renchérissait-il.

Et c'était aussi l'avis d'Alexandre qui se souvenait encore de sa démarche auprès du sénateur Brousse en 1914 pour faire ajourner le départ d'André au front.

— Ce n'était pas pour lui éviter la mort, dit Germain. Seulement le conserver près de lui pour le labeur de la ferme. Aurait-il fait de même pour nous ? Bien sûr que non ! Il ne nous croyait pas dignes de lui succéder. Alors, nous pouvions aller nous faire tuer !

— C'est affreux ! se rebella Léontine. Vous osez parler de votre père au passé, comme s'il n'existait plus.

Les fils ne répondirent pas. A croire que sa disparition n'était plus qu'une question de formalité.

Un matin de juin 1935, Léontine le trouva mort dans son lit. Elle poussa un cri terrible qui traversa la cour. Emilienne et Alexandre, qui goûtaient la fraîcheur de l'aube en buvant du café, avant de préparer les attelages pour rentrer le foin, comprirent aussitôt qu'un malheur venait d'arriver. Quand ils pénétrèrent dans la chambre, Germain était déjà à son chevet. Il avait posé une main sur son visage pour clore les grands yeux exorbités, chargés d'effroi.

— Voilà une page de tournée, fit-il. Lui qui se croyait indestructible comme un roc...

Alexandre alla s'asseoir près du corps de Baptiste et ramena un bras qui pendait hors du lit. Puis il se mit à pleurer dans ses doigts, doucement. Emilienne était restée près de la porte d'entrée. Elle n'osait avancer, comme si ce chagrin ne la regardait pas.

— Tu vois, dit Germain en reculant son fauteuil, je n'arrive pas à pleurer. Pourtant, c'est notre père qui vient de partir.

Alexandre lui toucha l'épaule pour le faire taire.

L'enterrement fut fixé pour le samedi après-midi. Il y avait trop de foin à engranger pour que les gens de Marzac se rendissent à la cérémonie. Et puis, dans le village, Baptiste ne jouissait pas d'une grande estime. On ne lui avait jamais pardonné l'époque où il accumulait les terres à bas prix. C'était après la crise du phylloxera. Les paysans ruinés avaient besoin d'argent. Léonet et son fils s'étaient montrés intraitables, comme Baptiste l'avait été plus tard avec Chareuil. Une petite assistance l'accompagna donc au cimetière. Léontine avait exigé qu'on l'inhumât sur l'emplacement réservé à André.

— Ils sont maintenant réunis, dit-elle en versant une poignée de terre sur le cercueil.

Et elle essaya d'imaginer ce qu'ils pouvaient se dire, au ciel, après toutes ces années de séparation. Elle se souvenait que la dernière fois qu'ils s'étaient embrassés, en novembre 1915, Baptiste lui avait dit : « Reviens vite, mon petit. Nous avons besoin de toi à Rocheveyre… » Et il s'était éloigné pour toujours.

Au soir des obsèques, Emilienne alla préparer le souper dans la maison familiale. C'était la première fois qu'elle s'autorisait cette liberté. Elle ne comprenait pas elle-même pourquoi elle ne s'y était pas risquée plus tôt. Sans doute aurait-elle eu besoin de l'autorisation de Baptiste, qui ne la lui avait jamais donnée. Désormais, elle se sentait un peu plus chez elle, au cœur même du domaine, elle qui avait cru longtemps n'être qu'une étrangère.

— Vous pouvez maintenant venir vivre ici ! leur dit Germain.

Le « maintenant » fit pleurer Léontine. « On aura attendu qu'il parte, se dit-elle, alors qu'il n'aura jamais exprimé le moindre interdit. »

— On ne pouvait pas lui parler, dit Alexandre. Il avait toujours raison.

— A un regard, un geste, on savait ce que nous devions faire ou ne pas faire.

Emilienne pensa alors que Baptiste n'avait jamais eu envers elle le moindre geste, le moindre regard.

— Non ! dit Alexandre. Nous resterons dans notre maison.

Germain eut un sourire amer.

— Quand je ne serai plus là, moi aussi, alors tu te décideras, n'est-ce pas ?

La victoire du Front populaire mit en sourdine le climat détestable qui régnait au sein du conseil municipal. Alexandre recouvra un peu de tranquillité. Tous ceux qui avaient souhaité l'éruption d'un pouvoir fort dominé par les ligues en furent pour leurs frais. La France avait vu dans les factions combattantes du colonel La Rocque le visage du fascisme tel qu'il se présentait en Italie et en Espagne, bravant ainsi la peur du bolchevisme et du communisme le couteau entre les dents. Le parti radical, dirigé par Daladier, avait mordu la poussière. C'était le seul enseignement de cette élection et celui-ci ravissait Auguste Lamazane.

Dans l'effervescence des jours qui suivirent la victoire du Rassemblement populaire, Pierre Pascalin ne put contenir sa joie. Il n'avait pas espéré un tel score, dont l'élection de deux députés communistes en Corrèze. Du jamais vu. Lui aussi était emporté par cette fièvre qui gagnait les rues de Brive avec ses incessants défilés de la CGT, où l'on clamait à tout va que le fascisme ne passerait pas. Germain essayait de tempérer son enthousiasme. Il éprouvait une méfiance dans l'avenir en lisant les journaux. On y annonçait que Hitler ne reconnaissait plus l'existence du traité de Locarno. La rupture s'était immédiatement traduite par une remilitarisation de la Rhénanie. Un premier pas vers la guerre en Europe, s'était dit Germain. Mais l'heure en France n'était pas pour autant tournée vers le pessimisme. Un printemps chargé d'espoir s'annonçait pour tous ceux qui avaient choisi le Front populaire. Et elles étaient légion, les petites gens qui allaient connaître leurs premiers congés payés. Ce n'était pas le moment de venir leur parler de Hitler et des menaces outre-Rhin.

Alexandre n'éprouvait qu'un intérêt mitigé pour cette victoire historique. Il n'avait jamais porté la SFIO dans son cœur, et se méfiait encore plus des communistes. L'enthousiasme de son secrétaire de mairie le contrariait tellement qu'il eut avec lui une sévère conversation.

— La France n'a jamais aimé les chambardements, fit-il. Votre Léon Blum devra le comprendre, s'il désire se ménager quelque chance de rester au pouvoir. Sinon, le peuple se lassera vite de ses grands discours, de ses déclamations généreuses.

— Oubliez-vous, répliqua Pascalin, que notre pays fut le berceau de la révolution de 1789 et de la Déclaration des droits de l'homme ?

— Et alors ? ajouta Alexandre en agitant les bras au-dessus de son bureau. Jusqu'à ce que la Terreur de 1793 éclipse les rêves égalitaires de la nuit du 4 Août.

Pascalin s'attacha à montrer que la Révolution française n'avait rien à voir avec la révolution russe de 1917, l'une ayant servi à placer au pouvoir la bourgeoisie, et l'autre, le prolétariat.

— Etes-vous vraiment communiste ? demanda Alexandre à brûle-pourpoint.

— J'aspire à le devenir, répliqua Pascalin en fronçant les sourcils. C'est un engagement qui exige de soi beaucoup d'exaltation et de sacrifice.

C'était une question délicate à laquelle il avait eu souvent à répondre. D'ordinaire, il se sortait de ce mauvais piège par l'humilité, une sorte d'observance fanatique qui ressemblait à celle des premiers martyrs chrétiens de la Rome antique.

— Ce qui me gêne dans le Komintern, c'est qu'on y nie l'idée même de nation, poursuivit Alexandre. Nous sommes d'abord français avant que d'être rouges ou bleus. Staline, lui, est russe. Slave jusqu'au bout des ongles. Ça me dérange que l'on puisse s'entendre avec cet homme-là sur l'idée de la nation, de notre nation à nous. Son nationalisme russe est hégémonique, forcément. Et son rêve n'est-il pas de réduire l'Europe, fût-ce par le communisme ou par autre chose, par l'idéologie ou par la force, à une grande patrie slave ?

Le secrétaire de mairie parut embarrassé. C'eût été le conforter dans son opinion que de dire que la finalité du communisme résidait dans l'extinction de l'idée même d'Etat et de nation.

— Un jour, votre parti vous demandera de renoncer à être français pour n'être plus que communiste. Que choisirez-vous ?

Pascalin se leva de son fauteuil pour se dégourdir les jambes. Puis il revint vers Alexandre qui était resté assis, bien tassé sur son siège.

— Posez la même question à un capitaine d'industrie. Demandez-lui s'il est français avant d'être capitaliste. Il vous dira que l'argent est sa seule patrie et que les frontières des nations importent peu face à l'internationale de la finance et des banques. Pour combattre ces exploiteurs, il nous faudra peut-être un jour renoncer à notre patrie, afin de rejoindre la seule, la vraie grande patrie des travailleurs...

— Ce jour-là, répliqua Alexandre, vous me trouverez contre vous ! Résolument.

Le maire de Marzac avait lu quelques *Cahiers du communisme* que Pascalin avait laissés traîner dans la chambre de Germain. On y parlait de dictature du prolétariat, de la collectivisation de la terre, du pouvoir des soviets. Rien de très rassurant. Et Alexandre se demanda si son frère lisait vraiment ces brochures ou s'il se contentait de les empiler dans un coin en attendant que son propriétaire vienne les récupérer. Germain lui assura qu'il n'éprouvait aucune admiration pour le maréchal Staline.

— Un dictateur de droite ou de gauche, ajouta-t-il, reste un dictateur. Et je ne serais pas étonné que le séminariste du Kremlin finisse par s'entendre avec l'agitateur des brasseries de Munich. Les loups chassent en hordes avant de se déchirer entre eux quand la nourriture vient à manquer. Voilà le destin de l'Europe si nous la laissons entre les griffes de ces monstres froids.

Germain avoua ensuite qu'il se sentait plus proche de Blum que de Thorez dont le seul courage consistait à refuser de participer au gouvernement de gauche. Blum, décidément, lui rappelait Jaurès, avec tout de même une sacrée inconnue, nul ne pouvait dire comment le tribun eût agi au pouvoir puisqu'il ne l'avait jamais conquis, sinon à la tribune de l'Assemblée nationale par la rhétorique et la faconde.

Sur les foirails, les cours se mirent à chuter au moment où les grèves de mai et juin se développèrent. On avait beaucoup misé sur une augmentation des salaires, mais celle-ci fut vite rattrapée par la dévaluation de septembre. Pascalin lui-même se mit à douter de l'avenir du Front populaire. Et quand Blum décréta la pause, en février 1937, tous les espoirs s'envolèrent. Alexandre rappela alors au secrétaire de mairie sa prophétie tenue quelques mois auparavant. « Vous voyez bien que Blum a fini par comprendre les impératifs économiques. Maintenant, nous allons devoir payer la facture ! S'il avait poursuivi dans cette voie, nous serions allés au suicide. Et la France aurait gagné quoi ? Je vous le donne en mille. Un Mussolini ou un Franco. »

Au printemps 1938, Emilienne mit au monde son second fils. L'accouchement posa quelques problèmes. Le docteur Labrousse dut utiliser au dernier moment les forceps pour sortir du ventre de la mère un beau bébé de trois kilos et demi, tandis qu'Alexandre faisait les cent pas dans la cour. Pour la première fois de sa vie, il implora le ciel. Sa prière fut exaucée et l'agnostique qu'il prétendait être alla déposer, discrètement, un cierge à l'église.

D'un commun accord, on décida de le prénommer Richard. Le baptême fut l'objet, au domaine, durant l'été 1938, après foins et moissons, d'une grande fête où l'on convia Labussière, Pascalin et Norbert Jalinier. Après tout, c'étaient les seuls amis qu'Alexandre possédait à Marzac. Pour l'événement, Léontine avait farci deux vieilles poules et Alexandre était allé acheter dans une épicerie fine de Brive quatre bouteilles de pommard et de Dom Pérignon. Et chaque fois qu'il vidait une fiole, le maître de Rocheveyre s'écriait : « Encore une que Malard n'aura pas ! »

Après le départ des invités, la famille se retira sous les tilleuls, hormis Léontine qui s'était attelée à la vaisselle.

— Alors, quand est-ce que tu nous annonces ton prochain mariage ? fit Alexandre en prenant Camille par la taille.

Elle se mit à rougir. Et à sa réaction, Alexandre subodora qu'elle cachait un amant.

— Tu serais bien inspirée de l'inviter à Rocheveyre. A moins que nous ne soyons pas dignes de lui, la taquina-t-il.

— Qu'est-ce que tu racontes ? s'interposa Emilienne.

Elle tenait la petite main de son enfant acharné à mouliner des pieds sous le drap qui le recouvrait.

— Je n'ai pas de projet de ce genre, répondit Camille.

— Il faudrait y songer, insista-t-il. Tu vas sur tes quarante ans.

— On ne saurait être moins délicat, dit Emilienne.

Germain fixait la frondaison des tilleuls, la douce lumière jaune filtrée par l'épais feuillage.

— On ne t'a jamais dit, fit-il en joignant les mains d'un air énigmatique. Maintenant, on peut bien te mettre au courant.

Camille détourna le visage pour cacher les larmes qui venaient d'éclore sous ses paupières.

— Un secret ? interrogea Alexandre. J'adore ça.

— Une sacrée histoire, ajouta Emilienne.

— Ça ne peut pas être pire que tout ce que nous avons déjà traversé.

Germain fixait Camille dans l'attente d'un acquiescement. Elle approuva de la tête. Il fallait bien qu'un jour on tire enfin un trait sur cette malheureuse affaire.

— Il y a quelques années, notre petite sœur est tombée amoureuse d'un jeune banquier. Un certain Villette. Jacques Villette.

— La banque Villette ? reprit Alexandre. Fichtre oui, je connais. Et tu n'as pas trouvé le moyen de lui mettre le grappin dessus ? Dommage. Ça nous aurait drôlement facilité la tâche à Rocheveyre.

— Ecoute donc ce qu'on a à te dire ! l'interrompit Emilienne.

— Ce Jacques Villette, poursuivit Germain, s'est révélé être un fieffé coquin. Camille a eu la maladresse de lui confier l'argent de son héritage pour des placements mirifiques...

— Ça va ! s'exclama Alexandre. J'ai compris.

— Elle a tout perdu, précisa Emilienne.

— Les cent cinquante mille francs ?

— Presque tout, confirma Germain.

— Vous avez bien fait de ne rien me dire. Ça oui. A l'époque, je crois que je ne l'aurais pas supporté.

Alexandre resservit le champagne et, en passant près de Camille, il l'embrassa affectueusement.

— Le prochain, fit-il, il t'aimera pour tes beaux yeux.

8

Les hommes fixaient avec inquiétude la crête des puys où un couvercle de plomb assombrissait l'horizon. Alexandre savait qu'au premier courant d'air l'orage fondrait sur eux. Ça pourrait tenir une heure ou deux, guère plus. Et il restait encore du fourrage à mettre au sec.

Dressé sur la charrette, Labussière happait à pleines poignes les fourchées de foin qu'on lui tendait et les piétinait d'un bord à l'autre du chargement. Pascalin avait ôté sa chemise de coton, malgré les conseils d'Emilienne. Il portait déjà sur le torse et les épaules des coups de soleil. Mais il était trop tard pour la remettre. Le seul contact sur la peau l'eût fait crier de douleur. En le voyant ainsi grillé à vif, Alexandre lui conseilla de rentrer à Rocheveyre pour s'enduire d'un corps gras. Mais il ne voulut pas renoncer. Labussière l'avait assez charrié sur sa qualité d'intellectuel maladroit de ses mains. Il voulait lui montrer qu'un instituteur était aussi courageux que lui.

Pendant ce temps, Emilienne et Alexandre s'occupaient de la seconde charrette. Et, au fur et à mesure qu'ils avançaient, meule après meule, le petit Arnaud ratissait derrière eux le reste de foin épars. Le père avait recommandé qu'on laisse le champ net comme un tapis de billard. Le manche du râteau, trop long pour lui, l'embarrassait au point de piquer les dents dans le sol, plutôt que de survoler l'herbe rase. Cela amusait sa mère de le voir s'énerver à la tâche. Elle se disait qu'il serait aussi coléreux que son père avec ce regard noir qui ne lâchait jamais prise.

— Tu crois qu'on va avoir l'orage ?

— Travaille au lieu de bayer aux corneilles, lança Alexandre. Ça viendra bien assez tôt.

— Moi, ce que je voudrais voir, c'est un arc-en-ciel.

— Ce que tu peux être bavard, releva sa mère juchée sur la charrette.

Elle avait du mal à garder sur la tête son grand chapeau de paille, pourtant accroché au menton par une jugulaire en élastique. Ça l'agaçait de devoir le remettre en place à chaque instant. Mais elle ne pouvait s'en défaire tant elle craignait la longue exposition au soleil qui provoquait, chez elle, des migraines.

— Si ça se trouve, il tournera vers Brive et nous passerons à travers ! cria-t-elle.

Alexandre ahanait sous les charges de foin qu'il s'imposait pour gagner du temps.

— Tu devrais en prendre encore plus.

— Je sais ce que j'ai à faire, répliqua-t-il à Emilienne.

Pascalin mena l'attelage sur le chemin puis resta près des bœufs pour les surveiller. D'une branche de noyer, il balayait régulièrement l'essaim de mouches et de taons qui s'agglutinait sur les naseaux. Ça excitait les bêtes qui regimbaient sous le joug. Puis, le second charroi, tiré celui-ci par deux solides percherons, vint enfin se ranger derrière.

Avant de monter à la ferme, Norbert et Alexandre auscultèrent les chargements, décrochant à la pointe de leurs fourches les paquets de foin mal gerbés.

— Ce que tu peux être maniaque ! releva Labussière

qui venait juste de s'asperger le visage d'une giclée d'eau fraîche.

— Je n'aime pas perdre la marchandise en route. C'est d'un jean-foutre tout ce bon foin éparpillé sur le chemin.

C'était le genre de réflexion qui ravissait un observateur des mœurs paysannes tel que Pascalin. Il y entrevoyait le caractère propre aux hommes de la terre. A la mairie, Alexandre faisait preuve de la même sorte de méticulosité avec le cantonnier, par exemple. Combien de fois l'avait-il vu repasser derrière un travail bâclé ? Un infime détail, comme une sortie d'aqueduc à moitié curée, le mettait hors de lui. Et chaque fois, Pascalin se demandait si la société accoucherait encore longtemps de tels hommes, à une époque où on se complaisait dans la fuite des responsabilités.

Au-dessus des puys d'Ayen un éclair vertical zébra le ciel. Machinalement, Alexandre compta les secondes qui le séparaient du tonnerre.

— Dans vingt minutes, l'orage est sur nous, jugea-t-il.

Arnaud se mit à battre des mains.

— Dis, papa ? Ça va grêler ?

Alexandre prit son fils à pleines poignes et le souleva du sol.

— Ça n'a peur de rien ! fit-il. De la pure graine de Mercœur. Moi, quand j'avais son âge, je refusais de rentrer dans la maison où notre mère se barricadait. Je préférais rester avec Baptiste, sur le pas de porte de notre grange. Au cas où la foudre tomberait dessus. Je voulais être aux premières loges.

— C'était bien imprudent ! dit Pascalin.

— Bah ! on a toujours été comme ça chez les Mercœur. Imprudent et téméraire. Pas vrai, fiston ?

Le garçonnet lui retourna un sourire complice.

— Ce que ça peut être bêtement fier, un père ! dit Emilienne à l'instituteur. Vous ne trouvez pas ?

— Je souhaiterais qu'il soit plus sévère avec lui sur les fractions. Mais bon, se reprit-il, ce sont les vacances ! Pensons à autre chose.

— Pourtant, il faudrait songer à le faire réviser un peu ? conseilla la mère.

Pascalin hocha la tête en regardant Arnaud.

— Son oncle m'a promis de lui faire faire une dictée par jour. Je crains que ce ne soit qu'une pieuse résolution.

Ils éclatèrent de rire en imaginant Germain en train de se gendarmer pour faire obéir l'enfant. Ça ne lui ressemblerait guère, cette autorité. On l'eût plutôt vu en train de lui confectionner un de ces lance-pierres dont il faisait grand usage dans les chemins creux de Marzac, contre les grives ou les merles.

— S'il sait bien travailler la terre, ça lui sera tout aussi précieux, dit Labussière.

— Le travail de la terre n'est plus comme autrefois, releva Alexandre. Faut savoir compter. Sinon on ne fait pas de bonnes affaires. J'en sais quelque chose.

— Je suis heureux de vous l'entendre dire, renchérit Pascalin qui époussetait les graines de foin collées à sa peau.

Un nouveau grondement se fit entendre, fracassant cette fois, dont l'écho se répercuta dans toute la vallée. Alexandre désigna les quatre meules qui restaient au milieu de son pré.

— Celles-ci sont perdues, déplora-t-il. Nous allons les faire mouiller.

A peine eurent-ils reculé les charrettes dans la grange que la grêle commença à tomber, violemment. Alexandre ne pensait plus qu'à son champ de tomates qu'il venait d'arroser le matin même. Ça serait encore le gâchis, pensa-t-il, comme ses petits pois de mai. Un orage de grêle les avait hachés menu. En revanche, le tabac du Bos lui sembla épargné, car le nuage de grêle suivait la crête de Marzac pour aller se perdre vers l'est. Une courte accalmie fit ensuite place à la pluie qui tomba à verse.

— Ça s'éloigne vers Brive, dit Labussière qui avait risqué un nez dehors.

— Je crains pour nos tomates.

— Ça ne sera rien, dit le journalier.

— Avec lui, jura Alexandre, c'est jamais rien.

Norbert était déjà monté dans le grenier et attendait, les mains sur les hanches, qu'on lui envoie la première fourchée de foin. Soudain, Léontine vint appeler Alexandre. Un gendarme l'attendait dans la cuisine en train de goûtiller une vieille prune.

— Tu dois te rendre à la mairie au plus vite, dit Germain.

— Oui, monsieur le Maire, confirma le gendarme. Rapport à des ordres qu'on vient de recevoir de la préfecture.

— Des ordres de qui ?

— Des dispositions concernant les réfugiés.

— Ça commence à arriver ?

— Oui, monsieur le Maire.

Alexandre passa dans la cuisine pour se laver les mains pendant que se poursuivait la conversation sur les derniers développements de la guerre.

— Le journal annonce que le maréchal Pétain vient de former un gouvernement avec Weygand, Chautemps et je ne sais plus quels autres crétins. Vous n'en savez pas plus, vous ?

Le gendarme hocha la tête négativement.

— Pourtant, vous devriez être au courant. Tout de

même, la gendarmerie... A moins que vous ne puissiez rien dire.

Germain semblait se parler à lui-même. Le gendarme l'entendait à peine, tant il paraissait éloigné de la réalité. Ce genre de type, pensa-t-il, n'écoute que les ordres de ses supérieurs. Ainsi pourrait-on leur faire gober les pires balivernes.

— C'est le lock-out complet sur l'information, poursuivit-il. A la TSF, on ne passe que des chansons. Les chansons, ça n'a rien de rassurant. Maurice Chevalier, Mistinguett. *Dans la vie faut pas s'en faire !* Vous connaissez cette rengaine ? A longueur de journée, ça finit par abrutir tout le monde. Le dernier discours que j'ai entendu, c'était celui de Paul Reynaud. « La route du fer est coupée ! » disait-il, et patati et patata... Depuis, il a démissionné, la canaille. Je voudrais bien savoir où elle en est, sa route du fer ! Imbécile heureux !

— Nous ne pouvons rien dire, dit le gendarme qui se fit resservir une rasade de gnôle. Mais ça sent pas bon !

Alexandre appela Norbert et ils montèrent dans la Ford qui démarra dans un nuage de poussière.

— Je voudrais la voir au diable, cette guerre. Comme si nous avions besoin de ça, maugréa le maire.

— Ça fait une curieuse impression, ajouta Norbert. On a du mal à croire que les Allemands sont entrés en France. Après des mois de mobilisation, il ne se passait rien. Soudain, ça éclate.

— En 1914, les trains nous ont déposés sur les quais de Metz. Et trois jours plus tard, on essuyait les premières balles en rase campagne. On attaquait les lignes allemandes au corps à corps, comme en 1870. Avec nos pantalons garance, on offrait des cibles faciles. Il a fallu des mois pour qu'on se décide à faire des tranchées.

— Une drôle de guerre, marmonna Norbert.

Alexandre gara sa voiture derrière la mairie, près du jardin communal réservé à l'école. A cet endroit, Pascalin apprenait à ses élèves les rudiments de l'agriculture. Ils remontèrent dans la cour par une allée bordée de rosiers. D'ordinaire, le maire prenait plaisir à s'attarder dans ce passage où il disposait d'une vue dégagée sur le domaine de Rocheveyre. Tout ici lui était familier, et ce, depuis son enfance ; la couleur rose des murets, l'odeur des seringats, l'ombre des charmilles. Le temps semblait n'avoir eu aucune prise dévastatrice sur ce recoin de verdure près duquel des générations d'écoliers avaient découvert les mystères de la nature. On avait juste cimenté les pierres des murets où, jadis, après les giboulées de mars, les enfants allaient cueillir les escargots.

Dans la salle du conseil, ils trouvèrent Lamazane et le chef de gendarmerie Villedieu.

— Trois familles de réfugiés sont déjà là, dit l'adjoint. J'ai pris sous mon bonnet de les installer dans la salle des fêtes. En attendant que…

— Ils viennent d'où ?

— De la Somme, de la Marne et de la région parisienne, à ce que j'ai pu comprendre. Les troupes allemandes occupent ces régions.

Villedieu sortit de sa sacoche de cuir noir un dossier sur lequel une main avait tracé à la plume sergent-major le mot *Evacués*.

— La préfecture m'a télégraphié un ordre de mission. Nous devons étudier ensemble les possibilités d'accueil pour nos réfugiés. On compte beaucoup sur les communes rurales. A Tulle, à Brive, on est déjà à saturation. Les écoles, les dispensaires, tout est occupé. On envisage même de réquisitionner les appartements et les maisons vides.

Alexandre s'accorda quelques secondes de réflexion.

Dans la commune, on disposait bien d'une douzaine de granges pour abriter ces malheureux, à la condition de convaincre les propriétaires.

— Des logements provisoires ? demanda Norbert.

— On ne sait pas jusqu'où le provisoire peut aller, répliqua Villedieu. Tout dépendra de la tournure des événements.

— Et que savons-nous exactement des événements ? reprit Norbert. Les rumeurs les plus folles circulent. On raconte que Poitiers a été bombardée par l'aviation italienne, que la Luftwaffe a mitraillé la nationale 20 au-dessus de Limoges.

— Le nouveau chef du gouvernement a parlé dans la TSF à midi. Il a annoncé la capitulation des armées françaises, dit Villedieu.

Alexandre se mit à hocher la tête.

— Nous en sommes là !

— Le Maréchal veut négocier un armistice avec Hitler pour éviter un désastre plus grand encore, ajouta Lamazane.

— C'est fini. Bien fini ! constata Alexandre.

Villedieu fixait ses papiers d'un air sombre.

— Et notre ligne Maginot réputée infranchissable ! ironisa Alexandre.

— Ce n'est plus notre affaire, l'interrompit Auguste. Notre chef a cru prendre la bonne décision, nous n'avons pas à la discuter. Maintenant, il nous faut essayer de faire face à la débâcle avec nos faibles moyens.

— Accueillir ces pauvres gens qui ont tout laissé derrière eux, les loger, les nourrir. Voilà, dit Alexandre.

Ils dressèrent une première liste de granges disponibles. Puis on décida d'y adjoindre la salle des fêtes, l'école et le presbytère. On discuta un moment sur ce qu'il convenait de faire du château de Brière, assez vaste pour abriter au moins cinq familles.

— On ne peut rien décider, s'opposa Lamazane, sans l'accord des propriétaires. Il y a des meubles et des objets de valeur à l'intérieur. C'est une lourde responsabilité.

— Et où sont-ils à cette heure, les Descrozes, tu le sais, toi ?

— A Paris, dit Norbert. A moins qu'ils ne soient sur les routes, eux aussi.

— Ça m'étonnerait, dit Auguste.

— Pourquoi ça ?

— Ce sont des gens trop bien informés pour s'être laissé prendre de cours.

— Alors, nous nous passerons de leur accord, jura le maire.

— Vous pouvez signer un ordre de réquisition sous couvert du préfet Massin, conseilla Villedieu.

— Bien entendu ! fit Alexandre. Je vais le faire, et comment ! Si nos granges sont réquisitionnées, je ne vois pas pourquoi le château de monsieur Descrozes ne le serait pas.

Norbert et Alexandre se rendirent à la salle des fêtes. Sur la place, il y avait plusieurs voitures croulant sous la charge, les impériales gonflées de valises, de baluchons et d'objets hétéroclites que les propriétaires n'avaient pu se résigner à abandonner aux pillards. C'était la première vision qu'Alexandre retiendrait de cette guerre. Le désordre lui rappelait la débâcle d'août 1914, lorsque son régiment de ligne était monté au front, croisant un interminable défilé de réfugiés, formé de charrettes et de carrioles bourrées jusqu'à la gueule. Au loin, on entendait le grondement des pièces d'artillerie comme un orage qui jamais ne s'interrompt. Et ils allaient en file indienne, sans même oser un regard, une parole. L'allégresse des premiers jours était passée de mode. Dans les rangs, on ne clamait plus : « A Berlin ! A Berlin ! Voyage de plaisir... »

Le maire alla serrer les mains qui se tendaient vers lui. Il y avait des hommes hagards, des enfants épuisés sur des matelas à même le plancher, des vieillards tremblants, des femmes en larmes.

— Nous allons vous aider ! lança Alexandre. N'ayez crainte ! Nous ferons tout ce qui est en notre pouvoir.

L'un des vieillards vint s'agripper à lui.

— Vous croyez qu'ils vont venir jusqu'ici ?

Alexandre ne sut répondre. Sinon un mensonge. Un mensonge de plus. Comment s'y résoudre ? Les politiciens, les généraux avaient déjà trop menti aux Français. « Des menteurs professionnels », pensa-t-il. L'homme insista.

— Je ne sais pas, dit le maire.

De son côté, Norbert essuyait aussi les mêmes questions.

— Le maire vous l'a promis. On va vous aider. C'est tout ce que nous pouvons faire pour l'instant, loger, ravitailler...

— Vous avez de l'eau potable à la fontaine du lavoir, lança Alexandre.

Un petit groupe s'était installé à la terrasse du café. Cézarine avait donné tout ce qu'elle possédait en nourriture et en boissons.

Pour la nuit, il fut décidé que les réfugiés logeraient dans la salle des fêtes. Alors les visages se mirent à reprendre espoir au fur et à mesure qu'on établissait le campement de fortune. Sur papier à en-tête de la mairie, Alexandre avait rédigé des ordres de réquisition pour le ravitaillement. Puis, fort de ce document, on avait chargé le cantonnier de faire le tour des fermes pour récupérer des légumes et des fruits.

— Il faut réunir le conseil en séance extraordinaire, suggéra Norbert, afin de décider l'octroi d'une somme pour l'achat du pain et de la viande.

— Oui, fit le maire. Mais demain, nous aurons encore de nouveaux arrivants. Et après-demain... Et qui sait jusqu'à quand ?

— Et si les Allemands arrivent jusqu'ici ?

Alexandre parut réfléchir, tête baissée.

— Moi, je ne quitterai pas Rocheveyre. J'ai de quoi les recevoir !

Norbert eut un sourire de jubilation.

— Tu ferais ça ?

— A Fleury, en septembre 1914, notre section a décidé qu'elle ne reculerait plus, quoi qu'il arrive. Ce jour-là, nous avons essuyé onze attaques. La moitié de nos hommes sont tombés. Mais nous avons tenu. « Résistez ! Résistez ! » Voilà ce qu'aurait dû dire aux Français ce maréchal à la gomme, au lieu de leur demander de capituler.

Au café, ils trouvèrent Cézarine l'oreille collée à la membrane de sa TSF. Elle écoutait attentivement les communiqués laconiques que lisait un speaker d'une voix lointaine.

— Les Allemands occupent Paris. Les troupes ont même défilé devant l'Arc de triomphe. Il n'y a pas eu le moindre incident. Pas un coup de feu. Rien. Tu y crois, toi, Alexandre ?

L'un des réfugiés s'était avancé aussi. Un grand gaillard d'une quarantaine d'années à la moustache frisée. Alexandre se retourna en apercevant sa large silhouette dans l'encadrement de la porte.

— Ce sont des mensonges. Nos troupes se battent sur la Loire.

Norbert fixa le maire avec un sourire de connivence.

— On se doutait bien que les Français ne pourraient pas accepter la défaite.

— Dans le même temps, poursuivit le réfugié, Pétain demande à nos soldats de se rendre. Vous croyez que c'est digne d'un chef militaire, ça ?

— On ne comprend plus rien, reconnut Alexandre.

— Trahis sur toute la ligne, marmonna le réfugié.

— Je le crains, reprit Alexandre.

— A la radio, ils disent qu'avec l'armistice la guerre sera terminée, ajouta Cézarine.

— A moins que Hitler veuille gagner du temps pour mieux nous envahir ensuite. Cet homme-là n'a jamais rien respecté, dit le réfugié. Les Danois, les Norvégiens, les Belges en savent quelque chose.

Alexandre attira l'homme dans la pièce voisine. Sur les tables, il y avait encore les verres et les bouteilles vides.

— Je m'appelle René Kalfon, annonça le réfugié d'une voix lasse. Je viens de Péronne. C'est tout ce que j'ai pu sauver, fit-il en montrant sa traction avant croulant sous la charge. Et encore, je m'estime heureux. Ma femme et ma petite Thérèse sont saines et sauves. Ce n'est pas le cas pour tout le monde. Ça ne manque pas, les morts sur le bord des routes. Dans les villes aussi. Les bombardements ont été particulièrement meurtriers.

— Que faisiez-vous à Péronne ?

— Je dirigeais une usine de textile. Le 9 juin, j'ai donné congé à mes ouvrières. Et voilà. Plus rien !

René Kalfon chercha une chaise pour s'asseoir. Il n'avait pas dormi depuis deux jours. Il tenait avec des cafés ingurgités à la suite.

— Ma famille avait déjà tout perdu en 1914. Ce n'est qu'une répétition de l'histoire, dit-il, résigné. Une triste répétition.

— Je peux vous trouver un logement, proposa Alexandre.

— Juste de quoi dormir et nous laver. Pour le reste, je me débrouillerai.

De retour à Rocheveyre, Alexandre raconta à Emilienne dans quel dénuement se trouvaient les réfugiés. Il évoqua aussi le cas des Kalfon.

— Nous pourrions leur laisser notre maison, suggéra-t-elle.

— Je voulais te le demander mais je n'osais pas, avoua-t-il. Je sais bien que ça ne te plaît guère d'aller vivre avec Germain et ma mère.

— Nous ne pouvons pas les accueillir dans une grange. Que penseraient-ils de nous ?

Le lendemain, les réfugiés vinrent s'installer au domaine. Kalfon se proposa de leur payer la location. Mais Alexandre refusa.

— Regardez ! fit-il en lui tendant un papier. J'ai signé l'ordre de réquisition. Il faut bien que le maire montre le bon exemple. Déjà que certaines de nos gens se font tirer l'oreille. Mais, rassurez-vous, cette mauvaise humeur ne durera pas.

Encore une fois, Alexandre faisait preuve de trop d'optimisme. Durant une bonne semaine, il dut batailler ferme pour les convaincre. L'appréhension retomba lorsque les propriétaires comprirent tout le parti à tirer de la situation. Ainsi disposerait-on d'une main-d'œuvre bon marché en échange d'un peu de nourriture. Et comble de chance, ce n'était pas le travail qui manquait avec l'arrivée des moissons.

A Rocheveyre, Germain était aux anges de voir son frère réintégrer la maison familiale. On aménagea la chambre des enfants dans celle d'André, qui était restée en l'état depuis sa disparition. Il fallut tout le doigté et la délicatesse d'Emilienne pour décider Léontine. On découvrit qu'elle allait souvent s'y recueillir, derrière les volets désespérément clos. Le cœur serré, elle se résigna à voir partir au grenier les affaires de son malheureux fils, des malles garnies de vêtements, de jouets, de livres et de cahiers d'école.

— Il ne me reste plus qu'à m'en aller, moi aussi, marmonna-t-elle.

Et, comme à l'accoutumée, Germain se gendarma contre ce stupide culte du souvenir.

— Ce n'est pas à une chrétienne comme toi que je vais apprendre que nous sommes juste de passage sur la terre et que nous en partirons tels que nous sommes arrivés.

Emilienne avait pris l'habitude de passer de longues heures avec Germain. Elle prisait sa compagnie. Cela agrémentait ses journées, elle qui était d'ordinaire seule, hormis les moments où le travail de la ferme nécessitait sa contribution. Du temps où ils vivaient encore dans la maison des Combes, elle n'osait pas forcer la porte de sa chambre. Pour qu'ils se rencontrassent, il fallait qu'il prît l'initiative de venir la voir. Emilienne avait beau l'assurer qu'elle aimait converser avec lui, Germain ne s'octroyait pas plus d'une visite par semaine. Leur arrivée dans la maison familiale bouscula les usages.

Les conversations tournaient autour de la littérature et de la philosophie. Des nuits entières, Germain lisait Hegel, Schopenhauer, Kierkegaard. Et il adorait ensuite développer les concepts qu'il avait emmagasinés. Il lui arrivait de lire quelques pages de *Ainsi parlait Zarathoustra*, d'éclairer certains paragraphes par des commentaires qu'elle recevait non sans bâillements.

Dans ces entretiens avec Germain, Emilienne trouvait

tout ce qu'Alexandre ne pouvait lui apporter. Chaque fois, elle était impressionnée par l'ampleur de sa culture. Et elle se demandait si celle-ci lui eût été donnée s'il n'avait pas été condamné, sa vie durant, au fauteuil roulant. C'était ce qui la ravissait le plus, sa curiosité du monde, bien qu'il fût réduit à la solitude d'une chambre. Elle lui savait gré d'avoir su tirer le meilleur parti de son infirmité, plutôt que de s'abandonner à l'aigreur d'âme.

Un jour qu'elle évoquait la question selon laquelle elle comprenait pourquoi son singulier état le faisait plutôt pencher vers les philosophes pessimistes, tels que Kierkegaard ou Schopenhauer, Germain répondit tout de go : « Philosopher, c'est apprendre à mourir ! » Cette définition de Platon la laissa sans voix. Elle songea même qu'un tel précepte était de nature à changer radicalement un esprit comme le sien, jusqu'alors insoucieux de la condition humaine. Du moins en ressentit-elle la profondeur au point qu'elle se mit à son tour à lire les textes que Germain prenait soin d'annoter. Emilienne ne se contentait plus d'écouter ce qu'il avait à dire, mais elle confrontait ses propres opinions. Ce changement amusait beaucoup Germain. Il sentait bien qu'il l'avait convertie, peu à peu, à son passe-temps contemplatif. Désormais, elle prenait plaisir à décrypter l'essence des choses, au point de retourner dans sa chambre, toutes affaires cessantes, et de reprendre la conversation là où elle s'était interrompue.

Germain avait d'autres cordes à son arc, comme de produire des aquarelles. Celles qu'il réalisait alors n'avaient plus rien à voir avec ce qu'il peignait à l'époque de son adolescence. En ce temps, il réalisait des paysages délicats avec un souci d'authenticité dans le détail. A présent, il ne s'attachait plus qu'à combiner, à gros traits, quelques couleurs crépusculaires sur un ciel de fin de jour. Alexandre les trouvait sinistres, tandis qu'Emilienne se proposait d'aller déposer la série intitulée *Derniers Feux du jour* dans une galerie qu'elle connaissait, rue de la République, une boutique où l'on vendait aussi de vieux meubles rafistolés. L'idée le séduisit car il n'avait nulle intention de conserver ses aquarelles. L'intérêt qu'il réservait à cette activité résidait dans le seul plaisir d'agencer deux ou trois couleurs, dont le vert et le rouge déclinés, les tons essentiels pour exprimer toute la détresse du monde, comme il disait en se souvenant d'une lettre de Van Gogh à son frère Théo. Ces aquarelles trouvèrent rapidement preneurs. Et les premières ventes, fort modestes, furent l'occasion d'une fête.

Alexandre était un brin jaloux du temps qu'Emilienne consacrait à Germain. Il n'ignorait certes pas combien son frère pouvait être charmeur. Aussi venait-il quelquefois s'immiscer dans leur dialogue avec un « vous avez bien du temps à perdre » dubitatif. A ce moment-là, Emilienne n'avait qu'à s'exclamer qu'il n'entendait rien à ces combinaisons de l'esprit ; c'était parti pour une de ces petites scènes de ménage qui émaillent d'ordinaire la vie des couples. Germain ne faisait évidemment rien pour envenimer les choses, trop soucieux de les conserver l'un et l'autre dans la maison de famille qui revivait enfin grâce aux cris des enfants.

Il arrivait qu'Emilienne se trouvât mêlée à des conversations auxquelles prenait part Pierre Pascalin. Celles-ci concernaient en général la situation politique. C'était un sujet auquel elle n'entendait rien. Du moins, elle ne se forçait guère à y participer, comme s'il s'agissait d'une affaire d'hommes, une affaire qui ne requérait pas son avis.

Un jour, pourtant, elle prêta l'oreille. L'instituteur annonçait d'un ton mystérieux qu'il avait pris contact avec des résistants de Brive. Emilienne voulut se faire expliquer ce que ce mot signifiait. Germain éclata de rire.

— Ma chère Emilienne, il existe des patriotes, une poignée pour l'instant, qui disent non à l'ordre établi, non à la révolution nationale du maréchal « Putain »...

C'était ainsi qu'il nommait le nouveau chef de l'Etat français depuis qu'il avait serré la main de Hitler à Montoire, et continûment, sans jamais se déjuger, quel que fût son interlocuteur.

— Ces patriotes, poursuivit Germain, se réunissent dans le plus grand secret pour préparer des actions d'éclat, comme la distribution de messages subversifs ou l'inscription de slogans hostiles à l'occupant sur les murs des édifices publics. Et tout cela à la barbe de la police. Ces résistants sont peu nombreux, il est vrai, mais demain, ils seront une armée. Une armée qui boutera hors du sol français les Boches. Ah ! que n'ai-je mes jambes pour aller leur prêter main-forte ? Cela me fait enrager de devoir rester ici, cloué dans ce fauteuil, à attendre comme un légume !

Pendant ce temps, Alexandre menait ses petites affaires. Elles ne se portaient pas plus mal qu'avant la guerre. Au contraire, les difficultés du ravitaillement généraient le marché noir. Et chacun semblait trouver son compte dans un commerce clandestin qui exigeait des trésors d'imagination. Celui-ci fut accentué avec la mise en place de la taxation. Tout était taxé, sauf l'air qu'on respirait. Alexandre écoulait donc sa marchandise en douce, le lait, le beurre, les œufs, la volaille, les légumes, et même le bétail qu'il faisait abattre clandestinement.

Au mois d'août 1941, Camille se décida à leur présenter son nouvel amant, un homme fort corpulent qui possédait bien dix années de plus qu'elle. Rien à voir avec un Jacques Villette, fin et distingué, un brin dandy. Apparemment, elle avait appliqué à la lettre les conseils de sa mère : « Cherche-toi un homme qui t'aime, même si sa figure t'inspire l'indifférence. Il est des sentiments sincères qui viennent avec le temps. » On ne pouvait mieux résumer cette liaison qui avait commencé au bal des Cousettes de Noël 1940.

Léonce Janvier avait assis une petite fortune dans le négoce de la viande en gros. Les événements récents l'avaient propulsé à la tête de la commission de réquisition pour le secteur de Brive. Son travail consistait à visiter les élevages de la région et à choisir les troupeaux qui alimenteraient ensuite les services du ravitaillement. C'était un poste des plus lucratifs. L'acheminement du bétail réquisitionné et payé à bas prix était l'objet de tous les trafics. Le contrôleur était passé maître dans l'art de l'escamotage : au ravitaillement les bêtes de réforme, au marché noir les sujets extra.

L'amant de Camille fut impressionné par le domaine de Rocheveyre, ses hauts murs de pierre rouge, sa belle cour pavée, la disposition des bâtiments et la majesté du cadre. Germain les laissa aller et venir jusqu'aux Combes, avec une moue d'ennui. « Voici bien un vilain homme que notre sœur a dégoté, pensa-t-il. Passe encore le visage, mais ce culot, cette assurance dans le propos ! Voilà à peine une heure qu'il foule nos terres, et il s'y trouve aussi à l'aise que s'il n'avait connu que ça ! »

Lorsque le groupe revint de sa visite, Germain s'était retiré sous les tilleuls, feignant une somnolence toute diplomatique pour ne pas avoir à répondre aux questions. Léonce, peu habitué à la marche, lui qui prenait sa Vivastella rien que pour aller acheter un paquet de cigarettes, avait dégrafé sa chemise de coton blanche d'où pendait la lanière noire d'un nœud papillon. Alexandre fit goûter son petit vin qu'il avait mis à rafraîchir dans le puits. Le visiteur en but trois verres à la suite, tout en se tamponnant le visage pour éliminer la suée qui empourprait son large front.

— Tu devrais faire attention, recommanda Camille. Tu sais bien que ça ne te fait pas de bien avec ces grosses chaleurs.

Alexandre versa son vin avec un air d'amusement. Lui, il le trouvait plutôt sympathique, ce bonhomme rougeaud avec ses manières de marchand de vaches. Un peu flagorneur, certes, comme l'étaient, du reste, tous ceux de sa race qui avaient acquis ces mœurs sur les champs de foire.

— Ta famille me plaît bien, lança Léonce à Camille.

Puis il se tourna vers son voisin.

— Vous l'avez peut-être déjà observé, Alexandre, mais je suis un bon vivant. Je le dis souvent ! On n'a qu'une vie. Alors, pourquoi s'embêter ? Il faut en tirer le meilleur parti. Moi, les gens qui rechignent à mordre à belles dents, je les trouve profondément stupides.

Il accompagnait son propos de gestes larges, allant jusqu'à toucher son interlocuteur, à la main, au coude, à l'épaule, comme s'il avait besoin d'un contact physique pour mener sa conversation.

— J'ai fait des affaires, de belles affaires. Je peux vous le garantir, poursuivit-il en se haussant fièrement du col. Et tout ça en m'amusant. Vous me croirez si vous voulez, mais il n'y a que la franche rigolade pour mettre les gens de son côté.

— Pourtant notre époque ne prédispose guère à la joie, l'interrompit Alexandre.

Léonce fit l'étonné en balançant sa grosse tête.

— Et pourquoi donc ? Je la trouve épatante. Pour une fois que nous avons trouvé un chef, un vrai chef, un de ces militaires qui savent parler à la France. Ne croyez-vous pas que nous en avions sacrément besoin ? Sans lui, où en serions-nous ? Croyez-vous que nous resterions à discuter tranquillement ? Il a convaincu le chancelier Hitler que ça ne lui apporterait rien d'envahir tout notre pays. Nous lui devons notre zone libre. Pour cela, fichtre, il a dû donner des garanties.

— « J'entre aujourd'hui dans la voie de la collaboration ! » récita Alexandre d'une voix chevrotante.

— Parfaitement. Sans collaboration avec l'Allemagne, il n'y a point de salut. Voudriez-vous que nous en soyons réduits, nous, pauvres Français, à la situation de la Pologne ? Nous méritons mieux. Et au fond, si l'on réfléchit bien, qu'est-ce qui nous sépare de l'Allemagne ? Rien. Cette guerre de 1914 a été une erreur, une erreur sanguinaire. Le Maréchal a retenu la leçon. Qu'il fallait s'entendre avec l'Allemagne pour lutter contre le bolchevisme… Voilà le fond du problème. Les rouges, les Juifs, les francs-maçons nous ont menés à notre perte en 1936. Il nous faut aujourd'hui payer le prix de nos reniements d'hier. Le sang français sera revivifié par la révolution nationale, comme il le fut en 1789. Mais nous voulons une révolution dans l'ordre, dans le respect des vraies valeurs qui fondent une nation, le travail, la famille…

L'orateur parut accuser quelque essoufflement, de l'éraillement dans la voix. Et il s'arrêta de lui-même dans un silence étrange.

— Il ne faut pas faire attention, plaida Camille. Mon gros nounours est intarissable sur le sujet. Crois-tu que ça mérite qu'on se mette dans des états pareils ?

Il se mit à rire, un rire de gorge.

— Tu as raison, fit-il en venant lui toucher le genou de sa grosse main garnie de bagues rutilantes. Les femmes ont toujours l'avantage après dix heures du soir. Mais il n'est pas encore dix heures. Alors, ma belette, j'ai voix au chapitre.

— Continue ! Continue ! se résigna Camille. Mais tu assommes mon frère.

— Non, fit Alexandre. Je trouve le discours fort intéressant.

Léonce parut rassuré. Avait-il convaincu le maire de Marzac ? C'était plus qu'il n'en attendait.

— Le Maréchal a livré la France aux Allemands, voilà ce que je pense, dit Alexandre d'une voix posée. Et je n'approuve pas les idées qu'il tente d'imposer aux Français.

— Tu veux dire le maréchal Putain ! cria Germain qui semblait émerger de son assoupissement. Un traître !

Janvier se dressa d'un bond. Camille intervint aussitôt pour le faire rasseoir.

— Ça ne va pas commencer ! C'est idiot de se disputer pour de la politique. Ces gens-là se fichent bien de nous.

Le chef de la commission de ravitaillement de Brive en avait entendu d'autres. Il n'était point homme à se fâcher pour si peu. C'était sa nature de parler haut et fort, d'entraîner derrière lui les sympathies pétainistes pourvu qu'elles existassent. Sinon, il pouvait tout autant se fondre dans le moule ordinaire, jouer et se jouer la comédie.

— Ma belette possède la sagesse des femmes de chez nous, flatta Léonce. C'est pour cela que je l'ai choisie. Et, croyez-moi, je ne regrette rien.

Emilienne se leva pour rejoindre Germain. Puis elle le voitura dans la maison où il désirait se retirer, épuisé par toutes les insanités qu'il venait d'entendre.

— Ce Janvier est un collabo, fit-il. Comment notre sœur peut-elle supporter une telle compagnie ? Tout compte fait, je préfère encore un Jacques Villette.

— Comment peux-tu dire ça ? le reprit Emilienne. Tu ne le connais pas.

— Je préfère un escroc à un collabo. Un escroc n'a que

des opinions ordinaires. Alors qu'un collabo est un criminel en puissance.

Alexandre vida le fond de bouteille et jeta le cadavre au pied du tilleul.

— Si nous parlions affaires ? fit Léonce en lui agrippant le bras. J'ai quelque chose à vous proposer.

Le maire le toisa d'un œil sévère.

— Ça m'étonnerait, fit-il.

— Attendez avant de répondre.

— C'est tout vu.

— J'ai besoin de quelques hectares de pacage. Je peux vous les louer au prix fort. Un prix comme il convient entre gens de même famille. Un prix comme il ne s'en trouvera pas sur le marché actuel.

— Et pour quoi faire ?

— Je ne sais plus où faire paître mes troupeaux. Je possède plus de cinq cents têtes à ce jour. Et pour ne pas trop attirer l'attention... Vous voyez ce que je veux dire... J'ai besoin de les disséminer à droite et à gauche.

Alexandre hocha la tête.

— Les services du ravitaillement ne savent pas quoi faire des animaux qu'ils réquisitionnent ? C'est curieux ! Alors qu'il n'y a plus un morceau de viande sur l'étalage du boucher.

Léonce voulut le prendre à part pour lui parler au creux de l'oreille. Alexandre résista un instant, mais l'homme insista. Ils allèrent à petits pas vers le fond de la cour.

— Vous êtes un fermier intelligent, le flatta-t-il, sinon vous ne seriez pas arrivé à faire du domaine ce qu'il est aujourd'hui. Que croyez-vous, j'ai pris mes renseignements.

Le maire fixait obstinément la pointe de ses chaussures.

— Ces cinq cents têtes sont à moi.

— A vous ? s'étonna Alexandre. Vous voulez dire que vous les avez volées à l'Etat français ?

Léonce se mit à rire.

— Vous avez de ces mots ! A l'époque actuelle, où est le vol ? Dites-le-moi ! Votre petit marché noir, qu'est-ce donc ? Moi, mon vol, comme vous dites, c'est une industrie. Un réseau bien organisé avec des complicités haut placées.

— C'est votre manière de servir le Maréchal.

— Le Maréchal a autre chose à faire que s'occuper de Léonce Janvier. Le Maréchal, reprit-il, et tous ses amis, veulent manger de la bonne viande, sans restriction. Et les Allemands de la zone occupée, ce sont aussi des clients exigeants. La mauvaise viande rationnée, c'est pour les pauvres et les vaincus. Vous connaissez une guerre juste ? Celle que vous avez faite à Verdun, l'était-elle ? Croyez-vous que vos députés socialistes et radicaux étaient en première ligne ? Foutaise ! Ils jouissaient tous d'une bonne planque à l'arrière, dans l'intendance ou dans les bureaux. Ça ne risquait pas de se prendre un éclat d'obus.

— Je n'appartiens pas à votre monde, répliqua Alexandre d'une voix lasse. Vaincu, comme vous dites, je suis du côté des vaincus. Craignez qu'ils ne se redressent un jour, tous ces perdants que vous méprisez, et à ce moment-là je ne donnerai pas cher de votre peau.

Léonce lui jeta un air de défi.

— Je croyais avoir affaire à un homme intelligent. Vous me décevez beaucoup, monsieur Mercœur, beaucoup.

Après leur départ, Germain laissa éclater sa colère.

— Je me suis mordu la langue pour ne pas répondre à ce porc.

— Le « maréchal Putain », reprit Alexandre. C'était de trop.

— Camille doit cesser sa liaison avec ce salopard. Et je compte sur toi, Emilienne, pour y remédier, dit Germain.

Alexandre s'interposa vivement.

— Ma femme ne fera rien.

La raideur du ton surprit Germain. C'était la première fois qu'Alexandre utilisait ce terme possessif, et d'ordinaire réservé aux étrangers, « ma femme », comme s'il voulait montrer clairement qu'il restait le maître des décisions à prendre.

— Qu'on se rassure, je ne tenterai rien de semblable, confirma Emilienne. Camille a l'âge d'assumer ses responsabilités.

— Je trouve étonnant que tu veuilles te mêler de ses affaires aujourd'hui alors que tu as laissé faire, au temps de Jacques Villette, renchérit Alexandre.

— Camille se fait complice d'un collabo. Ça ne vous suffit pas ?

— Et alors ! s'écria Alexandre. Qu'y pouvons-nous si elle aime cet homme ?

— Je crains que les passions politiques ne te gâtent l'âme, jugea Emilienne.

— Je ne suis pas d'accord avec vous. Camille n'a pas pu changer au point de s'afficher avec un fasciste. Elle n'est pas responsable de ses actes. Nous devons l'éclairer là-dessus. Elle ne possède aucune éducation politique. C'est de notre faute. Nous n'avons pas su l'armer pour la vie. Comme il doit être facile à ce salopard de la manipuler !

— Je pense la même chose que toi sur Janvier. Mais notre sœur l'a choisi tel qu'il est. Nous devons respecter son choix même si nous ne sommes pas d'accord. Souviens-toi de notre père quand il t'interdisait de voir Nina...

Germain eut un geste de renoncement et, d'un

vigoureux coup de poignet, fit pivoter son fauteuil. C'était un signal, parmi tant d'autres, pour qu'on le laisse seul.

Au début du mois d'octobre, Alexandre convoqua son conseil municipal pour étudier une affaire urgente, l'évacuation des égouts de Marzac. Pour l'époque, il s'agissait d'un ambitieux projet destiné à mettre un terme aux miasmes causés par les tas de fumier qui encombraient les cours de ferme. Le purin, non canalisé, se répandait le long des ruelles du village, ajoutant au désordre généré par les éviers domestiques qui se déversaient dans les caniveaux. Certains puits de Marzac étaient pollués par les infiltrations au point d'être rendus impropres à la consommation d'eau courante. Les serves et les mares connaissaient aussi le même sort, couvant et abritant des armadas de mouches et de moustiques.

Durant l'été 1940, plusieurs vaches furent même empoisonnées par ces effluents. On rendit le maire responsable de la situation. On lui reprocha de ne s'occuper que du sort des gros propriétaires qui, eux, étaient installés en dehors du village. Alexandre et Norbert constituèrent un premier plan d'urgence afin de collecter et de rassembler, en souterrain, les eaux putrides, et de les épandre à bonne distance du village sur des terres incultes, farcies de garennes. L'étude chiffrée par un ingénieur du génie rural se monta à plus de deux cent mille francs.

A la tête de son conseil, Alexandre ne possédait plus le punch et l'autorité qui avaient jusqu'alors réussi à endiguer les oppositions. La situation générale jouait contre lui ; il savait combien Lamazane avait acquis d'influence à Marzac en affichant ouvertement ses sympathies pétainistes. Et désormais le maire ne pouvait plus se prévaloir de quelques amitiés au Sénat ou à l'Assemblée nationale, ceux-ci étant réduits à une chambre d'enregistrement qui avait pour cadre le théâtre municipal de Vichy. Son ami, le député Queuille, avait été remercié pour avoir refusé de voter les pleins pouvoirs au Maréchal. Seul Chaumet était resté en place, accroché à son pouvoir, dans ce bastion radical où les premiers groupes de résistance commençaient à s'organiser.

Ce soir-là, contrairement à son habitude, le maire s'installa à l'autre extrémité de la table des délibérations, près de la porte. Il était entouré du fidèle Norbert Jalinier, qu'il avait fallu traîner à la réunion, et de Pierre Pascalin, à qui on avait demandé assistance en qualité de secrétaire de séance. Dans les minutes qui précédèrent l'ouverture des débats, Malpas et Letheil discutèrent à mots couverts, avec de petits rires sournois et des regards sous-entendus. Ils s'amusaient sans doute de la place que le maire avait choisi d'occuper, si près de la sortie. Ils y voyaient le signe annonciateur d'un épilogue heureux. De son côté, Pascalin ne comprenait pas pourquoi Alexandre laissait à Auguste Lamazane le soin d'occuper le siège dévolu d'ordinaire au président de séance.

A peine la réunion engagée, Alexandre exigea de prendre la parole.

— J'ai inscrit à l'ordre du jour l'aménagement d'un réseau d'égout. Je souhaiterais que l'on traite de cette affaire avant de passer aux questions diverses, prévint le maire.

— Quoi ? se dressa Letheil, furieux. Les égouts ? Il y a plus important que ça. N'est-ce pas, chers camarades ? L'œuvre du Maréchal, cria-t-il. Le redressement national. Voilà le sujet qui préoccupe les Français. Les égouts, ironisa-t-il, nous verrons plus tard. Il est d'autres égouts plus urgents à assainir que ceux de Marzac, je veux dire ceux de cette infâme république.

La majorité des membres du conseil se mit à hocher la tête pour approuver les propos de leur camarade qui avait été pressenti pour engager les hostilités. Norbert Jalinier et Pierre Pascalin baissaient la tête. Ils se refusaient à voir ces visages hostiles dressés devant eux. Le maire se sentait prisonnier d'une nasse, à l'image du terrible piège qui emprisonnait le pays tout entier. « Cela dépasse ma petite personne, jugea-t-il aussitôt. Nous sommes entrés dans une ère de folie et de haine. Rien ne pourra en freiner le déferlement. Moi aussi, je serai emporté, comme tous ceux qui ont tenté de s'opposer à l'inexorable marche des événements. » Malgré la lassitude qui l'envahissait, Alexandre conservait la tête haute, le regard fixe, faisant front à la vague de cris qui fusaient de toute part, des jurons, des insultes même, des gestes haineux, des bras tendus et accusateurs.

Alors, Auguste Lamazane comprit que le moment était venu de se manifester. Cela faisait des années qu'il attendait cet instant.

— Le maire doit nous donner lecture de l'arrêté ministériel du 27 septembre, attaqua-t-il sur le mode ironique. Nous sommes le 16 octobre et nous n'avons encore rien vu venir. Pourquoi nous le cacher ? Que contient-il, ce fameux arrêté ? Vous ne le savez pas encore, mes chers camarades, aussi je vais vous l'apprendre, puisque votre maire refuse de l'inscrire à l'ordre du jour. L'ordonnance porte sur la dissolution des conseils municipaux. Une œuvre de salubrité publique pour éloigner du pouvoir tous ceux qui ont abaissé la France. Nous devons donc voter dès ce soir la dissolution de notre assemblée, poursuivit-il, et nommer à la place une délégation spéciale comprenant, ainsi que le stipule l'arrêté du Maréchal, un président et deux membres.

Alexandre croisa les bras sur sa poitrine.

— Le conseil municipal de Marzac a été régulièrement élu par le suffrage universel. Je ne reconnais que cette légitimité-là, celle qui vient du peuple. Une délégation spéciale nommée, ce n'est pas de la démocratie ! C'est de la dictature. Aussi, je propose que l'on conserve notre assemblée et que l'on vote une motion pour rejeter l'ordonnance du Maréchal.

— Démission ! Démission ! hurlaient Malpas et Letheil en tapant du poing sur la table.

— Je ne démissionnerai pas, se défendit Alexandre. Vous prendrez vous-mêmes la responsabilité de me démettre.

— Nous ne nous gênerons pas ! répliqua Malpas.

Lamazane éclata de rire.

— L'ordonnance du Maréchal est appliquée dans toutes les communes de France. En cas de carence, le préfet peut requérir la force publique. Sombrerons-nous dans cette extrémité ? Voici qui ne ferait pas honneur à notre commune. Nous ne voulons pas que Marzac s'illustre d'une si ignominieuse manière. Le Maréchal a besoin de ses meilleurs enfants pour son œuvre de redressement national et non de ces traîtres qui ont conduit le pays à l'abandon.

Les hommes se mirent à applaudir vigoureusement, tout en frappant des pieds en cadence. Alexandre demanda alors au secrétaire de séance d'inscrire dans le cahier des délibérations que le maire et un membre du conseil refusaient de s'appliquer l'ordonnance du 27 septembre 1941 et se considéraient toujours élus de plein droit.

— Ça ne sert à rien ! murmura Norbert.

— Toi aussi, tu me lâches ?

— Ça ne sert plus à rien, répéta-t-il. Ces enragés ont le droit avec eux.

— Quel droit ?

— Celui du nouvel Etat français.

— Nous sommes en dictature, fit Pascalin. A Marzac aussi. Laissons les complices de la tyrannie dans leurs basses œuvres. Ils en répondront un jour.

Letheil se porta à hauteur de l'instituteur et le menaça du poing.

— Toi, le rouge, tu fermes ta grande gueule !

Auguste Lamazane lui ordonna de se rasseoir.

— Tout doit s'opérer dans l'honneur, s'écria-t-il. Nous avons le droit et la force avec nous. Les communistes et leurs complices seront traités comme ils le méritent. Laissons cela à ceux qui doivent accomplir la noble tâche de l'épuration. Je peux vous le garantir, chers camarades, la main du Maréchal frappera les traîtres sans faiblir.

Pierre Pascalin quitta la salle sous les cris de « Les rouges à Moscou ! » Norbert le suivit aussi dans la cour.

— Je souffre autant que toi, dit-il.

— Je ne souffre pas, répondit l'instituteur. Un jour, nous reprendrons cette mairie, avec toute la population de Marzac derrière nous.

Norbert se mit à rire.

— Je t'envie de posséder de telles certitudes.

— L'histoire nous donnera raison. Dans un an ou dans dix ans. Et la République châtiera les traîtres qui ont livré la France à l'ennemi.

Dans la salle du conseil, Alexandre, les poings serrés, attendait la suite des événements. Il voulait assister jusqu'au bout à sa déchéance, sans perdre une seule miette du spectacle. Letheil, d'une voix tremblante, procéda à la lecture de la nouvelle délibération que l'on venait d'adopter à main levée.

— La dissolution du conseil municipal de Marzac a été décrétée à l'unanimité, conformément à l'ordonnance ministérielle du 27 septembre 1941. Il a été remplacé dans la plénitude de ses fonctions par une délégation spéciale composée ainsi qu'il suit : Auguste Lamazane président, Jules Malpas et Louis Letheil, membres. La délégation spéciale nouvellement installée, poursuivit-il, adresse à monsieur le maréchal Pétain, chef de l'Etat français, une motion de confiance dans l'œuvre de redressement national, l'assure de son concours dévoué...

Les hommes applaudirent à tout rompre.

— Maintenant, il nous faut purifier l'air de cette mairie.

Et dressé sur sa chaise, il décrocha le portrait du président de la République Lebrun et le remplaça par celui du maréchal Pétain.

— Tu as oublié quelque chose, dit Malpas en désignant du doigt la Marianne posée sur son socle.

— Quoi donc ?

— La putain républicaine.

Letheil la versa sur le sol.

A cette seconde seulement, Alexandre quitta la mairie, sous les rires et les sifflets.

Pour échapper à la révocation, l'instituteur dut signer la fameuse lettre de fidélité au Maréchal, dans laquelle il s'engageait à servir loyalement l'Etat français. Cela lui posa un véritable cas de conscience que tempérait la consigne de son syndicat : se maintenir à son poste, coûte que coûte. Alexandre jugea que son ami n'aurait pas dû s'agenouiller devant l'ordre nouveau, quitte à perdre son travail. Encore une fois, Germain était d'un avis contraire. Que valait un serment extorqué sous la contrainte et la menace ? D'autant que Pierre Pascalin se livrait à un sabotage en règle, fort subtil, des consignes scolaires prônées par la propagande de Vichy. Les écoliers ne virent jamais affichés au tableau noir l'abécédaire à la gloire du vénérable vieillard, pas plus que les leçons de morale sur le Travail-Famille-Patrie si chères aux idéologues de la révolution nationale. On attendit vainement qu'il fasse rédiger à ses élèves des lettres de soutien et d'encouragement à « saint Philippe ». Pour ne pas demeurer en reste, Auguste Lamazane dut en faire bricoler quelques-unes par ses propres enfants. Pascalin refusa même de faire apprendre la complainte *Maréchal, nous voilà !* que les élèves devaient entonner le 11 novembre devant le monument aux morts en remplacement de *La Marseillaise* devenue un chant subversif. L'instituteur poursuivit donc son enseignement tel qu'on lui avait appris à le faire à l'Ecole normale. Parfois, il se payait le luxe de commenter quelques contes de Voltaire, dont *Zadig*. Celui-ci illustrait à merveille la tyrannie du pouvoir, et aussi comment la bonté et l'intelligence peuvent, chez les princes, rendre un peuple heureux.

— Qui est ce Voltaire ? demanda un matin Lamazane. Un de vos amis communistes ?

— Un philosophe du XVIIIe siècle, répondit Pascalin.

— J'ai cherché en vain son nom sur la liste des auteurs autorisés, ajouta le président de la délégation spéciale.

— C'est que notre maréchal n'aime pas les philosophes, rétorqua l'instituteur.

— Il serait préférable de ne pas le donner à lire à nos enfants.

— Je suis bien embêté, ajouta Pascalin. Nous n'avons guère le choix.

— Pourquoi donc ?

— Il y a beaucoup de militaires autour du Maréchal et bien peu de philosophes.

Auguste Lamazane enrageait de ne pouvoir lui tenir

tête. Parfois, il envoyait une lettre à l'autorité académique, dans laquelle il dénonçait les opinions coupables de son instituteur. Mais ces missives s'adjoignaient à tant d'autres, dans l'océan des réclamations et dénonciations en tout genre. Marzac était un tout petit point dans la géographie de la France redessinée par l'occupant. On avait d'autres chats à fouetter en haut lieu, des ennemis plus coriaces qu'un petit instituteur de campagne, des « terroristes » dont les premières actions d'éclat défrayaient la chronique.

A chacune de ses visites à Rocheveyre, Pierre Pascalin se plaisait à raconter ses mésaventures avec Lamazane. Cela faisait rire Germain aux larmes.

— L'âne bâté dirige Marzac avec une poigne de fer, s'écria l'instituteur. Pendant ce temps, les routes se dégradent, les bâtiments communaux ne sont plus entretenus. Et la population attend toujours son réseau d'égout.

— Les « suivistes » ont ce qu'ils méritent, ajouta Germain. Ils ont voulu l'*avichyssement* de la commune... eh bien ! qu'ils s'en contentent, les misérables !

Parmi les villageois, l'instituteur possédait ses agents de renseignements. Et ces derniers pronostiquaient un certain fléchissement de confiance chez les familles qui avaient été, en juin 1940, les plus radicalement pétainistes.

— On flatte Lamazane pour obtenir des bons d'essence ou de ravitaillement, ou encore quelques faveurs dont notre président est si avare, ajouta l'instituteur. Mais on bâille à ses discours.

Il n'y avait bien que Germain et Pascalin pour se satisfaire de ces infimes fractures. On était encore loin du jour où le vent se mettrait à tourner. Alexandre savait que l'esprit de résistance n'avait gagné qu'une poignée d'hommes, que la grosse majorité – celle que Germain appelait, d'un ton méprisant, les suivistes – était malgré tout du côté du Maréchal, même s'il arrivait qu'on écoute, par curiosité, les messages codés de Radio Londres.

— Il y a trop d'intérêts en jeu avec le marché noir, dit un jour l'ancien maire. Jamais nos paysans n'ont gagné autant d'argent. La viande, le lait, les œufs nous rapportent trois à quatre fois le prix à la taxe. La misère des villes arrange bien nos affaires.

Germain n'aimait pas entendre ces propos défaitistes dans la bouche de son frère. Il ne comprenait pas pourquoi Alexandre restait l'arme aux pieds à ruminer encore son éviction de la mairie. Et de son côté, Pascalin avait beau lui dire que la rancœur ne servait à rien et qu'une oreille plus attentive aux doléances des gens du village l'aiderait à asseoir, dans l'ombre, sa patiente reconquête, il demeurait obstinément campé sur sa position. A croire que tout ressort s'était brisé en lui.

— Tu es un attentiste, s'écria Germain. C'est la position la plus confortable qui soit. Permets-moi de te dire qu'elle n'est pas digne de toi, peu digne en vérité d'un Mercœur. Souviens-toi de nos tranchées ! Nous avions du courage à revendre, en ce temps-là, pour bouter le Boche hors de nos frontières.

Alexandre se retira en claquant la porte derrière lui. Emilienne, qui était occupée dans la cuisine, le vit passer en coup de vent. Aussitôt, elle flaira une prise de bec avec son frère et alla le rejoindre sous les tilleuls.

— Qu'est-ce qui se passe ? Vous vous êtes encore disputés ?

— Je ne comprends pas ce qu'on veut de moi. Est-ce que ça arrangerait notre situation si j'allais lever une troupe pour reprendre la mairie par les armes ?

— Personne ne te demande ça !

— Est-ce que je suis responsable de ce qui se passe ? La

défaite est collective. Nous sommes tous, à des degrés divers, des fossoyeurs de la République, parce que nous n'avons pas eu le courage de nous défendre. J'aurais dû jeter dehors Lamazane et sa clique. Mais je me suis retrouvé seul, face à eux. Aussi seul qu'un chien perdu sans collier. Même Pascalin et Norbert ont déserté. Et j'ai écouté ma sentence, les poings serrés, impuissant.

Emilienne le décida à revenir dans la chambre. Elle ne pouvait accepter qu'en ces heures tragiques une stupide querelle vienne envenimer les choses.

— Je ne supporte pas que tu t'ériges en directeur de conscience, lui dit Alexandre aussitôt.

— Je regrette ce que j'ai dit, déplora Germain.

Pascalin était assis sur le coin du bureau à jouer avec un coupe-papier.

— Nous avons longuement étudié la situation, dit-il. Il n'y a pas d'autre choix que de se battre contre l'occupant et ses complices. Ne rien faire, c'est cautionner les idées du Maréchal.

Alexandre releva la tête pour le fixer dans les yeux.

— Est-ce que je te reproche le pacte germano-soviétique ? Pourtant, ton camarade Staline a choisi, lui aussi, de garder l'arme aux pieds.

— Tu sauras que sur ce point je désapprouve la ligne du parti.

— C'est trop facile, rétorqua Alexandre. Tu es un des leurs. Un communiste fidèle. Va donc exiger de tes camarades qu'ils dénoncent la position de Staline ! Après, tu pourras parler !

— Je ne t'ai pas attendu pour le faire. Nos camarades sont nombreux dans la Résistance aux côtés des patriotes de droite. A Brive, on a déjà distribué des tracts comme ceux-ci.

Et Pascalin sortit de sa poche un petit bout de papier

chiffonné imprimé à la Ronéo. « Le Maréchal vous ment : il a livré la France à l'ennemi. Dressons-nous contre les traîtres. Sabotons notre outil de travail parce qu'il enrichit l'Allemagne ! » Alexandre hocha la tête, intimidé.

— Pour avoir distribué ça à la sortie d'un cinéma, cinq de nos camarades ont été arrêtés par la police. Ils risquent la déportation, la mort.

— Pendant ce temps, admit Alexandre d'une voix lasse, nous faisons du marché noir.

Bien que les liaisons fussent rétablies avec la zone occupée, René Kalfon retardait l'instant de retourner à Péronne. Il ne se passait pas un mois sans que la préfecture ne lui adresse une injonction. « Vous devez reprendre vos fonctions à la tête de l'entreprise, lui intimait-on. Un refus de votre part serait considéré comme une désertion. »

Un matin, à la première heure, les gendarmes vinrent à Rocheveyre. Non loin de là, Alexandre était occupé à bouchonner ses chevaux lorsque les éclats de voix le tirèrent de son écurie. Ce qu'il vit le stupéfia. L'un des deux visiteurs avait mis Kalfon en joue.

— Je ne veux pas de ça chez moi ! s'interposa Alexandre en écartant d'un geste vif le mousqueton.

Surpris par l'intervention de l'ancien maire de Marzac, l'autre gendarme dégagea aussitôt le revolver de son étui.

— Allez chercher Villedieu ! ordonna Alexandre.

— Nous avons reçu mission de reconduire le sieur René Kalfon en zone occupée. Ordre du préfet !

— Monsieur Kalfon est mon invité, défendit Alexandre. Depuis quand est-il interdit de loger des amis ?

— Vous savez bien que ce n'est pas le cas ! opposa le gendarme qui le tenait en respect au bout de son revolver.

— Je ne discute pas une arme pointée sur moi.

— Nous devons amener le sieur Kalfon. Si vous vous y opposez, nous vous emmènerons aussi.

— D'accord ! décida Alexandre. Je vous accompagne.

A la mairie, Lamazane riait sous cape de voir son ancien rival menotté comme un voleur.

— Alors, on fait la forte tête. Décidément, tu ne changeras pas, fit-il en venant le narguer. Dire que cette crapule a été maire de Marzac ! Voyez-moi ça ! Ça mériterait d'être fusillé.

— Fais-le donc si tu en as le courage ! releva Alexandre.

— Si ton père te voyait ainsi, avec des menottes, ça le tuerait. Vermine !

L'arrivée du chef Villedieu détendit l'atmosphère. Il fit ôter les menottes aux deux hommes et on alla s'asseoir dans la salle du conseil.

— Monsieur Kalfon est mon invité, répéta Alexandre. Et je ne comprends pas ce qu'on lui veut. Ses papiers sont en règle.

— Notre mission est fort délicate, j'en conviens, dit Villedieu. Mais le sieur Kalfon doit reprendre son poste à la tête de l'entreprise de confection qu'il possède à Péronne. Nous ne demandons rien de plus.

— J'y consens, admit le réfugié, à la condition que ma famille demeure à Rocheveyre.

Villedieu relut attentivement son ordre de mission. Puis il redressa la tête, rassuré.

— Il n'est pas précisé que votre famille doit vous suivre.

— Nous ne pouvons garder des réfugiés à Marzac plus longtemps, intervint Lamazane. Cela trouble l'ordre public. Gendarme ! lança-t-il d'une voix autoritaire. Vous devez accomplir votre devoir en obligeant cette famille à rejoindre Péronne.

Le chef parut réfléchir. L'intrusion du président de la délégation spéciale mettait de l'huile sur le feu. C'était devenu une manie chez les collaborateurs de surenchérir systématiquement sur les ordres reçus et de soupçonner les fonctionnaires de l'Etat français de désobéir au commandement. A côté de cela, Villedieu avait conservé sa sympathie à l'ancien maire et ne tenait pas à offrir l'impitoyable visage du gendarme obtus.

— Pourquoi vous ne voulez pas que votre famille vous suive ?

— J'ai mes raisons, répliqua Kalfon.

Alexandre sentit que la réponse manquait d'arguments.

— La situation en zone occupée est peu sûre, ajouta-t-il.

— Oui, cela même, confirma le réfugié. Je veux maintenir ma famille en dehors de la guerre. Qui peut m'en faire le reproche ? Que feriez-vous à ma place ? Je voudrais bien vous y voir.

— C'est une raison louable, fit Villedieu en espérant un peu d'indulgence du collabo.

— Il y a quelque chose de suspect là-dessous ! dit le président de la délégation. Moi, à votre place, gendarme, je ferais ma petite enquête.

— Depuis quand un civil donne-t-il des ordres à un agent de la force publique ? rétorqua Alexandre. Pour qui te prends-tu ? Misérable usurpateur !

— Allons ! s'interposa Villedieu. Un peu de sang-froid. C'est déjà assez compliqué comme ça.

— Madame Élise Kalfon et sa petite fille Thérèse sont mes invitées. Et je me porte garant d'elles, ajouta Alexandre.

Le chef Villedieu se résolut alors à remplir le récépissé de son ordre de mission et à le faire contresigner par Kalfon.

— Vous disposez juste de quarante-huit heures pour rejoindre Péronne par vos propres moyens, prévint-il. Passé ce délai, je serai contraint de vous arrêter.

De retour au domaine, où l'émoi était à son comble, Alexandre demanda à Kalfon pourquoi il tenait tellement à ce que sa famille demeurât en Corrèze. Le réfugié hésita à répondre.

— Pourtant, ajouta-t-il, intrigué par son silence, vous disposez de tous les *ausweis* nécessaires.

L'homme le prit à part. Et quand ils furent assez éloignés, il dit :

— Ma femme est juive.

Alexandre se souvint alors de la réaction de Lamazane et en eut froid dans le dos.

— Croyez-vous que les gendarmes s'en soient rendu compte ?

— Le chef sûrement. Ses deux sbires, j'en doute.

— Villedieu est un honnête homme, dit Alexandre en soupirant.

— Maintenant, c'est vous qui êtes dans le pétrin, dit Kalfon. Et je m'en voudrais de vous causer des ennuis. Aussi vais-je leur faire quitter le pays. L'Espagne, l'Angleterre… Je ne sais pas encore.

— Vous ne disposez plus que de quarante-huit heures, rappela Alexandre.

Kalfon hocha la tête dans un mouvement de désespoir intense.

— Je ne sais plus quoi faire. Ici, dans ce coin perdu de Corrèze, je nous voyais à l'abri…

— Je me charge de protéger votre famille, lui assura Alexandre.

— Il y a Lamazane. Cet homme se doute de quelque chose. Et s'il découvre la vérité et qu'il adresse aux autorités une lettre de dénonciation, elles seront arrêtées et déportées.

— Lamazane n'a qu'à bien se tenir ! jura Alexandre. Sinon...

Il fit mine de se couper la gorge.

— Vous m'avez compris !

Kalfon ajouta :

— Vous iriez jusque-là ?

Le réfugié ne sut discerner si Alexandre se vantait ou s'il parlait sérieusement.

— Nous ferons entendre à ce collabo qu'il y a une limite à ne pas franchir.

Ils traversèrent le jardin en silence. Près du muret, Kalfon prit la main d'Alexandre et la serra fermement.

— Je n'oublierai jamais ce que vous faites pour moi.

— Taisez-vous donc ! l'interrompit Alexandre.

Et il désigna Arnaud et Thérèse jouant près de la mare. Armés d'une gaule, les enfants déchiraient la peau vert jade formée par les lentilles d'eau qui recouvraient la serve. Un crapaud effarouché traçait son sillon dans cette mer des Sargasses.

9

Dans le milieu du mois de novembre 1942, les troupes allemandes envahirent la zone libre. Cette opération jeta la consternation parmi les Français qui avaient cru au respect des conditions contenues dans la signature de l'armistice de juin 1940. L'armée allemande gagna les vallées du Rhône et de la Garonne sans rencontrer la moindre difficulté. Il se trouva même de nombreux Français, derrière Pierre Laval, pour s'en féliciter. N'avaient-ils pas déjà souhaité la victoire de l'Allemagne contre les Anglo-Américains ? Le nouveau dispositif des nazis se situait donc dans le droit fil de cette logique militaire puisqu'il s'agissait, pour eux, de repousser les risques d'un débarquement allié sur les côtes de Provence.

Le président de la délégation spéciale de Marzac fêta l'événement en accrochant au fronton de la mairie, près du drapeau tricolore, celui de l'Allemagne nazie. Seulement, l'oriflamme rouge et blanc frappée du svastika disparut dans la nuit. Les hommes de la gendarmerie n'en retrouvèrent que des cendres dans les cabinets de l'école voisine. Dépêché à la demande de Lamazane, le chef Villedieu se fit tirer l'oreille pour consigner l'affaire sur son registre des plaintes.

— Je ne crois pas utile d'en faire état au préfet, dit-il en rajustant la veste de son uniforme. L'incident ne mérite pas un rapport.

Lamazane ne décolérait plus de se voir ainsi contrarié jusque dans ses moindres plans. Depuis qu'on l'avait installé dans le fauteuil d'Alexandre Mercœur, il prenait plaisir à amplifier les faits les plus anodins.

— C'est un acte de terrorisme d'une extrême gravité, jugea-t-il.

Villedieu se retint de répondre qu'il s'agissait plutôt d'un acte de résistance.

— Nous devons trouver les coupables et les châtier comme ils le méritent ! renchérit Lamazane.

— Rien ne vous obligeait à accrocher le drapeau allemand au fronton de la mairie, fit le gendarme, les mains glissées dans son ceinturon. Cela est réservé aux grands édifices publics. Voilà une incitation au désordre bien inutile dans une période de turbulences.

— Vous rendez-vous compte de ce que vous dites ? Je devrais en référer à vos supérieurs.

Le chef de gendarmerie le fixait d'un air impavide. Il se fichait de ses menaces comme d'une guigne. Elles étaient monnaie courante en ces temps de délation où chacun usait de sa misérable influence pour faire rendre gorge au voisin. Malgré les pressions auxquelles les temps agités le soumettaient journellement, Villedieu tâchait de conserver une âme républicaine. A l'ombre de sa petite brigade de campagne, il se bornait juste à appliquer les ordres, sans empressement ni zèle.

— Je ne crois pas que notre enquête nous conduira bien loin.

— Allons ! s'insurgea Lamazane. Nous les connaissons, vous et moi, les fauteurs de troubles. Ils ne sont pas légion, les mauvais Français. Et un peu de prison leur ferait le plus grand bien.

— Je ne sais pas de qui vous parlez ! dit le chef.

— Les rouges ! Les Dumoulin et les Pascalin. Et même peut-être Alexandre Mercœur. Il en serait bien capable, le salopard !

— Vous n'avez aucune preuve de ce que vous avancez. Et sans indice, je ne peux agir, conclut Villedieu d'un geste d'impatience.

L'affaire, le premier acte de résistance accompli à Marzac, fit grand bruit dans le pays. Les pétainistes les plus tièdes – que l'invasion de la zone libre avait rendus encore plus tièdes – trouvèrent que leur chef avait abusé en installant la bannière nazie sur la façade de la mairie. Cela ressemblait même à de la provocation. « C'est bien assez de supporter les Allemands, sans encore devoir les honorer », se dirent-ils en fixant le portrait du Maréchal qui ornait les cuisines. On conservait toujours une petite larme condescendante pour le valeureux soldat de Verdun. Il avait fait don de sa personne à la France. On lui en était reconnaissant. Mais, à cette heure, que restait-il de la France, maintenant que les troupes allemandes avaient pris position dans chacune des villes de la zone sud ? A Brive même, la Kommandantur occupait désormais une partie de l'hôtel de la Gare. « Tout ça, c'est la faute à Laval ! » répétait-on avec ce souci de préserver encore un peu l'image du Maréchal. *Signal* avait publié les photographies du chef du gouvernement en visite secrète à Berchtesgaden. L'infâme petit homme trônait aux côtés du Führer, l'air satisfait. En découvrant ces photos, chacun comprit que Pierre Laval avait été prendre ses ordres pour préparer avec l'ennemi une nouvelle trahison.

L'idée de faire disparaître le drapeau du fronton de la mairie de Marzac était venue de Germain. Pascalin et Alexandre avaient ensuite décidé Labussière et Norbert à accomplir l'opération.

« Il faut agir vite, avait dit Germain, et effacer cette infamie. Car dans cette guerre psychologique que nous entendons mener, il faut montrer qu'une armée secrète se dresse contre la tyrannie. Et le plus petit acte revêt de l'importance. Aujourd'hui, ce n'est qu'un misérable drapeau que nous supprimons, mais demain, nous serons appelés à des opérations d'une vaste ampleur. »

Pascalin l'écoutait religieusement. Ils semblaient communier dans la même ferveur. Les temps avaient changé où les deux hommes se querellaient journellement sur les conséquences du pacte germano-soviétique. Cette question se trouvait désormais vidée de sens, puisque l'Allemagne venait de déclarer la guerre à l'URSS.

Au cœur de la nuit, Labussière s'était juché sur le dos de Norbert pour atteindre le drapeau. Les frêles épaules du jeune homme ne résistèrent pas au poids du journalier. Et tous deux s'étalèrent au bas des marches. Pris d'un fou rire, ils recommencèrent en inversant les rôles. Et cette fois, l'odieux torchon fut ôté en un tournemain.

Les deux hommes revinrent aussitôt à Rocheveyre rendre compte de leur mission.

— Si Lamazane s'entête à le remplacer, nous recommencerons, jura Alexandre.

Labussière revendiqua une petite gnôle pour se remettre de ses émotions. A l'occasion, il s'en versa une rasade sur ses blessures. Dans la chute, le mur avait râpé la paume de ses mains.

— Ce que nous avons exécuté là, c'est de la foutaise, estima Labussière. Faudrait se risquer dans une opération qui terrorise ce salaud !

— Quoi donc ? demanda Norbert.

— Je pensais à la ferme.

— De Lamazane ?

— Parfaitement.

— Et alors ?

Labussière gratta son briquet et en fit jaillir une belle flamme bleue.

— Dans le foin, ça prendrait bien. Et ça nous ferait un beau spectacle.

Ce genre de propos contrariait Alexandre. Et pour le coup, Labussière n'en était pas avare, lui qui ne pensait plus qu'à en découdre. De plus, s'agissant de Lamazane, il avait des arrière-pensées de vengeance dans la tête, comme s'il voulait profiter de la situation pour régler les années d'humiliation passées à son service pour un misérable traitement.

— Nous ne nous attaquerons jamais aux fermes, trancha Alexandre. Ce serait de la lâcheté de notre part. Nous irions à l'encontre même des idées que nous défendons.

Tenue à l'écart, Emilienne ne cherchait pas trop à comprendre ce qui se tramait durant les longues soirées chez Germain où, très officiellement, on ne faisait que jouer aux cartes. Elle avait compris qu'il s'agissait encore d'une affaire d'hommes. Sa vie monotone fuyait entre l'éducation des enfants et l'élevage des chevaux. Quelquefois, elle regrettait le temps heureux de ses balades à Brive. Ces anciennes distractions lui avaient permis de jauger les limites de sa chère et précieuse indépendance. Désormais, elle se sentait recluse à Rocheveyre. La guerre, seule, était responsable. Il n'y avait plus assez d'essence pour les plaisirs. Les bons octroyés au compte-gouttes par les services du ravitaillement étaient réservés à l'acheminement des marchandises vers le marché d'Objat.

Camille lui adressait régulièrement des lettres dans lesquelles elle évoquait en pointillé sa nouvelle existence avec Léonce Janvier. Au détour des mots, Emilienne décela des accents d'infinie mélancolie qui ne lui ressemblaient guère, sans toutefois en comprendre les raisons. Aussi lui suggéra-t-elle de venir passer quelques jours au domaine. Camille lui répondit que ses occupations ne lui laissaient aucune seconde de libre. Qu'était-ce donc, cette mystérieuse activité qui requérait autant sa présence ?

Camille passait ses soirées au cercle des amitiés franco-allemandes de l'hôtel de l'Etoile. Situé à deux pas de la Kommandantur, l'établissement était le repaire de ce que le Tout-Brive comptait de collaborationnistes. L'association occupait le premier étage avec sa salle de jeu qui ne désemplissait pas avant trois ou quatre heures du matin. Dans le restaurant voisin, donnant sur le parc par une véranda de Baltard avec ses vitraux modern style, on ripaillait chaque soir, dans un incessant défilé de plats à faire pâlir d'horreur tous ceux qui patientaient de longues heures devant l'étalage vide du boucher. Sans nul doute, il y avait là une des meilleures cuisines de Brive avec deux spécialités qui avaient fait la réputation du restaurant de l'Etoile avant guerre : le tournedos Rossini et la poularde aux truffes. Ensuite, un labyrinthe de couloirs conduisait à des boudoirs, décorés comme des nids d'amoureux, tout en fines tapisseries dorées et pailletées de strass avec de pâles éclairages et des causeuses en velours rose.

Il n'était pas une seule personnalité influente à Brive qui ne fréquentât le cercle. On se faisait même un point d'honneur d'y paraître aux heures tardives. C'était l'un des rares lieux de la ville où l'on pouvait satisfaire ses plaisirs en toute tranquillité, pourvu évidemment que l'on fût bien en vue dans les papiers du régime. Aussi y côtoyait-on industriels, banquiers, commerçants, fonctionnaires du ravitaillement, militaires de haut rang et politiciens, des gens fortunés pour qui l'Occupation était une fête permanente.

Vu du parc, l'hôtel ressemblait à un grand paquebot avec ses verrières colorées. Et le soir, tout illuminé sur un océan de nuit, il semblait voguer vers des horizons incertains. Du moins, c'est ainsi que Camille imaginait ce lieu où elle passait la moitié de son temps. Sa vie n'était plus qu'une longue croisière sur les eaux périlleuses de la guerre. La fortune de Janvier lui garantissait les cabines de luxe, celles où l'on servait du champagne à toute heure.

Remontant du jardin où elle était sortie prendre l'air avec sa grosse fourrure en renard, Camille croisa le sommelier. Avec de généreux pourboires, le jeune employé de l'hôtel lui donnait toutes les informations dont elle avait besoin sur la vie mondaine de l'établissement.

— Mon petit Ric, vous n'auriez pas aperçu le lieutenant Tomas Wickert ? questionna-t-elle en lui rectifiant la position du nœud papillon.

Puis elle effleura sa joue d'un menu geste affectif.

— Vous ne me cachez rien ?

— Je ne crois pas, madame.

— Vous ne savez rien. C'est étonnant. Un gentil garçon comme vous, qu'on ne peut jamais prendre en défaut...

— Je ne l'ai pas vu entrer ce soir. Je vous le jure.

— Si vous me le jurez, alors ! soupira Camille en rejetant d'un geste d'irritation la fourrure qui dissimulait sa poitrine.

Elle portait un décolleté pigeonnant qui lui dégageait le contour des seins, poudrés de strass. Cela faisait son petit effet dans la lumière noire du bal, tous ces brillants qui lui éclairaient le grain de la peau. A l'entrée du cercle, elle s'attarda devant le miroir vénitien qui couvrait le pan du mur. La poudre de riz avait du mal à dissimuler les cernes gris qui s'étaient creusés sous son regard. Ces dégâts lui ôtaient tout l'éclat de ses yeux bleus, un piquant qui avait été toute sa fierté du temps où elle ne se droguait pas encore. Quelquefois, il lui semblait qu'elle n'avait qu'à sortir de ce théâtre d'ombres pour retrouver, au-dehors, dans la pleine lumière du jour, la jeune femme qu'elle était avant d'y entrer. Mais c'était encore un de ces rêves absurdes qui la possédaient, une de ces illusions qu'elle entretenait quand la liqueur magique commençait à produire son effet.

Au cercle, une seule table de jeu était occupée. Droit comme un I, avec sa face jaune d'Asiatique, Klaus Katelbrunner distribuait les cartes à ses voisins. Il avait posé à côté de lui sa flasque de cognac et son grand portefeuille frappé d'une croix de fer dorée. Le commandant, comme on l'appelait communément à l'hôtel de l'Etoile, payait toutes ses dettes de jeu en marks. Et comme il avait coutume de perdre, il apportait avec lui de grosses provisions d'argent. C'était un amusement que de le voir distribuer ses billets de banque, déployés comme un jeu de cartes entre ses longs doigts fins. Après chaque donne, il s'envoyait une gorgée de cognac. Et quand sa flasque était vide, il alertait la serveuse en frappant le coin de la table avec la poignée de son épée de commandement. On allait illico la lui remplir au bar, car le chef de la Wehrmacht de Brive était l'objet de toutes les attentions. On craignait ses colères comme la peste. N'avait-il pas déjà menacé de fermer l'établissement un soir qu'on lui avait manqué d'égards ?

Camille vint se placer derrière lui pour faire mine de s'intéresser à son jeu. A vrai dire, elle se contrefichait de ces stupides occupations d'homme qui n'étaient prétexte qu'à s'arsouiller. En l'apercevant, l'officier allemand se dressa dans un geste martial pour lui baiser la main. Et ses doigts gantés vinrent effleurer sa fourrure.

— Monsieur le Commandant a-t-il consigné au quartier mon petit lieutenant ?

Katelbrunner se mit à rire. Il connaissait par le détail la moindre liaison de ses hommes. C'était une règle, du reste, lorsqu'on était placé sous ses ordres, qu'on vînt l'en informer. Solution préférable, entre toutes, à une enquête diligentée par la Gestapo. Ces gens-là avaient des manières déplorables, à force de voir le mal partout, même lorsqu'il ne s'agissait que d'une misérable affaire d'adultère. Klaus Katelbrunner, de ce point de vue, pouvait être fier de son lieutenant. Tomas Wickert était un jeune officier docile et ambitieux ; ces qualités allaient de pair dans l'armée allemande.

— Mais non ! répliqua le commandant. Wickert ne saurait tarder. Je lui ai promis une revanche. C'est intolérable que mes officiers subalternes osent me battre à la canasta.

Ses voisins de jeu éclatèrent de rire. Ils s'interrogeaient souvent sur la manière dont jouait le chef de la Wehrmacht et se demandaient anxieusement jusqu'à quand il accepterait de perdre autant d'argent avec une telle sérénité.

— Pas de chance au jeu, heureux en amour ! lança Katelbrunner. C'est ainsi que vous dites, vous, les Français, n'est-ce pas ? Pourtant, je ne cours guère vers le succès dans ce domaine, confessa-t-il d'un regard langoureux posé sur le décolleté de Camille. A croire que la poisse est sur moi.

La jeune femme se détourna pour échapper aux yeux noirs qui la scrutaient. Il ne se passait pas une soirée au cercle sans que le commandant ne tentât de lui faire la cour. Un soir, même, Katelbrunner se mit en tête de la jouer aux cartes avec Janvier. Heureusement, il perdit cette fois encore.

En la regardant s'éloigner, l'Allemand se frappa la poitrine de dépit. « Mon heure sonnera », pensa-t-il. Puis il s'en revint vers son siège à pas comptés.

— *So wird er seines Schauens Beute, / Und seiner Augen süße Weide / Bringt bald dem Herzen bittres Leide*, récita-t-il d'une voix empreinte de tristesse.

Katelbrunner prisait par-dessus tout la poésie de Karoline von Günderode. Il ne traversait pas une seule situation passionnelle sans que ne lui viennent en mémoire quelques vers. C'était une manie chez ce spécialiste de la poésie romantique, puisqu'il l'avait enseignée quelques années à l'université de Munich avant de s'engager dans l'armée.

Alors que Camille était installée près du bar, le sommelier vint la prévenir de l'arrivée de son lieutenant. Elle descendit précipitamment dans le hall d'entrée, craignant qu'il n'ait la fâcheuse idée de la snober et de se faufiler en douce dans un de ces nids douillets où l'attendait peut-être l'une de ses dernières conquêtes, qu'il semblait collectionner avec fureur, tel Don Juan que Katelbrunner venait d'évoquer au travers des quelques vers de la poétesse allemande. Le jeune homme l'accueillit sans surprise. Elle vint aussitôt se suspendre à son cou.

— J'ai eu peur que tu ne viennes pas.

Aussitôt, ils montèrent jusqu'au bar. L'Allemand se commanda une coupe de champagne qu'il but d'un trait.

— Nous avons du travail, fit-il sur un ton de reproche. Que crois-tu, ma belle, la Wehrmacht n'est pas venue ici pour s'amuser. D'autant que ces cochons de Français nous créent des soucis. Avec ces terroristes ! s'exclama-t-il.

Le blondinet aux yeux bleus accepta de la suivre dans le boudoir où ils avaient l'habitude de se retrouver pour faire l'amour. C'était un rite sauvage auquel ils sacrifiaient sans délai. Ainsi aimait-il prendre les petites Françaises, lascives et collantes, dans le désordre de leur toilette. Quelques coups de reins suffisaient à leur bonheur.

Puis elle l'observa alors qu'il s'éloignait d'elle, le cheveu en bataille, remontant son pantalon dont elle aimait le contact râpeux sur son ventre. Il se tenait debout devant ses jambes ouvertes avec un sourire de pitié.

— Il t'en reste encore ? supplia Camille.

L'Allemand glissa une main dans son décolleté et s'en vint pincer l'aréole d'un sein, rien que pour entendre, encore une fois, le souffle de voix qui lui restait. Il aimait par-dessus tout la manière dont elle gémissait dans le plaisir. Peut-être ne la retrouvait-il que pour lui arracher cette plainte alanguie ? Le reste de leur aventure amoureuse lui faisait plutôt horreur. Ce n'était rien qu'une misérable histoire d'amour.

— Tu ne t'en passeras jamais, dit Tomas Wickert. Ça serait tellement mieux si tu oubliais tout ça.

— C'est toi qui me dis ça !

Il vint se rasseoir près d'elle sur le sofa. D'un geste de chatte, elle lui tendit le bras. Tomas se mit à le caresser doucement, jusqu'à la saignée du coude. Puis il posa ses lèvres sur les marques bleues.

— Quel est le poison que tu préfères ? demanda-t-il.

Camille vint appuyer son visage contre sa poitrine.

— Je ne veux pas te répondre.

— Moi, je sais.

— Ta liqueur ne me fait pas rêver. J'ai l'impression qu'elle me brûle de l'intérieur, qu'elle me consume.

— L'autre poison te revivifie ? questionna Tomas.

Elle se mit à l'embrasser furieusement, à mordiller ses lèvres. Il la repoussa.

— Je vais te donner ce que tu attends de moi.

L'Allemand chercha dans une poche de sa vareuse la

boîte en métal blanc dont il ne se séparait jamais. Camille s'était déjà allongée. Tomas prit son bras et y planta l'aiguille. La dose d'héroïne injectée, il l'embrassa sur le front, délicatement.

— Tu es mon bonheur ! murmura-t-elle.

Elle paraissait déjà avoir la bouche empâtée. L'Allemand l'obligea à se redresser en la secouant.

— Je ne voudrais pas que Janvier te voie dans cet état.

Camille éclata de rire.

— Celui-là, il est trop gentil.

— Et alors, dit Tomas, c'est plutôt rassurant !

— Les hommes gentils ne me font pas jouir, fit-elle en se levant.

Ils se rendirent au cercle. Puis l'Allemand l'abandonna près du bar, après lui avoir fait servir une coupe de champagne. Pourtant, Camille eût voulu rester dans le boudoir, mais elle comprit que son amant n'avait plus le désir, comme au premier temps de leur liaison, de passer la nuit près d'elle, en tête à tête. Wickert avait hâte de retrouver Alice Spring, sa dernière conquête. Elle travaillait comme dactylo au service du renseignement de la Gestapo. C'était une jolie blonde à la Marlene Dietrich, dont il admirait les convictions politiques. A ses yeux, elle symbolisait l'Allemagne nouvelle née le 30 janvier 1933. Ce jour-là, il y avait eu foule pour accompagner le chancelier au Reichstag, et Alice Spring était au premier rang pour saluer son nouveau dieu, tout comme elle le fut lorsqu'il s'était agi de brûler, en place publique, les livres des écrivains juifs. Cette fille-là, contrairement à la petite Française, l'intimidait tellement qu'ils vivaient, tous deux, une sorte de passion platonique. Mademoiselle Spring ne semblait guère se formaliser du peu de flamme de son ami, puisqu'elle n'avait d'yeux que pour une seule cause. Elle s'en accommodait. Cela faisait chic pour une dactylo de sortir avec un lieutenant de la Wehrmacht qui se vantait d'avoir inscrit à son tableau de chasse l'arrestation à Angoulême d'un groupe de terroristes, dont un chef de réseau.

Léonce Janvier arriva à l'hôtel de l'Etoile un peu après les douze coups de minuit. C'était son heure. Comme chaque lundi, il venait de dîner avec les responsables de la délégation spéciale de Brive et quelques membres du Service d'ordre légionnaire. Après le repas, il s'était attardé à boire quelques cognacs dans les salons de l'hôtel de ville. On y avait parlé de ravitaillement puisque c'était le but de la réunion hebdomadaire, mais surtout de la situation politique. Janvier avait exprimé, une fois encore, en propos tonitruants, sa confiance en Pierre Laval, s'était félicité de l'arrestation de trouble-fête tels que Weygand et de Lattre, et l'on avait, sur le même ton, promis aux gaullistes les flammes de l'enfer. Le chef du ravitaillement trouva sa maîtresse attablée près du bar. A son regard, il comprit aussitôt.

— Tu as encore pris cette saloperie.

— J'en ai besoin pour vivre, marmonna Camille.

Et elle lui coula un regard plein de reproches. C'était à cause de lui qu'elle se piquait, lui qui n'avait pas su la protéger de ces monstres. Et maintenant, elle n'avait plus la force intérieure de leur résister. « Le vice a pris le dessus sur moi, se disait Camille dans ces moments où elle trouvait encore la force d'écrire à Emilienne de plats mensonges. Et c'est en réalisant la laideur de mon état que j'éprouve un irrépressible besoin de poison. Il engourdit ma peur. Ensuite, je retrouve l'innocence de mon enfance perdue. »

Léonce Janvier ne se sentait guère armé pour l'aider à s'en sortir. Il était pris, lui aussi, par le vertige, au fur et à mesure qu'il engrangeait la fortune. L'argent, l'argent était devenu sa seule préoccupation. Chaque seconde de sa vie était mobilisée à édifier autour de lui les systèmes de corruption les plus compliqués qui soient. Jour et nuit, il tissait la toile de ses trafics avec la détermination d'un aranéide vorace. Janvier n'osait guère se retourner sur lui-même par peur de réfléchir sur le chemin parcouru, un chemin semé de coups bas, de trahisons, de bassesses, de compromissions. Tout ce que l'âme humaine pouvait produire de malfaisant et de machiavélique était incarné chez cet homme. Son aspect physique lui-même avait suivi la même pente, une laideur accentuée par des traits grossiers. Et il n'éprouvait à se regarder vivre qu'un dégoût profond, au point qu'il pardonnait à Camille son éloignement. Il n'avait plus aucun désir des femmes. Quelquefois, il trouvait un peu de plaisir à en prostituer quelques-unes avec l'occupant et jouissait de corrompre ce qu'il touchait de ses grosses mains avides. Il disait : « Je suis le prince des collabos », d'un ton hautain et fier qui faisait rire les officiers allemands. Katelbrunner méprisait ce bonhomme adipeux, même s'il tirait de lui le meilleur avantage. Janvier était un pur produit de la guerre. Elle l'avait engraissé tout son soûl, abreuvé jusqu'à plus soif. Et sans doute mourrait-il avec elle, si un jour cette tragédie venait à prendre fin.

En l'apercevant, le commandant lâcha ses cartes. Le chef du ravitaillement de Brive demeura en retrait, comme il en avait acquis l'habitude. De la souplesse devant l'Allemand, de l'esprit d'allégeance… « Leur montrer qu'ils sont les maîtres, se disait-il, pour ne pas les froisser, ces nazis chatouilleux. Puisque le Français est réduit à l'esclavage, autant être le premier des ilotes. A eux la gloire, à nous la fange ! » Léonce attendit donc que Katelbrunner s'approchât de lui. Alors Janvier lui tendit une main molle, que l'Allemand saisit à peine.

— Il ne manquait plus que vous, mon cher Janvier. Nous commencions à nous ennuyer.

— Je ne savais pas que j'étais un animal de si bonne compagnie, ironisa Léonce.

L'officier l'attira vers la salle des billards. Des fauteuils vert bouteille entouraient une table basse en laque de Chine. L'Allemand ordonna à son voisin de venir s'installer à côté de lui. Janvier en ressentit une profonde satisfaction. Que ce chef de la Wehrmacht le considérât au point de le faire asseoir près de lui, au vu et au su de tout le monde, voilà qui relevait du prodige. Il avait dû batailler dur, des coudes et du reste, pour mériter cette place de choix.

— J'ai croisé votre femme, fit-il en manière d'introduction. Une merveille. Une pure merveille de goût et de classe, insista-t-il. Sachez que je suis toujours partant pour une revanche à la canasta.

Puis il éclata de rire, montrant une belle rangée de dents blanches sur sa face parcheminée. Et il toucha le bras de Janvier pour le rassurer.

— Je plaisantais, mon cher. On ne doit point séduire les femmes de nos meilleurs collaborateurs. Ne croyez-vous pas ?

Léonce Janvier baissait la tête. Il n'avait aucune idée sur la question, d'autant qu'il n'ignorait rien de la liaison avec Wickert. A Brive, c'était devenu un secret de Polichinelle, surtout lorsqu'il leur prenait l'idée de s'exhiber en public, main dans la main, au théâtre ou ailleurs.

Soudain, le visage de Katelbrunner se rembrunit.

— J'ai un service à vous demander.

Janvier se rapprocha.

— Vous allez me dire : « Encore un ! » Mais c'est notre destin à tous les deux. Nous sommes condamnés à nous entendre, comme votre Maréchal et notre Führer. Tant que cette guerre durera ! Et, après tout, il n'y a aucune raison qu'elle cesse. La vie peut-elle se concevoir sans cela, sans cette formidable épopée ? Puissions-nous espérer que la guerre ne s'arrête jamais. C'est la seule prière que j'adresse au ciel. Sans elle, nous retrouverions l'ennui, le mortel ennui de la paix dans les démocraties avilissantes où le caractère de l'homme se dessèche.

Le Français approuva d'un mouvement de tête, sous l'œil amusé de Katelbrunner. Il doutait de sa sincérité, comme de la sincérité, du reste, de tous les collaborationnistes. « Ces traîtres, pensait-il, sont capables de tous les reniements. A la première occasion, ils nous tireront dans le dos. »

— La Kriegsmarine de Paris a un urgent besoin de cinquante mille bouteilles de cognac. Trouvez-moi ça. Vous disposez d'une semaine. Nous mettrons un convoi à votre disposition en gare d'Angoulême, selon vos indications, date et heure prévues.

— Ce que vous me demandez, commandant, présente un haut risque. Le Service des contributions directes est sur le pied de guerre. Vous le savez, ces fonctionnaires de Vichy sont pires que votre Gestapo.

— Quoi ? se rebiffa Katelbrunner. Je vous ai toujours sorti de là. Le procès-verbal de régie pour transport de vin sans pièces réglementaires, où a-t-il fini, mon petit Janvier ? Aux oubliettes ! Et grâce à qui ? Je ne parle pas des convois de viande pour Berlin. Dix mille têtes acheminées, sans un accroc. Pourtant, ça ne passe pas inaperçu un tel troupeau. Si je n'avais pas été là, vos amis vous auraient fusillé.

Janvier hocha la tête.

— A la longue, ils finiront par me pincer. Vous ne pouvez pas imaginer les jalousies que mes activités génèrent. Pourtant, je suis fort discret, croyez-moi. Ce n'est pas mon genre d'étaler l'argent.

— Je me suis laissé dire que vous aviez acheté un hôtel particulier à Neuilly.

— Comment savez-vous ça ? blêmit Léonce.

— Nous avons les meilleurs services de renseignements du monde. Ça pourrait servir au cas où il vous viendrait à l'esprit de nous lâcher.

— Voyez ! pleurnicha Janvier. Je suis entre vos mains, prisonnier, corps et âme. Un geste de vous, et je ne suis plus rien.

Katelbrunner se rencogna dans son fauteuil.

— J'ai compris où vous voulez en venir. Nous ne serons pas ingrats. Notre Reich n'a jamais été ingrat avec les Français coopératifs. Vous le savez. Et vous, dans le fond, je ne tiens pas à vous perdre. D'un certain point de vue, vous êtes irremplaçable. Qui donc, à cette heure, pourrait accepter de se mouiller pour trouver, à la barbe de Vichy, cinquante mille bouteilles de cognac ?

Il disait cela avec un fort accent de mépris. Janvier n'était pas dupe.

— Je n'en crois rien. Un type de mon espèce se trouve à tous les coins de rue.

— Ne vous sous-estimez pas. C'est ce qui vous a perdus, vous les Français, le manque d'ambition. Pourtant, quel admirable et beau pays que le vôtre ! Louis XIV... Napoléon... Et par malheur, la Révolution, la république... Voilà ce qui a creusé votre tombe. A force de haine, d'inappétence, le sol a fini par brûler sous vos pieds.

— Fixons le montant de ma commission, l'interrompit Janvier. Et je verrai ce que je peux faire.

— Cent vingt-cinq mille francs, proposa l'officier avec un sourire de dégoût.

Katelbrunner haïssait l'argent, et en parler le désespérait encore plus.

— Marché conclu à cent quarante mille, marchanda Janvier.

L'Allemand se leva d'un bond.

— Cent vingt-cinq mille ou rien. Ce n'est pas la peine d'avoir conquis la moitié de l'Europe pour s'entendre traiter de la sorte !

Jouant de l'effet de surprise, à pas de chatte, elle vint plaquer les mains sur son visage comme elle le faisait autrefois. Germain reconnut aussitôt la délicate odeur de chèvrefeuille. Pourtant, ce ne pouvait être elle... Mais qui donc alors ? Emilienne ? Ce n'était pas son genre d'arriver derrière vous, subrepticement. Il resta sans bouger, dans l'attente que l'intruse se déclare enfin. Il entendait juste une respiration forte qui trahissait un peu d'émotion.

— Nina ! murmura-t-il doucement. C'est toi, Nina ?

Il rêvait sans doute. Mauvais présage, songea-t-il en ramenant les mains sur celles qui obturaient ses yeux. Puis il tenta de les écarter. Et à cette seconde seulement, Germain réalisa qu'il ne rêvait pas. Le souffle d'une parole douce et enveloppante glissa par-dessus ses épaules. Il se retourna vivement et resta sans voix, pétrifié, à la fixer dans la pénombre de sa chambre.

« Son visage s'est arrondi », constata-t-il. A moins qu'il ne s'agît d'un effet créé par sa coiffure qui lui enveloppait la figure comme un casque. Mais il retrouvait, intact, son sourire d'été 1914, ce sourire qui l'avait poursuivi sans désemparer durant les années où il avait patiemment apprivoisé la force de l'oubli.

— Nina ! Mon Dieu, murmura-t-il. Comme tu es belle ! Je ne me souvenais pas que tu étais si belle.

— Pendant toutes ces années de séparation, tu m'as affublée de traits effrayants, si je comprends bien ? Je ne t'en veux pas. Ça a dû être si difficile de m'oublier, fit-elle en venant déposer un baiser sur son front.

Germain n'essaya pas de la retenir, comme il le faisait autrefois en lui saisissant la taille pour attirer son corps contre le sien. Elle alla prendre un siège pour venir s'installer en face de lui, genoux contre genoux. Ils s'observèrent, longuement, dans les yeux, sans parler. Et lorsque Nina sentit, à la palpitation de ses lèvres, qu'il se retenait pour ne pas éclater en sanglots, elle détourna le regard, par pudeur. Elle avait peur de le voir fondre devant elle. Elle n'était pas revenue pour le tourmenter, encore une fois, comme il disait. Et l'idée qu'il pût la soupçonner d'un tel dessein lui devint insupportable.

— Je te retrouve tel qu'en 1923, fit-elle en venant lui caresser une mèche de cheveux qui avait blanchi.

— 1923, soupira-t-il. Ça fait vingt ans que nous ne nous sommes pas vus ? Pas possible.

— Vingt ans, répéta-t-elle. Et je n'ai cessé de penser à toi.

— Moi aussi, avoua Germain.

— Comme quoi le temps ne compte pas. Le temps ne peut rien contre un premier amour.

— Tu es restée, toi aussi, telle qu'autrefois, dit-il en lui caressant le visage.

— Vingt années durant lesquelles j'ai reculé, tous les jours, le désir de t'écrire…

— Pourquoi ne l'as-tu pas fait ?

— Tu me l'avais interdit, dit Nina.

— C'est vrai, reconnut Germain.

— Tu m'avais demandé aussi de détruire tes lettres.

— Et tu l'as fait ?

— Non.

— Moi non plus, dit Germain.
— Tu les relis de temps en temps ?
— Quelquefois.
— Tu as été mon seul amour, dit Nina.
— Il ne faut plus parler de ces choses lointaines.
— Mon seul et unique et bel amour, insista Nina.
Germain détourna des yeux mouillés de larmes.
— Je t'en supplie. Ne dis rien.
— Que veux-tu que je fasse alors ? Que je reparte comme ça ?
Il lui prit la main en entrecroisant ses doigts dans les siens.
— Allons près de la fenêtre pour contempler le soir qui tombe.
— Comme autrefois.
— Vingt ans de silence, murmura Germain.
Nina étira les rideaux sur le ciel. Il y avait de longues traînes roses sur les nuages.
— Tu les peignais, jadis, ces merveilleuses fins de jour de Corrèze.
— Encore, dit Germain.
— Et aussi ces paysages d'été. Tu te souviens ?
— L'ombre fraîche près de la rivière. Et l'odeur des fougères. Tous ces plaisirs interdits, je ne les visite que par le rêve.
Il ne pouvait se résoudre à lui lâcher la main, qu'il serrait fortement. Et elle répondait, elle aussi, en lui serrant les doigts.
— Souvent, je songe que s'il y a quelque chose après la mort, notre âme se rejouera indéfiniment les épisodes de notre vie terrestre, sans que nous puissions intervenir sur le cours des choses. Et nous serons malheureux pour l'éternité avec ce regret du paradis perdu.
— Mais il n'y a rien. Tu peux en être assuré.

— Je le crois aussi.
— C'est rassurant, non ?
— Effrayant et rassurant à la fois de songer que tout ce que nous vivons n'a pas de sens.
— Ça n'a de sens que dans l'instant.
— Oui, dit Germain.
— C'est notre mémoire qui crée cette illusion selon laquelle nous pourrions être immortels. Nous n'arrivons pas à accepter l'idée qu'il n'y a décidément rien après nous, que notre pensée va être anéantie d'un coup.
— Je pense la même chose que toi, dit Germain. Nous ne saurons plus que nous avons existé, toi et moi, qu'un bel été nous a séparés. Cette tragédie sera effacée à jamais, cette tragédie qui a empoisonné toute notre existence.

A mesure que la nuit avançait, des zébrures mauves s'installaient sur la courbure de l'horizon, divisant les derniers éclats de feu.

— Tu n'as jamais voulu faire un portrait de moi, dit-elle au bout d'un long silence. Tu disais ne pas posséder encore assez de technique pour mettre de la vie sur un visage. Tu te souviens ?
— Je n'ai pas changé d'avis, répondit Germain. Et je ne regrette pas de ne pas l'avoir fait. Je ne regrette rien de ce qui s'est passé entre nous deux. Notre singulier amour m'a tellement apporté.
— Moi, j'ai du remords pour tout ce que nous n'avons pas fait, dit Nina. Et même après ta blessure. Je n'aurais jamais dû t'écouter.
— Tu as fait ce qu'il convenait. Tu n'as rien à te reprocher.

Nina se mit à lui embrasser les mains, avec une passion qu'elle avait du mal à contenir.

— Nous serions peut-être arrivés à nous aimer, fit-elle.
— Non, dit-il en ôtant ses mains. Nous ne serions

arrivés à rien. Cette impuissance nous aurait blessés l'un l'autre. Et tu aurais fini par me haïr. Et je n'aurais jamais accepté que tu me haïsses. J'aurais préféré mourir. J'ai fini par trouver mon bonheur en te sachant éloignée de moi, avec tous nos beaux souvenirs intacts. C'est notre secret cette étrange histoire d'amour que fut la nôtre. Une histoire comme nulle autre pareille.

Ils se tinrent immobiles jusqu'à ce que le soleil disparût. Puis le goût de la conversation les reprit après qu'on eut allumé la lampe du bureau.

— Tu es donc mariée.

— Où as-tu été pêcher une idée pareille ?

— Je le croyais, dit-il.

— J'ai pris quelques amants. Des aventures sans conséquence. Puis j'ai fini par m'attacher à un gentil garçon.

— C'est bien, fit-il.

— Nous n'avons pas encore d'enfants.

— Cela viendra un jour.

— Je ne sais pas.

— Les enfants aident à vivre. Sinon, le désespoir.

— Je ne suis pas désespérée, se défendit-elle.

— Cela arrivera. Mais il sera alors trop tard.

— Je me donne sans compter à mon travail. Tu seras content. C'est un véritable métier.

— Ah oui ?

— Je décore de la porcelaine chez Haviland, à Limoges.

— C'est de l'art, ça !

— Ne te moque pas de moi. Ce sont des sujets imposés. Nous peignons sur modèle.

— De l'art quand même. Tout en délicates et précieuses touches.

— On me paye jusqu'à deux mille cinq cents francs par mois.

— Et ton compagnon ?

— Lui, il travaille à la Compagnie des trolleybus.
— Il ne sait rien de notre histoire ?
— Je n'ai jamais osé lui en parler.
— Tu as bien fait.
— Je ne sais pas, fit-elle tristement.
— Il ne pourrait pas comprendre la Nina que tu étais en ce temps-là. Et cette Nina-là m'appartient. Ainsi garderons-nous le secret jusqu'à ce que la mort nous sépare. Moi d'abord, toi ensuite.

Elle sourit.

— A moins que ce ne soit l'inverse.
— Non, fit Germain. Je serai le premier à partir. Puis ma mémoire survivra encore un peu en toi, et tu t'en iras aussi. Et il ne restera plus rien de notre histoire. Rien. Personne pour la raconter. Personne pour s'en souvenir.

De ce jour, ils convinrent de reprendre leur liaison épistolaire, qu'ils avaient abandonnée après la guerre. Au début, ils s'adressèrent des lettres douloureuses. Puis l'usage du rituel en banalisa le ton. Et la pudeur, recouvrant ses domaines, restreignit le propos à l'examen du temps qui passe. Germain comprit qu'entretenir cette flamme relevait du leurre. Tout avait été dit, consommé. Il ne restait plus rien à ajouter. La seule Nina avec laquelle il entretenait désormais une relation passionnée était celle qui venait hanter ses rêves.

Le père lui avait taillé les lanières dans une chambre à air de voiture puis, avec du fil de cuivre, les avait montées sur la fourche de frêne. Les deux élastiques avaient été ensuite rattachés à une oreille de cuir découpée dans une languette de vieille chaussure.

Les premiers jours, Arnaud s'entraîna à tirer sur les troncs d'arbres. Neuf fois sur dix, il ratait sa cible.

L'enfant jugea alors que son lance-pierres portait trop à droite. Le père essaya de corriger ce défaut de fabrication en raccourcissant l'un des élastiques. Comme la rectification n'apporta pas de résultats louables, Alexandre perdit patience.

— La maladresse est seule responsable. Comme toujours. Que crois-tu, mon pauvre petit, il faut un peu d'entraînement pour réussir ses coups.

L'enfant courut chercher conseil auprès de son oncle. Germain était la patience même quand il s'agissait du petit Arnaud. C'était lui qui contrôlait son travail scolaire, qui lui faisait refaire ses devoirs de calcul quand il n'avait pas compris où se plaçaient les retenues, qui surveillait ses fautes d'orthographe. Tout cela, sans discussion ni cri. « Un modèle de pédagogue », disait Emilienne qui maîtrisait l'art de la flatterie lorsqu'il fallait obtenir un service pour lequel elle ne se sentait guère disposée.

L'examen du lance-pierres le fit sourire.

— Je reconnais bien là le je-m'en-foutisme de ton père, dit-il.

L'un des côtés de la fourche étant trop long, il le retailla soigneusement.

— Ça doit être équilibré au millimètre près ! fit-il en vérifiant les cotes avec un double décimètre.

Dès que ce fut fait, l'enfant alla l'essayer dans la cour, avec de petits cailloux ronds. Désormais, il ne ratait plus sa cible à dix mètres, pourvu qu'elle ne fût pas en mouvement. Il en allait tout autrement des volatiles auxquels le lance-pierres était destiné. Arnaud comprit que seul l'usage en ferait un redoutable tireur, ce qu'il rêvait de devenir après avoir lu *Le Dernier des Mohicans* de Fenimore Cooper.

— Avec ça, dit-il à son oncle, on pourrait tuer un Boche !

Germain sursauta de colère.
— Où as-tu été prendre des idées pareilles ?
— Quoi ? C'est bien nos ennemis.
— Tu es trop jeune pour parler de ça. Ce sont des affaires qui ne concernent que les grandes personnes.
— Je suis grand, maintenant. Regarde ! fit-il en bombant le torse.
— Tu n'es qu'un petit fou qui doit apprendre à tenir sa langue, s'il veut devenir un grand trappeur comme Davy Crockett, le tança Germain. A trop parler, tu nous ferais aller en prison. Je suppose que ce n'est pas le but recherché.
— Pourquoi ? C'est mal de vouloir tuer ses ennemis ?...
— Oui. La guerre est laide. La guerre est la chose la plus stupide que l'homme ait inventée.
— Pourtant, insista Arnaud, monsieur Pascalin nous a appris que les Français ont toujours défendu leur pays contre les envahisseurs. Il y a eu des batailles terribles. Et nous avons toujours fini par gagner. Il y a même eu une guerre qui a duré cent ans. Contre les Anglais.
— Il est normal que votre maître vous enseigne l'histoire de France. Pour ce qui est de cette guerre-là, avec l'Allemagne, c'est une affaire d'adultes. Grand Dieu, tu as mieux à faire, à ton âge, que de te soucier de ça.
— Crois-tu que notre guerre va durer cent ans ? Si c'est le cas, je n'en verrai moi aussi jamais la fin. Et ça m'ennuie.
— Quoi donc ?
— De mourir sans savoir qui va gagner.
Germain poussa un grand soupir où se lisait de l'agacement.
— Mais cette fois, ajouta l'enfant, les Anglais sont avec nous.

— Va donc jouer à des jeux de ton âge.

Lorsqu'il se sentit assez bon chasseur, Arnaud se décida pour le chemin creux des Jaladis. C'était un endroit où, au dire des grandes personnes, le gibier proliférait. Arnaud y avait souvent accompagné son père, au moment des neiges, pour y tirer à la carabine les grives et les merles engourdis par le froid. Une telle expédition exigeait au moins la présence de Thérèse Kalfon, surtout depuis qu'il avait acquis de la dextérité. Auparavant, c'eût été prendre des risques devant cette fille à l'esprit grinçant. En sa présence, il s'était déjà aventuré à poser des lacets. Les lapins de garenne, qui foisonnaient pourtant dans les bordures, où l'herbe haute voisinait avec les buissons noirs et les aubépines, dédaignèrent ses pièges. Thérèse sut lui faire comprendre que les animaux avaient plus de jugeote que lui, misérable petit traqueur. Cela avait suffi à le décourager de se prendre pour Davy Crockett. Mais son récent apprentissage du lance-pierres lui avait redonné confiance. Et cette fois on verrait s'il ne ferait pas provision de grives !

Ils vinrent donc, à la nuit tombante, se poster sous un néflier où les oiseaux gris ou noirs avaient l'habitude de venir glaner un peu de nourriture. A peine installés, il exigea le plus grand silence. C'était difficile de retenir Thérèse qui avait toujours quelque histoire à raconter. Elle ne prenait guère au sérieux cette chasse, tellement la fronde que son ami manipulait lui paraissait ridicule. Un objet primitif, disait-elle, dont l'usage devait remonter aux hommes préhistoriques. Un merle imprudent vint se poser sur une des branches hautes du néflier. Arnaud banda les brides et lâcha précipitamment son projectile qui s'en vint ricocher avec un bruit sec à deux doigts de la cible. Thérèse se mit à applaudir.

— J'ai compris, protesta Arnaud. La prochaine fois je

viendrai seul. La chasse est une occupation de solitaire. C'est mon père qui dit ça chaque fois qu'il me refuse de le suivre.

— Je suis bien contente que tu sois maladroit. Parce que je crois que je ne t'aurais pas pardonné de tuer un animal.

— C'est bien une réflexion de fille. Déjà qu'on m'interdit la guerre...

— Tu veux faire la guerre ?

— Plus tard, je la ferai. Comme mon père. Il possède deux citations. Et des médailles.

— Idiot ! jura Thérèse en fourrant sa tête dans le creux de ses bras.

— Quoi encore ? J'ai dit quelque chose qui t'a vexée. Tu es une pleureuse.

Elle leva les yeux sur lui, effrontément.

— Je ne pleure pas. Tu as qu'à demander à maman. J'ai pas pleuré quand les Allemands ont tiré sur nous.

— Toi ? On t'a tiré dessus ?

— Parfaitement. Des avions. Des avions qui piquaient sur nous avec un bruit terrible. Ça faisait comme une sirène. Ils étaient si près qu'on arrivait à voir les pilotes. Et on courait de chaque côté de la route. Partout des gens étaient éparpillés, dans les champs. Et il y avait beaucoup de poussière autour de nous.

Thérèse plaqua les mains sur ses oreilles et poussa un grand cri. Quand elle fut calmée, Arnaud vint la prendre par la main. Ils descendirent dans le chemin en se laissant glisser sur la fougère qui recouvrait le talus. En cet endroit, l'eau suintait de la roche dans laquelle le layon avait été creusé. Sous les arbres dénudés de l'hiver finissant, il faisait sombre. On distinguait à peine le ciel à travers le fouillis des ramures.

— C'est foutu, dit-il. Tu as fait partir toutes les grives.

— Je m'en fiche. Si tu as que ces jeux-là à me proposer, je viendrai plus te voir.

Elle partit devant lui, jusqu'au bout du chemin creux qui débouchait sur une vigne. Il ne se pressa pas pour la rejoindre. Il savait qu'elle finirait par l'attendre. A la moindre contrariété, elle se comportait ainsi, avec ces petits excès de caprice. Il avait fini par s'en faire une raison. Après tout, il était son seul ami au village, où on lui avait interdit de se rendre. Sa mère lui avait expliqué le danger qu'elles couraient à se montrer, du fait qu'elles étaient juives et qu'on pouvait les dénoncer. Son territoire de jeu se limitait donc au domaine. Et celui d'Arnaud aussi. Il s'était persuadé qu'il était juif comme elle et qu'il s'exposait aux mêmes périls. A la différence que, pour lui, c'était juste histoire de s'amuser et de rester auprès d'elle.

Arnaud la rejoignit en sautant d'une pierre à l'autre pour éviter de se mouiller les pieds. A mi-hauteur du chemin, il y avait une source qui se déversait dans un bac creusé dans la roche. C'était un coin envahi de têtards et de salamandres. Ils s'étaient souvent amusés à capturer les embryons dans l'espoir de les voir se métamorphoser en grenouilles. Mais les têtards ne vivaient jamais assez longtemps dans leur bocal, malgré le soin apporté, pour qu'ils vissent s'accomplir cette transformation.

Thérèse s'était assise sur un billot de bois qui servait à épointer les piquets de vigne. Tout autour, il y avait des multitudes de copeaux qu'elle s'amusait à rassembler. Arnaud vint s'asseoir à côté d'elle, en la surveillant du coin de l'œil.

— Tu es encore fâchée ?

Elle fit non de la tête. Mais il vit qu'elle l'était toujours.

— Si tu le veux, concéda-t-il, je ne tirerai plus les grives.

— Je te demande rien.

— Que faut-il que je te dise alors ?

— Rien, fit-elle en bousculant du pied la montagne de copeaux de bois qu'elle venait d'assembler.

— C'est ton père ? fit Arnaud.

Thérèse redressa vivement la tête.

— Comment tu as deviné ça ?

— Il doit te manquer.

— On est sans nouvelles de lui. Et maman pleure souvent.

— Ça veut rien dire, la rassura-t-il. Il a peut-être beaucoup de travail. Mais je suis sûr qu'il pense beaucoup à vous deux.

— Tu comprends rien. Il n'y a pas d'avions ici. Chez moi, toute la ville a été bombardée. Notre maison aussi. Si ça se trouve, elle n'existe plus. Quand je pose des questions à maman, elle ne répond pas. Si j'insiste, elle finit par me dire que ce ne sont pas des conversations pour une enfant de mon âge.

Arnaud sourit.

— Mon oncle a les mêmes réactions quand je lui dis que je veux tuer des Allemands avec ça !

Et il fit claquer dans l'air les élastiques de son lance-pierres. Thérèse le regarda faire et éclata de rire.

— Tu es idiot. Tous les garçons sont des idiots.

Arnaud baissa la tête, vexé.

— J'ai au moins réussi à te faire rire.

— Ça oui ! Tu peux être content de toi. Tu es un drôle de phénomène. Déjà que tu n'arrives pas à toucher une pauvre petite grive...

— Cette guerre va peut-être durer cent ans.

— Cent ans ! C'est ridicule. Maman dit que les Anglais et les Américains nous sortiront de là. Elle écoute souvent la radio. Il y a plein de messages bizarres pour les patriotes. On ne comprend pas ce que ça veut dire, mais c'est rassurant. Ça prouve qu'il y a des gens qui travaillent en secret pour nous libérer des ennemis.

— Tu en sais des choses, toi. Moi, je n'ai pas le droit de me mêler de ça.

Thérèse parut réfléchir.

— Pourquoi tu ne joues jamais avec ton frère ? Il est pourtant mignon, ce petit Richard. Il fait plein de réflexions intéressantes pour son âge.

— Je ne sais pas.

— Tu ne l'aimes pas ?

— Il est trop petit.

— Ça n'a aucun rapport. Quand on aime, l'âge, ça compte pas.

— Je te dis qu'il est trop petit. Ça m'agace, les questions qu'il pose. Tu ne peux pas savoir, toi, tu ne vis pas avec lui...

— Moi, ajouta Thérèse, j'aimerais bien avoir un frère comme le tien.

Arnaud tirait au hasard les derniers projectiles qu'il avait conservés au fond de sa poche.

— Tu ne l'aimes pas, répéta Thérèse.

— J'étais très bien sans lui, avant...

— Tu es égoïste. Plus tard, tu regretteras d'avoir eu des idées pareilles. Tu en auras honte.

— Je ne crois pas, se rebiffa Arnaud. Et puis, en quoi ça te regarde ?

Ce qu'avait entrevu Thérèse, avec une perspicacité fort développée pour son âge, recouvrait une profonde réalité. Entre Arnaud et Richard, un gouffre d'incompréhension et de détestation s'était installé. Du reste, on avait du mal à imaginer que les deux enfants fussent frères tant ils étaient différents. De l'avis même de Camille, Arnaud était le portrait d'André. C'était une raison supplémentaire pour qu'il fût choyé au-delà du raisonnable. Cela en devenait pathétique de voir la grand-mère l'appeler « Mon p'tit Dré », ainsi qu'elle l'avait fait, au temps jadis, avec son aîné.

Du haut de ses cinq ans, Richard tirait plutôt du côté d'Emilienne. Fin de visage, avec les yeux bleus de sa mère, il aimait s'enfermer pour des occupations d'enfant solitaire. Du moins s'intéressait-il à des jeux qui laissaient son frère indifférent, comme de passer de longues heures à fouiller la collection d'*Illustration* de son oncle. Les photos des aventuriers de la mission Congo-Nil sur la route de Fachoda avec leurs grands chapeaux de paille et leurs casques coloniaux le faisaient rêver, tout autant que les premières voitures chenillées sur la piste de la Croisière jaune. Il était curieux de tout, et fort paresseux lorsqu'il s'agissait d'accompagner son père aux champs, au point qu'Alexandre avait risqué un pronostic sur son avenir.

« Celui-ci aura intérêt à faire de bonnes études parce que c'est pas le travail de la terre qui le nourrira ! »

Ce type de réflexion avait le pouvoir de mettre Emilienne hors d'elle.

« Et alors ! Si ça ne l'intéresse pas, pourquoi le forcer ?

— C'est pas un Mercœur, déplorait le père. Il ne sait rien faire de ses dix doigts, sinon passer son temps à feuilleter les vieux journaux. »

Si l'usage de la tranche, de la serfouette, et même de la faux, n'avait plus aucun secret pour l'aîné, ces outils devenaient des objets encombrants dans les petites mains rétives de Richard. Aussi essuyait-il les sarcasmes de son frère, souvent relayés par ceux du père. Emilienne était la seule à venir prendre sa défense ; même Germain ne semblait guère apprécier son caractère solitaire et rêveur. Bien entendu, Arnaud avait vite compris tout le parti à tirer de cette situation. Et il en profitait, le petit diable, pour asseoir son statut d'enfant préféré, béni des dieux. Face à cette injustice, Emilienne faisait front à sa manière, en protégeant Richard chaque fois qu'elle le pouvait. Elle l'éloignait des jambes du père en lui confiant de menus travaux domestiques. « Des occupations de femmelette », disait l'aîné avec un air de mépris.

Richard ne paraissait guère souffrir de cette situation, puisque sa mère était toujours là pour réparer le manque d'affection. Il était rare qu'il se mêlât à une conversation à table et encore plus rare qu'il larmoyât aux propos railleurs de son frère. Ce mutisme, que Germain enregistrait comme le signe même d'un orgueil démesuré, du moins pour un enfant de cinq ans, agaçait les hommes au plus haut point.

« Tu es en train d'en faire un enfant gâté, disait Germain à Emilienne. Et si nous ne brisons pas maintenant ses défauts, la chienne de vie s'en chargera et ce sera alors plus douloureux.

— Laisse-moi juge de son éducation, répliquait Emilienne. Tu ne sais pas voir la richesse qu'il porte en lui. »

C'était l'un des rares domaines sur lesquels leurs points de vue divergeaient. Et cela obligea assez vite Germain à réfléchir sur son attitude. Un jour, il requit l'avis de Pierre Pascalin. L'instituteur n'avait pas encore eu l'occasion de jauger les capacités de cet enfant puisqu'il devait faire son entrée à la communale en octobre 1943. Ils feuilletèrent ensemble la fameuse collection de journaux. Et Pascalin se mit à le faire parler sur les images d'actualités qui défilaient devant leurs yeux, page après page.

— Il a de l'imagination à revendre ! jugea-t-il après un premier examen. Et il fait montre d'une rare curiosité pour un enfant de cinq ans. Je crois même que nous aurions dû commencer à lui apprendre à lire avant l'âge obligatoire. Il me paraît assez mûr pour ça.

Les deux amis s'y essayèrent. Et le petit Richard fit de

rapides progrès. Il retenait par cœur les légendes des photos qui peuplaient le reportage sur la Croisière jaune d'André Citroën. Ensuite, il s'amusait à dessiner de mémoire les fameuses voitures à chenilles du groupe Pamir qui excitaient tellement son esprit fantasque.

Durant l'été 1943, les rapports entre Emilienne et Alexandre se crispèrent. Elle reprochait à son mari de passer les soirées et, souvent, les nuits hors du lit conjugal. La jalousie se mit de la partie. Aux reproches, Alexandre opposa un silence armé qui ne fit que décupler la tempête. Assez vite, elle en arriva à penser qu'il allait retrouver chaque soir une mystérieuse maîtresse, d'autant que ces derniers mois il la négligeait un peu, se soustrayait à ces petits gestes amoureux qui sont le signe même des grandes passions inaltérables. Elle fouilla méticuleusement les poches de ses vêtements, les tiroirs de son bureau, dans l'espoir et la crainte mélangés de trouver quelque indice. Elle ne découvrit rien. Et c'était pire encore. S'agissait-il de Marie Lapeyre avec laquelle on avait voulu autrefois le marier ? Ou d'une autre rivale, une clandestine aventure qu'il eût pu nouer à Objat où il se rendait souvent pour ses affaires ?

Un soir, Emilienne décida de le suivre. Ce qu'elle risquait de découvrir la terrorisait. Mais la curiosité était plus forte qu'elle, plus forte que sa crainte. Le cœur battant, elle s'accrocha à ses pas à bonne distance pour qu'il ne se sentît pas pisté. A la patte-d'oie des Combes, Emilienne le vit prendre, à sa grande surprise, le chemin des Jaladis par la crête, et surtout tourner le dos à Marzac. Au prime abord, elle s'était imaginé qu'il se dirigerait vers le village pour y retrouver Marie Lapeyre. Ce premier soupçon estompé, elle éprouva du soulagement, même si la question demeurait en suspens. Elle s'en voulut aussitôt d'avoir orienté sa suspicion sur cette pauvre fille. Et pourquoi elle, précisément ? Certes, Marie Lapeyre était toujours célibataire. Mais était-ce une raison suffisante ?

Après la barre des Jaladis, il coupa par les pacages du Peyras en enjambant lestement la clôture. A ce point du trajet, dans la nuit blanche de la pleine lune, Emilienne se savait à découvert. Il suffisait qu'il se retournât pour qu'elle fût piégée. Aussi hésita-t-elle à quitter l'ombre du bosquet pour lui laisser prendre un peu d'avance vers le fond du pré, car elle avait compris qu'il se dirigeait maintenant vers la forêt de Bellegarde. Quand elle jugea qu'il ne pouvait plus l'apercevoir avec le surplomb de la colline, elle chercha un passage sous les barbelés. Ensuite, elle s'avança au bord du vallon. Alexandre avait déjà disparu, tant il marchait vite dans cette partie descendante du domaine. Emilienne gagna le petit pont de bois qui enjambait, dans la fraîcheur des sureaux, des frênes et des ormes, le ruisseau du Pradel. Un chemin abrupt grimpait ensuite vers la forêt, sur un flanc dénudé, serpentant au milieu des fondrières. Elle s'arrêta pour reprendre son souffle, à mi-distance, sous un fayard isolé. A l'ombre du hêtre, on ne risquait pas de l'apercevoir. Elle en profita pour écouter le silence en bloquant sa respiration. On n'entendait que les lancinantes stridulations des grillons et de lointains aboiements de chiens. C'était une nuit d'été chaude où l'on avait du mal à respirer tant le fond de l'air était lourd et suffocant. Avec le pan de sa robe, elle essuya les gouttes de sueur qui dégoulinaient sur son visage. Elle avait perdu l'habitude des longues marches, elle qui ne se promenait plus qu'à cheval, surtout au petit matin.

« Que va-t-il donc faire dans ce bois ? » se demandait-elle en fixant la lisière de la forêt où Alexandre s'était enfoncé depuis quelques minutes. Elle s'en approcha avec prudence. Un peu de fraîcheur tombait des châtaigniers. Elle lorgna autour d'elle, à l'écoute des bruits. De la main, elle éloigna quelques moustiques entêtés. A cent mètres, le chemin se séparait en deux, l'un descendait vers le Mialet et l'autre montait sec sur le plateau du Chatenet. « Je ne suis guère plus avancée », murmura-t-elle en se laissant choir sur une pierre de granit qui balisait la fourche. C'est alors qu'un bruit de feuilles piétinées l'alerta. Elle se retourna vivement. C'était peut-être un de ces sangliers qui hantaient la forêt et que les hommes de Marzac allaient chasser à l'automne. Elle scruta les profondeurs du sous-bois. Tout lui sembla figé dans la moiteur de l'air qui collait à la peau. Puis un second bruit dans les fougères orienta son regard. Elle s'accroupit pour mieux voir. L'homme était devant elle, la main posée sur le canon de son fusil.

— Une femme, nom de Dieu, si je m'attendais à ça ! Et d'où que tu viens, comme ça, à c't'heure ?

Emilienne tenta de mettre un nom sur ce visage. Elle connaissait tous les gens des environs, même les braconniers. Il lui arrivait souvent de les croiser sur les terres du domaine, de bon matin, quand ils venaient relever leurs pièges.

— Je pourrais vous poser la même question, répliqua-t-elle.

— C'est moi qui interroge, insista l'homme en agitant son fusil pour lui faire signe d'avancer.

On la conduisit dans la sapinière qui s'étendait sous le plateau ; un demi-hectare de conifères qu'Alexandre avait plantés à son retour de la guerre avec des aides de la Chambre d'agriculture. Une dizaine d'hommes étaient assis autour d'une lampe-tempête posée sur une bille. Alexandre s'avança vers elle, ébahi.

— Qu'est-ce que tu fais là ?

— Qui est-ce ? dit un homme qui portait des galons d'officier épinglés sur l'épaulette de sa chemise.

— C'est ma femme, dit Alexandre.

— J'avais pourtant ordonné qu'on tienne les épouses à l'écart de nos activités. C'est incroyable, ça ! Cette négligence... Vous voulez qu'on finisse tous devant un peloton d'exécution ? s'écria-t-il en giflant d'un coup de badine une hampe de fougère.

— Je ne lui ai pas demandé de venir, se justifia Alexandre.

— En tout cas, elle t'a suivi sans que tu t'en rendes compte. Ça veut dire que tu n'as observé aucune consigne.

— Qu'est-ce qui t'a donc pris de venir ici ? dit Alexandre en la prenant par l'épaule.

Excédé, le capitaine leur fit signe de s'éloigner de la clairière.

— Allez vous expliquer ailleurs, on a plus urgent à faire.

Ils s'en allèrent sur le chemin, en contrebas de la sapinière.

— Je suis bête, dit-elle. Terriblement bête !

— Ne dis rien, j'ai compris.

Ils s'assirent contre le talus, à la lueur de la lune au-dessus d'eux, dans la trouée du bois.

— Il faut que tu me pardonnes...

— Je ne pouvais rien dire, indiqua Alexandre. Pourtant, j'avais deviné que tu t'interrogeais.

— J'ai été stupide de croire que...

— Comment as-tu pu penser ça de moi ?

— Je t'aime, dit-elle. Quand on aime, on est parfois pris par ce mal terrible.

— Le capitaine Henry a raison. C'est une faute que tu sois venue au camp.

— Tu es avec eux depuis le début ?

— Tu ne dois rien savoir.
— Pourquoi ? Je suis avec vous aussi.
— Ce n'est pas le problème. Si par malheur tu tombais entre les mains de la Gestapo, tu ne saurais pas tenir ta langue.
— Tu me connais mal.
— Je sais ce que je dis. Ils ont des moyens infaillibles pour faire parler les résistants. La solution est de s'empoisonner dès le début.
Elle poussa un rire clair.
— Alors je m'empoisonnerais aussi.
— Je ne sais pas si tu irais jusque-là.
— Tu peux me croire.
— Tu n'as pas été préparée à cette éventualité. Entrer dans la Résistance est un choix terrible qui pose un cas de conscience…
Emilienne se releva, furieuse.
— Je suis avec vous, maintenant. Et j'en partagerai les risques.
Alexandre regardait le ciel avec des larmes dans les yeux.
— J'aurais préféré que tu m'imagines dans les bras d'une maîtresse.
En remontant vers la sapinière, Alexandre lui expliqua que le groupe de maquisards attendait un parachutage d'armes. C'était le cinquième depuis le mois de juin. Ça se passait sur le plateau du Chatenet. A l'heure convenue, les résistants allumaient trois feux en triangle afin de constituer, du ciel, une cible parfaite pour les pilotes de RAF.
Le capitaine Henry était resté seul près de la lampe-tempête dont il avait diminué l'intensité de la flamme. Assis en tailleur, une carte étalée devant lui, il dessinait de la pointe de sa badine le trajet que les armes devraient emprunter. Il y avait cinq camps à ravitailler entre Brive et

Sarlat. En les entendant marcher sur la fougère, l'officier releva la tête, puis fit signe à Alexandre d'approcher.

— Tu es sûr de ta femme ?

— Totalement.

— A la moindre embrouille, tu connais la consigne ?

Alexandre fit oui de la tête.

— Nous n'avons pas droit à l'erreur. Il y va de la survie du groupe.

— Je sais ce que je dis, réaffirma Alexandre.

L'officier replia sa carte, méticuleusement, et souffla la flamme.

— C'est l'heure du rendez-vous, lança-t-il.

Ils gravirent le bois à pas rapides. Une fois sur le plateau, le capitaine ordonna à un guetteur qu'on allume les feux.

— Tout le secteur est protégé par nos hommes, dit l'officier.

— On attend encore des livraisons ?

— Tu verras bien, Martial ! répondit-il.

— C'est mon nom de clandestinité, chuchota Alexandre à l'oreille d'Emilienne qui s'interrogeait déjà sur cette bizarrerie.

Ils s'avancèrent jusqu'au milieu d'un pré. De là on jouissait d'une belle vue sur le théâtre des opérations. Les trois foyers avaient été allumés au bord de la cuvette. Une dizaine d'hommes étaient disséminés sur le triangle.

— Déjà dix minutes de retard, nota le capitaine. C'est emmerdant, si ça tarde.

— On n'a rien prévu pour alimenter les feux, dit Alexandre.

— Ça ira, fit l'officier en lui touchant l'épaule. A moins que l'Armstrong-Whitley ait été touché par la DCA en franchissant les côtes françaises.

Il disait cela machinalement mais il n'en croyait pas un

mot. Depuis le temps, les pilotes anglais étaient aguerris à leur mission, n'hésitant pas à monter à trois mille pieds pour échapper aux tirs de la DCA.

— Qu'est-ce qu'ils nous envoient ? demanda Alexandre.

— Dix containers remplis de mitrailleuses lourdes, de grenades, de mitraillettes Sten, de cheddite, plastic, cordons, allumeurs. Tout ce qu'il faut pour faire sauter des convois...

Au bruit des moteurs, l'officier se tut. Puis, rassuré, il prit aussitôt congé.

— Martial est un chic type, fit-il à l'adresse d'Emilienne. Son concours est précieux.

Et il se tourna vers Alexandre pour lui serrer la main.

— Bien le bonjour à Octave.

L'avion décrivit un large cercle autour du plateau en abandonnant derrière lui de grandes corolles blanches.

— Qui est Octave ? demanda Emilienne.

— Germain.

— Vous l'avez enrôlé aussi ?

— C'est plutôt lui qui m'a enrôlé.

A peine les containers atteignirent-ils le plateau que les hommes se mirent en mouvement pour les récupérer selon un ordre savamment orchestré afin de perdre le moins de temps possible. En quelques minutes, tout fut expédié. Des maquisards s'occupèrent ensuite à faire disparaître les traces des feux. Puis ils rejoignirent Alexandre et Emilienne qui s'étaient repliés à la lisière du bois de Bellegarde.

— Tu diras à Octave de confirmer à la radio que l'opération s'est bien déroulée, dit l'un des hommes.

Aussitôt, ils s'évanouirent dans la forêt.

— Maintenant, on peut rentrer chez nous, dit Alexandre en allumant une cigarette.

Camille n'en croyait pas ses yeux. Dix fois, elle relut la lettre, avec une attention soutenue. A chaque relecture, son excitation montait d'un cran. Elle alla la poser sur la table de jardin avec un cendrier dessus pour qu'elle ne s'envolât pas, puis elle courut chercher un paquet de cigarettes dans le salon. Ensuite, elle retourna dans le parc, à l'ombre du cèdre, et s'abandonna, voluptueusement, dans une chaise longue. Les jours derniers, elle avait suffisamment pris sa ration de coups de soleil pour risquer de s'exposer encore à la fournaise. Sa peau blanche et fragile s'accommodait mal de ces assauts répétés. Mais tel était le prix à payer pour plaire à Tomas Wickert.

Sur le gazon tondu de près, qui fleurait bon l'odeur des regains de son enfance, Camille récupéra son roman, *Les Sept Couleurs* de Robert Brasillach. Le vent avait mélangé les pages et, comme elle était un peu tête de linotte, elle ne se souvenait plus où elle l'avait abandonné. Elle en reprit la lecture, au hasard, en tentant de fixer son attention sur les mots qui défilaient devant ses yeux. Mais le livre lui tomba aussitôt des mains. Elle ne pensait plus qu'à ça : la fameuse lettre de Jacques Villette et son appel au secours. Elle essayait de se souvenir de la dernière fois où ils s'étaient rencontrés. Ce devait être l'été 1942, lors de la visite du Maréchal en Corrèze, à l'hôtel de ville de Brive. Leurs regards avaient feint de ne pas se reconnaître. Elle avait ressenti une pointe de honte à l'idée qu'il pût mettre au jour la personnalité de son nouvel amant, honte bien puérile en vérité, car tout le monde savait à Brive qu'elle était la maîtresse de Léonce Janvier, homme craint et courtisé, honni tout autant sans doute, surtout depuis qu'il avait pris la tête de la Milice.

Les émotions lointaines du temps du Perroquet bleu lui

revinrent en mémoire avec un sentiment mitigé d'amour et de haine. Malgré les années, le visage de Jacques Villette hantait encore ses rêves de femme insatisfaite. « Quelle étrange affaire que les choses de la vie, songeait-elle. Alors que tout semble perdu, le destin vous apporte sur un plateau une de ces situations rêvées qui ne se rencontrent qu'une fois dans une existence. » Et n'y tenant plus, Camille chargea sa gouvernante de porter à Jacques Villette un message qu'elle alla griffonner dans le bureau de Janvier. Elle lui fixait un rendez-vous pour le lendemain à l'hôtel de la Gare.

A six heures de l'après-midi, il se présenta au planton qui gardait l'entrée des bureaux de la Milice. Celle-ci avait élu domicile depuis février 1943 dans l'aile gauche de l'hôtel de la Gare, l'autre étant déjà occupée par la Kommandantur. Jacques Villette ne reconnaissait plus les locaux de l'établissement qu'il avait assidûment fréquenté avant guerre, à l'époque où il passait ses longues soirées au Rotary Club, tellement les nouveaux occupants en avaient défiguré le cadre. On avait abattu des cloisons pour obtenir des pièces plus vastes. Seules deux suites avaient été conservées pour loger les chefs miliciens du secteur. Des affiches de propagande couvraient les murs du couloir où on le fit patienter. Il flottait dans l'air confiné une odeur de tabac froid et de sueur d'homme. Villette pensa que c'était un drôle d'endroit pour un rendez-vous, surtout lorsqu'il vit passer entre deux GMR un prisonnier menottes aux mains, le visage tuméfié. Son regard perdu de bête traquée lui fit froid dans le dos.

Après une heure d'attente, on se décida enfin à le faire entrer dans le cabinet de Janvier qui était orné d'un portrait géant du Maréchal. Camille le vit approcher avec, au coin des lèvres, un sourire de ravissement. Aussitôt elle décela la peur sur son visage et en ressentit un tressaillement d'excitation. C'était la première fois qu'il lui offrait cette tête d'homme aux abois. Elle contourna le bureau et vint lui serrer une main tremblante et moite.

— Jacques Villette ! fit-elle avec un accent d'ironie dans la voix. Un revenant.

— Tu sais bien que je n'ai jamais voulu…

Camille l'interrompit aussitôt.

— Ne revenons pas là-dessus. C'est une trop vieille histoire. Une histoire qui se rapporte à un temps que je ne voudrais revivre pour un empire.

Villette la fixait droit dans les yeux et, à sa manière de fuir son regard, il lui soupçonna un manque de sincérité. Ce lui était trop facile, dans la position qu'elle occupait désormais, de jouer ce refrain.

— Je suis prêt à tout rembourser, dit-il pour montrer sa bonne volonté. Jusqu'au dernier centime.

Elle eut un rire sinistre qui éveilla sa curiosité. Il sentit avec effroi qu'elle avait acquis, au contact des nouveaux rapaces qui occupaient le haut du pavé, le caractère le plus intransigeant qui fût, le plus cruel aussi. Et il se trouva ridicule avec sa main posée à l'endroit du portefeuille.

— Je m'en fiche, mon pauvre ami, de cet argent dont tu m'as spoliée. J'en dispose d'autant que je veux. Et je n'ai qu'à claquer des doigts pour te faire rendre gorge. As-tu deviné cela ? Tu es à ma botte, toi, le petit courtier sans scrupule.

— Je vois, fit-il avec un air contrit. Tu es devenue une femme influente. Nous sommes loin de la petite Camille dans son meublé de la rue des Echevins. Il m'arrive de regretter ce temps-là.

— Je comprends parfaitement, lança-t-elle. J'étais à ta merci, comme une petite idiote, à guetter le bruit de tes pas dans l'escalier. Tu venais te servir de moi. Et quand la chose était faite, notre cher fils à papa s'en retournait dans les jupes de sa mère. Tu ne m'as rien donné. Moi, tout. Tout l'argent de mon héritage. Et pire encore, mon âme que tu as piétinée impunément.

Villette fixait le vénérable vieillard qui occupait un pan du mur. Cette image suffisait à le replacer dans l'ambiance. Camille n'avait plus qu'à agiter la sonnette posée sur le coin du bureau pour que les sbires de la Milice viennent l'arrêter. Un motif, un mobile, rien n'était nécessaire. Sinon le bon plaisir de Janvier, passé maître dans l'art de l'élimination. Il n'était pas besoin d'avouer quoi que ce soit. Quelques heures de torture, un interrogatoire tapé par une dactylo suffisaient à vous envoyer pourrir dans un camp de concentration.

— Tu m'as attiré dans ce piège à loup. Bravo ! fit-il. Tu as gagné. Tu peux triompher maintenant. La besogne accomplie, que te restera-t-il ? Le plaisir de me savoir entre leurs mains.

Camille lui fit signe de s'asseoir. Il choisit de rester debout. C'était tout ce qu'il pouvait décider, désormais, cette posture de défi.

— Que crains-tu, imbécile ? Il n'y a pas d'endroit plus sûr que ce bureau dans toute la ville.

— D'autres ont eu le loisir d'y entrer. Ils l'ont amèrement regretté.

— Ne joue pas les héros. Tu es encore plus pitoyable qu'en salaud. Je sais que tu as peur. Au fond, tu es un lâche. Et nous n'avons rien à craindre des lâches. Au contraire. Les lâches, c'est notre pain quotidien. Lâche, répéta-t-elle, jusqu'au bout des ongles. Je l'ai compris le jour où je t'ai giflé. Et je pourrais te gifler encore.

— Ne te fatigue pas. Tu as des domestiques pour ça. Des gifleurs professionnels.

— Mon pauvre Jacques, je me fiche de ces histoires de terroristes. Ils n'ont rien à voir avec un type comme toi.

Eux, ce sont des combattants. Ils font la guerre. Qui pourrait leur en vouloir ? Ils savent ce qu'ils risquent. Et je peux te garantir qu'ils ne sont pas déçus quand ils tombent entre nos mains. Je n'ai aucune haine contre ces gens-là. Nous n'appartenons pas au même camp, voilà tout. Et quand ils prendront le pouvoir, ce seront eux les tortionnaires. Ce sera notre seule consolation. Vainqueurs, vaincus, ça n'a pas de sens. Dans les salles d'interrogatoire, fit-elle en désignant du doigt l'étage supérieur, il y a du sang jusqu'au plafond. Connais-tu le supplice de la baignoire ? Non ! Décidément, tu ne sais rien de cette horrible guerre.

— Mais toi, Camille, fit-il en s'approchant d'elle jusqu'à venir lui toucher le visage, que fais-tu là-dedans ? Tu n'as rien de commun avec ces gens...

— Mon cher Jacques, que l'on soit d'un côté ou de l'autre ne change rien à l'affaire. Je n'ai rien choisi. Le destin en a décidé ainsi. J'ai suivi Janvier parce qu'il était mon amant, comme je t'ai suivi, jadis, à Biarritz. Te souviens-tu ? Et qui pourrait aujourd'hui m'en détourner ? Sûrement pas toi, toi, qui viens me demander un service pour sauver ta peau. Et ta belle âme en prime...

Villette fixait la pointe de ses chaussures.

— Il y a un dossier à charge contre moi à faire disparaître à la Cour spéciale de justice de Tulle, balbutia-t-il.

Camille s'était rassise, puis avait trempé une plume dans le gros encrier de nacre qui trônait devant elle. Il se racla la gorge avant de poursuivre.

— C'est une affaire de cession d'actifs aux...

— ... Allemands ! compléta-t-elle.

— Le Comité des banques a levé le lièvre et...

— Je ne veux pas en savoir plus. Un dossier à faire disparaître au nom de Jacques Villette, ça me suffit, dit-elle en écrivant une note qu'elle transmettrait à Janvier.

— Sinon, je risque trois mois de prison.

— Ce serait trop bête, ironisa-t-elle. Tout ça pour gagner un peu d'argent avec les Boches. C'est proprement immoral.

— Tu es mal placée, je crois, pour donner des leçons.

— Oui, c'est vrai. Janvier s'enrichit en faisant du commerce clandestin avec l'Allemagne, mais à une si grande échelle, mon petit, qu'il bénéficie de toutes les protections. Il n'empêche que les fonctionnaires de Vichy rêvent de nous faire la peau. Tant que les Allemands sont là, nous ne risquons rien. Mais après ? Quand ce beau château de cartes s'écroulera, il n'y aura plus rien. La curée ! L'hallali ! Nous verrons apparaître des gens propres et vertueux. Un autre syndicat du crime qui officiera, celui-ci, au nom de la liberté et de la justice. Evidemment, tu seras de leur côté. Et tu ne te souviendras plus de ce jour où nous t'avons blanchi. Tu seras devenu amnésique, comme il sied aux gens honnêtes en quête d'une nouvelle virginité.

Camille le raccompagna dans la rue.

— Je saurai être reconnaissant, dit-il.

Elle le fixait du même sourire avec lequel elle l'avait accueilli une heure auparavant. Il lui tendit la main. Celle-ci resta suspendue dans le vide, longtemps.

10

Quand on convoqua Pierre Pascalin pour le STO, il fit aussitôt ses bagages et rallia le maquis FTP au sud de Brive, dans les bois de Turenne. Comme Germain fut seul à être mis dans la confidence, Alexandre en éprouva une pointe d'amertume. D'où provenait-il, ce manque manifeste de confiance ? Au fait qu'il fût gaulliste ? Ou qu'il manifestât souvent sa crainte de voir les communistes prendre le pouvoir à la faveur d'une chute du régime de Vichy ? Cette défiance, il la ressentit comme un outrage. D'autant que les deux hommes avaient fait montre jusque-là d'une certaine complicité. N'avaient-ils pas, ensemble, porté des messages aux résistants des environs, qu'ils fussent gaullistes ou communistes ?

En vérité, Alexandre était loin des débats et conflits qui agitaient les deux factions de la Résistance. Les Francs-Tireurs reprochaient à l'Armée secrète de s'adjuger toutes les livraisons d'armes. De toute évidence, Londres voyait d'un mauvais œil qu'on armât les communistes. Aussi ces derniers furent-ils contraints d'engager des combats meurtriers pour s'en procurer, jusque dans le camp même de l'ennemi, comme ce fut le cas avec l'enlèvement en gare de Brive d'un convoi allemand contenant des canons de 25 mm. Ces opérations suicidaires entraînèrent, comme on peut s'en douter, de lourdes représailles sur la population civile, des prises d'otages, des opérations brutales qui eurent pour cadre les environs de Brive et de Tulle où nombre de jeunes résistants, le plus souvent de misérables réfractaires au STO peu aguerris à la science des armes, furent exécutés sur le bord des routes de Corrèze.

La section de Katelbrunner obtint ainsi des succès notables sur la base de renseignements collectés chez les collabos. Un camp retranché dans une ferme à La Besse près de Sainte-Féréole fut assailli au petit matin par un escadron de GMR. Les derniers survivants du massacre furent exécutés, après avoir été affreusement torturés par la Gestapo et la Milice.

Le camp de Bellegarde ne souffrit guère de ces aléas. Par chance, sans doute. Il était rare, en effet, que Katelbrunner avançât ses troupes loin des grandes routes où elles avaient l'habitude de patrouiller. Les parachutages se poursuivirent ardemment jusqu'au mois de septembre 1943, jusqu'au jour où une voiture allemande de radiogoniométrie repéra dans les environs de Marzac la présence d'un poste émetteur. Le capitaine Henry, qui avait la responsabilité du secteur, chargea Alexandre de le faire disparaître. Toutes les opérations déjà programmées avec Londres furent évidemment interrompues.

Germain fut désespéré de se voir privé d'un rôle qui le rendait enfin utile à quelque chose dans cette guerre. Et même si l'on estima en haut lieu qu'Octave avait admirablement rempli la mission dont on l'avait chargé, les compliments n'apaisèrent guère son désarroi. Il savait que l'obscur combat se poursuivrait sans lui, que le Comité de coordination FFI le tiendrait à l'écart.

— Maintenant, avoua-t-il à son frère, mon cycle sur la terre est accompli. Je n'ai plus qu'à disparaître le plus honorablement qu'il soit, ainsi que l'exige la bonne conduite.

La réflexion laissa Alexandre indifférent. Ce n'était pas la première fois qu'il usait de métaphores aux accents définitifs. Par contre, celle-ci attira l'attention d'Emilienne. Elle connaissait suffisamment son beau-frère pour savoir qu'il n'employait pas les mots à tort et à travers.

— Ton frère a envie d'en finir, lui dit-elle pour l'alarmer. Tu devrais lui parler.

Alexandre se souvenait que Germain, après la démobilisation, avait envisagé le suicide. Il l'avait à plusieurs reprises surpris à caresser son fusil de chasse. Et, par précaution, Alexandre avait fait disparaître l'arme. Une telle réaction l'avait, du reste, amusé. « Que crois-tu, mon pauvre Alexandre, tu n'empêcheras rien ! Il n'existe aucun vaccin contre le désir de mort. Et il y a tant et tant de façons d'en finir, par la poudre, le feu, l'eau, le poison... » A la première visite de Nina, la menace s'était éloignée.

Devant le flot de paroles que son noir dessein entraînait, Germain resta évasif. Il se contentait juste de fixer la lumière du dehors. Puis il arrêta son frère :

— Tu me parles comme si j'étais un idiot, un pauvre idiot qui, comme dans la tragédie de Shakespeare, regarde le doigt quand on lui montre la lune. Je ne suis plus utile à rien, pas même à cette cause que je croyais servir jusqu'au bout avec le secret espoir qu'elle m'anéantirait.

— Pourquoi faut-il que tu vives avec cet effroyable paradoxe selon lequel la guerre peut donner un sens à ta vie ?

— Il n'est pas de meilleure cause qui mérite un sacrifice. Puisque ma survie même est rendue absurde par ce fauteuil auquel je suis cloué, ma mort, les armes à la main, lui redonnerait un brin de valeur et d'authenticité, tel un sursaut salutaire qui m'emporterait vers les anges noirs dont j'attends, jour après jour, la visite.

— J'ai besoin de toi à Rocheveyre, bien après cette guerre qui va finir. Tu n'as pas le droit de déserter notre domaine. Nous ne devons pas décider du jour et de l'heure de notre fin. C'est une faute. Mais j'ai confiance en toi, dit Alexandre. Je sais que les chaînes de la terre seront plus fortes que les démons qui sont en toi. Te souviens-tu du temps où tu m'as demandé de reprendre Rocheveyre ? Je t'ai écouté. C'était la parole de la sagesse même. Aujourd'hui, je te demande la même chose. Par pitié... supplia Alexandre qui avait posé une main sur son épaule.

Et ses doigts pétrissaient sa chair pour lui insuffler la force de vivre qui venait à lui manquer. Germain se tourna vers lui en hochant la tête, imperceptiblement, comme si la promesse qu'on venait d'arracher lui coûtait les pires tourments.

— J'aurais tellement préféré que la Gestapo me trouve près de mon poste émetteur. Ç'aurait été dans l'ordre des choses. Mais le destin en a décidé autrement, comme le jour où l'éclat d'obus m'a frappé. C'eût été plus juste qu'il m'achevât d'un coup, comme tant de nos camarades.

Le temps finit par apporter quelque apaisement à cette âme torturée. Et, malgré les doutes persistants d'Emilienne, Alexandre jugea que la crise s'était estompée, celle-ci après bien d'autres. Tout était redevenu simple puisqu'il se remettait, peu à peu, à s'intéresser à l'avenir du domaine, qu'il jubilait chaque fois que la radio de Londres annonçait une nouvelle défaite allemande, tels le débarquement anglo-saxon en Sicile, la contre-offensive soviétique victorieuse à Smolensk et à Kiev...

Un soir d'avril 1944, alors que le maître de Rocheveyre prenait le frais sous les tilleuls, Villedieu vint lui rendre visite. Il était seul. Ce n'était pas l'usage chez les gendarmes de se déplacer ainsi. Aussi Alexandre comprit que sa venue revêtait une signification particulière. Les deux hommes se dévisagèrent en silence, gravement. Et Alexandre lui fit signe de l'accompagner dans les écuries.

— Personne ne doit savoir que je suis venu.

— Vous pouvez en avoir l'assurance.

Le gendarme parut rassuré.

— Je connais vos activités, depuis février 1943.

— Mes activités ?

— Vous savez bien ce que je veux dire. Cela a été porté à ma connaissance par lettres anonymes. Chaque fois, je me suis arrangé pour qu'il n'y ait pas d'enquête.

L'annonce sembla laisser Alexandre de marbre. A quoi bon se monter la tête contre une pratique devenue, hélas, courante ? Deux ou trois de ses anciens collègues du conseil municipal de Marzac avaient rejoint la Milice. Sans doute était-ce parmi eux qu'il fallait chercher les dénonciateurs. Mais il chassa aussitôt de son esprit cette pensée haineuse. Combien de fois avait-il su résister à la tentation de la vengeance ? « A ce compte-là, tu deviendras aussi répugnant qu'eux », disait Emilienne qui conservait, malgré l'horreur des temps, une vision bienveillante de la société. « Pour cent délateurs, des milliers de réfractaires ! » affirmait-elle. Et dans un sens, Emilienne ne se trompait guère dans sa rassurante estimation des forces en présence, même s'il était devenu insupportable d'imaginer que des Français puissent nuire à d'autres Français, sans vergogne.

— Vous êtes un bon Français, dit Alexandre en le fixant dans les yeux.

— Je suis un patriote. Je n'ai jamais accepté la défaite.

Au début, j'ai cru que Pétain était de connivence avec de Gaulle, que l'armistice ne servait qu'à gagner du temps pour permettre à l'armée française de se réorganiser. Mais après la création de la Milice, j'ai compris que nous étions devenus les esclaves des Allemands.

— Il y a, parmi les gaullistes autour de nous, beaucoup de gens qui étaient pour Pétain en 1940.

— Il y a aussi beaucoup de collaborateurs.

— Oui, dit Alexandre, assurément. Nous savons cela, vous et moi. Nous ne sommes pas des naïfs.

— Certains de mes hommes sont prêts à aller très loin pour servir le Maréchal. Et ceux-là ne me tiennent pas en haute estime. Ils sont même disposés aux pires extrémités. J'ai songé à déserter la gendarmerie.

— Vous êtes plus utile là où vous êtes, répliqua Alexandre.

— Je ne sais pas si vos amis m'en seront reconnaissants un jour.

— Soyez-en sûr, Villedieu, la Résistance n'oubliera pas ceux qui l'ont aidée. Le silence, la passivité sont aussi des actes de résistance. Si vous aviez mené votre enquête en février 1943, tout un réseau serait tombé. Nous ne l'oublierons pas. Mais qu'est-ce qui me prouve que vous êtes sincère ? Demain, peut-être, vous viendrez m'arrêter, maintenant que vous vous êtes assuré du bien-fondé de mes activités… La règle du jeu dans notre organisation voudrait que je vous abatte, ici, à cette seconde, sans hésitation. Le risque est grand de vous laisser repartir, les mains dans les poches.

— Faites-le donc !

Alexandre éclata de rire.

— Vous ne seriez pas venu sans arme.

— En effet. Et mes hommes encercleraient déjà votre maison.

— Avec un peloton de GMR comme à la ferme de La Besse. Ce sont vos collègues qui ont alerté la Milice et la Gestapo.

— Un Villedieu n'est pas venu la veille prévenir ces pauvres gars de l'imminence d'une attaque.

Alexandre Mercœur l'observa, intrigué.

— Nous allons donc avoir de la visite ?

Le gendarme hocha la tête.

— Je ne quitterai pas Rocheveyre, si c'est ce que vous voulez savoir.

— Vous n'avez pas une solution de repli ?

— Non. Ça mettrait en danger le reste du réseau. Dès lors que l'un de nous tombe, l'organisation verrouille. Voilà. C'est le prix de notre survie. Vous savez cela, Villedieu, aussi bien que moi.

Le gendarme avança au milieu de l'écurie, pensif, puis revint vers Alexandre à pas comptés.

— Je ne peux rien faire de plus.

— Vous serez de la fête ?

— J'ai de la considération pour un homme comme vous.

— Ce que vous pensez n'a aucune importance.

— Et votre femme, vos enfants ? Y avez-vous songé ?

Une grimace s'imprima sur le visage d'Alexandre. Il ne pensait qu'à ça.

— Oui. Je vais les éloigner du domaine, si vous me garantissez que les routes sont libres autour de Marzac.

— Votre famille peut partir sans crainte. Vous avez ma parole. Et vos amis ?

— Je vais les cacher aussi.

— C'est surtout après eux que la Milice en a, ces pauvres Juifs.

Alexandre parut rassuré.

— Vous voulez dire que ces salauds ne savent rien sur mes activités ?

— Ils les ignorent, sans doute. Mais on ne sait jamais. Il suffit qu'un de mes hommes ait un soupçon. Et alors je ne réponds plus de rien.

— Raison de plus pour ne pas fuir.

— Vous avez caché des Juifs. Qu'est-ce qu'il vous faut de plus ? C'est la prison, la déportation assurée.

— Je nierai.

— La parole du milicien Lamazane contre la vôtre, douteriez-vous, un seul instant, de l'issue…

Au premier abord, Emilienne refusa de quitter Rocheveyre sans Alexandre. Elle rappela qu'elle avait choisi, elle aussi, son camp, et qu'ils devaient partager ensemble les conséquences de leur engagement. Le vœu avait été scellé sous la lune, dans les profondeurs du bois de Bellegarde. Ce n'avait pas été seulement un beau souvenir romantique, mais une décision grave, une périlleuse résolution. Alexandre enrageait, pestait contre lui-même de n'avoir su la tenir suffisamment éloignée de cette guerre. Mais il ne pouvait que s'en prendre à lui-même. Pourquoi n'avait-il pas refusé, à ce moment-là, qu'elle s'engage à ses côtés ? Il avait cédé avec le secret espoir de n'avoir pas à le regretter un jour.

Et il comprit que la séparation serait douloureuse. Pour en atténuer les effets, il la convainquit que rien, en définitive, ne justifiait qu'on prît l'événement au tragique. Le repli n'était qu'une précaution élémentaire pour préserver les enfants. Alexandre sentit alors sa détermination mollir. Protéger les enfants était le seul argument qui fût de nature à la convaincre en cet instant d'exaltation et d'angoisse.

Durant la conversation, Germain resta à l'écart. C'était

une décision qui ne le regardait pas. Mais il ressentit un soulagement lorsqu'il vit Emilienne remplir les valises.

Les Mercœur possédaient de la famille à Objat. Il fut convenu qu'Emilienne s'y cacherait le temps nécessaire avec les enfants. Pendant que les préparatifs du départ s'activaient, Alexandre se rendit chez les Kalfon. Elise ne posa pas une seule question. Depuis longtemps, elle s'était préparée à cette éventualité.

— Je suis peinée pour vous, dit-elle. Tout ce qui arrive est de notre faute ! Nous aurions mieux fait de suivre René. Un temps, j'ai espéré que la guerre ne viendrait pas jusqu'à nous. Maintenant, elle est partout. Il ne reste plus un seul mètre carré de terre française où l'on soit en sécurité.

Alexandre hésita à la prendre dans ses bras pour lui insuffler un peu de son courage. Mais elle s'y laissa glisser en songeant à son mari. « Pourquoi n'es-tu pas là, au moment où nous avons le plus besoin de toi ? » se dit-elle. Dans un éclair, elle revit l'instant de leur séparation sur le quai de la gare de Brive. René avait agité un petit mouchoir blanc, abandonné au vent juste avant que le train ne disparaisse. Ensuite, Thérèse avait couru le récupérer dans la poussière. Petit carré blanc fétiche, sans lequel elle ne s'endormait plus le soir.

— Vous ne nous sauverez pas. Ces monstres parviendront à nous avoir, fit-elle.

— Nous vous cacherons jusqu'à ce que cette maudite guerre se termine. Et tout finira par rentrer dans l'ordre. Gardez espoir, je vous en supplie. Ne faites rien qui puisse compromettre votre liberté. Pensez à votre petite Thérèse. Nous l'aimons aussi beaucoup.

En deux coups de manivelle rageurs, Alexandre mit la voiture en route.

— Et surtout pas de larmes ! ordonna-t-il en fermant les portières.

Son regard croisa celui d'Emilienne. Et il pensa alors qu'il ne la reverrait plus. A La Besse, les miliciens n'avaient pas hésité à abattre les gens de la ferme. Le lendemain, on avait retrouvé les corps soigneusement alignés contre le mur de la grange. Rien n'avait été épargné, ni les chiens ni les vaches. La mort avait passé comme une tornade. Puis le silence s'en était revenu, dans un bourdonnement de mouches bleues. « Tu m'as déjà donné beaucoup de bonheur, se dit-il. Tellement de joie et d'amour que je n'aurai rien à regretter. » Puis il se détourna pour ne pas voir les frimousses grises de ses enfants. Il fit encore un petit geste dans leur direction et s'en retourna vers la maison, les épaules voûtées.

Germain était resté près de Léontine. La mère égrenait son long chapelet noir, comme les jours d'orage lorsque le tonnerre grondait sur Rocheveyre. Elle interrompait ses prières quand le danger était écarté. Et d'un sourire, elle remerciait Dieu, encore une fois, de sa miséricordieuse bonté. Cela faisait des années qu'elle croyait que ses implorations écartaient la main du destin. Sauf pour André. La prière n'avait pas suffi à le lui ramener, sain et sauf. S'il en avait été ainsi, elle ne pouvait s'en prendre qu'à elle-même. Elle n'avait pas assez prié et Dieu avait négligé sa supplique.

Le bourdonnement de sa voix agaçait Germain. Mais il savait que ça ne servirait à rien de l'en empêcher. Alors, les deux frères se retirèrent sous les tilleuls. Un petit vent frais et caressant agitait le feuillage au-dessus d'eux. Alexandre essayait de ne plus penser à Emilienne, à l'histoire de leurs premiers regards et de leur dernière étreinte.

— Tu aurais pu te cacher, aussi, fit Alexandre à Germain. Sous le foin, il y a un abri avec tout ce qu'il faut pour boire et manger. J'avais prévu ça pour les Kalfon, des fois que...

— Ça ressemblerait à quoi, ce sauve-qui-peut ?

— C'est ce que j'ai dit à Villedieu. Il arrive un moment dans la vie d'un homme où on ne peut plus fuir.

— Tu n'as jamais fui devant personne.

— J'ai renoncé, face à Lamazane, le jour où ces salauds se sont emparés de la mairie.

— C'est la seule chose que tu peux te reprocher, admit Germain. Et n'importe qui pourrait prouver que tu n'avais pas d'autre solution.

— Je ne cherche pas des excuses.

— Personne ne t'en demande, lui répondit Germain. Parmi nos amis de la Résistance, je n'ai jamais entendu qui que ce soit émettre le moindre avis négatif sur ton compte.

Ils restèrent longuement sans parler, l'un à côté de l'autre, dans la nuit qui commençait à fraîchir. Alexandre ramena la couverture sur les épaules de son frère. Le contact rêche d'une mauvaise laine lui rappela les longues veilles du front. Dans les casemates, on n'arrivait pas, non plus, à fermer l'œil, à la seule pensée qu'à l'aube il faudrait monter à l'attaque.

— Nous avons été heureux, ici.

Germain hocha la tête aussi.

— Heureux et fiers d'avoir été les maîtres de Rocheveyre.

— Une sacrée ferme quand même.

— Baptiste sera satisfait. Nous aurons été à la hauteur jusqu'au bout.

— Justement, je pensais à notre père, à la même seconde que toi, dit Alexandre.

Puis ils se turent de nouveau, pour écouter le vent dans les tilleuls. L'un et l'autre ne voulaient pas déranger la quiétude de la nuit, comme s'ils craignaient qu'elle se rompît pour toujours.

Les deux agents de la Gestapo entrèrent les premiers dans la cour du domaine, dans une traction avant noire conduite par un jeune soldat allemand. De sa fenêtre où il observait la scène, Germain imagina qu'il eût été facile de les abattre avec son colt caché sous le bureau. Avec deux doigts tendus, il s'amusa à les viser, tour à tour. Des coups de feu rageurs claquèrent dans sa bouche, en sourdine, langue contre palais, comme durant son enfance lorsqu'il accompagnait son père à la chasse et qu'il était plus rapide que lui à voir le gibier.

L'un des hommes, en ciré noir et chapeau de feutre mou, frappa à la porte d'entrée, tandis que son collègue restait près de la voiture à surveiller les environs. Il portait une mitraillette à la bretelle et tournoyait sur lui-même avec des gestes saccadés de pantin sinistre. Comme il était convenu, Léontine alla ouvrir la porte. Ses fils lui avaient recommandé de feindre la surprise. L'Allemand avait une manière polie et affectée de s'exprimer qui rassura la vieille dame. Sans entendre tout ce qu'il disait, avec un fort accent, Germain comprit qu'il la questionnait sur Elise Kalfon.

— Nos réfugiés ? Mais ils sont partis, affirma Léontine.

— Ah ! s'étonna l'Allemand. Cela est extrêmement fâcheux.

Germain l'entendit faire les cent pas dans le couloir, en martelant le parquet du talon. Puis il jugea que le moment était venu d'entrer en scène. Ce n'était guère prudent de laisser la mère, seule, face à un agent de la Gestapo. Il ouvrit la porte de sa chambre, brutalement. L'Allemand se retourna en portant instinctivement la main sur l'étui de son arme.

— Je suis Germain Mercœur.

Hans Brukner toisa Germain avec dégoût.

— Nous cherchons la Juive Kalfon qui demeure chez vous.

Germain ne put réprimer un sourire.

— Navré de vous décevoir, monsieur, mais madame Kalfon ne demeure plus à Rocheveyre.

— Ce n'est pas l'avis de nos informateurs, répliqua l'Allemand.

Brukner se mit à tourner autour de lui pour l'intimider, d'un pas lent et mesuré. Puis il se saisit des poignées du fauteuil et le poussa vivement dans la cour.

— Je vois que vous êtes invalide, monsieur Mercœur.

— Mon misérable état, je le dois à un éclat d'obus dans la Somme en 1915.

Brukner souleva respectueusement son chapeau.

— Vous m'en voyez désolé.

— Je n'ai pas encore digéré ma blessure, ajouta Germain, aussi comprendrez-vous que je réserve à votre Reich une rancune tenace.

Alexandre s'était approché de la voiture.

— Monsieur Alexandre Mercœur, c'est bien vous ? fit Brukner en l'apercevant. Je viens de questionner votre frère sur la Juive Kalfon. Je suppose que vous me ferez la même réponse.

Comme il feignait l'étonnement, l'Allemand vint se planter sous son nez.

— Vous avez hébergé une famille juive.

— Première nouvelle.

— Vous niez l'évidence, monsieur Mercœur. Nous n'aimons pas cela, les mauvais Français.

— Je reconnais avoir abrité une famille de réfugiés. Voilà tout.

— Juive, ajouta l'Allemand.

— Une famille française, insista Alexandre.

— Les Juifs sont apatrides, monsieur Mercœur, énonça-t-il d'une voix lente. Celle-ci a oublié de se faire recenser. Au regard de votre propre loi, c'est un crime grave. C'est pourquoi nous la recherchons activement.

Villedieu et ses deux gendarmes étaient restés à l'écart, près de la grange, tandis que Lamazane et un milicien d'Objat s'activaient dans le bâtiment pour y inspecter les lieux.

— Ignoreriez-vous, monsieur Mercœur, ajouta Brukner, que nous punissons ceux qui cachent les Juifs avec la plus extrême sévérité ?

— Je n'ai rien caché du tout.

— C'est ce que l'interrogatoire nous dira.

Quand Lamazane et son acolyte sortirent de la grange, Alexandre interpella le chef de la gendarmerie.

— Si moi je suis un mauvais Français, qui sont-ils, ceux-là ? Me le direz-vous ?

— Ne joue pas les fiers-à-bras, répliqua Lamazane. Nous savons que tu caches deux femelles juives. Tu ferais mieux de nous les livrer. Ça t'éviterait de graves ennuis.

Alexandre se tourna vers Brukner.

— Je ne veux pas répondre à un salaud de Français.

— Ce salaud de Français, comme vous dites, reprit l'Allemand, est le chef de secteur de la Milice. Il ne fait que son devoir. Une utile et saine collaboration, comme dirait votre Maréchal. Décidément, monsieur Mercœur, vous n'avez pas de chance, parce que je jouis d'une solide réputation. Personne ne résiste à mes interrogatoires.

Villedieu baissait la tête. C'était plus qu'il ne pouvait supporter.

Brukner avait compris qu'il n'obtiendrait pas une parole de plus par la méthode ordinaire. Aussi commençait-il à s'impatienter en voyant les gendarmes faire le pied de grue. Il fit signe à Villedieu d'approcher.

— Vous allez m'embarquer cet homme, ordonna-t-il.

Le chef de la gendarmerie hésita, puis il appela ses hommes à la rescousse. Peine inutile, Alexandre n'opposa aucune résistance. A l'instant de monter dans la voiture de la Gestapo, Germain demanda qu'on l'embarque également. Cette attitude fit rire Lamazane.

— On n'a pas besoin de l'estropié, fit-il à son adjoint de la Milice qui riait aussi.

Et, d'un geste, il repoussa le fauteuil qui alla buter, dans sa course, contre le palier de la maison.

Dans les bureaux de la Gestapo, hôtel de la Gare, Alexandre maintint courageusement sa version selon laquelle les Kalfon avaient quitté la Corrèze depuis plusieurs semaines. A son opiniâtreté, on opposa quelques témoignages recueillis à Marzac chez l'habitant. En écoutant la lecture des dépositions enregistrées par Villedieu, le prisonnier en ressentit un profond désarroi. Letheil, Malpas, Géraud et tant d'autres n'avaient pas hésité à témoigner contre lui. Il se trouva même Verderie pour prétendre qu'il avait choisi à dessein les Kalfon, parmi tous les autres réfugiés, à l'époque où il était encore maire de la commune, parce qu'il avait flairé l'argent chez ces étrangers et tout le parti à tirer de la situation. Alexandre céda à l'abattement. Certes, les Verderie avaient toujours eu à plaider contre le domaine, des histoires d'arpents de terre, de bornes et de droit de passage. Mais de là à imaginer qu'ils se vengeraient de la sorte ! C'était à mourir de désespoir. En vérité, tout ce que le village comptait de bien-pensants avait signé, sans la moindre hésitation, son arrêt de mort. « Que leur ai-je fait pour mériter autant de haine ? » se demandait-il alors que les gens de la Gestapo tournaient autour de lui, multipliant les coups pour lui faire lâcher prise.

Brukner sentit enfin que la détermination de Mercœur était vacillante. Depuis qu'il avait trouvé le point faible dans la cuirasse, par un lent et méthodique exposé des dénonciations, il marquait des points. Pourtant il avait été assez long à découvrir dans la personnalité de son prisonnier ce qui pouvait bien l'abattre, l'insupportable haine de ses concitoyens. Aussi décida-t-il de porter sa dernière estocade, en exposant les ultimes preuves dont il disposait.

— Dans votre maison, nous avons trouvé des lettres, fit-il en les exhibant. Des lettres accablantes contre vous.

— Je n'en crois rien. Encore des faux grossiers.

Brukner éclata de rire.

— Je comprends les raisons qui vous poussent à croire que nous aurions tout inventé, jusqu'à ces témoignages. Ce serait tellement plus rassurant pour vous. Mais il se trouve que vos chers voisins de Marzac n'ont pas eu à être bousculés, eux. La gendarmerie n'a eu qu'à transcrire. C'est incroyable ! J'en conviens. Vous avez été leur maire. Ils vous ont accordé leur confiance. Et voilà ce qu'il en reste. De quoi vous envoyer devant un peloton d'exécution. Ce sera peut-être mieux ainsi, que vous ne les revoyiez jamais, ces bons Français. En tout cas, je peux vous le garantir, ils n'ont pas envie de vous revoir vivant.

— Je répète que je ne savais pas que madame Kalfon était juive. Comment aurais-je pu le savoir puisqu'elle n'était pas recensée ?

— Le milicien Auguste Lamazane prétend qu'il vous avait averti de cet état de fait. La judéité de ces gens était un secret de Polichinelle dans le village. Il n'y avait bien que vous pour ne pas lire les traits simiesques sur leurs visages. En vérité, vous le saviez parfaitement. Le milicien Lamazane dit même que vous l'avez menacé de représailles, si d'aventure il en portait connaissance à l'autorité.

— Ce sont des mensonges, s'écria Alexandre. D'abominables inventions dans le seul but de me nuire. Il n'y a rien d'étonnant à cela, cet homme a toujours juré ma perte. Avec cette affaire, il aura trouvé enfin l'occasion d'accomplir ses desseins.

Brukner brandissait toujours les lettres. Et Alexandre se demandait, anxieusement, ce qu'elles pouvaient contenir.

— Il se trouve que la Juive a laissé derrière elle des preuves accablantes, fit-il en s'asseyant sur le coin de son bureau. Comme vous avez eu tort d'accorder votre confiance aux Youpins. C'est d'autant plus déplorable que vous n'êtes pas juif, vous-même. Qu'aviez-vous besoin de les protéger ? Contre de l'argent, comme le suggère l'un des dénonciateurs ? Ce serait un mobile que je pourrais comprendre.

Alexandre releva un visage tuméfié vers son tortionnaire.

— C'est me faire injure que de penser ça. Tout ce que j'ai fait, c'est par pur désintéressement. Pour donner un toit à une famille qui avait tout perdu.

— Venons-en aux fameuses lettres, fit Brukner en agitant son paquet de feuilles. Il s'agit de la correspondance du mari, René Kalfon, industriel à Péronne, que nous recherchons activement pour menées terroristes. La dernière lettre date du 3 mars 1944. Elle est parvenue à sa destinataire à Rocheveyre le 10 mars. Il y a seulement trois jours. Nous sommes bien d'accord. Le tampon des Postes et Télégraphes en fait foi. Cela prouve que la Juive Kalfon était encore chez vous il y a trois jours, sous votre protection. Je vais vous en lire un passage : « Tu remercieras encore une fois nos bons amis pour leur gentillesse. Je n'oublierai jamais ce qu'ils ont fait pour nous. Ici, les rafles s'accélèrent. Et je n'ose imaginer ce qu'il serait arrivé si toi et notre petite Thérèse, vous vous étiez trouvées au milieu d'elles. Je vous aurais perdues. Tu es en sûreté en Corrèze. Ne fais rien qui puisse te signaler à l'entourage. On ne sait jamais. Encore quelques mois à gagner et nous serons tous sortis d'affaire. »

Alexandre serrait les poings. Il songea avec amertume qu'il n'avait pas emporté avec lui la pilule de cyanure que lui avait confiée le capitaine Henry. Irréparable négligence dont il aurait à pâtir. Ce n'était pourtant pas faute de l'avoir entendu, le fameux conseil. « Ne tombez pas entre leurs mains vivants ! » répétait l'officier FFI. Et il pensa à ses compagnons du bois de Bellegarde. Mourir à leurs côtés, les armes à la main, c'était ce qu'il avait espéré de pire, et de plus glorieux.

On le reconduisit dans sa cellule, installée dans les caves de l'hôtel. Le surveillant tira le verrou sur lui, un bruit sec qui lui déchira les tympans. Mais il y avait pire : le cri des torturés. C'était ce qu'il supportait le moins, surtout celui des femmes ; des plaintes qui emplissaient les couloirs, jusque tard dans la nuit. Alexandre se pelotonna au fond de sa cellule, sous un lavabo. Les robinets étaient asséchés depuis longtemps. L'eau, la nourriture étaient apportées avec parcimonie, au gré des maîtres de l'étage. Mais ça n'avait aucune importance. Il est des douleurs plus terribles que la soif ou la faim : la rage d'être fait comme un rat, tandis qu'au-dehors triomphent les barbares.

Emilienne avait décidé d'attendre l'arrivée de Camille toute la nuit s'il le fallait. La tête posée sur le volant de sa voiture, elle avait somnolé quelques minutes, sur le qui-vive, à l'écoute du moindre bruit.

Au Vialmur, sur ces hauteurs de Brive, les riches demeures étaient cachées derrière de grands murs en pierre de taille ou dissimulées par des bouquets d'arbres. Emilienne n'avait pas eu de mal à trouver celle de Léonce Janvier, grâce aux cèdres géants qui ombrageaient le parc et à sa façade blanche de villa de bord de mer. C'étaient les seules indications qu'on lui avait fournies. Pour la dénicher, il ne lui avait guère fallu plus d'une demi-heure. De la vitre de sa voiture, elle avait eu tout le loisir de les observer une à une, les belles résidences du Vialmur. Il y en avait de fort extravagantes, avec des balcons alsaciens fleuris, d'autres plus austères en pierre ocre ou grise. Vue de la rue, celle de Janvier ne payait pas de mine. Mais, à y regarder de plus près, on voyait bien qu'elle était luxueusement vaste avec ses grandes baies vitrées orientées plein sud.

Un crissement de pneus sur le gravier de la route attira son attention. Dans le rétroviseur, elle vit apparaître la Vivastella qui s'engagea sous le porche. Un chauffeur en descendit pour ouvrir le portail. Emilienne accourut aussitôt et vint plaquer ses mains sur la vitre embuée.

— Toi ? Qu'est-ce que tu fais là, à cette heure ?

Emilienne essaya d'ouvrir la portière.

— Ne me regarde pas ! s'exclama Camille. Je suis si laide !

Et elle se cacha le visage avec un foulard de soie blanche.

— Il est arrivé un malheur.

— A qui ?

— Alexandre ! cria Emilienne.

Camille se laissa glisser sur le marchepied.

— Alexandre ? répéta-t-elle. Il est...

— Les Allemands l'ont arrêté.
— Lui ? Pourquoi ?
Camille parut rassurée. Elle avait déjà imaginé son frère dans la froide immobilité de la mort. C'était le genre de cauchemar qui hantait ses nuits, des morts partout autour d'elle, des funérailles à n'en plus finir, à croire que tout ce qui lui restait de son enfance devait ainsi prendre la poudre d'escampette.
— Il n'y a que toi qui puisses faire quelque chose pour lui.
A son pas hésitant, Emilienne comprit qu'elle traînait encore des relents d'ivresse. Aussi coupa-t-elle court au discours, en la prenant par la taille pour la soutenir jusqu'en haut de l'allée qui serpentait entre les arbres. Elle l'aida encore à trouver ses clés dans un sac encombré de babioles inutiles.
Camille s'aspergea le visage d'eau froide pour faire disparaître les stupres de la nuit. Et comme elle ne cessait de s'émouvoir du regard qu'on portait sur elle, Emilienne lui fit comprendre qu'elle avait d'autres préoccupations en tête. Elle avait deviné la sorte d'existence qui était la sienne depuis qu'elle fréquentait Léonce Janvier. Camille avait noué sa longue chevelure avec un ruban de soie noir. Le visage ainsi dégagé livrait une détresse infinie. Sous le regard, des cernes bleus renforçaient l'impression de lassitude. La robe longue noire qu'elle portait, fendue sur un côté à mi-cuisse, paraissait incongrue dans le petit matin frileux. Camille semblait émerger d'un autre monde avec ses attirails de plaisir, ses odeurs fanées et sa tristesse de fête interrompue.
— Je ne voulais pas venir t'aborder à cette heure-là, dit Emilienne en la fixant dans des yeux qu'elle détournait ostensiblement. Mais c'est tellement grave, ce qui nous arrive.

— Je ne comprends rien à cette histoire.

Sa main tremblante caressait un vide-poches en nacre. Elle essaya de l'ouvrir, par jeu, mais l'objet lui échappa et glissa sur le tapis. Il n'en fallait guère plus pour l'énerver qu'Emilienne, venue la surprendre dans son intimité, au plus triste moment du jour, avec ses mauvaises nouvelles, de celles qui allaient encore exiger des sacrifices inouïs.

— Nous avons hébergé à Rocheveyre une famille juive...

Camille agita la tête, ennuyée. Ce n'était pas la peine de lui en dire plus. Elle avait compris.

— Et on vous a dénoncés, acheva-t-elle. Quelle époque infâme que la nôtre. Verrons-nous un jour le bout de cet enfer ?

— En ce moment, Alexandre est interrogé dans les bureaux de la Gestapo, poursuivit Emilienne. Il y a fort à parier qu'on veuille attenter à sa vie. D'après le chef de gendarmerie, les Allemands ont recueilli des preuves accablantes contre nous.

Camille soupira profondément. Elle avait besoin d'air pur dans ces moments-là. Autour d'elle, tout lui semblait englué dans un cloaque sans fond.

— Quand ils en veulent à quelqu'un, les raisons importent peu, ma pauvre Emilienne. Ils les fabriquent si nécessaire. Ce sont des monstres. Entre leurs mains, une vie ne vaut guère plus qu'un pois chiche.

Emilienne ne pouvait entendre pire que ces considérations sur la police allemande et celle de Vichy. De colère, elle planta ses ongles dans le cuir du sofa sur lequel elle se trouvait installée. Elle avait envie de griffer autour d'elle ce monde obtus qui refusait de l'entendre.

— Je me fiche de tes états d'âme. Je me fiche de ce que tu penses des salauds et des traîtres qui t'entourent. La seule chose qui m'importe est de savoir si tu as les moyens de sortir Alexandre de leurs griffes. Après tout, c'est ton frère, non !

Le ton vif fit baisser les yeux de Camille.

— Qu'est-ce qui te fait dire que j'ai ce pouvoir-là ?

— Allez ! s'écria Emilienne. Ne joue pas ce petit jeu avec moi. L'heure n'est plus aux finasseries. Je connais parfaitement la nature de tes relations avec l'occupant.

— Mes relations ! Mes relations ! se défendit Camille. Ce sont surtout celles de Janvier. Moi, je ne suis rien qu'une pauvre idiote embarquée sur cette galère. On ne m'a rien demandé. J'ai suivi le mouvement. Et quand je posais des questions à Léonce, il me répondait avec son air indifférent : « Ma petite, les temps sont durs. Il faut jouer le jeu ! » Ah ! nom de Dieu, oui ! Combien de fois je les ai entendus, ces mots-là : « Il faut jouer le jeu ! » Tu sais ce que ça veut dire, toi ? Jouer le jeu...

Emilienne vint s'asseoir à côté d'elle, rassérénée. Les cris, les invectives, ce n'était peut-être pas la meilleure façon d'obtenir raison, surtout lorsqu'elle sentit que Camille était au bord des larmes. Elle se décida à la prendre dans ses bras. Sa tête lasse vint se poser contre son épaule. Puis elle se mit à lui tapoter le dos, doucement, comme elle l'eût fait avec un enfant.

— Tout est la faute de Janvier, murmura Camille près de son oreille. Tout ce que je suis devenue est sa faute. Je me dégoûte à un point que tu ne peux pas imaginer.

— Je n'ai pas à juger, dit Emilienne.

— L'opinion que j'ai de moi, tu ne pourras jamais la changer.

— Il n'est rien qui soit irréparable dans la vie.

— Comment as-tu deviné que j'étais des leurs ? Pourtant je ne t'ai jamais rien dit dans mes lettres. J'ai voulu le cacher jusqu'au bout. A cause de la mémoire de papa.

Mais s'il y a un paradis, il doit voir ce qu'est devenue sa fille. Et ça, c'est insupportable.

— Ce n'est pas la peine de continuer à se faire mal.

Emilienne revint de la salle de bains avec une serviette et se mit à lui sécher ses larmes.

— Regarde ce que je suis devenue !

Et Camille retroussa la manche de sa robe pour montrer les hématomes qui lui marbraient la peau.

— La guerre a tué ce que nous avions de plus humain et de sacré, dit Emilienne. Sans doute le mal dormait-il déjà au tréfonds de nous. Il ne demandait qu'à renaître. Les nazis ont au moins réussi ça, à faire jaillir des torrents de haine. Quand la guerre sera finie, que les monstres seront anéantis, alors il nous faudra reconstruire, patiemment, l'amour d'autrefois, avec la seule force de l'oubli.

— Mais nous ne retrouverons jamais l'innocence. Elle est tuée à jamais, en moi. Je ne pourrai jamais plus regarder Alexandre en face.

— Ce n'est pas une raison pour qu'il meure.

— Non ! s'insurgea Camille. Il ne mourra pas. Je te le jure.

Elle parut réfléchir, comme si elle éprouvait quelque difficulté à mettre ses idées en ordre. Certes, il lui fallait bâtir un plan au plus vite, mais elle ne se sentait pas la force d'engager une nouvelle fois le marchandage avec l'officier allemand, comme elle l'avait fait avec Villette. Cela la dégoûtait de subir son chantage. Avec le commandant, tout se payait au prix fort. Et elle imaginait déjà le regard de Katelbrunner sur elle, froid, comme une lame d'acier : « Que m'accorderez-vous en échange, ma cruelle beauté ? » Il lui faudrait s'en tirer par une de ces pirouettes dont elle avait le secret. « Croyez-vous que je devrais me résigner à perdre encore à ce jeu-là ? » dirait-il. C'était une de ses reparties favorites. Quant à Tomas, il ne fallait guère compter sur lui. Chacune de ses décisions était subordonnée à la voix de son chef. Il eût livré père et mère si Katelbrunner les lui avait demandés. Et quant au sentiment, au petit sentiment qu'il lui réservait – si tant est qu'il existât –, ça ne valait pas tripette. Rien qu'une anomalie de l'esprit, une faiblesse de l'âme, dans l'édifice de l'être aryen.

Emilienne sentit qu'elle devait se retirer pour la laisser seule, en tête à tête avec elle-même. A l'instant de partir, Camille la retint d'un geste désespéré.

— Tu dois me promettre que tu ne le diras jamais à Alexandre.

— Quoi donc ?

— Que je l'ai tiré d'affaire.

Katelbrunner obtint de Camille ce qu'il attendait depuis le premier jour de leur rencontre au fameux cercle de l'hôtel de l'Etoile. « Cette fois, dit-il, j'ai les bonnes cartes en main. Je ne pouvais indéfiniment perdre. C'eût été immoral. » Au préalable, le commandant s'était arrangé pour envoyer son jeune lieutenant jouer à la chasse aux terroristes en haute Corrèze, de quoi le tenir éloigné quelques jours de Brive et lui laisser le terrain libre. Le chef allemand avait toujours fait montre de délicatesse et de doigté avec ses proches collaborateurs. Ces manières, que l'on trouve rarement chez les militaires, lui venaient sans doute des années passées dans le civil avant que la prise du pouvoir par les nazis ne le décide à embrasser la carrière des armes.

Katelbrunner fit réserver une suite au Grand Hôtel de la Paix et y invita Camille pour savourer sa victoire. L'Allemand eut le triomphe modeste. « J'ai deviné que vous ne m'aimiez pas, lui confia-t-il en lui servant une coupe de champagne dans le vaste lit où elle était allongée, nue, avec seulement autour du cou un ruban de soie noir. C'est mon plus bel échec dans cette campagne de France que de n'avoir su me faire aimer de vous. » Les moments passés dans les bras de ce sexagénaire furent assez pathétiques pour qu'elle n'en ressentît pas l'humiliation.

Le lendemain de cette aventure, le commandant signait le transfert d'Alexandre Mercœur à la prison de Brive. L'ordre d'écrou ne fut pas du goût de Hans Brukner, qui demanda, par une note écrite, une explication au commandant de la Wehrmacht. Celui-ci lui répondit par la même voie que la guerre en France avait des exigences incompréhensibles pour un simple gratte-papier de la police allemande. Insulte suprême pour un Hans Brukner. Aussi décida-t-il de faire un rapport au haut commandement de la Gestapo avec le secret espoir que l'affaire susciterait à Berlin une enquête spéciale. C'était bien mal présumer de l'avenir. Le IIIe Reich avait autre chose à s'occuper que des états d'âme d'un petit fonctionnaire de la police en poste à Brive alors que le débarquement des forces alliées venait de commencer sur les plages de Normandie.

Le 15 août, les FFI libérèrent Brive. Katelbrunner signa la reddition dans les bureaux de l'hôtel de ville pavoisés de drapeaux tricolores. Brukner avait pris la fuite la veille même en abandonnant lâchement ses hommes. Quant à Tomas Wickert, il fut tué avec une cinquantaine de ses soldats aux abords de la gare de Brive en protégeant le départ d'un convoi vers Angoulême.

Lorsque les maquisards prirent d'assaut l'hôtel de la Gare, ils rencontrèrent peu de résistance. Dans le bureau de la Milice, au premier étage, ils débusquèrent Léonce Janvier. L'homme s'était juré de se suicider à la dernière seconde. Mais il n'eut pas le courage d'aller jusqu'au bout. On le conduisit dans la cour arrière de l'hôtel, les mains sur la tête. Puis un jeune officier FTP lui demanda s'il voulait qu'on lui bande les yeux. Il exigea qu'on avertît son avocat afin de bénéficier d'un procès régulier. La réflexion aviva les rires des maquisards. L'un d'eux le mit en joue et il s'affaissa dans un mouvement de tourniquet ridicule.

Deux jours plus tard, la maison du Vialmur fut investie. Les FFI voulaient surtout mettre la main sur les archives de la Milice. Ils ne trouvèrent rien d'intéressant, seulement Camille retranchée dans la salle de bains. En vain, elle avait appelé Jacques Villette pour qu'il la cachât dans son hôtel particulier de l'avenue de Bordeaux. Au terme d'un bref interrogatoire, où elle reconnut avoir été la maîtresse de Janvier, elle alla rejoindre nombre de ses amis du cercle au camp des Chapélies. Le bruit courut parmi les prisonniers que les membres du comité d'épuration allaient procéder dans les heures prochaines à un nettoyage en règle. On disait même que, aux abords des baraquements, des soldats creusaient de vastes fosses pour y accueillir les fusillés. Camille demanda à un gardien l'autorisation d'écrire une lettre. Son unique espoir se tournait maintenant vers Emilienne. Elle était la seule personne qui fût capable de remuer ciel et terre pour la sortir de ce mauvais pas. Cette faveur – ultime, croyait-elle – lui fut refusée. Autour d'elle, les notables pestaient contre l'injustice qui leur était faite. Dans cette immense cour des miracles, où croupissait toute la fine fleur de la collaboration briviste, il n'y avait plus que de dociles repentis, disposés à livrer amis et voisins pour sauver leur peau.

Alexandre fut libéré le 16 août au matin par un détachement de FTP. Il avait vécu les ultimes heures de sa détention avec l'angoisse au ventre. A chaque seconde, il s'était préparé à l'idée que les derniers Allemands de Brive vinssent se venger sur lui avant d'abandonner la ville. Au petit lieutenant qui commandait l'opération, il fit connaître son identité et ses responsabilités dans la Résistance. Celui-ci lui conseilla de rallier au plus vite l'hôtel de ville où siégeait, désormais, l'état-major des FFI.

Il trouva une ville en liesse, les rues noires de monde. En remontant le boulevard du Salan, il croisa un défilé de femmes tondues. Elles étaient encordées à la suite, traînées et brinquebalées, au gré de la marée qui les poussait inexorablement vers on ne sait quel sinistre supplice. Cette scène rappela à Alexandre un tableau de Bruegel, *La Parabole des aveugles*. Sur les crânes, pâles ou gris, on avait dessiné au charbon de bois des croix gammées. Certaines d'entre elles portaient, suspendus à leurs cous, des écriteaux sur lesquels était écrit : « J'ai couché avec un Allemand ! » Ou plus communément : « Traître ». L'assistance qui se pressait autour de l'étrange procession hurlait des mots orduriers. De temps à autre s'échappaient de la marée humaine quelques justiciers pour porter coups de poing ou gifles. La peur et l'effroi qui se lisaient sur les visages blessés de ces femmes faisaient rire la foule. Et il en ressentit un haut-le-cœur. Décidément, cette ambiance de fête haineuse lui laissait un goût d'amère victoire.

Lorsqu'il en fit la réflexion au capitaine Henry qu'il retrouva dans un bureau de l'hôtel de ville au milieu d'un comité restreint, on ne le prit guère au sérieux.

— Mon pauvre Martial, il faut bien que la populace se défoule. On lui en a fait tellement subir depuis quatre ans…

— Contre de pauvres filles ?

— Certaines d'entre elles ont donné nos camarades à la Gestapo.

— Je doute fort que les vraies coupables soient parmi elles.

— On prend ce qu'on trouve, fit-il d'un geste de lassitude.

Le capitaine vit passer dans le regard d'Alexandre l'éclair d'une grande tristesse. Henry avait deviné le fond de sa pensée : que ce n'était pas la peine d'avoir risqué sa vie pour voir fleurir un simulacre de justice.

— Au lieu de t'apitoyer sur le sort des tondues, dit l'officier FFI, tu ferais mieux d'aller au bureau des affectations y retirer ton certificat d'état de service et, ajouta-t-il en clignant des yeux, un galon de sous-officier.

Alexandre l'écoutait avec amusement, bras ballants, sans se décider à agir. Il sortait tout juste de sa prison où il avait passé près de deux mois et demi. Et cette folle agitation, autour de lui, le soûlait de fatigue. Il n'arrivait plus à mettre un pied dans la réalité. Cet état n'était pas nouveau pour lui ; il en avait déjà ressenti les effets, il y avait bien longtemps, à la démobilisation de novembre 1918.

— Le bureau est au deuxième étage, dit l'officier en lui secouant l'épaule. Troisième porte à droite. Et après, tu viens nous retrouver. Nous avons encore tellement de choses à faire.

Le cabinet où l'on traitait des affectations était pris d'assaut par les maquisards de tout poil. Les deux malheureux secrétaires avaient du mal à contenir les impatiences de cette mêlée vociférante où l'on jouait du coude pour gagner quelques places. Alexandre éprouvait une sorte de malaise à l'idée même de devoir, lui aussi, se jeter dans la cohue. « Qu'ai-je à faire, moi, d'un certificat de résistant ? songea-t-il. Certes, je le fus, comme tant d'autres. Et alors ? Quel droit cela me donne-t-il ? Après tout, je n'ai fait que ce que tout bon Français aurait dû faire. Désormais la cause est entendue. Le temps n'est-il pas venu de retourner à Rocheveyre ? Ma vraie place est là-bas, au domaine, à élever des troupeaux, à cultiver de la bonne terre. Je n'ai jamais su rien faire d'autre. Et sûrement pas militaire, malgré les galons qu'on veut accrocher à ma boutonnière. Les certificats, les grades, les médailles, tout cela va se distribuer à la pelle. »

Alexandre ne se trompait guère. L'état-major FFI ne serait pas chiche en honneurs. En ces heures d'euphorie, tout ce qui porterait une arme et braillerait plus fort que le voisin obtiendrait les précieux hochets. Et cela amusa vite Alexandre de voir ces jeunes gens parader avec leurs sardines épinglées sur la poitrine.

D'un pas alerte, il retourna sur la place encombrée par la foule qui fêtait les libérateurs. Dans la mêlée, il croisa Labussière. Lui aussi avait tenu à participer à la libération de Brive. Le gaillard vint l'étreindre de toutes ses forces, pleurant son soûl de le savoir encore en vie.

— Ah ! nom de Dieu, j'en connais une qui va être contente ! fit-il en lui prenant les oreilles à pleines poignes. Ton Emilienne, elle en a versé des larmes. Ça ! Tu peux dire que t'es un sacré veinard. Elle t'aime, la diablesse. T't'souviens du casse-croûte au Coudert ? Ce jour-là, mon gars, tu peux dire que t'as décroché la timbale.

— Va donc chercher tes galons là-haut, lui hurla Alexandre en montrant la façade de l'hôtel de ville. Tu les as bien gagnés.

— T'es fou ! Je préfère une bonne bouteille. D'main, à Marzac, on va tuer le veau gras, ripailler son aise, dit-il en se laissant emporter par la foule. Et Lamazane ! Lamazane… ! cria-t-il alors que la vague l'éloignait de lui.

Et il fit le signe de quelqu'un qui se tranche la gorge.

Au moment où Alexandre traversait le parvis de la gare pour prendre le train de Marzac, il vit sortir Pierre

Pascalin d'une Jeep américaine. Lui aussi portait des galons tout neufs sur sa chemise kaki, bien amidonnée.

— Je te cherchais, fit-il en l'entraînant vers le recoin des messageries. Et je suis heureux de te savoir en bonne santé. J'ai craint pour toi.

Il voulut parler de la prison à Alexandre, mais, à son geste d'impatience, il comprit que c'était la dernière chose dont il voulait qu'on l'entretienne. Pourtant, pour une entrée en matière, c'était bien pratique, car ce qu'il avait à lui révéler, maintenant, était une bien triste besogne. Et il se demandait anxieusement comment s'y prendre. Alexandre s'aperçut de son embarras. Les deux hommes se connaissaient suffisamment pour qu'ils ne pussent longtemps dissimuler le moindre sentiment.

— On m'a chargé de diriger le comité d'épuration, indiqua Pascalin. C'est un travail ardu qui ne va pas sans me poser de sacrés cas de conscience. Nous devons trier les prévenus qui relèvent de la Cour de justice. Nous instruisons les dossiers, nous rédigeons l'acte d'accusation. Et souvent, celle-ci se fonde sur de simples témoignages. Comment savoir si nous ne nous trompons pas ?

Alexandre l'écoutait d'une oreille distraite. Il ne se sentait pas concerné par cet autre versant de la guerre.

— Je ne t'envie pas, fit-il. Ce ne doit pas être de tout repos. Mais je ne doute pas un seul instant que tu ne remplisses cette tâche à merveille.

Pascalin ne sut s'il devait prendre sa réflexion pour un compliment. Depuis sa nomination au poste de commissaire politique des FTP du secteur de Brive, il avait eu à remplir toutes sortes de missions scabreuses dont il s'était fort bien acquitté avec une morale de janséniste. En l'entendant raconter sa guerre, Alexandre comprit que le parti l'avait repris, corps et âme. Nous étions loin, désormais, des états d'âme d'autrefois que la signature du pacte germano-soviétique avait engendrés. Il n'y en avait plus que pour le grand Staline, le valeureux père des peuples. Et on ne semblait plus vouloir s'interroger sur le devenir de la malheureuse Europe. Quels seraient la forme et la pensée directrices des nouveaux Etats, le dessin des frontières ? Qui occuperait le leadership de la future politique européenne ? Serait-on obligé de choisir entre l'Est et l'Ouest ? Laisserait-on le choix pour l'émergence d'une troisième voie ?

A l'instant où Pascalin sentit que son ami en avait assez de cette conversation, il se décida enfin à lui parler.

— Dans la liste des personnes suspectées de collaboration avec l'ennemi, j'ai trouvé Camille...

Alexandre sursauta à peine.

— Tu étais au courant de ses activités ?

— Non, dit-il. Mais personne n'ignorait celles de Janvier. Je crains que ce vilain homme ne l'ait entraînée avec lui sur la mauvaise pente. Qu'avez-vous au juste contre elle ?

— Elle s'est souvent fait remarquer avec un officier de la Wehrmacht. Un certain Wickert.

— Ce n'est pas bien méchant.

Alexandre pensait aux tondues qu'il avait croisées le matin même.

— Tu rigoles ou quoi ? Elle est passible d'une lourde peine.

Alexandre le saisit à la cravate, brutalement, et se mit à le secouer.

— Vous n'allez pas l'emmerder pour si peu ! Comme si vous n'aviez pas d'autres poissons à ferrer. Du gros ! Si tu vois ce que je veux dire...

— Arrête de me secouer comme ça, fit Pascalin en essayant de se dégager de la poigne qui l'étranglait.

J'éprouve de l'amitié pour Camille. Je ferai tout ce qu'il est possible pour la sortir de là.

— Et Janvier ? Ce salaud est capable de la charger pour se tirer d'affaire.

— Aucune crainte de ce côté-ci. Mes hommes l'ont fusillé hier.

— Paix à son âme.

— Qu'elle brûle en enfer, renchérit Pascalin.

— C'est ce qui fait notre différence, nota Alexandre en détournant le regard. Tu es un justicier. Une sorte de Fouquier-Tinville. Moi, je me fiche de vos règlements de comptes. Qu'y gagnera-t-on ? Du sang et des larmes. Du sang et des larmes qui s'ajouteront à quatre années de sang et de larmes. N'as-tu pas compris que les gens, désormais, n'aspirent plus qu'à la paix et à oublier toute cette haine qui a déchiré l'Europe ? Serons-nous capables de pardonner ? Ou faudra-t-il que la guerre continue, une guerre d'un autre genre que celle-ci, hypocrite et pernicieuse…

— L'heure n'est pas au pardon. Les traîtres doivent payer pour leurs crimes…

— Sauve Camille ! l'interrompit Alexandre. C'est tout ce que je te demande. Sors-la de leurs griffes. Elle n'a commis aucun crime. Tu le sais parfaitement.

— Je ne crois pas que je puisse lui éviter un procès. Ses rapports avec Janvier ne sont pas passés inaperçus, tu peux t'en douter. Et Janvier, ce n'était pas n'importe qui. Le chef de la Milice. Trop de monde est au courant à Brive pour que je puisse la soustraire à la justice. Ce serait me rendre complice d'une infamie.

— Il y en aura d'autres, tu peux me croire !

— Je comprends ce que tu ressens, la douleur qui est la tienne et que je partage… Ah ! pourquoi a-t-il fallu qu'elle se lie avec Janvier ? Tout le mal vient de là. Germain avait bien raison quand il demandait de mettre un terme à cette liaison.

— Camille n'a jamais partagé les moindres vues sur l'idéologie totalitaire des nazis. Elle ne connaît rien à la politique. C'est même un domaine qu'elle exècre. On ne pourra rien retenir contre elle sur ce terrain-là. A charge, il reste donc ses relations avec l'officier allemand. Ne s'agit-il pas de ragots ? Est-on sûr de cette liaison ?

— N'essaie pas de te convaincre de l'impossible. Ses liens avec le nazi Wickert ne sont pas une vue de l'esprit. Les premiers interrogatoires sont édifiants. Camille a reconnu avoir été la maîtresse de Tomas Wickert, qui lui fournissait de la drogue. En échange de quoi ? Espérons que nous ne trouverons rien, fit Pascalin en fixant la pointe de ses bottes. Mais comment savoir ? Elle était tellement sous l'emprise de ce nazi. En apprenant sa mort elle a pleuré, alors qu'elle est restée indifférente à l'annonce de celle de Léonce Janvier.

— Je n'ai jamais compris ce qui l'attachait à cet homme, dit Alexandre.

La réflexion fit sourire Pascalin.

— Janvier lui apportait l'argent à discrétion, la vie facile, une sécurité matérielle dont elle se trouvait privée après son départ de Rocheveyre.

— Tu parles d'une sécurité ! Trafics en tout genre, drogue, et j'en passe.

— Sa haine de Janvier a commencé précisément lorsqu'elle s'est rendu compte qu'elle était bernée une seconde fois, qu'il l'entraînait avec lui dans sa dérive.

— Je ne comprends pas qu'elle n'ait pas appelé au secours. Nous aurions été là... Elle aurait pu parler à Emilienne.

— En tout cas, trancha Pascalin, le mal est fait. Il nous faut désormais trouver une solution.

Les deux soldats s'impatientaient dans leur Jeep et lançaient, par petits gestes, des signaux de plus en plus appuyés. L'instituteur feignait de ne pas les voir.

— Il n'y a qu'une chose à faire, proposa Alexandre. La faire évader du camp des Chapélies. Ce ne sera pas difficile. Il paraît que c'est une vraie passoire.

Pascalin dressa la tête, furieux.

— C'est une idée stupide et dangereuse. Ça ne ferait qu'aggraver son cas.

— Je n'ai aucune confiance dans les tribunaux d'épuration. Ce matin, j'ai vu comment l'on traitait les femmes dans la rue.

— Tu as vu des tondues ?

— Je ne crois pas à une justice dictée par la rue. Tu me pardonneras, mon cher Pascalin, mais je n'ai aucune confiance en toi. Instruire une affaire, la qualifier, la juger, c'est une besogne de professionnel. Nous ne tarderons pas à voir s'ériger des guillotines aux quatre coins de la ville.

— Je ne me ferai pas le complice d'une évasion, même pour Camille.

— Je ne te demande pas ça. Seulement que tu me dises le jour et l'heure, à la seconde près, où on la conduira au Palais de justice...

— Je te mets en garde, Alexandre...

— La Résistance me doit bien ça.

— Le patriotisme n'est pas monnayable !...

La réflexion fit rire Alexandre. Pascalin avait parfois des assauts de bêtise qui lui flétrissaient sa belle âme. Mais on pouvait être rassuré. Derrière tout ça, il existait une intelligence vive qui ne demanderait qu'à se réveiller, le temps que la température retombe, que tous ces héros vertueux soient renvoyés dans leurs foyers et que les jeux politiques traditionnels reprennent leurs droits.

— Peut-être me livreras-tu ces renseignements sans que ça écorne ta conscience ?

— Je le ferai, dit l'instituteur en soupirant et en baissant la tête. Avec deux ou trois détails utiles sur l'escorte pour que ça ne finisse pas en bain de sang.

Les deux hommes s'embrassèrent comme des frères.

— Je le fais pour Germain. Surtout Germain.

D'un geste, Pascalin fit avancer la Jeep jusqu'à sa hauteur et sauta sur le siège, près du chauffeur.

— A la revoyure, camarade !

— Que le bon Dieu te garde, répondit Alexandre.

En retrouvant Emilienne, le soir même, il ne put retenir ses larmes. Ce n'était pourtant pas son habitude de pleurer devant elle. Peut-être était-ce d'ailleurs la première fois. En tout cas, elle s'en souviendrait longtemps de cette belle journée d'août 1944, quand il vint lui murmurer à l'oreille : « J'ai pensé ne jamais revenir. Surtout après le dernier interrogatoire. J'ai cru qu'on allait me conduire au peloton d'exécution. »

Comme elle l'avait juré, Emilienne ne lui parla pas de l'intervention salutaire de Camille. Elle avait compris que, sans celle-ci, son pauvre Alexandre eût fait partie du nombre des dernières victimes de la Gestapo à Brive. Et cela ne lui était pas facile d'occulter cette révélation au moment même où Camille se trouvait en grand danger.

— Je ne pense plus qu'à ta sœur. Nous devons l'aider à sortir de ce guêpier, dit-elle.

— Ne t'inquiète pas, répondit Alexandre. Elle sera bientôt parmi nous.

— Tu n'as pas l'air de comprendre ce qu'elle risque. On lui reproche des choses graves.

— Je le sais, fit-il.
— Tu as pu la voir ?
— Ça ne servirait à rien. Sinon rajouter à son désarroi. Tout ce que nous pouvons faire doit être tenté à son insu.
— J'espère que tu ne commets pas une erreur. Ce pourrait lui être fatal...
La conversation fut interrompue par l'arrivée d'Elise Kalfon. Elle le couvrit aussitôt de remerciements et de louanges. Alexandre jeta autour de lui un sourire béat. Il était enfin revenu à Rocheveyre. Et la vie pouvait désormais reprendre son rythme normal. Il contempla sa femme, Elise, la petite Thérèse qui jouait avec ses deux garçons sous le hangar à bois et songea que rien au monde ne lui ferait plus plaisir que le sourire des deux femmes qui l'entouraient. Il alla les embrasser, tour à tour, puis ne résista pas au bonheur de les prendre dans ses bras et de faire ainsi le tour du salon en bousculant chaises et table.
— On va fêter ça ! cria-t-il. Sous les tilleuls !
Léontine refusa de boire du champagne. Cela lui donnait des aigreurs d'estomac, depuis toujours.
— Pourtant, fit-elle, je n'en ai pas bu souvent. La vie ne m'en a guère donné l'occasion.
Germain avait gardé son chapeau de paille sur la tête, à cause du soleil qui transperçait le feuillage des arbres. C'était encore une de ses coquetteries car rien n'était plus doux et frais que l'ombre des grands tilleuls. Alexandre voulut le lui ôter d'un geste, mais Germain entra aussitôt dans une vive colère. Son frère lui demanda ce qui le turlupinait ainsi.
— J'en veux à Pascalin de n'être pas avec nous en ce jour de fête, avoua Germain.
Alexandre le regarda en plissant les lèvres.
— On lui a confié de hautes responsabilités. Je t'en

parlerai plus tard. Mais attends-toi à être déçu. Il est redevenu le communiste pur et dur qu'il était en 36.

— Ça ne m'étonne pas, fit Germain avec un sourire amer. Quand on a été piqué par cette mouche-là...

Puis il laissa échapper sa coupe sur la castine de la cour et s'abandonna, la tête en arrière, contre le dossier du fauteuil, en fouillant du regard les feuillages pour y trouver la lumière du ciel.

Une semaine après le retour d'Alexandre à Rocheveyre, le comité de libération de Marzac vint le chercher pour qu'il reprenne sa place à la tête de la mairie. Quelle ne fut pas sa surprise de trouver dans le fameux comité trois de ses anciens conseillers municipaux, ceux-là même qui avaient approuvé sa destitution en 1941.

Germain ne put s'empêcher de sourire devant la mine ahurie de son frère. Pourtant, il n'y avait pas de quoi être étonné. C'était ainsi qu'il avait souvent imaginé la fin de la guerre, par un revirement de situation des plus extraordinaires, comme il ne s'en rencontre qu'une fois dans une vie. Les conseillers Lafaye, Paletier et Brudier avaient rallié, dans les dernières semaines, le maquis de Bellegarde, pour ne pas rater le train de l'histoire. Ils avaient même participé au lynchage d'Auguste Lamazane. Un passage à tabac en règle. Le chef de la délégation spéciale n'avait dû la vie sauve qu'à une intervention musclée du capitaine Henry. Des maquisards avaient commencé à lui faire creuser sa tombe.

Alexandre assura à Emilienne qu'il ne resterait à la mairie, en tout état de cause, que jusqu'aux prochaines élections municipales. Pour l'heure, il ne se sentait pas le droit de refuser de prendre la direction de la nouvelle assemblée provisoire, d'autant que l'on se battait déjà autour du siège laissé vacant par la destitution d'Auguste Lamazane. Et si l'on requérait encore la participation d'Alexandre Mercœur, c'était parce qu'il s'avérait être le seul homme à Marzac qui fût capable de satisfaire à la fois les gaullistes et les communistes.

Son élection se fit à main levée. La cérémonie fut brève, sans discours. Autour de lui se trouvait rassemblée une équipe qui faisait la part trop belle aux communistes, selon l'avis de Norbert Jalinier. Mais la critique fut encore plus sévère quand il fit élire au poste de premier adjoint Pierre Dumoulin.

— Etrange retournement de situation, dit Alexandre à Dumoulin. On va dire que c'est toi qui me tiens en otage !

Il faisait ainsi référence à sa première élection, lorsque le jeune socialiste d'alors lui avait reproché d'avoir pris la tête d'une liste qui ne correspondait pas à ses idées. Alexandre courut présenter à Germain la composition de la nouvelle assemblée. Il trouva qu'elle reflétait assez bien l'état des forces en présence.

Les premières mesures prises concernèrent les réquisitions et le ravitaillement. On inversa les rôles en envoyant, cette fois, les fonctionnaires visiter les étables des pétainistes. Le maire abandonna volontiers à son adjoint ces délicates besognes. Les perquisitions, les opérations musclées, ça passionnait Dumoulin, surtout qu'il disposait pour agir des hommes de la milice patriotique.

Dans le plus grand secret, Alexandre s'attela aux préparatifs de l'évasion de sa sœur. Labussière et deux de ses hommes, formés dans le maquis, n'attendaient plus que le signal de Pascalin. Un matin d'octobre pluvieux, en pleine avenue Thiers, le fameux commando intercepta le fourgon qui conduisait Camille au Palais de justice.

Mitraillettes au poing, ils maîtrisèrent le chauffeur et deux gardes. Et, en un tournemain, sans même réaliser ce qui lui arrivait, la jeune femme se retrouva projetée sur le siège arrière d'une traction. A la sortie de Brive, en reconnaissant Labussière qui avait ôté son passe-montagne, elle comprit qu'on venait de la libérer. Elle voulut remercier ses sauveurs, mais ceux-ci ne lui répondirent pas. Et comme elle insistait, le voisin de Labussière lui dit d'une voix indifférente :

— Nous avons fait ça pour Martial et Octave. Pas pour toi ! Parce que si ça ne tenait qu'à nous, on t'aurait seringuée, ma belle...

L'homme qui était assis à côté d'elle cracha par la fenêtre ouverte. Elle toucha du doigt l'épaule de Labussière installé près du chauffeur.

— Je ne vous ai rien demandé.

— Encore heureux, dit le conducteur.

— La ferme ! ordonna Labussière.

La traction s'arrêta sur un chemin de forêt à quelques kilomètres de Marzac.

— Que voulez-vous encore de moi ? s'inquiéta Camille.

— Le colis est livré, dit son voisin en la faisant descendre sans ménagement.

Et scrutant la pénombre du sous-bois, elle reconnut la Ford d'Alexandre garée sous un hêtre. Camille reprit des couleurs. Un instant, l'idée qu'on eût pu l'exécuter là, dans ce bois retiré, lui avait traversé l'esprit. La Citroën, guidée par Labussière, recula jusqu'à la route, prudemment. En cet endroit, il y avait des trous d'eau sur le bord du chemin de terre et le chauffeur craignait de s'enliser. Quand la manœuvre fut terminée, Labussière adressa un grand geste du bras à Alexandre et disparut.

Camille monta dans la Ford, près de son frère. Elle

n'osait pas le regarder. De longues minutes, elle demeura immobile à fixer la brume qui assombrissait le chemin.

— Te voilà revenue parmi nous ! dit Alexandre.

Et il avança une main sur son crâne rasé.

— Ça met longtemps à repousser, fit-elle en baissant la tête.

— Je regrette tout ce qu'on t'a fait, dit Alexandre.

— Pourquoi ? Je l'ai mérité.

— Tout est terminé, maintenant. Nous allons te cacher à Rocheveyre jusqu'à ce qu'on t'oublie enfin. Un an, deux ans... Et on n'en parlera plus. Le temps que les bourreaux soient écartés du pouvoir et que l'heure du pardon sonne. Ainsi te sera-t-il évité un procès, la prison, et que sais-je encore !

— Je n'avais pas peur d'affronter mes juges.

— Je le sais, fit Alexandre, que tu es très courageuse.

C'est seulement quand elle releva la tête qu'il vit distinctement son regard de bête traquée. Elle portait des éraflures et des bleus aux mains, aux bras et aux jambes.

— Les hommes du comité d'épuration ne valent guère mieux que ceux de la Gestapo, jura-t-elle en enfouissant ses mains sous son chandail de laine. Mais eux ont l'alibi d'œuvrer pour la vérité et la justice. Avec une chienne comme moi, on peut tout se permettre, la torture et le viol. C'est l'impunité garantie. Au contraire ! C'est me corriger l'âme que d'agir ainsi.

Alexandre détourna le regard en pensant à Pascalin. « La guerre a fait de nous des bêtes fauves, se dit-il. Des mois et des années seront nécessaires pour nous défaire de la haine qui s'est emparée de nous. » Il s'approcha pour l'embrasser sur le front. Elle se déroba, craintive.

— Je ne suis que pourriture, prévint-elle. Comment peux-tu me toucher ?

— Pour moi, jura Alexandre, tu es et seras toujours ma petite Camille, quoi que tu aies fait.

— Je n'ai rien fait.

— Je ne sais pas si tu as compris où se situe le mal.

— C'était mal d'aimer un soldat allemand ?

— Qu'il fût un soldat allemand, oui ! Et ta liaison avec Léonce Janvier ? C'était la pire erreur. Mais nous n'avons pas su t'en convaincre. Germain voulait que nous t'empêchions de le fréquenter après votre première visite à Rocheveyre. J'ai refusé. Je m'en veux aujourd'hui d'avoir manqué de courage.

Elle se mit à pleurer dans ses mains. Alexandre descendit mettre la voiture en route. Puis il avança prudemment entre les arbres qui bordaient le chemin. Les branches basses giflaient le pare-brise.

— Tu n'as pas à t'en vouloir. Je n'aurais pas accepté que tu m'interdises de le voir. Au début de notre histoire d'amour, Janvier était doux et gentil avec moi. Plein de prévenances. La vie était une fête. Nous passions toutes nos soirées à sortir, au théâtre, au cinéma, et nous fréquentions les meilleurs restaurants. Je n'avais jamais connu ça, dans ma vie. A vrai dire, je ne l'aimais pas comme j'ai pu aimer Villette. Je l'aimais d'une autre sorte d'amour. Mais il possédait un grand défaut, mon pauvre Léonce, il adorait l'argent. L'argent, l'argent, il n'avait que ce mot-là à la bouche. Ça le rendait fou qu'on puisse en gagner plus que lui. Souvent il disait qu'il en avait été privé dans sa jeunesse. Et il s'était juré de n'en jamais plus manquer quoi qu'il arrive. Les nazis ont su exploiter cette faiblesse d'âme. Ils faisaient de grosses affaires avec lui, des opérations illégales. Aussi le tenaient-ils entre leurs mains, comme un pantin. Et moi aussi, j'étais devenue leur jouet.

En approchant de Marzac, Alexandre lui demanda de

s'allonger sur le siège pour qu'on ne l'aperçût pas de la route. Par précaution, il la couvrit de sa redingote de FFI. Une fois à Rocheveyre, Camille monta directement à l'étage. Léontine lui avait préparé sa chambre telle qu'elle l'avait laissée avant d'aller vivre à Brive. Elle l'attendait au pied du lit, rapetissée sous un large châle noir. En l'apercevant, Camille fondit en larmes. Quand elle voulut se lover dans ses bras, la mère la reçut avec rudesse. Sans un mot ni une caresse.

— Je vous ai fait tellement de mal ! répétait Camille.

Alexandre et Emilienne se regardèrent en silence.

— Est-ce que Germain veut me voir ? demanda-t-elle.

Alexandre hésita à répondre. Puis il se décida, enfin.

— Pas pour le moment.

Camille hocha la tête.

— C'est le plus vertueux de nous tous.

Emilienne alla la prendre dans ses bras.

— La vie ne l'a pas gâté, dit-elle. C'est ce qui le rend parfois si dur avec les autres.

— Et trop avec moi !

— Tu avais tout pour réussir et tu n'as pas su faire preuve d'humilité, releva Léontine. Tu as toujours vu trop grand. La première fois, un banquier. La seconde…

— Maman ! l'interrompit Alexandre. Tu n'as pas à dire ça.

— J'ai été atteinte, moi aussi, par les défauts propres aux Mercœur, s'écria Camille en offrant un visage tuméfié par les larmes. Orgueilleuse comme notre père ! Entêtée comme André. Voilà ! L'esprit du domaine m'a possédée aussi. Mère a raison. Je n'ai pas su en faire usage comme Alexandre. Après la guerre, tu as redonné vie à notre terre alors que tout semblait perdu. Tu en as fait un grand domaine. J'ai voulu t'égaler. Tu peux comprendre ça ?

Jusqu'à dix-huit ans, je n'avais pas voix au chapitre. Ma vie semblait toute tracée. On décidait pour moi.

— Où était le mal ? demanda Léontine.

— J'ai voulu me prouver que je n'avais besoin de personne pour réussir.

Germain avait avancé son fauteuil au pied de l'escalier et écoutait la conversation, le regard fixe.

11

Alexandre était resté en retrait pour ne pas gêner la transaction. Mais de la place qu'il occupait, dissimulé par le camion, pas un mot ne lui échappait. « Ce bon Dieu de garnement est aussi opiniâtre et dur en affaires que son pauvre oncle », se dit-il en tendant un peu le cou pour voir la tête du marchand de vaches. En ces années d'avant la guerre de 14, on ne comptait plus les jours où le jeune André ramenait les veaux à l'étable. Chaque fois, ça rendait Baptiste de mauvaise humeur, même si, dans son for intérieur, il jubilait à l'idée que son aîné était aussi intraitable que lui. Alexandre songea qu'il était désormais dans la même position que son père, à surveiller si bon sang ne peut mentir, à quarante ans de distance.

Et, se caressant le menton, il mesurait les années qu'il portait sur ses épaules avec effarement. Le temps s'en était allé sans qu'il s'en rendît compte. En vieillissant, Alexandre ressemblait de plus en plus à son père. Et ça ne se révélait pas seulement dans sa manie de négliger sa barbe qu'il laissait parfois pousser plusieurs jours, mais aussi dans une démarche lourde accentuée par des épaules voûtées. Cela lui arrivait souvent que d'anciens amis de son père le confondent avec Baptiste, distraitement. Alexandre relevait à peine l'erreur, tant cela lui paraissait évident que, une fois la barrière de la cinquantaine franchie, un homme était aussi vieux que s'il avait soixante-dix ou quatre-vingts ans. Ce genre de réflexion faisait bondir Emilienne. « Parle pour toi ! Je ne me sens pas finie. Bien au contraire. La vie a encore tellement à m'apprendre. » Pourtant, se disait Alexandre, une femme vieillit plus vite qu'un homme. Passé le cycle menstruel, la vie s'arrête. Cela la faisait sourire qu'il se préoccupât de ses petites affaires de femme, comme s'il guettait avec angoisse l'instant où elle ne serait plus bonne à rien. Sans doute se sentait-il contrarié qu'elle fût encore active, pleine de désir et d'amour pour lui. La logique aurait voulu qu'il fût pleinement satisfait. Sans doute était-ce un des paradoxes étranges qui agitent la vie des couples, qu'il s'avouât préoccupé de ce qu'elle aimait encore faire l'amour, et avec bien plus d'ardeur que lorsqu'il l'avait connue, accoutumée alors à une vie d'ascèse.

C'était le troisième maquignon qu'Arnaud venait de décourager. Il alla dénicher son père, pensif derrière le camion.

— Crois-tu que j'aie raison de m'entêter ?

— Et toi, qu'en penses-tu ? rétorqua Alexandre. C'est ce que tu crois qui importe, pas ce que je juge, moi. J'ai fait mon temps à ce jeu-là, mon petit. Et je n'ai plus rien à apprendre dans l'art du marchandage.

— Je pense avoir eu raison.

— Qu'est-ce qui te fait dire ça ?

— Je trouve que les veaux ne partent pas vite ce matin. C'est un signe que ça discute ferme.

Alexandre promena son regard sur le champ de foire. Il y avait au moins trois cents veaux, flanc à flanc, amarrés à la barrière du foirail. Et ce n'était pas les acheteurs qui manquaient. On les voyait courir d'un paysan à l'autre, fébriles et agités, ânonnant leurs offres qu'ils ponctuaient avec leurs doigts. Chacun de leurs passages créait des attroupements, des cris, des rires, des protestations.

— C'est nerveux ! nota Alexandre en plissant les yeux.

— En arrivant, j'ai fait passer la consigne de ne pas lâcher à moins de trois cents francs. Et en face, c'est pareil, ça se serre les coudes. Deux cent quarante, c'est ce qu'ils proposent, ces salauds. Pourvu que les gars tiennent, c'est tout ce qu'on peut souhaiter.

Tout en l'écoutant, Alexandre s'était allumé une cigarette. Il tira une longue bouffée qu'il expira le nez en l'air.

— Ça t'amuse ? Je vois bien que ça t'amuse…

— Je ne voudrais pas les laisser à moins de deux cent soixante.

— Tu ne veux pourtant pas les ramener à Rocheveyre ?

— Certes non. J'ai besoin de ça ! dit Arnaud en faisant glisser le pouce sur la pointe des doigts.

— Alors, propose deux cent soixante-dix.

— Après avoir dit aux autres de tenir coûte que coûte…

— Tu n'avais pas à le leur dire. Ce n'est pas à toi de jouer les chefs syndicalistes. Il y en a bien assez pour faire ce boulot.

— Détrompe-toi. Nos agriculteurs ont l'esprit trop individualiste. Il y a longtemps que les négociants ont compris le parti à tirer. Ça veut diviser pour avoir le dernier mot. Mais si nous arrivons à faire preuve de solidarité, les uns avec les autres, alors ça changera. Crois-moi.

Alexandre l'observait dans cette belle excitation qui lui mettait le feu aux joues. Et il éprouvait une fierté intérieure d'avoir donné ce fils-là à Rocheveyre, entreprenant et volontaire. « Notre domaine ne pouvait espérer meilleure descendance, se disait-il souvent, au point que je peux désormais dormir sur mes lauriers. » Tel n'était pas l'avis de Germain qui pensait, lui, qu'il faudrait encore brider pendant quelques années les excès de ce caractère frondeur, le temps que se modère l'impétuosité qui bouillait en lui.

Soudain, le père vit l'inquiétude poindre sur le visage de son fils.

— Qu'aurait fait mon grand-père dans la même situation ? Il les aurait lâchés à deux cent soixante ?

— Baptiste vendait quand il avait besoin d'argent. Même à perte. Ça lui faisait mal, je peux te le garantir, mais il n'avait pas d'autre choix. Les marchands le sentent bien quand on a le couteau sous la gorge.

— Tu crois que je n'ai pas besoin d'argent ? Nicole n'arrête pas de me sermonner pour que je fasse aménager la cuisine et que j'achète une machine à laver.

— Demande au beau-père de t'en prêter !

— Joseph Chastaingt ? s'exclama Arnaud. C'est un radin celui-là ! On se demande pourquoi il a fait une fille.

Alexandre lui toucha l'épaule d'un geste affectueux.

— Je vais voir ce que fait ta mère.

Arnaud regarda son père s'éloigner avec un sourire amusé. Agile, il se faufilait au milieu de la foule, distribuant de-ci de-là de brèves poignées de main, sans discours. Quand il eut disparu au bout de la place, Arnaud se sentit libéré d'un poids. « Maintenant, pensa-t-il, je vais pouvoir vendre. Même si les résultats ne sont pas à la hauteur d'un Mercœur, tant pis, on s'en contentera. »

Alexandre se dirigea vers l'ancien restaurant Coudert – le Coudert, comme on avait coutume de dire, bien que l'établissement eût changé de propriétaire en 1949 – où il pensait qu'Emilienne avait été prendre le thé. Elle aimait l'atmosphère surchauffée des jours de foire, les gloses en patois que les paysans s'adressaient de table en table, les verres choqués de l'amitié et les vapeurs giroflées de la tête de veau. Il se faufila jusqu'au comptoir et fit signe au patron d'approcher.

— Comment se porte monsieur le Maire de Marzac ? demanda-t-il dans son tablier de boucher, maculé de sang.

— Tu n'aurais pas vu Emilienne, par hasard ?

— Elle est passée en coup de vent.

Alexandre se retira aussitôt en serrant des mains autour de lui. Depuis qu'il s'était présenté au conseil général et qu'il avait raté son élection d'une petite centaine de voix, on le congratulait avec déférence. Chacun pensait qu'un jour il arriverait bien à se faire élire, tant il est vrai que les résultats du mois d'avril en avaient surpris plus d'un. Alexandre remonta sur la place de l'Eglise, en longeant les étalages de camelots qui bordaient l'avenue, puis il alla sonner à la porte des Chastaingt. Comme on tardait à lui ouvrir et qu'il distinguait très nettement que le battant était entrebâillé, Alexandre décida de s'avancer sur le palier. Les voix à l'étage lui apprirent qu'Emilienne était bien là, comme il l'avait fort justement subodoré.

— Mais c'est notre grand vilain Alexandre ! s'écria la maîtresse de maison en lui ouvrant les bras.

Le visiteur s'y jeta avec retenue. Irène avait toujours la peau enduite d'un de ces onguents miraculeux dont on faisait la réclame dans les journaux féminins, comme *L'Echo de la mode*, et qui avaient la propriété de retarder la formation des rides.

— Je vais appeler Joseph, dit-elle en le relâchant sans qu'il eût posé ses lèvres sur son visage. Tandis que je le remplacerai un peu au magasin, vous pourrez faire la causette.

Lorsqu'ils furent seuls, Emilienne réprima à peine un haussement d'épaules qui voulait dire : « Je ne peux pas faire dix pas sans que tu partes à ma recherche ! » Mais, dans le fond, elle se sentait plutôt flattée qu'il lui courût derrière avec son air benêt.

Joseph parvint en haut de l'escalier avec un

essoufflement qui le reprenait au moindre effort. Sa femme ne cessait de lui répéter qu'il devait perdre quelques kilos mais il savait, lui, que la raison en était autrement plus sérieuse, des raisons qu'Irène refusait de voir et contre lesquelles on ne pouvait pas grand-chose, sinon se rassurer en se disant qu'il y avait pire, après tout, que cette sorte de mort. Chastaingt portait une blouse gris anthracite serrée à la taille par une ceinture de même tissu. Des pointes de crayons, méticuleusement taillés, sortaient de sa pochette. Il en traînait ainsi des quantités, dont de gros rouge et bleu, qu'il utilisait pour marquer les factures. Il en portait même un glissé sur le pavillon de l'oreille.

— Comment va la quincaillerie ? lança Alexandre en lui tapotant l'épaule.

Ses bras brassèrent l'air, ce qui en disait long sur l'avenir du petit négoce.

— Des fois, on aimerait avoir un peu de sous devant soi pour tout plaquer.

— Quoi ? se dressa Alexandre. Ce ne sont pas les clients qui manquent. En passant devant votre vitrine, j'en ai vu un plein magasin.

Joseph se laissa choir dans son fauteuil favori, après avoir fait déguerpir la chatte grise. Il soupira un grand coup et sembla chercher dans les profondeurs de sa poitrine un souffle qui tardait à revenir.

— Mon cher monsieur le Maire... Vous aimez bien que je vous appelle ainsi ? fit-il en troussant un clin d'œil à Emilienne qui était restée debout malgré une discrète insistance. Croyez-vous que c'est une vie de passer ses journées à peser les clous, les pointes, les vis, les rondelles, à mesurer de la ficelle, du fil de fer, à faire l'article pour vendre un presse-purée ? Et ensuite de se faire traiter comme un escroc par l'administration quand on conteste les charges que l'on veut tirer de nous, pauvres petits négociants. Je ne parle pas de toutes les taxes locales dont il faut s'acquitter rubis sur l'ongle, mais de l'impôt écrasant que les gouvernements successifs de jean-foutre nous collent sur le dos.

Alexandre faisait tourner son chapeau de feutre dans ses mains tandis qu'Emilienne ne le quittait pas des yeux. A sa façon de regarder droit devant lui, le regard dans le vague, elle avait compris qu'il n'écoutait pas ce vieux radoteur.

— Depuis que monsieur Pinay s'est mis en tête de nous faire un franc fort, on ne respire plus, poursuivait-il en agitant ses petites mains potelées.

— Ça rassure la Bourse et le boursicoteur.

— C'est du pain bénit pour le rentier. Mais le petit, lui, il est toujours grugé.

— Oh ! s'amusait Alexandre. Je ne doute pas que vous ayez par-ci par-là quelques bons gros portefeuilles d'actions.

— Il y a longtemps que le fisc me les a pris. J'ai dû subir deux redressements, mon cher. Et qui n'a pas connu ça, les polyvalents fouineurs dans sa maison, ne sait rien sur ces canailles qui nous gouvernent. Des polyvoleurs, s'écria Joseph, comme les appelle Pierre Poujade. Parce que, j'ai mon idée sur la question, il n'y a pas plus voleurs que ces fonctionnaires du fisc. Vous me suivez ?

— Poujade ? questionna Alexandre. Vous voulez dire le type de Saint-Céré qui veut créer son propre parti ?

— Un sacré bonhomme ! jura Chastaingt. On n'a pas fini d'en entendre parler. Les ministres, les sénateurs, les députés, toute la fine fleur de la canaille, tous les coquins, copains comme cochons, ça va trembler devant lui. Je vous en fiche mon billet. Une révolte des braves gens, des honnêtes citoyens, voilà ce qu'il nous faut. Sans ce réveil de la conscience française, il n'y a plus qu'à tirer le rideau et baisser pavillon.

Il fixait devant lui le tapis usé, sur lequel le chat gris faisait ses griffes.

— Vous ne croyez pas, mon cher Alexandre, qu'il faut en finir avec cette canaille qui crève le petit ? On est pressés comme le tiers à la veille de la Révolution française. Nous avons, nous aussi, notre gabelle, notre dîme et nos corvées. Comme quoi, tout est à refaire.

— Vous dites, fit Alexandre en relevant la tête, que cette année 1953 sera décisive ? Il y aura donc 1953 comme il y eut 1789 ?

— Parfaitement.

— Eh bien, Emilienne, nous allons commencer par faire quelques provisions, histoire de tenir le siège.

Joseph réalisa qu'il se moquait de lui. Et il jugea que le mieux était de changer de disque. D'autant que tout ça, Alexandre l'avait entendu cent fois. Cela avait commencé le jour des fiançailles de son fils et de Nicole. Le père Joseph avait tenu, de la sorte, le banquet en haleine, en maudissant le gouvernement d'alors, celui d'Edgar Faure, qui avait duré trois mois pleins.

— Ça fait des semaines que je brûle d'envie de vous poser une question, fit Joseph.

— Faites donc, mon bon ami.

— Qu'est-ce qui vous a pris de vous présenter aux élections cantonales ?

— C'est mon ami Henri Queuille qui m'y a poussé, répliqua Alexandre en se haussant du col.

— Vous connaissez le président Queuille ? s'étonna Chastaingt. Vous ne m'avez jamais parlé de ça.

— C'est que vous ne me l'avez jamais demandé.

— Et depuis quand ?

— Cela remonte à l'époque où j'étais administrateur du Crédit agricole.

Il parut réfléchir sous le regard amusé d'Emilienne.

Cela la faisait toujours sourire quand il jouait les personnages importants, un rôle qui lui allait si mal en vérité, mais cette manie lui était venue avec le goût de la politique, un tic dont il fallait, malgré tout, s'accommoder en se bouchant les yeux et les oreilles.

— En 1923 ou en 1924, fit-il.

— Vous pourriez peut-être nous obtenir une entrevue pour nos affaires de fisc. Histoire de calmer un peu les prétentions de ces fanatiques du Trésor qui nous étranglent.

— Ce serait perdre son temps, s'écria Alexandre. Le petit père Queuille n'est plus à Matignon depuis 1951. Et ce poste de vice-président du Conseil qu'on lui a confié est plutôt honorifique. L'avenir serait du côté d'un Mendès France, puisqu'on se refuse à voir le Général jouer le moindre rôle.

— Mendès ? Ne me parlez pas de ce Juif !

Emilienne fit signe à Alexandre de ne pas répondre. Elle le savait pointilleux sur cette question depuis l'Occupation.

— Si nous parlions de nos enfants, coupa-t-elle. Ça serait plus gai. Vous ne trouvez pas ?

— Votre Nicole se porte bien, dit Alexandre.

Il se demandait toujours comment un Joseph Chastaingt abalourdi par son Poujade avait pu faire une fille si gentille et affable. On ne pouvait pas prétendre non plus que c'était le portrait de la mère, puisque cette dernière, rivée à son tiroir-caisse, était à l'image du mari, la stupidité même.

— Et notre petite Françoise ? interrogea Joseph.

— Les premières poussées de dents la perturbent, expliqua Emilienne.

Alexandre s'était levé de son siège pour visiter le pêle-mêle où étaient alignées les photos de famille. Ça l'intriguait tous ces visages empreints de mystère. Et il se demandait quelle sorte d'image on retiendrait de lui après sa mort. On l'avait accroché, lui aussi, dans le pêle-mêle, à l'endroit réservé au mariage de 1951. Il était assis entre Emilienne et Germain. Le frère baissait la tête pour échapper à l'objectif. Cela le dérangeait chaque fois d'être fixé sur une pellicule. Quant à Alexandre, il regardait l'appareil photo avec ennui, tandis qu'Emilienne lui avait passé un bras autour du cou. « Ça ne lui ressemble guère, ce genre débraillé », se dit-il en passant un doigt sur le document pour y enlever quelques filets de poussière qui s'y étaient accrochés. Elle devait avoir un peu bu.

— Vous ne connaissez pas ces photos sur le mariage ? s'inquiéta Joseph. J'en ai tiré à la pelle. Un jour, si vous voulez, nous pourrions nous réunir pour les regarder ensemble.

— Surtout pas ! se défendit Alexandre.

— Il a horreur des photos, renchérit Emilienne. Il est vrai que ce sont des miroirs qui ne trompent pas sur le temps qui passe. Et, en ce moment, notre Alexandre est empêtré dans ses problèmes existentiels, pour reprendre un mot à la mode à Saint-Germain-des-Prés.

Alexandre se retourna, vivement.

— Pourquoi dis-tu ça ? Cette chose méchante ?

— Nous n'avons plus vingt ans, reprit Emilienne. Et tu as découvert ça il n'y a pas si longtemps.

Trois ou quatre fois par semaine, selon l'humeur, Camille et Jacques prenaient le thé dans la villa du Vialmur. Les anciens amants avaient décidé de tirer un trait sur le passé. Même si leurs conversations animées ressuscitaient les temps heureux à l'usine Nadaleix et les temps maudits de la guerre aux côtés de Léonce Janvier, celles-ci ne tournaient jamais en algarade. Certes, leur histoire d'amour avait été un fiasco puisqu'elle n'avait su triompher de tous les obstacles.

— Que nous reste-t-il aujourd'hui ? s'interrogeait souvent Jacques Villette en caressant ses longs doigts fins qui ne se dérobaient plus.

— Une extrême amitié, répondait Camille instantanément.

Pourtant, il eût tant voulu qu'elle le nommât autrement, ce rituel étrange qui les liait encore. Mais il savait que c'était trop lui demander. Elle avait été tellement blessée, humiliée, brisée par la vie, qu'elle se refusait à recommencer quoi que ce fût avec un homme. Les deux seuls qu'elle avait aimés – et d'une manière si différente – l'avaient trahie. C'était suffisant.

— Nous pourrions essayer ? avait quelquefois suggéré Jacques.

Mais à son rire sec il avait vite compris que la cause était entendue. Sans appel.

— Une romance sexuelle ? le taquinait-elle lorsqu'il insistait. C'est vrai qu'autrefois nous faisions l'amour comme des dieux. De ce point de vue, nous nous entendions bien. Aujourd'hui, le cœur n'y est plus. J'ai eu mon compte de plaisirs fous et sauvages, dans tous les genres qui se puissent imaginer. Tu ne pourrais rien me donner de plus, mon pauvre Jacques.

Dans ces moments de vérité, Camille avait des gestes tendres, comme de caresser un visage ou de glisser ses doigts dans une chevelure éparpillée. Mais ce n'était qu'un peu d'affection ; désormais, rien n'eût pu lui faire perdre la tête, pas même le sourire craquant du beau Jacques.

« Mais où trouve-t-elle la force de vivre ? » se demandait-il en contemplant sa vie dévastée, privée d'amour et de bonheur. Jacques Villette comprit enfin le jour où elle annonça qu'elle venait d'acquérir l'atelier de confection de Bertille Nadaleix.

— Comment ça ? Tu as acheté tout l'immeuble de l'avenue Thiers ?

— Bien sûr.

Il siffla d'admiration.

— Tu en as eu pour au moins cent millions.

— Plus que ça.

— Mazette ! Où as-tu été dégoter une somme pareille ?

Camille s'amusait de le voir si excité quand il s'agissait d'argent. L'homme, gentil et affable la plupart du temps, se métamorphosait en horrible vampire dès qu'il flairait l'odeur de l'or. Cela le mettait en transe d'imaginer une transaction dont il ne fût pas l'instigateur.

— Tu aurais pu demander mon avis. Je te l'aurais fait obtenir pour moins de cent millions.

— Sûrement pas.

— Tu n'as toujours pas confiance en moi ?

Elle lui jeta un regard suave. Cela la flattait qu'il fût affecté par cette affaire. C'était la preuve manifeste qu'on pouvait encore atteindre son orgueil.

— Tu ne répondras pas ?

— Non.

— Pour ne pas gâcher encore une fois nos relations ?

— Tu as tout compris. Ce serait dommage. Le thé sans toi, ce serait me priver d'un précieux plaisir.

Dans les jours qui suivirent, Jacques apprit comment Camille avait trouvé l'argent pour acheter le bel immeuble de l'avenue Thiers. La vente de deux appartements à Bordeaux avait suffi à couvrir cette dépense. Villette savait que Léonce Janvier lui avait légué par testament tous ses biens. Mais, à la Libération, ceux-ci avaient été confisqués par les tribunaux de l'épuration, hormis la villa du

Vialmur qu'elle avait réussi à soustraire des griffes d'un juge.

— Je ne comprends pas par quel stratagème tu es parvenue à récupérer ton héritage.

— La loi d'amnistie, fit-elle. C'est aussi simple.

— Te voilà riche, à présent, la complimenta Jacques. Que de chemin parcouru...

— ... par la petite couturière que l'on n'a jamais voulu présenter à son papa et à sa maman, acheva-t-elle.

— On ne va pas revenir là-dessus.

Camille lui tendit quelques macarons. Il aimait aussi les pâtisseries fines qu'elle faisait confectionner à Brive, rue Majour, rien que pour lui, en se disant que les collations du Vialmur étaient plus fastueuses que celles de bonne-maman dans le grand hôtel particulier de l'avenue de Bordeaux. C'était une petite rivalité bien innocente à laquelle elle tenait beaucoup.

— Tu as été ainsi élevé, mon pauvre Jacques, dans l'égoïsme et le contentement de soi. Et tu n'y changeras rien, désormais. On te doit tout. Et plus encore. Te souviens-tu du jour où tu es venu me trouver à l'hôtel de la Gare ?

Jacques détourna le regard.

— Je n'avais plus qu'à t'appuyer sur la tête, à ce moment-là. Tu étais tellement à ma merci que c'en était troublant de facilité.

— Pourquoi ne l'as-tu pas fait ?

— Parce qu'il me restait encore au fond du cœur un peu d'amour pour toi.

Villette fouillait les poches de sa veste, d'où il ne sortait que des objets qui n'avaient rien à faire dans ses mains à ce moment-là de la conversation, comme un trousseau de clés ou un aide-mémoire. C'était une manière de se prêter une contenance. La lucidité de Camille avait le pouvoir de le mettre mal à l'aise.

— Tu vas dire que je n'ai rien tenté à la Libération pour te tirer de là, prévint-il. Mais le pouvais-je ?

— Mon frère Alexandre m'a sortie de la prison. Il aurait pourtant pu me laisser croupir au camp des Chapélies, au milieu des cafards et des cancrelats.

— Je ne pouvais rien, ajouta Jacques en balançant la tête.

— Avec ton cher papa ! Ça m'étonnerait.

Ces tête-à-tête à fleurets mouchetés n'étaient certes pas de nature à gâter leurs relations. Le lendemain, Villette revenait immanquablement fouler les tapis persans du Vialmur, comme si de rien n'était. Surtout depuis qu'elle avait acheté l'entreprise de Bertille Nadaleix. Ça l'intriguait, l'homme d'affaires, cette nouvelle possession. Il se demandait ce qu'elle allait en faire, du fameux atelier de confection. S'agissait-il d'un coup de tête ou d'une action réfléchie ? Voulait-elle prendre une revanche sur son passé en acquérant l'entreprise où elle avait fait ses premiers pas d'ouvrière ? Si c'était le cas, elle ne tarderait pas à la revendre, et là il escomptait bien jouer un rôle d'intermédiaire. Ses interrogations furent vite comblées quand il réalisa que Camille s'accrochait à son usine. Cette perspective ne le rassura guère. Villette ne croyait pas qu'elle eût les épaules assez larges pour diriger une affaire de cette sorte, d'autant que l'ancienne propriétaire n'avait pratiquement pas renouvelé ses méthodes de travail. Les machines étaient à bout de course. Et l'essentiel de l'activité se bornait encore à satisfaire la commande des particuliers alors qu'il eût fallu orienter la production vers le prêt-à-porter, qui commençait à connaître un véritable boum sur le marché national.

Lorsque le banquier fit ses offres de service pour

satisfaire les investissements nécessaires à la remise en marche de l'entreprise, Camille lui éclata de rire au nez. Cela faisait des semaines qu'elle l'attendait sur son terrain favori. Et il ne fut pas déçu.

— J'ai l'appui du Crédit Lyonnais, révéla-t-elle.

Villette sursauta de surprise.

— Non, Camille ! Tu ne peux pas me faire ça. Au nom de notre vieille amitié.

— Laisse notre vieille amitié en dehors de tout ça, elle ne s'en portera que mieux.

— La banque Villette est à ta disposition. Je réitère mon offre.

— A quoi bon faire des affaires ensemble, ça ne nous porte pas chance.

— Comment as-tu pu bluffer le Lyonnais ? Je les connais. Ton appartement de Neuilly, ça n'a pas suffi comme garantie.

Camille revint de son bureau avec un grand carton à dessin. Elle étala sur le tapis les croquis à la craie grasse qui représentaient des modèles de robes, de tailleurs, de jupes et de pantalons.

— J'ai l'intention de créer une ligne de prêt-à-porter. Je l'appellerai Camille Esther. Esther, c'est le deuxième prénom qu'on m'a donné.

Jacques Villette hochait la tête, sans voix. Il avait tout envisagé, mais sûrement pas qu'elle se transformerait aussi vite en chef d'entreprise. Et elle lui permit même de consulter le dossier qui avait fortement impressionné le fondé de pouvoir du Crédit Lyonnais. Il la complimenta tout en essayant de deviner qui était derrière tout ça. Il ne pouvait croire une seule seconde qu'elle avait bâti toute seule un tel projet. Camille le laissa patauger dans ses questions. Cela l'amusait qu'on cessât enfin de la prendre pour une gourgandine. Certes, Villette avait flairé la vérité. Sur les conseils d'Alexandre, elle avait fait étudier son affaire par René Kalfon lors d'une de ses visites en Corrèze. Il avait conservé des liens étroits avec la famille Mercœur. Et quand, sous les tilleuls de Rocheveyre, Camille avait parlé de son intention d'acheter la maison Nadaleix, l'homme s'était aussitôt proposé à expertiser l'entreprise. Ce fut le début d'une fructueuse collaboration.

Ce jour-là, Jacques quitta son amie sans savoir quel était le fameux conseiller financier qui œuvrait dans l'ombre de la demoiselle du Vialmur, comme on l'appelait à Brive. Et il en était profondément affecté. Pour lui qui croyait détenir sur elle une si grande influence, un pan entier de son pouvoir s'effondrait à ses pieds.

Avant l'heure du souper, Alexandre avait pris l'habitude de retrouver Germain dans sa chambre. Deux thèmes dominaient leurs conversations, en ce mois de janvier 1954 : le domaine et la commune. Sur cette dernière, il n'y avait pas grand-chose à dire, sinon que le maire, après tant d'années d'expérience, maîtrisait parfaitement son sujet. On s'apprêtait à doter Marzac de l'eau de la ville, comme du reste l'ensemble des villages du canton. Le bureau d'études François Jean allait bientôt transmettre ses conclusions et il ne resterait plus aux élus qu'à passer les marchés avec les entreprises. Côté Rocheveyre, une grande révolution se préparait, analogue à celle des années vingt quand Alexandre s'était lancé dans le tout-élevage. Cette fois, juste retour des choses, Arnaud en était l'instigateur. Il avait présenté à son père un projet qui consistait à transformer vingt à vingt-cinq hectares de pacages en pommeraies. Alexandre avait soigneusement examiné le plan et avait conclu que les bénéfices de l'opération ne compenseraient pas les pertes avant les cinq premières années, le temps que les arbres fruitiers parviennent à maturité.

— Entre-temps, nous vivrons de quoi ? s'inquiéta Alexandre devant son fils dépité.

— J'ai droit à des aides importantes de la Chambre d'agriculture.

— Ce sont des aides à l'investissement. Elles te permettront juste de payer les scions.

— Et puis, vingt hectares, se défendit Arnaud, c'est pas la mer à boire. Après tout, il en restera plus de quinze pour l'élevage, sans compter nos locations sur le plateau du Chatenet. Nous produirons de la viande jusqu'à ce que nos plantations arrivent à plein rendement.

— J'ai bien lu ton projet, fit Alexandre. Tu transformes nos meilleurs prés en vergers. Et notre troupeau de bovins devra se contenter des parcelles les moins avantageuses, difficiles d'accès. Et où ferons-nous nos réserves de foin, si nous ne disposons plus des Combes, du Peyras et des Jaladis ? Faudra-t-il que nous l'achetions ou que nous réduisions notre cheptel ?

Arnaud s'était retiré, sans répondre, en claquant la porte de l'étable d'un vigoureux coup de botte. Cette brève altercation avait laissé Alexandre songeur.

Le soir même, avant le souper, Alexandre évoqua l'affaire devant Germain. Ce dernier éclata de rire.

— Tu es devenu comme notre père. Autoritaire, vindicatif... Tu crois toujours détenir la vérité. Te souviens-tu de Baptiste lorsqu'il a fallu rénover le domaine ? Ses colères. Son refus. Et finalement, la raison l'a emporté. Et cette fois encore, elle gagnera. Bien que ça te fasse mal au cœur de céder. C'est beaucoup de ta jeunesse et de tes rêves que l'on vient te voler. Allons ! Avoue-le !

— J'ai cinquante-neuf ans. A cet âge, un homme n'est pas encore fini.

L'entêtement d'Alexandre fit soupirer Germain. Lui, le destin l'avait protégé de la vanité propre aux propriétaires terriens, qui se croient éternels, accrochés aux manchons de leur charrue. Son handicap l'avait rendu humble devant la destinée humaine. « Et s'il y a une qualité que j'ai gagnée dans mon existence, c'est bien celle-ci, pensa-t-il en contemplant son frère. L'humilité ! »

— Tu ne veux rien lui laisser dans l'immédiat ? questionna Germain. Et sans doute imagines-tu que si tu ne conservais pas la haute main sur les affaires du domaine, tout irait de travers ? Combien d'années devront encore s'écouler avant que tu ne lui abandonnes des responsabilités ? Arnaud a vingt-trois ans, c'est l'âge idéal pour un garçon qui souhaite orienter sa vie.

— Je ne veux pas l'empêcher de vivre sa vie, se défendit Alexandre. Je crains seulement qu'il se trompe. Qu'est-ce qui nous dit qu'il y a un avenir dans la production intensive des pommes ?

— Que disait Baptiste en 1920 ? Que l'élevage intensif était une erreur, qu'il n'y avait que la polyculture pour maintenir notre domaine en état de marche.

— Et n'avait-il pas raison ?

— Comment peux-tu dire ça ? Pendant quinze ans, nous avons connu l'âge d'or. C'est grâce à nos performances sur l'élevage du veau de lait que nous avons pu acheter de la terre, construire des bâtiments. Si nous étions restés à la polyculture, la ferme Rocheveyre n'aurait pas connu cette splendeur qui fait envie à tous les gens de Marzac.

Germain le vit relever la tête, avec de la fierté dans le regard. Il savait comment infléchir sa détermination, en reconnaissant tout ce que le domaine lui devait au moment douloureux de transmettre le flambeau à la génération montante.

— Tu penses donc que je ne suis plus bon à rien ?

— Je ne crois rien de semblable. Sinon que tu devrais reconsidérer ta position à l'égard d'Arnaud. On n'a pas le droit de gâcher l'ambition de notre garçon pour des états d'âme. L'esprit du domaine ! s'écria Germain. Tu te souviens ? Ce n'est pas un vain mot.

Ils éclatèrent de rire en venant frapper leurs mains l'une contre l'autre.

— Je t'écouterai, petit frère, lui assura Alexandre. Comme toujours.

— Je le savais, jura Germain. Arnaud a la passion de Rocheveyre autant que nous. Mais pour que la greffe prenne, il faut aussi se mesurer à notre bonne vieille terre grasse. C'est dans ce combat de titan que nous avons trouvé les solutions à nos problèmes. Et il triomphera lui aussi sur la voie déjà tracée. Te souvient-il d'André Malard ?

— Il m'en a fait voir, celui-là !

— Encore un qui avait parié la mort du domaine.

— Tant qu'il y aura du sang des Mercœur dans nos veines… ! s'écria Alexandre, une larme à l'œil.

Germain poussa le fauteuil jusqu'au secrétaire où il alla dénicher dans un tiroir une bouteille de whisky.

— Tu en prendras bien un avec moi ?

— Pour une fois, dit Alexandre.

Emilienne faisait surveiller l'état de son cœur. Ce n'était pas brillant avec une tension artérielle en dents de scie.

— Ne l'écoute pas, fit Germain avec un clin d'œil. Les femmes n'entendent rien à ce qui fait le bonheur d'un homme. La privation, le régime, l'abstinence, il n'existe rien qui déprime autant ! C'est aussi mortel que l'excès.

Germain versa une forte dose et ils burent la première rasade en serrant les dents.

— Je pense souvent à Nina. Je me dis que nous aurions fait un couple épatant. Comme toi avec Emilienne.

— Tu n'as jamais cessé de l'aimer, fit Alexandre en venant choquer son verre contre le sien. Et tu l'aimeras jusqu'au bout. C'est la plus belle histoire d'amour que je connaisse.

— La plus pitoyable, tu veux dire !

Un sourire contrit traversa leurs visages. Et ils se resservirent.

— Le temps n'a eu aucune prise sur votre passion, insista Alexandre. Elle est restée intacte comme au plus beau jour de l'été 1914, quand vous alliez fouler les blés de Letheil.

— Je n'oublierai jamais ces heures d'intense bonheur, dit Germain en tenant appuyée contre sa poitrine la fiole de whisky. Il y avait des coquelicots partout autour de nous et le soleil faisait danser la lumière. A cette seconde, j'aurais tellement voulu lui faire l'amour. Mais je n'ai pas su m'y prendre.

Alexandre alla poser son front contre celui de son frère, comme il le faisait chaque fois que circulaient entre eux les mots impossibles du chagrin.

Le lendemain, à la première heure, alors qu'Arnaud préparait les litières des étables, Alexandre vint lui annoncer sa décision. Celle-ci le laissa sans voix. Arnaud avait pourtant ruminé toute la nuit un tas de griefs contre son père, des mots terribles qui n'eussent sans doute rien arrangé. Mais la sagesse de Germain avait suffi à désamorcer une crise bien inutile.

— Je te laisse toute la terre dont tu as besoin. Pour le fourrage, nous nous débrouillerons. Sinon, il restera la solution de vendre une partie du cheptel. Après tout, on ne peut pas courir deux lièvres à la fois.

— Tu veux dire que je peux d'ores et déjà faire défoncer les Combes, le Peyras et les Jaladis pour y planter mes arbres ?

— Il faut même s'y atteler sans tarder si tu ne veux pas perdre un an. Au-delà de février, il est trop tard pour planter.

— Il me faudrait quand même une autorisation écrite de ta main, un papier quoi, quelque chose qui certifie que…

Alexandre l'interrompit, amusé de l'entendre ainsi bredouiller.

— Je vais régler les partages de Rocheveyre par-devant notaire.

Arnaud en resta bouche bée.

— Ce n'est peut-être pas nécessaire tout de suite. Ça ne m'empêche pas de planter. A partir du moment où tu me donnes l'autorisation.

— Non, se défendit Alexandre. Il me faut aller jusqu'au bout, comme nous l'avons fait autrefois. Ta tante Camille avait eu de l'argent, ton oncle Germain un peu de terre et la garantie de rester à Rocheveyre toute sa vie, moi le domaine.

— Et grand-père ?

— Baptiste a conservé les terres de la plaine de Marzac que nous avons vendues lorsqu'il n'a plus eu la force de les travailler. Moi, je me réserverai de quoi élever quelques veaux de lait, cultiver un jardin, pour ne pas perdre la main.

— Ça te suffira pour vivre ?

— N'aie crainte ! Je me débrouillerai. Et puis j'aurai le temps de m'occuper enfin des chevaux de ta mère.

— Et Richard ? Tu n'oublies pas Richard dans tout ça ? Il a droit à la moitié de la propriété.

— Le travail de la terre ne l'intéresse pas. Nous ferons comme pour Camille, nous lui donnerons de l'argent. Ça lui paiera ses études de journalisme.

La façon dont Alexandre menait l'affaire, avec son autorité habituelle et dans le plus grand secret, courrouça profondément Emilienne.

— Tu n'as pas tenu compte de l'avis de Richard. Cet enfant est-il le tien, oui ou non ? Ce n'est pas parce qu'il ne partage pas tes vues sur l'avenir de Rocheveyre que tu dois le considérer comme un étranger.

— Loin de moi une telle idée, se défendit le père. Mais pour une fois que je fais montre d'efficacité en laissant Arnaud mener sa barque comme il l'entend, tu ne vas pas me le reprocher ?

Richard était pensionnaire au lycée Cabanis de Brive, où il effectuait une terminale classique. On profita d'un samedi de sortie pour faire signer l'acte notarié que maître Comby – qui avait repris l'étude de Jules Monteil juste après guerre – avait préparé. Le jeune homme écouta sans broncher les explications du notaire. A l'instant de signer le contrat, alors que l'atmosphère était détendue et qu'Alexandre se félicitait intérieurement de voir ainsi s'accomplir les arrangements dans la plus grande sérénité, Richard se leva de son siège.

— Je ne suis pas d'accord pour parapher l'acte.

Le notaire replaça sur le nez ses lourdes lunettes d'écaille et porta un regard sur les pages du document qu'il faisait défiler entre ses doigts.

— Quel article vous pose problème, jeune homme ?

— Celui des attributions.

Interloqué, Alexandre posa les coudes sur le bureau de

maître Comby, qui ne comprenait pas où le jeune Mercœur voulait en venir.

— Voyons, Richard ! Tu étais d'accord il y a une heure à peine sur les modalités du partage.

— Eh bien, papa, je ne le suis plus.

— C'est sérieux, tout à fait sérieux, ce que nous faisons là, fit le père. Nous ne pouvons pas faire perdre son temps à maître Comby. En as-tu conscience au moins ?

— Je ne suis plus d'accord. N'est-ce pas le moment ou jamais de le dire ? Après la signature du contrat, il sera trop tard.

— En effet, ajouta maître Comby, vous êtes dans votre droit. Et croyez bien, jeune homme, je n'ai fait que suivre scrupuleusement les indications de votre père.

Richard desserra sa fine cravate noire, tout excité de l'embarras qu'il venait de créer, de la mine ahurie de son frère.

— Voyez-vous, maître, il se trouve que dans notre chère famille je suis le garçon qu'on n'attendait pas. Chez les Mercœur, nous naissons cultivateurs, et cela depuis 1870. Moi, je déroge à la règle. Alors, nous avons prévu de me laisser une coquette somme et... bonsoir ! fit-il en se frottant les mains. Aurai-je encore le droit d'entrer sur le domaine, une fois le contrat signé ? Pourrai-je venir embrasser ma grand-mère, me promener sur les terres de mes ancêtres ?

Alexandre eut le plus grand mal à se contenir. C'était le genre de démonstration qu'il exécrait. D'autant que le notaire commençait à le regarder de travers, en se demandant si son client ne l'avait pas quelque peu trompé.

— Ne joue pas les idiots ! intervint-il. Tu es chez toi à Rocheveyre tout autant que ton frère. Je ne crois pas qu'il soit dans tes intentions de reprendre le domaine. C'est donc naturel que la terre lui revienne. Et cela est juste, je suis au regret de te le dire, dès lors qu'une compensation te sera versée.

— Qui vous dit que je n'en veux pas, moi aussi, un peu de cette terre ?

— Ah ! c'est cela ! s'écria le père rassuré. Alors, choisis la parcelle qui te convient !

Il fallut encore une quinzaine de jours avant de parvenir à un accord. On légua à Richard un arpent d'un hectare et demi en bordure de la route départementale qui conduisait à Marzac et la jouissance pour moitié de la maison familiale. Ce contretemps aviva les différends entre les deux frères. Ils n'avaient guère besoin d'un prétexte pour se quereller, tellement les relations restaient tendues entre eux, et cela depuis des années, bien que par le passé Emilienne eût tout tenté pour les réconcilier. On s'était souvent interrogé sur les origines de cette rivalité. Il eût été facile de l'attribuer à la différence d'âge – sept ans –, mais sans doute ne s'agissait-il que d'une opposition formelle de caractère. Les deux garçons ne semblaient pas appartenir à la même planète. Quand l'un prenait plaisir à arracher un champ de betteraves, l'autre se délectait dans le dernier roman d'Albert Camus ou de Jean-Paul Sartre. Ils n'avaient donc aucune chance de se rencontrer sur quelque domaine que ce fût. Rien à se dire. Rien à partager. Sinon le constat de leur profond désaccord. Arnaud avait fait des études médiocres, tandis que Richard brillait dans toutes les matières. Cela avait de quoi exciter la jalousie de l'aîné. Il ne supportait plus que son petit frère vînt le narguer sur ses plates-bandes, l'avenir de la ferme Rocheveyre.

Du reste, Arnaud n'attendit pas la signature du contrat de propriété pour commencer ses grands travaux. Il fit appel à l'entreprise Lavergne d'Objat pour accomplir un défonçage en règle des vingt hectares de prés. Un bulldozer fut nécessaire pour tirer l'énorme charrue balance qui labourait le sol à un mètre de profondeur. Sur les zones où le rocher n'était qu'à trente ou quarante centimètres, on usa d'une sous-soleuse. Le tuf, en ce lieu de basse Corrèze, n'est pas très résistant. Aussi rompit-il sous les coups de boutoir de la griffe fouilleuse que l'on avait adjointe au sep de la charrue. Dans les secteurs plus difficiles, Arnaud opta pour l'explosif agricole.

Le défonçage fut terminé en deux semaines. Ensuite, Arnaud forma des équipes de planteurs, louées à la journée. Comme les scions qu'il avait commandés à un pépiniériste de Varades arrivèrent en plusieurs fois, il dut morceler les plantations, ce qui désorienta un peu ses plans. Alexandre lui-même fut impressionné par l'attention qu'il porta à l'aménagement de son verger. Tout avait de l'importance, le choix du sol pour telle variété plutôt que pour telle autre, tout autant que l'organisation de l'espace afin de faciliter ensuite l'exploitation des fruitiers. Cette science avait de quoi le rassurer, lui qui avait douté que son fils fût assez mûr pour une telle aventure. Pourtant, il en avait eu un aperçu quelques semaines plus tôt, lorsqu'il avait fallu commander les plants. Du reste, le choix des variétés avait été l'objet d'une discussion entre eux deux. Arnaud avait une nette préférence pour la golden delicious jaune citron, frappée de rose, et souvent recouverte d'une efflorescence violacée, cette pomme ayant l'avantage de se conserver et donc de se consommer d'octobre à mai. Alexandre, lui, était pour la reine des reinettes, une variété plus classique sur les marchés français. Pour trancher le débat, Arnaud avait fait venir un technicien de la Chambre d'agriculture. Il avait défendu l'idée qu'il fallait associer les deux espèces afin d'obtenir une bonne pollinisation. La cause fut entendue. En moins de trois semaines, cinquante mille pieds de pommiers couvrirent les vingt hectares consacrés à la nouvelle culture de Rocheveyre. C'était impressionnant, ces longs alignements de scions qui se développaient dans une parfaite géométrie. Alexandre ne reconnaissait plus ses terres. Il lui semblait qu'une ère nouvelle était en train de naître avec des méthodes de culture qui étaient aux antipodes de ce que Baptiste lui avait enseigné. « Autrefois, mon père a dû ressentir le même malaise lorsque je me suis mis à produire de la viande », se disait-il en se découvrant une grande communion de pensée avec lui. Il se rendait souvent au cimetière pour visiter sa tombe en se reprochant de n'avoir su le comprendre dans les dernières années de sa vie.

Au terme des travaux, Arnaud fit ses comptes. La préparation du terrain, l'achat des scions et la main-d'œuvre lui avaient coûté plus de trois millions et demi. C'était un investissement considérable qu'il venait d'engager alors que la plantation ne parviendrait à son plein rendement que dans trois années au moins. Lorsqu'il mit ces chiffres sous le nez de son père, aucune réaction ne se dessina sur son visage. Tout n'avait-il pas été dit sur le sujet ? Alexandre n'avait-il pas répété que cette reconversion coûterait de l'argent au domaine pendant au moins deux ans ? Désormais, il ne restait plus qu'à se battre contre le temps avec l'espoir que les bonnes récoltes seraient au rendez-vous.

Depuis que le domaine connaissait un grand bouleversement, Alexandre n'était plus le même homme. Il semblait absorbé dans une méditation sur le temps qui passe. Emilienne avait réalisé que son mari était hanté par l'idée de la mort. Cela lui prêtait un regard sombre et ténébreux. Aussi redoublait-elle d'affection à son égard pour prévenir les idées noires qui l'assaillaient. Ce pessimisme, il le partageait avec Germain, alors qu'autrefois il l'eût battu en brèche. Alexandre en arrivait même à comprendre les idées suicidaires qui hantaient son frère.

Heureusement qu'il lui restait son mandat de maire. Cette responsabilité comblait sa curiosité et remplissait à présent sa vie. Cela n'était pas du goût d'Emilienne – et ne l'avait du reste jamais été – qu'il passât ses journées à négocier avec les propriétaires de Marzac l'autorisation de passage des conduites d'eau que l'on était en train d'installer dans le pays. Il était certes commode à Emilienne de s'écrier que ça ne lui rapporterait rien, sinon les critiques d'une population qui avait fait montre durant la guerre de si peu d'attachement. Mais Alexandre se moquait de ses observations. Il avait le cuir tanné, désormais, après tant de combats et de désillusions. Ce qu'on pouvait raconter sur lui ne lui faisait plus aucun effet. Au contraire, l'installation du réseau public d'eau potable était une aventure qu'il n'aurait voulu manquer pour rien au monde. Cela lui rappelait le bon temps, les heureuses années de sa jeunesse, quand il avait apporté à Marzac l'électrification. A la différence que, cette fois, Alexandre n'avait plus en face de lui une assemblée rétrograde, hostile aux appels du progrès. Les années d'après-guerre avaient apporté dans les campagnes les premiers outils aratoires mécanisés, les tracteurs. Les nouvelles méthodes de travail imposées par la mécanisation et la foi dans le modernisme avaient changé les mentalités, bien plus en quelques années que durant toute l'entre-deux-guerres. Aussi l'eau courante dans l'évier et dans les abreuvoirs des étables fut-elle accueillie comme un bonheur dont on ne parviendrait plus à se passer. On ne mènerait désormais plus les troupeaux boire aux fontaines, bien que celles-ci fussent nombreuses et de bonne qualité à Marzac. On n'emprunterait plus les chemins de servitude pour y accéder, tant l'usage de ceux-ci avait généré querelles et disputes dans le pays.

Un matin de juin, le facteur vint déposer dans la chambre de Germain un télégramme qui lui était destiné. Ce dernier lisait un journal près du portail du jardin. « Il n'est pas dans ses habitudes de passer aussi tard », se dit-il en le voyant sortir de la cuisine. D'un revers de manche, le bonhomme s'essuya les moustaches. Germain comprit avec amusement que Léontine venait de lui servir, sur le pouce, un verre de rouge. « Les bonnes traditions ne se perdent pas », pensa-t-il. Puis il attendit que le facteur eût enfourché sa bicyclette pour appeler sa mère.

— Qu'est-ce qu'il voulait, Bertomieu ?

— C'est pour le télégramme. Ça l'a obligé à revenir.

— Un télégramme ? s'étonna Germain. Pour qui donc ?

— Pour toi. Le facteur l'a posé dans ta chambre.

— Cet animal aurait pu venir me l'apporter !

— Il ne t'a pas vu, dit Léontine.

Germain caressa le rectangle bleu avec appréhension. Il n'aimait pas ça. Les quelques messages qu'il avait reçus de la sorte n'avaient annoncé que des catastrophes. Sur le revers, il lut que le télégramme lui était adressé de Brive par sa sœur. Ça le rassura. « C'est bien encore une idée loufoque de Camille, se dit-il, que d'envoyer un petit bleu pour un oui pour un non. » Avec de multiples précautions, il ôta la frange, puis glissa un doigt dans le pli du papier pour achever de l'ouvrir. Soudain, sa main se détendit comme un ressort par-dessus l'accoudoir du fauteuil. Et le message lui échappa des doigts. Il poussa juste un grand cri. Et dans le silence revenu, des larmes se mirent à couler le long de ses joues, comme la pluie sur une vitre, lentement.

Il n'avait pas imaginé un tel dénouement. « Moi

d'abord, avait-il dit, et toi ensuite... » Le destin avait choisi une autre solution, la plus cruelle qui fût. Mais pourquoi s'en étonner encore, cela ne ressemblait-il pas à tout ce qu'il avait vécu jusqu'à présent ? Il essuya ses larmes en fixant la lumière qui inondait sa misérable tanière. Il lui semblait entendre son pas, comme autrefois, lorsqu'elle venait lui apporter des brassées de fleurs. Elle posait la tête sur ses genoux. Il lui caressait les cheveux. Parfois, ils restaient ainsi longtemps sans parler. Ils préféraient le mutisme aux propos hésitants. Ceux-ci, d'ordinaire, généraient des malentendus qui les faisaient souffrir.

Un peu avant midi, Emilienne le trouva dans cette prostration. Cela l'étonna à peine, car il arrivait parfois qu'il fût dans cette disposition d'esprit. Elle se mit à lui parler comme à l'accoutumée, propos futiles et banals, en courant de droite et de gauche pour remettre un peu d'ordre. Puis elle se décida enfin à venir l'embrasser. Mais en voyant les traces de larmes qui ourlaient ses paupières, elle sursauta.

— Qu'est-ce qu'il y a, Germain ?

D'un léger mouvement de la tête, il désigna le télégramme sur le tapis.

— « Viens d'apprendre par Anne Faurel décès de Nina. Stop. Compatis à ta douleur. Stop. Ta sœur Camille qui t'aime. Stop. » lut-elle. Ce n'est pas vrai ! Non ! Ça serait trop moche. Oh ! fit-elle en prenant sa main. Tu voulais tellement partir avant elle.

— Je t'en prie, se défendit-il. Pas de sentimentalisme inutile.

Et il lui fit signe de sortir, avec un de ces gestes d'autorité dont il faisait usage quelquefois, avec une telle force qu'on ne pouvait se méprendre sur son sens. Et lorsqu'il fut assuré enfin qu'on ne viendrait plus le déranger, il alla fermer les volets, tirer les rideaux, et roula son fauteuil à l'arrière du lit, dans le recoin où il avait l'habitude de méditer.

Durant les heures qui suivirent, Emilienne se rendit à la ferme Verderie où elle apprit que Nina était morte d'un cancer du sang à l'hôpital de Limoges. Dans ses dernières volontés, elle avait exprimé le désir d'être inhumée dans le cimetière de Marzac. Le soir même, Emilienne et Alexandre retrouvèrent Germain, toujours rencogné au pied de son lit. Il n'en avait pas bougé de toute l'après-midi. Alexandre essaya de lui dire quelques mots de consolation.

— Ne gaspille pas ta salive pour rien. Je sais ce que j'ai à penser. Sur Nina, nous nous sommes déjà tout dit. Maintenant, elle n'existe plus. Abandonnons tout ça au silence. Nos amours, nos regrets, nos rêves, nos illusions... Pfut. Envolés.

Ils demeurèrent de longues minutes à ses côtés, figés dans une sorte de prière muette. Emilienne n'avait jamais bien connu Nina, puisqu'elle était arrivée à Rocheveyre à une époque où la jeune femme n'y venait déjà plus. Et le peu qu'elle savait d'elle se rapportait uniquement à quelques-unes de ses lettres que Germain l'avait autorisée à lire. Comment n'aurait-elle pas été émue par cette fidélité à un amour contrarié par la guerre ? Aussi pressentait-elle déjà que la douleur de Germain ne lui laisserait aucun répit. Alexandre lui fit signe qu'il fallait désormais le laisser seul. En les voyant s'éloigner, dans la pénombre de la pièce, Germain sortit de sa léthargie.

— Avant que vous partiez, j'ai une faveur à vous demander.

— Je t'écoute, dit Alexandre en se retournant.

— Je souhaiterais que l'on me conduise devant Nina demain matin, à la ferme Verderie.

— Bien sûr, affirma Alexandre. Nous t'amènerons aussi à ses obsèques.

— Je pense que ce ne sera pas nécessaire, ajouta Germain.

En l'entendant s'agiter bien après minuit, Léontine se décida à venir le voir. Mal lui en prit, car elle se fit rabrouer de la plus violente façon. La mère repartit en larmes, implorant la mémoire de son pauvre Baptiste, comme elle le faisait dans les moments désespérés de la vie, en souhaitant le rejoindre au plus vite maintenant qu'elle jugeait avoir accompli son cycle sur la terre.

Germain avait méticuleusement fouillé les tiroirs de son bureau, du secrétaire et de sa grande armoire, pour récupérer les lettres de Nina. Celles qu'elle lui avait adressées durant la guerre étaient depuis fort longtemps classées et rangées. Ce n'était pas le cas pour toutes les autres, surtout les dernières, qui se promenaient au milieu des dossiers comptables de la ferme ou dans les livres de sa bibliothèque où elles servaient de signet. Quand il eut enfin réussi à les rassembler toutes et qu'il fut assuré que pas une seule ne traînait encore dans les papiers qui encombraient le bureau, Germain poussa un soupir de soulagement. Cette quête lui avait paru surhumaine pour un estropié de son espèce, dont chaque geste coûtait un effort considérable. D'un coup de poignet énergique, il se voitura vers la cheminée. Avec le pommeau de sa canne, il réussit à remonter le volet qui en fermait l'accès. Puis chiffonnant les lettres de Nina, une à une, en prenant soin de les séparer de leurs enveloppes où elles avaient été conservées, il emplit le foyer d'une petite montagne de papier. Et quand tout fut en place, il y bouta le feu. Le rayonnement du foyer l'obligea à se reculer d'un mètre, puis de deux, puis de trois, progressivement, comme s'il s'éloignait aussi, par degrés, des années passées à rêver d'un impossible amour.

Au petit matin, Alexandre lui porta une tasse de café. Germain la repoussa d'un geste vif.

— Tu n'as rien pris depuis hier matin, insista-t-il.

— Je n'ai besoin de rien, sinon qu'on me conduise auprès de Nina.

— Je te l'ai promis, fit Alexandre.

— Je sais que je peux compter sur mon cher frère. Du reste, sans toi, que serais-je devenu durant toutes ces années ?

Alexandre se tourna vers lui.

— Pourquoi dis-tu ça ?

— Il fallait bien que je te le dise un jour. Ce n'est pas dans mes habitudes de complimenter. Je serais plutôt d'une nature insociable.

— Je ne vois pas où tu veux en venir avec cette manière étrange de parler, comme si tu allais partir de Rocheveyre.

— J'ai pensé que c'était le moment ou jamais de te remercier, reprit Germain, pour tout ce que tu as fait pour moi.

— Cesse ton discours. Je serai toujours là chaque fois que tu auras besoin de moi. Nous sommes plus que de vieux frères, n'est-ce pas ? Bien plus que ça. Qui pourrait décrire ce que nous sommes, après tant d'années passées ensemble ?

— Tu n'étais pas obligé de faire ça pour moi. Tu aurais pu me placer dans une de ces maisons spécialisées où l'on remise les estropiés...

Ces propos-là, Alexandre les mit sur le compte du chagrin. La mort de Nina était un de ces mauvais coups dont on se relève difficilement. Et il se dit qu'il faudrait des mois de soins attentifs pour lui faire traverser cette épreuve. Mais il savait Germain plein de ressources, malgré les périodes d'abattement qui le mettaient à mal. « Nous aurons une crise qui durera plusieurs mois, avait-il confié à Emilienne quelques heures plus tôt. Et un matin, nous le trouverons de nouveau frais et dispos pour affronter l'existence. »

L'un des fils Verderie, Paul, les accompagna jusqu'à la salle à manger transformée en chambre mortuaire. Quand il poussa la porte, Germain ferma les yeux et reçut en plein visage l'odeur mélangée des arums, des hortensias et des seringats qu'on avait amassés autour du lit. Il les rouvrit sur la pâle lumière vacillante d'un cierge de première communiante qu'on avait disposé à côté de la morte. De grands draps avaient été déployés sur les meubles pour en gommer la présence. Le regard de Germain se porta sur la petite figure blanche qui reposait sur un coussinet brodé, un visage tellement amaigri par la maladie qu'il ne ressemblait en rien à celui de Nina. Cela lui fit un choc terrible, car il s'attendait à retrouver, malgré le masque de la mort, ses joues rebondies et ses pommettes hautes et saillantes. Germain fit rouler son siège jusqu'au chevet et demanda à rester seul. Les deux hommes se regardèrent, hésitants.

— Vous pouvez bien me laisser avec elle trente secondes. Quoi ? C'est trop demander ?

Ils se retirèrent en tirant la porte derrière eux jusqu'à ce que le pêne s'enclenchât. Enfin seul, Germain effleura le visage de Nina. Puis, sous le drap qu'on avait tiré sur elle, il chercha ses mains pour les embrasser.

— J'aurais tellement voulu partir avant toi, murmura-t-il. Question de logique. Mais la logique et nous... Tu en conviendras, nous n'avons pas été doués pour la vie. Tout est parti de travers alors que nous aurions pu être heureux ensemble. J'ai brûlé toutes tes lettres. Mon avis est qu'il ne faut rien laisser derrière nous. Rien de tout ça. Nos serments… nos rêves… nos désirs… Ça ne regarde personne. C'était une affaire entre nous deux seuls.

Ses lèvres tremblotèrent un peu, mais il eut encore la force d'arrêter la vague de larmes qu'il sentait le submerger. Ce n'était pas correct de venir pleurer devant elle alors qu'il ne l'avait pas fait de son vivant, même le jour où il lui avait demandé de ne plus jamais revenir à Rocheveyre.

— Je t'en veux, dit-il en effleurant de nouveau son visage, de ne m'avoir rien dit sur ta maladie. Nous aurions pu faire, au moins, quelque chose de digne pour clôturer cette tragi-comédie. Partir ensemble, c'eût été un ultime geste d'amour…

Germain sortit de la pochette de sa veste de toile une mèche de cheveux blonds qu'il avait retrouvée dans une des lettres de Nina. Il la glissa sous l'encolure de sa robe.

— Je te la rends, Nina ! Maintenant, je n'en ai plus besoin. Tu avais dix-neuf ans à l'époque. Tu me l'avais envoyée au front. Je l'avais toujours sur moi en me disant que ça me porterait chance. Nous n'en avons plus jamais reparlé de ta fameuse mèche de cheveux. Et pour cause…

Une dernière fois, il passa la main sur son visage et projeta vivement son fauteuil en arrière au point qu'il vint buter contre la porte.

— Maintenant, tu peux me reconduire à Rocheveyre, ordonna Germain à son frère.

— Vous ne voulez pas venir aux obsèques ? demanda Paul Verderie. Elles ont lieu demain matin à dix heures. Je vous présenterai Roger, le mari de Nina. Ce sera un réconfort pour vous, sans doute, de parler avec lui. Vous comptiez tellement dans la vie de ma sœur.

— Non, dit Germain. Tout est bien ainsi.

— Ou alors préférez-vous qu'il vienne vous voir au domaine ? Il a tant de choses à vous demander. Pour lui,

Nina fut une énigme. Peut-être l'aiderez-vous un peu à comprendre qui elle fut ?

— Comme on voudra, fit-il d'un geste désabusé.

Au milieu de la nuit, un coup de feu réveilla toute la maison. Alexandre fut le premier à entrer dans la chambre. Il trouva Germain affaissé au pied de son fauteuil. De sa tempe, un filet de sang noir coulait sur le tapis. Il tenait encore dans sa main le colt anglais que le capitaine Henry lui avait confié en 1943. Sur son bureau, il avait laissé ces quelques mots : « Pardonnez mon geste. Mais il est désormais au-dessus de mes forces de continuer à vivre. Germain. »

12

Les craintes d'Alexandre, hélas, s'avérèrent fondées. Avec la reconversion du domaine en verger, Rocheveyre traversa de nouveau les pires difficultés, comparables à celles du début des années trente. Cette fois, il n'existait plus un Germain Mercœur pour analyser la situation financière de la ferme et apporter conseils et correctifs nécessaires. Depuis la mort de son frère, Alexandre se tenait éloigné de toute réalité. Il semblait qu'un ressort vital s'était brisé en lui et que, désormais, les jours s'écoulaient sans qu'il eût le moindre désir d'y laisser son empreinte. Pour désigner ce mal qui lui rongeait l'âme, Emilienne employait une jolie formule : « Mon Alexandre est devenu fataliste. Les jours le portent, au gré du vent. »

Il en allait de même pour les affaires municipales. Il présidait un conseil où Pierre Dumoulin faisait la pluie et le beau temps. On ne prenait plus la peine de dire, quand un problème venait à surgir : « Il faut demander l'avis au maire... », puisqu'on n'obtenait de lui, entre deux portes, qu'une réponse évasive. Pourtant, cela n'altérait en rien son image dans la commune. On avait tellement compati à sa peine, le jour où il avait accompagné son frère au cimetière, qu'on comprenait aisément qu'il fût, des mois et des mois après cette tragédie, encore sous le choc. Mais il se trouvait aussi quelques mauvaises langues pour raconter que le véritable maire de Marzac avait disparu avec Germain, puisque c'était lui qui avait géré en sous-main les affaires de la commune. Dumoulin ne s'opposait guère à ces ragots, lui qui s'était découvert tellement d'ambition depuis que son parti incitait les militants à prendre le pouvoir partout où c'était possible. Si on l'avait écouté, il eût accroché le portrait de Staline dans la mairie, à la place de celui de monsieur René Coty. A vrai dire, cela amusait le voisinage, l'étrange attelage formé par un Alexandre Mercœur, gaulliste, et un Pierre Dumoulin, communiste. Pour l'occasion, on faisait remarquer que le Général n'avait pas hésité, à la Libération, à prendre des ministres communistes dans son gouvernement. Mais nous n'étions plus en 1945. La guerre froide faisait fureur entre l'Est et l'Ouest. Et le Parti communiste français n'appelait-il pas les soldats du contingent à la désobéissance, voire à l'insoumission, pour arrêter la guerre qui venait de commencer en Algérie ? Alexandre se refusait à porter sur Dumoulin le moindre jugement. « Nous sommes là pour régler les petites affaires de la commune, disait-il en énumérant les questions chères à son cœur. Les écoles, les routes, les égouts... Pour ce faire, nous n'avons pas besoin de savoir si Pierre ou Paul est communiste, radical, gaulliste ou MRP. Nous avons besoin de conseillers déterminés à accomplir la tâche pour laquelle ils ont été élus. Pierre Dumoulin est de ceux-là. »

Au domaine, les difficultés d'argent n'arrangeaient guère les rapports du jeune couple. Et souvent, Nicole reprochait à Arnaud de n'avoir su faire preuve de prudence.

« Ah ! ce n'est pas ton père qui aurait pris ce genre d'initiative. Ce gagne-petit avec son esprit de boutiquier ! s'écriait-il en envoyant promener la vaisselle. Ce poujadiste ! Moi, je ne me résignerai jamais à vivre comme lui, à ras de terre, comme un rat. Quand on voit minuscule dans la vie, on peut être rassuré, il n'arrive rien de grave. Ça oui ! Mais, nom de Dieu, qu'est-ce que cette vie de misérable à trembler devant un employé du fisc, à surveiller le prix des casseroles, à remplir des bas de laine ?... Je n'ai pas été élevé dans cet esprit-là. Il faudra que tu te mettes bien ça dans la tête. Nous, les Mercœur, on est des pionniers. Mon grand-père, mon père... Des géants ! »

Arnaud s'arrêtait de crier lorsque sa femme fondait en larmes. Alors, il se précipitait vers elle pour la prendre dans ses bras, se confondait en interminables excuses. Emilienne suivait cette comédie de couple sans y attacher grande importance. Elle prenait seulement soin d'éloigner la petite Françoise quand la crise s'éternisait. La belle espiègle, avec ses bouclettes blondes et son regard profond d'un bleu limpide, occupait peu à peu dans le cœur de sa grand-mère la place que Richard avait abandonnée.

En dehors de ses grands traits de colère qui crevaient dans l'instant, Arnaud n'était pas le mari tyrannique qu'on eût pu imaginer. S'il ne prisait guère sa belle-famille, parce qu'elle ne partageait pas sa façon de penser sur l'usage de l'argent, il adorait Nicole d'un amour dévorant. Dans les premières années de leur mariage, elle avait partagé cette passion, sans réserve. Après la naissance de Françoise, en 1952, son intérêt pour les choses de l'amour avait montré quelque signe d'essoufflement. « Quand donc aurons-nous enfin une machine à laver le linge ? Un aspirateur ? Un poste de télévision ? » lui demandait-elle journellement. Elle était envieuse de tout ce qui était exhibé dans les vitrines des magasins ou sur les réclames des journaux et des magazines. Et inlassablement, Arnaud répétait qu'il ne disposait d'argent que pour le nécessaire. Il entendait par « nécessaire » tout ce qui se rapportait, évidemment, à l'exploitation de ses vergers : un tracteur, un pulvérisateur à pompe hydraulique, une charrue à disques, un cultivateur...

Alexandre avait installé son bureau dans la chambre de Germain, avec peu de chambardement en vérité pour conserver intacte la mémoire de celui qui fut, près d'un demi-siècle, la conscience même de Rocheveyre. Il se plaisait en un tel lieu pétri de souvenirs ; il lui semblait respirer au plus près de sa mémoire. Et cela arrivait souvent qu'il se surprenait à lui parler comme s'il n'avait pas encore quitté la maison. On avait même conservé son fauteuil dans le recoin, derrière le lit, où il avait l'habitude de méditer, mais le siège, dont le cuir était tellement patiné, ne servait plus qu'à entasser des journaux. Aux murs, on avait laissé les portraits des philosophes dont les livres avaient accompagné la solitude du malheureux reclus. Alexandre y avait seulement ajouté celui de Charles de Gaulle auquel il vouait une vénération sans limites.

Lorsque Arnaud vint toquer à sa porte, il fallait qu'il fût armé d'une certaine témérité, car son père pouvait tout entendre, sauf une évocation des difficultés de Rocheveyre. Il avait jugé qu'en passant devant notaire il était quitte du domaine, et que la nouvelle génération n'avait plus qu'à assumer ses responsabilités.

Pourtant, Alexandre consentit à l'écouter, d'une oreille distraite. Mais à l'instant où son fils se mit à parler des emprunts engagés pour l'achat du matériel, il l'arrêta net.

— Stop ! s'écria-t-il. Je n'ai pas un sou vaillant devant moi. Ta mère et moi, nous t'avons tout laissé. Je me suis juste réservé de quoi vivoter jusqu'à la fin de mes jours. Quelques vaches, énuméra-t-il, des chevaux dont je m'occupe présentement et qui constituent un petit revenu, un jardin pour dire de ne pas acheter les légumes... Bref ! Je n'ai rien pour t'aider. Rien du tout.

Il ralluma sa cigarette avec un briquet tempête dont il fit jaillir la flamme en frottant la molette sur le cuir du bureau.

— Pourtant, poursuivit-il, je t'ai laissé une affaire on ne peut plus saine. Pas de dettes. Pas d'emprunts. Rien ! Qui dit mieux ? J'en connais d'autres qui ont hérité d'une ferme avec un bon petit paquet de créances à honorer. Tu vois qui je veux dire ?

Arnaud fit semblant de ne pas comprendre.

— Demande à ton ami Philippe Géraud !

— J'ai emprunté pour acheter un tracteur et du matériel aratoire. Il le fallait bien, pour entretenir la plantation.

— Je ne veux pas le savoir ! clama Alexandre.

— Alors, il ne fallait pas que je plante ma pommeraie ?

— Je n'en dis rien ! Tu as choisi de planter, c'est ton affaire. Maintenant, il te faut assumer les risques. Sinon, mon petit, ce serait trop facile. Disposer du beurre et de l'argent du beurre, ça ne s'est jamais vu.

Arnaud montra des signes d'impatience. Cette délicate situation n'était pas pour lui plaire. Il n'appréciait guère le ton supérieur de son père, comme s'il trouvait enfin l'occasion d'une revanche à son désenchantement d'avoir dû céder sa terre.

— Tu as bien été, toi aussi, prendre conseil auprès de mon grand-père ?

Alexandre vint écraser sa cigarette au fond d'un cendrier en verre. Puis il se recula pour croiser les jambes, le siège légèrement en bascule.

— Dans les années trente, j'ai dû faire face à une chute brutale des cours sur la viande. La plaisanterie a duré dix ans. J'avais des emprunts à rembourser et pas un sou pour les honorer. Alors, j'ai vendu à perte une partie de mon troupeau. J'ai renoncé à des locations qui me rendaient pourtant service. Mais ça n'a pas suffi à arrêter la dégringolade. Je me suis remis à la culture du maïs, du blé, du tabac. Je me suis lancé dans les primeurs avec la bonne terre des Combes. J'ai recommencé à produire tout ce que j'avais abandonné, jadis, en croyant n'y revenir jamais. Et puis, peu à peu, les comptes ont fini par s'équilibrer. C'est malheureux à dire, lâcha-t-il, mais c'est pendant la guerre, avec le marché noir, que le domaine a repris sa prospérité. Aujourd'hui, fit-il en prenant appui des coudes sur son bureau, il n'y a qu'une crise de la distribution. Trop d'intermédiaires. Des négociants... Des expéditeurs... Des courtiers... Des gens improductifs qui vivent sur le dos des paysans et qui se remplissent les poches. C'est aux agriculteurs de prendre conscience de la réalité et d'instaurer leur propre système de distribution, selon le principe sacro-saint du producteur au consommateur. Je défends cette théorie depuis 1938. J'ai écrit des dizaines et des dizaines d'articles sur ce sujet dans la revue du syndicat agricole. On me rit au nez en me rétorquant que les paysans ne seront jamais capables de gérer des circuits de distribution, qu'il ne faut pas confondre les exploitations agricoles corréziennes avec celles des céréaliers ou betteraviers du Nord. Pourtant, il n'y a pas d'autre choix possible ! La solution de nos problèmes ne se trouvera pas en créant un comité de plus, comme celui de Guéret, ou en barrant les routes. Quand donc saurons-nous enfin prendre les choses en main, serons-nous capables de nous grouper pour produire suffisamment et commercialiser notre production ?

Arnaud se mit à sourire devant le tour passionné que prenait la conversation.

— Pourquoi ne reprends-tu pas du service ? Tu as tellement d'idées nouvelles dans la tête. C'est un gâchis.

— J'ai fait mon temps. C'est à toi, maintenant, de te risquer dans l'aventure.

— L'arboriculture, c'est notre avenir. J'en suis persuadé. Et j'espère bien convaincre tous les paysans de Marzac de me suivre sur cette voie.

— Pour Rocheveyre, temporisa Alexandre, il aurait sans doute fallu s'y prendre avec mesure. C'est un défaut dans notre famille. On ne fait rien à moitié, dans le meilleur et dans le pire. Heureusement, nous ne sommes pas butés. Quand nous sentons le domaine en péril, alors, nous manœuvrons en conséquence. Je ne doute pas que tu sauras réagir à ton tour.

Le jeune homme saisit aussitôt l'ambiguïté du compliment. « Tu ne me flattes que pour mieux m'obliger au combat », pensa-t-il. Le ton doucereux cachait une sorte de défi que le père venait de lui lancer. « On ne m'a pas ménagé, moi, après l'armistice de 1918 », songea Alexandre avec un goût d'amertume qu'il avait conservé malgré les années. Autres temps, autres mœurs. Il ouvrit un dossier qui concernait le conseil municipal de Marzac, une manière de faire comprendre à Arnaud que l'entretien était clos. A la vérité, il avait envie d'être seul pour remâcher les bons vieux souvenirs.

Alexandre ne se trompait guère. Qui connaissait mieux son fils que lui ? Sûrement pas Emilienne qui n'avait su le comprendre et qui prenait la dureté de son caractère pour de la sécheresse d'âme. A peine Arnaud fut-il sorti du bureau de son père qu'il se jura de trouver dans la journée le petit million qui lui manquait pour faire face à ses engagements. Au volant de son Aronde, il conduisit un marchand de bois dans la forêt de Bellegarde. Des heures durant, les deux hommes passèrent le lieu au peigne fin, marquant dans l'écorce à coups de hachette, un à un, les chênes qui étaient mûrs pour l'abattage. Et au fur et à mesure qu'ils arpentaient les moindres recoins de la forêt, Arnaud faisait ses calculs. Il comprit qu'il arriverait péniblement à huit cent mille francs. Et encore lui faudrait-il discuter âprement avec le négociant.

La discussion reprit dans la voiture. Le négociant voulait qu'on le dédommage des frais de débardage à cause de l'accès difficile de la forêt. Arnaud maintint le prix en faisant valoir que le bois de Bellegarde contenait des lots de chênes fort sains dont on tirerait du parquet de premier choix et même de la planche veinée en cœur de ronce pour l'ébénisterie. Au terme de la négociation, il fut convenu que l'acheteur lui verserait la moitié de la somme, et le restant après la coupe, aux alentours du mois d'octobre. Avec ces quatre cent mille francs d'argent frais, Arnaud se mettait à l'abri, pour les mois à venir, en honorant les prochaines échéances d'emprunts.

A Objat, la nouvelle s'était répandue que le fils Mercœur tirait le diable par la queue. Et on mesurait l'étendue de sa misère à l'aune des vêtements qu'il portait. Rapiécés, rapetassés par les soins de Léontine, ils ne faisaient guère honneur à la maison Rocheveyre. On était d'autant plus attentif à ces détails que la ferme de Marzac avait joui dans le passé d'une solide réputation. Seule Nicole portait une mise soignée, grâce aux petits secours du père Chastaingt. On n'en revenait pas chez les quincailliers de la place de l'Eglise que le domaine fût tombé si bas, eux qui avaient tellement cru faire faire un beau mariage à leur fille. Et on comprenait encore moins qu'Alexandre eût cédé prématurément la direction de la propriété à un fils si peu aguerri à la gestion.

Emilienne se désintéressait aussi de toutes ces histoires. Elle avait approuvé quand Alexandre s'était retiré des affaires, applaudi des deux mains son respect à la parole donnée. Désormais, elle l'avait tout à elle. Ils passaient les journées ensemble à s'occuper des chevaux. De temps à autre, elle l'arrachait à sa mairie pour une promenade à Brive, où ils allaient déguster des escargots au restaurant Chez Pierre, rue du Lion-d'Or. Quelquefois, Camille allait les rejoindre, si brièvement qu'ils n'avaient jamais le temps de parler. Cela faisait des mois et des mois qu'ils se promettaient de visiter son atelier de confection de l'avenue Thiers, sans jamais se décider. Après tant et tant d'avatars, Alexandre nourrissait toujours la plus grande crainte sur l'avenir de sa sœur. Et l'achat de l'usine Nadaleix n'était pas pour le rassurer. Certes, Léonce Janvier lui avait abandonné de quoi vivre confortablement jusqu'à la fin de ses jours. Mais ce qu'un Janvier lui avait laissé, un Villette, ou son double, pouvait le reprendre. Aussi ne tenait-il pas à la questionner sur sa vie, sur sa nouvelle entreprise, de peur d'y trouver des sujets de mécontentement et d'aigreur.

Emilienne se rendait souvent à Clermont-Ferrand par le train de dix heures dix. Elle y passait quelques heures aux côtés de Richard. Il s'était inscrit à la faculté de lettres Blaise-Pascal et regagnait chaque soir, non loin de la place de Jaude, une chambre mansardée qu'il avait louée, rue Blatin. En vérité, elle s'attardait juste le temps de remettre en ordre la chambre et de vérifier que son cher fils mangeait à sa faim.

C'est au cours d'une de ces visites qu'elle rencontra sa petite amie, une belle brunette, les cheveux coupés à la garçonne, avec de grands yeux verts hautains. Pour compléter ses informations sur la belle visiteuse, Emilienne dut lui arracher les mots de la bouche. Ainsi apprit-elle que la jeune fille s'appelait Amande – à moins que ce ne fût par fantaisie, dont la nouvelle génération aimait s'entourer, et qu'elle ne se nommât plus prosaïquement Armande. Elle était en troisième année de médecine. Son père, médecin lui-même à Riom, l'avait collée là sans grand espoir, car la belle Amande ne prenait guère ses études au sérieux. Elle possédait plus de disposition pour jouer la comédie. Elle naviguait dans une troupe qui avait monté, assez récemment, *Lysistrata* d'Aristophane. Et, bien évidemment, on lui avait confié le rôle sulfureux de Démobilisette.

— Ne te fais pas d'illusions, maman, prévint Richard, elle ne deviendra jamais ma femme, si c'est ce que tu penses.

— Je ne pense rien. Je constate seulement que vous avez l'air de bien vous entendre.

Richard soupira en la fixant droit dans les yeux, comme il le faisait chaque fois qu'il voulait exprimer avec elle une parole sincère, tant il était vrai que sa chère mère prenait plaisir à jouer au chat et à la souris.

— Nous sommes amants, si c'est ce que tu veux savoir. De ce côté-là nous nous entendons plutôt bien...

— Richard ! s'offusqua Emilienne. Tu ne dois pas parler ainsi à ta mère.

Richard trouva sa réaction un brin désuète.

— Tu préférerais que je te raconte des boniments ?

— Ne me dis pas que cette jeune fille ne t'aime pas ?

— Je ne lui ai jamais posé la question.

— A quoi tu penses, Richard ? C'est la première chose que l'on doit faire quand une...

— Je m'en fiche. Parce que, moi, je ne l'aime pas.

— Tu abuses d'elle, alors ? Quelle génération cynique !

— Mais elle s'en fiche aussi, se défendit-il en prenant sa main pour lui faire traverser la place de Jaude encombrée de voitures.

— Alors pourquoi restez-vous ensemble ? C'est stupide et triste à la fois.

Il l'obligea à courir pour franchir la contre-allée réservée aux taxis.

— Ce qu'elle désire, c'est un homme qui a de l'argent,

beaucoup d'argent. Lorsqu'elle l'aura trouvé, elle l'épousera sans doute. En un mot, c'est clair, maman, ce ne sera pas moi.

— Heureusement ! Je compte bien qu'on ne t'épouse pas pour une raison aussi futile.

Il éclata d'un beau rire clair en la contemplant dans son tailleur en flanelle cendrée, avec un gros clip brillant qui fermait, à ras du cou, un chemisier en soie jaune canari. Il se demandait encore comment Alexandre et elle avaient pu se rencontrer. Des êtres si différents. C'était bien la preuve que l'amour existait sur cette terre.

— Et puis, je ne suis pas à marier.

Elle fit semblant de ne pas comprendre. Mais quand elle fut près de lui et qu'il eut passé un bras autour de ses épaules, Richard lui glissa au creux de l'oreille quelques mots qui la firent pâlir d'angoisse.

— Le mariage m'est interdit, puisque je dois faire cette sale guerre d'Algérie !

A Rocheveyre, l'année 1956 dépassa toutes les prévisions. On atteignit les cent soixante tonnes de pommes. A l'issue de la saison, Arnaud comprit qu'il avait gagné son pari et que les années à venir apporteraient enfin l'argent qu'il avait misé.

L'expérience de Rocheveyre commença à essaimer chez les agriculteurs. On venait des quatre coins du canton, et bien au-delà, pour voir la plantation. Les ingénieurs agronomes et les techniciens agricoles de la Chambre d'agriculture organisaient même des visites d'études pour montrer l'aménagement d'un verger soumis aux techniques les plus modernes. Dans la foulée de cette expérience, certains propriétaires se mirent à planter timidement quelques parcelles. Au fil des rencontres et des discussions, Arnaud s'aperçut que ses collègues manquaient singulièrement d'ambition. « Mille ou deux mille pieds de pommiers, ce n'est pas suffisant », expliquait Arnaud. En règle générale, les propriétaires de Marzac étaient hostiles à l'idée de reconvertir la totalité de leurs terres en pommeraies. Pour eux, cette activité ne pouvait que constituer un revenu d'appoint et non une ressource majeure.

Au début de l'hiver 1956, Arnaud Mercœur décida de réunir à la salle des fêtes du village une vingtaine d'agriculteurs de Marzac.

— Je veux vous convertir à ma religion, leur lança-t-il, parce qu'il y a du pain sur la planche et de l'argent à gagner !

Le mot fit sourire l'assistance, composée essentiellement des gros propriétaires de la commune et des environs. Ces derniers ne réservaient pas au jeune agriculteur de Rocheveyre une opinion des plus favorables. Ils étaient essentiellement venus à son rendez-vous par curiosité.

— Je vous exhorte à transformer vos terres en vergers, poursuivait-il en mettant de l'intonation dans la voix. Il n'y a rien de plus urgent à faire sur nos parcelles, si l'on veut prendre le train du progrès en marche. Plantons ! Plantons, asséna-t-il, de la reine des reinettes, de la golden delicious, de la granny-smith, de la richared. Vous ne connaissez pas encore ces variétés ? Qu'à cela ne tienne, vous ne tarderez pas à en entendre parler. Car dans dix ou quinze ans on ne parlera plus que de ça. Le consommateur ne voudra déguster que ces pommes-là. Et nos vieilles variétés, la canada grise, la faros ou la cusset, ne se vendront plus sur les marchés.

Des ricanements se propagèrent dans la salle. Arnaud chercha l'auteur des plaisanteries dont quelques bribes lui arrivaient aux oreilles. Son regard croisa celui de Gilles Lamazane.

— Je préférerais que tu me le dises en face, lui lança-t-il.

— Si tu veux ! rétorqua le fils Lamazane. Je suis à ta disposition.

Des visages rigolards se tournèrent vers lui.

— Je t'écoute, insista Arnaud.

Gilles Lamazane se dressa vivement sur ses ergots. On sentait, dans la vivacité de ses gestes, qu'il avait envie d'en découdre avec l'ennemi héréditaire de sa famille, de déverser son fiel, une haine transmise de génération en génération, et qui durerait sans doute tout le temps qu'il y aurait, dans le même village, côte à côte, des Mercœur et des Lamazane.

— Ça ne va pas te faire plaisir. Ici, il n'y a pas de gens assez fous pour te suivre dans cette aventure. La Corrèze est une région d'élevage. Un pays de cocagne pour nos troupeaux. Les prés regorgent d'herbe grasse. Le vieil Alexandre l'avait bien compris quand il s'est lancé dans la production bovine. Aujourd'hui, mon pauvre Arnaud, tu voudrais nous embarquer dans une affaire dont tu ne maîtrises pas les données. Cet orgueil-là, c'est propre aux Mercœur. Vous vous souvenez de Baptiste ? questionna-t-il en direction de l'assistance qui baissait la tête. Un brave homme au demeurant. Mais il croyait toujours avoir raison contre tout le monde. Et ça venait donner des leçons, du matin au soir. Combien de fois mon pauvre père m'a raconté ça !

Un sourire grimaçant traversa le visage d'Arnaud.

— Que vient faire le grand-père Mercœur là-dedans ? On se le demande, soupira-t-il. Paix à son âme. Est-ce que j'évoque la mémoire de ton père Auguste ? Pourtant, il y aurait beaucoup de choses à dire. Mais ce n'est pas le lieu ni le moment. Je suis simplement venu parler à mes amis de Marzac de l'avenir de l'arboriculture fruitière. Pourquoi moi ? Parce qu'il se trouve que je me suis engagé dans cette aventure, nouvelle pour moi, et que, contrairement à l'opinion répandue, je n'ai pas bouffé d'argent. Je commence même à en gagner. Et je voudrais en faire profiter mes amis. Quoi de plus normal entre gens du même village ?

— Si c'était d'un aussi bon rapport que tu le dis, tu te serais bien gardé de nous en parler, rigola Paul Verderie.

— Vous n'avez rien compris, se défendit Arnaud. J'ai transformé vingt hectares de pacages en plantations. Je compte en planter le double. Qu'est-ce qui peut m'en empêcher ? Je ne crains rien. La terre ne manque pas sur le plateau du Chatenet. Et, de plus, c'est un terrain qui convient parfaitement à la pomme. Je souhaiterais que vous en fassiez autant. Dès lors que nous arriverons à un certain tonnage, nous pourrons mieux commercialiser nos marchandises. Abandonnons, je vous en conjure, nos querelles de clocher. Il est temps de voir l'avenir autrement que confinés sur nos petites propriétés. Nous pourrons alors monter une coopérative fruitière pour posséder en commun le matériel, le personnel, le système d'expédition, le réseau de distribution…

Sans se soucier de la réaction des grincheux, Arnaud aborda l'avenir du marché européen. C'était un de ses sujets de conversation favoris. Sur ce thème, il pouvait parler des heures, sans se lasser. Et, chiffres à l'appui, il montra que la France était déficitaire en ne produisant qu'un million et demi de tonnes de pommes par an alors que l'Italie se situait au premier rang avec six millions.

— Dans les cinq ans à venir, nous devrons fournir au marché intérieur français plus de quatre millions de tonnes. C'est dire que nous sommes obligés d'importer.

Le moment n'est-il pas venu de retrousser les manches ? Le sol de notre région de basse Corrèze est tout indiqué pour ces productions. Surtout la golden. Je vous encourage à planter cette variété venue des USA. Elle tiendra les plus hauts prix sur le marché. C'est un fait qu'elle possède des atouts. Elle est tentante. Elle attire l'œil du consommateur et excite les appétits...

Au fil des minutes, les rangs s'éclaircirent, surtout lorsque Arnaud en vint à énoncer chiffres et statistiques. Gilles Lamazane fut le premier à quitter la salle des fêtes, suivi immédiatement par ses proches alliés. Ils demeurèrent un moment au milieu de la place à deviser, dans l'attente de la suite des événements, un peu déçus de ne pas avoir réussi à entraîner avec eux toute l'assistance. Mais quand Gilles vit les frères Verderie sortir enfin, il eut un soupir de soulagement. Jusqu'au bout, il avait douté de leur fidélité, bien qu'il n'eût cessé, ces derniers temps, de leur remémorer les vieilles histoires de bornes et de droits de passage qui avaient opposé les deux familles. Gilles nota avec amusement que cette perfidie avait porté ses fruits. « C'eût été un comble que les Verderie abandonnent l'élevage pour les vergers, une trahison sans nom », se disait Gilles en venant tapoter Paul dans le dos pour le remercier de son courage.

— J'ai cru qu'il t'avait tourné, toi aussi, fit-il.

— Moi ? Pas d'abord ! s'écria Paul Verderie.

Sa réaction souleva des éclats de rire dans le petit groupe qui faisait le pied de grue, agglutiné autour de son chef.

— Je le connais, notre Arnaud ! ajouta Paul. C'est un sacré baratineur. Mais ça fera pas bouillir ma marmite.

— Tous ces chiffres qu'il nous assène, s'interrogea Maurice Verderie, c'est peut-être bien vrai ?

— Moi, je me demande où il va chercher tout ça, dit un autre paysan.

— Tu parles ! fit Lamazane, il tient ça des techniciens de la Chambre d'agriculture. Tous ces fonctionnaires n'ont rien d'autre à foutre qu'à pondre des rapports. Mais, entre les statistiques et la réalité, il y a un monde. Nous le savons bien, nous, n'est-ce pas les gars ?

Ils opinèrent du chef en se resserrant autour de Gilles Lamazane.

— Ce ne sont pas les conseilleurs qui manquent, fit un des agriculteurs. Ça pullule comme les puces sur le dos d'un chien.

— Et les payeurs ? rigola Paul Verderie.

— Rocheveyre, c'est plutôt mal parti, quoi qu'en dise Arnaud. De l'avis de Boichot, le type du Crédit agricole, ce serait pas fameux, ses affaires. Même que ça serait sur le point de... Vous m'avez compris, ajouta-t-il d'un air énigmatique comme s'il voulait montrer qu'il en savait plus que tout le monde.

A pas lents, le groupe se dirigea vers le café où la vieille Cézarine était en train de balayer la poussière que le vent des derniers jours avait amassée devant sa porte.

— Tu vas nous servir un vin chaud ! commanda Lamazane.

— Et aux palombes, demanda Paul, tu y es allé ?

— J'en ai tué cinq, répondit-il. Des pas bien grasses. Juste de quoi y goûter.

Dans la salle des fêtes, il ne restait plus que les frères Malpas, José et Henri, Philippe Géraud, et deux ou trois autres propriétaires qui étaient venus seulement par amitié pour la famille Mercœur. Maintenant que les trouble-fête et les ricaneurs avaient déserté la réunion, Arnaud s'attachait à répondre à des questions techniques sur la taille, la différence des porte-greffes, les traitements contre les maladies et les parasites, les fumures, etc. On ne pouvait le prendre en défaut sur ces matières, tant il avait étudié son sujet avant de se lancer ; un savoir, du reste, complété par celui des techniciens agricoles. A l'instant de se quitter, les frères Malpas et Philippe Géraud annoncèrent qu'ils voulaient bien s'engager dans l'arboriculture fruitière.

— A nous trois, calcula Arnaud, ça nous fera une cinquantaine d'hectares. Un bon début. Avec nos amis des communes voisines, nous arriverons rapidement à cent cinquante hectares. Ça commencera à faire du bruit dans le pays. Je vous le promets. Parce que j'ai une idée derrière la tête. Vous pouvez me faire confiance...

Emilienne aurait bien souhaité que Richard reste en France. Mais on l'avait avisé que, une fois sa formation militaire accomplie, il rallierait l'Algérie, comme l'ensemble de ses camarades. Jusqu'au bout, elle s'était juré de le protéger contre une telle épreuve. Rapidement, ce lui devint une idée insupportable de le voir partir faire cette guerre honteuse. Pour rassurer l'opinion publique, on ne parlait que d'opérations limitées au maintien de l'ordre. Personne ne pouvait plus ignorer que la crise algérienne s'amplifiait et que l'armée française était en train de s'enliser dans un interminable conflit colonial, un des pires qu'on pouvait imaginer puisqu'il mettait face à face des hommes qui n'avaient aucune raison de se haïr. C'était surtout ce qui enrageait le plus Richard, d'être contraint à défendre des valeurs qui n'étaient pas les siennes, des principes humains auxquels il tournait le dos. De justesse, son père l'empêcha de souscrire au manifeste des 121 pour le droit à l'insoumission.

Quelques jours avant le départ, Richard eut une

conversation avec Alexandre. C'était la première fois que le père consacrait autant d'intérêt aux opinions de son fils. Jusqu'alors, il s'était contenté de répondre par des petits sourires en coin, un brin méprisants. Il lui devait bien ça avant qu'il ne rejoigne le régiment du train basé à la caserne Niel de Bordeaux.

— Toi, dit Richard à son père, tu as combattu les nazis. C'était une guerre juste, libératrice. J'aurais fait cette guerre-là, sans la moindre hésitation.

— Je le comprends, fit Alexandre. Mais n'est-ce pas stupide de ruiner son avenir simplement en signant un brûlot d'intellectuels ? Un manifeste écrit par des gens confortablement installés dans la vie, protégés par leur statut de maîtres à penser.

— Mais cette guerre d'Algérie, en quoi me concerne-t-elle ? On me demande de combattre un peuple qui veut se libérer de l'oppression française. Comment pourrais-je lui donner tort ? Un peuple a toujours raison quand il se libère du joug étranger. L'Algérie doit revenir aux Algériens. Et le FLN, qu'est-ce donc ? Sinon la même race d'hommes que tu as côtoyée dans la Résistance.

— On ne peut pas établir des comparaisons entre la France de Guy Mollet et l'Allemagne d'Adolf Hitler, le reprit Alexandre. La France a façonné l'Algérie au cours de son histoire pour en faire un pays moderne, alors que l'Allemagne nazie n'avait d'autre ambition que de soumettre notre peuple à sa volonté dominatrice et destructrice.

— Je ne vois pas la différence, ajouta Richard. Le colonialisme français au cours de l'histoire a tiré parti des matières premières de l'Algérie, a pillé ses ressources, sans vergogne, avec le seul souci de réaliser des affaires florissantes. C'est seulement aujourd'hui, alors que nous sommes au bord du gouffre, que l'on vient nous parler des relations affectives avec le peuple algérien. Tout ça, c'est de la propagande. On se souvient un peu tard que ce peuple a des droits légitimes. Les principes égalitaires et fraternels de notre République, pourquoi ne les a-t-on jamais appliqués là-bas ? Les tenants de l'Algérie française savent ce qu'ils perdent dans cette aventure : leurs richesses, leurs privilèges... Moi, je n'en ai cure. Je n'ai pas envie de mourir pour les colons. S'ils veulent conduire cette guerre, c'est leur affaire, pas la nôtre.

— Doit-on se résigner à choisir entre le FLN et l'Algérie française ? fit Alexandre. Sans doute y a-t-il une solution intermédiaire entre ces deux pôles fanatiques. On peut s'acheminer vers une certaine autonomie du territoire algérien tout en préservant les intérêts de la France. Je ne peux pas croire que la politique économique que nous avons conduite dans ce pays n'a eu que des effets destructeurs. Il faut garantir la poursuite de notre politique et en finir avec les humiliations, les abus et les blessures que nous avons infligés à ce peuple. Si par malheur le conflit se termine par une victoire totale du FLN, nous ferons les valises. Et que restera-t-il de l'Algérie ? Un pays coupé de la communauté internationale, incapable de continuer sa marche en avant. A moins qu'il ne tombe dans le giron soviétique. Alors, il retournera à une autre sorte de colonisation, pire encore, celle de l'impérialisme stalinien. Nous avons vu, mon petit Richard, comment a tourné la volonté émancipatrice du peuple hongrois. Des chars russes et des procès en sorcellerie.

— Papa ! Laisse donc aux Algériens le choix de leur avenir.

De la cuisine, Emilienne ne perdait rien de la conversation, même si, à aucun moment, elle ne souhaita s'en mêler, bien qu'elle se sentît de tout cœur du côté de son fils. En cela, il y avait des raisons plus passionnelles que raisonnées.

A peine Richard eut-il tourné les talons qu'elle vint reprocher à Alexandre de n'avoir rien tenté pour lui éviter de partir en Algérie. Le père se justifia en évoquant encore une fois Henri Queuille. Celui qui l'avait si souvent soutenu cette fois n'avait rien pu faire. Il avait quitté la vice-présidence du Conseil en 1954. Au terme d'une entrevue que l'homme politique lui avait accordée rue Las Cases, près de l'Assemblée nationale, il avait semblé à Alexandre qu'Henri Queuille éprouvait désormais à l'égard de ses amis politiques une certaine amertume. Depuis qu'il ne régnait plus sur les ministères, on l'avait oublié. Cette quarantaine lui était d'autant plus difficile à supporter qu'elle venait en priorité d'hommes qu'il avait souverainement aidés. Alexandre comprit que l'ancien vice-président du Conseil avait d'autres préoccupations que de pistonner son rejeton. Et il le quitta sans insister. D'un geste égaré, Queuille lui fit néanmoins comprendre qu'il adresserait un mot au ministre des Armées. Et Alexandre en conclut qu'on enverrait quand même Richard en Algérie, dans un secteur peu exposé.

A l'instant de la séparation, Alexandre fit promettre à son fils de ne pas apeurer sa mère en écrivant les scènes insoutenables qu'il ne manquerait pas de croiser. Cette réflexion créa un tel malaise entre eux deux que Richard ne put s'empêcher de douter des sentiments qui l'animaient à son égard. « Serais-je encore le mauvais fils ? » se demanda-t-il.

— Tu veux dire qu'il serait de mauvais goût que je me fasse tuer parce que ça chagrinerait ma mère ?

Alexandre réalisa alors l'imbécillité de sa réflexion et, d'un geste, il le serra dans ses bras, vivement, puis lui tapota l'épaule. Emilienne avait choisi de rester à

Rocheveyre pour ne pas devoir agiter un petit mouchoir blanc au bout du quai.

En effet, Richard tint parole. Il écrivit des lettres innocentes dans lesquelles il racontait qu'Alger était la plus belle ville du monde et qu'à l'heure apéritive, place du Gouvernement, face à la statue équestre du duc d'Orléans, on avait le plus grand mal à imaginer qu'une guerre déchirait le pays. Qu'en était-il en réalité ? Dès son arrivée, Richard fut versé, avec une centaine de ses camarades, à la protection d'un riche colon sur les collines du Sahel d'Alger. De jour comme de nuit, la mitraillette en bandoulière, on lui faisait arpenter les deux ou trois cents hectares de vignobles et de plantations d'agrumes appartenant à Régis Gomez. Le riche pied-noir n'était pas seulement propriétaire terrien. Il occupait de nombreux postes d'administrateur dans diverses sociétés, comme le Crédit foncier d'Algérie et de Tunisie, les Moulins du Chélif, les Cargos algériens, la Distillerie d'Algérie ou la Nord-Africaine des ciments... Pour parfaire son empire, il avait aussi acquis des parts importantes dans les organes de presse tels que *L'Echo d'Alger* ou *La Dépêche de Constantine*.

L'idée de risquer sa vie pour défendre une famille de colons lui était devenue insupportable. Tout bien considéré, Richard eût préféré crapahuter dans l'Aurès, comme porteur d'eau pour les traqueurs de fellaghas, même au plus profond des gorges de Tighanimine. D'autant que les rapports avec les contremaîtres de Gomez étaient des plus tendus. Souvent de féroces bagarres éclataient entre civils et militaires pour des motifs futiles, et chaque fois le petit soldat français écopait de la salle de police. Même au sein de l'armée, Gomez faisait la loi, à croire que son pouvoir était illimité sur la terre algérienne. Le colon vénéré, pour qui il n'était pas une barrette d'officier qui vaille, visitait ses terres le plus souvent à cheval, ou en calèche quand soufflait le sirocco, mais toujours discrètement entouré d'un peloton de surveillance. Le bonhomme exigeait une protection discrète car il se piquait d'être le plus courageux des pieds-noirs dans tout l'Algérois, aussi la seule vue des militaires français contrariait-elle son noble orgueil. A la ceinture, il portait continuellement un pistolet italien qu'il brandissait quelquefois devant ses ouvriers pour les intimider.

Le racisme ordinaire qui occupait l'esprit de ses camarades empêchait Richard Mercœur de nouer la plus petite amitié. A son arrivée dans le Sahel algérois, il essaya de démonter le discours bien huilé des officiers sur l'utilité de cette guerre. Rien n'était plus décevant que de constater avec quelle facilité les experts en guerre psychologique étaient passés maîtres. Il leur suffisait de narrer par le détail, photos à l'appui, le massacre de Melouza pour transformer de gentils Français en féroces tueurs. Dans les moments de spleen, Richard en arrivait à regretter de n'avoir pas eu le courage de l'insoumission. Le sort des réfractaires dans la prison de Tinfoudi lui paraissait plus enviable. Là, au moins, il eût pu rencontrer des oreilles attentives à l'absurdité de cette guerre.

Cette détresse intérieure était absente du courrier qu'il adressait aussi à Amande. Comme pour sa mère, le ton des lettres se voulait rassurant. Et il y parvenait assez bien en faisant de longues descriptions sur la lumière blanche de la rade d'Alger, sur ses escapades dans la Casbah ou sur le marché Meissonnier au milieu des pyramides de pastèques et des senteurs de cannelle et d'encens, de benjoin et de « fessour ». En retour, son amie ne lui témoignait guère l'affection qu'il eût souhaitée au cœur de son lointain exil. Amande lui griffonnait des mots ordinaires sur des cartes postales. Le ton froid et distant lui laissait supposer qu'il ne la retrouverait pas à l'heure bénie de sa libération. Du reste, au moment de son départ pour l'Algérie, elle ne s'était pas cachée pour lui faire comprendre qu'il ne faudrait pas compter sur elle pour jouer le rôle de la petite fiancée loyale guettant la réapparition du héros. Richard savait bien que sa belle Amande aimait trop faire l'amour pour qu'elle lui restât fidèle. Du temps où ils habitaient ensemble, rue Blatin, cela ne l'embarrassait guère qu'elle courût quelques aventures, pourvu qu'elle lui revînt. Mais, avec l'éloignement, Richard avait compris qu'il en irait tout autrement et qu'elle finirait par s'attacher à un autre garçon que lui. Et quand le jeune homme flaira enfin qu'Amande se fichait de ses morceaux de littérature sur l'Algérie, ceux-ci ressemblant plus à des notes de voyage qu'à une correspondance amoureuse, il renonça, la mort dans l'âme, à poursuivre cette comédie épistolaire. Il reçut d'elle encore une carte postale, de Venise où elle était allée se promener... Seule ou accompagnée ? On pouvait tout imaginer. Richard en ressentit un pincement au cœur. Pendant qu'Amande errait sur la place Saint-Marc, lui, il perdait son temps, usait sa jeunesse, dans le pire trou à rat qui fût, au milieu d'une armée en déroute dévorée par la haine et le désespoir et qui ne cessait de chanter, à tue-tête et au pas cadencé, *Je ne regrette rien*. Richard n'était pas d'accord avec cette sinistre rengaine dont les accents virils lui déchiraient l'âme. Bien au contraire, il regrettait tout ce que cette sale guerre lui avait ôté : les cris de plaisir d'Amande, les croissants chauds du petit matin, les airs de jazz de la rue Saint-Dominique...

Un matin, le colonel Serrandon le fit appeler.

— J'ai une mauvaise nouvelle à vous annoncer, dit-il en lui tendant un télégramme par-dessus le bureau. Un décès dans votre famille.

Richard sentit ses jambes se dérober. Il pensa aussitôt à sa mère. En le voyant pâlir d'émotion, le colonel interrompit son supplice.

— Votre grand-mère...

Le jeune homme en éprouva du soulagement. Aussitôt, il eut honte de s'être laissé gagner par une telle pensée. Au grand étonnement de Richard, l'officier l'invita à s'asseoir. « Cet homme a des manies de civil », se dit-il. Et cette impression ne faisait que renforcer ce que l'on disait sur lui, qu'au mess il avait l'habitude de se tenir éloigné des jeunes loups de l'Algérie française et de leurs airs de conspirateurs.

— Quel âge avait-elle ? lui demanda-t-il.

Richard hésita à répondre, tellement la conversation qui s'engageait lui paraissait insolite, surtout venant d'un officier pour qui le simple soldat n'était que grain de poussière.

— Quatre-vingt-sept ans, mon colonel, dit Richard.

Serrandon hocha la tête longuement.

— Je vais vous signer une permission d'une semaine. Vous partirez aujourd'hui pour la France.

A l'instant où Richard quittait le bureau, l'officier le rappela.

— J'ai examiné votre dossier militaire. Avec la formation que vous avez, je ne comprends pas pourquoi l'on ne vous a pas versé aux EOR ?

— J'ai refusé de suivre une école d'officier.

— Et pourquoi donc ?

— Mon colonel, m'autoriserez-vous à ne pas répondre ?

L'homme fronça ses sourcils broussailleux.

— Si vous aviez suivi l'Ecole des officiers de réserve, vous n'auriez pas à jouer les vigiles sur les hauteurs d'Alger.

— Je désapprouve cette guerre, mon colonel.

L'officier se mit à caresser sa moustache taillée en pointe, vieille France, d'un air songeur.

— J'aimerais connaître votre sentiment sur Régis Gomez.

Richard baissa la tête. Et comme Serrandon vit qu'il ne lui répondait pas, il ajouta :

— Sincèrement. Et tout à fait entre nous.

— C'est un pied-noir, mon colonel, avec un esprit et des manières de colon.

— Mais encore ?

— Un salopard ! jura Richard en fixant Serrandon dans les yeux. Si nous ne devons faire la guerre que pour défendre ces gens-là, alors j'ai été bien inspiré de refuser de faire les EOR.

Le colonel s'était levé pour regarder la ville à travers la jalousie. Richard ne savait plus ce qu'il devait faire. Et pour mettre un terme au long silence, il claqua les talons. L'homme se tourna vers lui.

— Vous aimez la lecture à ce que je vois. Quelle sorte de lecture ?

Il ne lui laissa pas le temps de répondre.

— Malraux ? Vous connaissez le titre d'un roman d'André Malraux ?

— *La Condition humaine*, dit Richard.

— En effet. Mais je préfère *L'Espoir*. Et vous ?

— J'aime bien *L'Espoir* aussi.

— Mercœur ? Ça vous intéresserait de vous occuper de notre bibliothèque du mess ? Ça serait tout de même plus gratifiant que de garder les orangeraies du sieur Gomez...

Richard Mercœur fut rapatrié dans l'après-midi par un Nord Atlas qui alla se poser à l'aéroport du Bourget, puis un train de nuit le conduisit à Brive au petit matin. A Rocheveyre, il monta directement se recueillir devant le cercueil de sa grand-mère. Trois vieilles dames de Marzac avaient passé la nuit près d'elle. En le voyant entrer dans la chambre mortuaire, elles se levèrent d'un même mouvement. Richard leur fit signe de ne pas se déranger.

— On l'a trouvée morte dans son lit, expliqua Emilienne en essuyant quelques larmes.

Elle pleurait de revoir enfin son cher petit, amaigri et pâle. Elle le couvrait de baisers qu'il recevait d'une moue attendrie.

— Elle sera partie sans souffrir, précisa Alexandre.

— Nous parlions si souvent de toi en lisant tes lettres, ajouta Emilienne. Elle aurait tellement aimé te revoir avant de...

Et tous se mirent à larmoyer, sauf Arnaud qui, les bras croisés sur sa large poitrine, promenait un air fatigué. Il avait passé la nuit dans la cuisine avec des amis à veiller sa grand-mère. Autour d'un tapis de jeu, il y avait des traces de café et de gnôle.

Emilienne et Richard sortirent prendre l'air. C'était une belle aube de septembre. La journée s'annonçait chaude et orageuse, comme toutes celles qui l'avaient précédée. La mère brûlait d'envie de savoir ce que son fils faisait de ses journées à Alger.

— Tes lettres ne révèlent rien. Je sais que tu as un tempérament secret, mais à ce point-là !

— On n'a pas le droit de parler de la guerre, dit Richard.

— Tu n'as pas été au contact avec l'ennemi, quand même ?

— Il n'y a pas d'ennemis, maman. Nous livrons une guerre civile à des gens qui n'aspirent qu'à vivre libres. Nous les fusillons, nous les torturons. Mais rien ne fera fléchir le peuple algérien parce qu'il est dans son droit, comme vous l'étiez lorsque vous combattiez les nazis et les miliciens.

— Je ne peux pas imaginer que tu dresses un fusil contre quelqu'un.

— Contre personne, maman. Mais d'autres ne s'en privent pas, sans vergogne, obéissant à des ordres stupides. Moi, je me suis juré, quoi qu'il advienne, de ne tirer sur personne.

Elle vint le serrer contre elle, de toutes ses forces.

— Tu es le fils que je rêvais d'avoir. J'ai toujours su que tu n'étais pas comme les autres. Il n'empêche que je passe mes journées à trembler qu'il ne t'arrive quelque chose.

A quelques signes d'agacement, Richard montra qu'il n'avait pas envie de poursuivre cette conversation. Il se retira ensuite dans sa chambre, que l'on avait conservée telle quelle après son départ. Il caressa chacun des objets, des jouets et des livres qu'il avait amassés sa vie durant, et se sentit, soudain, étranger devant eux, comme s'ils appartenaient à un autre Richard Mercœur. Quelques mois de guerre avaient suffi à brûler en lui ses rêves d'enfance. Il ne serait jamais plus l'enfant gâté, pétri d'illusions, qui passait son temps à chercher les bras protecteurs de sa mère, cet adolescent caparaçonné de certitudes que l'oncle Germain prenait plaisir à contrarier. Tout s'était effondré autour de lui, comme un château de cartes. Jusqu'à Amande qui l'avait lâché. Pourtant, il se découvrait un fort besoin d'elle, comme jamais il ne l'avait ressenti. Comme quoi il existe des sentiments qui n'avouent jamais leur nom, défigurés par l'orgueil. Maintenant qu'elle l'avait abandonné, il sentait le désir de lui dire les mots d'amour dont ils s'étaient privés par bêtise. Mais il était trop tard pour renouer avec cette vie perdue qui avait commencé dans sa chambre de Rocheveyre entre les jouets et les livres et s'était achevée dans la garçonnière de la rue Blatin. A présent, il ne lui restait plus rien, sinon la sensation profonde d'être devenu un homme nouveau, au seuil d'une vie qui ne lui ferait pas de cadeaux et face à laquelle il conviendrait de prendre quelques fermes résolutions.

En revenant du cimetière de Marzac, par la route poudrée de soleil, il s'arrêta pour examiner le paysage, un cadre familier mais qu'il n'avait pourtant pas pris jusqu'alors le temps de regarder. Il lui parut même qu'il en découvrait la beauté pour la première fois. Etait-ce l'éloignement qui créait en lui cette impression, ou le sentiment que son existence était menacée par la guerre ? Il songea à l'oncle André – qu'il ne connaissait que par les photographies qu'on avait conservées dans la famille – en se demandant s'il avait lui aussi, au cours de sa dernière permission, éprouvé ce sentiment devant les collines de Marzac, cette étrange sensation qu'il ne les reverrait plus.

Alexandre le tira de sa réflexion en venant lui poser la main sur l'épaule.

— Qu'a fait l'oncle André lors de sa dernière permission ? interrogea Richard.

— Pourquoi parles-tu d'André ?

— J'ai revu son portrait sur notre tombe au cimetière. Ça m'a rappelé son histoire, celle que Germain me racontait souvent quand nous regardions ensemble les photos sur Verdun et le fort de Douaumont dans *L'Illustration*.

— André en profitait pour aller au bal. Il avait une fringale de filles. Toutes l'attiraient, des jolies parfois, souvent des laiderons.

— Il avait deviné qu'il ne reviendrait pas ?

— Je ne crois pas, répondit Alexandre. C'était une idée qui ne pouvait pas l'effleurer. Il était tellement sûr de lui.

— Il n'allait pas te le dire. D'ailleurs, ça lui aurait servi à quoi ?

— Mon père a tout fait pour lui éviter de partir. Ce qui ne fut pas le cas pour Germain et moi. Il a même été pleurer dans le giron du sénateur Brousse. Ça n'a rien empêché.

Richard se mit à sourire en pensant que son père, lui aussi, avait essayé auprès de Queuille. Sans succès.

— Emilienne m'a appris que tu allais être muté à la bibliothèque du mess. Je suis bien content pour toi.

— J'ai accepté, dit Richard, non par lâcheté comme on pourrait le penser, mais pour ne pas risquer d'avoir à tirer sur un Algérien.

— Je n'ai jamais pensé ça ! dit Alexandre. On n'a pas à avoir des principes dans une sale guerre comme celle-ci. Un bourbier infâme, jura-t-il. Un guêpier où nos politiciens incapables nous ont fourrés. Tellement incapables, reprit-il, que nous allons devoir en finir au plus vite, si nous ne voulons pas la guerre civile en France même.

— Pour cela, il faudrait que les généraux partisans de l'Algérie française prennent le pouvoir. Ils ne font pas l'unanimité, heureusement. Qu'entraîneraient-ils dans leur sillage ? Quelques régiments de parachutistes. Le gros des appelés n'a rien à gagner dans cette aventure.

— Je le dis et je le répète, s'écria Alexandre, il ne reste plus que le général de Gaulle pour nous sortir de cette pétaudière.

— De Gaulle ? questionna Richard. Qu'est-ce que ton général de brigade ? Un militaire comme les autres. Si vous lui donnez la présidence du Conseil, il n'aura de cesse ensuite de réclamer les pleins pouvoirs du Parlement. Et qu'en fera-t-il ? Un régime musclé sous prétexte qu'il faut remettre le pays en ordre.

— De Gaulle a été le chef de la France libre, reprit Alexandre. Il nous a montré à tous la voie de l'honneur quand tout semblait perdu, en 1940, en 1944. Il va revenir pour terminer cette sale guerre, dans l'honneur, encore une fois.

— Pour en finir, il n'y a pas d'autre solution que de rendre l'Algérie aux Algériens. Je ne pense pas que ton général abonde dans cette voie. Son passé d'homme de droite, de vieux conservateur étriqué, le lui interdit.

— De Gaulle fera ce qui est bien pour la France, quel que soit le prix à payer. Je doute qu'il poursuive cette guerre où il n'y a plus rien à sauver, sinon l'honneur. S'il le faut, il négociera avec le FLN la décolonisation.

— Il n'y a rien à négocier, sinon la capitulation française. Celle-ci se fera dans le désespoir et la terreur pour les colons. Je crains que ceux-ci, voyant leurs intérêts sacrifiés, ne se révoltent contre la France et ne servent les plans de quelques aventuriers, des fanatiques de la gâchette et de la gégène.

— De Gaulle seul, te dis-je, peut nous sortir du bourbier algérien.

Richard éclata de rire.

— Quelle foi ! Je croyais que tu étais radical.

— Gaulliste, avoua Alexandre, depuis juin 1940.

— Si tôt ?

— Grâce à Germain. C'est lui qui m'a ouvert les yeux. Nous avons installé à Rocheveyre le premier poste émetteur clandestin. Nous étions en liaison avec Londres. Et ainsi, nous avons organisé au Chatenet les parachutages d'armes. Ta mère y a même participé.

— Ça me surprend. Elle n'a jamais rien compris à la politique.

— En ce temps-là, on se fichait de la politique. On avait autre chose à faire que de couper les cheveux en quatre. Gaullistes, communistes, socialistes, nous étions tous dans la Résistance, unis face à l'ennemi commun.

— Quel bonheur que les choses fussent aussi claires !

— Cette France-là est de retour, jura Alexandre en agitant ses poings vers le paysage face auquel ils s'étaient arrêtés.

Ils se regardèrent en souriant avant de reprendre leur marche lente vers le domaine. Peut-être allongeraient-ils le trajet en faisant un crochet par le Mialet, histoire de voir si l'écorce des noix commençait à se fendiller dans la plantation de Franquette. Et peut-être, une fois arrivés au muret des Combes, à l'endroit même où Germain avait l'habitude de pousser son fauteuil, attendraient-ils le crépuscule, silencieux, face à l'horizon.

13

Arnaud Mercœur n'était pas de cœur à se laisser monter sur les pieds par une petite standardiste. Aussi, quand celle-ci lui ordonna d'aller s'asseoir dans la salle d'attente, il lui répondit par un geste d'exaspération et s'engagea aussitôt dans l'escalier d'un pas décidé.

— Mais, monsieur, vous ne pouvez pas ! J'ai des consignes formelles ! cria-t-elle. Mademoiselle Camille ne veut pas être dérangée, sous aucun prétexte !

— Je peux voir ma tante quand je le désire, péronnelle ! maugréa-t-il.

Au premier, il trouva un couloir encombré de cartons, entre lesquels il se faufila. Un bourdonnement de voix attira son attention vers la salle de réunion qui était située tout au bout de l'étage. Il avança prudemment jusqu'à la porte entrouverte. On s'affairait autour des poupées montées sur un trépied de bois et sur lesquelles on avait épinglé des morceaux de tissus. Camille était assise en tailleur, entourée de sa cour.

— Mon petit Arnaud ! s'écria-t-elle en l'apercevant dans l'encadrement de la porte.

Puis elle se dressa, lestement, bousculant d'un pied nu les croquis qui jonchaient la moquette.

— Je vous présente mon neveu, lança-t-elle à la

cantonade. Je ne me souviens pas vous en avoir parlé. C'est un gentleman-farmer, plaisanta-t-elle.

Arnaud se trouva, tout à coup, gêné d'être l'objet de tant d'attention. Il reflua, intimidé, vers le couloir.

— Laisse-moi te présenter à mon personnel, dit-elle en le ramenant dans la pièce.

Elle annonça cela d'une voix tellement précieuse que les termes lui parurent moqueurs et méprisants.

— Mes dessinateurs, mes modistes, mes mannequins, fit-elle en le promenant devant l'assistance comme un animal de cirque.

Il s'inclina devant chacune des personnes, serrant les mains, l'une après l'autre.

— Tu as mal choisi le jour de ta visite. Nous sommes en pleine préparation de la collection Bijoux d'Esther.

— Je ne savais pas, se défendit Arnaud. Mais je reviendrai plus tard si tu préfères ?

— Allons ! Allons ! fit Camille en le prenant par le bras. J'ai quelques minutes à te consacrer. Si tu veux bien passer dans mon bureau et m'y attendre. Je dois donner des consignes pour le tailleur que nous sommes en train de façonner.

Elle vint le rejoindre au bout d'un quart d'heure, la chevelure en bataille.

— Nous présentons la collection dans quinze jours à l'hôtel Lutétia, devant cent journalistes, dit-elle en refermant la porte de son cabinet. La presse, c'est le nerf de la guerre pour une affaire comme la mienne. J'ai déjà obtenu un reportage dans le numéro d'avril de *Marie Claire*. Cinq pleines pages. Après ça, je suis sûre que les autres revues suivront, *Elle*, *L'Echo de la mode*, énuméra-t-elle. Le défilé au Lutétia est une minute de vérité pour moi, si tu vois ce que je veux dire. Nous y montrerons une centaine de tailleurs, de robes d'après-midi, de manteaux, d'ensembles de cocktail, et une robe du soir.

Arnaud l'écoutait en hochant la tête. Pour lui, tante Camille resterait toujours une énigme dans le paysage bien tranquille de Rocheveyre, un canard gris dans la couvée des Mercœur. Durant l'enfance, il avait surpris, sur elle, des conversations étranges qui s'interrompaient soudainement lorsqu'il s'avançait. Et souvent, il s'était interrogé sur les raisons de ces mystères que l'on faisait autour de Camille. Il avait fréquenté aux grandes vacances sa villa du Vialmur, surtout sa grande piscine – l'une des premières qui furent construites à Brive dans une demeure particulière. Au bord de celle-ci, il avait éprouvé ses premières émotions érotiques en découvrant sa tante en maillot de bain. Et il était bien vite tombé amoureux de ses taches de rousseur, de ses parfums et, surtout, de ses longues jambes qui ressemblaient à celles des danseuses de cabaret dont il découpait les photos dans des revues telles que *La Vie parisienne*. Camille approchait maintenant de la soixantaine, mais elle conservait toujours la mystérieuse aura des femmes qui ont courtisé les passions ravageuses.

Soudain, elle s'arrêta de parler en découvrant que son pauvre Arnaud se fichait pas mal des dernières tendances de la mode, que le tweed, le jersey et le satin étaient en vogue dans des couleurs vives que l'on n'eût pas osées il y a seulement deux ou trois ans.

— Ta femme se porte toujours bien ? s'enquit-elle, histoire de varier la conversation. Je ne te demande pas des nouvelles du beau-père, je sais ce que tu vas me répondre. Et ta fille ?

— Françoise, ça lui fait cinq ans.

— J'ai reçu un mot de Richard. Il va être démobilisé le mois prochain.

— Nous sommes au courant.

— Il a plein de projets dans la tête. Faire du journalisme, écrire des livres…

— Moi aussi, j'ai des projets, dit Arnaud. C'est la raison pour laquelle j'ai voulu te voir.

L'un des dessinateurs entra à ce moment de la conversation.

— On a besoin de ton avis sur la robe du soir.

— Courte jusqu'aux genoux. Avec une forme ballerine. Attends ! Je vais te montrer ça.

L'atmosphère du bureau était rendue étouffante par le soleil qui tapait contre les vitres. Camille aimait travailler à la pleine lumière du jour, négligeant de fermer ses stores. La chaleur ne l'exaspérait en rien, elle qui n'arrêtait pas de clamer qu'une fois riche elle irait vivre dans quelque pays du Sud où l'hiver n'existe pas. Arnaud sortit dans le couloir en desserrant sa cravate, qui rajoutait à la suffocation. Il s'approcha d'une fenêtre entrouverte qui donnait sur la cour intérieure. Il y avait la voiture de Camille, une DS 19 noire, entourée par les scooters et les vélos du personnel. On entendait le bruissement métallique des machines à coudre. Par curiosité, il ouvrit la porte voisine. Un bruit nasillard de transistor tenait lieu de musique de fond dans cette pièce où des robes étaient posées sur un alignement de chaises. C'est alors qu'Arnaud distingua dans l'entrebâillement d'un rideau rouge une fille brune en sous-vêtements. Devant un large miroir éclairé par une guirlande d'ampoules, elle arrangeait avec des gestes précautionneux l'emprise du soutien-gorge sur ses seins, puis se recula pour juger de l'effet. De la pointe du pied, elle fit glisser un tabouret sur lequel elle vint s'asseoir, face à lui. Il recula légèrement de peur d'être surpris. Il avait un peu honte de rester ainsi, immobile, à jouir du spectacle à son insu. Mais il pensa qu'il était trop tard, désormais, pour faire machine arrière. Pris par le désir de voir cette fille à moitié nue, plus nue en vérité avec ses sous-vêtements qu'elle ne l'eût été dans le plus simple appareil, il se rapprocha de nouveau. Elle enfila ses bas, puis les accrocha aux pinces de sa culotte.

C'est en se redressant brutalement qu'elle aperçut l'intrus qui l'observait. Arnaud s'attendit à des grands cris. Contre toute attente, la fille resta figée devant lui, tout en le fixant droit dans les yeux avec un sourire effronté. Il se détourna en tirant la porte derrière lui, délicatement.

— C'est interdit de traîner par là, le plaisanta Camille. Les cabines d'essayage sont réservées à mes mannequins.

Ils regagnèrent le bureau. Mais cette fois il resta debout. Cela lui serait plus facile pour parler qu'un fauteuil profond.

— Je ne t'apprendrai pas que je me suis lancé dans la culture de la pomme américaine, en professionnel.

— Quelle idée ! Tu es un professionnel, mon petit Arnaud, comme ton père. Tu n'as pas besoin de me le dire.

— Je possède quarante hectares, dont la moitié qui commence à produire. A Marzac et dans les communes voisines qui touchent le plateau du Chatenet, nombre d'agriculteurs ont suivi mon exemple. Ce sont mes premiers succès qui les ont incités à planter. J'ai fini par leur mettre en tête, et ça n'a pas été facile, qu'en se groupant nous serions plus forts pour affronter les marchés.

— Je te suis parfaitement, dit Camille en caressant de longs ciseaux de couturière.

— A cette heure, j'ai l'intention de créer une coopérative fruitière dont je prendrai la direction.

Camille eut un petit sourire. Un Mercœur, songea-t-elle, ce ne peut être ailleurs qu'à la tête, sinon seul, sur le banc d'à côté. Puis elle éclata de rire, franchement, presque avec jubilation.

— Quoi ? s'étonna Arnaud. Tu ne m'en crois pas capable ?

— Oh que si ! Mais tes coopérateurs ne vont pas te nommer à la direction de leurs affaires simplement sur ta bonne mine.

— Sans moi, ils ne savent rien faire d'autre que produire de la pomme. Produire, c'est facile. Mais ça ne suffit pas : il faut aussi conditionner, emballer selon des normes strictes, expédier, vendre à des courtiers, conquérir des marchés nouveaux, y compris pour l'exportation, en Belgique, en Angleterre, en Allemagne.

— Tu dois d'abord constituer un capital, l'interrompit Camille. Et ces paysans, ont-ils seulement de l'argent en dehors de leurs terres et de leurs fermes ?

— Des dettes, oui.

— C'est bien ce que je pensais. Il faut constituer un conseil d'administration comprenant des partenaires financiers décidés à investir dans le commerce des fruits.

— Qui vois-tu ?

— Moi ! dit Camille. Je peux t'apporter quelques millions. Plus une banque. La banque, reprit-elle, c'est plus sérieux que mes millions. Car mes millions seuls t'obtiendront la majorité de blocage qui t'imposera à la tête du conseil d'administration.

— Quelle banque ?

— La Villette.

— Tu les connais ?

— Un peu, fit-elle en baissant les yeux. Le fondé de pouvoir est mon amant.

Arnaud fronça les sourcils.

— Je ne savais pas que...

— C'est une si vieille histoire. Le secret n'a pas

transpiré dans la famille Mercœur. Je vois qu'on n'a pas passé ces vingt dernières années à médire sur mon compte.

— On aurait dû me tenir au courant ?

— Pour revenir à nos pommes, coupa-t-elle, on peut trouver d'autres partenaires. Dans certains milieux, on ne sait plus où placer l'argent.

— Mes coopérateurs s'engageront à fournir leurs productions à l'entreprise par un contrat qui les liera à moi. Je fixerai en fin de saison le prix de la marchandise, frais de gestion et de participation déduits.

— Je compte bien que ça nous rapporte. Sinon ça serait à désespérer.

— Oh ! ma chère tante, nous sommes faits pour nous entendre ! s'écria-t-il en venant la saisir par la taille et en la faisant virevolter dans le bureau.

— Il n'est pas nécessaire d'avoir les pieds dans la glaise de Rocheveyre pour posséder l'esprit du domaine.

En quittant le bureau de Camille, Arnaud se heurta à la jolie brune de la cabine d'essayage. Sur l'instant, elle lui parut moins piquante que devant son miroir dans l'éblouissement des lampes.

— Pardonnez mon intrusion, fit-il en rajustant sa veste qu'il boutonna. Je vous ai aperçue trop tard... Et je n'osais plus bouger... Ça m'apprendra à fouiner partout.

Elle le fixait avec, dans la pupille, le même sourire audacieux.

— Vous n'avez pas besoin de vous justifier. Cela m'a à peine contrariée.

— Alors n'en parlons plus, dit Arnaud en lui faisant signe de passer devant lui dans l'escalier.

Elle traversa le hall à pas de chatte, dans un déhanchement exagéré. Il se précipita au-devant d'elle pour lui ouvrir le battant de la porte.

— Puis-je vous inviter à boire un café ? Il y a un bar en haut de l'avenue.

La jeune fille fit mine de regarder sa montre.

— Je ne suis pas en avance.

Arnaud sentit qu'elle brûlait d'envie d'accepter mais à la condition qu'on la forçât un peu.

— Je vous en prie, ça me ferait plaisir. Ça sera l'occasion de faire connaissance.

A l'instant d'entrer dans le bar, le jeune homme sentit que l'endroit n'était pas à la hauteur de la situation, alors il la fit monter dans sa voiture et ils allèrent jusqu'au café du Théâtre. L'ambiance, le décor, l'atmosphère étaient parisiens. Histoire d'engager la conversation il se mit à énumérer les quelques bars américains qu'il fréquentait lorsqu'il se rendait à Paris. Cela n'avait guère l'air d'impressionner Maud. Elle était plus attentive à ce qui se passait autour d'elle qu'au discours de son voisin. Depuis la première seconde, elle avait mesuré ses intentions. Et ce sourire effronté qu'elle lui servait n'était rien d'autre que du mépris. Elle ne se connaissait pas une autre manière de regarder les hommes, en attendant de découvrir le seul vrai et grand amour. « Il m'a vue à moitié nue, pensait-elle en mouillant ses lèvres dans le champagne. L'excitation est à son comble. Il n'a qu'un seul désir, me mettre dans son lit. C'est d'une banalité affligeante. » Soudain, elle se mit à bâiller. Arnaud comprit qu'il allait la perdre, aussi vite qu'il l'avait rencontrée. Et la perspective de devoir passer la soirée sans elle, sur le vide d'un désir insatisfait, lui fut insupportable. Alors, il risqua quelques propositions : repas en tête à tête, cinéma, boîte de nuit. Elle accueillit ses offres avec le même sourire désarmant. « Que croit-il ? se disait-elle en puisant une dernière cigarette dans le paquet qu'il lui tendait. Que je vais m'allonger le premier soir, simplement parce qu'il est le neveu de Camille Esther ? »

Il fallut tout le poids de ses amis MRP d'Objat pour qu'Alexandre se risquât de nouveau aux élections cantonales d'avril 1958.

— Croyez-vous que je n'ai pas perdu assez de temps dans ces tentatives manquées ? Vous me direz, ça en ferait une de plus. Mon destin est tracé. On ne veut pas de moi au conseil général de la Corrèze. Eh bien ! je n'en ferai pas une maladie !

Les six membres qui composaient le bureau exécutif du MRP se mirent d'un commun accord à frapper du poing la table en signe de désapprobation.

— Alexandre ! s'écria l'un des hommes, tu es le seul qui puisse s'opposer à Chainieux.

— D'autant que, cette fois, nous pouvons être assurés que les radicaux vont mordre la poussière, ajouta son voisin. Enfin, la population va leur faire payer l'incapacité à régler le conflit algérien. Ta candidature se situe dans le droit fil du renouveau de notre canton. Tu réussiras comme tu as réussi à la tête de la commune de Marzac.

Alexandre l'arrêta d'un geste.

— Pas si vite ! J'ai mon mot à dire.

— Tu es obligé d'y aller, renchérit le secrétaire du mouvement en frappant sa pipe contre le bord d'un cendrier pour faire tomber la cendre. Tous les compagnons te le demandent. On a longuement réfléchi, les uns et les autres, on a pesé le pour et le contre, et l'unanimité s'est prononcée sur ton nom. Tu nous décevrais de refuser. Ça serait incompréhensible. D'autant que tu es déjà allé à la bataille dans des conditions bien plus difficiles que cette fois.

Alexandre n'avait guère envie de se faire prier. Il avait toujours considéré comme un suprême honneur que l'on vienne de la sorte lui confier une mission élective.

— J'irai, fit-il, comme en 1952, sans grande illusion. Je ferai une campagne en père tranquille, au porte-à-porte. C'est tout ce que je sais faire. Pas de grands discours, ni de messes électorales. Restons simples.

Les hommes se mirent à applaudir. Ils n'en attendaient guère plus d'Alexandre. Ce ne serait pas la peine de lui préparer des argumentaires, de toute façon il n'en tiendrait pas compte. En 1952, on avait estimé qu'il faisait trop allusion à de Gaulle, et que cette manière de défendre le Général, dont personne ne voulait plus entendre parler, lui serait préjudiciable. Certains, au MRP, lui avaient même reproché d'avoir saboté sa campagne par des considérations personnelles. « Je serai élu sur mes convictions ou pas du tout », avait conclu Alexandre. Après cette première défaite personnelle, il avait cru que le mouvement cesserait de lui apporter sa confiance.

L'un des militants courut chercher une bouteille de champagne qu'il avait mise au frais.

— Ça n'est pas correct de célébrer l'élection avant qu'elle ait eu lieu, souligna le fumeur de pipe auréolé d'un nuage bleu.

— Au contraire, fêtons-la avant, fit remarquer Alexandre. Sinon, nous pourrions ne jamais boire ce champagne.

Mercœur tint parole. Il conduisit une campagne électorale des plus effacées – au point que ses proches amis s'en inquiétèrent –, tandis que son principal adversaire, Jean Chainieux, arpentait les estrades des salles des fêtes pour y débiter d'interminables speeches. Peine perdue. Rien ne pouvait le faire varier. Alexandre allait de ferme en ferme visiter ses électeurs, les entretenir sur la nécessité d'une rénovation de la société, ne ménageant pas, au passage, les crocodiles de la IVe République. Quand on lui parlait de la guerre d'Algérie, il faisait toujours la même réponse : « Mettons de Gaulle aux affaires et nous verrons bien. » Cette même phrase, qui lui avait valu six ans plus tôt la disgrâce, semblait au contraire lui profiter et le pousser vers l'avant.

Alexandre attendit patiemment les résultats du premier tour, sagement assis près de sa cheminée. Toute la journée, il avait fait un temps de chien avec une pluie cinglante et froide. Celle-ci l'avait même découragé de sortir visiter quelques bureaux de vote, comme il était de coutume, histoire de prendre la température.

— J'ai bien peur que nous ayons beaucoup d'abstentions… fit-il à Emilienne, le nez à la fenêtre.

— Si ça ne tenait qu'à moi, je souhaiterais que personne ne vote.

— Tu as toujours été contre mes activités politiques.

— Ça t'intéresse tellement d'aller faire l'idiot à Tulle au conseil général ?

— Il faudrait que je sois élu. Ce n'est pas encore fait.

— Hélas, je crains le pire. Tous ces imbéciles vont te faire élire dans un fauteuil.

— Tu oublies que la dernière fois…

— En 1952, Chainieux n'avait pas soixante et onze ans.

Les années n'avaient rien arrangé. Emilienne était toujours aussi hostile à ce qu'il fît de la politique. Et cette hostilité s'était même accrue depuis qu'il se revendiquait du parti gaulliste. Sur la question, elle nourrissait à peu près les mêmes craintes que Richard : que l'homme devînt, à la faveur d'un plébiscite, un dictateur dans le style du général Boulanger.

A huit heures et demie du soir, Norbert Jalinier vint lui apporter les résultats. Il devançait le candidat sortant de près de mille voix. Quant aux autres candidats – un SFIO et un communiste –, ils ne totalisaient pas assez pour espérer jouer les trouble-fête au deuxième tour.

— Par rapport à 1952, Chainieux a perdu la moitié de ses suffrages, expliqua Norbert.

— Maintenant, tout le monde va s'unir contre moi, des radicaux aux communistes. L'issue est incertaine, conclut Alexandre en tisonnant une bûche qui occupait toute la largeur de la cheminée.

— Mon pauvre Norbert, notre Alexandre nous joue la comédie. Ça veut se rendre intéressant. A son âge, vous rendez-vous compte ? Bien sûr qu'il va être élu. Et bien élu.

Dans la semaine précédant le deuxième tour, on vit se dessiner les grandes manœuvres qu'Alexandre avait soupçonnées. « Sauvons Chainieux, et nous éviterons le retour d'une droite revancharde ! » vit-on fleurir sur les murs des mairies. Le conseiller sortant s'essaya en effet dans toutes les combinaisons mathématiques qui lui eussent permis d'approcher, voire de devancer de quelques voix, son rival MRP. Mais c'était bien là des ralliements tardifs, qui mariaient la carpe et le lapin. Jean Chainieux n'était-il pas l'homme qui avait réclamé l'intervention de la police contre les mineurs en grève dans les Cévennes, ou préconisé en Algérie le bombardement massif des villages trop accueillants pour les soldats du FLN ?

En allant prendre connaissance des premiers résultats dans sa mairie de Marzac, Alexandre comprit qu'il venait de gagner la partie. Et, le lendemain, en examinant à la loupe la répartition des voix entre les candidats, commune par commune, il vit non sans amusement qu'il avait gagné des suffrages jusque dans l'électorat communiste.

— Ton discours sur l'indépendance de l'Algérie t'a bien servi, expliqua Norbert.

— Ah bon ! répliqua Alexandre avec un air faussement ingénu. Je croyais que c'était ma vision sur l'avenir de l'agriculture en zone de montagne...

A peine élu conseiller général, sa première visite fut réservée à Germain. Il se rendit sur sa tombe par une fin d'après-midi pour y déposer quelques fleurs sauvages cueillies sur le chemin. Les jours de pluie avaient vite été balayés par un persistant vent du nord. Et, maintenant que le soleil était revenu, la nature n'aspirait plus qu'à renaître. Alexandre arracha quelques touffes de chiendent et de liseron qui proliféraient parmi les pieds de lavande et de lupin qu'on avait plantés sur la tombe. Puis, grattant la terre, il en tira une poignée qu'il pétrit fermement entre ses doigts. Le visage de Germain lui revint en mémoire, le même qui l'avait hanté de longs mois jusque dans le sommeil. « C'est à peine croyable, mais j'ai fini par être élu où tu pensais que je ne le serais jamais, songea-t-il en laissant couler entre ses doigts la terre brisée comme par le trou d'un sablier. Je voudrais que tu assistes à ce grand moment. Mais tu as choisi de prendre la poudre d'escampette. Tu ne sais pas le plaisir dont tu te prives. » Il lâcha brutalement le reste de terre collé à sa main, puis se redressa en reniflant.

Arnaud obtint sans difficulté les signatures sur le contrat qui liait désormais les arboriculteurs avec la coopérative. En mai 1958, il vint expliquer, accompagné d'un jeune opérateur de la banque Villette, salle de la Mutuelle agricole d'Objat, comment allait fonctionner l'organisation que l'on venait de baptiser Pomdor. Cette dénomination était tout indiquée dès lors que l'essentiel de la production que l'organisme coopératif se proposait de commercialiser était de la pomme golden, pomme dorée s'il en fut. « Blonde à croquer, blonde à craquer », tel était le slogan publicitaire que Camille avait déniché à ses heures perdues. L'étiquette d'emballage agrafée au plateau de fruits représentait l'un des mannequins du studio Esther, dans un maillot de bain qui mettait en valeur ses formes avantageuses, en train de dévorer une pomme à belles dents. On s'était même essayé à une formule des plus singulières, que les administrateurs de Pomdor avaient rejetée parce qu'elle contenait un mot anglais, dont la signification risquait de troubler les esprits : « Golden, la pomme sex-appeal » – jeu de mots quand on sait que pomme se dit *apple* en anglais.

En écoutant les explications du jeune banquier Rémi Ciprien, les coopérateurs sentirent tout le sérieux de l'affaire, surtout lorsqu'il s'attacha à démontrer que, grâce à l'exportation, la coopérative Pomdor pourrait assurer un revenu satisfaisant aux planteurs, quel que fût l'état du marché français. Toutefois, le jeune homme omit d'indiquer que le marché extérieur était aussi prisé par la concurrence italienne, et, surtout, que celle-ci produisait déjà plus de six millions de tonnes, alors que la France commençait à se lancer avec à peine un million et demi. La question ne l'eût certes pas désarçonné, si d'aventure elle avait été posée par des hommes qui n'avaient, pour l'heure, qu'une vision hexagonale du problème. Rémi Ciprien eût facilement expliqué que, si les pays composant le marché européen produisaient dix millions de tonnes, la consommation, elle, dans le même temps, avait dépassé les treize ou quatorze millions.

— Nous pouvons craindre le gel, la grêle, la sécheresse, les parasites, mais sûrement pas la surproduction. De ce côté-ci, nous pouvons dormir sur nos deux oreilles. Vous pensez bien que si nous étions à la veille d'un marasme sur le marché européen de la pomme je ne vous aurais pas engagés dans cette affaire, et encore moins nos investisseurs qui ont la réputation d'être des gens prudents... Et nous vous assurerons l'écoulement de toute votre production, renchérit Rémi Ciprien. Les grosses, les petites, les tavelées, les grêlées... Par contrat, la coopérative s'engage à fixer un tarif rémunérateur minimal. En cas de mauvaise année, c'est la garantie que vous n'aurez pas œuvré en pure perte. Bien entendu, une telle sécurité se paie sur les années de fortes demandes. Bref, nous assurons une moyenne de revenus. C'est ce qui se pratique partout où les coopératives se mettent en place. Il est révolu, le temps où l'agriculteur allait vendre ses cinq ou six cents kilos sur le marché, en discutant le prix. C'est le volume produit qui détermine désormais la recette de nos arboriculteurs, et non plus cette illusion de l'offre et de la demande qui, soi-disant, influent la courbe des cours.

Plusieurs mains se dressèrent dans la salle. On voulait savoir combien serait payée la récolte de 1958. C'était une question terre à terre mais elle avait l'avantage de replacer le discours théorique de Ciprien dans le concret, tant il est vrai que le paysan, de Corrèze et d'ailleurs, par-delà les belles paroles, ne croit que ce qu'il voit. Le jeune homme se tourna vers Arnaud. Il n'aimait point répondre par ces sortes de chiffres qui engagent, leur préférant ceux de la belle et enivrante prospective.

— Autour de cinquante francs le kilo. Cela fluctuera en fonction de la qualité fournie par les coopérateurs. Mais tablez-vous sur cette moyenne.

— Sur le marché de gros, j'ai trouvé des goldens à quatre-vingts, voir cent francs, déclama l'un des producteurs. Ça fait une belle différence.

— Demandez à cet agriculteur ce qu'il a fait de sa petite

pomme. A la confiture, on la prend à cinq ou dix francs. Et je voudrais que vous vous rendiez compte de ce qu'on entend par pomme à confiture... Du fruit de cinq de diamètre. Et combien la vendra-t-il en fin de saison ? Qui mieux que Pomdor en Corrèze peut vous assurer, aujourd'hui, d'écouler vos cent ou deux cents tonnes ? Allez donc les porter sur le marché de Brive ! Vous verrez le résultat à la fin de la campagne.

Le paysan se rassit en branlant la tête, déboussolé. Son voisin lui certifia que, pour s'en sortir, il devrait tabler sur la quantité. Arnaud saisit la balle au bond.

— C'est un fait que si vous produisez quelques tonnes l'an, les porter à la coopérative ne constitue pas une opération avantageuse. Ce métier-là exige un investissement considérable, et une autre manière de voir et de penser l'agriculture. Il faut planter des hectares de golden, mais aussi d'autres variétés qui seront, demain, fort prisées, telles que la richared ou la jonathan.

A l'issue de la réunion, Arnaud convia les coopérateurs à visiter le chantier où l'on bâtissait les nouvelles installations de Pomdor : deux hangars de stockage et deux salles de conditionnement. On avait choisi le site des Terras pour les ériger, une bande de terre dans la plaine de Marzac coincée entre la départementale et la rivière. En cet endroit, jadis, on plantait le maïs et le tabac, des cultures tombées en désuétude depuis les nouvelles lois d'orientation agricole qui poussaient les paysans à choisir entre l'arboriculture et l'élevage. Dans le prolongement de ces terrains se trouvait la fameuse parcelle des Vergnes pour laquelle, autrefois, Baptiste s'était tellement passionné. Rémi Ciprien, chargé des transactions foncières pour le compte de Pomdor, l'avait achetée à la fille Chareuil pour une bouchée de pain, comme du reste les deux hectares voisins des Terras, surtout après que la commune eut fait, sur cette zone, jouer son droit de préemption pour la réserver à la coopérative. Cette mesure, fort décriée, permit aux dirigeants de Pomdor de payer les terrains nettement au-dessous de leur valeur réelle. Dans l'entourage du maire de Marzac, on ne manqua pas de relever la collusion qui s'était établie entre le père Mercœur et son fils, bien qu'Alexandre tentât pour sa défense d'expliquer que l'installation de Pomdor participait au développement économique de la commune. L'affaire lui valut quelque ressentiment, surtout dans son propre camp où sa réputation d'homme intègre et désintéressé en prit un sacré coup.

Désormais, avec l'essor de la pomme à Marzac, les terrains du plateau, seuls, prirent de la valeur, au détriment de la plaine où, autrefois, on pratiquait la polyculture. Il ne restait plus que quelques cultivateurs incorruptibles à s'adonner encore à cette science ancienne alliant primeurs et céréales. Ceux-là biglaient avec amusement en direction des immenses vergers tracés au cordeau, soumis aux règles les plus impératives de la géométrie pour ne perdre le moindre pouce de terrain ainsi voué à la productivité. Certains évoquaient encore les anciennes prophéties des grands-pères, le temps maudit où ce pays de Corrèze semblablement couvert de vignes connut le déclin en quelques années avec le phylloxera. Quant à prédire le même destin aux collines de Marzac, il n'y avait qu'un pas, que les éternels sceptiques n'hésitaient pas à franchir. Ne parlait-on pas déjà du feu bactérien qui gagnait, paraît-il, en certaines régions, les plantations, séchant les arbustes sur pied et contre lequel il n'existait pas de traitement efficace ?

Arnaud Mercœur menait la marche sur le chantier, expliquant à ses voisins par de grands gestes à qui allaient servir les installations. Pour l'heure, on mesurait juste la monstrueuse dimension des bâtiments bâtis en poutrelles d'acier et parpaings de ciment. Ils traversèrent la salle de stockage. Puis le maître des lieux montra l'endroit où l'on placerait la machinerie qui maintiendrait, été comme hiver, une température constante de quatre degrés.

— C'est à ce prix que nous conserverons nos fruits intacts, six mois après la cueillette. Ça nous laissera tout le temps de les écouler.

Rémi Ciprien apporta quelques renseignements techniques sur la conservation des fruits, sur les bains chimiques auxquels on les soumettrait pour améliorer leur résistance et leur aspect extérieur.

— Et que ferez-vous de l'eau ensuite ? demanda l'un des participants.

— Nous la rejetterons à la rivière.

— Dans la Gave ? s'étonna une autre personne. Ça va faire crever les truites !

Rémi Ciprien poussa un large soupir.

— En effet. Ce sont des produits nocifs. Mais nous avons mesuré le débit de la rivière. Ça se diluera suffisamment dans les deux ou trois kilomètres en aval...

Arnaud écoutait avec amusement comment son directeur s'empêtrait dans d'inutiles justifications.

— Aucune importance, promit-il, nous subventionnerons la société de pêche pour qu'elle aille faire ses alevinages ailleurs.

Ciprien se détourna avec agacement. « Ce genre de propos gratuit ne peut que nous desservir, pensa-t-il. Alors qu'il est tellement plus simple de développer un baragouin pseudo-scientifique... » Mais tel était Arnaud Mercœur, sans détour, assuré que rien ne serait en mesure de contrevenir à ses plans, fussent-ils les plus extravagants. Cette assurance, qui frisait souvent le culot, lui avait valu de remporter en quelques semaines la partie. Il avait rallié à Pomdor tout ce que la région comptait en producteurs de pommes. Ils avaient signé le fameux contrat qui les liait pieds et poings, un contrat qu'il n'eût pas approuvé pour lui-même s'il n'avait été le maître de la coopérative. Celui-ci n'offrait aux adhérents qu'une garantie minimale de revenu alors qu'il imposait le devoir de livrer la marchandise, toute la marchandise, à l'organisation, quoi qu'il advînt.

Ensuite, on s'achemina vers les bâtiments de conditionnement avec, d'un côté, les larges quais où l'on chargerait les camions, et, de l'autre, la voie ferrée de l'ancienne ligne, rénovée pour la circonstance.

— Vous comprenez maintenant pourquoi j'ai choisi ce cadre, lança Arnaud. Nous avons tout : la route, le train... Les infrastructures ont été aménagées de telle sorte qu'elles nous feront gagner du temps, de l'argent. C'est un outil moderne que nous mettons à votre disposition, chers coopérateurs !

Son petit discours fut chaleureusement applaudi, et Arnaud reçut ces marques de sympathie avec une fausse modestie. Il avait le plus grand mal à dissimuler l'amusement qu'elle lui inspirait. « On ne sera pas toujours aussi amical », se dit-il en serrant les mains, une à une, expliquant à chacun qu'il devait se rendre au plus vite à Brive pour régler des affaires urgentes.

En fait d'affaires pressantes, il ne s'agissait que d'un rendez-vous galant. A force de harcèlement, Maud avait fini par lui céder. Piètre conquête en vérité. Le jeune mannequin du studio Esther lui faisait payer au prix fort le moindre caprice, comme si elle voulait le décourager. Et l'amant, si économe d'ordinaire, dépensait sans compter, excité par le parfum d'interdit qui entourait la jolie créature.

Camille découvrit incidemment cette liaison et en fut

peinée pour Nicole, qu'elle aimait bien. Mais elle aimait encore plus son neveu. Il lui rappelait André, la même détermination dans les actes de la vie, froide et volontaire. Les affaires autour de Pomdor avaient établi entre eux une complicité qu'une aventure de cette sorte ne pouvait détériorer.

Un jour, elle lui dit simplement :

— Tu as bien réfléchi à ce que tu fais ?

— Je n'en suis pas fier, avoua-t-il tête baissée, comme un enfant pris en faute. Mais je ne peux pas m'en passer. Cette fille me rend fou.

Camille se mit à sourire en se souvenant d'une vieille histoire.

— Qu'a-t-elle de plus que les autres, nom d'un chien ? Ta femme n'a rien à lui envier.

— C'est devenu comme une drogue. On croit s'en libérer, mais on y revient, invariablement.

Arnaud la fixait dans les yeux, et il ajouta :

— Je craque un fric fou. Je lui paie le loyer de son appartement. Je lui offre toutes sortes de cadeaux, alors que notre histoire d'amour n'a pas d'issue. Nous savons l'un et l'autre que nous ne vivrons jamais ensemble. D'ailleurs, je ne suis même pas sûr qu'elle me désire. Ce qui lui plaît en moi, c'est l'argent qu'elle me fait cracher. Ça la fascine.

Lors des entrevues, le cas Maud occupait assez peu leurs conversations. Chaque fois, Camille se contentait de lui demander où en était son adultère, comme elle se serait renseignée sur l'état de sa tension artérielle. En femme réfléchie et éminemment calculatrice, elle attendait juste le moment opportun pour régler l'affaire, d'une manière forte et expéditive. Un jour, d'autres studios, tout aussi chics que celui d'Esther, réclameraient les talents de la belle Maud. Ils passaient donc le plus clair de leur temps à évoquer l'avenir de Pomdor. Arnaud satisfaisait toute sa curiosité. Ses propos enthousiastes, elle les accueillait avec un sourire figé. Elle se disait : « C'est Jacques qui va être content. » Quelquefois, une réflexion lui échappait, malgré elle : « Jacques a dit, Jacques a fait... »

— Ne pourrais-je pas le rencontrer, ce monsieur Villette ? demanda un jour Arnaud.

— Pourquoi voudrais-tu le voir ?

— Je ne sais même pas à quoi il ressemble. C'est un comble quand on sait qu'il est notre financier.

— Aucune importance, fit Camille. Lui, il sait qui tu es.

Dans ces moments de grand mystère, le jeune homme avait l'impression d'être manipulé par des forces obscures. Chaque fois qu'il lui fallait parler gros sous, il lui semblait naviguer dans un théâtre d'ombres. « Est-ce que je contrôle la situation, se demandait-il, entre Rémi Ciprien, l'administrateur, et Janine Fouque, la secrétaire de direction, tous deux, comme par hasard, issus du sérail Villette ? » Ses interrogations laissaient vite place à un optimisme débordant. Après tout, l'essentiel n'était-il pas que les coopérateurs le considèrent comme le grand ordonnateur de Pomdor ?

Richard fut libéré peu avant Noël 1958. Sa guerre d'Algérie était terminée. Une guerre en dentelle, surtout les derniers mois, après que le colonel Serrandon l'eut pris sous sa protection. Que lui restait-il de ces épreuves qui marqueraient à jamais sa génération ? Pas même une de ces petites blessures que l'on montre fièrement à ses enfants pour les épater. Juste deux ou trois souvenirs d'embuscade au Sahel dans la propriété des Gomez, et quelques balles perdues rue Porte-Neuve, au cœur de la Casbah. Bref, une idiotie de guerre.

A peine revenu en France, il rejoignit Amande à Clermont-Ferrand dans le studio de la rue Blatin. Ces retrouvailles créèrent plus de désarroi que de félicité. La maîtresse d'hier s'était habituée à son absence, comme il l'avait craint. Et bien qu'il essayât par tous les moyens de lui faire comprendre qu'il avait besoin d'elle pour survivre après une telle mésaventure, Amande demeura indifférente à ses appels. Malgré tout, ils convinrent de reprendre un semblant de vie commune. Cela dura deux semaines. Puis disputes et algarades émaillèrent leur relation, jusqu'à ce que le climat devînt étouffant. Dans l'appartement, il trouva mille traces de ses turpitudes, des lettres d'amants de passage, des photos scabreuses ou des petits billets de rendez-vous. Amande n'avait pas même pris soin de les faire disparaître, comme si elle ne désirait susciter que du dégoût chez son ancien ami. Richard comprit enfin que sa vie devait désormais se jouer ailleurs. Ils se séparèrent sans un mot, sans une larme, avec un petit geste d'adieu. Ce jour-là, Richard nota dans son carnet intime une phrase terrible : « Au moins aurait-elle dû me congédier plus tôt, dès mon arrivée à Alger, par exemple. Ça m'aurait évité de lui écrire toutes ces imbécillités sentimentales. »

Il erra ensuite de longues semaines, à Paris chez une amie d'université, puis à Bordeaux où il séjourna dans une chambre d'hôtel. Richard avait eu besoin de réfléchir sur ses mois de guerre, sur ce qu'avait été sa vie jusqu'à présent, et sur la direction qu'elle devait prendre. Un des derniers jours de février 1959, il se décida enfin à fixer un rendez-vous à son père dans un bar de Brive.

— Pourquoi tous ces mystères autour de ton retour à la vie civile ? Ça fait des semaines que nous te cherchons. Ta mère s'est même rendue à Clermont. Et c'est là qu'elle a appris, par Armande, ton passage. (Alexandre avait pris l'habitude de l'appeler Armande.) Et puis, plus rien. Silence. Quelle affaire ! Es-tu devenu fou ? Je ne comprends rien à ton attitude. Tu n'es pas content de nous revoir ?

Richard s'était laissé pousser une barbe en collier, assez fournie pour qu'on ne vît plus que l'éclat bleu acier de son regard triste.

— Tu as vu la tête que tu fais ? Qu'est-ce que ça veut dire, ce déguisement à la Fidel Castro ?

— Ne t'inquiète donc pas. Je vais bientôt me métamorphoser en petit-bourgeois, si c'est ce que tu désires.

— Je ne désire rien de plus que notre petit Richard d'autrefois.

Le jeune homme éclata de rire, un petit rire nerveux.

— Navré de te décevoir, mon pauvre papa, mais cet enfant-là est irrémédiablement mort à Alger.

— Pourtant tes lettres semblaient pleines de vie. J'y retrouvais la fraîcheur de ton enfance dans la manière si originale de décrire les choses.

— N'est-ce pas toi qui m'as demandé de jouer la comédie pour ne pas apeurer maman ? Je t'ai écouté. J'ai décrit une Algérie de pacotille, à cent lieues de la réalité. Comment aurais-je pu te parler de l'indescriptible guerre que nous avons vécue, de nos causes perdues auxquelles nous devions faire semblant de croire ? Il y a un vers de Paul Valéry qui dit : « Le jour se lève, il faut tenter de vivre... » Tel était notre état d'esprit, à nous autres appelés, pris en otages entre les exigences meurtrières des colons et les rêves de liberté des patriotes algériens.

— Maintenant, il faut oublier tout ça. Faire le deuil de cette tragédie, comme nous avons dû le faire nous-mêmes à la démobilisation de 1918.

— Te souviens-tu de notre dernière conversation après les obsèques de grand-mère ?

Alexandre hocha la tête.

— Ta prophétie s'est réalisée, poursuivit Richard. De Gaulle a été investi des pleins pouvoirs. Il a fait voter une constitution que personne n'a lue. Il s'est fait plébisciter président de la République avec des prérogatives de monarque. Un coup de force qui ressemble comme deux gouttes d'eau au 18 Brumaire.

— Ne dis pas de bêtises ! releva Alexandre. Je comprends que tu ne sois pas d'accord avec de Gaulle, mais reconnais tout de même qu'il est arrivé à point nommé. On est même allé le chercher à un moment où les politiciens de la IVe ne pouvaient plus rien faire pour la France. Ni avancer, ni reculer...

Soudain, ils se regardèrent dans les yeux et éclatèrent de rire ensemble. Et en même temps, ils pensèrent : « Il y a mieux à faire que de se préoccuper du sort de la République. »

Alexandre ramena son fils à Rocheveyre où il demeura tout le printemps 1959, sans rien faire, sinon observer le temps qui passe. Ce séjour au domaine lui fit l'effet d'une longue convalescence. Emilienne veillait à le tenir éloigné de tout ce qui pouvait, de près ou de loin, lui rappeler la guerre d'Algérie. Journaux, radios et télévision étaient bannis de la maison, alors qu'au-dehors les événements s'accéléraient. Cet éloignement du monde ne semblait pas le déranger, à un moment de son existence où il ne s'intéressait plus qu'à ses souvenirs d'enfance. Richard passait le plus clair du temps à revoir les lieux où il avait été heureux, jadis. Il savait que cet effacement du monde, auquel on le condamnait, serait de courte durée et qu'il lui faudrait reprendre, peu à peu, le chemin de la vraie vie.

A Rocheveyre, il prenait aussi soin d'éviter la

fréquentation d'Arnaud, dont l'appétit frénétique de vivre l'angoissait. Lui était d'un caractère opposé, taciturne et réservé. Même si on ne parlait plus, autour de lui, que de la réussite fulgurante de son frère, Richard n'enviait guère ce contentement de soi qui semblait le posséder et qu'il affichait en permanence ; une attitude qui avait le pouvoir de lui mettre les nerfs en pelote. A Rocheveyre, à Marzac, et partout où le grand homme avait sévi, on ne jurait plus que par saint Arnaud. Lui, au moins, disait-on avec un air de reproche, avait su bâtir un empire qui était en train de révolutionner les mœurs campagnardes à cent lieues à la ronde, alors qu'on attendait tout de ce pauvre Richard, à l'intelligence tellement prometteuse. Se serait-on trompé sur son compte ? Alexandre n'était pas loin de le penser en le voyant errer sur les chemins, l'âme en peine. Emilienne se voulait rassurante : « Laissons-lui le temps de reprendre ses esprits. » Le père avait sans doute oublié l'époque de la démobilisation de 1918. N'avait-il pas connu le même vertige ? A la différence que Germain n'était plus là pour le lui rappeler.

Il est vrai que Richard ne faisait aucun effort pour arranger les relations. Il avait la critique facile et le verbe agressif lorsqu'il lui arrivait de contempler avec son père ce qu'était devenue la terre du domaine.

— Ces étendues plantées au cordeau, quelle horreur ! Ça ressemble bien à notre triste époque, cette manie de vouloir dompter la nature, de la façonner, de la réduire aux seuls dieux que l'on reconnaisse, l'argent, la productivité, le rendement…

Bien entendu, une telle réflexion rendait Alexandre de mauvaise humeur et le laissait sans voix. Il se contentait de pousser un grand soupir ou de donner rageusement un coup de botte dans une motte de terre. Mais, semaine après semaine, à force de le voir tourner en rond, sans autre ambition que d'attendre la tombée du soir, comme une âme perdue, gâtée par l'aigreur et le ressentiment, il commença à réagir.

— C'est sans doute mieux de rejeter le monde, perché sur ses hauteurs !

Un jour Alexandre lui rappela qu'il avait vingt-trois ans et qu'il ne pouvait rester indéfiniment sans rien faire.

— A quoi bon toutes ces études que tu as faites, si ça ne doit pas te servir ? Où sont tes belles ambitions d'autrefois ?

Richard ne répondait pas, chaque fois qu'il s'agissait de son avenir. Son silence laissait la désagréable impression qu'il n'existait pas encore un esprit suffisamment supérieur pour le comprendre. Certes, le jeune homme ne cherchait pas à obtenir de sa famille la moindre absolution, même si Arnaud ne se gênait pas pour exprimer sur lui des opinions définitives. Cela le confortait que son frère fût si tranché sur tout ce qui le concernait. Le phénomène n'était pas nouveau. Sans doute n'y aurait-il jamais rien de commun entre Richard et Arnaud, pas l'once d'un sentiment, ni un souffle d'affection.

A Marzac, on jugeait durement ce jeune homme oisif qui ne condescendait jamais à saluer qui que ce fût. Dans cette attitude, on croyait discerner la marque de fabrique des Mercœur, surtout l'empreinte du grand-père Jean-Baptiste. Ces jugements mettaient Alexandre mal à l'aise.

— Qu'ai-je à dire aux gens du village ? se défendait Richard. Ça ne sait parler que de la pluie et du beau temps. Je n'en ai rien à faire, moi, de leur opinion sur les aléas météorologiques.

— Un petit mot de politesse de temps à autre, ça ne coûte rien.

— Je ne suis pas un politicien, comme toi, à toujours vouloir faire des courbettes aux gens, alors que tu te fiches pas mal de leur sort. Tout bien réfléchi, je me trouve moins hypocrite que la moyenne.

Un matin de septembre, le jeune homme sortit de sa léthargie en annonçant son intention de se rendre à Brive par le premier train. Arnaud se proposa de l'y conduire dans la DS 19 qu'il venait juste d'acquérir. Richard refusa en disant qu'il pouvait se débrouiller sans lui. Puis, d'un ton énigmatique, il ajouta qu'il ne reviendrait plus jamais à Rocheveyre. La scène se déroulait dans la cuisine, au moment du petit déjeuner. C'était un des rares moments de la journée où la famille Mercœur se trouvait réunie au complet. Le lieu et l'instant avaient donc été minutieusement choisis, comme on pouvait le penser, car Richard n'était point homme à s'exprimer à tort et à travers. Emilienne et Alexandre se regardèrent, éberlués. Seul Arnaud répliqua qu'il était libre de conduire sa vie comme il l'entendait. Plus tard, après son départ, le père se reprocha de n'avoir eu le réflexe de lui rétorquer qu'il ne pouvait quitter Rocheveyre comme un voleur, alors que chacun avait fait l'impossible pour qu'il s'y sentît à l'aise.

Richard se rendit au studio Esther. A l'accueil, on lui fit savoir que la patronne était rentrée au Vialmur. Il trouva Camille sur sa terrasse, allongée dans une chaise longue, de grosses lunettes noires posées sur le visage. Autour d'elle, des revues de mode étaient répandues, quelques journaux du jour. Elle avait enserré entre ses cuisses *Bonjour tristesse* dont une page écornée signalait qu'elle l'avait lu à moitié et puis s'était endormie. Il alla chercher une chaise dans la buanderie, dont la porte basse restait toujours entrouverte pour que les chats viennent s'y réfugier. Il vint s'asseoir à côté d'elle, face au bosquet de trembles, d'acacias et d'érables qui se dressaient pardessus le mur de propriété. Le journal que le vent avait ouvert sur la pelouse portait un titre gras qui barrait toute une page : Le général de Gaulle proclame le droit des Algériens à l'autodétermination par voie de référendum. Richard repoussa les feuilles du pied pour les effacer de son regard. Et le seul bruit du papier froissé sortit Camille de son sommeil. Le visiteur se pencha pour l'embrasser. Elle s'était enduit le visage d'une crème de beauté. Et cela la fit sourire quand elle le vit s'essuyer les lèvres sur sa manchette de chemise. Elle réalisa alors qu'elle était en bain de soleil, une petite tenue qui ne semblait guère troubler son neveu. Elle fit signe de lui tendre son peignoir qu'elle avait accroché à la pomme de l'escalier.

— Il faut que tu me fasses rencontrer le rédacteur en chef de *La Presse du Centre*, dit-il en allumant une gauloise.

Camille ôta ses grosses lunettes noires aux verres bombés qui lui prêtaient des yeux de mouche.

— Pourquoi ?

— Je veux qu'il m'engage comme journaliste.

— Tu parles sérieusement ?

— Je dois travailler. Qu'est-ce que je sais faire ? Peux-tu me le dire ? En dehors de tenir un stylo...

— Tu as toujours voulu être rédacteur dans un journal, dit Camille en roulant sa chevelure en chignon.

Elle tenait, entre ses dents, un peigne noir. Puis elle le planta vigoureusement dans ses cheveux ainsi ramassés et se mit à agiter la tête de droite à gauche pour vérifier que son assemblage tiendrait au moins le temps d'une conversation.

— Je le serai, se jura Richard. Dans une feuille de chou. Je m'étais pourtant rêvé un plus beau destin.

— A *France-Soir* ? A *L'Aurore* ?

Il éclata de rire.

— *Le Monde*, au moins ! Mais je n'y possède aucune relation.

— Au culot ?

— Ce n'est pas mon genre. Je suis un grand timide. Et puis, tout compte fait, je me fiche de mes rêves passés. Ce qu'il me faut, c'est un salaire moyen. De quoi louer un appartement, y installer une femme, nourrir deux ou trois enfants. Bref, une vie ordinaire.

— Tu as réfléchi à tout ça ? Toi ? C'est curieux. J'aurais plutôt imaginé ça d'Arnaud. Et il se trouve qu'en définitive c'est lui, l'aventurier.

— L'aventurier de quoi ?

Elle voulut répondre mais il ne lui en laissa pas le temps.

— As-tu vu dans quel état il a mis nos terres ? Des rangées d'arbres torturés comme des bonsaïs, sur des hectares et des hectares. C'est d'une tristesse. Ça me rappelle les plantations de Gomez en Algérie.

— Tu es injuste, répliqua Camille. Il a bâti une belle affaire, à la force du poignet...

— Je me suis laissé dire que tu l'avais un peu aidé.

— Nous ne sommes pas des philanthropes. Une banque le soutient, non sans garantie, tu peux le croire. Je ne sais pas si tu accepterais les conditions que nous lui avons faites.

Richard feuilletait le roman de Françoise Sagan. Parfois, une phrase, un mot accrochaient son regard.

— C'est pétillant, fit-elle, comme du champagne. Tu adorerais ça, j'en suis sûre. C'est un précipité des mœurs nouvelles de notre époque, avec un soupçon d'insolence, et beaucoup de finesse dans la psychologie.

Camille avait grande envie de changer de conversation, car elle ne prisait guère la manière autoritaire dont le petit neveu venait quémander un service, comme si l'existence était aussi simple que de claquer des doigts.

— Ce petit journal, reprit Richard, ce sera assez bien pour moi.

— Tu crois donc que je connais suffisamment le rédacteur en chef de *La Presse du Centre* pour te recommander à lui ?

Richard se caressait les lèvres d'un air songeur. Il eût voulu dire, à cette seconde : « Mais tu n'as pas hésité à aider mon idiot de frère. Pourquoi ne le ferais-tu pas pour moi ? » Mais il ne voulait surtout pas qu'on pût discerner dans son propos une pointe de jalousie. C'était trop laid et tellement inutile, maintenant qu'il s'apprêtait à prendre le large.

— Dans ma grande naïveté, j'ai imaginé que tu pourrais faire quelque chose pour m'aider. Je me suis trompé, voilà tout, fit-il en jetant le roman sur la chaise.

— Je vais te décrocher un rendez-vous, soupira Camille. Si je le fais, c'est pour ton père...

— On ne peut être plus franche, la reprit Richard en écrasant son mégot sous le talon.

Camille fixait le bosquet d'arbres où les couleurs de l'automne commençaient à incendier le feuillage.

— Ton père m'a tirée d'un sale guêpier où je m'étais fourrée en 1944.

Elle se tut aussitôt quand un bruit de pas se fit entendre sur le chemin du parc. En tendant le regard, elle reconnut l'élégante silhouette de Jacques Villette. Il portait un duffle-coat bleu marine et un chapeau à large bord dans le même ton. Autour de son cou, il avait passé une longue écharpe de soie blanche. Il s'arrêta à quelques mètres de la terrasse et salua Richard d'un mouvement de tête discret. Ce n'était pas le genre à venir serrer des mains, à congratuler les inconnus. Sa fonction lui avait appris à se tenir le plus éloigné possible de l'espèce humaine, à moins qu'elle fît partie de sa coterie.

— Je te présente mon petit neveu, fit Camille.

— Moi, je suis Jacques Villette. La banque Villette,

reprit-il. Vous revenez d'Algérie, si je ne m'abuse. Mais je ne vous poserai pas de questions. C'est lassant de toujours répondre la même chose.

Un sourire narquois s'attarda sur le visage du jeune homme.

— Richard veut se faire engager à *La Presse du Centre*. Qu'en penses-tu ?

— Rien, dit Jacques en le contemplant d'un air indifférent. Tu connais Bonneteau mieux que moi. Il ne pourra pas te refuser de prendre ton neveu à l'essai. Et s'il fait l'affaire, je ne vois pas pourquoi il ne l'embaucherait pas.

Richard avait fourré les mains au fond des poches de son pantalon, observant tour à tour Camille et Villette. Ça lui faisait le désagréable effet d'être un animal de foire dont on discute le prix. Au fil de la conversation qui se développait à son sujet, sans qu'il pût même intervenir, le jeune homme se rendit compte que sa tante savait tout, ou presque, sur lui : ses goûts, ses diplômes, ses idées. Les idées, surtout, posaient problème.

— Evitez de dire du mal de De Gaulle ! conseilla Villette. Du moins, avant d'avoir un bon contrat de travail en poche.

Puis il se tourna vers Camille, comme si Richard n'était pas capable de comprendre ce qu'il avait à dire.

— Bonneteau est un des premiers à avoir rallié le RPF. Et à un moment où on ne s'y bousculait guère.

— Je n'aspire pas à prendre la direction politique du journal, plaisanta Richard.

— Oui, admit Villette, mais le vieux Bonneteau tient à l'esprit d'équipe dans son quotidien. La franche camaraderie. C'est un vieux résistant, habitué à mener ses hommes à la cravache. Il n'aimerait pas la présence d'une brebis galeuse dans sa troupe. Vous me comprenez ? Si vous savez jouer la bonne partition, tout ira bien.

Contre toute attente, Bonneteau fut séduit par son jeune visiteur au franc-parler. Le rédacteur en chef de *La Presse du Centre* était tout le contraire du portrait que Jacques Villette en avait tracé. Très vite, ils découvrirent qu'ils partageaient les mêmes vues sur le problème algérien, qu'il fallait s'acheminer vers un référendum. Et quand Bonneteau demanda comment il connaissait le banquier Villette, Richard choisit de rester évasif. Bien lui en prit, car il s'aperçut dans la suite de la conversation que les deux hommes se détestaient cordialement.

— Un caméléon ! s'écria Bonneteau. Collabo en 1943, communiste en 1945, SFIO en 1951, et maintenant ? Vous ne devinez pas jeune homme ? Forcément, gaulliste.

Ils éclatèrent de rire, ensemble. Puis, jugeant sans doute qu'on s'était assez diverti, Bonneteau frappa énergiquement du plat de la main son bureau.

— Je vais vous présenter à vos collègues, lança-t-il.

— Vous m'engagez donc ? s'étonna Richard.

— Bien entendu, je vous engage. Dès aujourd'hui. Vous commencerez avec les chiens écrasés. Le temps de se familiariser avec la bonne société briviste. Et quand votre initiation sera terminée, je vous collerai à la politique. Ça vous fera les pieds. Vous êtes un type à encaisser les coups. Ça se voit. Et je vous promets que ce ne sera pas de tout repos. Nom d'un chien, non !

Et il se frotta les mains de gourmandise à l'idée que son journal pût bousculer quelques habitudes dans le landernau briviste.

— La politique, vous allez un peu vite. Je ne suis pas gaulliste à ce point-là.

— Quoi ? rugit Bonneteau. Vous êtes comme moi, un

peu anar sur les bords, non ? Vous n'en avez pas assez de ce ronron ?

Richard hocha la tête.

— Alors, nous allons bien rigoler, fit Bonneteau en se dressant d'un bond, projetant ses cent kilos à l'avant.

Puis il boutonna soigneusement sa veste, passa discrètement une main sur son nœud papillon pour vérifier qu'il était correctement en place.

— Vous ne savez même pas si je sais écrire correctement. Peut-être que je possède une plume de jean-foutre, dit Richard.

Bonneteau le poussait déjà, d'une poigne ferme, vers les bureaux de la salle de rédaction.

— Jeune homme, vous apprendrez qu'ici on ne se soucie guère de littérature ! Il s'agit plutôt de posséder un sens aiguisé de l'observation. Et, fit-il en se touchant le nez, de flairer les bons coups.

Richard ne resta que deux mois à la rubrique des faits divers. Le patron le propulsa, comme il le lui avait promis, à la page politique. Une place avait été rendue vacante après la mort d'un des plus anciens collaborateurs du journal. A vrai dire, Richard Mercœur ne comprenait pas ce que signifiait cette fulgurante ascension, d'autant qu'une telle nomination ne fut pas sans créer des remous au sein de la rédaction. On ne pouvait admettre qu'un jeune stagiaire, sans expérience, fût aussi vite promu à « la politique » alors que d'autres attendaient la place dans l'ombre, depuis des années, des journalistes talentueux et autrement plus armés. La seule explication se trouvait peut-être dans le fait qu'il était le seul dans l'équipe à détenir un doctorat de lettres. Bien qu'il s'en défendît, Bonneteau en pinçait gros pour ce genre ; cela le flattait de clamer que lui était un autodidacte mais que son principal adjoint était un diplômé de haut vol. Richard minimisait cet argument en démontrant que ça n'avait rien d'extraordinaire, ce doctorat, lui qui avait raté son entrée en hypokhâgne – petit mensonge, il ne l'avait jamais préparée.

Par crainte de commettre d'irréparables boulettes, car il ne savait pas ce qu'était au juste la ligne éditoriale du journal, il avait pris l'habitude de faire lire ses articles au rédacteur en chef. Chaque fois, Bonneteau soupirait profondément.

— Ça ne va pas ? demandait Richard anxieusement.

— Non ! c'est pas assez caustique ! Le maire de Brive, ce fieffé radical, il faut me le bousculer ! Sinon, nous devrons le supporter encore vingt ans.

A la longue, Richard Mercœur se rendit compte que Bonneteau l'avait choisi pour la colère juvénile qui bouillait en lui. C'était ce qu'il appelait du « sang neuf ». Le patron de la gazette avait sur le sujet une opinion très personnelle. « A trop se frotter aux plaisirs de la société, la gangrène sociale contamine le sang le plus racé », disait-il souvent. Ce qui était arrivé à ses journalistes, les uns après les autres, bien qu'ils fussent tous d'une extraction fort respectable. Ils s'étaient amollis à force de banquets, de réceptions, de cocktails, dans d'inextricables relations où l'argent, le sexe et le pouvoir s'y brouillaient à perdre son latin. « Ça me les rend comme des chapons, avait coutume de dire Bonneteau. Il ne leur reste plus un gramme d'agressivité au bout de la plume. Regardez-les donc ! s'écriait-il en les montrant du doigt à travers la vitre de son bureau, tandis que Richard baissait la tête, gêné. Ils sont aussi dociles que des agneaux. Ça n'a qu'une envie, flatter les huiles et passer la brosse à reluire ! Pour des cacahuètes ! »

Un soir qu'il venait de terminer un long article sur la vieille Underwood dont il aimait le crépitement métallique, Emilienne vint frapper à la porte de son bureau.

— Qu'est-ce que tu fais à Brive à cette heure ? s'étonna-t-il en lui avançant un siège.

Elle ne répondit pas. Il vit juste un petit sourire se dessiner sur son visage. Elle avait la même sorte de réaction quand on venait, autrefois, lui annoncer des catastrophes. « Vous savez bien, mes petits, finissait-elle par répondre à force d'être tiraillée par la jupe, que je ne veux pas prendre part à vos malheurs d'enfants gâtés... » Et elle se détournait vers sa cuisine avec une indifférence qui leur laissait une étrange impression d'abandon.

— Papa n'est pas avec toi ? C'est étonnant. Il vous arrive de sortir l'un sans l'autre ? J'ai du mal à le croire.

— Cela fait combien de temps que tu n'es pas venu nous voir à Rocheveyre ?

Richard avait croisé les bras sur sa machine à écrire. Il n'osait plus la regarder. Comment lui dire que s'il ne se rendait plus au domaine, c'était surtout à cause d'Arnaud, dont il ne supportait pas les airs hautains ?

— Au moins six mois. Te rends-tu compte ?

— Tu n'es pas venue ici pour me faire des reproches. Je te connais, maman, et je sais ce que tu penses de tout ça. Que ce n'est pas bien grave. Rocheveyre peut bien vivre sans moi.

Elle écarta d'un geste les mots, comme s'ils étaient soudain devenus inutiles, comme un voile de fumée.

— Ce que j'ai à te dire, tu devras le garder pour toi seul, dit-elle d'une voix hésitante.

— Quoi ? demanda Richard.

Ses bras se détachèrent de l'Underwood. Et d'un mouvement de tout son corps il fit reculer le fauteuil contre une pile de journaux.

— Même à ton frère, insista-t-elle. Tu ne lui diras rien.

— Ça ne te passera pas de faire des mystères de tout.

— Tu me le promets ?

— Mais bien sûr, maman, je ferai comme tu me le demanderas.

Emilienne parut chercher sa respiration, loin au fond d'elle-même, comme si elle avait le souffle coupé. Pourtant, il n'y avait rien de semblable. Tout semblait calme, trop calme en elle. Sinon ce tremblement d'hésitation. Son regard ausculta les murs sur lesquels étaient punaisés des affiches, des articles, des photos, des calendriers. Il se porta même jusqu'au plafond. Il restait une rosace avec un bec de cuivre du temps où le gaz de ville éclairait encore cet appartement. Puis il redescendit, lentement.

— Vas-tu me dire enfin ce qu'il y a ?

— Ce n'est pas facile.

Richard vit briller une étrange flamme dans son regard. Alors, il vint s'asseoir à côté d'elle, trouva une main molle.

— Je vais devoir vous quitter, fit-elle d'une voix blanche. Ton père, ton frère et toi. Vous quitter, répéta-t-elle comme pour elle-même.

Ce mot avait-il encore un sens, depuis le temps qu'elle le triturait dans sa tête ? Elle l'avait conjugué à toutes les formes, jusqu'à l'absurde. Cela faisait des semaines qu'elle hésitait. Puis elle avait fini par se décider, en se disant que, de tous, Richard serait mieux à même de comprendre, sans autre réaction que le silence. Pas un cri, pas une larme. Ce serait la moindre des choses.

— Nous quitter ? reprit Richard. Comment ça, nous quitter ?

— Je suis terriblement malade.

— Toi ? s'écria-t-il. Depuis quand ?

— Deux ans. J'avais espéré qu'il n'y aurait pas de récidive. Mais…

— Quelle maladie ?

— Leucémie.

— Tu es sûre ?

— Mon pauvre Richard, si ce n'était pas le cas, crois-tu que je serais là à te parler de mes malheurs ?

— Tu n'as pas essayé de voir quelqu'un d'autre ? On ne sait pas, si c'était des fois…

Elle l'interrompit aussitôt :

— Il n'y a rien à faire. C'est une question de deux ou trois mois.

Richard revint s'asseoir derrière son bureau, abasourdi.

— Tu ne nous as jamais parlé de ça.

— Je n'ai pas voulu faire de peine à ton père.

— Tu n'as pas le droit de…

— Je sais ce que j'ai à faire. Je pars à Paris pour un traitement spécial dans le service du professeur Winncott. A Villejuif.

— Quand donc ?

— Tout de suite. Un taxi m'attend à la porte de ton journal.

Du bout des doigts, il se frictionnait le front, nerveusement.

— Attends ! Je t'accompagne à Paris. Je peux demander quelques jours à Bonneteau. Tu ne vas pas rester seule.

— Non, dit-elle. Tu ne m'accompagneras pas.

Il sortit avec elle dans le couloir désert. Au sous-sol, on entendait le bruit métallique des linotypes. A l'instant d'aborder la dernière marche, Emilienne se retourna pour lui faire un petit geste de la main.

— Tu as promis, Richard ?

— Oui, fit-il. Tu peux me faire confiance.

Et la porte se rabattit sur elle, en tressautant, comme un coup de vent qui passe.

14

Emilienne s'en était allée avec un somptueux mensonge accroché à ses basques. Jusqu'au bout, elle avait persuadé Richard de disposer d'un peu de temps devant elle. Puis, une semaine plus tard, la nouvelle fondit sur Rocheveyre, comme la foudre.

Aussitôt, on se réunit autour du père, comme pour faire rempart au malheur. Alexandre installa un grand portrait d'Emilienne sur son bureau, l'un de ceux qui la représentaient près de son cheval. Un crêpe noir coiffait le coin droit. Et, à la tombée du soir, il alluma les bougies du chandelier. Le reflet de la flamme dansante semblait animer son visage.

— Que t'a-t-elle dit au juste la semaine dernière ?

Richard soupira profondément en fixant le plafond pour cacher en lui la larme qui noyait son regard.

— Je te l'ai déjà dit.

— Elle t'a fait jurer de ne pas m'en parler ?

— Maman ne voulait pas que tu aies de la peine.

— Quelle stupidité ! La peine, je l'ai maintenant. Au centuple. Avec le regret de ne pas avoir été près d'elle jusqu'au bout. Pourquoi n'a-t-elle pas voulu partager ce secret avec moi ? Que lui ai-je fait ?

— Ne te mets pas ce genre d'idée en tête. Tout est

extrêmement simple. Maman a désiré mourir seule, fit Richard en se mordant les lèvres pour ne pas éclater en sanglots. C'est un choix délibéré. Ne me demande pas pourquoi. Elle nous aimait tous très fort. J'en suis sûr. Mais elle avait compris qu'à ce stade de la maladie nous ne pouvions plus rien pour elle.

Alexandre conservait sa tête dans les mains, face au portrait. De temps en temps, il recouvrait le courage de le regarder. Et des mots fusaient sur ses lèvres, incompréhensibles, comme seule la douleur peut en inventer.

— Quand elle a quitté Rocheveyre, la dernière fois, révéla Alexandre d'une voix étranglée, elle m'a dit que c'était juste pour rendre visite à sa tante de Paris. Comment a-t-elle pu me mentir à ce point ? Et partir comme ça, sans un mot de plus, avec des gestes ordinaires, alors qu'elle savait qu'elle ne me reverrait plus…

Arnaud était assis près de la fenêtre, jouant depuis des heures avec un porte-clés. L'index passé dans l'anneau, il faisait pivoter les clés autour de son doigt. Parfois, le trousseau lui échappait et chutait sur le parquet avec un bruit de chaîne. Ça ne l'empêchait pas de recommencer, inlassablement, malgré les signes d'impatience de son frère. On avait conduit Françoise et sa mère dans l'appartement de Brive. Arnaud ne voulait pas les avoir dans ses jambes. C'était déjà assez de supporter Alexandre. Il n'éprouvait pas une grande émotion. Peut-être ne réalisait-il pas encore ? A moins qu'il ne fût, comme Richard n'était pas loin de le penser, d'une totale insensibilité quand il ne s'agissait pas de lui.

Le corps d'Emilienne arriva le lendemain aux aurores. Alexandre ordonna qu'on la mît dans le bureau – autrefois la chambre de Germain – et qu'on recouvrît la bière d'un drap blanc. Richard y déposa un gros bouquet de roses rouges. Puis il y eut un long défilé de gens, tout Marzac et les environs. Et la chambre mortuaire fut bientôt envahie de fleurs ; des couronnes, des bouquets, des gerbes entre lesquels il fallait se frayer un passage pour approcher le cercueil. Afin de ne pas devoir serrer les mains de tous les visiteurs, auxquels il n'avait rien à dire, Richard se réfugia dans sa chambre avec quelques livres. Il la retrouva telle qu'il l'avait laissée à son retour de la guerre d'Algérie. Sa mère avait juste tiré les volets et fermé la porte à clé.

C'était une pitié que d'entendre Alexandre et Arnaud répéter imperturbablement les mêmes mots sur la maladie foudroyante d'Emilienne. La foule avait besoin d'être rassurée sur cette mort car jamais on ne l'avait entendue se plaindre. Ça ne prouvait évidemment rien, sinon qu'elle était morte comme elle avait vécu, avec discrétion.

Les semaines qui suivirent le deuil furent pour Alexandre le temps des grandes remises en question. Emilienne devint objet de vénération. Ce qu'il avait honni d'elle, hier, fut désormais source d'attention extrême. Durant leur vie commune, elle avait beaucoup glosé sur les mille et un préceptes par lesquels on pouvait accéder au bonheur terrestre. Alexandre n'avait jamais admis aucune de ses prescriptions, dont la plus importante, et contre laquelle elle usa sa patience, fut l'usage immodéré de la politique. Emilienne disait souvent, et avait même écrit la chose sur un carton, adroitement punaisé non loin de son bureau : « Tu ne devras plus faire de la politique et encore moins en tirer de la vanité. » La douleur de son nouveau veuvage lui inspira une lettre au président du conseil général de la Corrèze. Celui-ci lui répondit aussitôt qu'il refusait sa démission. C'était bien mal préjuger de sa volonté. Car Alexandre, fidèle en cela à la mémoire d'Emilienne, revint à la charge lors des débats budgétaires de la session de printemps. Cette fois, on écouta ses arguments d'une oreille compatissante. Et on convint qu'il ne solliciterait pas, au terme de celui-ci, un nouveau mandat. Mais cela lui laissait encore deux ou trois années pour se préparer à la retraite. Car il avait aussi décidé de tirer un trait sur la mairie de Marzac. « Norbert Jalinier fera un bon maire, disait-il. N'a-t-il pas été près de moi dans les moments difficiles ? C'est dans l'adversité qu'on juge ses vrais amis. »

A Rocheveyre, il continua à s'occuper des chevaux comme par le passé, se refusant à monter le favori d'Emilienne devenu un animal sacré. Il le vénérait, ce grand bai, comme s'il était pétri de l'esprit même de sa maîtresse. Il ne fallait pas trop interroger Alexandre sur le sujet car il eût bien vite trouvé des similitudes de caractère entre l'animal et son épouse regrettée. Ce genre de propos excitait Arnaud. Il y voyait les signes avant-coureurs du ramollissement cérébral dont le grand-père était mort. A la vérité, rien ne pouvait plus détacher Alexandre de son passé. Pour lui, le temps s'était arrêté à l'instant où Richard était venu lui annoncer la mort d'Emilienne. Et chaque heure qui s'écoulait, de petits plaisirs en menus déboires, semblait rattachée à la catastrophe. Il ne se souvenait même plus de l'époque de sa jeunesse où la bien-aimée n'était pas encore entrée dans sa vie. Que faisait-il de ses jours et de ses nuits, en ce temps-là ? Dans son bureau, claquemuré, Alexandre passait des heures à reconstruire, miette après miette, les événements de son existence. Sa mémoire n'était pourtant pas défaillante, comme Arnaud le craignait, mais elle se refusait à lui obéir pour écrire l'histoire de sa vie comme il l'eût rêvé. Il ne ratait plus aucun des marchés d'Objat, même s'il n'avait plus rien à vendre depuis longtemps. Alors, il flânait au milieu de la foule, serrant les mains, répondant aux questions d'un air absent. Il ne pouvait entrer au Coudert sans un pincement au cœur, surtout lorsque son regard se tournait vers la table, dans le recoin de la fenêtre, où s'était scellée, autrefois, une si longue passion.

Camille Esther – comme on la nommait maintenant – prit l'habitude de rendre régulièrement visite à son frère. D'ordinaire, elle le retrouvait dans son bureau, prostré devant des photos, des lettres, ou à la porte de son écurie, assis au bord d'un lavoir qui ne servait plus qu'à collecter l'eau de pluie pour abreuver les animaux. Ils passaient de longues heures à discuter du temps passé, évitant soigneusement tout ce qui pouvait les blesser l'un l'autre, comme ces années noires où elle avait fréquenté Léonce Janvier. Elle n'ignorait pas qu'Alexandre lui avait pardonné, mais qu'en revanche il n'oublierait jamais les erreurs qu'elle avait commises. Pour preuve, elle lui trouvait toujours au fond du regard une étrange gravité, comme s'il n'admettait pas qu'elle pût délivrer le moindre avis sur la société qui eût quelque intérêt. Il ne supportait pas non plus qu'elle se mît à lui parler d'Emilienne, même pour le consoler. « Tu ne l'as jamais bien connue ! » l'interrompait-il d'un ton pincé. En fait, Camille avait compris qu'il voulait plutôt dire, mais qu'il n'en avait pas trouvé le courage : « Tu ne méritais pas de la connaître ! » Alors, la dame du Vialmur se demandait souvent pourquoi elle s'obligeait à rendre visite à Alexandre. N'était-il pas le seul frère qui lui restait ? Surtout, il était le seul qu'elle avait profondément aimé. André, Germain, elle n'avait jamais pu établir avec eux le moindre lien de complicité. Certes, André était mort trop jeune, avant même que sa personnalité s'affermisse. Quant à Germain, elle n'avait jamais su attirer son attention, ni éveiller sa compassion. En fait, Camille craignait surtout qu'Alexandre ne partît avant elle et que le nom des Mercœur ne lui restât comme un cadeau empoisonné. Peut-être venait-elle vérifier, à date régulière, son état de santé, juger de son teint, de la vivacité de son esprit, et de tant d'autres signes annonciateurs d'abaissement.

Ensuite, elle passait dire un petit mot à Nicole, embrasser Françoise qui allait maintenant sur ses huit ans. Simple visite de politesse, car elle éprouvait désormais de l'aversion pour cette jeune femme. C'était un sentiment récent que rien, du reste, ne justifiait. Sans doute était-il le produit des médisances d'Arnaud pour qui son épouse ne trouvait plus grâce à ses yeux depuis qu'il avait pris une maîtresse. Le fait était tellement commun qu'on pouvait s'étonner que Camille sombrât dans cette misérable comédie. Ce n'était pourtant pas faute d'avoir essayé d'éloigner Maud, sans succès. Chaque fois, le joli mannequin avait manœuvré pour conserver Arnaud sous son emprise. « Il est vrai que les hommes sont bêtes ! » répétait-elle pour justifier ses essais infructueux. Au fond, Camille reprochait à Nicole de laisser peu à peu s'éloigner son mari, sans rien tenter, et de se conforter dans un stupide aveuglement selon lequel le mariage protège de tout. Elle l'aurait voulue moins effacée, avec un zeste de caractère, plutôt que morfondue au fond de sa cuisine. Camille avait aussi compris que Maud n'était pas la femme qu'il fallait à Arnaud, si d'aventure on se risquait jusqu'au divorce. Elle ne l'aimait pas, sinon son argent, ce qui n'est pas la même chose. Et de surcroît, elle le trompait sans vergogne avec des petits gigolos de passage, dont le seul mérite était de posséder une belle gueule.

Parce que Jacques Villette ne voulait pas perdre son temps dans les interminables réunions de travail de Pomdor, il envoyait Camille à sa place. Il n'avait rien à craindre sur la sincérité des bilans qu'elle lui transmettait.

L'âge l'avait rendue pointilleuse pour tout ce qui concernait l'argent.

— Le neveu est toujours aussi roublard ? questionnait le banquier avec un air méprisant.

— Au-delà de nos souhaits. Ce garçon se révèle fort redoutable. Nous avons plus de coopérateurs qu'il n'en faut. A croire que ça les excite de se faire exploiter.

D'un geste large, Villette l'arrêta.

— Quel vilain mot !

— C'est pourtant vrai, insistait Camille en se balançant dans son rocking-chair.

Elle s'était installée sur le balcon. De là, on dominait toute la ville. L'amant était juste derrière elle, debout, comme d'habitude, en train de fumer un long cigare.

— Nous ne disposons plus assez de terre pour planter.

— Il faut voir avec la SAFER, conseilla Villette. Tu m'enverras ton neveu. Je lui dirai ce qu'il faut faire et quel type contacter.

— Nous avons des appuis là-dedans aussi ?

— Forcément.

Et il éclata d'un beau rire clair. Rien de ce qui touchait aux affaires, fût-ce les plus compliquées, celles relevant de l'immobilier, de gisements pétroliers, de l'uranium ou simplement de la terre, n'avait de secret pour lui.

— Crois-tu que ce soit prudent de lui laisser conduire les transactions foncières ?

— Quoi ? répondit Villette. Ton neveu est bien capable de négocier avec des paysans. Il s'est bien comporté jusqu'à présent.

— Peut-être pourrais-tu mettre Rémi Ciprien sur le coup ?

— Sûrement pas. Avec son air de sortir d'HEC et son attaché-case, ça ne pourrait que nous desservir. Au contraire, il n'y a pas mieux qu'un paysan pour marchander avec ces culs-terreux. Ton neveu est un paysan évolué. C'est ce qui fait la différence. Sans scrupule, sans morale... Une espèce nouvelle, si tu vois ce que je veux dire.

— Je n'aime pas la façon dont tu parles d'Arnaud.

Camille chercha la main de Villette et l'amena contre sa poitrine. Elle se laissa conduire, mollement. Camille aimait ses longs doigts fins pour tout le plaisir qu'ils avaient su lui donner autrefois et dont elle conservait encore la nostalgie.

— Tout bien réfléchi, je préfère encore Arnaud à ton frère.

— Alexandre ? Qu'est-ce qu'il t'a fait ?

— Les gaullistes me donnent la colique. Le pouvoir leur a collé un appétit insatiable. Et ça veut tout régenter, par le détail. A croire qu'on ne pourra plus aller pisser sans demander l'autorisation au Général. Ton frère, à ce que je sais, est un de ceux-là, un godillot, un fidèle.

— Alexandre est un seigneur, répliqua Camille en fixant la ville qui s'étendait devant elle dans la fine dentelle bleutée des fumées qui montaient vers le ciel.

— Un seigneur ? s'interrogea Villette. Où vas-tu chercher une idée pareille ?

— Un des derniers propriétaires terriens de ce pays. Sa vie durant il n'a pas dérogé d'un pouce des grands principes qui étaient les siens, l'amour de la terre, le goût du travail bien fait, la patience, et que nous voyons décroître chaque jour un peu plus. On ne rêve plus que de gagner beaucoup d'argent, sans trop se fatiguer, quitte à perdre son âme...

— Désormais, tout le monde veut sa part de picotin. C'est la démocratie. Et ce désir générera une rage nouvelle que la croissance ne saura pas longtemps rassasier.

— Nous, dit Camille, notre avenir est derrière nous.

Le mot fit sourire Villette.

— Nous n'avons pas été doués pour le bonheur, ajouta-t-elle en caressant sa main posée sur sa poitrine.

— Tu ne vas pas encore parler de ça ! se défendit Jacques.

Au risque de voir renaître les querelles anciennes, il veillait à ce que les remugles du passé ne vinssent point contaminer leur espace. Néanmoins, Jacques Villette savait que Camille n'avait pas tranché tout ce qui la rattachait à ces années-là. Il enrageait chaque fois qu'il la surprenait à aller déposer un bouquet de fleurs sur la tombe de Léonce Janvier. Et ce n'était pas un hasard non plus si elle avait choisi de conserver sa villa du Vialmur, malgré son insistance pour qu'elle vienne désormais s'installer avec lui dans l'hôtel particulier des Villette, avenue de Bordeaux. Cette grande maison avait été le cadre de tellement de souvenirs dont elle ne voulait pas se défaire. A la vérité, on ne l'aurait fait médire sur Janvier pour un empire. Les années l'avaient paré d'une singulière aura.

Et ce fut enfin l'heure où la servante vint servir le thé. Cette boisson du milieu de l'après-midi les reconduisit vers le salon. Ils prirent place dans les fauteuils profonds devant un jeu d'échecs qui servait surtout de décoration, car ils n'y jouaient jamais. Jacques Villette aimait caresser l'ivoire des pions qu'il déplaçait sans raison ni logique, rien que pour passer le temps. Car il lui suffisait de l'écouter parler. Elle énonçait dix phrases tandis qu'il en prononçait une, avec un débit inégalé où les mots se bousculaient sur ses lèvres. Quand la servante eut déposé la porcelaine de Chine et versé le thé, Camille lui ordonna de quitter le salon d'un geste d'autorité dont elle avait le secret.

— J'ai des nouvelles de Richard, dit-elle avec un sourire de gourmandise.

— Le héros d'Algérie ?
— Ne sois pas méchant.
— Bonneteau l'a engagé, finalement ?
— Il lui a même confié un poste de responsabilité. Cela a mis la rédaction sens dessus dessous.
— Pourquoi un poste important ? Tu peux me le dire ? Ce Bonneteau est bien un imbécile. J'aurais parié qu'il le congédierait au bout de huit jours.
— Tu ne connais pas Richard, et tu viens déjà porter un jugement. Quelle famille, les Villette ! Je suis bien contente que de Gaulle ait pris les affaires de la France en main. Ça va vous mater un peu, vous, les oligarques de la finance.
— A moins qu'un cinglé de l'OAS lui fasse la peau !
— Allons ! se rebella Camille. Il nous a évité une dictature militaire. Crois-tu que nous serions mieux aujourd'hui en France avec un directoire de généraux ?
Pour Villette, cette histoire du 22 avril 1961 était cousue de fil blanc. Il pensait dur comme fer que de Gaulle, en grand manipulateur, avait créé une situation explosive à Alger pour entraîner une adhésion du peuple français à sa personne. Il y avait là du Machiavel, sur l'art de manœuvrer les foules. Mais il n'éprouva à cet instant aucun désir d'en parler, tant il avait épuisé le sujet sur sa vision d'un de Gaulle machiavélique, sans espoir d'être entendu à un moment où le nouveau chef de l'Etat jouissait de l'estime générale, jusque chez les ouvriers.
— Ton neveu a donc le pied à l'étrier. Le voici propulsé dans le clan à Bonneteau. Je ne doute pas qu'il en fera un godillot.
— Ça m'étonnerait, répliqua Camille. Je connais Richard comme si je l'avais fait. C'est un esprit libre, un solitaire, un ténébreux. Comme son oncle Germain.
— Celui qui fut paralysé sa vie durant ?

— Oui, fit Camille avec excitation comme chaque fois qu'elle évoquait l'histoire de sa famille. Pourtant Germain ne l'aimait guère, ce pauvre petit Richard. Je n'en saurai jamais la raison.

— Et toi-même ? reprit Jacques. Tu ne le prisais pas beaucoup, ce jeune homme. Il aura suffi que Bonneteau le nomme à un poste clé dans son journal pour que ton jugement varie.

Il n'en fallait pas plus pour que la colère envahît Camille, au point de jeter la porcelaine contre le mur. Jacques savourait sa repartie en tirant sur un cigare.

— Je me rends bien compte que j'ai eu tort de te parler de ça. Tu ne le mérites pas.

Il riait à pleines dents de sa déconvenue.

— Pourrais-tu, toi, me raconter la vie des Villette, comme je le fais à cet instant avec ma famille ? La vie exemplaire des Villette ? persifla-t-elle. Bien sûr que non, ajouta-t-elle sans lui laisser le temps de répondre. Vous êtes coincés par vos principes de gens riches. Moi, non. Voilà ce qui fait notre différence. Je peux évoquer librement les qualités et travers de ma famille, sans craindre qu'il ne me tombe un œil !

— Mes parents n'ont pas eu une vie exemplaire, si ça peut te rassurer. Ma mère a passé tout son temps à prier et à jouer au bridge avec ses amies du cercle. Et, pendant ce temps, mon père a travaillé d'arrache-pied. Pour se donner un peu de bonheur, il a couché avec sa secrétaire. Par fidélité, notre pauvre Mathilde est restée célibataire toute sa vie. Elle n'aura pas eu à le regretter, car mon père lui a offert une belle maison au cap d'Antibes, un appartement à Annecy et une villa à Brive où elle a coulé ses vieux jours.

— Il aura été plus généreux que toi ! dit Camille avec un sourire perfide.

Jacques Villette sentit qu'il ne pouvait s'aventurer plus avant.

— Il est vrai, souligna-t-elle, que je n'ai jamais été ta fidèle secrétaire.

— Tu as été plus que ça pour moi ! fit-il en venant caresser quelques boucles de cheveux qui ourlaient son front. J'aurais pu t'épouser mais un malentendu s'est glissé entre nous.

— En tout cas, c'est trop tard. Je n'ai pas besoin de ton argent. Je dispose même d'un portefeuille immobilier qui vaut largement le tien.

Villette hocha la tête, vaincu d'avance. Cela ne l'amusait guère de batailler sur ce terrain où il avait perdu, depuis longtemps, toute crédibilité.

— Tu restes une redoutable femme d'affaires, la flatta-t-il. C'est entendu. Alors pourquoi ce ton défiant, encore ? N'ai-je pas mérité un peu de considération ?

Camille éleva le visage vers lui, avec ce port de tête hautain qu'elle prenait lorsqu'il lui fallait faire front à l'adversité, et fronça les sourcils.

— Jamais, dit-elle.

C'était un matin de novembre 1963. Alexandre se faisait un bonheur à l'idée d'aller tirer quelques perdrix rouges qu'il avait repérées sur les hauteurs du Peyras, entre les rangées de pommiers courant d'un vallon à l'autre. Ce jour-là, le brouillard collait à terre, si cotonneux et dense que le soleil n'en percerait pas la couche avant midi au moins. Mais ce n'était pas suffisant pour le décourager. Il s'était levé et préparé avec cette idée en tête.

D'un bon pas, il gagna les hauteurs des coteaux en suivant une rangée de plantations. Il croisa des ouvriers agricoles qui taillaient les arbres. Le temps d'échanger quelques mots, il reprit sa marche, le fusil pendu à son épaule, le canon vers le sol. Quelques reinettes chétives et maigriottes étaient restées accrochées aux branches. Il en prit une pour se désaltérer, mais lui trouva un goût tellement amer qu'il la rejeta.

Parvenu sur la crête, il décida de souffler un peu. Le brouillard s'était dissipé au point qu'on arrivait à discerner le contour des collines alentour. Désormais, les vergers Pomdor occupaient toutes les terres où, autrefois, alternaient pacages et chaumes. Des haies de sureaux, de buissons noirs et de frênes délimitaient les parcelles. Dans ces bordures d'herbes brûlées, on trouvait des oronges, des morilles et quelquefois des chanterelles.

Alexandre alla s'asseoir sur un rotavator que l'on avait laissé en cet endroit, une fois dételé de la prise de force du tracteur. Il n'y avait rien qui agaçait plus l'ancien maître de Rocheveyre que tous ces engins aratoires abandonnés sur leur lieu de travail, soumis aux intempéries. Il y voyait le signe même d'un désordre sans nom. Et cela amusait Arnaud quand il en faisait la réflexion. « Mon pauvre papa, lui répliquait-il avec une pointe d'exagération, tu es d'une autre époque, le matériel n'est pas fait pour durer. On s'en sert, on l'use et on le change. »

Du bout des doigts, il se mit à dessiner ses parcelles d'autrefois, avec leurs haies, leurs clôtures, leurs chemins de terre, leurs boqueteaux, que le défonçage de 1954 avait éliminés, rabotés, nivelés. Dans ces instants de grande nostalgie, il était pris par de forts tortillons d'estomac. Pourtant, depuis le temps, il avait eu tout le loisir de s'en faire une raison. Mais c'était devenu incontrôlable en lui, ce sentiment d'angoisse dont il ne voulait pas parler. Qui, du reste, eût pu l'écouter ? Arnaud ? Il eût répliqué, sans appel : « Laisse-toi vivre maintenant que tu disposes d'une bonne retraite. Pense plutôt à tes administrés. » Quant à

Richard, il se fichait pas mal de Rocheveyre depuis qu'il était devenu journaliste, même si un temps il manifesta quelques velléités de propriétaire. Le goût lui en passa vite. « A croire que l'esprit du domaine se perd ! » se dit Alexandre en ramenant à ras des sourcils sa casquette de tweed.

A peine se fut-il relevé que des perdreaux s'envolèrent à quelques pas de lui, par-dessus les rangées de pommiers. Il poussa un grand cri de déception en zieutant son fusil couché dans l'herbe. « Tu fais un drôle de chasseur ! » se dit-il en ramassant l'arme. Il fit mine de pointer le ciel où ils avaient disparu, vers Bellegarde, ou peut-être vers le Mialet. Comment savoir ? L'idée le prit un instant de les poursuivre, jusque sur le plateau du Chatenet s'il le fallait. Mais il sentit qu'il n'en aurait pas la force. Ces quelques kilomètres de marche l'avaient épuisé à un point tel qu'il sentit le besoin de s'en revenir, avec un sentiment de révolte contre ce corps défaillant.

Alexandre ouvrit la culasse de son fusil et sortit les deux cartouches qu'il avait engagées au départ de Rocheveyre. Il y avait de la résignation dans ce geste. « Tu ne tireras plus sur rien, se dit-il en refermant son arme d'un geste sec. Les perdreaux, les faisans, les bécasses, les lapins et les lièvres peuvent s'en donner à cœur joie. Tu ne leur feras pas plus de mal qu'un épouvantail à moineaux. Et puis, se rassura-t-il, il n'y a plus de gibier. » Un rire nerveux agita sa lourde carcasse. « Il n'y a plus de gibier quand on ne peut plus le poursuivre par monts et par vaux, se dit-il. Du temps de ta jeunesse, le gibier ne manquait pas parce que tu avais la force d'aller le traquer là où il se trouvait. Désormais, tu n'as même plus la présence d'esprit de garder l'arme à portée de main. Qu'est-ce que tu crois, mon pauvre Alexandre ? Qu'il va t'attendre ? »

D'un pas lourd, il redescendait par une allée du verger,

en essayant de ne pas trop dévier de sa trajectoire, avec des précautions d'homme ivre. Il lui semblait que les arbres, à droite et à gauche, s'éloignaient et se rapprochaient de lui, par intermittence. Il leva les yeux vers le ciel. Le bleu pâle transparaissait entre des floches de brume qui dansaient elles aussi dans sa tête. Sa main chercha un appui et rencontra une branche, puis deux. Une autre lui griffa le visage. Il sentit alors qu'il avait laissé échapper son fusil et voulut revenir en arrière en pivotant. « Tu peux pas abandonner le bon vieux Faucheux du pauvre Baptiste ! » marmonna-t-il.

A quatre pattes, Alexandre fouillait l'herbe grasse, sans succès. Ça l'excitait de n'arriver à rien. Son cœur bondissait dans la poitrine comme un cheval fou. Il dut s'asseoir pour reprendre sa respiration. Alors, il vit éclore sur le dos de sa main une tache rouge, puis une seconde. Une éclaboussure de sang. Il releva le menton et sentit que ça lui dégoulinait dans la gorge. Il voulut cracher pour se défaire de ces sales glaires qui montaient et descendaient, mais cela lui parut être un effort surhumain, comme de se remettre debout pour rentrer à Rocheveyre.

Alexandre demeura un long moment immobile, à résister à l'envie de somnoler qui l'étreignait. C'est alors qu'il entendit le bruissement d'ailes d'une compagnie de perdreaux qui passaient au-dessus de lui. « Tu ne leur feras pas plus de mal qu'un épouvantail à moineaux », murmura-t-il en les suivant des yeux jusqu'à la barre du Mialet.

Un ouvrier agricole de l'équipe du matin le trouva le visage tourné vers le ciel. Il avait conservé les yeux grands ouverts, au point que le journalier avait hésité à s'en approcher. Aussitôt, on alla chercher Arnaud à Marzac. Il reçut la nouvelle de la mort de son père avec incrédulité. Lorsqu'il eut pénétré au centre de l'attroupement qui s'était formé, et relevé la veste qui recouvrait son visage, il réalisa enfin qu'Alexandre était mort. Sans autre commentaire, il ordonna à ses ouvriers de ramener le corps au domaine. Quatre hommes le chargèrent sur leurs épaules. En le soulevant, la veste glissa dans l'herbe. Et on vit alors la tête blanche de l'ancien maître de Rocheveyre qui se balançait de droite et de gauche au rythme lent et saccadé de la marche. Arnaud détourna le regard de cette pitoyable image.

La nouvelle se répandit dans le canton. Et dans les heures qui suivirent, on vit affluer à la ferme Rocheveyre tous les gens de Marzac, d'Objat et d'Ayen, tous ceux qui, au fil du temps, avaient eu à travailler, commercer, deviser, converser, avec Alexandre Mercœur.

Quelques semaines seulement après le brutal événement, maître Comby, le notaire d'Objat, convoqua les deux frères pour ouvrir le testament qu'Alexandre lui avait laissé. Il léguait ses derniers biens à Henri Labussière. Le notaire expliqua qu'Alexandre avait pris cette décision en apprenant que son ancien compagnon de ferme vivait dans une misère noire. La rédaction du testament était du reste assez explicite : « Mon journalier m'a aidé à bâtir Rocheveyre. Sans lui, le domaine ne serait pas devenu ce qu'il est aujourd'hui. Je lui dois au moins cette reconnaissance, que mon maigre héritage ne pourra que fort partiellement honorer. »

L'ultime volonté du père fit sourire Arnaud. Il avait certes entendu parler de l'ancien journalier, qui avait été le compagnon des années difficiles où l'on construisait les dépendances de Rocheveyre avec des matériaux de récupération. Mais il était loin de se douter qu'Alexandre eût conservé de l'amitié pour cet homme, par-delà le temps et les fortunes diverses.

— Notre père t'en a parlé de ce Labussière ? s'informa Arnaud auprès de son frère.

— Quelquefois. Tu sais comment était notre père quand il se mettait à raconter les histoires du passé. Intarissable ! Le nom du journalier revenait souvent dans la conversation. Je crois même savoir qu'Alexandre lui envoyait régulièrement de l'argent.

— Une espèce de rente, dis-tu ? Mais c'est terrible, cela ! Ça m'étonne de lui qu'il ait ainsi jeté l'argent par les fenêtres. Ça me déçoit aussi.

Richard l'observa avec un petit sourire en coin.

— Pourquoi ? C'est un fait que j'admets parfaitement. Ce Labussière a traversé avec lui les mauvais moments. Ça doit laisser de l'amitié en partage, non ?

— Permets-moi de sourire, mon pauvre Richard. Ce Labussière, qu'était-ce donc ? Un de ces pouilleux à moitié ivrognes que notre père a aidés à s'en sortir. On ne va pas lui élever une statue, non ?

— Je sais ce que sont devenus les rapports sociaux par les temps qui courent. Mais, en ce temps-là, Labussière faisait un peu partie de notre famille. Père et lui allaient à la foire ensemble. Ils partageaient les bons et les mauvais moments. Alexandre s'en est souvenu lorsqu'il a appris que son ancien ouvrier était dans le besoin. Toi, fit Richard en lui jetant un regard méprisant, tu n'as pas de cœur. Tu te comportes comme un patron d'aujourd'hui, avec mépris pour le faible.

— Je me fiche de ce que tu peux penser.

— Tu ne vas pas pleurer pour quelques arpents de terre. As-tu un tel besoin d'argent ?

La question parut désarçonner Arnaud.

— Ce n'est pas le problème. Un homme d'affaires sérieux n'aime pas qu'on gaspille l'argent. Dans cette affaire, notre père a fait preuve de légèreté. Je ne vois pas pourquoi je n'aurais pas le droit de le dire, avec tout le respect que je réserve à sa mémoire. Je ne verrais pas d'inconvénient à ce qu'on trouve une parade à ce testament. Avec un bon juriste, ça doit pouvoir se casser.

Richard éclata de rire. C'était une réflexion à laquelle il s'attendait depuis un moment. « Arnaud, se dit-il, ne raisonne pas, il agit de préférence avec précipitation, fort du sentiment que rien ne saurait lui résister, fût-ce le plein droit, la justice même. Et s'il est une raison qui doit l'emporter sur toute autre considération, c'est bien celle-ci, qu'avec de l'argent, des amis influents, de la mauvaise foi, rien ne vous résiste. »

— Tu me fais de la peine. C'est un sentiment nouveau que j'éprouve. Jusqu'alors, tu ne suscitais en moi qu'un peu d'irritation.

— Le sort de Labussière t'importe tellement ? cria Arnaud, excédé de découvrir que, décidément, son frère ne changerait jamais, bien qu'il fût devenu un de ces hommes en vue dans la bonne société briviste. Si ça se trouve, il ne possède plus toutes ses facultés mentales, et ce sera, comme cela arrive souvent, un cousin éloigné qui va récupérer le pactole.

— Je m'en fiche, rétorqua Richard en ouvrant la portière de sa Mercedes. Ce que notre père a décidé doit être respecté, un point c'est tout.

Il tendit une main à Arnaud, qui la serra mollement, histoire de lui montrer qu'il voulait abréger la conversation.

— Depuis quand versait-il une rente ?

Richard soupira avant de lui répondre :

— D'après notre mère, ça remonte à l'époque du partage.

Arnaud parut réfléchir en se caressant le front.

— Dix ans, répéta-t-il. Une sacrée somme, quand même.

Arnaud se recula en passant la main dans ses cheveux qu'il ramenait incessamment vers l'arrière.

— Quand je pense qu'il a refusé durant toutes ces années de me prêter de l'argent en prétextant qu'il avait tout juste de quoi vivre. C'est écœurant.

Richard tourna la clé de contact en fichant un grand coup d'accélérateur pour que le moteur couvrît sa voix. Il en avait assez de l'entendre se plaindre.

— Il n'y a pas que l'esprit de famille dans la vie, lui cria-t-il au moment de démarrer. Il faut aussi compter sur l'amitié. L'amitié !...

La mort d'Alexandre éveilla chez Arnaud des assauts d'autorité dont on ne l'aurait pas cru capable auparavant, à croire que le père avait conservé, malgré son éloignement des affaires du domaine, une certaine domination sur lui. Il n'existait plus, désormais, une secrétaire, un comptable, un contremaître, un chef d'équipe, qui fût digne de confiance. Et les bureaux de Pomdor devinrent rapidement le cadre d'empoignades mémorables. Rémi Ciprien, qui croyait disposer d'un brin d'influence, lui conseilla de mettre de l'eau dans son vin. Mal lui en prit, car Arnaud menaça de le congédier sur-le-champ. Se sentant de la sorte agressé, le jeune cadre se défendit en affirmant qu'il allait en rendre compte à la banque Villette. Ciprien se considérait plus comme un responsable administratif de l'organisme bancaire que comme un employé de Pomdor. Et, du reste, c'était un secret de Polichinelle pour tout le monde que la coopérative était placée sous haute surveillance financière. Le moindre faux pas de gestion eût immédiatement entraîné l'intervention des trois ou quatre administrateurs fidèles à Villette. Il n'y avait bien qu'Arnaud Mercœur pour se faire encore des illusions sur son prétendu pouvoir.

Arnaud jouait de plus en plus l'homme indispensable avec ses succès obtenus par les achats de terrain au Chatenet. Certes, il avait conduit, coup sur coup, des négociations difficiles avec brio. Tout le plateau était maintenant passé sous la coupe des coopérateurs de Pomdor. Un site idéal pour la pomme, de l'avis même des ingénieurs agros qui avaient pratiqué des études complètes sur la valeur des sols. Seuls les propriétaires qui acceptèrent de s'en défaire pour une bouchée de pain, comme s'il se fût agi de brande, ne comprirent pas la valeur de ce qu'ils cédaient. Arnaud s'en réserva encore une dizaine d'hectares. Le reste, plus de quatre-vingts hectares, fut acheté pour le compte des administrateurs. Arnaud imaginait que la manière dont il avait conduit les transactions lui apporterait un peu plus de prestige dans l'entreprise. En fait, il eût bien été déçu de savoir qu'aucun des financiers de Pomdor ne lui accordait la moindre considération. Ce n'était pas dans leurs habitudes de s'intéresser aux exécutants. Camille avait souvent insisté sur ce point : « Tout ira bien tant que Pomdor leur fera gagner de l'argent. » On ne pouvait être plus explicite. Mais Arnaud vivait sur son petit nuage, avec la certitude que la coopérative ne connaîtrait jamais de déboires. Pourquoi, du reste, s'inquiéter ? L'année 1964, qui venait de commencer, s'annonçait, elle aussi, des plus propices. On en avait fini avec le drame algérien. La croissance battait son plein. Le couple de Gaulle-Pompidou incarnait une confiance mâtinée de bonhomie, comme on ne l'avait jamais connue sous la IVe République.

De temps à autre, les deux frères Mercœur se téléphonaient. Le plus souvent, c'était Arnaud qui prenait l'initiative. Richard n'était pas très disert. Depuis longtemps, il avait jugé qu'ils n'avaient rien à se dire. Aussi se contentait-il d'écouter son frère avec l'enthousiasme qui émanait généralement de lui.

— Mon petit Richard, tu devrais acheter des parts à Pomdor, lui conseillait-il chaque fois avec l'obstination du vendeur qu'il était. Jamais nous n'avons gagné autant d'argent. Ainsi pourrais-je te faire entrer dans le conseil d'administration. Il serait bien temps que tu te rallies à la cause Rocheveyre.

— Réserve plutôt les places à tes coopérateurs, lui répliquait-il. Ça te sera plus utile.

Souvent, ils avaient eu l'occasion de parler des rapports entre Pomdor et la banque Villette. Et chaque fois, Richard le mettait en garde contre une mainmise de l'organisme financier. A la vérité, Arnaud ne voyait pas comment la coopérative eût pu exister et se développer sans le concours de la banque.

— Pomdor a contribué à faire évoluer les mentalités dans notre région. Tu ne le vois pas ? Faut-il que tu sois aveugle. A Marzac, tous ceux qui m'ont accompagné dans cette aventure ont gagné de l'argent. Et je peux te garantir que les sceptiques d'hier ont bien du regret de ne pas m'avoir suivi.

— Ils se sont endettés aussi.

— Certes. Il leur a fallu acheter de la terre. Mais pouvaient-ils faire un autre choix ? Investir ou végéter ? En investissant, ils ont accru leurs revenus.

— Et ils sont devenus esclaves de la productivité.

— On ne peut plus faire ce métier avec cinq ou six hectares, comme autrefois. La loi d'orientation agricole de 1960 a poussé les agriculteurs les plus entreprenants à devenir des chefs d'entreprise à part entière. Notre père avait saisi ça dans les années d'après-guerre. Il savait que nous allions vers de fortes mutations. Et, en 1953, il ne s'est plus senti le courage de tout recommencer. C'est à ce moment-là qu'il a décidé de me laisser la propriété. Il a compris que c'était dans l'intérêt de Rocheveyre.

Face à ce genre d'argument, Richard baissait pavillon. Il ne se sentait pas de taille à discuter avec Arnaud. Désormais, il reconnaissait l'étendue de ses qualités, l'opiniâtreté et la persévérance qui avaient permis de maintenir Rocheveyre dans le giron des Mercœur.

Un soir de mai, Arnaud lui téléphona au journal, fort tard. Dans la voix, Richard sentit que quelque chose ne tournait pas rond. A force de questions, Arnaud avoua son intention de se séparer d'avec Nicole. Richard insista pour qu'il vînt en discuter avec lui, sur-le-champ.

Une heure plus tard, il s'enfermait avec son frère dans son bureau de *La Presse du Centre*. Sur une étagère, au milieu des piles de journaux, de photos, et des pellicules de films, un transistor nasillait *All my loving* des Beatles.

— Je n'ai plus qu'un désir, confessa Arnaud. Vivre avec Maud. Je mesure les conséquences de cette décision, des dégâts que je vais faire autour de moi. Mais, à chaque seconde, je suis obsédé par ça. Il me semble que je retrouverai enfin la paix quand j'aurai franchi le pas.

— Et Nicole, Françoise, que vont-elles devenir ? Y as-tu pensé ? questionna Richard.

— Tu peux être assuré que je ferai le nécessaire pour qu'elles ne manquent de rien. Je leur laisserai mon appartement de Brive.

Richard jouait avec un typomètre en métal qu'il pliait et relâchait brutalement.

— Et tu amèneras cette fille, cette Maud, à Rocheveyre ?

— J'y compte bien.

— Crois-tu qu'elle s'y plaira ? Je crains que le seul horizon de tes vergers ne lui inspire rapidement l'ennui.

Arnaud releva la tête avec un air de chien battu.

— Je sais que tu ne m'approuves pas. Mais tu n'as encore jamais été confronté à une telle situation...

— J'ai perdu plus d'un amour, que crois-tu ? répliqua sèchement Richard.

— Amande ?

— Il n'y a pas eu qu'Amande. Amande, au fond, je ne l'aimais pas. Mais j'aurais voulu qu'elle choisisse un autre moment pour me plaquer.

— Moi, j'aime Maud. Plus que tout.

— Plus que Françoise ?

— Ce n'est pas la même chose. Je la garderai avec moi, autant qu'il le faudra.

— Il n'est pas sûr que ta maîtresse la supporte. Ça arrive quelquefois avec les marâtres.

Arnaud soupira profondément. Ce mot, bien entendu, le choquait, mais Richard l'avait choisi à dessein.

— Je sais ce que je fais. Françoise sera préservée, je peux te le garantir. Mais il ne m'est plus possible de vivre avec Nicole. Tout nous sépare, désormais. Elle ressemble tellement à son père. La même sorte de petitesse et de mesquinerie.

— Vous sembliez tellement vous aimer autrefois. Qu'est-ce qui s'est passé ?

— Elle a changé.

— N'est-ce pas toi qui as changé ? Tu as gagné beaucoup d'argent. Tu as rencontré des gens nouveaux, importants, des hommes d'affaires, des banquiers, des politiciens. Je crains que tu ne veuilles devenir à leur image.

Richard comprit, ce soir-là, qu'il n'y aurait pas d'argument assez fort pour le faire revenir sur sa décision. Dès le lendemain, il se rendit chez Camille. Elle reçut la nouvelle du divorce avec incrédulité.

— Quoi ? Il en est là ? Je ne peux pas le croire.

— Il en est même à réfléchir comment il pourra annoncer ça à Nicole.

— Je savais qu'il s'amusait avec mon mannequin. Cependant, je n'imagine pas cette belle idiote à Rocheveyre. Elle en aura vite soupé de la vie à la campagne. Ce n'est pas le genre à vivre recluse. Tu peux me croire. Elle n'a rien d'une fille farouche.

— Ce serait peut-être une information à lui glisser au creux de l'oreille ? suggéra Richard.

— J'ai déjà essayé de lui faire comprendre qu'une fille comme ça avait trop d'envie et d'ambition pour se contenter d'un seul homme. Ça n'a pas eu l'air de l'effrayer. Alors, j'ai pensé qu'il ne prenait pas cette liaison au sérieux, qu'il s'agissait, tout au plus, d'une histoire de sexe. Nicole n'est hélas guère douée de ce côté-là.

Richard fronça les sourcils. Il nourrissait une amitié profonde à l'égard de sa belle-sœur, surtout depuis qu'elle avait pris sa défense à son retour d'Algérie. Chaque fois qu'Arnaud se montait contre son frère, elle le rabrouait. Et quand il devint journaliste à *La Presse du Centre*, elle fut la première à lui rendre visite pour le féliciter.

— C'est une appréciation gratuite. Je me souviens d'une époque où ils étaient très amoureux.

— Ton frère a changé. Son pouvoir à Pomdor lui est monté à la tête. Il est un des purs produits de la nouvelle société que de Gaulle a portée sur les fonts baptismaux. Une réussite éclair. Une volonté de puissance. Ces nouveaux riches sont devenus des loups. Autrefois, on mettait plus de temps pour arriver à ses fins. Aujourd'hui, tout va trop vite. On ne comprend plus rien du monde qui nous entoure. On ne vit plus que pour le plaisir. Le plaisir de l'instant que l'on confond avec le bonheur. Quand je pense que j'en suis, moi, pauvre gourde, à refuser de vivre avec Jacques.

Le jeune homme se mit à sourire. Elle pourrait toujours attendre. Il ne porterait pas le moindre jugement sur cette affaire ancienne qui avait fait dépenser tellement de salive à la famille Mercœur.

— Pourtant, je ne lui céderai pas, ajouta-t-elle.

— A cause de cette trahison d'autrefois ?

Elle ne sut quoi répondre, amusée au passage de découvrir qu'il était au courant de son histoire. Par quelle sorte de prodige était-elle arrivée jusqu'à lui ? Par quelle indiscrétion ? Et cette constatation, qu'il y avait encore à Rocheveyre une légende Camille, la flattait au plus haut point. Elle avait quand même laissé son empreinte quelque part.

Côte à côte, ils arpentaient le long couloir du studio Esther, encombré comme à l'habitude par des cartons, des cintres roulants, des coupons de tissus.

— Tu as toujours aimé le désordre, ma chère tante.

— Cette fois, c'est pour la bonne cause. Nous allons nous installer à Paris, boulevard des Capucines.

— Brive ne te suffit plus. Ce n'est pas assez chic.

— Il convient désormais de donner une autre dimension à notre affaire.

— Tu vas donc aller vivre à Paris ?

— Eh oui, soupira-t-elle.

— Mais alors, nous avons partiellement trouvé une solution à notre problème !

— Je vois où tu veux en venir, fit Camille avec un clin d'œil. Je comptais bien emmener avec moi mes mannequins. Et Maud fera partie du lot. A moins qu'elle ne refuse.

— Je ne me fais pas trop de souci, dit Richard. Tu

sauras merveilleusement lui faire miroiter le parti à tirer de ce départ. Une nouvelle chance pour elle ?

Ils passèrent devant de grandes photos de mode qui ornaient les murs. Il y avait là toutes les créations de Camille Esther qui avaient fait la réputation de sa maison.

— Pourrais-tu me montrer à quoi elle ressemble, cette fameuse Maud ?

Camille courut à son bureau et revint avec un portrait noir et blanc. Richard l'examina attentivement et trouva aussitôt qu'elle ressemblait à ces filles que l'époque avait créées, insolentes et pétries de légèreté. Il passa les doigts sur le grain de la photo, comme s'il voulait dégager la mèche de cheveux qui lui couvrait le front.

— Je comprends, fit Richard en relevant la tête.

— Qu'est-ce que tu comprends ?

— Ce qui l'a séduit chez cette fille.

Arnaud somnolait, appuyé contre son bureau. La journée avait été rude. Elle avait commencé par une âpre entrevue avec les coopérateurs sur la chute des cours. Ensuite, il avait partagé le repas du vendredi avec les administrateurs de Pomdor. Et sur le coup de cinq heures de l'après-midi, il avait fait un saut place du Civoire pour passer un moment avec Maud. Puis il était revenu à Marzac pour une réunion informelle avec ses collaborateurs, Rémi Ciprien et Janine Fouque. Il s'agissait de préparer, entre deux sandwiches et un coup de beaujolais, le rapport moral qu'il lirait devant les membres associés lors de l'assemblée générale.

— Justifier la baisse des cours et, dans le même temps, la nécessité d'augmenter la production relève d'un exercice d'équilibriste, nota Arnaud en redressant la tête.

— La concurrence est telle qu'il faut satisfaire à ces

deux exigences ou déclarer forfait. Voilà ce que nous devons dire, au lieu de biaiser, comme d'habitude, dit Ciprien.

— Je sais ce qu'on va me répondre, ajouta Arnaud. Que je n'ai qu'à vendre la marchandise plus cher et produire moins.

— C'est stupide. Nos revendeurs exigent du tonnage et de la marge.

— Allez donc leur expliquer ça ! Ce matin, j'ai bataillé deux heures sur ce thème. Je suis fatigué.

Rémi Ciprien jeta rageusement les feuilles du rapport qu'il venait de rédiger sur la table basse encombrée de tasses à café et de miettes de pain.

— Ce n'est pas moi, le patron. Après tout, c'est votre affaire de les convaincre. On ne peut pas toujours avoir le beau rôle. Il faut bien aussi assumer les inconvénients. Merde alors ! Ils n'ont pas à se plaindre de Pomdor. Que seraient-ils sans la coopérative ? Ils en seraient à vendre leurs caisses de pommes au marché d'Objat à dix sous le kilo. Voilà ce qu'il faut leur dire, à ces ingrats, qu'ils doivent tout à Pomdor et à son organisation.

Janine Fouque fronçait les sourcils. Le plus souvent elle désapprouvait les vives prises de bec de son collègue.

— Rémi, tu ne peux pas être cynique de cette façon. Nous devons ménager nos coopérateurs.

Arnaud lui jeta un regard d'acquiescement en hochant la tête.

— Monsieur Ciprien a été élevé dans le sérail de la finance, ajouta-t-il. On lui a inculqué qu'il n'est qu'une sorte d'homme sur la terre : le financier. Hormis lui, point de salut. L'argent, mon cher, nous est indispensable pour investir. Mais le travail de ceux qui le font fructifier est aussi nécessaire. Sans cette harmonie, il n'y a pas d'affaire qui vaille. Et nos paysans, si nous voulons les rallier au capitalisme, nous devrons les traiter autrement que du bétail.

Ciprien n'aimait guère qu'un Arnaud Mercœur vînt lui faire la leçon. Aussi rabaissa-t-il les manches de sa chemise, qu'il avait relevées jusqu'aux coudes, et les reboutonna-t-il soigneusement.

— Je ne sais pas pourquoi je discute avec un homme comme vous.

— Parce que, cher monsieur Ciprien, vous n'avez pas le choix. Vous avez besoin de moi. Vous ne sauriez pas, comme je l'ai fait ce matin, calmer l'impatience de nos producteurs. Que désireriez-vous ? Qu'ils aillent verser leurs pommes devant la préfecture ? Ou qu'ils abattent leurs arbres ? Pour le compte, monsieur Jacques ne vous féliciterait pas.

Janine Fouque ne put s'empêcher de sourire. C'était devenu une habitude qu'Arnaud nommât Villette « monsieur Jacques » ou, parfois, plus ironiquement, « maître Jacques ».

— Nous avons assez travaillé, fit Janine.

La secrétaire de direction avait compris qu'il valait mieux écourter la soirée si l'on voulait éviter d'irréparables propos.

Ciprien rangea soigneusement ses dossiers dans son attaché-case et fit un bref salut avant de se retirer. Pendant ce temps, Janine emmenait les tasses dans la petite cuisine qui jouxtait les bureaux. C'est alors que le téléphone retentit. Arnaud attendit, comme chaque fois, que sa secrétaire décroche.

— C'est pour vous, fit-elle en lui tendant le combiné.

Aussitôt il reconnut la voix de Maud. Une voix inhabituelle. Elle parlait avec un tel débit qu'il ne saisissait pas un traître mot. Il la fit répéter, mais ce n'était pas mieux. Alors il exigea d'un ton énergique qu'elle reprît son calme.

Janine, gênée par la tournure privée de la conversation, se retira dans un au revoir à peine murmuré du bout des lèvres.

— Tu prétends que Camille veut te licencier ? Ce n'est pas possible... Mais pourquoi ?... Parce que tu ne veux pas la suivre à Paris... Qu'irais-tu faire à Paris, grand Dieu !...

Il n'en fallut guère plus pour qu'Arnaud comprît tout le stratagème mis en place par sa tante. « Ce petit con de Richard a dû lui raconter que je voulais divorcer, pensa-t-il. Et ça aura suffi à déclencher l'hostilité familiale. »

— Ne t'inquiète pas ! la rassura-t-il. Je vais arranger ça. Tout de suite. Je vais lui dire ma façon de penser. De quel droit s'occupe-t-elle de mes affaires ? Tiens-toi prête ! J'arrive dans vingt minutes. Et nous montons tous deux au Vialmur.

La DS 19 démarra de Marzac sur les chapeaux de roues. Dans sa conduite, il y avait un mélange de colère et de fureur. Aussi ne s'embarrassa-t-il pas des stops qui protégeaient l'accès à la nationale 701. « A cette heure, pensait-il, il n'y a rien à craindre. On peut compter les voitures. » Et puis, il connaissait parfaitement chaque centimètre de la route de Brive pour la parcourir souvent deux fois par jour. Généralement, le brouillard, la pluie, rien ne pouvait le décider à lever le pied. Il s'amusait même à comptabiliser ses exploits. Surtout la nuit. C'était le moment où il parvenait à réduire la durée du trajet à moins de vingt minutes, de l'usine de Marzac à la place du Civoire, située en plein centre-ville. « Ce soir, se dit-il, je vais battre mon record personnel. »

A la sortie de Varetz, Arnaud sentit qu'il abordait la courbe trop vite. Il voulut freiner pour négocier le rétrécissement de la voie sur le pont du Risquetout. Mais, trop tard, la Citroën se mit à déraper en fauchant le bas-côté.

Ce n'eût peut-être rien été, s'il n'y avait eu au bout de la course un solide parapet en pierre de taille. La voiture le percuta de plein fouet, puis rebondit contre le muret parallèle, comme une boule de billard excitée par ses flippers.

Il fallut attendre les secours plus d'une heure de temps. Lorsque les pompiers approchèrent du conducteur, coincé dans un amas de ferraille, ils comprirent que c'était inutile de se presser.

En apprenant la mort de son amant, Maud ne put s'empêcher de lâcher, dans un cri qui venait du fond du cœur : « L'imbécile ! » Et on n'entendit plus jamais parler d'elle.

Six mois plus tard, Richard décidait la vente du domaine de Rocheveyre. Une dernière fois, il parcourut les terres où les Mercœur avaient bâti tant d'espoir et de rêves fous. Puis il referma le grand portail et, sans se retourner, se dirigea vers le cimetière où on les avait tous réunis, sous un carré de gazon, aussi grand qu'un mouchoir de poche.

15

La porte fermée sur le domaine de Rocheveyre, Richard n'avait pas jugé nécessaire d'y revenir. Pourtant, les affaires à mettre en ordre ne manquaient pas. Placards, armoires, bureaux débordaient de paperasses, de photos, de dossiers, de vieux journaux. Génération après génération, dans la famille Mercœur, on avait tout conservé, pieusement, méticuleusement, à croire que cela avait été une manière de défier le temps. « Bah ! Tout est à jeter sans la moindre hésitation, pensait-il. A force de trier ces vieilleries, la tentation est grande de tout conserver. »

Le jeune homme gara sa BMW près de l'entrée, une porte à deux battants dominée par un porche de pierre chapeauté d'une toiture en ardoise. Cela lui aurait été pourtant facile de descendre ouvrir et d'entrer la voiture dans la cour, comme autrefois. « Jadis, se dit-il en souriant, le portail restait toujours ouvert, comme une invitation à s'y engouffrer. » Mais depuis la disparition de son frère, Richard s'interdisait ce geste, presque par devoir, comme s'il n'était plus chez lui à Rocheveyre. « Etranger, déjà », nota-t-il.

Un coup d'œil à sa montre lui indiqua qu'il était en avance. « Je ne connais rien de plus agaçant que d'arriver le premier à un rendez-vous, se dit-il en tapotant sur le volant. C'est d'un mauvais genre. Et présentement, ça laissera croire que je suis impatient de traiter l'affaire, alors que je dispose de tout le temps qu'on voudra. Ça m'importe peu qu'on en finisse aujourd'hui ou demain. »

Le haut mur qui entourait le corps de ferme, près duquel il s'était rangé, le protégeait des ardeurs du soleil. Pas un nuage. Pas un souffle d'air. Septembre ressemblait à août. Et partout on ne parlait plus que de ça, la sécheresse. Il avait écrit une série d'enquêtes dans son journal. Les blés, les maïs, les tabacs, les vergers, tout allait de mal en pis. Et déjà les dirigeants de la Fédération agricole réclamaient au gouvernement une aide exceptionnelle. En haut lieu, on faisait la sourde oreille. Mais chacun savait que les agriculteurs finiraient par obtenir gain de cause : une prime par-ci, un coup de pouce du Crédit agricole par-là. Ainsi en allait-il dans le département de la Corrèze, en ce mois de septembre 1964.

La vieille Mercedes du notaire d'Objat vint se coller à sa voiture. Richard ouvrit la portière et hésita à descendre. Il ne voulait pas montrer trop d'empressement.

— Voici monsieur Mercœur, fit le notaire à son voisin, un petit homme replet à la fine moustache, qui tenait serrée contre sa poitrine une sacoche noire. Monsieur Laferrère, fondé de pouvoir à VLC. Vacances-Loisirs-Centre, précisa-t-il car il détestait les sigles dont notre époque fait un usage excessif.

— Je ne crois pas que nous nous soyons déjà rencontrés, souligna le jeune homme.

— Vous êtes journaliste, d'après ce que m'a expliqué maître Comby ?

— A *La Presse du Centre*, confirma l'homme de loi.

Sa complaisance à répondre à toutes les questions amusa Richard. On pouvait être assuré qu'il avait déjà fourni à son voisin toutes les informations nécessaires. Le notaire n'était point homme à s'engager à la légère, surtout pour une opération immobilière de cette importance.

— Je viens de Clermont-Ferrand où notre siège est installé. Nos bureaux sont proches de la place de Jaude. Vous connaissez Clermont-Ferrand ?

— En effet, le coupa Richard que ces préambules oratoires agaçaient déjà. Mais je ne travaille pas sur ce secteur. Mon champ d'investigation, si je puis dire, se cantonne à la Corrèze.

— Oh ! vous savez, s'amusa le fondé de pouvoir, je ne suis dans la société qu'un homme de l'ombre. Pas un interlocuteur pour les journalistes. Mon domaine, ce sont les transactions immobilières. Notre société aspire à se développer dans le pays de Brive. Nous cherchons à y installer une nouvelle base. Et de préférence dans un lieu qui présente, à nos yeux du moins, un certain caractère.

— Vous n'aurez pas fait le déplacement pour rien, cher monsieur Laferrère. Rocheveyre, ça correspond parfaitement à ce que vous recherchez.

Et au passage, maître Comby adressa un clin d'œil discret au journaliste, histoire de lui prouver ses qualités de marchand de biens, au cas où il ne s'en serait pas encore aperçu.

— Nous verrons bien.

L'homme sortit de sa poche un mouchoir blanc et s'épongea le visage.

— C'est à crever, une canicule pareille.

Par amabilité, le notaire le débarrassa de sa sacoche, qui l'encombrait.

— Monsieur Richard Mercœur est habilité à négocier la vente du domaine, assura le notaire avec un souci pointilleux qui avait fondé dans la région sa réputation d'homme intègre et incorruptible.

Les visiteurs s'étaient engagés dans une allée bordée de

rosiers grimpants que l'on avait négligé de tailler ces temps derniers, et parvinrent dans la vaste cour pavée. La maison de famille occupait toute la partie droite, tandis que l'autre corps de ferme comprenait écuries, étable, granges et hangar. Les imposantes bâtisses, jointoyées à la chaux, étaient de grès rouge, comme on en trouve communément dans cette région de la basse Corrèze, de la couleur même de la terre d'où on l'avait extrait. Seule la grange à foin tranchait dans le décor. D'une construction plus récente, elle avait été façonnée en calcaire jaune d'Ayen.

— Pourquoi avoir choisi ce matériau ? interrogea le fondé de pouvoir.

— Mon père l'a fait construire juste après la guerre de 1914. Dans le pays, nous ne disposions plus de carrière de grès ou de gramont. On se servait alors dans les gisements de calcaire d'Ayen, de Perpezac-le-Blanc ou de Saint-Robert. La pierre est robuste, contrairement au grès qui craint l'humidité. En 1920, on se souciait peu d'esthétique. Le goût pour la vieille pierre est récent, il est apparu avec la mode des résidences secondaires.

— Et le reste, ça date de quand ?

— 1870, dit Richard. C'est gravé sur le linteau de la porte d'entrée de la maison d'habitation.

— Vous dites que cette pierre rouge est fragile ?

— Elle craint les remontées d'eau par capillarité. La pierre se charge de salpêtre et tombe en poussière. Mais, rassurez-vous, cher monsieur Laferrère, le domaine a été assaini, drainé par mon grand-père. Et je peux vous garantir que ni vous ni moi ne verrons jamais la fin de ces bâtisses dont les murs en moellons doublés et croisés font jusqu'à un mètre d'épaisseur.

— Tout cela est fort beau, admit le fondé de pouvoir. Dommage que la grange dépare l'aspect général.

— Et les toitures ont soigneusement été refaites par Alexandre, mon père, poursuivit Richard. Il a toujours pensé que dans une bâtisse de cet ordre la qualité de la toiture était essentielle. Nombre de nos maisons de ferme en grès tombent aujourd'hui en ruine parce que le propriétaire a négligé les toitures. La pluie infiltrée dans les murs est un ennemi mortel. Alors, la tuile ancienne de notre domaine a été remplacée par l'ardoise de Travassac. C'est un matériau de fort bonne qualité qui ne craint pas le gel. Si nous devions construire cela aujourd'hui, ça coûterait une fortune. Et encore, nous ne trouverions plus cette matière-là, si ce n'est dans les démolitions. On ne taille plus l'ardoise à Travassac depuis belle lurette.

— Et pourquoi cela ?

— Le schiste de notre région ne supporte pas l'extraction mécanique. Les veines y sont fragmentées. Trop de déchets pour un industriel. Et le coût de revient de l'ardoise d'Angers ou d'Espagne est moindre. Toutes celles que vous voyez sur nos toitures, monsieur Laferrère, ont été façonnées, une à une, à main d'homme. C'était du temps où le salaire d'un ouvrier ne représentait presque rien.

Après que les deux visiteurs eurent examiné les dépendances, Richard les invita dans la salle à manger de la maison familiale. Au passage, il leur montra la date ciselée dans la pierre. Sur un petit calepin, le fondé de pouvoir prenait quelques notes.

— Nous serons plus à l'aise dans de bons fauteuils, dit le journaliste.

— Si vous n'y voyez pas d'inconvénient, j'aimerais visiter la maison, déclara le fondé de pouvoir.

— Faites donc ! Et prenez tout votre temps. En attendant, nous allons bavarder un peu, répondit Richard en poussant le notaire vers le salon.

Depuis la mort de son frère, la maison était restée en l'état. Les cendriers étaient encore garnis d'infâmes restes de cigarettes papier maïs qu'Arnaud grillait à la suite, et, dans le bureau, on avait laissé ouvert le dossier sur lequel il travaillait quelques heures avant sa mort. Après l'enterrement, femme et enfant coururent s'installer dans un appartement de Brive, dont la famille disposait rue de Corrèze. Nicole ne pouvait supporter de vivre une heure de plus à Rocheveyre. L'ombre d'Arnaud y rôdait encore. Même si ce départ ressemblait à une fuite irraisonnée, Richard ne tenta pas de l'empêcher. Il connaissait sa belle-sœur mieux que quiconque. Il savait qu'elle n'avait jamais aimé la vie à la campagne. Et maintenant que son mari n'était plus là, elle avait toutes les raisons du monde de n'y jamais plus revenir.

Richard offrit un cigare à son voisin.

— Cela fait à peu près un an que votre père est mort, si je ne m'abuse ? questionna maître Comby.

— Un an au mois de novembre, répondit Richard.

— Et ensuite votre frère, reprit le notaire d'un air de tristesse convenu. Ce malheureux accident de voiture…

Le journaliste ne répondit pas. Cela faisait des semaines qu'il entendait le même discours en forme de regrets, à croire que ça n'en finirait jamais. Le notaire lui fit signe de se rapprocher.

— Notre affaire a l'air de l'intéresser, chuchota-t-il.

— Je ne sais quoi penser, ajouta Richard qui était d'un naturel pessimiste.

— Plus que vous ne croyez. Alors, vous m'avez compris, restez ferme sur le prix. Ferme, insista-t-il.

Le fondé de pouvoir de la société VLC allait d'une pièce à l'autre. On l'entendait distinctement marcher sur le parquet de l'étage. De temps à autre il s'arrêtait, puis repartait pour quelques pas de plus, hésitants et incertains.

— En tout cas, ajouta le jeune homme après un bref silence, je vous suis profondément reconnaissant de m'avoir déblayé le terrain. Je ne me sentais guère l'esprit à entreprendre toutes ces démarches.

La formule fit sourire Comby.

— Ça n'est rien. Rien du tout ! dit-il d'un coup de menton résolu. J'agis comme pour mes propres affaires. J'éprouve tellement de respect pour votre famille qui a tant et tant marqué notre région.

Il se pencha légèrement dans l'encadrement de la porte pour vérifier que le fondé de pouvoir n'était pas descendu de l'étage.

— J'étais ami avec Alexandre. Un grand maire à Marzac et un conseiller général pour notre canton que nous ne verrons pas avant longtemps. Et, ajouta-t-il d'un ton confidentiel, un fidèle compagnon du Général. Ce n'était pas un de ces opportunistes que l'on voit fleurir de nos jours en politique, prêts à trahir à la première occasion. Enfin, bref, ce n'est pas au journaliste que je vais apprendre ce qu'est devenu l'art de la politique. Ah ! Alexandre, quelle crème d'homme. Il m'a souvent rendu service, en tout bien tout honneur. Je me souviens de...

Puis il s'interrompit, un sourire aux lèvres. Le notaire pensait à une vieille histoire. Il ne voulait pas paraître radoteur. Mais comme Richard semblait suspendu à ses lèvres, il se sentit obligé de continuer.

— Dans la succession Malpas, aux Jaladis... Vous avez connu les Malpas ?

Richard confirma d'un petit mouvement de tête. Il n'était pas très sûr. Ce nom-là, comme tant d'autres à Marzac, ne lui disait pas grand-chose. Avant tout il s'agissait de ne pas vexer le pauvre homme qui se donnait tellement de peine pour vendre le domaine.

— J'ai fait appel à votre père pour calmer les esprits.

Ces gens se disputaient comme des chiffonniers à propos du pécule du vieux qui venait de disparaître. Ce dont je vous parle, ça remonte après guerre, en 1946 je crois. Les enfants avaient mis la demeure sens dessus dessous pour retrouver le magot du défunt. Ils le croyaient caché quelque part dans la maison. Tout était en lambeaux, les matelas, les édredons, les sommiers. Après enquête de mes clercs, il est apparu que la sœur, une sacrée haridelle celle-là, de ces parfaites garces comme on n'en fait plus à la campagne, avait mis la main dessus. Elle avait trouvé dans les papiers de son père le livret. Avant même l'enterrement, elle s'était dépêchée de se faire verser le contenu du compte. L'employé de la Poste, un pauvre idiot, avait payé sans même exiger un certificat d'hérédité. Autant que je me souvienne, il y en avait pour plus de quatre-vingts millions d'anciens francs. Pour l'époque, ça représentait une petite fortune. Alors que je m'apprêtais à transmettre l'affaire au procureur de la République de Brive, j'ai eu l'idée de joindre votre père. « Malheureux ! s'est-il écrié, n'en faites rien ! A Marzac, cher maître, on ne règle pas nos affaires devant les juges... » Aussitôt, Alexandre est allé trouver la sœur et lui a conseillé de revenir cacher la somme en question dans la maison. Ce qu'elle a fait pour s'éviter, je suppose, des désagréments. Et lorsque les fils Malpas ont « découvert » enfin le magot dans un chaudron du grenier, tout est rentré dans l'ordre. Tel était votre père : un homme qui cherchait toujours la bonne solution pour éviter les drames dans nos familles. Une race d'hommes que nous voyons s'éteindre peu à peu, renchérit-il avec de l'émotion dans la voix.

Au retour de Laferrère, le notaire se releva en grimaçant à cause d'une arthrose de la hanche qui le chatouillait depuis des mois.

— Alors ? questionna-t-il. Qu'est-ce que je vous avais dit ? Sacrée demeure !

L'inspection des lieux était de pure forme et maître Comby le savait fort bien, car la semaine précédente des émissaires de VLC avaient déjà visité le domaine de fond en comble. Et si la société avait enfin décidé d'envoyer son fondé de pouvoir, c'était pour conclure le marché et rien d'autre. Bien calé dans un fauteuil, le notaire n'attendait plus que l'instant fatidique où l'on échangerait les chiffres. Il avait déjà préparé une promesse de vente sur laquelle il ne restait plus qu'à inscrire le montant du marché et les signatures.

— Vous n'êtes pas tenté de conserver Rocheveyre ? s'étonna Laferrère. Envers et contre tout...

Richard soupira profondément. Il n'existait pas de question plus agaçante que celle-ci. A Marzac, il avait déjà dû répondre plutôt cent fois qu'une. Mais venant des villageois, cela allait de soi. « Il n'y a pas plus conservateur que les paysans, songeait-il. Se défaire d'un arpent de terre, c'est pire que de tomber un œil. Pourtant, qu'advient-il chaque fois qu'un vieux casse sa pipe ? Faute de volontaire pour reprendre l'activité, on se résigne à louer au voisin. Mais louer, n'est-ce pas la même chose que vendre, avec tous les inconvénients en plus ? »

— Ma question a l'air de vous ennuyer, insista le fondé de pouvoir. Vous n'êtes pas obligé de me répondre. Je comprends que cette résolution vous égratigne l'âme.

Richard partit d'un rire en fixant le notaire droit dans les yeux.

— Je n'ai jamais possédé la moindre disposition pour le travail de la terre. Cela peut paraître étonnant pour un Mercœur, j'en conviens, car nous alignons trois générations de paysans roués et habiles, déclara-t-il d'un geste large de la main. De braves et fiers cultivateurs pour lesquels l'esprit du domaine passait avant toute chose. Eh bien oui ! Il en fallait un qui ne fût pas de la bonne race. Vous l'avez devant vous, cher monsieur. Tout ça, je m'en fiche, voyez-vous. Et, ironie du sort, je suis le dernier de la lignée. Il était écrit que Rocheveyre ne survivrait pas au siècle, et que j'en serais, d'une certaine manière, le fossoyeur.

— Sans doute auriez-vous pu chercher un jeune cultivateur pour lui céder les terres ? Un paysan courageux et entreprenant ? Ça doit bien se trouver… Ainsi, l'esprit du domaine, comme vous dites, aurait pu se perpétuer.

— Que m'offrirait-on ? Une misère, oui ! Du moins, rien de comparable à ce que vous pourriez consentir. Les jeunes agriculteurs d'aujourd'hui ne disposent que de l'argent du Crédit agricole. Chez nous, il n'y a plus de fortune. L'endettement est généralisé. Et sans les aides de Bruxelles, du FEOGA et que sais-je encore, tous, vous entendez, cher monsieur, tous, sans exception, mettraient la clé sous la porte.

Pour se dégourdir les jambes, maître Comby allait et venait en arpentant les longueurs du salon. Puis il alla s'appuyer contre la cheminée en marbre gris. Sur la tablette trônaient les trois photos des maîtres de Rocheveyre. La première représentait Jean-Baptiste Mercœur, le fondateur du domaine qui passa toute sa vie à acquérir des terres, sans jamais se lasser. Il portait de fières bacchantes roulées en pointe, à la manière de Napoléon III. L'homme ne riait jamais, disait-on. Et ce n'était pas difficile à imaginer avec ses petits yeux vifs et perçants. Le photographe l'avait immortalisé dans une de ces poses académiques que l'on prisait durant les années 1900 : debout près d'une colonne dorique, un coude appuyé sur le socle. Fausse décontraction. Car il offrait plutôt, à y regarder de plus près, un port hautain du visage, le cou allongé par un col en celluloïd. A côté : Alexandre, le fils. Le cliché semblait ancien, un peu flou à force d'avoir été agrandi. Probablement saisi au lendemain de la guerre de 1914. Alexandre Mercœur arborait la même moustache que son père, moins apprêtée au demeurant. Elle datait d'une époque où l'attribut pileux avait perdu de son charme impérial. Un sourire figeait son visage allongé, émacié. A la différence de Baptiste, le fils avait le rire facile, la mine engageante. Son passage en politique lui avait amélioré le caractère. Tant il est vrai que la conquête des suffrages avait exigé de lui un peu d'aménité, songea le notaire. Enfin, Arnaud. Le dernier maître de Rocheveyre avait, lui, le rictus carnassier, la lippe gourmande. Le cliché datait du début des années soixante. Il le montrait appuyé sur le toit de sa DS 19. Il avait été l'un des premiers au pays à s'offrir une Citroën grand luxe. L'acquisition, du reste, avait suscité bien des envies dans son entourage. Mais ce n'était pas pour lui déplaire. L'homme, soucieux de son autorité, se réjouissait de la jalousie qu'il éveillait autour de lui. Arnaud Mercœur était habile en affaires, comme son grand-père, à la différence qu'il s'asseyait aisément sur les grands principes qui empreignaient, au temps jadis, l'âme des pionniers.

— Que vous inspire notre galerie de portraits ? ironisa Richard.

Le notaire glissa les mains au fond de ses poches.

— Je note combien l'on perçoit, à travers ces photos, les différences de caractères dans votre famille.

— Ma tante Camille dit souvent... Vous savez, celle qui fonda une ligne de couture avec le succès que l'on sait, précisa le journaliste.

— Parfaitement. Et qui vit dans cette belle villa sur les hauteurs de Brive, au Vialmur si je ne m'abuse ?

— Elle dit que le caractère des Mercœur balançait

entre l'autoritarisme d'un Jean-Baptiste et la bienveillance effacée d'une Léontine, ma grand-mère. L'histoire de notre famille montre que nous avons tous tenu de l'un ou de l'autre. Mais dans cette galerie de portraits, ajouta Richard, il manque mes oncles André et Germain, les frères de mon père. Je ne parlerai que de Germain. Il fut tout le portrait de Léontine avec, en sus, un idéalisme forcené qui le rendit, durant ses dernières années, fort touchant.

— Les secrets de famille avec leurs grandeurs et leurs bassesses qui se trouvent ainsi dévoilées, je trouve la chose assez troublante. Comment pouvez-vous en parler avec autant de détachement ?

— J'ai fait le tour de la question. Lorsqu'il m'a fallu quitter le pays pour enfin voler de mes propres ailes, je me suis longuement interrogé sur ce que représentait pour moi le domaine de Rocheveyre. J'ai décidé que je devais partir, sans me retourner. Je ne me sentais pas disponible pour épouser toutes ces causes anciennes. La vraie vie est ailleurs, me suis-je dit. Au fond, en fuyant Rocheveyre, j'ai accompli le rêve de mon oncle Germain, qui ne put jamais, lui, couper ses liens avec le domaine. Ce fut, je crois, le désespoir de sa vie.

Du revers de la main, Richard essuya une petite larme d'émotion qui perlait sur sa joue. Les visiteurs se détournèrent pudiquement.

— Allez ! jura-t-il en se levant de son fauteuil. Finissons-en. Ça ne sert à rien de s'apitoyer. C'est de l'histoire ancienne. Les années vont effacer tout ça. Et il ne demeurera plus rien, sinon des fantômes qui s'en viendront, de temps à autre, hanter mes rêves.

Le fondé de pouvoir vida sa sacoche sur la table du salon. Dans son attirail, il chercha un stylo à bille et se mit aussitôt à griffonner une somme qu'il entoura d'une grosse bulle. Il hésita à tendre son feuillet.

— Notre société est vivement intéressée par votre propriété. Toutefois, nous ne parviendrons jamais à estimer la valeur sentimentale qu'elle représente pour vous.

Richard Mercœur tendit une main vers Laferrère.

— Dites-moi ce que vous m'en offrez.

Le fondé de pouvoir éloigna son billet par coquetterie.

— Avant de faire nos propositions, nous aimerions connaître les vôtres. Ainsi serai-je en mesure de vous dire si la négociation est possible.

Le notaire alla s'emparer d'une chaise et revint s'asseoir près du journaliste. Il lui tendit un stylo et une feuille de papier. Richard écrivit : « Un million cinq cent mille francs. » Maître Comby haussa le visage pour lire la somme que son voisin venait d'inscrire. Leurs regards se croisèrent, furtivement. Le notaire hocha doucement la tête. Puis il apporta la feuille de papier à Laferrère. En découvrant la proposition, l'homme eut un léger sourire de contentement.

— Nous pouvons discuter, dit-il.

Le fondé de pouvoir parut reprendre sa respiration. Comme il le faisait toujours quand il s'agissait de traiter d'affaires importantes, Laferrère se mouvait avec des gestes lents de temps suspendu.

— Parfait, fit Richard en croisant les doigts.

— Maître Comby va nous donner lecture de ce que nous négocions, avec exactitude, reprit Laferrère. Tout cela afin qu'il n'y ait pas le moindre malentendu entre nous.

Le notaire chaussa ses grosses lunettes d'écaille et chercha dans son brouillon les paragraphes essentiels.

— Le domaine de Rocheveyre comprend deux lots. Le premier est constitué de deux maisons d'habitation, deux granges, deux écuries, une étable, un hangar. Le second de quarante hectares de terre cadastrés sur la commune de Marzac en section A de 548 à 602 d'un seul tenant. Pour information, ajouta-t-il en reprenant son souffle, la propriété comprend un troisième lot composé d'une pommeraie de quatre-vingt-quinze hectares dont la jouissance présentement revient à madame veuve Nicole Mercœur. Dois-je préciser ici que ce dernier lot est exclu de la présente négociation ?

— Je suis d'accord avec ce qui vient d'être lu, dit le journaliste, en mon nom et au nom de madame Nicole Mercœur, ma belle-sœur, que je représente ici.

Laferrère se décida enfin à tendre sa note.

— Un million deux cent mille, lut Richard.

— Qu'en pensez-vous ? demanda le fondé de pouvoir.

— Je pense, dit le journaliste en soupirant, qu'il faut consentir un petit effort.

— Un million trois ?

— Jusqu'à quatre ! insista Richard. Et ce sera mon dernier mot. N'est-ce pas, maître ?

— C'est très raisonnable.

— Trois, avoua Laferrère, est ce que nous pensions offrir en dernier recours.

— Peu importe, se buta Richard. Je n'ai pas besoin d'argent. J'ai tout mon temps.

Le fondé de pouvoir se mit à déambuler, sans se décider.

— On ne va pas chipoter pour dix millions de centimes, fit Comby que cette valse-hésitation agaçait. S'agirait-il encore d'un particulier, on pourrait comprendre. Mais une société... jura-t-il. Vous n'en êtes pas à cent mille francs près !

— Nous consentons déjà un effort énorme, répliqua Laferrère qui ne prisait guère la manière dont le notaire arbitrait la négociation. La terre, à elle seule, représente seulement trois cent mille francs. Ça fait du un million cent les bâtiments. Vous rendez-vous compte ?

— C'est bien ce que vous recherchiez, une ferme imposante avec moult dépendances. Vous pouvez fureter longtemps dans le pays avant de trouver un équivalent de Rocheveyre...

— Bon ! se résigna-t-il. Permettez que je téléphone à ma société. Pour conclure, j'ai besoin de son feu vert.

— Allez dans le bureau, au fond, conseilla Richard. Vous y serez tout à votre aise.

A peine Laferrère éloigné, le notaire se risqua à venir serrer la main de son client.

— Nous avons gagné la partie, jubila-t-il.

— Attendons la réponse.

— Mais non, vous dis-je, c'est ficelé. J'espère que vous nous aurez mis un peu de champagne au frais.

Richard Mercœur se décida enfin à quitter son fauteuil.

— Vous ne semblez pas content de vous, nota maître Comby. Y aurait-il quelque chose qui vous chagrine ?

— Il va me falloir quitter les lieux pour ne plus jamais revenir.

— C'est bien ce que vous désiriez ?

— Bien sûr. Mais ça n'empêche pas le vague à l'âme. Avant, je me disais, au plus fort du désarroi : « Il existe un endroit sur la terre où tu pourras toujours retourner, où tu seras chez toi, en pays de ton enfance, c'est au domaine de Rocheveyre. » Quand je suis revenu de la guerre d'Algérie, ce lieu magique m'a guéri de mes blessures et de mes angoisses. J'y ai retrouvé la sérénité. Cela s'appelle avoir des racines. Désormais, je sais que ce territoire n'existe plus.

Sa main effleura les portraits de la cheminée. Puis le jeune homme se recula pour demeurer là, immobile, devant les visages disparus. Sur le moment, il sembla au notaire que Richard Mercœur leur adressait une prière personnelle, comme s'il voulait qu'on lui pardonnât d'avoir osé défaire le domaine pour lequel ils avaient si intensément vécu.

DANS LA MÊME COLLECTION

Jean Anglade
Un parrain de cendre
Le Jardin de Mercure
Y a pas d'bon Dieu
La Soupe à la fourchette
Un lit d'aubépine
La Bête et le Bon Dieu (essai)
La Maîtresse au piquet
Le Saintier
Le Grillon vert
La Fille aux orages
Sylvie Anne
Mélie de Sept-Vents
Le Secret des chênes
Jean-Jacques Antier
Autant en apporte la mer
La Croisade des Innocents
Marie-Paul Armand
La Poussière des corons
La Courée
tome I *La Courée*
tome II *Louise*
tome III *Benoît*
La Maîtresse d'école
La Cense aux alouettes
Nouvelles du Nord
Edouard Axelrad
Au fil du fleuve
Erwan Bergot
Les Marches vers la gloire
Sud lointain
tome I *Le Courrier de Saigon*
tome II *La Rivière des parfums*
tome III *Le Maître de Bao-Tan*
Rendez-vous à Vera-Cruz
Mourir au Laos
Annie Bruel
La Colline des contrebandiers
Le Mas des oliviers
Les Géants de pierre
Michel Caffier
Le Hameau des mirabelliers
La Péniche Saint-Nicolas
Jean-Pierre Chabrol
La Banquise
Didier Cornaille
Les Labours d'hiver
Les Terres abandonnées
La Croix de Fourche
Etrangers à la terre
L'Héritage de Ludovic Grollier
Georges Coulonges
Les Terres gelées
La Fête des écoles
La Madelon de l'an 40
L'Enfant sous les étoiles
Les Flammes de la Liberté
Ma communale avait raison
Les blés deviennent paille
Yves Courrière
Les Aubarède
Anne Courtillé
Les Dames de Clermont
Florine
Dieu le veult
Les Messieurs de Clermont
L'Arbre des dames
Alain Dubos
Les Seigneurs de la haute lande
La Palombe noire
La Sève et la Cendre
Alain Gandy
Adieu capitaine
Quand la Légion écrivait sa légende
Un sombre été à Chaluzac
L'Enigme de Ravejouls

Les Frères Delgayroux
Michel Hérubel
La Maison Gelder
La Falaise bleue
Denis Humbert
La Malvialle
Un si joli village
La Rouvraie
La Dent du loup
L'Arbre à poules
Michel Jeury
Au cabaret des oiseaux
Louis-Jacques Liandier
Les Gens de Bois-sur-Lyre
Jean Markale
Notre-Dame de la nuit
Dominique Marny
A l'ombre des amandiers
Du côté de Pondichéry
Henry Noullet
Sur la piste de Samrang
La Falourde
La Destalounade
Michel Peyramaure
Les Tambours sauvages
Pacifique Sud
Louisiana
Frédéric Pons
Les Troupeaux du diable
Claude Riffaud
Mékong Palace
La Crique de l'or
Rêve de Siam
Jean Rosset
Vir'vent
Les Derniers Porteurs de terre
Annie Sanerot-Degroote
La Kermesse du diable
Le Cœur en Flandre
L'Oubliée de Salperwick
Jean Siccardi
Le Bois des Malines
Jean-Claude Sordelli
La Dernière Saison
Jean-Michel Thibaux
La Bastide blanche
Le Secret de Magali
La Fille de la garrigue
Le Roman de Cléopâtre
La Colère du mistral
L'homme qui habillait les mariées
Violaine Vanoyeke
Les Schuller
Le Serment des 4 rivières
Brigitte Varel
Un village pourtant si tranquille
Les Yeux de Manon
Colette Vlérick
La Fille du goémonier
Le Brodeur de Pont-l'Abbé

Achevé d'imprimer en mai 2002
sur les presses numériques de Bookpole
BP 12 - ZI Route d'Etampes 45330 Malesherbes
http://www.bookpole.com

N° d'édition : 6762 - N° d'impression : E02/01521L
Dépôt légal : septembre 1999

Imprimé en France